Das Buch

Dean Koontz gilt als Meister hautnahen Horrors, und er versäumt es auch in seinen schaudererregenden Kurzgeschichten nicht, den Leser in eine eiskalte Welt puren Entsetzens zu entführen.

Namenlose Kreaturen, die einem notorischen Dieb das Fürchten lehren, mörderische Ratten, entkommen aus einem Versuchslabor, und Wesen aus anderen Welten erschüttern unser Vertrauen in das Erdendasein nachhaltig ...

Der Autor

Dean Koontz, 1946 in Bedford/Pennsylvania geboren, besuchte das Shippensburg State College und nahm 1966 eine Lehrerstelle in Appalachia an. Wenig später heiratete er und veröffentlichte seinen ersten Roman und einige Kurzgeschichten. 1976 zog er mit seiner Familie nach Orange County/Kalifornien. In mehr als 20 Jahren schrieb Koontz 55 Bücher, die in einer Weltauflage von 60 Millionen Exemplaren in 18 Ländern verbreitet ist.

Die meisten Bücher des Autors sind im Wilhelm Heyne Verlag lieferbar.

DEAN KOONTZ

HIGHWAY INS DUNKEL

Stories

Deutsche Erstausgabe

WILHELM HEYNE VERLAG
MÜNCHEN

HEYNE ALLGEMEINE REIHE
Nr. 01 / 10039

Titel der Originalausgabe
STRANGE HIGHWAYS STORY COLLECTION

Umwelthinweis:
Dieses Buch wurde auf
chlor- und säurefreiem Papier gedruckt.

Redaktion: Rainer-Michael Rahn

Copyright © 1995 by Dean Koontz
Copyright © 1997 der deutschen Ausgabe
by Wilhelm Heyne Verlag GmbH & Co. KG, München
Printed in Germany 1997
Quellenverzeichnis: s. Anhang
Umschlagillustration: Bildagentur Mauritius / AGE, Mittenwald
Umschlaggestaltung: Atelier Ingrid Schütz, München
Satz: Buch-Werkstatt GmbH, Bad Aibling
Druck und Bindung: Elsnerdruck, Berlin

ISBN 3-453-11636-4

Inhalt

Highway ins Dunkel
Seite 7

Der schwarze Kürbis
Seite 183

Miss Attila die Hunnin
Seite 206

Unten in der Dunkelheit
Seite 239

Ollies Hände
Seite 270

Der Handtaschenräuber
Seite 292

Gehetzt
Seite 312

Bruno
Seite 376

Wir Drei
Seite 409

Dickschädel
Seite 418

Kätzchen
Seite 450

Die Sturmnacht
Seite 457

Dämmerung des Morgens
Seite 486

Anmerkungen für den Leser
Seite 526

Highway ins Dunkel

1

Als Joey Shannon an diesem Herbstnachmittag in seinem Mietwagen die Stadtgrenze von Asherville passierte, brach ihm der kalte Schweiß aus, und ihn überkam plötzlich eine tiefe Hoffnungslosigkeit.

Am liebsten hätte er mitten auf der Straße scharf gewendet, aber er widerstand der Versuchung, aufs Gaspedal zu treten und davonzubrausen, ohne sich noch einmal umzudrehen.

Diese Stadt war so trist wie alle anderen im ehemaligen Kohlerevier von Pennsylvania, wo die Minen schon vor Jahrzehnten geschlossen worden waren, was den Verlust der meisten gutbezahlten Arbeitsplätze zur Folge gehabt hatte. Trotzdem war der Ort nicht *so* trostlos, daß der bloße Anblick schon genügt hätte, ihm kalte Schauder über den Rükken zu jagen und ihn an den Rand der Verzweiflung zu bringen. Er war selbst bestürzt über seine heftige Reaktion bei dieser lange aufgeschobenen Heimkehr.

Asherville hatte knapp tausend Einwohner, und in mehreren umliegenden Ortschaften lebten noch etwa 2000 Menschen. Entsprechend bescheiden war das Geschäftsviertel – es erstreckte sich nur über zwei Blocks. Die ein- und zweistöckigen Steinhäuser – Mitte des 19. Jahrhunderts gebaut und mit dem Schmutz von fast 150 Jahren bedeckt – sahen noch genauso aus wie in Joeys Jugend.

Allerdings war der Stadtrat oder der Handelsverband offenbar bemüht, eine Verschönerung herbeizuführen. Alle Türen, Fensterrahmen, Fensterläden und Dachrinnen waren frisch gestrichen. In den letzten Jahren hatte man auch auf den Gehwegen runde Löcher gegraben und junge Ahorne gepflanzt, die jetzt etwa zweieinhalb Meter hoch waren und immer noch Stützpfosten benötigten.

Das rote und gelbe Herbstlaub hätte die Stadt eigentlich aufheitern müssen, aber Asherville sah an diesem Spätnachmittag düster und abschreckend aus. Sogar die Sonne über den höchsten Berggipfeln im Westen sah seltsam zusammengeschrumpft aus, und ihr unfreundliches gelbes Licht vermochte nichts zu erhellen. Nur die Schatten der jungen Bäume wurden immer länger und fielen wie ausgestreckte Hände auf das rußige Pflaster.

Joey drehte die Heizung auf, doch auch die heiße Luft konnte ihn nicht erwärmen. Über der Turmspitze der Kirche »Unsere schmerzensreiche Mutter« kreiste ein riesiger schwarzer Vogel am Himmel, den die untergehende Sonne in purpurfarbenes Licht hüllte. Das geflügelte Wesen hätte ohne weiteres ein dunkler Engel sein können, der an einem heiligen Ort Zuflucht suchte.

Einige Fußgänger waren auf den Straßen, und auch Autos waren unterwegs, aber Joey erkannte niemanden. Er war lange fortgewesen, und im Laufe der Jahre veränderten sich die Menschen, zogen weg oder starben.

Als er auf den Kiesweg vor dem alten Haus am Ostrand der Stadt abbog, nahm seine Angst noch weiter zu. Das Haus hätte dringend neu verputzt werden müssen, und auch das Schindeldach war reparaturbedürftig, aber es hatte überhaupt nichts Ominöses an sich und war bei weitem nicht so düster wie die Gebäude im Stadtzentrum. Bescheiden, langweilig, schäbig. Sonst nichts. Trotz mancher Entbehrungen hatte er hier eine glückliche Kindheit verlebt. Als Junge war ihm die Armut seiner Familie nicht einmal bewußt gewesen. Erst als er das College besuchte und aus einer gewissen Distanz auf sein Leben in Asherville zurückblickte, hatte er erkannt, in welch beschränkten Verhältnissen er aufgewachsen war. Trotzdem saß er jetzt im Auto und hatte eine unerklärliche Angst davor, auszusteigen und ins Haus zu gehen.

Es dauerte eine ganze Weile, bis er den Motor abstellte und die Scheinwerfer ausschaltete. Obwohl er trotz der Heizung gefröstelt hatte, wurde ihm nun, ohne die Heizungsluft, noch kälter.

Das Haus wartete.

Vielleicht fürchtete er die Auseinandersetzung mit seinen Gewissensbissen und mit seiner Trauer. Er war kein guter Sohn gewesen. Und jetzt würde er nie mehr die Gelegenheit haben, Sühne für all den Schmerz zu leisten, den er verursacht hatte. Vielleicht fürchtete er sich vor der Erkenntnis, daß er für den Rest seines Lebens mit der Schuld leben mußte, weil er nicht mehr um Verzeihung bitten und keine Absolution mehr erhalten konnte.

Nein. Das war zwar eine schreckliche Bürde, aber nicht die Ursache seiner Ängste. Es waren weder Schuldgefühle noch Trauer, die ihm rasendes Herzklopfen und einen trockenen Mund bescherten, sondern irgend etwas anderes.

Die hereinbrechende Dämmerung führte eine Brise von Nordosten mit sich. Eine Reihe sechs Meter hoher Kiefern säumte die Auffahrt, und ihre Äste gerieten jetzt in Bewegung.

Eine Zeitlang hatte Joey das Gefühl, als stünde ihm ein übernatürliches Erlebnis unmittelbar bevor. So ähnlich hatte er sich vor langer Zeit als Ministrant gefühlt, wenn er hinter dem Priester kniete und den Moment wahrzunehmen versuchte, in dem sich der Wein im Kelch in das heilige Blut Christi verwandelte.

Nach einer Weile sagte er sich aber, daß er einfach töricht war. Seine Furcht war genauso irrational wie die eines Kindes, das glaubt, unter seinem Bett würde im Dunkeln ein Troll lauern.

Joey stieg aus und wollte seinen Koffer holen. Als er den Kofferraum öffnete, hatte er die verrückte Idee, daß er dort etwas Grauenvolles finden würde, und sein Herz klopfte zum Zerspringen, während er den Deckel hob. Er trat vorsichtshalber sogar einen Schritt zurück.

Natürlich lag im Kofferraum nur sein schäbiger, verkratzter Koffer. Er atmete tief durch, um seine Nerven zu beruhigen, nahm das Gepäckstück heraus und schlug den Deckel hastig zu.

Er brauchte dringend einen Drink. Er brauchte immer einen Drink. Mit Whisky versuchte er alle Probleme zu lösen, und manchmal klappte das sogar.

Die Stufen waren ausgetreten, die Verandadielen waren seit Jahren nicht gestrichen worden und knarrten laut unter seinen Füßen. Er hätte sich nicht gewundert, wenn das modrige Holz eingebrochen wäre.

In den zwei Jahrzehnten, seit er das Haus zuletzt gesehen hatte, war es ziemlich verwahrlost, und das überraschte ihn, denn seit zwölf Jahren hatte sein Bruder ihrem Vater an jedem Monatsersten einen großzügigen Scheck geschickt. Der alte Mann hätte sich ohne weiteres ein besseres Haus leisten können, oder aber er hätte dieses hier gründlich renovieren lassen können. Was hatte Dad mit dem ganzen Geld gemacht?

Der Schlüssel lag unter der Fußmatte, wie man ihm gesagt hatte. Obwohl Asherville ihm eine Gänsehaut verursachte, war es eine Stadt in der man einen Ersatzschlüssel unter dem Fußabstreifer hinterlegen oder das Haus sogar unverschlossen lassen konnte, ohne Diebe befürchten zu müssen.

Die Haustür öffnete sich direkt ins Wohnzimmer. Er stellte seinen Koffer am Fuß der Treppe ab.

Er machte Licht.

Sofa und Sessel waren nicht dieselben wie vor zwanzig Jahren, aber sie sahen fast genauso aus wie die alten Möbel. Ansonsten schien sich überhaupt nichts verändert zu haben – bis auf den Fernseher, der selbst für Gott groß genug gewesen wäre.

Im Erdgeschoß befand sich ansonsten nur noch die große Wohnküche. An dem grünen Kunststofftisch mit Chromkanten hatte die Familie während Joeys ganzer Kindheit gegessen. Auch die Stühle waren noch dieselben; nur die Stuhlkissen waren erneuert worden.

Er hatte das seltsame Gefühl, als wäre das Haus seit einer Ewigkeit unbewohnt und versiegelt gewesen, als wäre er seit Jahrhunderten der erste, der diese stillen Räume betrat. Seine Mutter war vor 16 Jahren gestorben, sein Vater erst vor anderthalb Tagen, aber beide schienen seit undenklichen Zeiten verschwunden zu sein.

In einer Ecke der Küche war die Kellertür, an der ein Kalender hing – ein Geschenk der First National Bank. Auf dem Oktober-Blatt war ein Stapel organgefarbener Kürbisse inmitten von buntem Herbstlaub zu sehen. Ein Kürbis war in eine Laterne verwandelt worden.

Joey ging zu dieser Tür, öffnete sie aber nicht sogleich.

Er konnte sich ganz genau an den Keller erinnern, der in zwei Räume unterteilt war.

Beide hatten Türen, die ins Freie führten. In einem Raum waren Heizkessel und Heißwasserbereiter installiert. Der andere Kellerraum war das Zimmer von Joeys Bruder gewesen.

Er stand eine Weile da, die Hand auf dem alten gußeisernen Türknopf, der eiskalt war und sich auch unter Joeys Fingern nicht erwärmte.

Der Türknopf quietschte leise, als er ihn endlich drehte.

Er drückte auf den Lichtschalter, aber die zwei schwachen, staubbedeckten nackten Glühbirnen – die eine auf der Kellertreppe, die andere im Heizkeller – vermochten die Dunkelheit nicht zu vertreiben.

Er brauchte jetzt, am Abend, nicht in den Keller zu gehen. Das konnte er genausogut am nächsten Morgen tun. Aber eigentlich gab es überhaupt keinen Grund, den Keller zu betreten.

Das beleuchtete Stück des Betonbodens am Fuß der Treppe war noch genauso rissig, wie er es in Erinnerung hatte, und die Schatten ringsum schienen aus diesen schmalen Spalten hervorzukriechen und über die Wände zu huschen.

»Hallo?« rief er.

Er war selbst überrascht, als er seine Stimme hörte, denn er wußte genau, daß er allein im Haus war.

Trotzdem wartete er auf eine Antwort, die natürlich ausblieb.

»Ist jemand hier?« fragte er.

Nichts.

Er schaltete das Licht aus und schloß die Kellertür.

Dann trug er seinen Koffer in den ersten Stock hinauf. Ein kurzer schmaler Gang mit schäbigem graugelbem Linoleum führte von der Treppe zum Bad.

Hinter der Tür auf der rechten Gangseite befand sich das

Schlafzimmer seiner Eltern. In den letzten sechzehn Jahren, seit dem Tod seiner Mutter, hatte sein Vater dort allein geschlafen. Und jetzt war es ein Niemandsraum.

Die Tür auf der linken Gangseite führte in Joeys ehemaliges Zimmer. Seit zwanzig Jahren hatte er es nicht mehr betreten.

Er verspürte ein Prickeln im Nacken, drehte sich um und blickte ins Wohnzimmer hinab; es hätte ihn gar nicht gewundert, wenn jemand ihm die Treppe hinauf gefolgt wäre. Aber wer sollte das sein? Alle waren tot. Die Treppe war leer.

Dieses Haus war so klein, so eng und bescheiden – doch im Augenblick kam es ihm riesig vor, wie ein Ort mit unerwarteten Dimensionen und verborgenen Räumen, an dem es unbekanntes Leben gab und sich heimlich Dramen abspielten. Die Stille wirkte unnatürlich und quälte ihn, als hätte er den Hilfeschrei einer Frau gehört.

Er öffnete die Tür und betrat sein Zimmer.

Wieder zu Hause.

Er hatte Angst. Und er wußte nicht warum. Oder vielleicht wußte er es – aber nur tief in seinem Unterbewußtsein.

2

In dieser Nacht zog vom Nordwesten ein Sturm auf, und es bestand keine Hoffnung, auch nur einen einzigen Stern zu sehen. Die Dunkelheit erstarrte zu Wolken, die sich an die Berge preßten und zwischen den hohen Hügeln breitmachten, bis der tiefhängende lichtlose Himmel einem kalten, düsteren Steingewölbe glich.

Als Teeneger hatte Joey Shannon manchmal am einzigen Fenster seines Zimmers gesessen und den schmalen Streifen Himmel betrachtet, der über den Bergen zu sehen war. Die Sterne und das kurze Auftauchen des Mondes zwischen den Gipfeln waren eine willkommene Erinnerung daran, daß jenseits von Asherville, Pennsylvania, andere Welten mit unendlichen Möglichkeiten existierten, wo sogar ein armer Junge aus dem Kohlerevier sein Glück machen und alles werden konnte, was er wollte, vor allem wenn dieser Junge hochfliegende Träume hatte und von dem leidenschaftlichen Wunsch beseelt war, sie zu realisieren.

Jetzt, mit vierzig, saß Joey wieder im Dunkeln an jenem Fenster, aber der Anblick von Sternen blieb ihm verwehrt. Statt dessen hatte er eine Flasche Jack Daniel's.

Im Oktober vor 20 Jahren, als die Welt noch heil zu sein schien, war er für einen Kurzbesuch nach Hause gekommen, was selten vorkam, weil er am Shippensburg State College zwar ein Teilstipendium erhalten hatte, sich aber abends und an den meisten Wochenenden als Aushilfe in einem Supermarkt etwas dazuverdienen mußte. Seine Mutter hatte sein Lieblingsessen gekocht – Hackbraten mit Tomatensauce, Kartoffelbrei und Mais –, und er hatte mit seinem Dad Karten gespielt.

Sein älterer Bruder P. J. (für Paul John) war übers Wochenende ebenfalls nach Hause gekommen, und deshalb hatte es viel Gelächter, Herzlichkeit und Austausch gegeben. Mit P. J. langweilte man sich nie. Er war immer erfolgreich, ganz egal, woran er sich versuchte – sowohl in der High School als auch im College hatte er die Reden bei den Schlußfeiern gehalten, er war ein Footballheld, eine gerissener Pokerspieler, der selten verlor, und ein Bursche, auf den die hübschesten Mädchen flogen. Das Beste an ihm war jedoch sein Talent, mit Menschen umzugehen und überall eine lockere Atmosphäre zu schaffen. P. J. besaß eine natürliche Begabung für Freundschaften und ein unheimliches Gespür, das es ihm ermöglichte, Personen auf den ersten Blick richtig einzuschätzen. In welchen Kreisen er sich auch bewegte, überall stand er nach kurzer Zeit im Mittelpunkt, ohne sich anstrengen zu müssen. Hochintelligent aber bescheiden, gutaussehend aber nicht eitel, witzig aber nie bösartig, war P. J. ein wunderbarer großer Bruder gewesen. Mehr als das – er war für Joey immer das Vorbild gewesen, an dem er sich maß, und er hätte alles darum gegeben, so sein zu können wie P. J.

Selbst heute noch war P. J. sein Vorbild, aber er hatte es in den letzten zwanzig Jahren immer weniger geschafft, seinem

Bruder nachzueifern. Während P. J. von Erfolg zu Erfolg schritt, erwies Joey sich als Versager.

Jetzt nahm er einige Eiswürfel aus der Schüssel auf dem Boden neben seinem Stuhl, ließ sie in sein Whiskyglas fallen und schenkte sich gut fünf Zentimeter Jack Daniel's ein.

Nur beim Trinken hatte er unverändert hohe Maßstäbe. Obwohl er sein Leben lang selten mehr als 2000 Dollar auf dem Bankkonto gehabt hatte, schaffte er es immer irgendwie, sich den besten Whisky zu leisten. Niemand konnte sagen, daß Joey Shannon ein *billiger* Säufer war.

Als er zuletzt zu Hause gewesen war – am Samstag, den 25. Oktober 1975 – hatte er mit einer Flasche Cola an diesem Fenster gesessen. Damals war er noch kein Trinker gewesen. Damals funkelten Sterne wie Diamanten am Himmel, und jenseits der Berge schien eine unendliche Vielfalt möglicher Leben auf ihn zu warten.

Jetzt hatte er den Whisky. Er war dankbar dafür.

Es war der 21. Oktober 1995 – wieder ein Samstag. Die Samstagabende waren für ihn immer besonders schlimm, obwohl er nicht wußte warum. Vielleicht waren Samstage ihm so zuwider, weil die meisten Leute dann festlich gekleidet ausgingen – zum Abendessen, zum Tanzen oder ins Theater –, um das Ende einer Arbeitswoche zu feiern, während Joey in der Tatsache, daß er wieder einmal sieben Tage eines Lebens ertragen hatte, das für ihn ein Gefängnis war, keinen Grund zum Feiern sah.

Kurz vor elf brach das Gewitter los. Blitze zuckten wie funkelnde Silberketten über den Himmelsstreifen und lieferten ihm unerwünschte flimmernde Spiegelbilder seiner selbst im Fenster. Donner schüttelte grollend die ersten dikken Regentropfen aus den Wolken; sie schlugen an die Scheibe und verwischten gnädig das gespenstische Gesicht im Glas.

Um halb eins stand Joey auf und ging zu seinem Bett. Der Raum war so dunkel wie eine Kohlenmine, doch sogar nach zwanzig Jahren fand er sich mühelos zurecht, ohne Licht machen zu müssen. Vor seinem geistigen Auge sah er das abgenutzte rissige Linoleum, den ovalen Flickenteppich, den seine Mutter angefertigt hatte, das schmale Bett mit dem Kopfende aus bemaltem Eisen, den Nachttisch mit verzogenen Schubladen. In einer Ecke stand der verkratzte Schreibtisch, an dem er zwölf Jahre lang seine Hausaufgaben gemacht und seine ersten Geschichten über magische Königreiche, Monster und Mondreisen geschrieben hatte, im Alter von acht oder neun Jahren.

Als Junge hatte er Bücher geliebt und davon geträumt, Schriftsteller zu werden. Das gehörte zu den wenigen Dingen, die ihm in den vergangenen zwanzig Jahren nicht mißlungen waren – allerdings nur, weil er es gar nicht erst versucht hatte. Nach jenem Oktoberwochenende von 1975 hatte er aufgehört, Geschichten zu schreiben, und er hatte seinen Traum begraben.

Das Bett war nicht mehr mit einer Tagesdecke aus Chenille zugedeckt, ja es war nicht einmal bezogen. Joey war aber viel zu müde und benommen, um nach Bettwäsche zu suchen.

Deshalb legte er sich in Hemd und Jeans auf die nackte Matratze und zog nicht einmal seine Schuhe aus. Das leise Quietschen der Federn war ein vertrautes Geräusch in der Dunkelheit.

Trotz seiner Erschöpfung wollte Joey nicht schlafen. Die halbe Flasche Whisky hatte weder seine Nerven beruhigt noch seine Ängste gelindert. Er fühlte sich sehr verletzlich. Im Schlaf wäre er völlig wehrlos.

Trotzdem mußte er versuchen, ein wenig auszuruhen. In etwas mehr als zwölf Stunden würde er seinen Dad beerdigen, und er brauchte Kraft für das Begräbnis, das alles andere als leicht für ihn sein würde.

Er trug den Stuhl zur Tür und schob die Rückenlehne unter die Klinke – eine simple, aber wirksame Barrikade.

Sein Zimmer befand sich im ersten Stock. Das Fenster war von draußen schwer zu erreichen. Außerdem war es geschlossen.

Selbst wenn er tief schlafen sollte, konnte jetzt niemand mehr das Zimmer betreten, ohne so viel Lärm zu machen, daß er aufwachen würde. Niemand – nichts.

Wieder im Bett, lauschte er dem unablässigen Prasseln des Regens auf das Dach. Wenn jemand in diesem Moment durchs Haus schlich, konnte Joey ihn nicht hören, denn der Lärm des Gewitters bot einen perfekten Schutz.

»Shannon« murmelte er, »du wirst mit zunehmendem Alter immer verrückter.«

Wie die feierlichen Trommeln bei einem Begräbnis, so geleitete der Regen Joey in die tiefere Dunkelheit des Schlafs.

Im Traum teilte er sein Bett mit einer toten Frau, die ein durchsichtiges blutbeschmiertes Gewand trug. Von dämonischer Energie beseelt, legte sie ihm plötzlich eine Hand aufs Gesicht. *Möchtest du mit mir schlafen?* fragte sie. *Niemand wird je etwas davon erfahren. Nicht einmal ich könnte als Zeugin gegen dich auftreten. Ich bin nicht nur tot, sondern auch blind.* Sie wandte ihm ihr Gesicht zu, und er sah, daß sie keine Augen mehr hatte. Aus den leeren Augenhöhlen gähnte ihm die tiefste Dunkelheit entgegen, die er je gesehen hatte. *Ich gehöre dir Joey. Ich gehöre dir.*

Er fuhr nicht mit einem Schrei aus dem Schlaf, sondern mit einem kläglichen Wimmern. Auf der Bettkante sitzend, vergrub er sein Gesicht in den Händen und schluchzte leise.

Obwohl ihm von zuviel Alkohol schwindlig und übel war, wußte er, daß seine Reaktion auf den Alptraum nicht normal war. Zwar hatte er rasendes Herzklopfen, aber seine Trauer war viel größer als seine Angst. Dabei war die Tote keine Frau, die er jemals gekannt hatte, sondern nur ein Phantom, geboren aus zu wenig Schlaf und zuviel Jack Daniel's. In der vergangenen Nacht, erschüttert über die Nachricht vom Tod seines Vaters und besorgt über die bevorstehende Fahrt nach Asherville, war er nur für wenige Stunden eingedöst. Die natürliche Folge war, daß jetzt Monster seine Träume bevölkerten. Die augenlose Frau war nur ein grotesker Spuk gewesen. Trotzdem lastete die Erinnerung an sie zentnerschwer auf seiner Seele, und er hatte unerklärlicherweise das niederschmetternde Gefühl, einen unersetzlichen Verlust erlitten zu haben.

Dank der Leuchtziffern seiner Uhr konnte er sehen, daß es halb vier war. Er hatte weniger als drei Stunden geschlafen.

Die Dunkelheit preßte sich immer noch ans Fenster, und endlose Regenströme zerteilten die Nacht.

Er stand vom Bett auf und ging zum Schreibtisch, wo die halbvolle Flasche Jack Daniel's stand. Ein kleiner Schluck konnte nicht schaden. Irgendwie mußte er die Zeit bis zum Tagesanbruch überstehen.

Während er die Flasche aufschraubte, verspürte er einen heftigen Drang, zum Fenster zu gehen. Er fühlte sich magisch davon angezogen, widerstand jedoch, weil er absurderweise befürchtete, hinter der regennassen Scheibe die tote Frau zu sehen, ein Stockwerk über der Erde schwebend, mit wirren blonden Haaren, pechschwarzen leeren Augenhöhlen, in einem durchsichtigen Gewand, die Arme ausgestreckt, so als würde sie ihn stumm anflehen, das Fenster zu öffnen und mit ihr ins Unwetter hinaus zu fliegen.

Überzeugt davon, daß sie *tatsächlich* wie ein Geist dort draußen schwebte, traute er sich nicht einmal, aus dem Augenwinkel heraus einen Blick auf das Fenster zu werfen. Sie könnte selbst den flüchtigsten Blickkontakt als Einladung auffassen, zu ihm zu kommen. Wie ein Vampir würde sie an die Scheibe klopfen und um Einlaß bitten, aber ohne Einladung konnte sie seine Schwelle nicht übertreten.

Das Gesicht von dem rechteckigen Rahmen abgewandt, kehrte er zum Bett zurück, die Flasche in der Hand.

Er frage sich, ober er nur betrunkener als sonst war oder aber den Verstand verlor.

Zu seiner eigenen Überraschung schraubte er die Flasche wieder zu, ohne einen Schluck getrunken zu haben.

3

Morgens hörte es auf zu regnen, aber der Himmel blieb wolkenverhangen und düster.

Joey hatte keinen Kater. Er wußte genau, wieviel Alkohol er vertragen konnte, ohne unter unangenehmen Nachwirkungen zu leiden. Und er schluckte jeden Tag mehrere Vitamin-B-Tabletten, um zu ersetzen, was der Whisky zerstörte;

extremer Vitamin-B-Mangel war die Hauptursache für einen
Kater. Er kannte alle Tricks. Sein Trinken war methodisch
und durchorganisiert – er betrieb es so, als wäre es sein Beruf.

In der Küche fand er etwas zum Frühstücken – eine
trockenes Stück Kuchen und ein halbes Glas Orangensaft.

Er duschte und zog seinen einzigen Anzug mit weißem
Hemd und dunkelroter Krawatte an. Den Anzug hatte er seit
fünf Jahren nicht mehr getragen, und er war ihm jetzt viel zu
weit. Auch der Hemdkragen war eine Nummer zu groß. Er
sah wie ein Fünfzehnjähriger aus, der sich die Kleidung seines Vaters ausgeliehen hatte.

Die endlose Alkoholzufuhr beschleunigte offenbar seinen
Stoffwechsel: Er verbrannte alles, was aß und trank, so
schnell, daß er jedes Jahr am 31. Dezember ein Pfund weniger wog als am 1. Januar. In 150 Jahren würde er sich einfach
in Luft auflösen.

Um zehn Uhr fuhr er zu Devokowskis Bestattungsinstitut
in der Main Street. Es war geschlossen, aber Joey wurde von
Mr. Devokowski erwartet.

Louis Devokowski war seit 35 Jahren der Bestattungsunternehmer von Asherville. Er entsprach nicht im geringsten
dem Bild, das Filme und Comics von Männern seines Be-
rufsstandes vermittelten – bleich, mager, mit gebeugten
Schultern. Ganz im Gegenteil: Er war stämmig, hatte ein ro-
siges Gesicht und dunkle Haare ohne jedes Grau – so als
wäre die Arbeit mit Toten ein Rezept für langes Leben und
Vitalität.

»Joey!«

»Mr. Devokowski!«

»Es tut mir ja so leid.«

»Mir auch.«

»Die halbe Stadt hat ihm hier gestern abend die letzte Ehre erwiesen.«

Joey schwieg.

»Alle haben deinen Vater geliebt.«

Joey sagte nichts, weil auf seine Stimme kein Verlaß war.

»Ich bringe dich jetzt zu ihm«, sagte Devokowski.

Die Aufbahrungshalle war ein pietätvoller Raum – burgunderroter Teppich, burgunderrote Vorhänge, beige Wände, gedämpftes Licht. Große Rosenbuketts verströmten einen süßlichen Duft.

Der Sarg war aus Bronze, mit Griffen und Beschlägen aus glänzendem Kupfer. Joey hatte Mr. Devokowski telefonisch instruiert, das Beste zu nehmen. So würde P. J. es gewollt haben – und P. J. würde diesen Sarg ja auch bezahlen.

Joey näherte sich der Bahre so zögernd wie ein Mann, der im Traum befürchtet, sich selbst im Sarg liegen zu sehen.

Doch es war Dan Shannon, der in einem dunkelblauen Anzug friedlich dalag, auf cremefarbenes Satin gebettet. Die letzten zwanzig Jahre waren nicht freundlich mit ihm umgesprungen: Er sah so besorgt und erschöpft aus, daß man fast glauben konnte, er wäre über seinen Tod glücklich gewesen.

Mr. Devokowski hatte sich diskret entfernt. Joey war mit seinem Dad allein.

»Es tut mir leid«, flüsterte er. »Es tut mir so leid, daß ich nie zurückgekommen bin, daß ich dich und Mom nie wiedergesehen habe«.

Zögernd berührte er die bleiche Wange des alten Mannes. Sie war kalt und trocken.

Er zog seine Hand zurück. »Ich habe einfach den falschen Weg eingeschlagen.« Seine Stimme zitterte. »Einen seltsamen Highway … und irgendwie … irgendwie gab es nie ein Zurück. Ich kann es dir nicht erklären, Dad. Ich verstehe es selbst nicht.« Eine Weile konnte er nicht sprechen. Der Rosenduft schien immer intensiver zu werden.

Man hätte Dan Shannon ohne weiteres für einen Bergmann halten können, obwohl er nie in den Kohlegruben gearbeitet hatte, nicht einmal als Junge. Breite schwere Gesichtszüge. Mächtige Schultern. Kräftige Hände mit plumpen Fingern, von vielen Narben überzogen. Er war Automechaniker gewesen, ein *guter* Automechaniker – aber zu einer Zeit und an einem Ort, wo es nie genug Arbeit für ihn gab.

»Du hättest einen liebenden Sohn verdient«, flüsterte Joey endlich wieder. »Ein Glück, daß du *zwei* Söhne hattest, stimmt's?« Er schloß die Augen. »Es tut mir leid. O Gott, es tut mir so wahnsinnig leid!«

Das Herz war ihm vor Gewissensbissen so schwer wie ein Amboß, aber Unterhaltungen mit dem Toten konnten keine Absolution bewirken. Nicht einmal Gott könnte ihm jetzt noch eine Absolution erteilen.

Mr. Devokowski hatte in der Vorhalle auf ihn gewartet. »Weiß P. J. schon Bescheid?« fragte er.

Joey schüttelte den Kopf. »Ich konnte ihn noch nicht erreichen.«

»Wie ist das möglich? Er ist doch dein Bruder.« Für einen Moment machte die professionell teilnahmsvolle Mine unverhohlener Verachtung Platz.

»Er ist ständig auf Reisen, Mr. Devokowski, das wissen Sie doch. Immer unterwegs, um irgend etwas Neues zu erkunden. Es ist nicht meine Schuld, daß wir keinen Kontakt haben.«

Devokowski nickte widerwillig. »Ich habe vor ein paar Monaten den Artikel über ihn in *People* gelesen.«

P. J. Shannon war ein Schriftsteller, der das Leben auf den Straßen schilderte, der berühmteste Literaturzigeuner seit Jack Kerouac.

»Er sollte für eine Weile nach Hause kommen«, sagte Devokowski, »vielleicht ein zweites Buch über Asherville schreiben. Ich finde immer noch, daß das sein bestes Buch war. Wenn er erfährt, daß euer Dad tot ist, wird der arme P. J. ganz gebrochen sein. Er hat euren Dad wirklich geliebt.«

Ich auch, dachte Joey, aber er sprach es nicht aus. In Anbetracht seines Verhaltens während der letzten zwanzig Jahre würde ihm das niemand glauben. Aber er *hatte* Dan Shannon geliebt. Und er hatte auch seine Mutter Kathleen geliebt – obwohl er nicht an ihr Krankenlager geeilt und auch ihrem Begräbnis ferngeblieben war.

»P. J. war im August zu Besuch«, berichtete Devokowski. »Er hat etwa eine Woche hier verbracht. Euer Dad war mächtig stolz auf ihn und hat mit ihm sämtliche Bekannte besucht.«

Devokowskis Assistent, ein ernsthafter junger Mann in

dunklem Anzug, betrat die Vorhalle und sagte gedämpft: »Sir, es wird Zeit, den Verstorbenen in die Kirche zu überführen.«

Devokowski warf einen Blick auf seine Uhr und fragte Joey: »Kommst du zur Messe?«

»Ja, natürlich.«

Der Bestattungsunternehmer nickte und wandte sich von Joey ab. Seine Körpersprache verriet deutlich, daß *dieser* Sohn von Dan Shannon eigentlich kein Recht hatte, seiner Antwort ein »natürlich« hinzuzufügen.

Draußen sah der Himmel verbrannt aus, wie schwarze Kohle und dichte graue Asche, aber er war regenschwer.

Joey hoffte, daß der nächste Wolkenbruch bis nach der Messe und dem Begräbnis auf sich warten lassen würde.

Als er von hinten auf sein am Straßenrand geparktes Auto zuging, sprang der Kofferraum von selbst auf, und der Deckel hob sich einige Zentimeter. Aus dem dunklen Inneren streckte sich ihm eine schlanke Hand entgegen, schwach, flehend, verzweifelt. Eine Frauenhand. Der Daumen war gebrochen und hing in groteskem Winkel herab, und von den eingerissenen Fingernägeln tropfte Blut.

Um Joey herum schien Asherville plötzlich unter einen düsteren Zauberbann geraten zu sein. Der Wind erstarb. Die Wolken, die rastlos von Nordwesten her über den Himmel gezogen waren, standen still. Alles war leblos, kein Laut zu hören. Joey war vor Schreck wie gelähmt. Kalter Schweiß brach ihm aus. Er hatte das Gefühl, unter der gewölbten Decke der Hölle zu stehen. Nur die Hand bewegte sich, nur die Hand war lebendig, und nur diese um Rettung flehende Hand war von Bedeutung in einer Welt, die sich in Stein verwandelt hatte.

Joey konnte den Anblick des herabhängenden Daumens, der eingerissenen Nägel und des langsam herabtropfenden Blutes nicht ertragen – aber etwas zwang ihn hinzusehen. Er wußte, daß das die Frau in dem durchsichtigen Gewand war; sie war aus seinem nächtlichen Alptraum in die reale Welt gekommen, obwohl so etwas nicht möglich sein dürfte.

Die Hand schob sich etwas weiter aus dem Schatten des

Kofferraumdeckels hervor und dreht die Innenfläche nach oben. In der Mitte war eine blutige Wunde, die von einem Nagel herrühren konnte.

Seltsamerweise konnte Joey, als er entsetzt die Augen schloß, den Altar der Kirche »Unsere schmerzensreiche Mutter« so deutlich vor sich sehen, als stünde er in diesem Moment auf den Altarstufen. Ein silberheller Glockenton durchbrach die Stille, aber es war kein reales Geräusch an diesem Oktobernachmittag, sondern ein Klang aus ferner Vergangenheit, aus den Morgenmessen seiner Kindheit. *Durch meine Schuld, durch meine Schuld, durch meine übergroße Schuld.* Er sah den funkelnden Kelch, in dem sich Kerzenflammen spiegelten. Der Priester hob die Hostie mit beiden Händen. Joey versuchte den Moment der Wandlung wahrzunehmen, einen Moment, da die Hoffnung sich erfüllte, da der Glaube belohnt wurde. Das perfekte Mysterium, das sich im Bruchteil einer Sekunde vollzog: aus Wein wurde Blut. Besteht noch Hoffnung für die Welt, für verlorene Menschen wie mich?

Die Bilder vor seinem geistigen Auge wurden genauso unerträglich wie der Anblick der blutigen Hand. Joey öffnete die Augen. Die Hand war verschwunden. Der Kofferraum war geschlossen. Der Wind wehte wieder, die dunklen Wolken fegten von Nordwesten her über den Himmel, und in der Ferne bellte ein Hund. Der Kofferraum war nie aufgegangen, die Hand hatte sich ihm nie entgegengestreckt. Er litt unter Halluzinationen.

Joey hob seine eigenen Hände und starrte sie an, als würden sie einem Fremden gehören. Sie zitterten sehr stark.

Delirium tremens. Zittern. Visionen von Dingen, die aus den Wänden krochen. In diesem Fall aus einem Kofferraum. Alle Säufer erlebten so etwas von Zeit zu Zeit – speziell, wenn sie versuchten, das Trinken aufzugeben.

Im Wagen holte er einen Flachmann aus der Innentasche seines Sakkos, betrachtete die Flasche, schraubte sie endlich auf, schnupperte an dem Whisky und führte die Flasche an seine Lippen.

Entweder hatte er sehr lange wie gelähmt neben dem Kof-

ferraum gestanden, oder aber er hatte sehr lange den Flachmann angestarrt und dabei dem Verlangen nach einem
Schluck zu widerstehen versucht. Jedenfalls fuhr der Leichenwagen mit dem Sarg seines Vaters schon an ihm vorbei
und bog nach rechts ab, in Richtung Kirche.

Joey wollte während des Requiems nüchtern sein. Seit
langem hatte er nichts mehr so sehr gewollt.

Ohne einen Schluck getrunken zu haben, schraubte er die
Flasche zu und verstaute sie in seiner Tasche.

Er ließ den Motor an, holte den Leichenwagen ein und
folgte ihm zur Kirche.

Während der Fahrt glaubte er mehrmals, dumpfe Geräusche aus dem Kofferraum zu hören. Ein leises Klopfen. Ein
Kratzen. Einen schwachen, hohen Schrei.

4

Die Pfarrkirche »Unsere schmerzensreiche Mutter« sah noch
genauso wie in seiner Erinnerung aus: dunkles Holz, liebevoll zu satinartigem Glanz poliert; Buntglasfenster, die bei
Sonnenschein die Kirchenbänke in warmes Licht tauchten
und von Nächstenliebe und Erlösung kündeten; Deckenge-
wölbe, die in blaue Schatten gehüllt waren; die mit verschiedenen Gerüchen geschwängerte Luft – Zitronenölpolitur,
Weihrauch, heißes Kerzenwachs.

Joey saß in der letzten Reihe und hoffte, daß niemand ihn
erkennen würde. Er hatte in Asherville keine Freunde mehr.
Und ohne einen tiefen Schluck aus seinem Flachmann konnte er die zornigen und verächtlichen Blicke nicht ertragen,
die ihn mit Sicherheit streifen würden – und die er zweifellos auch verdient hatte.

Mehr als 200 Personen wohnten der Messe bei, und Joey
hatte den Eindruck, als wäre die Stimmung noch gedrückter
als bei anderen Begräbnissen. Dan Shannon war allgemein
beliebt gewesen, und viele würden ihn vermissen.

Viele Frauen wischten sich mit ihren Taschentüchern die
Tränen von den Wangen, aber alle Männer hatten trockene

Augen. – Asherville weinten Männer nie in der Öffentlichkeit – und sogar heimlich nur sehr selten. Obwohl seit über
20 Jahren niemand mehr in den Bergwerken arbeitete,
stammten sie doch alle von Generationen von Bergleuten ab,
die jederzeit mit Tragödien rechnen mußten, mit dem Verlust geliebter Menschen oder guter Freunde durch Explo-
sionen, Verschüttungen oder Lungenkrankheiten. Ohne Stoi-
zismus hätten diese Menschen nie überleben können.

Behalte deine Gefühle für dich. Belaste deine Freunde und
deine Familie nicht mit deinen Sorgen und Ängsten. Steh al-
les allein durch. Das war die Weltanschauung von Asherville, und diese Wertvorstellungen hatten sogar noch mehr Gewicht als die Moral, die der zweitausend Jahre alte
christliche Glaube lehrte und die jeder Priester von der Kan-
zel predigte.

Joey hatte seit zwanzig Jahren keine Messe mehr besucht.
Dieses Totenamt war – offenbar auf Wunsch der Gemeinde –
eine klassische lateinische Messe, mit der ganzen Ausdruckskraft und Feierlichkeit, die verlorengegangen waren,
als die Kirche sich in den 60er Jahren dem Zeitgeist anpaßte.

Die Schönheit der Messe rührte Joey nicht an, wärmte ihm
nicht das Herz. Durch seine Lebensweise während der letzten zwanzig Jahre hatte er den Glauben verloren, und jetzt
konnte er die Zeremonie nur noch äußerlich nachvollziehen,
etwa so wie jemand, der ein schönes Gemälde durch das Ga-
leriefenster betrachtet und wegen der Spiegelungen im Glas
alles nur verzerrt und verschwommen sieht.

Die Messe war erhebend, aber es war eine kalte Schönheit.
Wie Winterlicht auf glänzendem Stahl. Wie eine arktische
Landschaft.

Von der Kirche fuhr Joey zum Friedhof, der auf einem
Hügel lag. Das Gras war noch grün, mit Laub übersät, das
unter seinen Füßen knisterte.

Sein Vater würde neben seiner Mutter beerdigt werden.
Auf der zweiten Hälfte des Doppelgrabsteins war noch kein
Name eingemeißelt.

Zum erstenmal am Grab seiner Mutter zu stehen und ihren Namen sowie das Todesdatum in Granit gemeißelt zu

sehen, löste in Joey keine besondere Erschütterung aus. Es war nicht so, als würde er erst jetzt begreifen, daß sie wirklich tot war. Er war sich des Verlustes in den letzten sechzehn Jahren stets schmerzhaft bewußt gewesen.

Doch im Grunde hatte er sie schon vor zwanzig Jahren verloren, denn seitdem hatte er sie nicht mehr gesehen.

Der Leichenwagen hielt auf der Straße, nicht weit vom Grab entfernt. Lou Devokowski und sein Assistent überwachten das Ausladen des Sarges.

Das offene Grab, das auf Dan Shannon wartete, war von einem etwa meterhohen Plastikvorhang umgeben, um sensiblen Trauergästen den Anblick der bloßen Erde an den Wänden des Grabes zu ersparen, einen Anblick, der sie brutal mit der düsteren Realität konfrontieren würde. Auch der ausgehobene Erdhügel war pietätvoll mit schwarzem Plastik verhüllt und mit Blumensträußen und Farnwedeln geschmückt.

So als wollte er sich selbst bestrafen, trat Joey dicht an die gähnende Grube heran und spähte über den Vorhang hinweg, um genau zu sehen, wohin sein Dad gleich verschwinden würde.

Auf dem Boden des Grabes, von loser Erde halb bedeckt, lag eine Leiche, in blutbeschmiertes Plastik gehüllt. Eine nackte Frau. Das Gesicht war nicht zu sehen, aber nasse blonde Haarsträhnen.

Joey taumelte rückwärts und prallte gegen andere Trauergäste.

Er bekam keine Luft. Seine Lungen schienen mit der Erde aus dem Grab seines Vaters verstopft zu sein.

Mit ernsten, feierlichen Mienen, die gut zum düsteren Himmel paßten, stellten die Träger den Sarg vorsichtig auf die Bretter über der Grube.

Joey wollte ihnen zurufen, daß sie den Sarg zur Seite schieben und in die Tiefe blicken sollten, wo die in Plastikfolie gehüllte Frau lag.

Er brachte kein Wort hervor.

Der Priester war eingetroffen. Seine schwarze Soutane und der weiße Chorrock flatterten im Wind. Die Beerdigung würde gleich beginnen.

Wenn der Sarg erst einmal in die zweieinhalb Meter tiefe Grube hinabgesenkt wurde, auf die tote Frau, wenn das Grab erst einmal zugeschüttet war, würde niemand je erfahren, daß sie dort lag. Für jene Menschen, die sie liebten und verzweifelt nach ihr suchten, würde sie immer spurlos verschwunden bleiben.

Wieder versuchte Joey zu sprechen, und wieder brachte er keinen Laut hervor. Er zitterte am ganzen Leibe.

Auf einer bestimmten Bewußtseinsebene wußte Joey, daß die Leiche auf dem Boden des Grabes nicht wirklich existierte. Sie war nur ein Phantom, eine Halluzination. *Delirium tremens*. Wie die Käfer die Ray Milland in *Lost Weekend* aus den Wänden kriechen sah.

Trotzdem wollte er schreien, und er hätte es getan, wenn es ihm nur gelungen wäre, den Würgegriff eisigen Schreckens abzuschütteln. Er wollte die Sargträger anbrüllen, daß sie ins Grab schauen sollten, obwohl er wußte, daß sie dort nichts finden und ihn für verrückt halten würden.

Aus dem offenen Grab stieg ein Geruch von feuchter Erde und Verwesung herauf, und das erinnerte ihn an all die kleinen Kreaturen, von denen es unter dem Rasen wimmelte – Käfer, Würmer und sonstige wuselnde Wesen, die er nicht benennen konnte.

Joey wandte sich vom Grab ab, schob sich durch die mehr als hundert Trauergäste, die von der Kirche zum Friedhof gekommen waren, stolperte zwischen den Grabsteinen hügelabwärts und suchte Zuflucht in seinem Mietwagen.

Plötzlich konnte er wieder tief Luft holen, und endlich fand er auch seine Stimme wieder. »O Gott, o Gott, o Gott!«

Offenbar verlor er den Verstand. Zwanzig Jahre Trunksucht hatten sein Gehirn wohl irreparabel geschädigt. Zu viele graue Gehirnzellen waren durch den Alkohol zerstört worden.

Nur indem er seinem Laster weiter frönte, konnte er einen klaren Kopf bewahren. Er holte den Flachmann aus der Sakkotasche.

Die bestürzten Trauergäste hatten seine hastige Flucht, die ihnen Gesprächsstoff für mindestens einen Monat liefern würde, mit großem Interesse verfolgt, und zweifellos starrten auch jetzt viele zu seinem Mietwagen hinüber, um nichts zu verpassen. Die Mißbilligung des Priesters nahmen sie dabei in Kauf.

Joey war es egal, was sie von ihm halten würden. Ihm war alles egal. Nur noch der Whisky zählte.

Aber sein Dad war noch nicht beerdigt. Er hatte sich geschworen, bis nach dem Begräbnis nüchtern zu bleiben. Im Laufe der Jahre hatte er unzählige Schwüre dieser Art gebrochen, aber aus irgendwelchen unerfindlichen Gründen war dieses Versprechen ihm wichtiger als alle anderen.

Er schraubte die Flasche nicht auf.

Auf dem Hügel zwischen den ihres Laubs schon halb beraubten Bäumen, unter einem bleischweren Himmel, wurde der Sarg langsam in die teilnahmslose Erde hinabgelassen.

Die ersten Trauergäste gingen auseinander und blickten mit unverhohlener Neugier zu Joeys Wagen hinüber.

Als auch der Priester sich vom Grab entfernte, wirbelte ein heftiger Windstoß die welken Blätter auf; sie fegten über die Grabsteine hinweg, als wären irgendwelche bösen Geister plötzlich aus unruhigem Schlaf erwacht.

Donner grollte zum erstenmal seit Stunden, und die restlichen Trauergäste eilten zu ihren Autos.

Während das Gewitter näher kam, entfernte ein Friedhofsarbeiter in gelbem Regenmantel die Plastikplane über dem Erdhaufen. Ein zweiter Arbeiter saß am Steuer eines kleinen Baggers, der genauso gelb wie sein Regenmantel war.

Noch bevor es in das offene Grab hineinregnen konnte, wurde dieses mit Erde aufgefüllt, die man anschließend feststampfte.

»Leb wohl«, murmelte Joey.

Er hätte eigentlich das Gefühl haben müssen, am Ende eines wichtigen Lebensabschnitts angelangt zu sein, etwas abgeschlossen zu haben. Aber er fühlte sich nur leer und unvollkommen. Falls er je gehofft hatte, einen endgültigen Schlußstrich ziehen zu können, so war es ihm nicht gelungen.

Wieder zurück in seinem Elternhaus, ging Joey die schmale Kellertreppe hinab. Vorbei am Heizkessel. Vorbei an dem kleinen Heißwasserboiler.

Die Tür zu P. J.'s ehemaligem Zimmer war durch Alter und Feuchtigkeit verzogen. Sie quietschte in den Angeln und schabte über die Schwelle, als Joey sie aufriß.

Regen trommelte an die zwei schmalen Klappfenster, die hoch an der Außenwand angebracht waren, und das graue Tageslicht vermochte den Raum nicht zu erhellen. Er drückte auf den Lichtschalter neben der Tür, und eine nackte Glühbirne an der Decke spendete Licht.

Der kleine Raum war leer. Vor vielen Jahren hatten seine Eltern das Bett und die anderen Möbel wohl für ein paar Dollar verkauft. Wenn P. J. in den letzten zwanzig Jahren nach Hause gekommen war, hatte er in Joeys Zimmer im ersten Stock geschlafen, denn Joey kam ja ohnehin nie zu Besuch.

Staub. Spinnweben. Unten an den Wänden: dunkle Schimmelflecken.

Das einzige, was noch darauf hindeutete, daß P. J. früher einmal hier gewohnt hatte, waren einige Filmposter, die mit Reißzwecken an die Wände geheftet waren – vergilbte, eingerissene und an den Ecken aufgerollte grelle Plakate, die für miserable Filme Reklame gemacht hatten.

An der High Shool hatte P. J. davon geträumt, aus Asherville und aus der Armut herauszukommen und Filmregisseur zu werden. »Aber diese Poster sollen mich immer daran erinnern«, hatte er Joey einmal erklärt, »daß Erfolg um jeden Preis sich nicht lohnt. In Hollywood kann man sogar mit solch billigem Schund reich und berühmt werden. Wenn ich es jedoch nicht schaffe, wirklich gute Arbeit zu leisten, werde ich hoffentlich den Mut haben, meinen Traum ganz aufzugeben, anstatt mich zu verkaufen.«

Entweder hatte das Schicksal P. J. nie eine Chance in Hollywood gegeben, oder aber er hatte irgendwann einfach das Interesse am Filmemachen verloren. Statt dessen war er als Schriftsteller zu Ruhm und Ehren gelangt und hatte somit

Joeys Träume verwirklicht, nachdem Joey sie aufgegeben hatte.

Die Literaturkritiker hielten sehr viel von P. J.'s Werken. Aus dem Material, das er auf seinen Reisen kreuz und quer durch die USA sammelte, entstand eine geschliffene Prosa, die unter einer scheinbar simplen Oberfläche geheimnisvolle Tiefen verbarg.

Joey beneidete seinen Bruder – aber ohne jede Mißgunst. Er gönnte P. J. den wohlverdienten Ruhm und das wohlverdiente Vermögen, und er war stolz auf ihn.

In ihrer Kindheit und Jugend hatten sie eine sehr enge Bindung gehabt, und daran hatte sich im Grunde bis jetzt nichts geändert, obwohl ihr Kontakt sich jetzt größtenteils auf Ferngespräche beschränkte. P. J. rief aus Montana, Maine, Key West oder aus irgendeiner verschlafenen Kleinstadt auf der texanischen Hochebene an, und manchmal schneite er auch unangemeldet bei Joey herein; aber das kam nur alle drei oder vier Jahre einmal vor, und auch dann blieb er nie länger aus zwei Tage, meistens sogar nur einen Tag.

Kein Mensch hatte Joey jemals so viel bedeutet wie P. J., und daran würde sich nie etwas ändern. Seine Gefühle für den älteren Bruder waren viel zu tief und komplex, als daß er sie jemandem hätte erklären können.

Der Regen hämmerte auf den Rasen jenseits der Kellerfenster. Vom Himmel – so weit oben, daß es sich in einer anderen Welt abzuspielen schien – krachte wieder der Donner.

Er war in den Keller gekommen, weil er ein Einmachglas suchte. Doch der Raum war bis auf die Filmposter völlig leer.

Dicht neben seinem Schuh huschte eine fette schwarze Spinne über den Betonboden. Er zertrat sie nicht, sondern beobachtete ihre Flucht, bis sie in einem Riß Zuflucht fand. Dann machte er das Licht aus, ließ die verzogene Tür offenstehen und durchquerte den Heizungsraum.

Auf den obersten Treppenstufen, fast schon in der Küche, sagte er vor sich hin: »Ein Einmachglas? Was für ein Einmachglas?«

Verwirrt blieb er stehen und blickte die Treppe hinab.

Ein Einmachglas *mit* irgend etwas. Oder *für* etwas?

Er konnte sich nicht erinnern, wozu er ein Einmachglas benötigte haben könnte oder nach was für einem Glas er gesucht hatte.

Ein weiteres Anzeichen von geistiger Verwirrung?

Er hatte viel zu lange nichts getrunken.

Das Unbehagen und die Desorientierung, die ihn seit seiner Ankunft in Asherville am Vortag quälten, wurden immer stärker. Er ging rasch die letzten Stufen hinauf und schaltete das Kellerlicht aus.

Sein Koffer stand gepackt im Wohnzimmer. Er trug ihn auf die Veranda, schloß die Haustür hinter sich ab und legte den Schlüssel unter die Matte, wo er ihn vor nicht einmal 24 Stunden gefunden hatte.

Etwas knurrte hinter ihm, und als er sich umdrehte, sah er einen nassen, räudigen schwarzen Hund auf den Verandastufen stehen, der die Zähne fletschte und ihn aus schwefelgelben Augen anstarrte.

»Verschwinde«, sagte Joey, nicht drohend, sondern ganz sanft.

Der Hund knurrte wieder, senkte den Kopf und spannte die Muskeln an, so als wollte er Joey anspringen.

»Du gehörst genausowenig hierher wie ich« erklärte Joey ihm.

Das Tier wirkte verunsichert, schüttelte sich, leckte sich das Maul und trat den Rückzug an.

Mit seinem Koffer in der Hand blickte Joey dem Hund von der obersten Verandastufe aus nach, der durch den schrägen grauen Regen lief, um die Ecke bog und sich am Ende des Blocks scheinbar in Luft auflöste, so als wäre er nur eine Fata Morgana gewesen. Unwillkürlich fragte Joey sich, ob er wieder eine Halluzination gehabt hatte.

6

Die Anwaltskanzlei befand sich im ersten Stock eines Ziegelbaues in der Main Street, über der Old Town Tavern. Das Lokal war an Sonntagnachmittagen geschlossen, doch die kleinen Neonschilder, die in den Fenstern für Rolling Rock und Pabst Blue Ribbon warben, färbten den Regen vor den Scheiben grün und blau.

Der schwach beleuchtete Korridor diente auch als Zugang zu einem Zahnarzt und einem Immobilienmakler. Henry Kadinskas Kanzlei bestand aus zwei Räumen. Die Tür zum Empfangszimmer stand offen.

Joey trat ein und rief: »Hallo?«

Die innere Tür war angelehnt, und von dort antwortete ein Mann: »Kommen Sie bitte herein, Joey.«

Der zweite Raum war größer als der erste, aber alles andere als imposant. Bücherregale mit juristischer Fachliteratur nahmen zwei Wände ein; zwei Diplome hingen leicht schief an der dritten Wand. Die herabgelassenen Holzjalousien an den Fenstern waren sehr alt – solche Modelle wurden seit mindestens 50 Jahren nicht mehr hergestellt. Zwischen den horizontalen Lamellen war von dem regnerischen Tag nicht viel zu sehen.

Zwei gleiche Mahagonischreibtische standen einander gegenüber. Früher hatte Henry Kadinska mit seinem Vater Lev zusammengearbeitet, der ursprünglich Ashervilles einziger Anwalt gewesen war. Lev war gestorben, als Joey die letzte Klasse der High Shool besuchte, aber sein unbenutzter Schreibtisch blieb, auf Hochglanz poliert, als Erinnerungsstück in der Kanzlei stehen.

Henry legte seine Pfeife in einen großen Aschenbecher aus geschliffenem Glas, stand auf und reichte Joey über den Schreibtisch hinweg die Hand. »Ich habe Sie bei der Messe gesehen, wollte aber nicht stören.«

»Ich habe niemanden bewußt wahrgenommen«, entschuldigte sich Joey.

»Wie geht es Ihnen?«

»Gut. Ich kann nicht klagen.«

Sie standen einen Augenblick lang etwas unbeholfen da und wußten nicht, was sie sagen sollten. Dann ließ Joey sich in einem der großen Sessel vor dem Schreibtisch nieder.

Kadinska nahm ebenfalls wieder Platz und griff nach seiner Pfeife. Er war Mitte fünfzig, ein schmaler Mann mit vorstehendem Adamsapfel. Sein Kopf schien im Verhältnis zum Körper etwas zu groß geraten, und dieser Eindruck wurde noch dadurch verstärkt, daß er eine Stirnglatze hatte. Seine nußbraunen Augen hinter den dicken Brillengläsern sahen freundlich aus.

»Haben Sie den Hausschlüssel unter der Matte gefunden?«

Joey nickte.

»Im Haus hat sich wenig verändert, stimmt's?« fragte Henry Kadinska.

»Weniger als ich erwartet hatte. So gut wie nichts.«

»Ihr Vater hatte früher nie Geld für irgendwelchen Luxus, und als er dann endlich zu etwas Geld kam, wußte er nicht, wofür er es ausgeben sollte.« Er zündete seine Pfeife an. »Es hat P. J. ganz verrückt gemacht, daß Dan sich kaum etwas gönnte.«

Joey rutschte unbehaglich im Sessel hin und her. »Mr. Kadinska, ich verstehe nicht, warum Sie mich sehen wollten ...«

»Weiß P. J. immer noch nicht, daß Ihr Vater gestorben ist?«

»Ich habe mehrmals in seiner New Yorker Wohnung angerufen, konnte aber nur auf dem Anrufbeantworter eine Nachricht hinterlassen. Er verbringt höchstens einen Monat im Jahr in New York.«

Die Pfeife brannte wieder. Es roch nach Tabak mit Kirscharoma. Trotz der Diplome und Bücher hatte der Raum wenig von einer durchschnittlichen Anwaltskanzlei an sich. Er war gemütlich – ein wenig schäbig, aber gemütlich. Und Henry Kadinska lehnte so entspannt in seinem Schreibtischsessel, als säße er im Pyjama vor dem Fernseher.

»Manchmal ruft er den Anrufbeantworter tage- oder sogar wochenlang nicht ab.«

»Komische Lebensweise – fast immer unterwegs. Aber für ihn scheint es das Richtige zu sein.«

»Er genießt dieses Leben.«

»Und das Resultat sind dann seine wundervollen Bücher«, sagte Kadinska.

»Ja.«

»Ich liebe seine Bücher sehr.«

»Alle lieben seine Bücher.«

»Sie vermitteln einem ein herrliches Gefühl von Freiheit, und sie sind so ... so geistsprühend.«

»Mr. Kadinska, bei diesem miserablen Wetter möchte ich mich so schnell wie möglich auf den Weg nach Scranton machen. Das Flugzeug startet morgen in aller Herrgottsfrühe.«

»Ja selbstverständlich«, murmelte Kadinska, sichtlich enttäuscht. Plötzlich wirkte er wie ein einsamer Mensch, der sich auf eine freundschaftliche Unterhaltung gefreut hatte.

Während der Anwalt eine Schreibtischschublade öffnete und nach etwas suchte, fiel Joey auf, daß eines der schief aufgehängten Diplome von der Harvard University stammte. Für einen Kleinstadtanwalt im Kohlerevier war das eine höchst ungewöhnliche Alma Mater.

Jetzt bemerkte Joey auch, daß nicht alle Bücherregale mit juristischer Fachliteratur gefüllt waren. Es gab auch viele philosophische Werke. Plato, Sokrates, Aristoteles, Kant, Augustinus, Kierkegaard, Bentham, Santayana, Schopenhauer, Empedokles, Heidegger, Hobbes und Francis Bacon.

Vielleicht fühlte Henry Kadinska sich als Kleinstadtanwalt doch nicht so wohl, wie es auf den ersten Blick den Anschein hatte; vielleicht hatte er einfach irgendwann resigniert, weil die Macht der Gewohnheit ihn daran hinderte, aus der Kanzlei seines Vaters auszubrechen.

Manchmal – besonders im Whiskyrausch – vergaß Joey allzu leicht, daß er nicht der einzige Mensch auf der Welt war, dessen Träume im Nichts zerronnen waren.

»Der letzte Wille Ihre Vaters«, sagte Kadinska, während er eine Faltmappe öffnete. »Sein Testament.«

»Eine Testamentseröffnung?« frage Joey. »Ich glaube, daß dafür P. J. hier sein müßte, nicht ich.«

»Im Gegenteil. Das Testament hat mit P. J. nichts zu tun. Ihr Vater hat alles Ihnen hinterlassen.«

Von unerträglichen Schuldgefühlen geplagt, murmelte Joey: »Warum hätte er das tun sollen?«

»Warum *nicht*? Sie sind sein Sohn.«

Joey zwang sich, dem Anwalt direkt in die Augen zu

blicken. Wenigstens an diesem einen Tag wollte er ganz aufrichtig sein, wollte seinem Vater mit einem würdigen Benehmen Ehre machen.

»Wir kennen beide die bittere Antwort auf Ihre Frage, Mr.
Kadinska. Ich habe meinem Vater das Herz gebrochen, und
ebenso meiner Mutter. Sie siechte über zwei Jahre an Krebs
dahin, aber ich bin nie gekommen, habe nie ihre Hand gehalten, habe meinen Dad nie getröstet. Ich habe ihn in den letzten zwanzig Jahren seines Lebens kein einziges Mal besucht
und insgesamt höchstens sechs- oder achtmal angerufen. Oft
wußte er nicht einmal, wie er mich erreichen konnte, weil ich
ihm weder meine Adresse noch meine Telefonnummer gab.
Und auch wenn er meine Nummer hatte, war bei mir immer
der Anrufbeantworter eingeschaltet, damit ich nicht mit ihm
zu reden brauchte. Ich war ein erbärmlicher Sohn, Mr. Kadinska. Ich bin ein Säufer, ein Egoist und Versager, und ich
verdiene keine Erbschaft, so klein sie auch sein mag.«

Joeys unerbittliche Selbstkritik schien Henry Kadinska zu
verstören. »Jetzt sind Sie aber nicht betrunken, Joey, und der
Mann, den ich vor mir sehe, ist mit Sicherheit kein schlechter
Mensch.«

»Spätestens heute abend werde ich betrunken sein, Sir,
das versichere ich Ihnen«, sagte Joey ruhig. »Und wenn Sie
mich nicht so sehen, wie ich mich beschrieben habe, sind Sie
ein sehr schlechter Menschenkenner. Sie wissen überhaupt
nichts von mir – und das ist Ihr Glück.«

Kadinska legte seine Pfeife wieder in den Aschenbecher.
»Nun, Ihr Vater hatte Ihnen jedenfalls verziehen, und er
wollte, daß Sie alles erben.«

Joey stand abrupt auf. »Nein, ich kann dieses Erbe nicht
annehmen. Ich will es nicht haben.« Er ging auf die Tür zu.

»Bitte warten Sie«, rief der Anwalt. Joey blieb stehen und
drehte sich um. »Das Wetter ist miserabel, und die Fahrt
durchs Gebirge nach Scranton wird kein reines Vergnügen
sein.«

In seinen Sessel zurückgelehnt, griff Henry Kadinska wieder nach seiner Pfeife.

»Wo wohnen Sie, Joey?«

»Das wissen Sie doch – in Las Vegas. Dort haben Sie mich ja erreicht.«

»Ich meine – *wo* in Las Vegas?«

»Warum?«

»Ich bin Anwalt. Ich habe mein ganzes Leben damit verbracht, Fragen zu stellen, und jetzt kann ich es mir einfach nicht mehr abgewöhnen. Verzeihen Sie bitte.«

»Ich lebe in einer Wohnwagenkolonie.«

»In einer dieser tollen Anlagen mit Swimmingpool und Tennisplätzen?«

»Alte Wohnwagen«, sagte Joey unverblümt. »Schäbige alte Wohnwagen.«

»Kein Pool? Kein Tennis?«

»Nein, verdammt, nicht einmal Gras.«

»Und womit verdienen Sie Ihren Lebensunterhalt?«

»Als Croupier. Bei Kartenspielen wie Blackjack, manchmal auch beim Roulette.«

»Arbeiten Sie regelmäßig?«

»Nur wenn ich unbedingt muß.«

»Wenn das Trinken Sie nicht daran hindert?«

Joey dachte daran, daß er sich selbst versprochen hatte, heute ausnahmsweise einmal nur die Wahrheit zu sagen. »Ja, wenn ich arbeiten kann. Man verdient ganz gut, weil die Spieler hohe Trinkgelder geben. Ich kann immer etwas sparen, für die Zeiten, wo ich … wo ich etwas Urlaub nehmen muß. Ich komme gut zurecht.«

»Aber in den schicken Casinos finden Sie wohl nicht mehr oft einen Job, wenn Ihre Arbeitspapiere immer wieder Lükken aufweisen?«

»Stimmt.«

»Sie müssen sich mit immer schäbigeren Arbeitsplätzen begnügen, ja?«

»Für einen Mann, der sich noch vor kurzem so teilnahmsvoll anhörte, sind Sie plötzlich ganz schön grausam.«

Kadinska errötete vor Verlegenheit. »Entschuldigen Sie bitte, Joey, aber ich möchte Ihnen nur klarmachen, daß Sie es sich eigentlich nicht erlauben können, eine Erbschaft auszuschlagen.«

Joey blieb hart. »Ich verdiene sie nicht, ich will sie nicht, und ich werde sie nicht annehmen. Das ist mein letztes Wort. Außerdem würde sowieso niemand das alte Haus kaufen, und ich habe wirklich nicht die Absicht, nach Asherville zurückzukehren und dort zu wohnen.«

Kadinska klopfte auf die Dokumente in der Faltmappe. »Sie haben recht – das Haus ist nicht viel wert. Aber Sie erben erheblich mehr: über eine Viertelmillion Umlaufvermögen in Wertpapieren aus günstigen Kapitalanlagen.«

Joey bekam einen trockenen Mund und rasendes Herzklopfen. Die gemütliche Kanzlei verwandelte sich schlagartig in einen düsteren Ort des Schreckens, an dem er zu ersticken glaubte.

»Das ist doch absurd! Dad war ein armer Mann.«

»Aber Ihr Bruder ist schon seit langer Zeit sehr erfolgreich. In den letzten vierzehn Jahren hat er Ihrem Vater jeden Monat einen Scheck geschickt. Tausend Dollar. Wie schon gesagt – es hat P. J. ganz verrückt gemacht, daß Ihr Dad nur einen kleinen Teil davon ausgab. Meistens reichte er einfach einen Scheck nach dem anderen bei seiner Bank ein, und durch Zins und Zinseszins ist das Kapital erheblich angewachsen.«

»Dieses Geld gehört nicht mir, sondern P. J.«, brachte Joey mit zittriger Stimme hervor. »Es stammte von ihm, und er sollte es jetzt zurückbekommen.«

»Aber Ihr Vater hat es Ihnen hinterlassen. Nur Ihnen. Und sein Testament ist *gültig*.«

»Geben Sie es P. J. sobald er sich hier blicken läßt«, beharrte Joey und ging wieder auf die Tür zu.

»Ich vermute, daß P. J. den letzten Willen Ihres Vaters achten und sagen wird, daß Sie alles bekommen sollen.«

»Ich will es aber nicht!« schrie Joey.

Kadinska holte ihn im Empfangszimmer ein, packte ihn am Arm und hielt ihn fest. »Joey, so einfach geht das nicht.«

»Warum nicht?«

»Wenn Sie das Geld *wirklich* nicht wollen, müssen Sie das Erbe ausschlagen.«

»Ich schlage es aus. Ich will es nicht haben.«

»Dazu muß ein Dokument aufgesetzt, von Ihnen unterschrieben und notariell beglaubigt werden.«

Obwohl es im Büro kalt war, brach Joey der Schweiß aus. »Wie lange brauchen Sie, um diese Papiere aufzusetzen?«

»Wenn Sie morgen nachmittag wiederkommen ...«

»Nein.« Joeys Herz hämmerte gegen seinen Brustkasten, so als wollte es diesen Käfig zertrümmern. »Nein, Sir, ich übernachte nicht noch einmal hier in Asherville. Ich fahre jetzt nach Scranton, fliege morgen früh nach Pittsburgh und von dort weiter nach Las Vegas. Schicken Sie mir die Papiere zu.«

»Das ist wahrscheinlich die vernünftigste Lösung«, stimmte Kadinska zu. »Auf diese Weise haben Sie Zeit, sich alles noch einmal gründlich zu überlegen.«

Joey hatte den Anwalt zunächst für einen freundlichen, gebildeten Mann gehalten. Jetzt nicht mehr. Kadinska hatte nichts Gütiges mehr an sich. Der Kerl hatte es auf Joeys Seele abgesehen, er war schlau und gerissen. Unter der tarnenden Menschenhaut verbarg sich bestimmt ein Schuppenpanzer, und bei anderer Beleuchtung hätte er zweifellos die gleichen schwefelgelben Augen wie der räudige Hund auf der Veranda.

Joey riß sich von dem Anwalt los, stieß in beiseite und rannte aus der Kanzlei, einer Panik nahe.

»Was haben Sie denn, Joey?« rief Kadinska hinter ihm her.

Der Korridor. Das Immobilienbüro. Der Zahnarzt. Er rannte auf die Treppe zu. Was er brauchte, war frische Luft. Und den Regen, der in vielleicht reinwaschen konnte.

»Joey, was ist nur mit Ihnen los?«

»Bleiben Sie mir vom Leibe!« schrie er.

Als er die Treppe erreichte, blieb er so abrupt stehen, daß er fast das Gleichgewicht verloren und hinabgestürzt wäre. Im letzten Moment konnte er sich am Geländer festhalten.

Am Fuß der Treppe lag die tote Blondine, in eine durchsichtige blutbeschmierte Plane gehüllt. Ihre nackten Brüste waren regelrecht eingeschnürt. Die Brustwarzen waren zu sehen, nicht aber ihr Gesicht.

Ein weißer Arm war aus der Hülle geglitten; obwohl sie tot war, streckte sie flehend die Hand aus.

Er konnte den Anblick dieser verstümmelten Hand mit der blutigen Nagelwunde nicht ertragen. Doch am meisten fürchtete er sich davor, daß sie ihn plötzlich durch ihren Plastikschleier hindurch ansprechen würde, daß er Dinge erfahren könnte, die er nicht wissen durfte.

Joey wimmerte wie ein in die Enge getriebenes Tier und wirbelte auf dem Absatz herum.

»Joey?«

Herne Kadinska stand auf dem schwach erleuchteten Korridor und versperrte ihm den Weg zurück. In den dicken Brillengläsern des Anwalts spiegelte sich das gelbe Deckenlicht. Er kam immer näher, erfreut über die Chance, seinen Seelenhandel noch einmal anbieten zu können.

Joeys Verlangen nach frischer Luft und reinigendem Regen wurde übermächtig. Er wandte sich wieder der Treppe zu.

Die Blondine lag immer noch unten, mit ausgestrecktem Arm und offener Hand. Sie schien um Gnade zu flehen.

»Joey?«

Wieder Kadinskas Stimme. Dicht hinter ihm.

Er wagte sich zögernd auf die steile Treppe. Wenn die Tote tatsächlich dort unten lag, würde er über sie hinwegspringen, und wenn sie ihn festzuhalten versuchte, würde er nach ihr treten. Ohne sich am Geländer festzuhalten, nahm er jetzt zwei Stufen auf einmal. Ein Drittel der Treppe hatte er schon hinter sich. Die Hälfte. Sie lag immer noch dort, acht Stufen unter ihm, sechs, vier ... und die roten Stigmata glänzten auf ihrer Hand, die sie flehentlich nach ihm ausstreckte. Auf der letzten Stufe schrie er auf, und plötzlich verschwand die Tote. Er hetzte zur Tür und taumelte auf den Gehweg vor der Old Town Tavern hinaus.

Erleichtert hielt er sein Gesicht in den blau und grün getönten Regen, der so kalt war, daß es vielleicht bald graupeln würde. Innerhalb von Sekunden war er völlig durchnäßt – aber er fühlte sich noch immer nicht rein.

Im Mietwagen holte er den Flachmann unter dem Fahrersitz hervor, wo er ihn vor einer Weile verstaut hatte.

Innerlich hatte der Regen ihn nicht reinigen können. Er

hatte Korruption eingeatmet und geschluckt. Whisky war ein ausgezeichnetes Antiseptikum.

Er öffnete die Flasche und trank einen großen Schluck. Dann einen zweiten.

Der Alkohol benahm ihm den Atem. Hustend und nach Luft ringend, schraubte er die Flasche rasch wieder zu, weil er befürchtete, den kostbaren Inhalt zu verschütten.

Kadinska war ihm nicht in den Regen hinaus gefolgt, aber Joey hatte es trotzdem eilig wegzukommen. Er ließ den Motor an, passierte eine halb überflutete Kreuzung und fuhr auf der Main Street stadtauswärts.

Er glaubte nicht, daß es ihm gelingen würde, Asherville zu verlassen. *Irgend etwas* würde ihn daran hindern. Der Motor des Mietwagens würde plötzlich stottern, ausfallen und sich nicht wieder in Gang setzen lassen. An einer Kreuzung würde ein Auto mit dem seinigen kollidieren, obwohl auf den Straßen wenig Verkehr herrschte. Ein Telefonmast würde, vom Blitz getroffen, die Straße blockieren. Irgend etwas würde dafür sorgen, daß er diese Stadt nicht verlassen konnte. Warum er davon so überzeugt war, konnte er sich selbst nicht erklären, aber er konnte diese fixe Idee auch nicht abschütteln.

Trotz seiner Befürchtungen erreichte er unbehelligt die Stadtgrenze. Anstelle der deprimierenden Gebäude von Asherville säumten jetzt Wälder und Felder die Bundesstraße.

Ihn fröstelte, nicht nur, weil der kalte Regen ihn durchnäßt hatte, sondern auch vor Angst. Erst nachdem die Stadt fast zwei Kilometer hinter ihm lag, begann er darüber nachzudenken, warum er auf die Aussicht, eine Viertelmillion Dollar zu erhalten, so entsetzt reagiert hatte. Warum war er sofort überzeugt gewesen, daß dieser unverhoffte Glücksfall seine Seele verderben würde?

So wie er bisher gelebt hatte, würde er eines Tages ohnehin in der Hölle schmoren, falls sie existierte.

Fünf Kilometer hinter Asherville gelangte Joey an eine Kreuzung. Die Bundesstraße führte weiter geradeaus – ein glänzendes schwarzes Band, das sich einen Abhang hinabschlängelte und in der frühen Dämmerung verschwand.

Nach links zweigte die Coal Valley Road ab, die in die Klein-stadt Coal Valley führte.

An jenem Sonntagabend vor zwanzig Jahren, auf der Rückfahrt ins College, hatte er wie immer zwanzig Kilome-ter auf der Coal Valley Road zurücklegen wollen, die zum dreispurigen Black Hollow Highway führte, auf dem man nach 15 Kilometern in westliche Richtung die gebühren-pflichtige Autobahn, den Pennsylvania Turnpike, erreichte. Er fuhr immer diese Strecke, weil sie am kürzesten war.

Doch an *jenem* Abend war er aus irgendwelchen Gründen, an die er sich später nie erinnern konnte, nicht auf die Coal Valley Road abgebogen. Er war geradeaus weitergefahren, knapp 30 km auf der Bundesstraße, und dann hatte er die In-terstate genommen, die in weitem Bogen zum Black Hollow Highway führte. Auf dieser Interstate hatte er den Unfall ge-habt, und seitdem war alles schiefgegangen, sein ganzes Le-ben.

Er hatte damals einen zehn Jahre alten Ford Mustang ge-fahren, den er von einem Autofriedhof gerettet und mit Hilfe seines Vaters instandgesetzt hatte. O Gott, wie hatte er jenes Auto geliebt! Es war der einzige wirklich schöne Gegenstand gewesen, den er je besessen hatte. Was aber noch wichtiger war – er hatte es mit eigenen Händen aus einem Wrack in ein Prachtstück verwandelt.

Während er an jenen alten Mustang zurückdachte, be-rührte er zögernd seine linke Schläfe direkt unter dem Haar-ansatz. Die zweieinhalb Zentimeter lange Narbe war kaum zu sehen, aber leicht zu ertasten. Er erinnerte sich plötzlich wieder lebhaft daran, wie sein Auto auf der regennassen In-terstate ins Schleudern geraten und gegen einen Wegweiser geprallt war.

Das Klirren des Fensters. Das viele Blut. Jetzt saß er im Mietwagen an der Kreuzung und starrte die Coal Valley Ro-ad zu seiner Linken an, und er wußte plötzlich, wenn er die-sen Weg einschlug, wie er es vor zwanzig Jahren hätte tun sollen, hätte er endlich eine Chance, alles in Ordnung zu bringen, sein Leben wieder in die richtige Bahn zu lenken.

Das war ein verrückter Einfall, genauso abergläubisch wie

seine Einbildung, daß etwas ihn daran hindern würde, Asherville zu verlassen. Trotzdem zweifelte er nicht daran, daß
er unerwartet eine zweite Chance bekam. Er *wußte*, daß irgendeine übernatürliche Kraft am Werke war, er *wußte*, daß
er irgendwo auf dieser einspurigen Bergstraße den Sinn seines Lebens finden würde – denn die Coal Valley Road war
vor mehr als neunzehn Jahren geschlossen und aufgerissen
worden. Und doch wartete sie jetzt zu seiner Linken, genau
wie in jener Nacht. Sie war auf wundersame Weise instand
gesetzt worden.

7

Joey lenkte den gemieteten Chevrolet am STOP-Schild vorbei und parkte auf dem schmalen Seitenstreifen, genau gegenüber der Coal Valley Road. Er schaltete die Scheinwerfer
aus, ließ aber den Motor laufen.

Von Blumen gesäumt, schimmerte die schmale Straße in
der Dämmerung und wurde ein Stück weiter von Schatten
verschluckt, die so schwarz wie die lauernde Nacht waren.
Das nasse Pflaster war mit bunten Blättern übersät, die im
Zwielicht geheimnisvoll schimmerten, so als würden sie indirekt angestrahlt.

Joeys Herz klopfte laut.

Er schloß die Augen und lauschte dem Regen.

Als er seine Augen wieder öffnete, rechnete er halb damit,
daß die Coal Valley Road nicht mehr da sein würde, daß er
wieder eine Halluzination gehabt hatte. Doch sie war nicht
verschwunden, sondern glitzerte silbrig, während das rote
und gelbe Herbstlaub funkelnden Edelsteinen glich, die ihn
verführen sollten, diesen Weg zwischen den Bäumen einzuschlagen, in die Dunkelheit hinein.

Unmöglich.

Aber wahr.

Vor 21 Jahren war in Coal Valley ein sechsjähriger Junge
namens Rudy DeMarco in einen Spalt gestürzt, der plötzlich
unter ihm aufbrach, als er im Garten spielte. Mrs. DeMarco

stürzte aus dem Haus, als sie ihren Sohn schreien hörte, und fand ihn in einer zweieinhalb Meter tiefen Grube, aus der Schwefeldämpfe aufstiegen. Sie kletterte zu ihm hinunter und hatte den Eindruck, in der Hölle gelandet zu sein, so intensiv war die Hitze. Der Boden dieses Schachts hatte Ähnlichkeit mit einem Feuerrost; Rudys Beine waren zwischen dicken Steinbarren eingeklemmt. Der dichte Rauch verhüllte das Inferno in der Tiefe. Hustend und von den giftigen Dämpfen halb benommen, befreite Mrs. DeMarco ihr Kind, und während der Boden unter ihren Füßen bebte, krachte und zu zerbersten drohte, schleppte sie Rudy zur Seitenwand, krallte ihre Finger in die heiße Erde und versuchte, dieser Hölle zu entkommen. Der Boden brach endgültig ein, der Spalt wurde immer breiter, die Erde rutschte unter ihr weg, aber irgendwie gelang es ihr, mit Rudy den rettenden Rasen zu erreichen. Seine Kleider brannten. Sie warf sich über ihn und versuchte die Flammen zu ersticken, und nun fingen ihre eigenen Kleider Feuer. Den Jungen an sich gepreßt, wälzte sie sich im Gras, und ihre Hilfeschreie klangen besonders laut, weil das Kind verstummt war. Nicht nur seine Kleider hatten gebrannt, – die Haare waren versengt, eine Gesichtshälfte war mit Brandblasen bedeckt, und der kleine Körper wies ebenfalls katastrophale Verbrennungen auf. Drei Tage später erlag Rudy DeMarco im Krankenhaus von Pittsburgh, wohin er mit einem Rettungshubschrauber gebracht worden war, seinen schweren Verletzungen.

Vor dem Tod des kleinen Jungen hatten die Einwohner von Coal Valley schon sechzehn Jahre über einem unterirdischen Feuer gelebt, das sich durch die Labyrinthe ehemaliger Minen fraß, und sich von übriggebliebenem Anthrazit nährte, wodurch die unterirdischen Schächte immer breiter wurden. Während auf Regierungs- und Landesebene darüber debattiert wurde, ob dieser unsichtbare Brandherd irgendwann von allein erlöschen würde, oder ob – und mit welchen Strategien – man ihn bekämpfen mußte, während Unsummen für immer neue Gutachten und Anhörungen ausgegeben wurden, während heftig darüber gestritten wurde, welche Instanz die finanziellen Mittel aufbringen mußte – während dieser Zeit lebten die Menschen in Coal Valley mit Kohlenmonoxid-Monitoren, um nicht nachts durch Dämpfe vergiftet zu werden, die durch die Fundamente ihrer Häuser drangen. Überall im Ort gab es Ventilationsrohre, die in die Tunnels hinabführten, damit der Rauch abziehen konnte. Auf diese Weise hoffte man, die Konzentration giftiger Gase in den Häusern zu vermindern. Eines dieser Rohre ragte sogar auf dem Spielplatz der Grundschule aus dem Boden.

Nach dem Tod des kleinen Rudy DeMarco waren die Politiker und Bürokraten gezwungen, endlich etwas zu unternehmen. Die Bundesregierung erwarb die gefährdeten Immobilien, als erstes die Häuser, die sich direkt über den brennenden Schächten befanden, dann auch die angrenzenden. Innerhalb eines Jahres zogen die meisten Familien weg, und Coal Valley verwandelte sich in eine Geisterstadt.

An jenem regnerischen Oktoberabend vor 20 Jahren, als Joey auf der Fahrt ins College den falschen Weg eingeschlagen hatte, wohnten nur noch drei Familien in Coal Valley, und auch sie sollten vor dem Thanksgiving Day ihre Häuser räumen.

Im Jahr darauf wurden alle Gebäude abgerissen und die Straßen, die vom Druck des unterirdischen Feuers ohnehin schon voller Spalten und Bodenwellen waren, wurden aufgerissen. Dann wurde überall Gras ausgesät, damit der verwüstete Ort sich allmählich nach außen hin in eine friedliche Landschaft verwandelte – während es unter der Erde weiterhin brannte.

Geologen, Bergwerksingenieure, Umweltschützer und andere Experten glaubten, daß dieses Feuer erst nach 100 oder sogar 200 Jahren erlöschen würde, wenn auch die letzte Kohlenader verbraucht war. Sie waren überzeugt, daß mit der Zeit ein Gebiet von mindestens 16 Hektar unterminiert sein würde – und diese Fläche war viel größer als die der zerstörten Ortschaft Coal Valley. Folglich mußte auch auf der Coal Valley Road mit plötzlichen Einbrüchen gerechnet werden – eine tödliche Gefahr für Autofahrer. Deshalb war die Straße vor über neunzehn Jahren gesperrt und aufgerissen worden.

Als Joey am Vortag nach Asherville gefahren war, hatte es die Coal Valley Road nicht gegeben. Doch jetzt war sie wieder da und schien auf ihn zu warten. Die Straße, die aus der regengepeitschten Dämmerung in eine unbekannte Dunkelheit führte. Der nicht eingeschlagene Weg.

Joey umklammerte den Flachmann. Die Flasche war geöffnet, obwohl er sich nicht daran erinnern konnte, sie aufgeschraubt zu haben.

Wenn er den Rest Jack Daniel's austrank, würde die Straße vielleicht verschwimmen und sich schließlich in Luft auflösen. Vielleicht war es klüger, nicht auf eine wundersame zweite Chance und auf eine übernatürliche Erlösung zu hoffen. Höchstwahrscheinlich würde sich sein Leben, wenn er diese seltsame Straße einschlug, nicht zum Besseren, sondern zum Schlechteren wenden.

Er führte die Flasche an seine Lippen.

Donner rollte über einen kalten Himmel, und das Prasseln des Regens übertönte sogar den laufenden Motor.

Der Whisky roch verheißungsvoll.

Regen, Regen, sintflutartiger Regen, der das letzte trübe Tageslicht hinwegschwemmte.

Vor dem Regen war er im Wagen geschützt, aber dem dichten Schleier der hereinbrechenden Dunkelheit konnte er nicht entrinnen. Sie drang sogar ins Auto ein, aber sie war eine vertraute Gefährtin, mit der er unzählige einsame Stunden zugebracht hatte, während er über sein verpfuschtes Leben nachdachte.

Er und die Nacht – sie hatten zusammen viele Flaschen Whisky geleert, und immer hatte der Schlaf ihm letztlich ein gnädiges Vergessen beschert. Auch jetzt brauchte er den Flachmann nur an seine Lippen zu führen und den Rest Whisky zu trinken. Dann würde die gefährliche Versuchung, an eine zweite Chance zu glauben und neue Hoffnung zu schöpfen, bestimmt an ihm vorübergehen, die mysteriöse Straße würde verschwinden, und er könnte sein gewohntes Leben weiterführen, das zwar ohne jede Hoffnung, aber durchaus erträglich war, solange er sich mit Alkohol betäuben konnte.

Er saß lange mit der Flasche in der Hand da. Wollte trinken – trank aber nicht.

Das Auto, das hinter ihm auf der Bundesstraße angebraust kam, nahm er erst wahr, als die Scheinwerfer seinen Chevrolet durchs Heckfenster mit grellem Licht überfluteten. Er warf einen Blick in den Rückspiegel, wurde aber schmerzhaft geblendet, fast so, als käme eine Lokomotive mit einem riesigen flammenden Zyklopenauge direkt auf ihn zu.

Das Auto bog scharf in die Coal Valley Road ab und die quietschenden Reifen wirbelten soviel schmutziges Wasser aus den tiefen Pfützen auf, daß Joey weder die Marke erkennen noch einen Blick auf den Fahrer werfen konnte.

Als die Sicht wieder halbwegs klar war, stellte Joey fest, das das andere Fahrzeug langsamer wurde und nach etwa hundert Metern unter den Bäumen am Straßenrand stehenblieb.

»Nein«, murmelte Joey. Die roten Standlichter sahen auf der Coal Valley Road wie die funkelnden Augen eines Dämons aus – furchterregend, aber doch faszinierend und regelrecht hypnotisch.

»Nein!«

Er dreht den Kopf und betrachtete die dunkle Bundesstraße, die direkt vor ihm lag, jene Straße, für die er sich vor zwanzig Jahren entschieden hatte. Damals war das der falsche Weg gewesen, aber jetzt war es der einzig richtige. Schließlich wollte er nicht wie damals ins College; er war jetzt vierzig Jahre alt und mußte nach Scranton, von wo aus er morgen früh nach Pittsburgh fliegen würde.

Auf der Coal Valley Road glühten die Rücklichter. Der seltsame Wagen wartete. Scranton. Pittsburgh. Las Vegas. Die Wohnwagenkolonie. Ein schäbiges, aber sicheres Leben. Ohne Hoffnung aber auch ohne unangenehme Überraschungen.

Rote Lichter. Leuchtsignale inmitten der Sintflut.

Joey schraubte den Flachmann zu, ohne einen Schluck getrunken zu haben.

Er schaltete die Scheinwerfer ein.

»Gott steh mir bei«, murmelte er.

Er fuhr über die Kreuzung und bog in die Coal Valley Road ab.

Vor ihm setzte sich das andere Auto wieder in Bewegung. Wurde immer schneller.

Joey Shannon folgte dem Geisterfahrer aus der Realität hinaus zu einer Stadt, die es nicht mehr gab, einem unbekannten und gänzlich unvorstellbaren Schicksal entgegen.

8

Wind und Regen rissen Blätter von den Bäumen und schleuderten sie auf die Straße. Einige landeten auch auf der Windschutzscheibe und klebten daran fest, fledermausförmige Gebilde, die ihre Flügel zusammenrollten und abfielen, wenn die Scheibenwischer sie streiften.

Joey blieb etwa hundert Meter hinter dem anderen Auto, und aus dieser Entfernung konnte er die Marke und das Modell nicht erkennen. Er redete sich ein, daß er immer noch umkehren und auf der Bundesstraße nach Scranton fahren könnte, wie ursprünglich geplant. Aber diese Möglichkeit umzukehren hätte er nicht mehr, wenn er das andere Fahrzeug deutlicher zu sehen bekäme. Er begriff intuitiv, daß sein Schicksal endgültig besiegelt würde, wenn er mehr über das mysteriöse Geschehen erführe. Kilometer um Kilometer entfernte er sich von der realen Welt und fuhr in das unwirkliche Land der zweiten Chance hinein. Und schließlich würde die Kreuzung zwischen Bundesstraße und Coal Valley Road, die nun schon weit hinter ihm lag, sich im Dunkeln einfach auflösen.

Nach etwa fünf Kilometern sah Joey am Straßenrand einen weißen zweitürigen Plymouth Valiant stehen – ein Modell, das er als Junge sehr bewundert hatte, das nun aber schon seit einer Ewigkeit von den Straßen verschwunden war. Drei Warndreiecke waren aufgestellt worden, und in ihrem grellen roten Licht schien sich der strömende Regen in Blut zu verwandeln – eine düstere Abart der Transsubstantiation.

Das Fahrzeug, dem Joey bisher gefolgt war, hielt neben dem Plymouth Valiant fast an, beschleunigte dann aber wieder.

Neben dem Valiant stand eine Gestalt in schwarzem Regenmantel mit Kapuze, eine Taschenlampe in der Hand, und winkte heftig.

Joey blickte den Rücklichtern des anderen Autos nach, die in der Ferne immer kleiner wurden. Bald würde es um eine Kurve biegen oder einen Hügel hinabfahren, und dann würde sich seine Spur verlieren.

Als er an dem Plymouth vorbeifuhr, sah er, daß die Gestalt im Regenmantel eine Frau war. Besser gesagt ein Mädchen, kaum älter als sechzehn oder siebzehn. Ein sehr hübsches Mädchen.

Im Schein der roten Warnlichter erinnerte ihr Gesicht ihn plötzlich seltsamerweise an die Madonnenstatue in der Kirche »Unsere schmerzensreiche Mutter«. Von den Opferkerzen in roten Gläsern beleuchtet, wirkte das glatte Keramikgesicht der heiligen Jungfrau manchmal gespenstisch lebendig und vom Leid gezeichnet.

Das Mädchen warf ihm einen flehenden Blick zu, und plötzlich hatte er eine gräßliche Vorahnung, nein, eher eine Vision: Er sah dieses liebliche Gesicht, blutüberströmt und ohne Augen. Und er *wußte* plötzlich, daß sie den nächsten Morgen nicht mehr erleben, sondern noch in dieser düsteren Nacht eines gewaltsamen Todes sterben würde, wenn er nicht anhielt, wenn er ihr nicht half.

Er parkte vor dem Valiant am Straßenrand und stieg aus. Der strömende Regen störte ihn nicht, weil er ohnehin schon durchnäßt war, und die kalte Nachtluft ließ ihn bei weitem nicht so frösteln wie die Nachricht von seiner Erbschaft.

Das Mädchen lief ihm entgegen. Sie trafen sich vor dem Valiant.

»Gott sei Dank haben Sie angehalten«, sagte sie. Durch den Regen, der von ihrer Kapuze perlte, wirkte ihr Gesicht wie verschleiert.

»Was ist passiert?« fragte Joey.

»Das Auto ist plötzlich stehengeblieben.«

»Während der Fahrt?«

»Ja, aber es liegt nicht an der Batterie.«

»Woher wissen Sie das?«

»Das Licht brennt noch.«

Ihre Augen waren dunkel und sehr groß. Ihr Gesicht schien im Licht der Warndreiecke zu glühen, und die Regentropfen auf ihren Wangen glänzten wie Tränen.

»Vielleicht liegt es an der Lichtmaschine«, sagte Joey.

»Kennen Sie sich mit Autos aus?«

»Ja.«

»Ich überhaupt nicht«, gestand sie. »Ich fühle mich so hilflos.«

»Das geht uns allen so«, murmelte Joey.

Sie warf ihm einen forschenden Blick zu.

Sie war ein naives Mädchen, und in ihrem Alter konnte sie natürlich noch nicht wissen, wie grausam die Welt war. Aber ihre Augen hatten einen seltsam unergründlichen Ausdruck.

»Ich fühle mich irgendwie verloren«, sagte sie. Joey öffnete die Motorhaube. »Geben Sie mir Ihre Taschenlampe.«

Sie gehorchte, meinte aber: »Ich glaube, daß es hoffnungslos ist.«

Der Regen trommelte auf Joeys Rücken, während er den Verteiler, die Zündkerzen und die Batteriekabel in Augenschein nahm.

»Wenn Sie mich vielleicht nach Hause fahren«, bat sie, »kann mein Vater sich das Auto morgen ansehen.«

»Versuchen wir's erst mal«, meinte Joey.

»Sie haben nicht einmal einen Regenmantel«, sagte sie besorgt.

»Das macht nichts.«

»Sie werden sich den Tod holen.«

»Aber nein, das ist doch nur Wasser – man tauft sogar Babys damit.«

Über ihren Köpfen rauschten die Berglorbeerbäume, und ein besonders heftiger Windstoß riß welkes Laub von den Ästen. Es wirbelte kurz durch die Luft, sank dann aber müde zu Boden, und Joey sah in dieser deprimierenden Szene eine

Parallele zu verlorenen Hoffnungen, die auf dem Grund eines schweren Herzens dahinwelken.

Er öffnete die Fahrertür, setzte sich ans Steuer und legte die Taschenlampe auf den Beifahrersitz. Der Zündschlüssel steckte, doch als er den Motor anzulassen versuchte, tat sich überhaupt nichts. Hingegen funktionierten die Scheinwerfer tadellos.

Das Mädchen vor dem Auto wurde von dem grellen Licht erfaßt. Der schwarze Regenmantel umgab sie wie eine Mönchskutte, und Gesicht und Hände hoben sich strahlend weiß davon ab.

Während er sie betrachtete, fragte er sich, warum er zu ihr geführt worden war, und er fragte sich auch, wo sie beide am Ende dieser seltsamen Nacht sein würden. Dann schaltete er die Scheinwerfer aus.

Nun stand das Mädchen wieder im funkelnden Licht der Warnleuchten und wurde von rotem Regen gepeitscht.

Joey beugte sich über den Sitz, verschloß die Beifahrertür und stieg aus, Taschenlampe und Schlüssel in der Hand. »Was auch kaputt sein mag – ohne entsprechendes Werkzeug kann ich nichts reparieren.« Er verschloß die Fahrertür. »Sie haben recht – das Beste ist, wenn ich Sie nach Hause fahre. Wo wohnen Sie?«

»Coal Valley. Ich war auf dem Heimweg, als der Wagen plötzlich stehenblieb.«

»In Coal Valley wohnt doch kaum noch jemand.«

»Stimmt. Außer uns nur noch zwei Familien. Es ist fast eine Geisterstadt.«

Naß bis auf die Haut und völlig durchgefroren, wollte Joey möglichst schnell zurück in den Mietwagen, wo er die Heizung voll aufdrehen würde. Doch als er in ihre dunklen Augen blickte, hatte er noch stärker als zuvor das Gefühl, daß *sie* der Grund war, weshalb ihm eine zweite Chance geboten wurde, die Straße nach Coal Valley einzuschlagen, wie er es vor zwanzig Jahren hätte tun sollen. Anstatt mit ihr zum Chevrolet zu rennen, stand er zögernd da, weil er befürchtete, etwas *Falsches* zu tun. Es könnte sogar falsch sein, sie nach Hause zu fahren, und sobald er sich für eine bestimmte Handlungsweise entschied, könnte er seine letzte Chance auf Rettung verspielen.

»Was ist los?« fragte sie.

Joey hatte sie starr angesehen, während er über die möglichen Konsequenzen seines Handelns nachdachte, und sein leerer Blick mußte sie verstört haben, so wie *ihn* die Vorstellung verstörte, eine falsche Entscheidung zu treffen.

Er war selbst überrascht, als er sich plötzlich sagen hörte: »Zeigen Sie mir Ihre Hände.«

»Meine Hände?«

»Zeigen Sie mir Ihre Hände.«

Der Wind sang in den Bäumen, und die Nacht war eine Kapelle, in der nur sie beide standen.

Verwirrt streckte sie ihm ihre zarten Hände entgegen.

»Mit der Innenseite nach oben«, befahl er.

Sie gehorchte, und in dieser Haltung glich sie mehr denn je der Mutter Gottes, die alle Menschen einlud, an ihrer Brust den ewigen Frieden zu finden.

Es war zu dunkel, um etwas erkennen zu können.

Zitternd richtete Joey die Taschenlampe auf ihre Hände. Im ersten Moment wirkten sie völlig unversehrt. Doch dann tauchten in der Mitte beider regennasser Hände schwache blaue Flecke auf.

Er schloß die Augen und hielt den Atem an. Als er wieder hinschaute, waren die Flecke dunkler geworden.

»Sie machen mir Angst«, murmelte sie.

»Wir haben allen Grund zur Angst.«

»Sie sind mir früher nie merkwürdig vorgekommen.«

»Schauen Sie sich Ihre Hände an!«

Sie senkte den Blick.

»Was sehen Sie?« fragte er.

»Sehen? Ich sehe nur meine Hände, was denn sonst?«

Der in den Bäumen heulende Wind war die Stimme von einer Million Opfer, und die Nacht war erfüllt von Ihrem Seufzen und Flehen um Gnade.

Joey hätte wie Espenlaub gezittert, wenn er vor Angst nicht wie gelähmt gewesen wäre.

»Sehen Sie die Flecke nicht?«

»Welche Flecke?«

Sie schaute von ihren Händen auf, und ihre Blicke trafen sich wieder.

»Sehen Sie wirklich nichts?« fragte er.

»Nein.«

»Und Sie spüren auch nichts?«

Die Flecke hatten sich inzwischen in Wunden verwandelt, aus denen Blut hervorzusickern begann.

»Ich sehe nicht das, was jetzt ist«, erklärte Joey, zu Tode erschrocken. »Ich sehe das, was sein *wird*.«

»Sie machen mir Angst«, sagte sie wieder.

Sie war nicht die tote Blondine in der blutbeschmierten Plastikhülle. Unter der Kapuze war ihr Gesicht von rabenschwarzem Haar umrahmt.

»Aber Sie könnten so enden wie sie«, sagte er mehr zu sich selbst als zu dem Mädchen.

»Wie wer?«

»Ich kenne ihren Namen nicht. Aber ich weiß jetzt, daß sie nicht nur eine Halluzination war. Nicht die Einbildung eines Säufers. Nein, sie war ... etwas anderes. Was, weiß ich nicht.«

Die Stigmata an den Händen des Mädchens sahen mit jeder Sekunde schlimmer aus, obwohl sie die Wunden weder sehen konnte noch Schmerz empfand.

Plötzlich begriff Joey, was diese grausige Vision bedeutete: Das Mädchen schwebte in immer größerer Gefahr. Das ihr vorbestimmte Schicksal – das Schicksal, das er irgendwie aufgeschoben hatte, als er sich für die Coal Valley Road entschied und anhielt, um ihr zu helfen – hing nun wieder wie ein Damoklesschwert über ihr. Es war offenbar falsch, am Straßenrand herumzustehen.

»Vielleicht kommt er zurück«, sagte Joey.

Sie ballte ihre Hände zu Fäusten, so als wäre es ihr unangenehm, daß er irgendwelche Wunden anstarrte, die sie nicht sehen konnte. »Wer?«

»Ich weiß nicht«, gab er zu, während er die Coal Valley Road betrachtete, deren regennasse Fahrbahn schon nach wenigen Metern von Regen und Dunkelheit verschluckt wurde.

»Das andere Auto?« fragte sie.

»Ja. Konnten Sie den Fahrer erkennen?«

»Nein. Es war ein Mann, aber ich habe ihn nicht deutlich gesehen. Nur umrißhaft, wie einen Schatten. Warum ist das so wichtig?«

»Das weiß ich selbst nicht.« Er griff nach ihrem Arm. »Kommen Sie, machen wir, daß wir von hier wegkommen.«

Während sie zu seinem Wagen rannten, sagte sie: »Sie sind ganz anders, als ich Sie mir vorgestellt hatte.«

Das war eine seltsame Bemerkung, doch bevor er sie fragen konnte, was sie damit meinte, erreichten sie den Chevrolet – und er blieb plötzlich wie angewurzelt stehen, so perplex, daß er ihre Worte völlig vergaß.

»Joey?«

Der Chevrolet war verschwunden. Statt dessen stand ein Ford Mustang da, Baujahr 1965. *Sein* Mustang. Das Wrack, das er als Teenager mit Hilfe seines Vaters liebevoll instandgesetzt hatte. Mitternachtsblau mit weißen Reifen.

»Joey, was ist los?« fragte sie.

In jener Nacht vor zwanzig Jahren, als er auf der Interstate einen Unfall gehabt hatte, war sein heißgeliebter Mustang schwer beschädigt worden.

Jetzt war der Wagen völlig unbeschädigt. Das Seitenfenster das zersplittert war, als er mit dem Kopf dagegenprallte, war wieder ganz. Der Mustang war das alte Prachtstück.

Der Wind heulte so, als hätte die Nacht plötzlich den Verstand verloren. Silberne Regenpeitschen wirbelten umher und knallten aufs Pflaster.

»Wo ist der Chevrolet?« fragte Joey mit schwankender Stimme.

»Was?«

»Der Chevrolet«, schrie er laut, um den Sturm zu übertönen.

»Welcher Chevrolet?«

»Der Mietwagen, mit dem ich unterwegs war.«

»Aber … Sie waren mit dem Mustang unterwegs.«

Er sah sie ungläubig an.

Wieder kamen ihre Augen ihm irgendwie rätselhaft vor, aber er hatte nicht den Eindruck, daß sie ihn belog.

Er ließ ihren Arm los und ging um den Mustang herum, strich mit der Hand über den hinteren Kotflügel, über die Fahrertür, über den vorderen Kotflügel. Das Metall war kalt, glatt und naß, so stabil wie die Straße, auf der er stand, so real wie das Herz, das in seiner Brust schlug.

Nach jenem Unfall vor zwanzig Jahren war das Auto arg verbeult und der Lack zerkratzt gewesen, aber Joey hatte damit noch zum College zurückkehren können. Er erinnerte sich noch genau an das Klappern und Dröhnen während der Fahrt nach Shippensburg, ominöse Geräusche, die zu untermalen schienen, daß sein junges Leben zerstört worden war.

Er erinnerte sich an das viele Blut.

Als er jetzt zögernd die Fahrertür öffnete, ging im Innern das Licht an, und er konnte sehen, daß das Polster keine Blutflecken aufwies. Die Schnittwunde an der Schläfe hatte stark geblutet, bis er in ein Krankenhaus gefahren war, um sie nähen zu lassen, und bis dahin war sein Sitz schon stark mit Blut befleckt gewesen. Doch jetzt war er makellos sauber.

Das Mädchen war auf die andere Seite des Wagens gegangen, öffnete die Beifahrertür und stieg ein.

Nachdem er nun allein draußen stand, kam die Nacht ihm so völlig leblos vor wie ein unentdecktes Pharaonengrab, irgendwo tief unter dem Sand Ägyptens. Die ganze Welt schien tot zu sein, und nur Joey Shannon konnte noch das Wüten des Sturms vernehmen.

Es widerstrebte ihm, sich ans Steuer zu setzen. Das alles war viel zu seltsam. Er hatte das Gefühl, endgültig dem *Delirium tremens* verfallen zu sein – aber er wußte, daß er völlig nüchtern war.

Dann fielen ihm die Wunden ein, die er als Vision in ihren zarten Händen gesehen hatte, und er erinnerte sich an seine Vorahnung, daß die Gefahr für sie mit jeder Sekunde, die sie hier am Straßenrand verbrachten, größer wurde. Er stieg ein, schloß die Tür und gab ihr die Taschenlampe.

»Schalten Sie bitte die Heizung ein«, bat sie. »Ich bin am Erfrieren.«

Er selbst spürte kaum noch, daß er fror und völlig durchnäßt war. Starr vor Staunen, nahm er im Moment nur die Formen und Gerüche des mystischen Mustang wahr.

Der Zündschlüssel steckte.

Er ließ den Motor an, der einen unvergleichlichen Klang hatte und ihm so wohlvertraut wie seine eigene Stimme war. Dieses herrliche Geräusch übte auf ihn eine solche nostalgische Kraft aus, daß seine Stimmung sich schlagartig hob. Trotz der Unheimlichkeit des Geschehens, trotz der Angst, die ihn verfolgte, seit er am Vortag nach Asherville gekommen war, war er plötzlich fast glücklich.

Die Jahre schienen von ihm abzufallen. All die falschen Entscheidungen existierten nicht mehr. In diesem Moment lag die Zukunft so verheißungsvoll vor ihm wie damals, als er siebzehn gewesen war.

Das Mädchen fummelte an der Ventilation herum. Heiße Luft strömte ins Wageninnere.

Er löste die Handbremse und legte den Gang ein, fuhr aber noch nicht los. »Zeigen Sie mir Ihre Hände«, forderte er sie statt dessen wieder auf.

Obwohl sie ihn mit verständlichem Unbehagen anblickte, kam sie seiner Bitte nach.

Die Nagelwunden, die nur er sehen konnte, waren immer noch vorhanden, aber sie sahen nicht mehr ganz so schlimm aus und bluteten kaum noch.

»Wir tun das Richtige, indem wir von hier verschwinden«, sagte er, obwohl ihm klar war, daß seine Bemerkung für sie keinen Sinn ergab.

Er schaltete die Scheibenwischer ein und fuhr los, in Richtung Coal Valley. Der Wagen bewegte sich mit jener perfekten Eleganz, an die er sich noch so gut erinnern konnte, und sein Glücksgefühl wurde noch stärker.

Ein, zwei Minuten genoß er es einfach, am Steuer zu sitzen und durch die Nacht zu fahren. Seit seiner Teenagerzeit hatte er diese freudige Erregung nie mehr verspürt. Die Magie des Mustang. Ein junger Bursche und sein Wagen. Die Romantik der Straße.

Dann fiel ihm plötzlich ein, was sie gesagt hatte, als er total perplex vor dem Mustang stehengeblieben war. Joey? Sie hatte ihn mit seinem Namen angeredet. *Joey, was ist los?* Dabei wußte er genau, daß er sich ihr nicht vorgestellt hatte.

»Musik?« fragte sie nervös, so als würden sein Schweigen und die Faszination des Mustang sie stärker verunsichern als alles, war er vorher gesagt oder getan hatte.

Sie beugte sich vor, um das Radio einzuschalten. Die Kapuze ihres Regenmantels hatte sie zurückgeschoben. Ihr Haar war dicht, seidig und schwärzer als die Nacht.

Plötzlich fiel ihm wieder ein, daß sie noch etwas Merkwürdiges gesagt hatte: *Sie sind ganz anders, als ich Sie mir vorgestellt hatte.* Und davor: *Sie sind mir früher nie merkwürdig vorgekommen.*

Das Mädchen hatte einen Sender gefunden, der Bruce Springsteens »Thunder Road« spielte.

»Wie heißen Sie?« fragte er.

»Celeste. Celeste Baker.«

»Woher kannten Sie meinen Namen?«

Sichtlich verlegen wich sie seinem Blick aus, und er konnte sogar im schwachen Licht des Armaturenbretts erkennen, daß sie errötete.

»Ich weiß, daß Sie mich nie bemerkt haben«, murmelte sie.

Er runzelte die Stirn. »Bemerkt?«

»Sie waren in der High School zwei Klassen über mir.«

Joey wandte seinen Blick länger von der Straße ab, als bei der gefährlich nassen Fahrbahn vernünftig war. »Wovon reden Sie?« fragte er total verwirrt.

Sie starrte die beleuchtete Skala des Radios an. »Ich war in der zweiten High-School-Klasse, Sie in der vierten, und ich war wahnsinnig in Sie verknallt. Als Sie die Abschlußprüfung machten und aufs College gingen, war ich völlig verzweifelt.«

Es fiel ihm schwer, seinen Blick wieder auf die Straße zu richten.

Hinter einer Kurve fuhren sie an einem stillgelegten Bergwerk vorbei. Ein Förderturm ragte in der Dunkelheit empor wie das unvollständige Skelett eines prähistorischen Tieres. Viele Generationen hatten in seinem Schatten Schwerstarbeit verrichtet, doch jetzt waren diese Menschen entweder tot, oder aber sie hatten irgendwelche Jobs in den Großstädten. Joey verlangsamte das Tempo von achtzig auf sechzig Stundenkilometer, weil die Worte des Mädchens ihn so verwirrt hatten, daß er befürchtete, bei höherer Geschwindigkeit die Kontrolle über den Wagen zu verlieren.

»Wir haben uns nie unterhalten«, fuhr Celeste fort. »Ich war zu schüchtern, um Sie anzusprechen. Ich habe Sie nur … na ja … aus der Ferne bewundert. Mein Gott, das hört sich schrecklich albern an!« Sie warf ihm einen flüchtigen Blick zu, um zu sehen, ob er sich auf ihre Kosten amüsierte.

»Das ergibt doch überhaupt keinen Sinn«, sagte Joey.

»Wieso?«

»Wie alt sind Sie? Sechzehn?«

»Siebzehn, fast achtzehn. Mein Vater, Carl Baker, ist der Schuldirektor, und das macht für mich alles besonders schwierig. Ich fühle mich immer irgendwie ausgeschlossen, und deshalb habe ich es nie über mich gebracht, einen so attraktiven Jungen wie Sie anzusprechen.«

Joey hatte das Gefühl, in ein Spiegelkabinett geraten zu sein, in dem nicht nur die Bilder, sondern auch die Worte gräßlich verzerrt wurden.

»Wo soll da der Witz sein?«

»Witz?«

Er fuhr immer langsamer, hielt nicht einmal mehr mit den gurgelnden Wassermassen im Straßengraben Schritt, die im Scheinwerferlicht silbrig schimmerten.

»Celeste, verdammt, ich bin vierzig Jahre alt. Wie könnte ich da in der High School zwei Klassen über Ihnen sein?«

Ihre Miene verriet zunächst Erstaunen und Beunruhigung, aber gleich darauf hauptsächlich Ärger. »Warum sagen Sie so was? Wollen Sie mich veräppeln?«

»Nein, nein. Ich …«

»Wollen Sie die unansehnliche Tochter des Schulleiters zur Schnecke machen?«

»Nein, hören Sie zu …«

»Sind sie immer noch so unreif, obwohl Sie schon eine

ganze Weile das College besuchen? Vielleicht sollte ich heilfroh sein, daß ich nie den Mut hatte, Sie anzusprechen.«

In ihren Augen schimmerten Tränen.

Verdutzt wandte er seine Aufmerksamkeit wieder der Straße zu – gerade als der Springsteen-Song verklang.

Der Moderator sagte: »Das war ›Thunder Road‹ aus *Born to Run* dem neuen Album von Bruce Springsteen.«

»Neu?« rief Joey.

»Ist das eine *heiße* Scheibe oder nicht?« fuhr der Diskjockey fort. »Man o Mann, dieser Bursche wird ganz groß rauskommen.«

»Das ist doch kein neues Album«, sagte Joey.

Celeste wischte sich die Augen mit einem Kleenextuch ab.

»Spielen wir noch einen Song von Springsteen – ›She's the One‹, aus dem gleichen Album«, kündigte der Diskjockey an.

Mitreißende Rock'n'Roll-Klänge erschollen aus dem Radio. »She's the One« war genauso frisch und kraftvoll wie vor zwanzig Jahren, als Joey den Song zum erstenmal gehört hatte.

»Wovon redet dieser Kerl?« sagte Joey.

»*Born to Run* ist doch kein neues Album – es ist zwanzig Jahre alt.«

»Hören Sie auf!« rief Celeste, halb wütend, halb verletzt. »Hören Sie auf damit, okay?«

»Es war damals der absolute Renner. Die ganze Welt war verrückt nach *Born to Run*.«

»Geben Sie es auf!« sagte Celeste scharf. »Sie machen mir keine Angst mehr, und heulen werde ich Ihretwegen auch nicht mehr.«

Sie reckte energisch ihr Kinn und preßte ihre Lippen fest zusammen.

»*Born to Run* ist zwanzig Jahre alt«, beharrte er.

»Blödsinn!«

»Zwanzig Jahre!«

Celeste rückte so weit wie möglich von ihm ab, an die Beifahrertür gepreßt.

Springsteen sang.

Joeys Gehirn arbeitete fieberhaft.

Ihm fielen mögliche Antworten ein, aber er wollte sie lieber nicht in Betracht ziehen, aus Angst, daß sie sich als falsch erweisen könnten, daß seine jähen Hoffnungen wie Seifenblasen zerplatzen würden.

Die Straße verengte sich beträchtlich, und links und rechts ragten über zehn Meter hohe Felsen in die Dunkelheit empor. Ein Sperrfeuer aus kaltem Regen prasselte gegen den Mustang.

Die Scheibenwischer pochten eintönig – *tapp, tapp* –, so als wäre das Auto ein großes Herz, durch das anstelle von Blut Zeit und Schicksale gepumpt würden.

Endlich wagte Joey einen Blick in den Rückspiegel.

Im schwachen Licht des Armaturenbretts konnte er wenig erkennen, aber *was* er sah, erfüllte ihn mit einer Mischung aus Staunen, Ehrfurcht, wildem Jubel, Angst und Entzücken. Diese Nacht und dieser Highway waren ein Wunder, das wußte er, denn er sah im Spiegel, daß seine Augen ganz klar waren, daß das Weiße wirklich strahlend *weiß* und nicht von zwanzig Jahren Suff trübe und blutunterlaufen war. Und seine Stirn war glatt und faltenlos, unberührt von zwei Jahrzehnten Sorgen, Bitterkeit und Selbstvorwürfen.

Er trat hart auf die Bremse, und der Mustang geriet mit quietschenden Reifen ins Schleudern.

Celeste schrie auf und stemmte sich am Armaturenbrett ab. Bei höherem Tempo wäre sie vermutlich gegen die Windschutzscheibe geprallt.

Der Wagen schlitterte auf die Gegenfahrbahn, kam der Felswand bedrohlich nahe, dreht sich dann aber um 180, rutschte auf die rechte Fahrbahn zurück und kam zum Stehen, allerdings in der falschen Fahrtrichtung.

Joey hantierte am Rückspiegel herum, stellte ihn höher und tiefer, um seinen Haaransatz und sein Gesicht zu betrachten. Keine Tränensäcke, keine Stirnglatze.

»Was machen Sie da?« wollte Celeste wissen.

Obwohl seine Hand heftig zitterte, gelang es ihm, das Standlicht einzuschalten.

»Joey, jemand könnte uns rammen!« beschwor sie ihn, obwohl keine anderen Scheinwerfer in Sicht waren.

Er beugte sich zu dem kleinen Spiegel vor, drehte ihn hin und her und verrenkte sich fast den Hals, um in dem schmalen Rechteck jede Partie seines Gesichts erkennen zu können.

»Joey, verdammt, wir können hier nicht einfach herumsitzen!«

»O Gott! O mein Gott!«

»Sind Sie verrückt?«

»Bin ich verrückt?« fragte er sein jugendliches Spiegelbild.

»Sorgen Sie dafür, daß wir von der Straße wegkommen!«

»Welches Jahr haben wir?«

»Lassen Sie doch endlich diesen Blödsinn!«

»Welches Jahr haben wir?«

»Das ist nicht komisch.«

»Welches *Jahr* haben wir?« beharrte er.

Sie wollte die Beifahrertür öffnen.

»Nein«, rief Joey, »warten Sie! Sie haben ja recht, ich muß weg von der Straße. Bitte warten Sie!«

Er wendete den Mustang und hielt dann am Straßenrand wieder an.

»Celeste, bitte seien Sie nicht böse auf mich, haben Sie keine Angst und verlieren Sie nicht die Geduld. Sagen Sie mir, welches Jahr wir haben. Bitte! Ich muß es aus Ihrem Mund hören, damit ich es glauben kann. Sagen Sie mir, welches Jahr wir haben, und dann werde ich Ihnen alles erklären – soweit ich es erklären *kann*.«

Celestes schwärmerische Verliebtheit war immer noch stärker als Furcht und Ärger. Ihr Gesichtsausdruck wurde weicher.

»Welches Jahr?« wiederholte er.

»1975«, sagte sie.

Im Radio verklang ›She's the One‹.

Es folgte eine Werbung für den neuesten Filmhit: Al Pacino in *Dog Day Afternoon*.

Letzten Sommer war es *Jaws* gewesen. Steven Spielberg machte sich gerade einen Namen als Regisseur.

Im letzten Frühjahr war Vietnam aufgegeben worden.

Nixon hatte im Vorjahr das Weiße Haus verlassen.

Der liebenswürdige Gerald Ford war Präsident eines zutiefst verunsicherten Landes. Im September waren zwei Attentate auf ihn fehlgeschlagen: Lynnette Fromme hatte in Sacramento auf ihn geschossen, und Sara Jane Moore hatte ihn in San Francisco angegriffen.

Elizabeth Sedon war als erste Amerikanerin von der römisch-katholischen Kirche heiliggesprochen worden.

Jimmy Hoffa war gestorben. Muhammad Ali war Weltmeister im Schwergewicht.

Doctorows Roman *Ragtime*. Judith Rossners *Looking for Mr. Goodbar*.

Disco. Donna Summers. Die Bee Gees.

Erst jetzt fiel Joey auf, daß er zwar immer noch durchnäßt war, aber nicht mehr den Anzug trug, den er beim Begräbnis und beim Besuch in Kadinskas Kanzlei angehabt hatte. Er trug Stiefel, Blue Jeans, ein kariertes Flanellhemd und eine Jeansjacke mit Lammfellfutter.

»Ich bin zwanzig Jahre alt«, flüsterte Joey so ehrfürchtig, wie er früher in einer stillen Kirche zu Gott geredet hätte.

Celeste berührte sein Gesicht. Ihre Hand fühlte sich an seiner kalten Wange sehr warm an, und diese Hand zitterte nicht vor Angst, sondern vor freudiger Erregung – ein Unterschied, den er nur spüren konnte, weil er wieder jung war und feine Antennen für die Gefühle eines jungen Mädchens hatte.

»Ganz bestimmt keine vierzig«, sagte sie.

Im Autoradio sang jetzt Linda Ronstadt den Titelsong aus ihrem neuen Erfolgsalbum »Heart Like a Wheol«.

»Zwanzig«, murmelte er noch einmal und verspürte eine überwältigende Dankbarkeit gegenüber der unbekannten Macht, die ihn durch ein Wunder an diesen Ort und in diese Zeit zurückversetzt hatte.

Er bekam nicht nur eine zweite Chance. Ihm wurde die Gelegenheit zu einem totalen Neuanfang gegeben.

»Ich muß jetzt nur das Richtige tun«, sagte er. »Aber woher soll ich wissen, was richtig ist?«

Regen trommelte unablässig auf den Wagen.

Celeste strich ihm die nassen Haare aus der Stirn. »Jetzt bist du an der Reihe.« Sie duzte ihn plötzlich.

»Womit?«

»Ich habe dir gesagt, welches Jahr wir haben. Jetzt mußt du mir alles erklären.«

»Womit soll ich anfangen? Es ist alles so ... so phantastisch! Du wirst mir nicht glauben.«

»Doch, ich werde dir glauben«, versicherte sie ihm sanft.

»Eines weiß ich sicher: Wozu auch immer ich hierher zurückgeführt wurde, was auch immer ich anders machen soll – es geht im Grunde um dich. Du stehst im Mittelpunkt des Geschehens. Du bist der Grund dafür, daß ich plötzlich Hoffnung auf ein neues Leben habe, und es hängt nur von dir ab, ob mir eine bessere Zukunft beschieden sein wird.«

Celeste hatte ihre warme, tröstende Hand zurückgezogen und preßte sie auf ihr eigenes Herz. Das Atmen schien ihr Mühe zu bereiten. Doch dann seufzte sie: »Du hörst dich immer seltsamer an aber allmählich gefällt mir das.«

»Zeig mir deine Hand.«

Sie hielt ihm ihre rechte Hand hin.

Trotz des Standlichts konnte er nicht genug erkennen. »Gib mir die Taschenlampe.«

Celeste gehorchte.

Im Schein der Taschenlampe betrachtete er ihre Handflächen. Als er das zuletzt getan hatte, waren die Wunden ein wenig verheilt gewesen. Jetzt bluteten sie wieder.

Celeste konnte ihm die Angst vom Gesicht ablesen. »Was siehst du, Joey?«

»Wunden. Von Nägeln.«

»Meine Hände sind völlig unversehrt.«

»Sie bluten.«

»Aber nein!«

»Du kannst es nicht sehen, aber du mußt mir glauben.«

Zögernd berührte er ihre Hand. Als er seinen Finger hob, glänzte die Fingerspitze von ihrem Blut.

»Ich kann es sehen. Ich kann es fühlen«, sagte er. »Für mich ist es so erschreckend real.«

Sie starrte mit weit aufgerissenen Augen seine rote Fingerspitze an. Ihr Mund war halb geöffnet. »Du ... du mußt dich geschnitten haben.«

»Kannst du es sehen?«

»An diesem Finger«, flüsterte sie mit zittriger Stimme.

»Und in deiner Hand?«

Sie schüttelte den Kopf. »Meine Hände sind nicht verletzt.«

Er berührte ihre Handfläche mit einem anderen Finger und zeigte ihn ihr. Auch daran klebte ihr Blut.

»Ich sehe es«, sagte sie erschüttert. »Zwei Finger.«

Transsubstantiation. Seine Vision von ihrer blutigen Hand war durch seine Berührung – und durch irgendein Wunder – in wirkliches Blut verwandelt worden.

Sie legte die Finger ihrer linken Hand auf die Innenfläche der rechten Hand, fand dort aber kein Blut.

Im Radio sang Jim Croce – der noch nicht bei einem Flugzeugabsturz ums Leben gekommen war – »Time in a Bottle.«

»Vielleicht kannst du dein eigenes Schicksal nicht vorhersehen«, sagte Joey. »Wer von uns kann das schon? Aber irgendwie ... durch mich ... durch meine Berührung ... ich weiß auch nicht so recht ... aber irgendwie scheinst du ... ein Zeichen zu bekommen.«

Er drückte einen dritten Finger in die imaginäre Wunde, und wieder wurde seine Fingerspitze feucht von ihrem Blut.

»Ein Zeichen«, wiederholte sie, ohne es zu verstehen.

»Damit du mir glaubst«, erklärte er. »Ein Zeichen, damit du mir glaubst. Denn wenn du mir nicht glaubst, werde ich dir vielleicht nicht helfen können. Und wenn ich dir nicht helfen kann, kann ich auch mir selbst nicht helfen.«

»Deine Berührung«, flüsterte sie und umfaßte seine linke Hand mit beiden Händen. »Deine Berührung.« Sie blickte ihm in die Augen. »Joey ... was wird mir widerfahren ... was *wäre* mir widerfahren, wenn du nicht gekommen wärest?«

»Vergewaltigung«, erwiderte er überzeugt, obwohl er selbst nicht verstand, woher er das wußte. »Vergewaltigung. Folterqualen. Tod.«

»Der Mann in dem anderen Wagen«, murmelte sie, und

während sie auf den dunklen Highway hinausstarrte, überlief ein heftiger Schauder ihren ganzen Körper.

»Ja, höchstwahrscheinlich«, bestätigte Joey. »Ich glaube, er hat schon eine andere Frau ermordet. Die Blondine in der Plastikhülle.«

»Ich habe Angst.«

»Wir haben eine Chance.«

»Du hast es mir immer noch nicht erklärt. Was hat es mit dem Chevrolet auf sich? Warum dachtest du, daß du damit unterwegs wärest? Und warum dachtest du, daß du vierzig Jahre alt bist?«

Sie ließ seine Hand los. Ihr Blut klebte daran.

Er wischte es an seinen Jeans ab. Mit der rechten Hand richtete er den Strahl der Taschenlampe auf ihre Handflächen. »Die Wunden werden schlimmer. Dein Schicksal … deine Bestimmung … wie immer man es nennen mag … es rückt wieder näher.«

»Kommt der Mann zurück?«

»Ich weiß nicht. Vielleicht. Jedenfalls – wenn wir fahren, scheinst du sicherer zu sein. Dann schließen sich die Wunden und verblassen. Solange wir in Bewegung bleiben, besteht Hoffnung, dein Schicksal zu wenden.«

Er knipste die Taschenlampe aus und gab sie ihr. Dann löste er die Handbremse und fuhr weiter.

»Vielleicht sollten wir nicht denselben Weg nehmen wie er«, sagte Celeste. »Vielleicht sollten wir zur Bundesstraße zurückfahren, nach Asherville oder sonstwohin, nur weg von ihm.«

»Ich glaube, das wäre unser Ende. Wenn wir flüchten … wenn wir den falschen Highway benützen, so wie ich es schon einmal getan habe … dann wird der Himmel kein Erbarmen haben.«

»Vielleicht sollten wir Hilfe holen.«

»Wer würde uns glauben?«

»Vielleicht, wenn sie … meine Hände sehen. Das Blut an deinen Fingern, wenn du mich berührst.«

»Das glaube ich nicht. Es geht mir um dich und mich. Nur wir beide gegen alles andere.«

»Gegen alles andere?«

»Gegen diesen Mann, gegen das Schicksal, das dich erwartet hätte, wenn ich nicht in die Coal Valley Road abgebogen wäre – das Schicksal, das dir in jener Nacht widerfahren ist, als ich auf der Bundesstraße weitergefahren bin. Du und ich gegen die Zeit und gegen die Zukunft, gegen diese riesige Lawine, die uns unter sich zu begraben droht.«

»Was können wir machen?«

»Ich weiß es nicht. Ihn finden? Ihn stellen? Wir müssen das Spiel einfach mitmachen tun, was uns richtig erscheint, Minute um Minute, Stunde um Stunde.«

»Wie lange werden wir … werden wir das Richtige tun müssen, was auch immer das sein mag? Das Richtige, das unser Schicksal zu verändern vermag.«

»Ich weiß es nicht. Vielleicht bis zum Morgengrauen. Was in *jener* Nacht geschah, geschah im Dunkeln. Vielleicht muß ich nur verhindern, was dir damals widerfahren ist, und wenn es uns gelingt, dich bis Sonnenaufgang am Leben zu erhalten, wird vielleicht alles für immer anders sein.«

Aus den tiefen Pfützen auf der Straße spritzten Wasserfontänen hoch, die im Scheinwerferlicht wie weiße Engelsflügel aussahen.

»Was ist in jener ›anderen Nacht‹ geschehen, von der du dauernd redest?« fragte Celeste.

Sie umklammerte die Taschenlampe auf ihrem Schoß mit beiden Händen, so als befürchtete sie, daß aus der Dunkelheit irgendein Monster auf den Mustang zugeflogen kommen könnte, irgendeine Kreatur, die vor einem grellen Lichtstrahl die Flucht ergreifen würde.

Während sie durchs Gebirge auf die fast verlassene Ortschaft Coal Valley zufuhren, erzählte Joey Shannon: »Als ich heute Morgen aufstand, war ich vierzig Jahre alt, ein Säufer mit angegriffener Leber und mit einer Zukunft, die kein Mensch haben möchte. Und heute Nachmittag stand ich am Grab meines Vaters, und ich wußte, daß ich ihm und meiner Mutter das Herz gebrochen hatte …«

Celeste hörte aufmerksam zu und glaubte ihm, weil sie

ein Zeichen erhalten hatte, das ihr bewies, daß es auf der Welt Dimensionen gab, die man nicht sehen und berühren konnte.

9

Aus dem Autoradio ertönte »One of these Nights« von den Eagles, »Pick Up the Pieces« von der Average White Band, »When Will I Be Loved« von Ronstadt, »Rosalita« von Springsteen, »Black Water« von den Doobie Brothers – alles brandneue Lieder, die großen Hits des Tages, obwohl Joey diese Songs an anderen Orten und in anderen Radios während der letzten zwanzig Jahre unzählige Male gehört hatte.

Als er bei dem Bericht über seine merkwürdigen Erlebnisse an den Punkt gelangte, wo er Celeste neben ihrem liegengebliebenen Valiant gesehen hatte, waren sie nicht mehr weit von Coal Valley entfernt: Der Ort lag vor ihnen in einem tiefen Tal. Joey hielt oben auf dem Hügel am Straßenrand an, neben mehreren großen Berglorbeerbäumen, obwohl er wußte, daß sie nicht lange stehenbleiben durften, weil sie andernfalls riskierten, daß ihrer beider Schicksal sich doch noch erfüllte – Celestes Ermordung und seine Rückkehr in die Hölle eines sinnlosen Lebens.

Coal Valley war eher ein Dorf als ein Städtchen. Sogar bevor das unersättliche Grubenfeuer ein Labyrinth von Tunnels in die Erde unter dem Ort gefressen hatte, hatten hier nicht einmal 500 Menschen gelebt.

Einfache Holzhäuser mit Schindeldächern. Gärten mit Pfingstrosen und üppigen Heidelbeerbüschen, die im Winter unter einer tiefen Schneedecke verborgen waren. Hartriegelbäume, die im Frühling mit weißen, rosafarbenen und roten Blüten übersät waren. Eine kleine Filiale der County First National Bank. Eine Mannschaft der freiwilligen Feuerwehr, die über einen einzigen Löschwagen verfügte. Polanskis Taverne, wo selten etwas anderes als Bier oder Bier zusammen mit einem Gläschen Whisky verlangt wurde, und wo riesige Behälter mit eingelegten Eiern und heißen Würsten in würzi-

65

ger Brühe auf der Theke standen. Ein Supermarkt, eine Tankstelle, eine kleine Grundschule.

Für eine Straßenbeleuchtung war der Ort nicht groß genug, doch bevor die Regierung endlich mit der Umsiedlung begonnen hatte, war Coal Valley in seinem gemütlichen Nest zwischen den Hügeln nachts ein einladender heller Fleck gewesen, weil die Lampen in den Häusern und Geschäften ein warmes Licht verbreiteten. Doch jetzt waren alle öffentlichen Gebäude geschlossen und dunkel. Die Glaubensleuchte im Glockenturm war erloschen. Nur in drei Häusern brannte noch Licht, und auch dort würde es demnächst für immer ausgehen, wenn die letzten Einwohner noch vor Thanksgiving ihre Heimat verlassen mußten.

Am Dorfrand war ein heller orangefarbener Schein zu sehen: Hier hatte sich das Feuer in einem Stollen bis dicht unter die Erdoberfläche gefressen, und eine Grube war plötzlich aufgebrochen. Seitdem war das unterirdische Inferno an dieser Stelle den Blicken zugänglich, während es ansonsten unter den unbewohnten Häusern und rissigen Straßen verborgen blieb.

»Ist er dort unten?« fragte Celeste, so als könnte Joey die Nähe ihres unbekannten Feindes hellseherisch wahrnehmen.

Die Visionen, die er gehabt hatte, ließen sich jedoch nicht bewußt herbeiführen, und sie waren außerdem viel zu rätselhaft, als daß sie ihm den Weg zum Versteck des Mörders hätten weisen können. Zudem vermutete er, daß ihm zwar diese zweite Chance geboten wurde, sich zu bewähren und das Richtige zu tun, daß er dabei aber seine eigene Weisheit, sein Urteilsvermögen und seinen Mut unter Beweis stellen mußte. Coal Valley war sozusagen sein Testgelände. Kein Schutzengel würde ihm Anweisungen ins Ohr flüstern oder zwischen ihn und ein scharfes Messer treten, das plötzlich im Dunkeln aufblitzte.

»Er könnte durch das Städtchen gefahren sein, ohne anzuhalten«, sagte Joey. »Er könnte zum Black Hollow Highway und vielleicht zur Autobahn weitergefahren sein. Das war meine übliche Route ins College. Aber ... aber ich glaube, daß er irgendwo dort unten ist und wartet.«

»Auf uns?«

»Er hat auf mich gewartet, nachdem er von der Bundesstraße auf die Coal Valley Road abgebogen war. Ist am Straßenrand stehengeblieben und hat abgewartet, ob ich ihm folgen würde.«

»Aber warum sollte er so etwas tun?«

Joey spürte, daß ihm die Antwort auf diese Frage im Grunde bekannt war. Unterdrücktes Wissen schwamm wie ein Hai mit mörderischen Zähnen im lichtlosen Meer seines Unterbewußtseins umher, wollte aber noch nicht auftauchen. Es würde ihn überfallen, wenn er am wenigsten damit rechnete.

»Früher oder später werden wir das erfahren«, sagte er.

Er wußte, daß eine Konfrontation unvermeidlich war. Sie wurden von der ungeheuren Schwerkraft eines schwarzen Lochs angezogen, auf eine unentrinnbare vernichtende Wahrheit zu.

Am Rand von Coal Valley glühte die offene Grube jetzt heller als zuvor. Rote Funken flogen aus der Erde empor wie riesige Schwärme von Leuchtkäfern, und sie wurden mit solcher Kraft ausgespien, daß sie mindestens dreißig Meter hoch durch den Regen schossen, bevor sie erloschen.

Weil er befürchtete, daß das flaue Gefühl in seinem Magen sich schnell in lähmende Schwäche verwandeln könnte, schaltete er das Standlicht aus und steuerte den Mustang auf das trostlose Dorf zu.

»Wir fahren direkt zu meinem Elternhaus«, sagte Celeste.

»Ich weiß nicht, ob wir das tun sollen.«

»Warum denn nicht?«

»Es scheint mir keine gute Idee zu sein.«

»Bei meinen Eltern werden wir in Sicherheit sein.«

»Es geht nicht nur darum, in Sicherheit zu sein.«

»Worum denn sonst?«

»Dich am Leben zu erhalten.«

»Das ist doch dasselbe.«

»Und ihm Einhalt zu gebieten.«

»Wem? Dem Mörder?«

»Ja. Das ergibt einen Sinn. Ich meine – wie könnte es eine

Erlösung geben, wenn ich vor dem Bösen wissentlich die Augen verschließe und mich einfach aus dem Staube mache? Dich zu retten, ist nur die eine Hälfte meiner Aufgabe. Ihm Einhalt zu gebieten, ist die andere.«

»Das hört sich für mich jetzt wieder viel zu mystisch an. Wann rufen wir den Exorzisten, damit er mit Weihwasser ans Werk geht?«

»Es ist aber so. Ich kann nichts daran ändern.«

»Hör zu, Joey, ich werde dir sagen, *was* einen Sinn ergibt. Mein Vater hat einen Waffenschrank voller Jagdgewehre, auch eine Schrotflinte. Das ist es, was wir brauchen.«

»Aber wenn er uns nun dorthin folgt? Damit bringen wir auch deine Eltern in Gefahr, die ihm andernfalls vielleicht nie begegnen werden.«

»Scheiße, das hört sich alles total verrückt an«, sagte Celeste. »Und du kannst mir glauben, daß ich das Wort ›Scheiße‹ nicht oft in den Mund nehme.«

»Die brave Tochter des Schulleiters«, neckte er sie.

»So ist es.«

»Übrigens hast du vor einer Weile etwas über dich gesagt, was nicht stimmt.«

»Was denn?«

»Du bist nicht unansehnlich. Du bist schön.«

»Na klar, eine zweite Olivia Newton-John«, spottete sie.

»Und du hast ein gutes Herz – viel zu gut, als daß du dein eigenes Schicksal auf Kosten des Lebens deiner Eltern abwenden würdest.«

Einen Moment lang war nur das Trommeln des Regens zu hören. Dann sagte Celeste: »Nein, um Gottes willen, das will ich auf gar keinen Fall. Aber es würde so wenig Zeit in Anspruch nehmen, das Haus zu betreten, ein Gewehr aus dem Schrank zu holen und zu laden.«

»Alles, was wir heute Nacht tun, jede Entscheidung, die wir treffen, hat weitreichende Konsequenzen. Übrigens wäre das in einer ganz normalen Nacht auch nicht anders. Das ist etwas, was ich einmal vergessen habe – daß es immer moralische Konsequenzen gibt; und dafür habe ich einen hohen Preis bezahlt. Heute trifft diese Wahrheit mehr denn je zu.«

Während sie das letzte Stück des langen Hügels hinabfuhren, auf den Ortsrand zu, fragte Celeste: »Und was sollen wir deiner Ansicht nach tun – einfach durch die Gegend fahren, in Bewegung bleiben und darauf warten, daß die Lawine uns trifft?«

»Wir müssen einen Zug nach dem anderen machen und sehen, wie das Spiel läuft.«

»Aber wir kennen das Spiel ja nicht einmal!« rief sie frustriert.

»Zeig mir deine Hände.«

Sie knipste die Taschenlampe an und ließ ihn zuerst die eine, dann die andere Handfläche sehen.

»Jetzt sind es nur dunkle Flecken«, klärte er sie auf. »Kein Blut. Wir tun offenbar etwas Richtiges.«

Der Wagen fuhr über eine Vertiefung im Straßenpflaster. Keine tiefe Grube mit Flammen auf dem Grund, sondern nur ein Riß von etwa zwei Meter Länge. Trotzdem wurden sie kräftig durchgerüttelt, die Federung quietschte, und das Handschuhfach öffnete sich.

Celeste zuckte erschrocken zusammen, als die Klappe aufsprang, und richtete automatisch die Taschenlampe auf das Handschuhfach. Der Lichtstrahl wurde von einem Glas reflektiert. Es war ein zehn oder zwölf Zentimeter hohes Glas mit einem Durchmesser von etwa acht Zentimetern. Wahrscheinlich hatte es einmal Mixed Pickles oder Erdnußbutter enthalten. Das Etikett war entfernt worden. Jetzt war es mit einer Flüssigkeit gefüllt, die im Schein der Taschenlampe milchig trüb aussah. Irgend etwas schwamm darin herum, etwas Seltsames, Unheimliches.

»Was ist das?« fragte Celeste und griff ängstlich, aber ohne zu zögern in das Handschuhfach. Wider besseres Wissen war sie einfach gezwungen, das Zeug im Glas genauer zu betrachten.

Sie holte das Glas heraus.

Hielt es hoch.

In der rosa verfärbten Flüssigkeit schwammen zwei blaue Augen.

10

Kies spritzte gegen das Fahrwerk, der Mustang schoß über eine Vertiefung hinweg, und Joey riß seinen Blick gerade noch rechtzeitig von dem Glas los, um zu sehen, wie die vordere Stoßstange einen Briefkasten umriß. Der Wagen fuhr über den Rasen des ersten Hauses von Coal Valley und kam nur Zentimeter vor der Veranda zum Stehen.

Schlagartig kehrte seine Erinnerung an jene andere Nacht zurück, als er es versäumt hatte, in die Coal Valley Road abzubiegen.

... er braust mit seinem Mustang rücksichtslos über die Interstate, obwohl es regnet und graupelt, er rast so, als wäre er auf der Flucht, als würde ein Dämon ihn verfolgen, er ist über irgend etwas verstört, er verflucht Gott und betet im nächsten Moment zu Ihm. Zuviel Magensäure verursacht ihm Beschwerden. Im Handschuhfach muß eine Rolle Tums liegen. Er steuert mit einer Hand, beugt sich nach rechts, öffnet das Handschuhfach, greift hinein, tastet nach den Lutschbonbons – und findet das Glas. Glatt und kühl. Er hat keine Ahnung, was das sein könnte. Er holte es heraus. Die Scheinwerfer eines großen Wagens, der ihm jenseits der Leitplanke entgegenkommt, sind so hell, daß er erkennen kann, was sich in dem Glas befindet. Augen! Entweder er reißt das Steuer vor Entsetzen herum, oder aber es ist Aquaplaning; jedenfalls gerät der Mustang plötzlich völlig außer Kontrolle, schleudert. Der Wegweiser. Ein gräßliches Krachen. Sein Kopf wird gegen das Seitenfenster geschleudert. Das Sicherheitsglas zerbricht, aber er trägt trotzdem eine Schnittwunde davon. Der Wagen prallt von dem Stahlschild ab, rammt die Leitplanke. Kommt zum Stehen. Er öffnet die beschädigte Tür und springt in den Sturm hinaus. Er muß das Glas loswerden, o Gott, er muß dieses Glas loswerden, bevor jemand anhält, um ihm zu helfen. Bei diesem mörderischen Wetter herrscht zwar nicht viel Verkehr, aber bestimmt wird jemand den guten Samariter spielen wollen – ausgerechnet jetzt, wo er das am allerwenigsten gebrauchen kann. Er hat das Glas verloren. Nein. Er kann es nicht verloren haben. Er tastet verzweifelt den Boden vor dem Fahrersitz ab. Kühles, Glas. Unbeschädigt. Der Deckel ist

immer noch fest zugeschraubt. Gott sei Dank, Gott sei Dank! Er rennt mit dem Glas in der Hand zur Leitplanke. Dahinter ist freies Gelände, ein mit Gestrüpp und Unkraut überwuchertes Feld. Mit aller Kraft schleudert er das Glas in die Dunkelheit. Und dann vergeht die Zeit, und er steht immer noch am Straßenrand, völlig verwirrt, ohne zu wissen, warum er dort herumsteht. Graupel peitscht sein Gesicht und seine Hände. Er hat wahnsinnige Kopfschmerzen, berührt seine Schläfe, entdeckt die Wunde. Er braucht ärztliche Betreuung. Vielleicht muß die Wunde genäht werden. Bis zur nächsten Ausfahrt sind es nur zwei Kilometer. Er kennt die Stadt. Er kann das Krankenhaus finden. Kein Samariter hat angehalten. So sind nun einmal die Zeiten. Er steigt wieder in seinen beschädigten Mustang, stellt erleichtert fest, daß der Wagen noch anspringt, daß der eingedrückte Kotflügel den Reifen nicht behindert. Alles wird wieder in Ordnung kommen. Alles wird wieder gut werden.

Vor dem Haus in Coal Valley, wo Stücke des zertrümmerten Briefkastens den Rasen verunzierten, begriff Joey, daß er das Glas mit den Augen vergessen hatte, als er vor zwanzig Jahren vom Unfallort weggefahren war. Entweder hatte die Kopfverletzung zu teilweisem Gedächtnisverlust geführt, oder aber er hatte sich *gezwungen*, alles zu vergessen. Die Erkenntnis, daß die zweite Erklärung eher zutraf als die erste, machte ihn ganz krank: Nicht sein Körper hatte ihn damals im Stich gelassen; ihm hatte es einfach an moralischem Mut gefehlt.

In jener alternativen Realität lag das Glas irgendwo im Gestrüpp, aber jetzt hielt Celeste es mit beiden Händen krampfhaft fest, weil sie befürchtete, daß der Deckel aufgehen und der Inhalt auf ihrem Schoß landen könnte. In einem plötzlichen Entschluß schob sie den Behälter ins Handschuhfach zurück und schlug die schmale Klappe zu.

Nach Luft ringend, halb schluchzend, schlang sie ihre Arme um sich und beugte sich auf dem Sitz nach vorne: »O Scheiße, Scheiße, Scheiße!« flüsterte sie.

Joey umklammerte das Lenkrad, so als wollte er es zerbrechen. In seinem Innern tobte ein Aufruhr, der viel schlimmer war als der Sturm. Er stand an der Schwelle des Begreifens:

Was es mit dem Glas auf sich hatte, wie es in sein Auto gekommen war, wessen Augen es waren, warum er die Erinnerung daran zwanzig Jahre lang total verdrängt hatte. Aber er brachte es nicht fertig, über diese Schwelle zu treten, hinaus in die Kälte und Leere der Wahrheit, vielleicht, weil er wußte, daß er sie noch nicht verkraften konnte.

»Ich war es nicht«, murmelte er jämmerlich.

Celeste wiegte sich mit verschränkten Armen auf dem Sitz vor und zurück und stieß einen leisen gequälten Laut aus.

»Ich hab's nicht getan«, wiederholte Joey.

Langsam hob sie den Kopf.

Ihre schönen Augen spiegelten immer noch ungewöhnliche Charakterstärke und ein Wissen wider, das weit über ihr Alter hinausging, aber nun stand noch etwas Neues in ihnen geschrieben – die ungewollte Erkenntnis, zu welchem Ausmaß an Bösem der Mensch fähig war. Oberflächlich betrachtet, sah sie noch wie das Mädchen aus, das er vor kurzem kennengelernt hatte, aber sie *war* nicht mehr jenes Mädchen, weil ihr in dieser Nacht schlagartig die geistige Unschuld geraubt worden war. Sie war nicht mehr das Schulmädchen, das ihm errötend von ihrer Verliebtheit erzählt hatte – und das war unsagbar traurig.

»Ich habe das Glas nicht dort versteckt«, sagte er. »Ich habe die Augen nicht in das Glas getan. Ich bin es nicht gewesen.«

»Das weiß ich«, erwiderte sie ruhig und mit einer Überzeugung, die ihn glücklich machte. Sie warf einen flüchtigen Blick auf das Handschuhfach und sah dann wieder ihn an. »Du könntest so etwas niemals tun. Du nicht. Niemals, Joey. Du wärest zu so etwas niemals fähig.«

Wieder schwankte er am Abgrund einer Erkenntnis, doch eine Flutwelle von Seelenqual warf ihn zurück. »Es müssen ihre Augen sein«, murmelte er.

»Die Augen der Blondine in der Plastikhülle?«

»Ja. Und ich glaube, irgendwo weiß ich, wer sie ist, wie sie ihr schreckliches Ende gefunden hat … Aber ich kann mich nicht daran erinnern.«

»Du hast vorhin gesagt, sie wäre nicht nur eine Halluzination gewesen, nicht nur das Phantasiegespinst eines Alkoholikers.«

»Ja, davon bin ich überzeugt. Es ist eine Erinnerung. Irgendwann und irgendwie habe ich sie gesehen.« Er preßte eine Hand so fest gegen seine Stirn, als könnte er das vergessene Wissen aus seinem Schädel herausdrücken.

»Wer könnte das Glas denn in deinem Wagen versteckt haben?« fragte Celeste.

»Ich weiß es nicht.«

»Wo warst du an jenem Abend, bevor du ins College zurückgefahren bist?«

»Zuhause. In Asherville. Und während der Fahrt habe ich nirgends angehalten.«

»Stand der Mustang in eurer Garage?«

»Wir haben gar keine.«

»War der Wagen abgeschlossen?«

»Nein.«

»Dann hätte doch jeder das Glas dort hineinlegen können.«

»Ja, möglicherweise.«

Niemand war aus dem Haus gekommen, dessen Veranda sie um ein Haar gerammt hätten: Es hatte als eines der ersten Häuser in Coal Valley geräumt werden müssen und stand nun schon seit Monaten leer. Auf die weiße Aluminiumverkleidung hatte jemand eine große »4« gesprüht und mit einem Kreis umgeben. Die Ziffer, die im Scheinwerferlicht des Mustangs blutrot leuchtete, war kein Graffiti, sondern eine offizielle Markierung, die bedeutete, daß dieses Haus als viertes abgerissen werden würde, sobald die letzten Einwohner von Coal Valley ausgezogen waren und die Bulldozer anrückten.

Mit der Entscheidung, was mit dem Grubenfeuer geschehen sollte, hatten die staatlichen Institutionen sich so viel Zeit gelassen, bis es das ganze Tal unterhöhlt hatte und nicht mehr gelöscht werden konnte, doch die Zerstörung des Dorfes sollte jetzt so ordentlich und rasch wie eine Militäroperation vonstatten gehen.

»Wir dürfen hier nicht länger herumsitzen«, sagte er, überzeugt davon, daß die Wundmale in Celestes Händen durch dieses Verweilen an einem Ort wieder schlimmer geworden waren. Er verzichtete darauf, sie zu betrachten, legte den Rückwärtsgang ein und durchquerte den Rasen, wobei er befürchtete, daß sie in der aufgeweichten Erde steckenbleiben könnten. Zum Glück erreichten sie die Straße jedoch problemlos.

»Und wohin jetzt?« fragte Celeste.

»Wir sehen uns ein wenig in der Stadt um.«

»Und wonach halten wir Ausschau?«

»Nach etwas Ungewöhnlichem.«

»Hier ist jetzt alles ungewöhnlich.«

»Wir werden es erkennen, wenn wir es sehen.«

Er fuhr langsam die Coal Valley Road entlang, die zugleich die Hauptstraße des Ortes war.

An der ersten Kreuzung deutete Celeste auf eine schmale Straße zur Linken. »Dort drüben ist unser Haus.«

Obwohl Regenschleier und einige große Tannen die Sicht behinderten, konnte Joey doch einen Block entfernt mehrere Fenster erkennen, die hell erleuchtet waren. Kein anderes Haus in dieser Richtung schien bewohnt zu sein.

»Alle Nachbarn sind schon ausgezogen«, bestätigte Celeste. »Mom und Dad sind jetzt ganz allein.«

»Gerade dadurch könnten sie sicher sein«, brachte er ihr in Erinnerung und fuhr langsam an dem Sträßchen vorbei.

Obwohl die Coal Valley Road auch in andere Ortschaften führte, war ihnen während der ganzen Fahrt kein einziges Auto entgegengekommen, und das würde wahrscheinlich auch so bleiben. Zahlreiche Experten hatten der Öffentlichkeit zwar versichert, daß der Highway völlig sicher sei, daß keinerlei Gefahr eines plötzlichen Einbruchs ins Inferno bestünde. Trotzdem sollte die Straße nach der Zerstörung von Coal Valley geschlossen werden, und die Bewohner der umliegenden Bergdörfer und -städte waren schon seit langer Zeit sehr skeptisch in bezug auf alles, was die Experten von sich gaben, und fuhren deshalb lieber andere Strecken.

Auf der linken Straßenseite kam jetzt St. Thomas in Sicht,

die katholische Kirche, in der bis vor kurzem jeden Samstag und Sonntag Gottesdienste stattgefunden hatten. Die Priester der Pfarrei »Unsere schmerzensreiche Mutter« in Asherville hatten diese Gemeinde – ebenso wie zwei andere kleine Ortschaften – betreut. Es war kein prächtiges Gotteshaus, sondern ein schlichter Holzbau, sogar ohne Buntglasfenster.

Flackerndes Licht in den Kirchenfenstern erregte Joeys Aufmerksamkeit. Eine Taschenlampe. Jedesmal, wenn der Strahl bewegt wurde, sprangen Schatten umher wie gepeinigte Geister.

Er parkte direkt vor der Kirche, schaltete die Scheinwerfer aus und stellte den Motor ab.

Die zweiflügelige Tür über den Betonstufen war weit geöffnet.

»Das ist eine Einladung«, sagte Joey.

»Glaubst du, daß er in der Kirche ist?«

»Darauf könnte ich jede Wette eingehen.«

In der Kirche erlosch das Licht.

»Bleib hier«, sagte Joey, während er die Wagentür öffnete.

»Den Teufel werde ich tun.«

»Bitte!«

»Nein«, sagte sie hart.

»Dort drin könnte alles mögliche passieren.«

»Hier draußen auch.«

Womit sie natürlich völlig recht hatte.

Als Joey ausstieg und nach hinten zum Kofferraum ging, folgte Celeste ihm. Sie hatte die Kapuze wieder über den Kopf gezogen.

Der Regen war jetzt mit Graupel vermischt, wie in jener Nacht vor zwanzig Jahren, als er den Unfall auf der Interstate gehabt hatte. Die kleinen Hagelkörner hörten sich auf dem Metall so an, als würden Krallen gewetzt.

Als er den Kofferraum öffnete, rechnete er halb damit, dort die tote Blondine zu finden.

Sie war nicht da.

Er holte den Wagenheber heraus. Das Ding war beruhigend schwer.

Im schwachen Kofferraumlicht sah Celeste den Werkzeugkasten, öffnete ihn und griff nach einem großen Schraubenzieher.

»Das ist zwar kein Messer«, sagte sie, »aber immerhin besser als gar nichts.«

Joey wünschte, sie würde im Auto bleiben und die Türen verschließen. Wenn Gefahr drohte, könnte sie laut hupen, und dann wäre er innerhalb von Sekunden bei ihr.

Doch obwohl er sie erst seit einer knappen Stunde kannte, wußte er genau, daß es sinnlos wäre, sie davon abhalten zu wollen, ihn zu begleiten. Trotz ihrer zarten Schönheit war sie ungemein zäh und stur. Und die Erkenntnis, daß ihr Vergewaltigung und Ermordung beschieden sein könnten, hatte ihr auch die letzten Spuren jugendlicher Unsicherheit genommen – diese Erkenntnis und die Augen im Glas. Die Welt hatte sich in einen viel düstereren und grausameren Ort verwandelt, als sie noch am Morgen für möglich gehalten hätte, aber sie stellte sich dem mit erstaunlicher, bewundernswerter Tapferkeit.

Joey gab sich keine Mühe, den Kofferraum leise zu schließen. Die offenen Kirchentüren verrieten nur allzu deutlich, daß der Mann, der ihn auf die Coal Valley Road geführt hatte, damit rechnete, daß er ihm auch in die Kirche folgen würde.

»Bleib dicht neben mir«, sagte er.

Sie nickte grimmig. »Darauf kannst du dich verlassen.«

Im Hof von St. Thomas ragte ein Lüftungsrohr von etwa dreißig Zentimetern Durchmesser gut zwei Meter in die Höhe, umgeben von einem Stacheldrahtzaun als Schutzbarriere. Rauchwolken stiegen daraus empor, verursacht von dem unterirdischen Feuer. Diese Maßnahme hatte verhindern sollen, daß die Konzentration giftiger Dämpfe in der Kirche und in den umliegenden Häusern zu hoch wurde. In den letzten zwanzig Jahren waren fast zweitausend solcher Belüftungsschächte angelegt worden.

Trotz des unablässigen Regens stank die Luft in der Umgebung von St. Thomas nach Schwefel.

Auf die Kirchenfassade war mit roter Farbe eine große »13« gesprüht.

Seltsamerweise mußte Joey an Judas denken, an den dreizehnten Apostel, der Jesus verraten hatte.

Die Ziffer an der Wand bedeutete nur, daß die Kirche als dreizehntes Gebäude zerstört werden würde, aber Joey wurde das Gefühl nicht los, als hätte diese Ziffer auch noch eine andere – tiefere – Bedeutung. Tief im Herzen ahnte er, daß es eine Warnung war, vor Verrat auf der Hut zu sein. Aber Verrat von welcher Seite?

Die Totenmesse für seinen Vater an diesem Morgen war der erste Gottesdienst gewesen, den er seit zwanzig Jahren besucht hatte. Jahrelang hatte er sich als Agnostiker – und manchmal als Atheisten – bezeichnet, doch plötzlich schien alles, was er sah, und alles, was geschah, eine religiöse Assoziation zu haben. Natürlich war er in gewissem Sinne kein zynischer und ungläubiger Mann von vierzig mehr, sondern ein zwanzigjähriger Student, der noch vor zwei Jahren als Ministrant gedient hatte. Vielleicht war das der Grund, weshalb er sich dem Glauben seiner Jugend näher fühlte.

Dreizehn.

Judas.

Verrat.

Anstatt diesen Gedanken als lächerlichen Aberglauben abzutun, nahm er ihn ernst und beschloß, noch vorsichtiger zu sein.

Der Weg war noch nicht vereist. Die Graupeln knirschten unter ihren Füßen.

Sie gingen die Stufen hinauf. Vor der offenen Tür knipste Celeste ihre kleine Taschenlampe an. Nebeneinander traten sie über die Schwelle. Celeste leuchtete nach rechts und links: In der Vorhalle lauerte ihnen niemand auf.

Am Eingang zum Kirchenschiff stand ein Weihwasserbecken aus weißem Marmor. Es war leer, wie Joey feststellte, als er mit den Fingern über den trockenen Boden strich. Trotzdem bekreuzigte er sich.

Den Wagenheber mit beiden Händen schlagbereit festhaltend, ging er weiter. Er hatte nicht die Absicht, sich auf die Gnade Gottes zu verlassen.

Celeste leuchtete mit der Taschenlampe so geschickt nach

allen Seiten, als wäre sie daran gewöhnt, wahnsinnige Mörder zu suchen.

Obwohl in St. Thomas seit fünf oder sechs Monaten keine Messen mehr gefeiert wurden, vermutete Joey, daß die Stromversorgung aus Sicherheitsgründen nicht unterbrochen worden war. Ein leerstehendes Gebäude barg alle möglichen Gefahren, und da wollte man bestimmt nicht das zusätzliche Risiko der Dunkelheit eingehen.

Ein schwacher Weihrauchduft lag noch in der Luft, aber er wurde vom Geruch nach feuchtem Holz und Schimmel fast überdeckt. Außerdem stank es nach Schwefel, und dieser Gestank schien immer stärker zu werden, bis der würzige Weihrauchduft überhaupt nicht mehr wahrzunehmen war.

Obwohl die harten Graupeln auf das Dach und gegen die Fenster prasselten, strahlte St. Thomas die Stille und erhabene Würde aller Kirchen aus. Normalerweise war das die Erwartung einer göttlichen Präsenz; in diesem Fall war es aber die Furcht vor dem Einbruch eines Dämons in diesem einst heiligen Ort.

Joey hielt den Wagenheber vorübergehend mit einer Hand, um an der Wand nach den Lichtschaltern zu tasten. Als er sie fand, knipste er alle vier auf einmal an.

Kegelförmige Deckenlampen warfen ihr gelbes Licht auf die Bankreihen, und abgeschirmte Wandleuchter erhellten die vierzehn Kreuzwegstationen und den staubigen Holzboden.

Das eigentliche Heiligtum blieb in Schatten gehüllt. Trotzdem konnte Joey erkennen, daß alle geweihten Gegenstände, alle Statuen und sogar das große Kruzifix an der Wand hinter dem Altar entfernt worden waren.

Als Junge war er manchmal mit dem Priester von Asherville nach Coal Valley gefahren, wenn die hiesigen Ministranten krank oder anderweitig verhindert waren. Deshalb wußte er genau, wie St. Thomas vor der Schließung ausgesehen hatte. Im ausgehenden neunzehnten Jahrhundert hatte ein Dorfbewohner das dreieinhalb Meter hohe Kruzifix geschnitzt, und obwohl es im Grunde eine grobe Arbeit war, hatte sie Joey immer fasziniert, weil sie eine besondere Kraft ausstrahlte, die er bei kunstvolleren Ausführungen nie gespürt hatte.

Als er seinen Blick von der kahlen Wand abwandte, wo früher das Kruzifix hing, sah er, daß auf dem erhöhten Altarsockel etwas Großes lag. Ein weicher Glanz schien davon auszugehen, aber er wußte, daß das nur eine Lichtspiegelung war – oder aber seine Phantasie spielte ihm einen Streich.

Sie gingen vorsichtig den Mittelgang entlang und spähten in die Bankreihen auf beiden Seiten, wo jemand kauern könnte, ohne sofort gesehen zu werden. Die Kirche war klein; sie hatte höchstens zweihundert Sitzplätze, aber nun, da sie leer war, wirkte sie größer.

Als Joey das Altargitter öffnete, quietschte es in den Angeln.

Nach schier unmerklichem Zögern betrat Celeste noch vor ihm das Heiligtum. Auch ihr fiel auf, daß auf dem Altarsockel etwas Groteskes lag, aber sie richtete ihre Taschenlampe nicht darauf. Offenbar zog sie es – ebenso wie Joey – vor, den unvermeidlichen Schock noch etwas aufzuschieben.

Während das niedrige Gitter hinter ihm zufiel, warf Joey einen Blick zurück ins Kirchenschiff. Niemand war ihnen gefolgt.

Vor ihnen lag der Chor. Stühle, Notenständer und Orgel waren entfernt worden.

Sie gingen durch den Wandelgang nach links, um den Chor herum. Obwohl sie leise aufzutreten versuchten, hallten ihre Schritte auf dem Eichenboden dumpf in der leeren Kirche wider.

An der Wand neben der Tür zur Sakristei gab es weitere Lichtschalter. Joey knipste sie an, und nun wurde auch der Altarraum schwach beleuchtet.

Er bedeutete Celeste, sich etwas von der Tür zu entfernen, und sobald sie aus dem Weg war, trat er gegen die Tür, wie er es in unzähligen Filmen gesehen hatte, stürzte über die Schwelle und schwang den Wagenheber von rechts nach links und wieder zurück, weil er vermutete, daß jemand dort auf ihn gewartet hatte. Er hoffte, den Mistkerl überraschen und mit einem wuchtigen Schlag außer Gefecht setzen zu können, aber die Metallstange fuhr nur durch die Luft.

Im Licht aus dem Altarraum konnte er erkennen, daß die Sakristei leer war. Die Außentür stand offen, als er eintrat, aber ein kalter Windstoß warf sie zu.

»Er ist schon verschwunden«, sagte Joey zu Celeste, die schreckensstarr auf der Schwelle stand.

Sie kehrten in die Kirche zurück und blieben am Fuß der drei Altarstufen stehen.

Joeys Herz klopfte zum Zerspringen.

Neben ihm stieß Celeste einen leisen Klagelaut aus – nicht vor Entsetzen, sondern vor Mitleid, Bedauern und Verzweiflung. »O nein!«

Der geschnitzte Hochaltar war nicht mehr da. Nur der Sockel.

Die groteske Form, die sie vom Kirchenschiff aus im Halbdunkel gesehen hatten, war jetzt deutlich zu erkennen. *Viel* zu deutlich. Die Leiche in der dicken zerknitterten Plastikfolie lag da wie ein Fötus. Das Gesicht war nicht zu sehen, aber blonde Haarsträhnen.

Das war keine Vision.

Auch keine Halluzination.

Auch keine Erinnerung.

Diesmal war die Leiche real.

Trotzdem ließen die Ereignisse der letzten vierundzwanzig Stunden Joey daran zweifeln, was real war und was nicht. Er mißtraute seinen eigenen Sinnen und wollte deshalb von Celeste eine Bestätigung hören. »Du siehst es auch, oder?«

»Ja.«

»Die Leiche?«

»Ja.«

Er berührte die dicke Plastikfolie, die unter seinen Fingern knisterte.

Ein schlanker weißer Arm war aus der Hülle geglitten. Die leicht gewölbte Hand wies in der Mitte eine Nagelwunde auf. Die Fingernägel waren eingerissen und blutverkrustet.

Obwohl er *wußte*, daß die Blondine tot war, hegte Joey doch noch die völlig absurde Hoffnung, daß die Augen im Glas nicht ihr gehörten, daß ein Funke Leben sie noch mit dieser Welt verband, daß sie auferweckt werden konnte. Er kniete auf der obersten Altarstufe nieder, legte seine Fingerspitzen auf ihr Handgelenk, suchte nach einem noch so schwachen Puls.

Er fand keinen Puls, doch der Kontakt mit ihrem kalten Fleisch wirkte auf ihn wie ein Stromschlag und löste eine weitere, lange Zeit verdrängte Erinnerung aus:

... Er will nur helfen, als er die beiden Koffer durch den eisigen Regen zum Auto trägt und auf dem Kies abstellt, um den Kofferraum zu öffnen. Er hebt den Deckel, und die kleine Glühbirne im Innern ist so schwach wie eine halb geschmolzene Votivkerze in einem rubinroten Glas. Das Licht im Kofferraum ist rot verfärbt, weil die Glühbirne blutbeschmiert ist. Der Geruch von frischem Blut steigt ihm in die Nase, und er muß würgen. Sie liegt da. Sie liegt tatsächlich da. Dieser Anblick ist so total unerwartet, daß er sie für eine Halluzination halten könnte, aber sie ist so real wie Granit oder wie ein Schlag ins Gesicht. Nackt, aber in eine halb durchsichtige Folie gehüllt. Das Gesicht unter langen blonden Haaren und unter Blutflecken auf der Innenseite des Plastiks verborgen. Ein nackter Arm ragt aus der Hülle hervor, und die zarte Hand weist eine grausige Wunde auf. Eine flehentliche Geste, die vergebliche Bitte, Gnade walten zu lassen. Sein Herz schwillt bei jedem lauten Schlag so stark an, daß seine Lungen zusammengepreßt werden und er nicht tief Luft holen kann. Während Donner über die Berge rollt, hofft er, daß ihn ein Blitz treffen möge, damit er so tot wie die Blondine ist, denn nach dieser Entdeckung weiterzuleben, wird viel zu hart, viel zu schmerzhaft, viel zu freudlos und sinnlos sein. Dann sagt jemand hinter ihm seinen Namen, kaum lauter als das säuselnde Lied von Wind und Regen. »Joey!« Wenn er nicht auf der Stelle tot umfallen darf, bittet er Gott wenigstens, ihn taub werden und erblinden zu lassen, damit er von den Pflichten eines Zeugen befreit ist. »Joey, Joey!« Die Stimme klingt so traurig. Er wendet sich von dem mißhandelten Körper im Kofferraum ab, und er weiß, daß außer dem Leben dieser Frau auch vier andere ver-

nichtet worden sind – sein eigenes, das seiner Mutter, seines Vaters und seines Bruders. »Ich wollte doch nur helfen«, *stammelt er.* »Ich wollte dir doch nur helfen.«

Joey atmete tief aus, holte Luft. »Es war mein Bruder. Er hat sie umgebracht.«

11

Zwei fette Ratten huschten quickend durch den Altarraum, warfen grotesk lange Schatten und verschwanden in einem Loch in der Wand.

»Dein Bruder? P. J.?« fragte Celeste ungläubig.

Obwohl sie in der High School fünf Klassen unter P. J. gewesen war, kannte sie ihn. Das war nicht weiter verwunderlich, denn in Asherville und Umgebung hatte jeder P. J. Shannon gekannt, lange bevor er ein weltberühmter Schriftsteller wurde. Er war der jüngste Quarterback gewesen, den das Footballteam der High School je gehabt hatte, ein phantastischer Spieler, der seiner Mannschaft dreimal zur Regionalmeisterschaft verhalf. Er hatte immer die besten Zeugnisse, und bei der Schlußfeier durfte er die Schülerrede halten, doch trotz seiner Begabung, seines guten Aussehens und seiner vielen Erfolge blieb er ein umgänglicher Bursche, charmant und amüsant, aber auch freundlich und hilfsbereit. Bei den Wohltätigkeitsveranstaltungen der Pfarrei setzte er sich voll ein. Wenn ein Freund krank war, besuchte P. J. ihn stets als erster, brachte ein kleines Geschenk mit und munterte ihn auf. Hatte ein Freund irgendwelche Probleme, stand P. J. ihm mit Rat und Tat zur Seite. Im Gegensatz zu vielen anderen beliebten Schülern war P. J. überhaupt nicht arrogant; er unterhielt sich mit dem mageren und kurzsichtigen Leiter des Schachklubs genauso gern wie mit Sportkanonen, und er lehnte es kategorisch ab, Schulkameraden zu hänseln oder zu quälen.

P. J. war der beste Bruder auf der ganzen Welt gewesen.

Aber er war auch ein brutaler Mörder.

Joey konnte diese beiden Tatsachen einfach nicht in Einklang miteinander bringen, und er hatte das Gefühl, daß er den Verstand verlieren könnte, wenn er es allzu lange versuchte.

Immer noch auf der Altarstufe kniend, ließ Joey das kalte Handgelenk der Toten los. Die Berührung mit ihrem Fleisch hatte ihm auf geradezu mystische Weise zu einer schrecklichen Offenbarung verholfen. Er hätte nicht erschütterter sein können, wenn er bei der Eucharistie tatsächlich *gesehen* hätte, wie sich die Hostie in den Leib Christi verwandelte.

»P.J. war an jenem Wochenende aus New York nach Hause gekommen«, erzählte er Celeste. »Nach dem College hatte er bei einem großen Verlag eine Stelle als Redaktionsassistent angenommen, und er wollte dort arbeiten, bis es ihm irgendwie gelingen würde, ins Filmgeschäft einzusteigen. Am Samstag hatten wir alle – die ganze Familie – viel Spaß gehabt. Doch nach der Messe am Sonntagmorgen setzte P.J. sich für den ganzen Tag ab. Er wollte Schulfreunde besuchen, um über die guten alten Zeiten zu plaudern, und er wollte ein bißchen in der Gegend herumfahren, um das bunte Herbstlaub zu bewundern. ›Ich möchte ein ausgiebiges Nostalgiebad nehmen‹, erklärte er uns.«

Celeste drehte dem Altarsockel den Rücken zu, entweder weil sie den Anblick der Toten nicht mehr ertragen konnte, oder weil sie befürchtete, daß P.J. unbemerkt in die Kirche zurückkehren könnte.

»Sonntags haben wir normalerweise immer schon um fünf zu Abend gegessen«, fuhr Joey fort, »aber Mom wollte unbedingt auf P.J. warten. Er kam erst um sechs nach Hause, als es draußen schon eine ganze Weile dunkel war. Er war ganz zerknirscht, entschuldigte sich wortreich und erzählte, er hätte mit seinen alten Freunden so viel Spaß gehabt, daß er die Zeit ganz vergessen hätte. Während des ganzen Abendessens war er unheimlich gut drauf, witzig und voller Elan, so als hätte das Wiedersehen mit seinem Heimatort ihn mit neuer Energie erfüllt.«

Joey zog die Plastikhülle über den nackten Arm der Toten. Er empfand es als obszön, ihre Hand mit dem Wundmal

83

auf dem Altar liegen zu sehen, obwohl St. Thomas ja im Grunde keine Kirche mehr war.

Celeste wartete geduldig auf die Fortsetzung der Geschichte.

»Wenn ich es mir jetzt überlege, dann hatte er an jenem Abend vielleicht etwas Seltsames an sich, eine geradezu *unheimliche* Energie. Nach dem Essen rannte er in seinen Kellerraum, packte und stellte seine Koffer neben die Hintertür. Er wollte möglichst schnell losfahren, weil das Wetter so schlecht war, daß er frühestens um zwei Uhr nachts in New York ankommen würde. Aber Dad wollte ihn noch nicht fortlassen; er liebte P. J. sehr und war mächtig stolz auf ihn. Deshalb holte er die alten Alben mit P. J.s Footballtriumphen hervor und wollte in Erinnerungen schwelgen. Und P. J. zwinkerte mir zu, so als wollte er sagen: *Verdammt, auf eine halbe Stunde kommt es jetzt auch nicht mehr an, wenn es Dad glücklich macht.* Sie setzten sich nebeneinander auf das Sofa im Wohnzimmer und schauten sich die alten Alben an, und ich dachte, ich könnte P. J. wenigstens ein wenig Zeit ersparen, wenn ich sein Gepäck im Kofferraum verstaute. Die Wagenschlüssel lagen auf der Küchenanrichte.«

»Es tut mir so leid, Joey«, sagte Celeste. »Es tut mir so wahnsinnig leid für dich.«

Joey konnte sich noch immer nicht mit dem Anblick der ermordeten Frau in der blutigen Plastikhülle abfinden. Der Gedanke, was sie erlitten hatte, drehte ihm fast den Magen um, machte ihm das Herz bleischwer und ließ seine Stimme schwanken, obwohl er nicht einmal wußte, wer sie war. Er konnte nicht einfach aufstehen und ihr den Rücken zuwenden. Er mußte an ihrer Seite knien. Sie verdiente seine Aufmerksamkeit und seine Tränen. Wenigstens in *dieser* Nacht mußte er Zeugnis von ihrem grauenvollen Tod ablegen – etwas, das er vor zwanzig Jahren versäumt hatte.

Wie seltsam, daß er jede Erinnerung an sie zwanzig Jahre lang verdrängt hatte – und doch war sie jetzt, während er die schlimmste Nacht seines Lebens noch einmal durchlebte, erst seit wenigen Stunden tot.

Doch ob es nun zwanzig Jahre oder nur wenige Stunden waren – retten konnte er sie jedenfalls nicht mehr.

»Der Regen hatte ein wenig nachgelassen«, erzählte er weiter, »und deshalb zog ich nicht einmal meine Windjacke an. Ich griff einfach nach den Schlüsseln, schnappte mir die beiden Koffer und trug sie zu P. J.s Wagen, der hinter meinem Mustang auf der Einfahrt stand. Ich nehme an, daß Mom etwas zu ihm gesagt hat, jedenfalls begriff er, was ich machte, ließ Dad mit den Alben sitzen und rannte mir nach. Aber es war schon zu spät.«

... ein leichter, aber bitterkalter Regen, das blutig verfärbte Licht der kleinen Glühbirne im Kofferraum, und P. J. steht da, so als wäre nicht die ganze Welt soeben zusammengebrochen, und Joey sagt wieder: »Ich wollte doch nur helfen.«

P. J.s Augen sind weit aufgerissen, und Joey hofft einen Moment lang verzweifelt, daß sein Bruder die Frau im Kofferraum ebenfalls zum erstenmal sieht, daß er entsetzt ist und keine Ahnung hat, wie die dorthin gekommen ist. Doch dann sagt P. J.: »Joey, hör zu, es ist nicht, was du glaubst. Ich weiß, daß es schlimm aussieht, aber es ist nicht das, was du glaubst.«

»O Gott, P. J.! O mein Gott!«

P. J. wirft einen Blick zum Haus hinüber, das nur fünfzehn oder zwanzig Meter entfernt ist, vergewissert sich, daß die Eltern nicht auf der Veranda stehen. »Ich kann es dir erklären, Joey. Gib mir eine Chance, verurteile mich nicht voreilig, gib mir eine Chance!«

»Sie ist tot! Sie ist tot!«

»Ich weiß.«

»Sie ist ganz blutig!«

»Beruhige dich, Joey.«

»Was hast du getan? Allmächtiger, was hast du getan?«

P. J. tritt dicht an ihn heran, drängt ihn gegen den Wagen. »Ich habe nichts getan. Jedenfalls nichts, wofür ich ins Gefängnis müßte.«

»Warum, P. J.? Nein, versuch nicht, es zu erklären. Das ist unmöglich. Für so etwas kann es keine harmlose Erklärung geben. Sie liegt tot in deinem Kofferraum, tot und blutig.«

»Schrei nicht so, Junge! Nimm dich zusammen.« P. J. packt sei-

nen Bruder bei den Schultern, und seltsamerweise ist dieser körperliche Kontakt Joey nicht zuwider. »Ich habe es nicht getan. Ich habe sie nicht angerührt.«

»Aber sie liegt da, P. J., das kannst du doch nicht leugnen!«

Joey weint. Der kalte Regen, der ihm ins Gesicht peitscht, macht seine Tränen unsichtbar, aber er weint.

P. J. schüttelt ihn leicht bei den Schultern. »Für wen hältst du mich, Joey? Um Himmels willen, für wen hältst du mich? Ich bin dein Bruder, dein großer Bruder, oder etwa nicht? Glaubst du, ich hätte mich in New York in ein Monster verwandelt?«

»Sie liegt in deinem Kofferraum«, ist alles, was Joey hervorbringen kann.

»Ja, okay, sie liegt da drin, und ich habe sie reingelegt, aber ich habe ihr nichts angetan, ich habe sie nicht verletzt.«

Joey versucht sich loszureißen.

P. J. hält ihn fest, preßt ihn gegen die Stoßstange, so als wollte er ihn zu der Toten im Kofferraum stoßen. »Verlier nicht die Nerven, Junge. Ruiniere nicht uns alle. Bin ich dein großer Bruder? Kennst du mich nicht mehr? Bin ich nicht immer für dich dagewesen? Ich bin immer für dich dagewesen, und jetzt mußt du für mich dasein, nur dieses eine Mal.«

Schluchzend sagt Joey: »Nein, P. J., bei so etwas kann ich nicht für dich dasein. Bist du verrückt?«

P. J. redet eindringlich auf ihn ein, mit einer Leidenschaft, der Joey sich nicht entziehen kann. »Ich habe immer auf dich aufgepaßt, ich habe dich immer geliebt, mein kleiner Bruder! Wir beide gegen den Rest der Welt. Hörst du? Ich liebe dich, Joey. Weißt du nicht, daß ich dich liebe?« Er läßt Joeys Schultern los und packt ihn statt dessen am Kopf, preßt seine Schläfen mit den Händen zusammen. Joey hat das Gefühl, in einen Schraubstock geraten zu sein. In P. J.s Augen steht mehr Schmerz als Furcht geschrieben. Er küßt Joey auf die Stirn. Seine Worte und sein eindringlicher Ton üben eine hypnotische Wirkung auf Joey aus. Halb in Trance, kann er sich nicht einmal bewegen. Und er hat Mühe, klar zu denken. »Joey, hör zu, Joey, Joey, du bist mein Bruder – mein Bruder! Und das bedeutet mir alles; du bist mein Blut, du bist ein Teil von mir. Weißt du nicht, daß ich dich liebe? Weißt du das nicht? Weißt du nicht, daß ich dich liebe? Und liebst du mich nicht auch?«

»Doch ... doch.«

»Wir lieben einander, wir sind Brüder.«

»Das macht es ja so schlimm«, schluchzt Joey.

P. J. hält seinen Kopf noch immer umfangen, ihre Nasen berühren sich fast, und er blickt Joey tief in die Augen. »Wenn du mich liebst, Junge, wenn du deinen großen Bruder wirklich liebst, mußt du mir zuhören. Hör zu, damit du verstehst, was passiert ist. Okay, Joey? Okay? Ich werde dir erzählen, was passiert ist. Ich bin die Pine Ridge entlanggefahren, du weißt schon, die alte Landstraße. Ich bin einfach ziellos durch die Gegend gefahren, wie wir es als Schüler oft getan haben. Du kennst doch diese alte Straße mit ihren unzähligen Kurven, eine Kurve nach der anderen, und hinter einer dieser Kurven kommt sie plötzlich aus dem Wald gerannt, hetzt einen kleinen Abhang hinab, mitten auf die Straße. Ich bremse scharf, aber es ist schon zu spät. Sogar wenn es nicht geregnet hätte, wäre es zu spät gewesen. Ich kann nicht so schnell anhalten. Sie ist direkt vor mir, rennt direkt ins Auto, stürzt und wird vom Auto überrollt, bevor ich anhalten kann.«

»Sie ist nackt, P. J.! Ich habe gesehen, daß sie nackt ist!«

»Das will ich dir ja gerade erklären. Du mußt nur zuhören. Sie ist nackt, als sie aus dem Wald angerannt kommt, splitternackt, und dieser Kerl verfolgt sie.«

»Welcher Kerl?«

»Ich weiß nicht, wer er war. Habe ihn noch nie hier in der Gegend gesehen. Aber was ich sagen will, Joey – sie hat das Auto nicht gesehen, weil sie nach hinten geschaut hat, um festzustellen, ob der Kerl ihr dicht auf den Fersen war. Sie rennt, so schnell sie kann, schaut dabei nach hinten, rennt mir direkt vor das Auto, bemerkt es endlich und schreit auf, aber da ist es schon zu spät. Mein Gott, es war schrecklich! Das Schlimmste, was ich je erlebt habe! Ich kann nur hoffen, daß mir nie mehr im Leben so etwas widerfährt! Das Auto hat sie mit solcher Wucht gerammt ... Ich wußte sofort, daß sie tot sein mußte ...«

»Und der Kerl, der sie verfolgt hat?«

»Er bleibt wie angewurzelt auf dem Hügel stehen, als ich sie überfahre. Und als ich aus dem Auto springe, macht er kehrt und rennt auf die Bäume zu, rennt in den Wald, und ich weiß, daß ich den Mistkerl schnappen muß, und ich renne ihm nach, aber er kennt sich in dem Wald besser aus als ich. Ich verliere ihn aus den Augen, renne aber noch zehn oder zwanzig Meter auf einem Wildpfad weiter, doch dann verzweigt sich der Pfad, es sind plötzlich drei Pfade, und ich habe keine Ahnung, welchen er eingeschlagen hat. Im Wald ist es halbdunkel, und bei dem Wind und Regen kann ich ihn auch nicht hören.

Deshalb kehre ich zur Straße zurück, und sie ist tot, wie ich von Anfang an gewußt habe.« P. J. erschaudert angesichts der Erinnerung und schließt die Augen. Er drückt seine Stirn an Joeys Stirn. »O Gott, Joey, es war schrecklich, es war so schrecklich – was das Auto ihr angetan hatte, und was davor dieser Verbrecher ihr angetan hatte! Mir wurde übel, und ich mußte mich auf der Straße übergeben. Glaub mir, ich habe mir die Seele aus dem Leib gekotzt!«

»Und was macht sie in deinem Kofferraum?«

»Ich hatte zufällig diese Plastikfolie dabei. Ich konnte sie doch nicht dort liegenlassen.«

»Du hättest den Sheriff rufen sollen.«

»Ich konnte sie nicht allein auf der Straße liegenlassen. Ich war völlig durcheinander, Joey, und ich hatte Angst. Sogar dein großer Bruder kann manchmal Angst haben.« P. J. läßt endlich Joeys Kopf los, rückt ein wenig von ihm ab, schaut besorgt zum Haus hinüber, sagt: »Dad schaut aus dem Fenster. Wenn wir noch lange hier herumstehen, kommt er bestimmt raus, um zu fragen, ob etwas nicht stimmt.«

»Na gut, vielleicht konntest du sie nicht auf der Straße liegenlassen, aber wenn du sie schon in deinen Kofferraum legen mußtest – warum bist du nicht mit ihr zur Polizei gefahren?«

»Ich werde dir alles erklären«, verspricht P. J. »Aber dazu sollten wir uns ins Auto setzen. Es sieht komisch aus, wenn wir hier so lange im Regen herumstehen. Setzen wir uns lieber rein und schalten das Radio ein, dann wird Dad glauben, daß wir nur ein bißchen plaudern, so zwischen Brüdern.«

Er legt einen Koffer neben die tote Frau im Kofferraum, dann den zweiten. Schlägt den Deckel zu.

Joey zittert immer noch am ganzen Leibe. Er möchte wegrennen. Nicht ins Haus. In die Nacht hinein. Quer durch Asherville und durch das ganze County, in Gegenden, wo er noch nie gewesen ist, in Städte, wo niemand ihn kennt, immer weiter und weiter in die Nacht hinein. Aber er liebt P. J., und P. J. ist immer für ihn dagewesen, und deshalb ist er verpflichtet, wenigstens zuzuhören. Und vielleicht wird ja doch noch alles gut. Vielleicht ist alles nicht so schlimm, wie es aussieht. Vielleicht besteht noch Hoffnung für einen guten Bruder, der sich die Zeit nimmt zuzuhören. Etwas anderes wird ja nicht von ihm verlangt – er soll nur zuhören.

P. J. schließt den Kofferraum ab, legt seine Hand auf Joeys Nacken und drückt leicht zu, eine freundschaftliche Geste, aber auch eine Aufforderung, ins Auto zu steigen. »Komm, Junge. Laß mich dir alles erzählen, und dann überlegen wir gemeinsam, was jetzt zu tun ist. Komm, steig ein. Es ist doch nur dein großer Bruder, der dich darum bittet. Ich brauche dich, Joey.«

Sie steigen ein.

Joey setzt sich auf den Beifahrersitz.

Im Wagen ist es kalt, und die Luft ist feucht.

P. J. läßt den Motor an. Schaltet die Heizung ein.

Es regnet jetzt stärker, ein richtiger Wolkenbruch, und die Welt hinter den Fenstern scheint sich aufzulösen. Das Auto ist ein Stahlkokon, in dem sie gefangen sind und darauf warten müssen, in neue Menschen verwandelt zu werden und eine Wiedergeburt in einer unvorstellbaren Zukunft zu erleben.

P. J. sucht im Radio nach einem Sender, der gut zu empfangen ist.

Bruce Springsteen singt über Verluste und über die Schwierigkeit einer Erlösung.

P. J. stellt das Radio leiser, aber dadurch werden Text und Musik nicht weniger melancholisch.

»Ich vermute, daß dieser Mistkerl sie entführt hat«, sagt P. J., »und daß er sie irgendwo in den Wäldern gefangengehalten hat, in einer Hütte oder sonst einem Versteck. Dort muß er sie vergewaltigt und gefoltert haben. Man liest ja gelegentlich über solche Vorfälle, und sie nehmen von Jahr zu Jahr zu. Aber wer hätte jemals geglaubt, daß so etwas auch hier, an einem Ort wie Asherville, passieren kann? Sie muß ihm irgendwie entkommen sein, als er nicht aufpaßte.«

»Wie hat er ausgesehen?«

»Brutal.«

»Was verstehst du darunter?«

»Gefährlich. Er sah gefährlich und ein bißchen verrückt aus. Sehr groß, über eins neunzig. Und er muß mindestens zweihundertvierzig Pfund wiegen. Vielleicht ist es ganz gut, daß ich ihn nicht geschnappt habe. Er hätte Hackfleisch aus mir machen können, Joey. Wahrscheinlich wäre ich jetzt tot, wenn ich ihn eingeholt hätte. Aber versuchen mußte ich es wenigstens. Schließlich konnte ich diesen Verbrecher nicht so einfach wegrennen lassen. Ja, es war ein Riesenbursche mit Bart und langen fettigen Haaren, in schmutzigen Jeans und mit einem blauen Flanellhemd, das hinten aus der Hose heraushing.«

»Du mußt ihre Leiche zum Sheriff bringen, P. J. Auf der Stelle.«

»Das kann ich nicht, Joey. Verstehst du nicht – dafür ist es jetzt zu spät. Sie liegt in meinem Kofferraum. Es könnte der Eindruck entstehen, als hätte ich alles verheimlichen wollen, wenn du sie nicht zufällig gefunden hättest. Und das könnte zu falschen Interpretationen führen. Schließlich kann ich nicht beweisen, daß ich den Mann gesehen habe, der sie verfolgt hat.«

»Die Polizei wird Beweise finden. Zunächst einmal seine Fußspuren. Und dann werden sie den Wald durchsuchen und das Versteck finden, in dem er sie gefangengehalten hat.«

P. J. schüttelt den Kopf. »Bei diesem Regen werden alle Fußspuren schon verschwunden sein. Und wer garantiert mir, daß sein Versteck gefunden wird? Nein, ich kann dieses Risiko nicht eingehen. Wenn sie keine Beweise für die Existenz dieses Kerls finden, werden sie alles mir in die Schuhe schieben.«

»Wenn du sie nicht umgebracht hast, kann die Polizei dir doch nichts anhängen.«

»Bist du wirklich so naiv? Ich wäre nicht der erste, der eines Verbrechens angeklagt wird, das er nicht begangen hat.«

»Das ist doch lächerlich, P. J.! Hier kennt dich jeder, und alle mögen dich. Man wird dir bestimmt Glauben schenken.«

»Menschen können sehr wetterwendisch sein. Sogar Menschen, denen man immer nur Gutes getan hat, können einem plötzlich in den Rücken fallen. Diese Erfahrung wirst du auch noch machen müssen, Joey, wenn du erst einmal länger im College bist oder in einer Stadt wie New York lebst. Dann wirst du sehen, wie haßerfüllt Menschen sein können.«

»Hier in der Gegend wird niemand an deiner Unschuld zweifeln«, beharrt Joey.

»Sogar du hast daran gezweifelt.«

Diese Worte versetzen Joey einen schweren Schlag. Er muß sich eingestehen, daß P. J. recht hat, und das bestürzt ihn zutiefst. Er kann keinen klaren Gedanken mehr fassen. »Herrgott, P. J., wenn du sie nur dort auf der Straße liegengelassen hättest!«

P. J. vergräbt sein Gesicht in den Händen. Er weint. Joey hat ihn noch nie weinen gesehen. Eine ganze Weile kann P. J. nicht sprechen – und Joey auch nicht. Endlich stammelt P. J.: »Ich konnte sie nicht liegenlassen. Es war alles so schrecklich … Du hast es nicht gesehen, du weißt nicht, wie schrecklich es war. Sie ist doch nicht nur eine Leiche, Joey. Sie hat Eltern, Geschwister. Mir ging durch den Kopf: wenn ich ihr Bruder wäre, und wenn jemand sie überfahren hätte, was würde ich mir dann wünschen? Und ich dachte, ich würde mir wünschen, daß der Fahrer wenigstens ihre Blöße bedeckt, daß er sie nicht einfach wie ein Stück Fleisch auf der Straße herumliegen läßt. Jetzt sehe ich ein, daß ich wahrscheinlich einen großen Fehler begangen habe, aber ich war völlig durcheinander. Ich hätte anders handeln müssen, aber jetzt ist es zu spät, Joey.«

»Wenn du sie nicht zur Polizei bringst und eine Aussage machst, wird der bärtige Kerl mit den langen Haaren ungeschoren davonkommen, und dann wird er bestimmt einem anderen Mädchen das gleiche antun.«

P. J. nimmt seine Hände vom Gesicht. In seinen Augen stehen immer noch Tränen. »Man wird ihn sowieso nie erwischen, Joey. Verstehst du denn nicht? Er hat sich längst aus dem Staub gemacht. Er weiß, daß ich ihn gesehen habe, daß ich ihn beschreiben kann. Nach dem Unfall hat er sich bestimmt keine zehn Minuten mehr in dieser Gegend aufgehalten, und inzwischen könnte er schon in einem anderen Bundesstaat sein. Glaub mir, der flüchtet ans andere Ende des Landes. Wahrscheinlich hat er auch seinen Bart abrasiert und die langen Haare abgeschnitten, so daß er jetzt ganz anders aussieht. Das wenige, was ich der Polizei erzählen kann, wird nicht zu seiner Ergreifung führen, und außerdem könnte ich sowieso nichts aussagen, was seine Verurteilung ermöglichen würde.«

»Trotzdem ist es das einzig Richtige, zur Polizei zu gehen.«

»Tatsächlich? Du denkst offenbar nicht an Mom und Dad. Sonst wärest du dir nicht mehr so sicher, daß es das Richtige ist.«

»Was meinst du damit?«

»Ich sage dir eines – die Bullen werden versuchen, diese Sache mir anzuhängen. Stell dir nur mal die Schlagzeilen in den Zeitungen vor. Der Footballstar, der hochbegabte Junge, dem eine angesehene Universität ein Stipendium gewährt hatte, fährt mit einer nackten Frau im Kofferraum seines Wagens spazieren – mit einer Frau, die grausam gefoltert wurde! Um Himmels willen, stell dir das doch einmal vor! Dieser Prozeß wird enormes Aufsehen erregen, und der Rummel wird schlimmer sein als bei jedem anderen Prozeß, der jemals in diesem Bundesstaat stattgefunden hat.«

Joey hat das Gefühl, an einem riesigen Schleifstein mit hoher Drehzahl abgewetzt zu werden. Er ist zermürbt von der Logik seines Bruders, von dessen Persönlichkeit, den unerwarteten Tränen. Je mehr Joey versucht, die Wahrheit zu erkennen, desto verwirrter und verstörter wird er.

P. J. schaltet das Radio aus, wendet sich seinem Bruder zu, sieht ihn unverwandt an. Nur sie beide und das Prasseln des Regens, keine Ablenkung mehr von der hypnotischen Stimme. »Bitte, bitte, hör mir zu, Junge! Denk gut über alles nach, um Mutters willen, um Vaters willen! Ruiniere nicht das Leben unserer Eltern, nur weil du nicht erwachsen werden kannst, nur weil du die Vorstellungen eines Ministranten von dem, was richtig und was falsch ist, noch nicht abgeschüttelt hast. Ich habe diesem Mädchen im Kofferraum nichts zuleide getan – warum sollte ich also meine ganze Zukunft aufs Spiel setzen? Sogar wenn die Geschworenen vernünftig sind und mich freisprechen, wird es immer Leute geben, die trotzdem glauben, ich hätte sie umgebracht. Nun gut, ich bin jung und habe eine gute Ausbildung genossen, und deshalb kann ich an irgendeinem anderen Ort, wo niemand etwas von dem Mordprozeß weiß, ein neues Leben beginnen. Aber Mom und Dad sind nicht mehr jung, und sie sind arm. Was sie jetzt haben, ist wahrscheinlich alles, was sie je bekommen werden. Sie haben nicht die Möglichkeit, einfach von hier wegzuziehen. Diese Vier-Zimmer-Baracke, die sie ein Haus nennen – natürlich ist das nicht viel, aber immerhin haben sie ein Dach über dem Kopf. Und sie haben hier eine Menge Freunde, gute Nachbarn, an denen sie hängen und die auch an ihnen hängen. Doch damit wird es zu Ende sein, sobald ich zum erstenmal in den Gerichtssaal geführt werde.« Die Flut seiner Argumente war sehr überzeugend. »Mißtrauen wird sich zwischen unseren Eltern und ihren Freunden breitmachen und alle Beziehungen zerstören. Mom und Dad werden genau wissen, daß hinter ihrem Rücken geflüstert und getratscht wird. Aber sie werden nicht wegziehen können, weil niemand diese Bruchbude kaufen wird, und Ersparnisse besitzen sie nicht. Folglich werden sie hierbleiben, sich allmählich von Nachbarn und Freunden zurückziehen und vereinsamen. Dürfen wir so etwas zulassen, Joey? Dürfen wir zwei Leben zerstören? Ich bin unschuldig am Tod dieses Mädchens, aber ich gebe zu, daß ich einen Fehler begangen habe, als ich die Tote nicht einfach auf der Straße liegenließ. Oder ich hätte mit ihr im Kofferraum direkt zur Polizei fahren müssen. Okay, ich habe Mist gebaut, und dafür kannst du mich gern erschießen, wenn dir danach zumute ist – aber bring Mom und Dad nicht um! Es wäre ein langsamer, qualvoller Tod für sie, wenn ich unter Mordanklage stünde.«

Joey bringt kein Wort hervor.

»Es ist so leicht, sie und mich zu vernichten, Joey. Aber noch leichter ist es, das Richtige zu tun – einfach zu glauben und zu vertrauen.«

Druck. Enormer Druck. Joey kommt sich wie ein Tiefseetaucher vor. Auf jedem Quadratzentimeter seines Körpers lasten Tausende von Pfund. Zermalmen ihn.

Als er endlich seine Stimme wiederfindet, klingt sie sehr jung und erschreckend unsicher. »Ich weiß nicht, P. J. Ich weiß nicht.«

»Du hältst mein Leben in deinen Händen, Joey.«

»Ich bin völlig durcheinander.«

»Du hältst auch das Leben unserer Eltern in deinen Händen.«

»Aber sie ist tot! Ein Mädchen ist tot!«

»Das stimmt. Sie ist tot. Und wir leben.«

»Aber ... aber was willst du mit der Leiche machen?«

Als Joey sich diese Frage stellen hört, weiß er, daß P. J. gewonnen hat. Er fühlt sich plötzlich so schwach, als wäre er wieder ein kleines Kind, und er schämt sich seiner Schwäche. Heftige Gewissensbisse nagen an ihm, schmerzhaft wie eine Säure, und um diesem unerträglichen Schmerz zu entkommen, muß er seinen Geist teilweise lahmlegen, muß sämtliche Emotionen ausschalten. Ein grauer Ascheregen begräbt seine Seele.

»Das ist ganz einfach«, sagt P. J. »Ich könnte die Leiche irgendwo abladen, wo sie nie gefunden wird.«

»Das darfst du ihrer Familie nicht antun. Die Angehörigen dürfen sich nicht ihr Leben lang fragen, was aus ihrer Tochter oder Schwester geworden ist, ob sie immer noch irgendwo leidet. Damit würdest du ihnen sogar die Hoffnung auf einen resignierten Frieden rauben.«

»Du hast recht. Ich bin offenbar immer noch ziemlich durcheinander. Natürlich muß ich sie irgendwo deponieren, wo sie gefunden wird.«

Eine immer dickere Schicht grauer Asche betäubt Joey in zunehmendem Maße. Von Minute zu Minute fühlt er weniger, denkt er weniger. Diese seltsame Entrücktheit ist zwar ein bißchen unheimlich, aber sie ist auch segensreich, und er kämpft deshalb nicht gegen sie an.

Er ist sich bewußt, daß seine Stimme sich gänzlich tonlos anhört, als er sagt: »Aber dann könnte die Polizei deine Fingerabdrücke auf dem Plastik finden. Oder irgend etwas anderes, vielleicht ein paar Haare von dir ...«

»Mach dir deine Sorgen wegen der Fingerabdrücke. Ich habe keine hinterlassen, auch keine anderen Spuren. Ich war sehr vorsichtig. Nur ...«

Joey wartet resigniert darauf, daß sein Bruder – sein einziger heißgeliebter Bruder – den Satz beendet, denn er spürt, daß das der schlimmste Schlag sein wird, von der Entdeckung der Leiche im Kofferraum einmal abgesehen.

»Nur ... ich habe sie gekannt.«

»Was? Du hast sie gekannt?«

»Ich bin ein paarmal mit ihr ausgegangen.«

»Wann?« fragt Joey dumpf, aber es ist ihm schon fast egal. Bald wird die graue Asche auch die letzten scharfen Kanten seiner Neugier und seines Gewissens überdeckt haben.

»An der High School, vor einer Ewigkeit.«

»Wie heißt sie?«

»Du kennst sie nicht. Ein Mädchen aus Coal Valley.«

Der Regen scheint nicht enden zu wollen, und Joey zweifelt nicht daran, daß auch die Nacht nie enden wird.

»Ich bin nur zweimal mit ihr ausgegangen, und wir haben nicht miteinander geschlafen. Aber jetzt verstehst du mich vielleicht besser, Joey. Wenn ich ihre Leiche zur Polizei bringe, wird man herausfinden, daß ich sie gekannt habe – und das wird man dann gegen mich verwenden. Um so schwerer wird es für mich sein, meine Unschuld zu beweisen, und um so schlimmer wird alles für Mom und Dad werden – für uns alle. Ich stecke in einer verdammten Zwickmühle.«

»Ja.«

Du verstehst, was ich meine?«

»Ja.«

Du begreifst meine Lage?«

»Ja.«

»Ich liebe dich, kleiner Bruder.«

»Ich weiß.«

»Ich war mir sicher, daß du für mich dasein würdest, wenn es wirklich darauf ankommt.«

»In Ordnung.«

Tiefes eintöniges Grau.

Beruhigendes Grau.

»Du und ich, Joey! Nichts und niemand auf der Welt ist stärker als du und ich, wenn wir nur zusammenhalten. Wir sind Brüder, und dieses Band ist stärker und unverbrüchlicher als Stahl. Stärker als alles andere. Für mich ist das überhaupt das Allerwichtigste von der ganzen Welt – unsere enge Beziehung. Zwei Brüder – das ist etwas Wunderbares!«

Sie sitzen eine Weile schweigend da.

Jenseits der nassen Fenster ist die Dunkelheit schwärzer als jemals zuvor, so als wären die höchsten Berggipfel miteinander verschmolzen, so als würde nie wieder ein Streifen Himmel mit Sternen zu sehen sein, so als müßten Mom und Dad nun für immer in einem Steingewölbe ohne Fenster und Türen leben.

»Du mußt dich bald auf den Weg ins College machen«, sagte P. J. »Du hast eine weite Fahrt vor dir.«

»Ja.«

»Und ich auch.«

Joey nickt.

»Du mußt mich in New York besuchen.«

Joey nickt.

»Wir werden uns ein bißchen amüsieren.«

»Ja.«

»Hier, das möchte ich dir geben«, sagt P. J. und versucht, Joey etwas in die Hand zu drücken.

»Was denn?«

»Ein bißchen zusätzliches Taschengeld.«

»Ich will es nicht haben.« Joey ballt seine Hand zur Faust.

P. J. drückt ihm trotzdem mehrere Geldscheine zwischen die Finger. »Ich möchte es dir aber geben. Ich weiß doch, daß man im College ein paar Extradollar immer gut gebrauchen kann.«

Joey schüttelt das Geld ab.

P. J. gibt nicht auf, versucht das Geld in Joeys Tasche zu stecken. »Na komm, es sind doch nur dreißig Dollar, kein Vermögen, nur eine Kleinigkeit. Laß mir doch den Spaß, den reichen Mann zu spielen. Es ist ein tolles Gefühl, und ich habe so selten die Gelegenheit, etwas für dich zu tun.«

Widerstand ist so schwierig und scheint so sinnlos – nur dreißig Dollar, eine unbedeutende Summe –, daß Joey sich das Geld in die Tasche schieben läßt. Er ist viel zu erschöpft, um sich zu wehren.

P. J. klopft ihm freundschaftlich auf die Schulter. »Du solltest jetzt packen und losfahren.«

Sie gehen ins Haus.

Ihre Eltern sind neugierig.

»He, warum steht ihr zwei Blödhammel denn ewig im Regen herum?« fragt Dad.

P. J. legt einen Arm um Joeys Schultern. »Ach, das war nur ein Plausch zwischen großem und kleinem Bruder. Über den Sinn des Lebens und all das.«

»Na klar – dunkle Geheimnisse!« scherzt Mom lächelnd.

Joey liebt sie in diesem Moment so sehr, daß die Kraft dieser Liebe ihn fast in die Knie zwingt.

Verzweifelt zieht er sich in das Schneckenhaus aus ewigem Grau zurück, wo alle Schmerzen betäubt werden.

Er packt hastig und fährt einige Minuten vor P. J. ab. Alle um-

armen ihn zum Abschied; die Umarmung seines Bruders ist besonders herzlich, besonders innig.

Einige Kilometer außerhalb von Asherville fällt Joey ein Auto auf, das hinter ihm auf der Bundesstraße rasch näher kommt. An der großen Kreuzung überholt es ihn plötzlich und biegt mit hoher Geschwindigkeit in die Coal Valley Road ab. Schmutzige Wasserfontänen bespritzen Joeys Mustang, doch als die Windschutzscheibe wieder klar ist, sieht er, daß der andere Wagen auf dem Highway stehengeblieben ist.

Er weiß, daß es P. J. ist.

P. J. wartet.

Noch ist es nicht zu spät.

Noch gibt es Raum, noch ist Zeit.

Alles hängt nur davon ab, ob er nach links abbiegt.

Das ist der Weg, den er sowieso einschlagen wollte.

Er braucht nur nach links abzubiegen und zu tun, was getan werden muß.

Rote Rücklichter in der Dunkelheit. Signale im Regen. Das Auto wartet.

Joey fährt geradeaus auf der Bundesstraße weiter, vorbei an der Coal Valley Road, in Richtung Interstate.

Und auf der Interstate fallen ihm – obwohl immer noch der Teufel der Gefühllosigkeit in seinem Herz sitzt – unwillkürlich einige Bemerkungen ein, die P. J. gemacht hat, Bemerkungen, die jetzt einen tieferen Sinn bekommen. »Es ist so leicht, mich zu vernichten, Joey, aber noch leichter ist es, einfach zu glauben ...« So als wäre die Wahrheit keine objektive Größe, so als könnte alles, was jemand glauben möchte, die Wahrheit sein. Und: »Mach dir wegen der Fingerabdrücke keine Sorgen. Ich habe keine hinterlassen. Ich war sehr vorsichtig.« Vorsicht setzt ein absichtliches Handeln voraus. Ein zu Tode erschrockener, verwirrter, unschuldiger Mann wird nicht so rational handeln, wird nicht alle Spuren beseitigen, die ihn mit einem Verbrechen in Verbindung bringen könnten.

Hatte es überhaupt einen bärtigen Mann mit schmierigen Haaren gegeben – oder war das nur eine durch Charles Manson inspirierte Erfindung? Und wenn das Auto die Frau auf der Pine Ridge so heftig gerammt hatte, daß sie auf der Stelle tot gewesen war – warum war es dann völlig unbeschädigt?

Joey fährt immer schneller durch die Nacht; er braust dahin, so als könnte er auf diese Weise alle Fakten und die daraus resultierenden Folgerungen hinter sich lassen. Dann findet er das Glas, verliert die Kontrolle über seinen Mustang, rast gegen den Wegweiser ...

... und stellt fest, daß er an der Leitplanke steht und auf ein Feld voller Unkraut und Gestrüpp starrt, ohne zu wissen, was er hier macht. Der Wind heult über die Interstate.

Graupeln peitschen sein Gesicht, seine Hände. Blut. Eine Schnittwunde an der rechten Schläfe.

Eine Kopfverletzung. Er berührt die Wunde, und ein greller Blitz durchzuckt seine Stirn, ein heißes Feuerwerk von Schmerz.

Eine Kopfverletzung, sogar eine kleine, kann alle möglichen Folgen haben, bis hin zum Gedächtnisschwund. Die Erinnerung kann ein Fluch sein und Glück verhindern. Hingegen kann Vergessen ein Segen sein und sogar mit der bewundernswertesten aller Tugenden verwechselt werden – mit dem Verzeihen.

Er kehrt zum Wagen zurück. Fährt ins nächste Krankenhaus, um die blutende Wunde nähen zu lassen.

Alles wird wieder gut werden.

Alles wird wieder gut werden.

Im College besucht er noch zwei Tage die Vorlesungen, aber er sieht plötzlich keinen Sinn mehr darin, auf den engen Wegen akademischer Bildung zu wandern. Er ist der geborene Autodidakt, und kein Lehrer könnte jemals so viel von ihm verlangen, wie er selbst sich abverlangt. Außerdem muß er, wenn er Schriftsteller werden will, Erfahrung in der realen Welt sammeln, um aus diesem Fundus schöpfen zu können, wenn er seine Kunstwerke zu Papier bringt. Die verdummende Atmosphäre der Hörsäle und die altmodischen Weisheiten der Lehrbücher werden die Entwicklung seines Talents nur behindern, werden seine natürliche Kreativität ersticken. Er muß etwas wagen, er muß die Akademie verlassen und sich in den turbulenten Strom des Lebens stürzen.

Er packt seine Sachen und kehrt dem College für immer den Rücken. Zwei Tage später verkauft er irgendwo in Ohio seinen Mustang einem Gebrauchtwagenhändler und trampt weiter nach Westen.

Zehn Tage, nachdem er das College verlassen hat, schreibt er

*seinen Eltern aus einer LKW-Raststätte in der Wüste von Utah
eine Postkarte und erklärt ihnen seinen Entschluß, mit dem Sammeln von Erfahrungen zu beginnen, die er als Material für seine
Schriftstellerei benötigt. Er schreibt ihnen, sie sollten sich keine
Sorgen machen, er wisse genau, was er tue, und er werde mit ihnen in Kontakt bleiben. Alles wird gutgehen. Alles wird gutgehen.*

Joey kniete noch immer neben der toten Frau in der Kirche.
»Natürlich ist gar nichts gutgegangen.«

Der Regen, der aufs Dach trommelte, war ein trostloses
Geräusch, eine Art Klagelied für die Ermordete.

»Ich bin von einem Ort zum anderen gezogen, von einem
Job zum anderen. Habe den Kontakt zu allen abgebrochen.
Habe sogar meinen Traum begraben, Schriftsteller zu werden. Ich war viel zu beschäftigt, um Träumen nachzuhängen. Viel zu beschäftigt mit dem Spiel der Amnesie. Ich traute mich nicht, Mom und Dad wiederzusehen – das Risiko
wäre zu groß gewesen, dort zusammenzubrechen und die
Wahrheit auszuplaudern.«

Celeste wandte sich von dem leeren Kirchenschiff ab, das
sie beobachtet hatte, und trat an Joeys Seite. »Vielleicht bist
du zu hart dir selbst gegenüber. Vielleicht war die Amnesie
keine Selbsttäuschung. Die Kopfverletzung könnte wirklich
einen Gedächtnisverlust bewirkt haben.«

»Ich wünschte, ich könnte das glauben«, sagte Joey. »Aber
die Wahrheit ist nun einmal objektiv, sie ist nicht das, was
wir daraus machen möchten.«

»Zwei Dinge begreife ich nicht.«

»Nur zwei? Dann bist du mir weit voraus.«

»An jenem Abend, mit P. J. im Auto …«

»*Heute* abend. Vor zwanzig Jahren … aber zugleich auch
heute.«

»Er hatte dich doch schon überzeugt, ihm zu glauben,
oder jedenfalls, ihn nicht zu verraten. Und nachdem er dich
dazu gebracht hatte, ihm aus der Hand zu fressen, erzählte
er dir plötzlich, daß er das Mädchen gekannt hatte. Wozu
diese Eröffnung, nachdem er doch ohnehin schon gewonnen

hatte? Warum ging er das Risiko ein, dein Mißtrauen erneut zu wecken? Du hättest daraufhin deine Entscheidung rückgängig machen können.«

»Um das zu verstehen, muß man P. J. sehr gut kennen. Er liebte von jeher die Gefahr. Nicht daß er rücksichtslos gewesen wäre. Niemand fand sein Benehmen je beängstigend. Ganz im Gegenteil. Es trug zu seiner Anziehungskraft – eine wunderbar romantische Art von Waghalsigkeit – und die Leute bewunderten ihn dafür. Er liebte es, Risiken einzugehen. Auf dem Footballfeld wurde das besonders deutlich. Seine Manöver waren oft sehr kühn und ungewöhnlich – aber erfolgreich.«

»Ich erinnere mich daran, daß es hieß, er würde immer am Rand eines Fouls spielen.«

»Ja. Und er fuhr gern sehr schnell, wahnsinnig schnell, aber er konnte mit einem Auto so gut umgehen wie ein Rennfahrer, hatte nie einen Unfall, bekam nie einen Strafzettel. Beim Pokern wagte er sogar mit schlechten Karten hohe Einsätze – und gewann fast immer. Man kann gefährlich leben, sogar *extrem* gefährlich, und solange man gewinnt, solange die Risiken sich auszahlen, wird man von den Leuten bewundert.«

Celeste legte ihm eine Hand auf die Schulter. »Das erklärt wohl auch die zweite Sache, die ich nicht begreifen kann.«

»Das Glas im Handschuhfach«, vermutete er.

»Ja. Er muß es dort versteckt haben, während du deine Sachen gepackt hast.«

»Wahrscheinlich wollte er ihre Augen ursprünglich als Souvenir behalten. Doch dann fand er es wohl amüsant, sie in mein Auto zu legen, wo ich sie später finden würde. Ein Härtetest für unsere brüderlichen Bande.«

»Nachdem er dich von seiner Unschuld und von der Notwendigkeit, die Leiche verschwinden zu lassen, überzeugt hatte, war es doch glatter Wahnsinn, dich die Augen sehen zu lassen – geschweige denn, sie in deinem Auto zu deponieren.«

»Er konnte der Herausforderung, der Gefahr einfach nicht widerstehen. Ein Balanceakt am Rand der Katastrophe. Und du siehst ja – er hat es wieder geschafft. Er ist davongekommen. Ich habe ihn gewinnen lassen.«

»Er benimmt sich so, als glaubte er, ein Auserwählter zu sein.«

»Vielleicht ist er es.«

»Auserwählt von welchem Gott?«

»Gott hat damit nichts zu tun.«

Celeste betrat den Altarsockel, verstaute Schraubenzieher und Taschenlampe in ihrer Manteltasche, kniete auf der anderen Seite der Toten nieder und blickte ihn über die Leiche hinweg an. »Wir müssen uns ihr Gesicht anschauen.«

Joey schnitt eine Grimasse. »Wozu?«

»P. J. hat dir ihren Namen nicht verraten, aber er hat gesagt, sie sei aus Coal Valley. Wahrscheinlich kenne ich sie.«

»Dann wäre der Anblick für dich um so schlimmer.«

»Wir haben keine andere Wahl«, beharrte Celeste. »Wenn wir wissen, wer sie ist, liefert uns das vielleicht einen Anhaltspunkt, was er jetzt im Schilde führt, wo er sich jetzt aufhält.«

Sie mußten den Leichnam auf die Seite rollen, um ein loses Ende der Plastikhülle zu finden. Dann legten sie die Tote wieder auf den Rücken.

Blutverklebtes blondes Haar verhüllte gnädig das verstümmelte Gesicht.

Celeste schob die Haare mit einer Zärtlichkeit beiseite, die Joey zutiefst bewegte. Gleichzeitig bekreuzigte sie sich und sagte: »Im Namen des Vaters und des Sohnes und des Heiligen Geistes. Amen.«

Joey hob den Kopf und starrte zur Decke empor, nicht weil er hoffte, dort die Heilige Dreifaltigkeit zu erblicken, die Celeste gerade angerufen hatte, sondern weil er es nicht ertragen konnte, die leeren Augenhöhlen zu sehen.

»Sie hat einen Knebel im Mund«, berichtete Celeste. »Eines von den Dingern, mit denen man Autos wäscht – Polierleder. Ich glaube … ja, ihre Knöchel sind mit Draht gefesselt. Sie ist nicht vor einem wahnsinnigen Bärtigen davongerannt.«

Joey erschauderte.

»Ihr Name ist Beverly Korehak«, fuhr Celeste fort. »Sie war ein paar Jahre älter als ich. Ein nettes Mädchen. Freundlich. Sie hat noch bei ihren Eltern gewohnt, aber letzten Monat haben sie ihr Haus der Regierung verkauft und sind nach Asherville gezogen. Beverly hat dort als Sekretärin bei den Elektrizitätswerken gearbeitet. Ihre Eltern sind mit meinen befreundet. Sie kennen einander seit einer Ewigkeit. Das wird sehr schlimm für Phil und Sylvie Korshak sein.«

Joey starrte immer noch an die Decke. »P. J. muß sie heute in Asherville gesehen haben. Er hat angehalten, um mit ihr zu plaudern. Sie ist bestimmt ohne Bedenken zu ihm ins Auto gestiegen. Schließlich war er ja kein Fremder. Jedenfalls *glaubte* sie ihn zu kennen.«

»Decken wir sie wieder zu«, sagte Celeste.

»Mach du das.«

Ihm graute im Grunde nicht vor dem augenlosen Gesicht. Vielmehr befürchtete er, daß er wie durch Hexerei ihre blauen Augen noch unversehrt in den Höhlen sehen könnte, mit jenem Ausdruck, den sie in den letzten Momenten ihres grausamen Todes gehabt haben mußten, als sie versuchte, trotz des Knebels um Hilfe zu schreien und *wußte*, daß niemand sie retten konnte.

Das Plastik raschelte.

»Du bist wirklich erstaunlich«, sagte Joey.

»Inwiefern?«

»Deine Kraft.«

»Ich bin doch hier, um dir zu helfen.«

»Ich dachte, *ich* wäre hier, um *dir* zu helfen.«

»Vielleicht müssen wir uns *gegenseitig* helfen.«

Das Rascheln hörte auf.

»Okay«, versicherte Celeste ihm.

Er senkte den Kopf und sah etwas, das er im ersten Moment für Blut auf dem Altarsockel hielt. Es mußte zum Vorschein gekommen sein, als sie die Position der Leiche verändert hatten.

Bei genauerem Hinsehen stellte er jedoch fest, daß es kein Blut, sondern Sprühfarbe war: die Ziffer »1« in einem Kreis.

»Siehst du das?« fragte er Celeste, die gerade aufstand.

»Ja. Es muß etwas mit dem geplanten Abriß zu tun haben.«

»Das glaube ich nicht.«

»Doch, bestimmt. Oder vielleicht haben Kinder hier gespielt. Drüben ist noch mehr davon.« Sie deutete in Richtung Kirchenschiff.

Joey stand auf, drehte sich um und starrte mit gerunzelter Stirn in die schwach beleuchtete Kirche. »Wo?«

»In der ersten Bankreihe.«

Die rote Farbe war aus dieser Entfernung auf dem dunklen Holz kaum zu sehen.

Joey nahm den Wagenheber wieder zur Hand und ging auf das Altargitter zu. Celeste folgte ihm.

Links vom Mittelgang waren auf die vorderste Bank eingekreiste Ziffern gesprüht worden, in einem Abstand, der dem von nebeneinander sitzenden Personen entsprach. Ganz links war eine »2«, und die letzte Ziffer am Mittelgang war eine »6«.

Joey hatte das Gefühl, als würden ihm Spinnen über den Nacken laufen, aber seine Hand fand keine einzige.

Auf der Bank rechts vom Mittelgang setzte sich die Zahlenreihe fort – 7,8,9,10,11,12.

»Zwölf«, murmelte er.

»Was hast du?« fragte Celeste, die neben ihn getreten war.

»Die Frau auf dem Altar ...«

»Beverly.«

Er starrte die roten Ziffern auf den Bänken an, und sie kamen ihm jetzt so leuchtend vor, als wären es Zeichen der Apokalypse.

»Joey, was ist mit Beverly? Was hast du?«

Joey stand schon im Schatten der Wahrheit, konnte ihre ganze eisige Struktur aber noch nicht erkennen. »Er hat die ›1‹ gesprüht und dann die Leiche darauf gelegt.«

»P. J.?«

»Ja.«

»Wozu?«

Ein heftiger Windstoß fegte durch das Kirchenschiff. Der schwache Weihrauchduft und der stärkere Schimmelgeruch wurden von Schwefelgestank überlagert.

»Hast du Geschwister?« fragte Joey.

Sie schüttelte den Kopf, verwirrt über diese Frage. »Nein.«

»Lebt noch jemand bei euch, vielleicht deine Großeltern?«

»Nein, wir sind nur zu dritt.«

»Beverly ist eine von zwölf.«

»Zwölf was?«

Er deutete auf Celeste. Seine Hände zitterten. »Du und deine Familie – eins, zwei, drei. Wer wohnt sonst noch in Coal Valley?«

»Die Dolans.«

»Wie viele Personen?«

»Fünf.«

»Und wer noch?«

»John und Beth Bimmer. Johns Mutter Hannah lebt bei ihnen.«

»Also drei. Drei Bimmers, fünf Dolans und deine Familie. Elf. Plus Beverly auf dem Altar.« Er deutete auf die Ziffern an den Bänken. »Zwölf!«

»O Gott!«

»Ich begreife jetzt, was er im Schilde führt. Warum die Zahl zwölf es ihm angetan hat, liegt für mich auf der Hand. Zwölf Apostel, alle tot und in einer ehemaligen Kirche aufgereiht. Und sie alle verehren nicht Gott, sondern den *dreizehnten* Apostel. Ich glaube, so sieht P. J. sich – als den dreizehnten Apostel, Judas, den Verräter.«

Er berührte eine der aufgesprühten Ziffern. Stellenweise war die Farbe noch ein wenig feucht.

»Ein Judas. Er verrät seine Familie, er verrät den Glauben, in dem er erzogen wurde, er hat vor nichts Ehrfurcht, er kennt keine Treue. Er fürchtet niemanden, nicht einmal Gott. Er wählt den allergefährlichsten Weg, geht das größtmögliche Risiko ein, um den absoluten Nervenkitzel zu erleben: Er setzt seine Seele aufs Spiel für – für einen Tanz über dem Abgrund der Verdammnis.«

Celeste schmiegte sich an Joey, weil der Körperkontakt etwas Tröstliches hatte. »Du meinst, er inszeniert ein symbolisches Szenarium?«

»Ja – mit Leichen«, sagte Joey. »Er hat die Absicht, in dieser Nacht alle umzubringen, die noch in Coal Valley wohnen, und ihre Leichen will er hier arrangieren.«

Sie erbleichte. »Ist das wirklich geschehen?«

Er verstand nicht, was sie meinte. »Geschehen?«

»In der Zukunft, die du ja schon einmal durchlebt hast – wurden da alle Menschen in Coal Valley umgebracht?«

Joey mußte sich schockiert eingestehen, daß er ihre Frage nicht beantworten konnte.

»Nach *jener* Nacht habe ich aufgehört, Zeitungen und Zeitschriften zu lesen, habe mir keine Nachrichtensendungen im Fernsehen angeschaut und im Radio einen neuen Sender gesucht, sobald Nachrichten kamen. Ich redete mir ein, ich hätte einfach genug von all den Katastrophenmeldungen, von Flugzeugabstürzen, Überschwemmungen, Feuern und Erdbeben. Aber in Wirklichkeit … in Wirklichkeit wollte ich wohl nur nichts über ermordete Frauen lesen oder hören. Ich wollte nicht riskieren, daß irgendwelche Einzelheiten eines Verbrechens – etwa ausgestochene Augen – eine Assoziation auslösen und dadurch meine angebliche Amnesie hinwegfegen.«

»Du weißt also nicht, ob es wirklich passiert ist: zwölf Tote in dieser Kirche, nebeneinander in der ersten Bankreihe, bis auf das eine Opfer am Altar.«

»Wenn es tatsächlich geschehen ist, wenn hier zwölf Leichen entdeckt wurden, hat jedenfalls kein Mensch P. J. verdächtigt; denn in meiner Zukunft ist er immer noch ein freier Mann.«

»Mein Gott, Mom und Dad!« Sie löste sich abrupt von Joey und rannte den Mittelgang entlang.

Er stürzte ihr nach, durch die Vorhalle, durch die geöffneten Türen, in die Nacht hinaus.

Sie rutschte auf dem vereisten Weg aus, stürzte auf ein Knie, rappelte sich auf, hastete auf die Beifahrerseite des Mustang zu.

Als Joey die Fahrertür erreichte, hörte er ein dumpfes Grollen, das er zunächst für Donner hielt – doch dann bemerkte er, daß es von unten kam.

Celeste warf ihm über das Wagendach hinweg einen besorgten Blick zu. »Ein Stolleneinsturz.«

Das Rumpeln wurde lauter, die Straße erbebte, so als würde ein Güterzug durch einen Tunnel direkt unter ihnen donnern, und dann endete der Spuk wieder.

Irgendein brennender Grubenschacht war eingebrochen, aber Joey konnte nirgends einen Krater sehen.

»Wo?« fragte er.

»Offenbar in einem anderen Ortsteil. Komm, komm, beeil dich!« drängte sie ihn.

Als er den Motor anließ, befürchtete er, daß die Straße plötzlich aufbrechen und den Mustang in die Tiefe reißen könnte, daß sie ins Feuer stürzen würden.

»Ein so starkes Beben habe ich noch nie erlebt«, sagte Celeste. »Vielleicht ist doch ein Stollen direkt unter uns eingestürzt, aber so tief unter der Erde, daß die Oberfläche nicht in Mitleidenschaft gezogen wurde.«

»*Noch* nicht.«

12

Obwohl der Mustang Winterreifen hatte, geriet er auf dem Weg zu Celestes Haus mehrmals ins Schleudern, doch Joey brachte die kurze Fahrt hinter sich, ohne irgend etwas zu rammen. Das Haus der Bakers war weiß, mit grünen Verzierungen und zwei Mansardenfenstern.

Joey und Celeste rannten über den Rasen zur Veranda, weil der Weg viel glatter als das gefrorene Gras war.

Im Erdgeschoß brannte überall Licht, das einladend durch die teilweise vereisten Fenster schimmerte. Auch die Verandalampe war eingeschaltet.

Eigentlich hätten sie vorsichtig sein müssen, denn P. J. konnte ihnen ja zuvorgekommen sein. Sie wußten nicht, welche der drei Familien er zuerst heimsuchen wollte.

Doch Celeste hatte panische Angst um ihre Eltern, schloß mit zitternder Hand die Haustür auf und stürzte ohne alle Vorsichtsmaßnahmen in den kurzen Flur. »Mom! Daddy! Wo seid ihr? Mom?«

Niemand antwortete.

Joey wußte, daß es sinnlos wäre, Celeste zurückhalten zu wollen, und deshalb folgte er ihr dicht auf den Fersen und schwang den Wagenheber, sobald er irgendwo einen Schatten oder eine eingebildete Bewegung sah. Sie riß eine Tür nach der anderen auf und schrie in wachsendem Entsetzen nach ihren Eltern. Vier Räume unten, vier oben. Bad und Toilette. Das Haus war alles andere als eine Villa, aber es war viel schöner als alle Häuser, die Joey jemals gesehen hatte, und überall waren Bücher.

Zuletzt warf Celeste einen Blick in ihr eigenes Zimmer, aber auch dort war niemand. »Er hat sie schon umgebracht!«

»Nein, das glaube ich nicht. Im ganzen Haus deutet nichts auf einen Kampf hin. Und ich kann mir nicht vorstellen, daß sie ihn freiwillig irgendwohin begleitet hätten, nicht bei diesem Wetter.«

»Aber wo sind sie dann?«

»Hätten sie dir eine Nachricht hinterlassen, wenn sie unerwartet ausgegangen wären?«

Ohne zu antworten, wirbelte sie auf dem Absatz herum, rannte auf den Korridor und nahm auf der Treppe ins Erdgeschoß zwei Stufen auf einmal.

Joey holte sie in der Küche ein, wo sie einen Zettel las, der an eine Pinnwand neben dem Kühlschrank geheftet war.

Celeste,
Bev ist heute Vormittag nach der Messe nicht nach Hause gekommen. Niemand weiß, wo sie ist. Die Polizei sucht nach ihr. Wir fahren nach Asherville, um bei Phil und Sylvie zu sein, die sich natürlich wahnsinnige Sorgen machen. Ich bin sicher, daß alles ein gutes Ende nehmen wird. Jedenfalls werden wir vor Mitternacht nach Hause kommen. Hoffentlich hast du bei Linda einen netten Nachmittag verbracht. Schließ die Türen ab. Mach dir keine Sorgen. Bev wird wieder auftauchen. Gott wird nicht zulassen, daß ihr etwas passiert.
Gruß, Mom.

Celeste warf einen Blick auf die Wanduhr – es war erst 21.02 Uhr. »Gott sei Dank, er kann nicht Hand an sie legen!«

»Hand!« Dabei fiel Joey etwas wieder ein. »Zeig mir deine Hände.«

Sie streckte sie ihm entgegen.

Die erschreckenden Stigmata in ihren Handflächen waren zu hellen Flecken verblaßt.

»Offenbar treffen wir die richtigen Entscheidungen«, seufzte er erleichtert. »Wir verändern das Schicksal – jedenfalls deines. Wir müssen nur weiterhin in Aktion bleiben.«

Als er von ihren Händen zu ihrem Gesicht aufblickte, sah er, daß sie etwas hinter seiner Schulter anstarrte. Mit rasendem Herzklopfen drehte er sich um und schwang den Wagenheber.

»Nein«, beruhigte Celeste ihn. »Mir ist nur das Telefon ins Auge gefallen.« Sie ging darauf zu. »Wir können Hilfe herbeirufen. Die Polizeistation! Wir sagen Bescheid, wo sie Bev finden können und daß sie P. J. suchen sollen.«

Das Telefon hatte eine altmodische runde Wählscheibe. So ein Modell hatte Joey lange nicht mehr gesehen, und seltsamerweise überzeugte es ihn mehr als alles andere davon, daß er tatsächlich zwanzig Jahre in die Vergangenheit zurückversetzt worden war.

Celeste wählte und drückte sodann mehrmals auf die Gabel. »Kein Zeichen.«

»Bei diesem Sturm und Eis könnte die Verbindung gestört sein.«

»Nein. Es ist P. J. Er hat die Leitungen durchtrennt.«

Joey wußte, daß sie recht hatte.

Sie legte den Hörer auf und eilte aus der Küche hinaus. »Komm mit – hier gibt es bessere Waffen als den Wagenheber.«

Im Arbeitszimmer ihres Vaters ging sie zum Eichenschreibtisch und holte den Schlüssel für den Waffenschrank aus der mittleren Schublade.

Bücherregale an zwei Wänden. Joey strich mit der Hand über die verschiedenfarbenen Buchrücken. »Heute abend habe ich endlich begriffen, daß P. J. mir meine Zukunft geraubt hat, als er mich überredete, ihn davonkommen zu lassen … einen Mörder davonkommen zu lassen!«

Celeste öffnete die Glastür des Gewehrschranks. »Was meinst du damit?«

»Ich wollte Schriftsteller werden. Das war von jeher mein einziger Berufswunsch. Ein Schriftsteller – sofern er etwas taugt – versucht immer, der Wahrheit auf die Spur zu kommen. Und wie hätte ich hoffen können, als Autor wahrhaftig zu sein, wenn ich nicht einmal die Wahrheit über meinen Bruder verkraften konnte? Er raubte mir meinen Weg, meine Zukunft, und dann wurde *er* ein Schriftsteller.«

Celeste holte eine Schrotflinte aus dem Schrank und legte sie auf den Schreibtisch. »Eine Remington, eine wirklich gute Waffe. Aber erklär mir eines: Wie konnte er Schriftsteller werden, wenn dieser Beruf Wahrhaftigkeit verlangt? P. J. besteht doch nur aus Lug und Trug. Ist er denn ein guter Schriftsteller?«

»Alle rühmen ihn.«

Sie holte eine zweite Schrotflinte aus dem Schrank und legte sie neben die andere. »Auch eine Remington. Mein Dad hat eine Vorliebe für diese Firma. Schönes Walnußholz, stimmt's? Ich habe dich nicht gefragt, was alle anderen von ihm halten. Was glaubst du? Taugt er etwas als Schriftsteller – in dieser Zukunft, die du schon kennst?«

»Er ist erfolgreich.«

»Na und? Das bedeutet noch lange nicht, daß er gut ist.«

»Er hat eine Menge Preise gewonnen, und ich habe immer so getan, als hielte ich ihn für einen guten Schriftsteller. Aber … aber in Wirklichkeit hatte ich nie diesen Eindruck.«

Celeste ging in die Hocke, öffnete eine Schublade des Waffenschranks und suchte nach etwas. »Heute nacht holst du dir deine Zukunft zurück – und du wirst ein *guter* Schriftsteller sein.«

In einer Ecke stand ein Metallkasten von der Größe einer Aktentasche. Das Ding tickte.

»Was ist das?« fragte Joey.

»Ein Zähler, der anzeigt, welchen Gehalt an Kohlenmonoxid und anderen giftigen Gasen die Luft enthält. Das ist nur ein Zusatzgerät, weil dieses Zimmer nicht direkt über dem Keller liegt, wo der Hauptzähler installiert ist.«

»Kann das Ding Alarm auslösen?«

»Ja, wenn die Konzentration giftiger Dämpfe zu hoch ist.« Sie fand in der Schublade zwei Schachteln Munition und legte sie auf den Schreibtisch. »Jedes Haus in Coal Valley wurde schon vor Jahren damit ausgestattet.«

»Das ist ja fast so, als lebte man auf einer Bombe.«

»Ja, aber mit einer langen Zündschnur.«

»Warum seid ihr noch nicht ausgezogen?«

»Wegen der verdammten Bürokratie. Papierkram. Wenn man auszieht, bevor die Regierung einem den Kaufvertrag vorlegt, wird das Haus als leerstehend eingestuft, als öffentliche Gefahr, und dann bezahlen sie viel weniger.

Man muß hier leben und ein Risiko eingehen, wenn man einen halbwegs vernünftigen Preis für seine Immobilie erzielen möchte.«

Celeste öffnete eine Schachtel mit Munition. Joey griff nach der anderen. »Kannst du mit diesen Waffen umgehen?« fragte er.

»Ich gehe mit meinem Vater zum Tontaubenschießen und auf die Jagd, seit ich dreizehn bin.«

»Du siehst mir gar nicht nach einer Jägerin aus«, kommentierte er, während er die Schrotflinte lud.

»Ich habe noch nie ein Tier getötet. Ich ziele immer daneben.«

»Ist das deinem Vater nicht aufgefallen?«

»Das Komische an der Sache ist – auch er zielt immer daneben, ganz egal, ob er einen Hirsch oder irgendein Kleinwild im Visier hat. Aber er hat keine Ahnung davon, daß ich das weiß.«

»Und was für einen Sinn hat es dann, auf die Jagd zu gehen?«

Sie lud die andere Flinte und lächelte verklärt, als sie an ihren Vater dachte. »Er ist einfach gern im Wald, er liebt die frische Morgenluft, den Tannenduft – und das Zusammensein mit mir. Er sagt nie etwas, aber ich habe immer gespürt, daß er sich eigentlich einen Sohn gewünscht hätte. Bei meiner Geburt gab es Probleme, und Mom durfte keine Kinder mehr bekommen. Deshalb versuche ich für Dad manchmal ein bißchen den Sohn zu spielen. Er hält mich für einen richtigen Wildfang.«

»Du bist wirklich erstaunlich«, sagte Joey wieder.

Während sie Ersatzmunition in den diversen Taschen ihres Regenmantels verstaute, sagte sie: »Ich bin nur das, wozu ich bestimmt bin.«

Diese eigenartige Bemerkung erinnerte ihn an andere rätselhafte Dinge, die sie im Laufe des Abends gesagt hatte. Ihre Blicke trafen sich, und wieder sah er jene mysteriöse unergründliche Tiefe, die nicht zu ihrer Jugend paßte. Sie war das interessanteste Mädchen, das er je kennengelernt hatte, und er hoffte nur, daß sie auch in *seinen* Augen etwas Anziehendes entdeckte.

Während auch Joey Ersatzmunition in den Taschen seiner lammfellgefütterten Jacke verstaute, fragte Celeste: »Glaubst du, daß Beverly die erste war?«

»Die erste?«

»Die er jemals umgebracht hat.«

»Ich hoffe es … aber ich weiß es nicht.«

»Ich glaube, daß es zuvor schon andere gegeben hat«, sagte sie ernst.

»Daß es *nach* jener Nacht, nach Beverly, andere gegeben haben muß, ist mir klar. Deshalb führt er auch dieses Zigeunerdasein. Der Poet der Highways, mein Gott! Das Vagabundenleben gefällt ihm, weil er auf diese Weise von einem Gerichtsbezirk in den anderen überwechseln kann. Verdammt, bisher ist es mir nie klargeworden, weil ich es einfach nicht sehen wollte, aber es ist das klassische soziopathologische Muster – der Einzelgänger auf den Straßen, ein Outsider, ein Fremder allerorten, fast unsichtbar. Wenn an *einem* Ort zu viele Leichen auftauchen, wird ein Verbrecher leicht geschnappt. P. J.s Genialität bestand darin, aus seinem rastlosen Umherschweifen einen Beruf zu machen, dadurch reich und berühmt zu werden, die perfekte Tarnung für den unstrukturierten Lebenswandel eines Massenmörders zu finden – und sogar den Ruf zu erlangen, erhebende Geschichten über Liebe, Tapferkeit und Mitgefühl zu schreiben.«

»Aber das alles liegt in der Zukunft, jedenfalls aus meiner Sicht«, sagte Celeste. »Vielleicht ist es auch *meine* Zukunft oder *unsere* Zukunft. Oder nur irgendeine Zukunft. Ich weiß nicht einmal, ob es uns hilft, wenn wir darüber nachdenken.«

Joey hatte einen bitteren Geschmack im Mund – so als würde die Erkenntnis einer unangenehmen Wahrheit die gleiche Wirkung wie eine zerkaute Aspirintablette haben. »Ob es nun die einzig mögliche Zukunft war oder nicht – ich bin jedenfalls mitschuldig, daß er nach Beverly andere Mädchen umgebracht hat, weil ich ihm in jener Nacht hätte Einhalt gebieten können.«

»Deshalb bist du heute ja hier, zusammen mit mir – um all das ungeschehen zu machen. Nicht nur um *mich* zu retten, sondern auch alle, die ihm danach in die Hände fielen ... und um dich selbst zu retten. Aber ich glaube, daß er auch schon *vor* Beverly Morde begangen haben muß. Er war einfach zu cool, als er dir die Geschichte erzählte, wie sie ihm angeblich ins Auto gerannt ist. Wenn es sein erster Mord gewesen wäre, hätte er nicht so kaltblütig reagiert, als du die Leiche im Kofferraum gefunden hast. Er muß daran gewöhnt sein, tote Frauen in seinem Wagen zu transportieren, während er nach einem sicheren Ort sucht, um sie loszuwerden. Er muß viel Zeit gehabt haben, um sich diese halbwegs plausible Geschichte auszudenken, für den Fall, daß jemand ihn einmal mit einer Leiche erwischen würde.«

Joey vermutete, daß sie recht hatte – genauso wie sie recht hatte, wenn sie sagte, daß nicht das Wetter an der unterbrochenen Telefonleitung schuld war.

Kein Wunder, daß er in Henry Kadinskas Kanzlei in wilde Panik geraten war, als der Anwalt ihm das Testament seines Vaters eröffnete. Das Geld stammte ursprünglich von P. J. Es war Geld, an dem Blut klebte, so wie an Judas' dreißig Silberlingen. Geld vom Teufel höchstpersönlich wäre auch nicht schmutziger gewesen.

»Gehen wir«, sagte er.

13

Draußen hatte es aufgehört zu graupeln. Jetzt regnete es wieder. Die Eiskörner auf Gehwegen und Straßen schmolzen rasch und verwandelten sich in Matsch.

Joey war schon seit Stunden durchnäßt, aber im Grunde fror er seit zwanzig Jahren und war deshalb daran gewöhnt.

Schon auf dem Gartenpfad sah er, daß die Motorhaube des Mustang offenstand. Celeste leuchtete mit ihrer Taschenlampe hinein. Die Verteilerkappe fehlte.

»P. J.«, sagte Joey. »Er hat sich einen kleinen Spaß erlaubt.«

»Spaß!«

»Für ihn ist alles ein Spaß.«

»Ich glaube, daß er uns auch jetzt beobachtet.«

Joey blickte zu den leerstehenden Nachbarhäusern hinüber, zu den Bäumen, die im Wind rauschten, zu den Hügeln jenseits der Hauptstraße.

»Er ist irgendwo in unserer Nähe«, flüsterte Celeste ängstlich.

Joey war derselben Ansicht, doch bei diesem Wind und Regen war es unmöglich, seinen Bruder aufzuspüren.

»Okay«, sagte er, »jetzt müssen wir also zu Fuß gehen, aber das ist nicht weiter tragisch. Es ist ja ein kleiner Ort. Wer wohnt näher – die Dolans oder die Bimmers?«

»John und Beth Bimmer.«

»Und Johns Mutter.«

Sie nickte.

»Hannah, eine nette alte Frau.«

»Hoffen wir, daß wir nicht zu spät kommen«, sagte Joey. »P. J. hatte genug damit zu tun, von der Kirche hierherzukommen, die Telefonleitungen zu kappen und die Verteilerkappe zu stehlen. Eigentlich kann er noch niemanden umgebracht haben.«

Trotzdem beeilten sie sich, kamen aber auf dem stellenweise noch vereisten und ansonsten matschigen Pflaster nicht so schnell voran, wie sie es sich gewünscht hätten.

Sie hatten erst einen halben Block hinter sich gebracht, als das unterirdische Rumpeln wieder begann, noch lauter als zuvor. Die Erde bebte, so als wäre der Bootsverkehr auf dem Styx eingestellt worden und alle Seelen würden jetzt mit lärmenden Zügen befördert.

Die Erschütterung und der Lärm dauerten aber auch diesmal höchstens eine halbe Minute, und es kam zu keiner katastrophalen Eruption der unterirdischen Feuer.

Die Bimmers wohnten in der North Avenue, die den Namen ›Avenue‹ eigentlich nicht verdient hatte. Das Straßenpflaster war rissig und wellig – eine Folge des starken unterirdischen Drucks. Sogar in der Dunkelheit sahen die ursprünglich weißen Häuser so düster aus, als wären sie mit einer dicken Rußschicht überzogen. Manche Bäume waren verkrüppelt; andere waren abgestorben. Doch immerhin lag die North Avenue tatsächlich auf der Nordseite der Ortschaft.

Zwei Meter hohe Lüftungsrohre mit Schutzbarrieren aus Stacheldraht säumten eine Seite der Straße. Graue Rauchwolken stiegen daraus auf wie Geister, die sofort vom Wind zerfetzt wurden. Zurück blieb nur ein Gestank nach heißem Teer.

Das zweistöckige Haus der Bimmers war so schmal, als stünde es in einer Industriestadt wie Altona oder Johnstown, wo extremer Platzmangel herrscht. Dadurch sah es größer aus, als es war – und es wirkte unfreundlich.

Im Erdgeschoß brannte Licht.

Während sie die Verandastufen hinaufgingen, hörte Joey drinnen Musik und ein blechernes Lachen. Irgendeine Fernsehshow.

Er öffnete die Windfangtür aus Aluminium und Glas und klopfte an die hölzerne Haustür.

Im Hause lachte das imaginäre Studiopublikum schallend, und fröhliche Klavierklänge suggerierten den Leuten am Bildschirm zusätzlich, daß sie sich prächtig amüsierten.

Nach kurzem Zögern klopfte Joey noch einmal, diesmal lauter.

»Immer mit der Ruhe!« rief jemand.

Celeste atmete vor Erleichterung laut aus. »Sie sind wohlauf.«

Der Mann, der die Tür öffnete – John Bimmer –, mußte Mitte fünfzig sein; er hatte eine Glatze, umrahmt von einem schmalen Haarkranz. Sein Bierbauch hing über die Hose. Die Ringe unter den Augen, das fliehende Kinn und die weichen Gesichtszüge verliehen ihm das gutmütige Aussehen eines freundlichen alten Hundes.

Joey hielt die Schrotflinte nach unten, um Bimmer nicht zu erschrecken. »Sie sind ein ungeduldiger junger Bursche, stimmt's?« sagte der Mann leutselig. Dann sah er Celeste und lächelte breit. »Hallo, Mädchen, der Zitronenkuchen, den du uns gestern gebracht hast, war wirklich köstlich.«

»Mr. Bimmer, wir ...«

»Köstlich«, fiel er ihr ins Wort. Er trug ein Flanellhemd, das nicht zugeknöpft war, darunter ein weißes T-Shirt, und eine braune Hose mit Hosenträgern; und er klopfte sich auf den dicken Bauch, um zu demonstrieren, wie gut ihm der Kuchen geschmeckt hatte. »Ich habe Beth und Ma sogar davon probieren lassen, bevor ich ihn allein aufgegessen habe.«

Es gab einen lauten Knack, so als hätte der Wind einen großen Ast abgeknickt, aber es war kein Ast, und es hatte nichts mit dem Wind zu tun, denn gleichzeitig verfärbte sich John Bimmers T-Shirt blutrot, und sein sympathisches Lächeln verflog abrupt, während er durch die Wucht des Schusses nach hinten geschleudert wurde.

Joey stieß Celeste über die Schwelle und auf den Boden des Wohnzimmers. Dann ließ er sich neben sie fallen, rollte auf den Rücken und warf die Haustür mit solcher Wucht zu, daß zwei Bilder – John F. Kennedy und Papst Johannes XXIII. – sowie ein Bronzekruzifix an der Wand über dem Sofa schepperten.

Bimmer war mit solcher Wucht rückwärts geschleudert worden, daß er ihnen nicht einmal im Wege lag. Das bedeutete, daß es eine großkalibrige Waffe gewesen sein mußte, ein Jagdgewehr oder etwas Ähnliches.

Als die Tür zufiel, sprang Bimmers Frau in einem blauen Morgenrock und mit rosa Lockenwicklern in den Haaren vom Sessel auf; und als sie ihren blutüberströmten Mann und die beiden Schrotflinten sah, zog sie daraus einen logischen, aber falschen Schluß. Schreiend wollte sie davonrennen.

»Werfen Sie sich auf den Boden!« schrie Joey, und Celeste rief: »Beth, duck dich!«

Doch Beth Bimmer wollte in blinder Panik in die hinteren Zimmer flüchten. Dabei rannte sie an einem Fenster vorbei. Es implodierte mit einem unpassend fröhlichen, glockenartigen Klirren. Der Schuß in die Schläfe riß ihren Kopf so brutal zur Seite, daß er ihr fast auch noch das Genick gebrochen hätte, und während das imaginäre Publikum im Fernseher wieder schallend lachte, stürzte sie zu Boden, zu Füßen einer vogelartig aussehenden alten Frau in gelbem Jogginganzug, die auf dem Sofa saß.

Die alte Frau mußte Bimmers Mutter Hannah sein, aber ihr blieb keine Zeit, um ihren Sohn und ihre Schwiegertochter zu trauern, denn zwei von den drei folgenden Schüssen durch das zerbrochene Fenster, das jetzt nicht mehr heiter klirren konnte, töteten sie auf der Stelle, noch während sie mit einer gichtigen Hand nach ihrem Stock griff, noch bevor Joey und Celeste ihr eine Warnung zurufen konnten.

Es war Oktober 1975, und der Vietnamkrieg war im April zu Ende gegangen, aber Joey hatte das Gefühl, als befände er sich in einer jener vietnamesischen Kampfszene, die während seiner ganzen Jugend im Mittelpunkt der Fernsehnachrichten gestanden hatten. Der plötzliche sinnlose Tod dreier Menschen hätte ihn vielleicht trotzdem in fatale Unentschlossenheit und Schreckensstarre verfallen lassen, wenn er nicht in Wirklichkeit ein vierzigjähriger Mann im Körper eines Zwanzigjährigen gewesen wäre, und diese zusätzlichen zwanzig Jahre Erfahrung hatte er in einer Zeit gesammelt, da plötzliche sinnlose Gewalttaten immer mehr überhand genommen hatten. Als Kind der letzten Jahrzehnte unseres Jahrtausends konnte er brutale Bluttaten relativ gut verkraften.

Das Wohnzimmer war lichterfüllt, was Celeste und ihn zu prächtigen Zielscheiben machte, und deshalb rollte er sich

116

seitlich ab und schoß auf eine Stehlampe aus Messing mit Stoffschirm. Der Knall der Schrotflinte in dem kleinen Raum war ohrenbetäubend, aber Joey feuerte trotzdem auch auf die beiden kleinen Lampen, die auf den Beistelltischchen neben dem Sofa standen.

Celeste verstand seine Intention und schoß ihrerseits in den TV-Bildschirm. Sofort wurde es still im Zimmer, und der Pulvergeruch wurde vom durchdringenden Gestank ruinierter Elektronik überlagert.

»Bleib in Bodennähe, unterhalb der Fenster«, wies Joey sie mit gedämpfter Stimme an, die sich so anhörte, als spräche er durch einen dicken Wollschal. Daß seine Stimme bebte, war trotzdem nicht zu überhören. Er war zwar durch den Irrsinn abgehärtet, der im ausgehenden 20. Jahrhundert Menschen in wilde Bestien verwandelte, aber dennoch hatte er das Gefühl, als würde er vor Angst gleich in die Hose machen. »Kriech an den Wänden entlang zu irgendeiner Türschwelle – nur raus aus diesem Zimmer!«

Während auch er selbst im Dunkeln über den Boden kroch, fragte Joey sich, welche Rolle *ihm* in dem alptraumhaften Szenarium seines Bruders zugedacht war. Falls Celestes Eltern aus Asherville zurückkehrten, konnte P. J. sie wie alle anderen Einwohner von Coal Valley erschießen, und dann hätte er die zwölf Leichen beisammen, die er für sein abartiges Bühnenstück benötigte. Aber er mußte auch für Joey irgendeine Verwendung haben. Schließlich hatte er den Mustang auf der Bundesstraße überholt und an der Coal Valley Road absichtlich gewartet, ob Joey seine Herausforderung annehmen würde. Obwohl er Greueltaten beging, die jeder normale Mensch nur mit Wahnsinn erklären könnte, verhielt P. J. sich ansonsten keineswegs irrational. Sogar seine mörderischen Phantasien zeugten von einem ausgeprägten Sinn für Struktur, mochten sie auch noch so grotesk sein.

In der Küche der Bimmers brannte kein Licht, und die grüne Leuchtscheibe der Zeitschaltuhr am Herd vermochte den Raum kaum zu erhellen, doch Joey sah genug. Zwei Fenster. Eines über der Spüle, das andere neben dem Frühstückstisch. Die Vorhänge waren nicht geschlossen. Was aber viel wichtiger war – die Fenster hatten Jalousien, die zur Hälfte heruntergelassen waren.

Joey stand neben dem Frühstückstisch vorsichtig auf, den Rücken an die Wand gepreßt, und ließ die Jalousie vollends herunter.

Vor Anstrengung und Angst keuchend, war er groteskerweise davon überzeugt, daß P. J. das Haus umrundet hatte und jetzt draußen direkt hinter ihm stand, daß P. J. trotz des Windes und Regens seine lauten Atemzüge hören konnte, daß P. J. ihn durch die Wand hindurch erschießen würde. Doch als dieser Schuß in seinen Rücken ausblieb, beruhigte er sich etwas.

Ihm wäre es lieber gewesen, wenn Celeste am Boden geblieben wäre, doch sie riskierte eine Kugel in den Arm, um die Jalousie über der Spüle zu schließen.

»Bist du okay?« fragte er, als sie sich in der Mitte der Küche trafen. Obwohl die beiden Fenster jetzt gesichert waren, knieten sie.

»Sie sind alle tot, stimmt's?« flüsterte sie tonlos.

»Ja.«

»Alle drei.«

»Ja.«

»Ist es nicht möglich ...?«

»Nein. Sie sind tot.«

»Ich habe sie mein Leben lang gekannt.«

»Tut mir leid.«

»Als ich klein war, hat Beth bei mir Babysitter gespielt.«

Das gespenstische grüne Licht vom Herd ließ die Küche der Bimmers schimmern, so als befände sie sich unter Wasser oder an irgendeinem unwirklichen Ort außerhalb von Zeit und Raum. Doch nicht einmal dieses Licht vermochte Joey eine gewisse Distanz zu dem gräßlichen Geschehen zu geben. Sein Magen flatterte, und seine Kehle war wie zugeschnürt.

Während er mit zittrigen Fingern Ersatzmunition aus der Tasche holte, sagte er leise: »Es ist meine Schuld.«

»Nein! Er wußte, wo sie waren, wo er sie finden konnte.

Er weiß genau, wer noch hier wohnt. Wir haben ihn nicht hierhergeführt. Er wäre auf jeden Fall gekommen.«

Die Patronen fielen Joey aus den steifen Fingern, und er beschloß, mit dem Nachladen zu warten, bis er nicht mehr so aufgeregt war.

Er wunderte sich, daß sein Herz noch schlug, denn es fühlte sich in seiner Brust wie kaltes Eisen an.

Sie lauschten in die mörderische Nacht hinein, warteten darauf, daß eine Tür langsam geöffnet würde oder daß zerbrochenes Glas unter Schritten knirschte.

Schließlich murmelte Joey: »Wenn ich gleich den Sheriff gerufen hätte, nachdem ich die Leiche im Kofferraum gefunden hatte, wären diese drei Menschen jetzt nicht tot.«

»Das darfst du dir nicht zum Vorwurf machen.«

»Wem sollte ich denn sonst einen Vorwurf daraus machen, verdammt noch mal?« Er bedauerte sofort, so barsch reagiert zu haben, und als er weiterredete, war seine Stimme zwar bitter, aber sein Zorn war nicht gegen Celeste gerichtet, sondern nur gegen sich selbst. »Ich wußte genau, was das Richtige gewesen wäre, und ich habe es nicht getan.«

»Hör zu.« Sie griff nach seiner Hand. »Das habe ich nicht gemeint, als ich sagte, du dürftest dir keine Vorwürfe machen. Überleg doch mal, Joey – den Fehler, den Sheriff *nicht* zu rufen, hast du vor zwanzig Jahren gemacht, aber nicht heute Abend, denn deine zweite Chance begann nicht vor eurem Haus, sie begann nicht in dem Augenblick, als du die Leiche gefunden hast. Sie begann erst an der Abzweigung zur Coal Valley Road. Stimmt's?«

»Naja …«

»Du hattest keine zweite Chance, ihn dem Sheriff auszuliefern.«

»Aber vor zwanzig Jahren hätte ich …«

»Das ist Vergangenheit, eine schreckliche Vergangenheit, mit der du leben mußt. Aber jetzt ist nur wichtig, was *heute* geschieht, welche Entscheidungen du *heute* triffst, nachdem du diesmal den richtigen Highway eingeschlagen hast.«

»Bis jetzt habe ich nicht viel zustande gebracht. Drei Tote liegen nebenan.«

»Diese Menschen wären auf jeden Fall gestorben«, argumentierte Celeste. »Wahrscheinlich *sind* sie gestorben, als du diese Nacht zum erstenmal durchlebt hast. Das ist schlimm, es ist schmerzhaft, aber es sieht so aus, als wäre es ihnen bestimmt gewesen. Du konntest nichts daran ändern.«

Ihre Worte trösteten Joey nicht. Ganz im Gegenteil, sie stürzten ihn in noch tiefere Verzweiflung. »Was ist dann der Sinn dieser zweiten Chance, wenn ich keine Menschenleben retten kann?«

»Vielleicht wirst du andere retten können, bevor die Nacht vorbei ist?«

»Aber warum nicht alle? Ich verpatze wieder das Ganze.«

»Hör auf, dich zu quälen. Es liegt nicht in deiner Macht zu entscheiden, wie viele Menschen du retten kannst, wie sehr du das Schicksal verändern kannst. Vielleicht bekamst du diese zweite Chance überhaupt nicht, um irgend jemanden zu retten.«

»Dich ausgenommen.«

»Vielleicht nicht einmal mich. Vielleicht kann auch ich nicht gerettet werden.«

Ihre Worte verschlugen ihm die Sprache. Sie hörte sich so an, als könnte sie die Möglichkeit ihres eigenen Todes gleichmütig akzeptieren – während die Vorstellung, sie nicht retten zu können, Joey fast das Herz zerriß.

»Vielleicht stellt sich heraus, daß du heute Nacht nur eines vollbringen kannst: P. J. das Handwerk legen. Ihn daran hindern, *weitere* zwanzig Jahre lang einen Mord nach dem anderen zu verüben. Vielleicht ist das das einzige, was von dir erwartet wird, Joey. Nicht, mich zu retten. Nicht, irgend jemanden zu retten. Nur, P. J. daran zu hindern, noch schlimmere Taten zu verüben als jene, die er in dieser Nacht verüben wird. Vielleicht ist das alles, was Gott von dir will.«

»Es gibt hier keinen Gott. Es gibt heute Nacht keinen Gott in Coal Valley.«

Sie grub ihre Fingernägel in seine Haut. »Wie kannst du so etwas sagen!«

»Du brauchst dir nur die Leute im Wohnzimmer anzuschauen.«

»Das ist töricht.«

»Wie kann ein gnädiger Gott Menschen auf diese Weise sterben lassen?«

»Klügere Menschen als wir haben versucht, diese Frage zu beantworten.«

»Und können es nicht.«

»Aber das bedeutet noch lange nicht, daß es keine Antwort gibt«, entgegnete sie zornig und ungeduldig. »Joey, wer sollte dir denn die Chance gegeben haben, diese Nacht noch einmal zu durchleben, wenn nicht Gott?«

»Ich weiß nicht«, murmelte er kläglich.

»Glaubst du vielleicht, daß es Rod Serling war und du dich jetzt in der Twilight Zone befindest?« provozierte sie ihn.

»Nein, natürlich nicht.«

»Wer dann?«

»Vielleicht war es nur … nur eine physikalische Anomalie. Eine zufällige Falte in der Zeit. Eine Energiewelle. Unerklärlich und bedeutungslos. Ich weiß es nicht. Woher zum Teufel soll ich es wissen?«

»Oh, ich verstehe. Nur ein technischer Defekt in der großen kosmischen Maschinerie«, sagte sie sarkastisch und ließ seine Hand los.

»Immer noch vernünftiger als Gott.«

»Wir sind also nicht in der Twilight Zone, sondern mit Captain Kirk an Bord von Raumschiff Enterprise, werden von Energiewellen angegriffen und in Zeitkrümmungen katapultiert.«

Er schwieg.

»Erinnerst du dich noch an *Star Trek*? Erinnert sich irgend jemand in eurem Jahr 1995 noch daran?«

»Erinnern? Verdammt, General Motors könnte auf den Erfolg von *Star Trek* neidisch werden!«

»Gehen wir doch einmal ganz kühl und logisch an das Problem heran, okay? Wenn diese erstaunliche Sache, die dir passiert ist, ein bedeutungsloser Zufall war – warum hat dich diese Zeitfalte oder -krümmung nicht an irgendeinen langweiligen Tag zurückversetzt, als du acht Jahre alt und schwer erkältet warst? Oder warum nicht in eine Nacht vor einem Monat, als du halb betrunken in Las Vegas in deinem Wohnwagen gesessen bist und dir im Fernsehen alte Road Runner-Cartoons angeschaut hast? Glaubst du, irgendeine zufällige physikalische Anomalie hätte dich ausgerechnet in die wichtigste Nacht deines Lebens zurückversetzt, in jene Nacht aller Nächte, als dein Leben eine irreparable Wendung nahm, hin zu Hoffnungslosigkeit und innerer Leere?«

Ihr zuzuhören hatte ihn beruhigt, wenn auch nicht aufgeheitert. Endlich konnte er die heruntergefallenen Patronen aufheben und die Schrotflinte nachladen.

»Vielleicht durchlebst du diese Nacht noch einmal«, fuhr sie fort, »nicht um irgend etwas zu *tun*, nicht um Leben zu retten, P. J. das Handwerk zu legen und ein Held zu sein, sondern nur um wieder glauben zu lernen.«

»Woran?«

»Daran, daß die Welt eine Bedeutung und das Leben einen Sinn hat.«

Manchmal schien sie seine Gedanken lesen zu können. Mehr als alles andere wünschte Joey sich, wieder an etwas glauben zu können – wie früher als Ministrant. Aber er schwankte zwischen Hoffnung und Verzweiflung. Er erinnerte sich daran, wie wundergläubig er vor kurzem gewesen war, als er festgestellt hatte, daß er wieder zwanzig war, wie dankbar er jemandem – wem? – für diese zweite Chance gewesen war. Doch nun fiel es ihm schon wieder leichter, an die Twilight Zone oder einen glücklichen Zufall der Quantenmechanik als an Gott zu glauben.

»Glauben«, sagte er. »Das wollte auch P. J. von mir. Ich sollte einfach an ihn glauben, an seine Unschuld, ohne irgendwelche Beweise. Und ich habe es getan. Ich habe an ihn geglaubt. Und wohin hat es mich gebracht?«

»Vielleicht war es gar nicht der Glaube an P. J., der dein Leben ruiniert hat.«

»Geholfen hat mir dieser Glaube jedenfalls nicht.«

»Vielleicht bestand dein Hauptproblem darin, daß du an nichts *anderes* geglaubt hast.«

»Ich war einmal Ministrant«, sagte er. »Doch dann wurde ich erwachsen. Und erwarb Wissen.«

»Nachdem du ja eine Weile im College warst, sagt dir das Wort ›Sophistik‹ bestimmt etwas. Es trifft genau die Denkweise, die du noch immer hast.«

»Du bist wirklich weise, was? Du weißt alles.«

»Nein, ich bin alles andere als weise. Aber mein Dad sagt, es sei der *Beginn* der Weisheit zuzugeben, daß man nicht alles weiß.«

»Dein Dad, der Herr Direktor einer Kleinstadt-High School ist also plötzlich ein berühmter Philosoph?«

»Jetzt bist du gemein«, sagte sie ruhig.

Nach einer Weile murmelte er: »Entschuldigung.«

»Vergiß nicht das Zeichen, das ich erhalten habe. Mein Blut an deinen Fingerspitzen. Wie sollte ich da nicht glauben? Was aber wichtiger ist – wie kannst du nach diesem Geschehen *nicht* glauben? Du hast es doch selbst ein Zeichen genannt.«

»Ich habe nicht nachgedacht, sondern rein emotional reagiert. Wenn man sich die Zeit nimmt nachzudenken, jene kühle Logik anzuwenden, von der du vorhin gesprochen hast …«

»Wenn man zuviel über etwas nachdenkt, kann man nicht daran glauben. Du hast gesehen, wie ein Vogel durch die Luft flog – und sobald er außer Sicht ist, kannst du nicht beweisen, daß es ihn je gegeben hat. Woher willst du überhaupt wissen, daß es Paris gibt – bist du jemals dort gewesen?«

»Andere Leute sind in Paris gewesen. Ich glaube ihnen.«

»Andere Leute haben Gott gesehen.«

»Nicht so, wie man Paris sehen kann.«

»Es gibt verschiedene Arten des Sehens. Und vielleicht sind weder deine Augen noch eine Kodak-Kamera die *beste* Art.«

»Wie kann jemand an einen Gott glauben, der grausam genug ist, drei unschuldige Menschen auf so grausame Weise sterben zu lassen?«

»Wenn der Tod nicht das Ende ist«, sagte sie, ohne zu zögern, »wenn er nur der Übergang von einer Welt in die nächste ist, muß es nicht unbedingt grausam sein zu sterben.«

»Es ist so leicht für dich«, sagte Joey neidisch. »So leicht, einfach zu glauben.«

»Es könnte auch für dich leicht sein.«

»Nein.«

»Du brauchst nur zu bejahen.«

»Es ist nicht leicht für mich«, beharrte er.

»Warum glaubst du dann überhaupt, daß du diese Nacht ein zweites Mal durchlebst? Warum sagst du dir nicht einfach, daß es nur ein blöder Traum ist, drehst dich auf die andere Seite, schläfst weiter und wachst am nächsten Morgen auf?«

Er antwortete nicht. Was hätte er auch sagen sollen?

Obwohl er wußte, daß es sinnlos war, kroch er zum Wandtelefon und nahm den Hörer ab. Kein Ton.

»Es kann gar nicht funktionieren«, sagte Celeste sarkastisch.

»Was?«

»Es kann nicht funktionieren, weil du Zeit hattest, darüber nachzudenken, und jetzt erkennst du: Du hast keine Möglichkeit zu beweisen, daß es überhaupt jemanden gibt, den du anrufen könntest. Und wenn man nicht zweifelsfrei beweisen kann, hier und gleich, daß andere Menschen existieren, dann existieren sie nicht. Auch dieses Wort mußt du im College gehört haben. ›Solipsismus‹. Theorie, daß außer dem eigenen Ich nichts beweisbar ist, daß nur das eigene Ich wirklich ist und alle anderen Ichs nur dessen Vorstellungen sind.«

Joey ließ den Hörer einfach an der Schnur baumeln, lehnte sich an den Küchenschrank und lauschte dem Wind, dem Regen, der Totenstille.

Schließlich sagte Celeste: »Ich glaube nicht, daß P. J. ins Haus kommen wird, um uns zu töten.«

Joey war zu derselben Ansicht gelangt. P. J. wollte sie nicht umbringen. *Noch* nicht. Später. Sonst hätte er sie mühelos auf der Veranda erschießen können, als sie mit dem Rücken zu ihm im Licht standen. Statt dessen hatte er sorgfältig zwischen ihnen hindurch auf John Bimmer gezielt und den Mann mit einem Schuß ins Herz ermordet.

Aus irgendwelchen perversen Gründen wollte P. J. offenbar, daß sie Zeugen der Ermordung aller anderen Einwohner von Coal Valley wurden, bevor er auch sie umbrachte. Offenbar sollte Celeste der zwölfte Apostel in der Kirche werden.

Und ich? fragte Joey sich wieder. *Was hast du mit mir im Sinn, großer Bruder?*

14

Die Küche der Bimmers war sehr sauber und kalt, mit Linoleumboden und Kunststoffschränken. Joey konnte es kaum erwarten, diesen Ort verlassen. Es mußte etwas geben, was er *tun* konnte, um P. J. Einhalt zu gebieten.

Glatter Wahnsinn wäre es, zu den Dolans zu gehen, um die fünf Menschen zu warnen. Celeste und er würden nur Zeugen weiterer Morde werden.

Vielleicht könnten sie irgendwie ins Haus gelangen, ohne daß jemand an der Haustür oder an den Fenstern erschossen wurde. Vielleicht könnten sie die Dolans sogar von der Gefahr überzeugen und zusammen mit ihnen das Haus in eine Festung verwandeln. Doch dann könnte P. J. ein Feuer legen, und sie würden entweder verbrennen oder in die Nacht hinausrennen, nur um erschossen zu werden.

Wenn die Dolans in ihre Garage gelangen konnten, ohne das Haus verlassen zu müssen, würde P. J. auf die Reifen ihres Autos schießen, sobald sie auf der Straße waren, und wenn sie dann hilflos im Wagen saßen, würde er sie ermorden.

Joey kannte die Dolans nicht, und es fiel ihm schwerer, als er geglaubt hatte, an ihre Existenz zu glauben. Es wäre so einfach, hier in der Küche sitzen zu bleiben, nichts zu tun, die Dolans – falls sie existierten – ihrem Schicksal zu überlassen und nur an die grünen Schatten um ihn herum zu glauben, an den schwachen Zimtgeruch und an das starke

Aroma von frisch aufgebrühtem Kaffee, an das harte Holz hinter seinem Rücken, an den Fußboden unter ihm und an das Summen des Kühlschranks.

Als er vor zwanzig Jahren seine Augen vor den grausigen Beweisen für die Schuld seines Bruders verschlossen hatte, war er ebenfalls außerstande gewesen, all die folgenden Opfer für möglich zu halten. Ohne ihre blutüberströmten Gesichter und ihre verstümmelten Körper aufeinandergestapelt vor sich zu sehen, waren sie für ihn genauso unwirklich gewesen wie die Bürger von Paris es für einen Anhänger des Solipsismus sind. Wie viele Menschen mochte P. J. in diesen zwanzig Jahren ermordet haben? Zwei pro Jahr, also insgesamt vierzig? Nein, das war zu niedrig angesetzt. So selten zu morden wäre eine viel zu kleine Herausforderung gewesen, hätte zu wenig Spannung geboten. Mehr als ein Mord pro Monat, zwanzig Jahre lang? Zweihundertfünfzig Opfer: gefoltert, verstümmelt, von einem Ende des Landes zum anderen an irgendwelchen Nebenstraßen deponiert oder vergraben? P. J.s Energie hätte dafür ohne weiteres ausgereicht. Indem er sich geweigert hatte, an kommende Greueltaten zu glauben, hatte Joey dafür gesorgt, daß sie geschehen würden.

Zum erstenmal wurde er sich des ganzen Ausmaßes an Verantwortung und Schuld bewußt, die er auf sich geladen hatte. Sein Stillschweigen in jener längst vergangenen Nacht hatte zu einem solchen Triumph des Bösen geführt, daß er jetzt unter dieser Bürde fast zusammenbrach.

Die Konsequenzen von Untätigkeit konnten schlimmer sein als die Konsequenzen irgendeines Handelns.

»Er möchte, daß wir zu den Dolans gehen, damit ich zusehen muß, wie sie umgebracht werden«, sagte er mit belegter Stimme. »Wenn wir nicht zu ihnen gehen, gewähren wir ihnen vielleicht wenigstens einen kleinen Zeitaufschub.«

»Aber wir können nicht einfach hier herumsitzen«, erwiderte Celeste.

»Nein, denn früher oder später wird er sie sowieso umbringen.«

»Früher«, prophezeite sie.

»Solange er uns hier beobachtet und darauf wartet, daß wir das Haus verlassen, müssen wir etwas Unerwartetes tun, etwas, das ihn so neugierig macht, daß er sich an unsere Fersen heftet, anstatt zu den Dolans zu gehen, etwas Überraschendes und Verwirrendes.«

»Beispielsweise?«

Der summende Kühlschrank. Der Regen. Kaffee, Zimt. Die tickende Zeitschaltuhr.

»Joey?«

»Es ist so schwierig, sich etwas vorzustellen, was ihn verblüffen könnte«, sagte er kläglich. »Er ist so ungeheuer selbstsicher, so verwegen.«

»Das kommt daher, weil er an etwas glaubt.«

»P. J. glaubt an etwas?«

»Ja – an sich selbst. Dieser Wahnsinnige glaubt an sich, an seine Schläue, an seinen Charme, seine Intelligenz, seine Bestimmung. Das ist keine großartige Religion, aber er glaubt *leidenschaftlich* an sich selbst, und das gibt ihm mehr als nur Selbstvertrauen. Es gibt ihm *Macht*.«

Celestes Worte elektrisierten Joey, aber er begriff nicht sofort, warum. Doch dann sagte er aufgeregt: »Du hast recht – er glaubt wirklich an etwas. Aber nicht *nur* an sich selbst. Er glaubt auch an etwas anderes. Woran, das liegt eigentlich auf der Hand. Ich wollte es mir nur nicht eingestehen. Er glaubt, er ist ein *echter* Gläubiger, und wenn wir uns dieses Glaubens bedienen, können wir ihn vielleicht aus der Fassung bringen.«

»Ich kann dir nicht folgen«, sagte Celeste bekümmert.

»Ich erkläre es dir später. Jetzt haben wir dazu keine Zeit. Du mußt hier in der Küche nach Kerzen und Streichhölzern suchen. Und füll irgendeine leere Flasche oder ein Glas mit Wasser.«

»Wozu?«

Joey stand auf, hielt sich aber geduckt. »Such einfach nach den Sachen. Ich muß die Taschenlampe mitnehmen. Wenn du mehr Licht brauchen solltest, öffne die Kühlschranktür, aber schalt nicht die Deckenlampe ein. Im hellen Licht würdest du einen Schatten von innen auf die Jalousien werfen, und falls er es satt haben sollte, so lange auf uns zu warten, könnte er doch noch schießen.«

»Wohin gehst du?« fragte Celeste.

»Ins Wohnzimmer und nach oben. Ich brauche verschiedene Sachen.«

»Was denn?«

»Das wirst du später sehen.«

Im Wohnzimmer knipste er die Taschenlampe zweimal ganz kurz an, um sich zu orientieren und nicht über die drei Leichen zu stolpern. Der zweite Lichtstrahl traf Beth Bimmers weit aufgerissene Augen: Sie blickte auf etwas jenseits der Decke, jenseits des Daches, jenseits der Sturmwolken und sogar jenseits des Polarsterns.

Um das Kruzifix abnehmen zu können, mußte er neben der Leiche der alten Frau auf das Sofa steigen. Der lange Nagel war nicht einfach in die Wand, sondern in einen Balken getrieben worden, und der Nagelkopf war größer als der Messingaufhänger des Kruzifixes. Es war harte Arbeit, den störrischen Nagel aus dem Balken zu ziehen, und während er sich im Dunkeln abmühte, befürchtete er, daß Hannahs Leichnam gegen seine Bein kippen könnte. Doch schließlich hielt er das Kreuz in der Hand und stieg auf den Boden hinab, ohne mit ihm in Berührung gekommen zu sein. Wieder knipste er die Taschenlampe zweimal kurz an, und schon war er auf der Treppe.

Im ersten Stock gab es drei kleine Zimmer und ein Bad.

Wenn P. J. draußen wartete, wurde seine Neugier vielleicht durch Joeys Erkundung des Hauses geweckt, die er anhand des kurzen Aufleuchtens der Taschenlampe verfolgen konnte.

Trotz ihres Alters und ihres Gehstocks hatte auch Hannah hier oben geschlafen, und in ihrem Zimmer fand Joey, was er brauchte. Auf einem dreibeinigen Tischchen, das die Form eines Kuchenstücks hatte, stand eine Marienstatue aus Keramik: Etwa 25 cm hoch, mit einer eingebauten Drei-Watt-Birne am Sockel, die einen Lichtschleier über die heilige Jungfrau warf. Davor standen drei ewige Lichter in rubinroten Gläsern.

Joey vergewisserte sich, daß die Bettlaken weiß waren, zog sie ab und verstaute die Statue und andere Gegenstände darin.

Mit seinem Bündel ging er wieder ins Erdgeschoß.

Der Wind drang durch das zerbrochene Wohnzimmerfenster ungehindert herein und blähte die Vorhänge. Joey blieb nervös einen Moment am Fuß der Treppe stehen, bis er ganz sicher war, daß sich am Fenster außer den Stoffbahnen nichts bewegte.

Die Toten blieben tot, und trotz der eindringenden Nachtluft stank es im Zimmer nach Blut – wie in dem Kofferraum mit der ermordeten Blondine.

In der Küche war die Kühlschranktür einen Spalt breit geöffnet, und in diesem kalten Licht durchsuchte Celeste die Schränke. »Ich habe eine leere Flasche gefunden und mit Wasser gefüllt«, berichtete sie. »Auch Streichhölzer, aber keine Kerzen.«

»Such weiter«, sagte Joey, während er sein Bündel auf den Boden legte.

Außer den Türen zum Eßzimmer und zur hinteren Veranda gab es noch eine dritte. Joey öffnete sie, und der schwache Geruch von Benzin und Motorenöl verriet ihm sofort, daß er die Garage gefunden hatte.

»Ich bin gleich zurück.«

Die Taschenlampe zeigte ihm, daß das einzige Garagenfenster an der hinteren Wand mit Wachstuch verhüllt war. Er machte Licht.

Ein alter, aber gepflegter Pontiac stand in der Garage.

Neben einer Werkbank stand ein unverschlossener Schrank voller Werkzeuge. Joey wählte den schwersten von drei Hämmern aus und suchte nach Nägeln der richtigen Größe.

Als er in die Küche zurückkam, hatte Celeste sechs Kerzen gefunden. Beth Bimmer hatte sie vermutlich gekauft, um an Weihnachten den Eßtisch zu dekorieren. Sie waren etwa 15 cm hoch und 7 cm dick: drei rote, drei grüne, alle mit Lorbeeraroma.

Schlichte weiße Kerzen wären Joey lieber gewesen, aber er

mußte sich mit dem zufriedengeben, was vorhanden war. Er schnürte das Bündel aus Bettlaken auf und legte die Kerzen und Streichhölzer, den Hammer und die Nägel zu den anderen Gegenständen.

»Was soll das alles?« fragte Celeste.

»Wir werden seine Hirngespinste ausnützen.«

»Welche Hirngespinste?«

»Jetzt ist keine Zeit für Erklärungen. Du wirst es bald sehen. Komm.«

Celeste trug ihre Schrotflinte und die Wasserflasche. Joey trug sein Bündel in der einen Hand und die Schrotflinte in der anderen. Wenn jetzt Gefahr drohte, würden sie nicht schnell genug schießen können, um ihr Leben zu retten, doch Joey vertraute auf den Wunsch seines Bruders, noch eine Weile mit ihnen Katz und Maus zu spielen. P. J. genoß bestimmt ihre Angst, weidete sich daran.

Sie verließen das Haus durch die Vordertür – entschlossen, ohne zu zögern. Ihr Verhalten mußte P. J.s Aufmerksamkeit erregen und seine Neugier wecken. Insgeheim fürchtete Joey sich jedoch vor einem Schuß aus dem Dunkeln; wobei die Vorstellung, daß Celestes schönes Gesicht plötzlich zerstört werden könnte, viel schlimmer war als die Angst um sein eigenes Leben.

Sie gingen die Verandastufen hinab und wandten sich am Ende des Gartenpfades nach links, in Richtung Coal Valley Road. Es regnete immer noch.

Die Lüftungsrohre entlang der North Avenue zischten plötzlich, als würden tausend Gasöfen gleichzeitig eingeschaltet. Gelbe Feuersäulen, mit Blau durchsetzt, schossen aus allen Rohren empor.

Celeste schrie auf.

Joey ließ das Bündel fallen, packte die Schrotflinte mit beiden Händen, drehte sich nach links, nach rechts. Er war so nervös, daß er fast glaubte, P. J. könnte irgendwie für diesen Ausbruch der unterirdischen Feuer verantwortlich sein.

Doch falls P. J. irgendwo in der Nähe war, ließ er sich nicht blicken.

Die Flammen schossen mit so hohem Druck aus den Rohren hervor, daß der Sturmwind sie erst ein bis anderthalb Meter darüber auszublasen vermochte. Die Erde bebte diesmal nicht, aber die aus dem Erdinnern entweichenden Gase verursachten ein Tosen, das in Joeys Knochen vibrierte. Seltsamerweise hörte sich das Geräusch irgendwie *wütend* an, so als würde es nicht von Naturgewalten verursacht, sondern von irgendeinem in diesem Inferno gefangenen Koloß.

»Was ist das?« fragte Joey. Er mußte schreien, obwohl Celeste dicht neben ihm stand.

»Keine Ahnung.«

»Hast du so was schon einmal erlebt?«

»Nein!« Sie blickte ängstlich, doch zugleich auch fasziniert um sich.

Das Dröhnen, Pfeifen, Knurren und Kreischen aus den Rohren hallte von den verrußten Mauern der leerstehenden Häuser und von den Fenstern wider, die so dunkel wie blinde Augen waren.

Die Flammen erzeugten gigantische Schatten, die durch die North Avenue huschten, so als wäre eine Kolonne Dinosaurier oder Mammuts unterwegs.

Joey nahm sein Bündel wieder auf. Er hatte das Gefühl, als bliebe ihnen nicht mehr viel Zeit. »Komm, beeil dich.«

Während sie durch die tiefen Pfützen zur Coal Valley Road rannten, endete der Feuerausbruch genauso plötzlich, wie er begonnen hatte. Das unheimliche Licht zuckte noch einige Male und verschwand. Die Schatten der prähistorischen Tiere lösten sich in der Dunkelheit auf.

Der Regen verdampfte sofort, wenn er mit den glühend heißen Rohren in Berührung kam, und dabei entstand ein zischendes Geräusch. Man hätte glauben können, Coal Valley würde von Abertausenden Schlangen heimgesucht.

15

Die Kirchentüren waren noch immer weit geöffnet, und die Lampen spendeten warmes Licht.

Sobald sie in der Vorhalle standen, schloß Joey die schweren Türflügel. Die Angeln quietschten so laut, wie er erwartet hatte. Wenn P. J. ihnen folgte, würde er die Kirche jetzt nicht mehr lautlos betreten können.

Am Eingang zum Kirchenschiff deutete Joey auf das Marmorbecken, das so weiß wie ein uralter Totenschädel war – und genauso trocken. »Leer die Flasche aus.«

»Warum?«

»Tu's einfach«, bat er eindringlich.

Celeste lehnte ihre Schrotflinte an die Wand und schraubte die Halbliterflasche auf. Das Wasser platschte und gurgelte ins Becken.

»Nimm die leere Flasche mit«, sagte Joey. »Er darf sie nicht sehen.«

Er ging Celeste voraus, den Mittelgang entlang, durch das niedrige Altargitter, in den Chor.

Beverly Korshaks Leichnam lag, in Plastik gehüllt, immer noch auf dem Altarsockel.

»Was jetzt?« fragte Celeste, die ihm dicht auf den Fersen geblieben war.

Joey legte sein Bündel hinter der Toten ab. »Hilf mir, sie wegzuschaffen.«

Celeste schnitt eine Grimasse. »Wohin denn?«

»In die Sakristei. Sie darf nicht hier im Heiligtum liegen. Es ist eine Entweihung der Kirche.«

»Das ist keine Kirche mehr«, brachte sie ihm in Erinnerung.

»Es wird bald wieder eine sein.«

»Wovon redest du?«

»Wenn wir fertig sind, wird es wieder eine Kirche sein.«

»Das steht doch gar nicht in unserer Macht. Dazu bedarf es eines Bischofs, soviel ich weiß.«

»Offiziell sind wir natürlich nicht dazu berechtigt, aber vielleicht genügt eine Bühnendekoration, um P. J.s krankhafte Phantasie zu beeinflussen. Celeste, bitte *hilf mir*.« Widerwillig gehorchte sie, und sie trugen die Leiche gemeinsam aus dem Altarraum und legten sie behutsam in eine Ecke der Sakristei, jenes kleinen Raumes, in dem die Priester sich einst für die Messe angekleidet hatten.

Bei ihrem ersten Besuch in der Sakristei hatten sie die Tür nach draußen offen vorgefunden. Joey hatte sie geschlossen und verriegelt. Er überzeugte sich jetzt davon, daß sie immer noch verriegelt war.

Eine weitere Tür führte in den Keller. Joey spähte in die Dunkelheit hinab. »Du bist doch von klein auf in diese Kirche gegangen, stimmt's? Gibt es von draußen einen direkten Zugang zum Keller?«

»Nein. Es gibt dort unten nicht einmal Fenster. Dazu liegt er zu tief.« Auf diesem Weg konnte P. J. also auch nicht in die Kirche gelangen. Ihm blieb nur der Haupteingang.

Während er mit Celeste in den Altarraum zurückkehrte, wünschte Joey sehnlichst, sie hätten einen Kartentisch oder etwas Ähnliches mitbringen können, das sich als Altar eignete. Aber der niedrige, kahle Sockel mußte ihnen genügen.

Er schnürte das Bündel auf und packte Hammer, Nägel, rote und grüne Kerzen, ewige Lichter, Streichhölzer, Kruzifix und Marienstatue aus.

Celeste half ihm, den Sockel mit den beiden weißen Bettlaken zu verhüllen.

»Vielleicht hat er Beverly an den Boden genagelt, während er … während er mit ihr machte, was er wollte«, sagte er, während sie gemeinsam arbeiteten. »Aber es ging ihm nicht nur darum, sie zu foltern. Es bedeutete ihm mehr. Ein Sakrileg, eine Blasphemie. Wahrscheinlich war die ganze Vergewaltigung und Ermordung Teil einer Zeremonie.«

»Einer Zeremonie?« fragte sie schaudernd.

»Du hast gesagt, er sei stark und durch nichts zu erschüttern, weil er an etwas glaubt. An sich selbst, hast du gesagt. Aber er glaubt an mehr. Er glaubt an die Macht der Finsternis.«

»Satanismus?« fragte sie zweifelnd. »P. J. Shannon, der Footballstar, der freundliche, hilfsbereite Bursche?«

»Wir wissen beide, daß es diese Person nicht mehr gibt – falls es sie je gegeben hat. Das beweist uns Beverlys Leiche.«

»Aber er hatte ein Stipendium in Notre Dame, Joey, und ich glaube kaum, daß dort schwarze Messen abgehalten werden.«

»Vielleicht hat alles in Asherville begonnen, noch bevor er auf die Universität und später nach New York ging.«

»Das kommt mir so weit hergeholt vor«, sagte sie.

»Jetzt, im Jahre 1975, kommt es einem tatsächlich etwas weit hergeholt vor«, gab er zu, während er die Laken glattzog. »Aber 1995 ist es gar nicht so ungewöhnlich, daß ein verstörter Schüler sich mit Satanismus beschäftigt, das kannst du mir glauben. Und es kam auch schon in den 60er und 70er Jahren vor, nur nicht so oft.«

»Ich kann mir nicht vorstellen, daß mir dieses 1995 gefallen würde.«

»Da bist du nicht die einzige.«

»Machte P. J. in der High School jemals einen verstörten Eindruck?«

»Nein, aber manchmal ist gerade den am schlimmsten gestörten Menschen nichts anzumerken.«

Die Laken lagen jetzt fast faltenlos auf dem Altarsockel, und die weiße Baumwolle wirkte weißer als zuvor – *strahlend* weiß.

»Vorhin hast du gesagt«, rief Joey ihr ins Gedächtnis, »P. J. benähme sich so rücksichtslos und arrogant, als würde er sich für einen Auserwählten halten. Nun, vielleicht glaubt er das tatsächlich. Vielleicht glaubt er, einen Pakt geschlossen zu haben, der ihn beschützt, so daß er sich alles erlauben kann.«

»Willst du damit sagen, daß er seine Seele verkauft hat?«

»Nein, ich sage nicht, daß es eine Seele gibt, oder daß man sie verkaufen könnte, falls es sie gibt. Aber P. J. glaubt möglicherweise, daß er das getan hat, und dieses Hirngespinst verleiht ihm ungeheures Selbstvertrauen.«

»Wir *haben* eine Seele«, erklärte sie resolut.

Joey griff nach Hammer und Nägeln. »Bring mir das Kruzifix.«

Er ging zur Rückwand des Heiligtums, wo sich einst das dreieinhalb Meter große Kreuz mit dem unbeholfen geschnitzten leidenden Christus befunden hatte. Es gab hier keine Deckenlampen; die Wand wurde von zwei kleinen Leuchten im Boden angestrahlt. Dadurch war der Blick der Gläubigen nach oben gelenkt worden und hatte zur Kontemplation über das Göttliche angeregt. Joey schlug einen Nagel ein, etwas über Augenhöhe.

Celeste hängte das kleine Kreuz aus dem Haus der Bimmers auf, und nun gab es in St. Thomas wieder ein Kruzifix über dem Altar.

Joey blickte zu den nassen Fenstern hinüber, hinter denen undurchdringliche Finsternis herrschte, und er fragte sich, ob sein Bruder sie wohl beobachtete. Wie würde P. J. ihre Aktionen interpretieren? Fand er diese Entwicklung lächerlich – oder aber besorgniserregend?

»Das Tableau, das ihm vorschwebt – eine Parodie auf die zwölf Apostel, zwölf Tote in einer ehemaligen Kirche – ist nicht einfach die Tat eines Wahnsinnigen. Es ist fast so etwas wie … wie ein Opfer.«

»Du meintest vorhin, daß er sich als Judas sieht.«

»Der Verräter. Der Mann, der seine Gemeinschaft, seine Familie, seinen Glauben und sogar Gott verrät. Und der seine eigene Verderbnis weitergibt, wo immer er kann. An jenem Abend hat er mir in seinem Auto dreißig Dollar in die Tasche geschoben.«

»Dreißig Dollar – dreißig Silberlinge.«

Joey legte den Hammer beiseite und arrangierte die sechs Weihnachtskerzen an einem Ende des mit Laken verhüllten Altarsockels. »Dreißig Dollar. Eine kleine symbolische Geste, die ihm bestimmt viel Spaß gemacht hat. Die Bezahlung für meine Kooperation, für mein Stillschweigen über den Mord. Er hat aus mir einen kleinen Judas gemacht.«

Während sie nach den Streichhölzern griff und die Kerzen anzündete, fragte Celeste: »Sieht er in Judas Iskariot dann so etwas wie … wie seinen höllischen Schutzpatron?«

»Etwas in dieser Art, ja.«

»Kam Judas in die Hölle, weil er Christus verraten hatte?«

»Wenn man glaubt, daß es eine Hölle gibt, schmort er bestimmt in einem der tiefsten Gewölbe«, sagte Joey.

»Du glaubst natürlich nicht an die Hölle.«

»Sieh mal, es spielt überhaupt keine Rolle, woran *ich* glaube oder nicht. Was zählt, ist nur, woran P. J. glaubt.«

»Da irrst du dich gewaltig.«

Er ignorierte ihre Bemerkung. »Ich behaupte nicht, alle Einzelheiten seines Wahns zu kennen – bestenfalls die Umrisse. Ich glaube, sogar ein erstklassiger Psychiater hätte Mühe, die seltsam verworrene Landschaft im Gehirn meines Bruders zu ergründen.«

Während sie die letzte der sechs Kerzen anzündete, sagte Celeste: »P. J. kommt also zu einem Wochenendbesuch nach Hause, fährt durch die Gegend und sieht, wie unheimlich Coal Valley geworden ist. Die leerstehenden Häuser. Die vielen Bodensenkungen. Mehr Lüftungsrohre denn je. Die offene Feuergrube am Ortsrand. Die verlassene, zum Abriß verurteilte Kirche. So als würde ganz Coal Valley in die Hölle hinabgleiten, sehr schnell, vor seinen Augen. Und das erregt ihn. Ist es das, was du glaubst?«

»Ja. Viele Psychopathen sind für Symbolik sehr empfänglich. Sie leben in einer anderen Realität als wir. In ihrer Welt hat alles und jeder eine geheime Bedeutung. Es gibt keine Zufälle.«

»Du hörst dich so an, als hättest du das für eine Prüfungsarbeit gepaukt.«

»Im Laufe der Jahre habe ich sehr viele Bücher über abartige Psychologie gelesen. Anfangs redete ich mir ein, das käme den Romanen zugute, die ich schreiben würde. Und später, als ich mir eingestand, daß ich nie ein Schriftsteller sein würde, las ich weiter – als Hobby.«

»Aber unterbewußt wolltest du P. J. verstehen.«

»Ein soziopathologischer Mörder mit religiösen Wahnvorstellungen, wie P. J. sie zu haben scheint, könnte Engel und Dämonen sehen, die sich als Menschen maskiert haben. Er glaubt, daß bei den simpelsten Ereignissen kosmische Mächte am Werk sind. Seine Welt ist ein Ort ständiger Dramen und enormer Verschwörungen.«

Celeste nickte. Sie war schließlich die Tochter eines Schulleiters, aufgewachsen in einem Haus voller Bücher. »Er ist ein Bürger von Paranoialand. Ja, okay, dann hat er vielleicht schon jahrelang gemordet, seit seiner Collegezeit oder sogar noch früher, ein Mädchen hier, ein Mädchen dort, gelegentliche kleine Opfergaben. Aber die Situation in Coal Valley ist *wirklich* aufregend und animiert ihn dazu, hier etwas ganz Besonderes, etwas Großartiges zu vollbringen.«

Joey stellte die Marienstatue am anderen Ende des provisorischen Altars auf und schob den Stecker in die Steckdose im Sockel. »Und jetzt pfuschen wir ihm ins Handwerk, indem wir Gott die Tür öffnen und ihn erneut in diese Kirche einladen. Wir gehen auf P. J.s Wahnvorstellungen ein und bekämpfen Symbolik mit Symbolik, Aberglauben mit Aberglauben.«

»Und was soll das bewirken?« fragte Celeste, während sie neben Joey trat und die drei ewigen Lichter in den rubinroten Gläsern entzündete, die er sorgfältig vor der Marienstatue arrangiert hatte.

»Es wird ihn aus der Fassung bringen, glaube ich. Das ist das erste, was wir erreichen müssen – ihn aus der Fassung zu bringen, sein Selbstvertrauen zu erschüttern, ihn aus der Dunkelheit hierher in die Kirche zu locken, wo wir gegen ihn eine Chance haben.«

»Er schleicht dort draußen umher wie ein Wolf«, stimmte sie zu, »wie ein Wolf, der das Lagerfeuer in einiger Entfernung umkreist.«

»Er hat diese Opfergabe versprochen – zwölf unschuldige Menschen –, und jetzt fühlt er sich verpflichtet, dieses Versprechen zu erfüllen. Aber er muß sein Leichentableau in einer Kirche inszenieren, aus der Gott vertrieben wurde.«

»Du scheinst dir so sicher zu sein … fast so, als wärest du auf der gleichen Wellenlänge wie er.«

»Er ist mein Bruder.«

»Es ist ein bißchen beängstigend«, sagte sie.

»Für mich selbst auch. Aber ich spüre, daß er St. Thomas braucht. Er hat keine Möglichkeit, noch heute Nacht einen anderen Ort zu finden, der sich so perfekt als Kulisse eignen würde. Und nachdem er das alles nun begonnen hat, fühlt er sich verpflichtet, es auch zu vollenden. In dieser Nacht. Wenn er uns jetzt beobachtet, wird er sehen, was wir hier machen, und es wird ihn bestürzen, und er wird hereinkommen und uns zwingen wollen, unser Werk wieder zu zerstören.«

»Warum erschießt er uns nicht einfach durch die Fenster und zerstört dann selbst unser Werk?«

»Vielleicht hätte er das gemacht – wenn er früh genug begriffen hätte, was wir vorhaben. Doch als wir das Kruzifix aufhängten, war es zu spät. Selbst wenn ich in bezug auf seine Wahnvorstellungen nur halb recht habe, selbst wenn er nur halb so stark in seine Phantasien verstrickt ist, wie ich glaube – selbst dann wird er ein Kruzifix an einer Altarwand nicht berühren können, genauso wenig wie ein Vampir das könnte.«

Celeste zündete das dritte ewige Licht an.

Der Altar hätte eigentlich absurd aussehen müssen – so als würden Kinder »Kirche« spielen. Doch trotz der mangelhaften Requisiten hatten sie eine erstaunlich echt wirkende Atmosphäre geschaffen. Ob es nun an der Beleuchtung lag oder am Kontrast zu der kahlen, staubigen Kirche – jedenfalls schien von den Bettlaken auf dem Altarsockel ein übernatürlicher *Glanz* auszugehen, so als wären sie mit phosphoreszierender Stärke behandelt worden; sie waren weißer als die weißesten Bettücher, die Joey jemals gesehen hatte. Das von unten breitwinkelig angestrahlte Kruzifix warf einen großen Schatten auf die Altarwand, so daß man glauben konnte, das massive handgeschnitzte Kreuz wäre wieder aufgehängt worden. Die dicken Weihnachtskerzen brannten gleichmäßig: Keine rußte oder drohte zu erlöschen. Und seltsamerweise duftete das Wachs nicht nach Lorbeer, sondern nach Weihrauch. Und eines der ewigen Lichter warf seinen rubinroten Schein ausgerechnet auf die Brust des Gekreuzigten.

»Wir sind fertig«, sagte Joey.

Er legte die beiden Schrotflinten auf den Boden des schmalen Chorraums, wo sie nicht zu sehen, aber sofort greifbar waren.

»Er hat uns vorhin mit den Waffen gesehen«, sagte Celeste. »Er weiß, daß wir welche haben. Und er wird sich hüten, uns eine Chance zu geben, sie zu verwenden.«

»Das hängt davon ab, wie stark er an seine Phantasien glaubt, für wie unbesiegbar er sich hält.«

Joey ließ sich hinter der Chorbalustrade auf ein Knie nieder. Die dicken Säulen und das Geländer boten einen gewissen Schutz vor Kugeln, aber durchaus keine perfekte Deckung. Die Abstände zwischen den Balustern waren sechs bis sieben Zentimeter breit. Außerdem war das Holz alt und trocken; es würde sofort zersplittern, wenn jemand mit einem Großkalibergewehr darauf schoß, und die Splitter könnten sich in tödliche Schrapnelle verwandeln.

So als hätte sie seine Gedanken gelesen, kniete Celeste neben ihm nieder.

»Der Kampf wird sowieso nicht mit Waffen entschieden werden.«

»Nein?«

»Es ist keine Frage roher Gewalt. Es ist ein Frage des Glaubens.«

Wieder sah Joey Geheimnisse in ihren dunklen Augen. Ihr Gesichtsausdruck war unergründlich – und in Anbetracht der Situation erstaunlich heiter.

»Was weißt du, das ich nicht weiß?« fragte er.

Sie schaute ihm lange in die Augen, bevor sie den Blick abwandte. »Vieles.«

»Manchmal scheinst du …«

»Was?«

»Anders zu sein.«

»Anders als wer?«

»Anders als die übrigen.«

Ein leichtes Lächeln huschte über ihre Lippen. »Ich bin nicht nur die Tochter des Schulleiters.«

»Oh? Was denn noch?«

»Eine Frau.«

»Mehr als das«, insistierte er.

»Gibt es mehr als das?«

»Manchmal scheinst du viel älter zu sein, als du in Wirklichkeit bist.«

»Ich weiß eben gewisse Dinge.«

»Was denn? Ich sollte das auch wissen.«

»Sie lassen sich nicht mitteilen«, sagte sie rätselhaft, und ihr Lächeln verschwand.

»Stecken wir nicht unter einer Decke?« fragte er scharf.

Sie sah ihn mit großen Augen an. »O ja.«

»Wenn du also etwas weißt, das uns helfen könnte …«

»Mehr als du glaubst«, flüsterte sie.

»Was?«

»Wir stecken mehr unter einer Decke, als du glaubst.«

Entweder wollte sie absichtlich in Rätseln sprechen, oder aber er maß ihren Worten zuviel Gewicht zu.

Sie starrte ins Kirchenschiff.

Beide schwiegen.

Regen und Wind schlugen gegen die Kirche, und das hörte sich so an, als flatterten gefangene Vögel verzweifelt umher und versuchten sich zu befreien.

Etwas später sagte Joey: »Mir wird so warm.«

»Die Temperatur steigt seit einiger Zeit«, bestätigte Celeste.

»Wie ist das möglich? Wir haben die Heizung nicht eingeschaltet.«

»Die Hitze kommt von unten. Spürst du es nicht? Sie steigt durch jeden Spalt, durch jeden Riß im Boden auf.«

Er legte eine Hand auf den Boden und stellte fest, daß das Holz wirklich ganz warm war.

»Die Wärme stammt von den unterirdischen Feuern.«

»Vielleicht sind sie gar nicht mehr so tief unter der Erde.« Ihm fiel der tickende Metallkasten in ihrem Haus ein. »Müssen wir uns wegen der Giftgase Sorgen machen?«

»Nein.«

»Warum nicht?«

»Heute Nacht gibt es Schlimmeres.«

Joeys Stirn überzog sich mit einem dünnen Schweißfilm.

Er suchte in seinen Taschen nach einem Taschentuch, fand statt dessen aber nur einige zusammengefaltete Geldscheine. Zwei Zehn-Dollar-Scheine. Zwei Fünf-Dollar-Scheine. Dreißig Dollar.

Er vergaß immer wieder, daß das, was vor zwanzig Jahren geschehen war, in gewisser Hinsicht auch erst vor wenigen Stunden geschehen war.

Während er das Geld entsetzt anstarrte, fiel ihm ein, mit

welcher Beharrlichkeit P. J. ihm die Scheine im Auto aufgedrängt hatte. Die Leiche im Kofferraum. Der Geruch nach Regen, überlagert von durchdringendem Blutgeruch.

Ein eisiger Schauder überlief ihn, und er ließ das Geld fallen.

Die zerknitterten Scheine verwandelten sich plötzlich in Münzen, die klirrend und funkelnd auf den Holzboden fielen.

»Was ist?« fragte Celeste.

Er warf ihr einen Blick zu. Sie hatte nichts gesehen. Er versperrte ihr die Sicht auf die Münzen.

»Silberlinge«, murmelte er.

Doch als er wieder hinschaute, waren die Münzen verschwunden. Nur die Banknoten lagen auf dem Boden.

In der Kirche war es heiß. Die regenbeschlagenen Fenster schienen zu schmelzen.

Er hatte rasendes Herzklopfen. Genausogut hätte er sich wie ein reuiger Sünder mit der Faust an die Brust schlagen können.

»Er kommt«, sagte Joey.

»Wer?«

Joey deutete über die Balustrade hinweg in Richtung der Kirchentüren, die im Halbdunkel kaum zu sehen waren. »Er kommt.«

16

Die lange nicht mehr geölten Angeln quietschten, als die Kirchentüren aufgestoßen wurden. Ein Mann betrat die Vorhalle – aus der Dunkelheit ins warme Licht, aus der kalten Nacht in die eigenartige Hitze, aus dem Sturm in die Stille. Er bewegte sich weder verstohlen noch mit besonderer Vorsicht, sondern ging direkt auf das Kirchenschiff zu, begleitet von einem fauligen Gestank aus dem Lüftungsrohr vor der Kirche.

Es war P. J., noch genauso gekleidet wie beim Abendessen in ihrem Elternhaus und wie bei der verhängnisvollen Unterhaltung im Auto: schwarze Stiefel, beige Kordhose, roter Pullover. Darüber trug er jetzt allerdings eine schwarze Skijacke.

Das war nicht der P. J. Shannon, dessen Romane immer in den Bestsellerlisten standen, nicht der New-Age-Kerouac, der das ganze Land unzählige Male in allen möglichen Autos, mit oder ohne Wohnwagen, durchquert hatte. Dieser P. J. hatte seinen vierundzwanzigsten Geburtstag noch vor sich, er hatte das Studium am College Notre Dame erst vor kurzem abgeschlossen und war aus New York, wo er in einem Verlag arbeitete, zu Besuch gekommen.

Das Gewehr, mit dem er die Bimmers erschossen hatte, hatte er nicht bei sich; offenbar war er überzeugt, daß er es nicht brauchen würde. Er stand am Eingang zum Kirchenschiff, mit weit gespreizten Beinen, locker herabhängenden Armen und breitem Lächeln.

Joey hatte ganz vergessen gehabt, welch *extremes* Selbstvertrauen P. J. in diesem Alter ausstrahlte, welche Kraft und Intensität. Das Wort »charismatisch« war schon im Jahre 1975 überstrapaziert worden; und 1995 wurde es von Journalisten und Kritikern auf jeden neuen Politiker angewandt, der noch nicht beim Diebstahl ertappt worden war, auf jeden jungen Filmstar, der einen feurigen Blick hatte, mochte er auch noch so dumm sein. Doch ob 1995 oder 1975 – der Begriff schien für P. J. Shannon erfunden worden zu sein. Er besaß das Charisma eines alttestamentarischen Propheten, auch ohne Bart und malerische Gewänder, und er zog automatisch die allgemeine Aufmerksamkeit auf sich, denn seine phänomenale Ausstrahlung wirkte wie ein Magnet und schien sogar Gegenstände zu veranlassen, sich nach ihm auszurichten.

Als die Blicke der Brüder sich über das Kirchenschiff hinweg trafen, sagte P. J.: »Joey, du überrascht mich!«

Joey wischte sich mit einem Ärmel den Schweiß von der Stirn, gab aber keine Antwort.

»Ich dachte, wir hätten einen Pakt geschlossen«, fuhr P. J. fort.

Joey legte eine Hand auf die Schrotflinte neben ihm, aber

er hob sie nicht auf, denn P. J. hätte genügend Zeit, um sich in der Vorhalle in Sicherheit zu bringen; außerdem konnte eine Schrotflinte auf diese Entfernung wahrscheinlich niemanden töten.

»Du brauchtest doch nur wie ein braver Junge ins College zurückzufahren, abends im Supermarkt zu jobben und dich im eintönigen Lebenskampf aufzureiben, in der grauen zermürbenden Langeweile, für die du wie geschaffen bist. Aber du mußtest deine Nase in diese Angelegenheit stecken.«

»Du *wolltest* doch, daß ich dir hierher folge«, entgegnete Joey.

»Das stimmt, Bruderherz, aber ich war mir alles andere als sicher, ob du es wirklich tun würdest. Schließlich bist du nur ein kleiner Ministrant, ein erbärmlicher Wicht, der Priester anhimmelt und Rosenkränze küßt. Diesen Mut hätte ich dir nicht zugetraut. Ich dachte, du würdest in dein College fahren und dir einreden, daß meine hanebüchene Geschichte über den bärtigen Riesen aus dem Wald stimmte.«

»So war es auch.«

»Was?«

»Damals«, sagte Joey. »Aber diesmal nicht.«

P. J. war sichtlich verwirrt. Dies war das erste und einzige Mal, daß *er* diese seltsame Nacht durchlebte. Nur Joey hatte eine zweite Chance erhalten, richtig zu handeln.

Er hob die dreißig Dollar auf und warf sie – durch die Balustrade ein wenig geschützt – in Richtung seines Bruders. Obwohl er die Scheine zu einem Ball zusammengeknüllt hatte, flogen sie nicht einmal bis zum Altargitter. »Nimm deine Silberlinge zurück!«

Einen Moment lang war P. J. sprachlos, doch dann sagte er: »Was für eine merkwürdige Bemerkung, mein lieber kleiner Bruder!«

»Wann hast du deinen Pakt geschlossen?« fragte Joey in der Hoffnung, daß seine Mutmaßungen bezüglich P. J.s Wahnvorstellungen stimmten, daß er auf diese Weise die Arroganz und Selbstzufriedenheit seines Bruders erschüttern konnte.

»Pakt?«

»Wann hast du deine Seele verkauft?«

P. J. wandte sich plötzlich an Celeste. »Du mußt ihm geholfen haben, die Wahrheit zu erkennen. Allein hätte er das nie geschafft, jedenfalls nicht in den wenigen Stunden, seit er meinen Kofferraum geöffnet hat. Seinem Geist fehlt einfach die Schattenseite. Aber du bist eine interessante junge Dame. Wer bist du?«

Celeste gab keine Antwort.

»Das Mädchen am Straßenrand«, sagte P. J. »So viel weiß ich. Du wärest mittlerweile schon tot, wenn Joey sich nicht eingemischt hätte. Aber wer bist du außerdem?«

Verborgene Identitäten. Duale Identitäten. Verschwörungen … P. J. lebte tatsächlich in der komplexen und melodramatischen Welt eines Psychopathen mit religiösen Wahnvorstellungen, und er sah in Celeste offenbar irgendein überirdisches Wesen.

Sie schwieg weiterhin, hinter der Balustrade kniend, eine Hand auf der Schrotflinte.

Joey hoffte, daß sie nicht zu der Waffe greifen würde. Sie mußten P. J. entweder weiter in die Kirche locken, in Schußweite, oder aber sie mußten ihn davon überzeugen, daß sie überhaupt keine Waffen benötigten und nur auf die Kraft des heiligen Bodens vertrauten, auf dem sie standen.

»Weißt du, woher die dreißig Dollar stammten?« fragte P. J. »Aus Beverly Korshaks Geldbeutel. Jetzt werde ich das Geld aufheben und es dir später wieder in die Tasche schieben müssen. Als Beweisstück.«

Endlich begriff Joey, welche Rolle P. J. ihm zugedacht hatte. Er sollte den Sündenbock für alles spielen, was sein Bruder in dieser Nacht getan hatte – und noch tun würde. Joeys Tod würde wie ein Selbstmord aussehen: Der fromme und gottesfürchtige Ministrant dreht plötzlich durch, bringt zwölf Menschen in einer satanischen Zeremonie um und nimmt sich danach selbst das Leben.

Vor zwanzig Jahren war er diesem Schicksal entgangen, als er P. J. nicht auf die Coal Valley Road gefolgt war, doch das Schicksal, das ihm aufgrund dieser Fehlentscheidung beschieden wurde, war fast genauso schlimm gewesen. Diesmal mußte er beides irgendwie vermeiden.

»Du wolltest wissen, wann ich meine Seele verkauft habe«, sagte P. J., der immer noch zwischen Vorhalle und Kirchenschiff stand. »Ich war damals dreizehn, du zehn. Mir fielen zufällig Bücher über Satanismus und Schwarze Messen in die Hände – interessante Lektüre. Und ich war *reif* dafür, Joey. Im Wald feierte ich hübsche kleine Zeremonien, mit Tieren auf meinem Altar. Ich hätte sogar *dir* die Kehle aufgeschlitzt und das Herz aus der Brust geschnitten, mein Junge, wenn ich keine andere Möglichkeit gehabt hätte. Doch das war nicht notwendig. Im Grunde war alles ganz einfach. Ich bin mir nicht einmal sicher, ob die Zeremonien notwendig waren. Ich glaube, ich mußte es nur *wollen*, es von ganzem Herzen und mit jeder Faser wollen, so leidenschaftlich wollen, daß es schmerzte – das hat ihm die Tür geöffnet.«

»Ihm?«

»Satan, Beelzebub, auch unter dem Namen Teufel bekannt«, erklärte P. J. in scherzhaftem und zugleich theatralischem Ton. »Junge, er ist gar nicht so, wie er immer geschildert wird. In Wirklichkeit ist er ein warmes, flauschiges altes Tier – jedenfalls für all jene, die ihn annehmen, die ihn umarmen.«

Joey stand hinter der Balustrade auf.

»So ist's gut, mein Junge«, lobte P. J. »Du brauchst keine Angst zu haben. Dein großer Bruder wird weder grünes Feuer speien noch fledermausartige Flügel ausbreiten.«

Immer noch drang trockene Wüstenhitze durch den Fußboden.

»Warum hast du es getan, P. J.?« fragte Joey. Er mußte so tun, als würde er an Seelen und Pakte mit dem Teufel glauben.

»Ach, mein Kleiner, sogar damals stank es mir mächtig, arm zu sein, und ich hatte Angst, später ein genauso nutzloses Stück Scheiße zu werden wie unser Alter. Ich wollte Geld in der Tasche haben, flotte Autos, tolle Mädchen. Aber es bestand überhaupt keine Hoffnung, das alles einmal zu bekommen, denn ich war ja nur einer der Shannon-Jungs, der neben dem Heizungskeller hausen mußte. Doch nachdem ich den Pakt geschlossen hatte, wurde alles ganz anders. Schau mich an! Ein Footballstar. Die besten Noten. Der beliebteste Junge der ganzen Schule. Die Mädchen konnten es gar nicht erwarten, für mich ihre Beine zu spreizen – und sogar wenn ich sie fallenließ, sagten sie kein böses Wort gegen mich, sondern liebten mich weiterhin und verzehrten sich heimlich vor Sehnsucht nach mir. Und dann auch noch ein Stipendium an einer *katholischen* Universität! Wenn das keine Ironie ist!«

Joey schüttelte den Kopf. »Du warst immer ein guter Athlet, sogar als kleiner Junge. Du warst intelligent, und alle mochten dich. Du hattest das alles von Natur aus.«

»Verdammt, *gar nichts* hatte ich!« P. J. hob zum erstenmal die Stimme. »Gott gab mir nichts, als ich auf diese Welt kam, gar nichts, nur Kreuze, die ich geduldig tragen sollte. Gott ist ein beredter Verfechter des Leidens, ein echter Sadist. Ich hatte *gar* nichts, bis ich den Pakt schloß.«

Mit Vernunft und Logik war ihm nicht beizukommen. Seine Psychose war offenbar schon in der Kindheit entstanden. Er war schon lange wahnsinnig. Die einzige Möglichkeit, ihn in eine nachteilige Lage zu bringen, bestand darin, auf seine Wahnvorstellungen einzugehen, sie geschickt auszunutzen.

»Warum versuchst du es nicht auch, Joey?« sagte P. J. »Du brauchst dazu keine Lieder auswendig zu lernen, und du brauchst auch keine Zeremonien im Wald auszuführen. Du mußt es nur *wollen*, du mußt nur dein Herz weit öffnen, und dann kannst du deinen eigenen Gefährten haben.«

»Einen Gefährten?«

»Ja. Mein Gefährte ist Judas. Ich habe ihn in meine Seele eingeladen. Dadurch entkommt er für eine Weile der Hölle, und er revanchiert sich, indem er sich meiner annimmt. Er hat große Pläne für mich, Joey. Reichtum, Ruhm. Er will, daß ich all meine Wünsche befriedige, denn durch mich erlebt er alles mit – er spürt die Mädchen, hat den Geschmack von Champagner auf der Zunge und teilt mit mir das herrliche Machtgefühl, wenn es wieder einmal Zeit zum Töten ist. Er will nur das Allerbeste für mich, Joey, und er sorgt dafür, daß ich es bekomme. Du könntest deinen eigenen Gefährten bekommen, mein Kleiner. Ich kann das bewerkstelligen, ich kann es wirklich.«

Joey war sprachlos über P. J.s komplexe Wahnvorstellungen, die faustische Pakte, Verdammnis und Besessenheit vermengten. Hätte er in den letzten zwanzig Jahren nicht unzählige Bücher über die abartigsten Verirrungen des menschlichen Geistes gelesen, wäre es ihm unmöglich gewesen, das Wesen dieses Monsters zu verstehen. Als er diese Nacht zum *erstenmal* durchlebt hatte, wäre er völlig hilflos gewesen, weil ihm damals die Spezialkenntnisse gefehlt hatten, die er sich in der Zwischenzeit angeeignet hatte.

»Du mußt es nur *wollen*, Joey«, wiederholte P. J. »Dann werden wir gemeinsam dieses kleine Luder hier umbringen. Einer der Dolan-Söhne ist sechzehn. Ein großer, kräftiger Bursche. Wir können es so aussehen lassen, als hätte er das alles getan und anschließend Selbstmord begangen. Du und ich – wir verschwinden einfach, und von nun an sind wir ein Herz und eine Seele, noch enger verbunden als Brüder, so eng verbunden wie nie zuvor.«

»Wozu brauchst du mich, P. J.?«

»He, ich brauche dich überhaupt nicht, Joey. Es geht mir nicht darum, dich zu benutzen. Ich liebe dich einfach. Oder glaubst du mir nicht, daß ich dich liebe? Ich liebe dich sehr. Du bist mein kleiner Bruder. Bist du nicht mein einziger kleiner Bruder? Warum sollte ich dich nicht an meiner Seite haben wollen? Warum sollte ich mir nicht wünschen, daß es dir genauso gutgeht wie mir?«

Joeys Mund war trocken, nicht nur von der Hitze. Zum erstenmal, seit er von der Bundesstraße auf die Coal Valley Road abgebogen war, verspürte er das Bedürfnis nach einem doppelten Whisky. »Ich glaube, du brauchst mich nur, damit ich das Kruzifix abnehme. Soll ich es vielleicht verkehrt herum aufhängen?«

P. J. schwieg.

»Ich glaube, du willst hier unbedingt dein Gruppenbild arrangieren, aber jetzt hast du Angst, die Kirche zu betreten, weil wir sie in ein Heiligtum zurückverwandelt haben.«

»Gar nichts habt ihr gemacht!« sagte P. J. höhnisch.

»Ich gehe jede Wette ein: Wenn ich das Kruzifix von der Wand nehmen, die Kerzen ausblasen und die Altartücher entfernen würde, wenn dieser Ort für dich wieder ungefährlich wäre, würdest du uns beide umbringen, so wie du es ursprünglich geplant hattest.«

»He, Junge, weißt du nicht mehr, mit wem du redest? Ich bin dein Bruder. Was ist los mit dir? Bin ich nicht dein großer Bruder, der dich immer beschützt und auf dich aufgepaßt hat? Wie könnte ich dir jemals etwas zuleide tun? Ein absurder Gedanke, daß ich dich umbringen könnte!«

Celeste stand auf und stellte sich dicht neben Joey, so als spürte sie, daß jede Demonstration von Mut dazu beitragen konnte, P. J. zu überzeugen, daß Joey und sie sich im Schutz der Symbole, mit denen sie sich umgeben hatten, sicher fühlten. Ihre Zuversicht könnte seine Ängste vergrößern.

»Wenn du dich nicht vor der Kirche fürchtest – warum kommst du dann nicht herein?« fragte Joey.

»Warum ist es hier so warm?« P. J. bemühte sich, so selbstbewußt wie immer aufzutreten, aber seine Stimme klang verunsichert. »Wovor sollte ich mich denn fürchten? Es gibt hier nichts zu fürchten.«

»Dann komm doch herein.«

»Hier gibt es nichts Heiliges.«

»Beweis es. Tauche deine Finger ins Weihwasser.«

P. J. starrte das Marmorbecken an. »Es war vorhin trocken. Ihr habt das Wasser selbst hineingegossen.«

»Tatsächlich?«

»Es ist nicht geweiht«, erklärte P. J. »Du bist kein verdammter Pfaffe! Es ist ganz normales Wasser.«

»Dann tauch deine Finger ein.«

Joey hatte von Psychopathen gelesen, die in ihrem Wahn, satanische Kräfte zu besitzen, Brandblasen bekamen, wenn sie ihre Finger in Weihwasser tauchten oder ein Kruzifix berührten. Die Verletzungen, die sie erlitten, waren real, obwohl sie ausschließlich durch ihr eigenes Suggestionsvermögen hervorgerufen wurden, durch ihren tiefen Glauben an die eigenen krankhaften Phantasien.

P. J. starrte das Weihwasserbecken an. Joey provozierte ihn: »Los, berühr es – oder befürchtest du, daß es deine Hand zerfressen könnte wie eine Säure?«

P. J. streckte zögernd seine Hand aus. Seine gespreizten Finger schwebten über dem Wasser wie eine nervöse Libelle.

Dann zog er die Hand wieder zurück.

»Mein Gott!« flüsterte Celeste.

Sie hatten einen Weg gefunden, um sich vor P. J. zu schützen.

Als Joey diese Nacht zum erstenmal durchlebt hatte, war er noch ein Junge gewesen, dem Teenageralter kaum entwachsen, und damals war er seinem älteren Bruder, der ein hochintelligenter und durchtriebener Psychopath war, natürlich nicht gewachsen gewesen. Jetzt hatte er P. J. zwanzig Jahre Erfahrung voraus, und dadurch war er psychologisch im Vorteil.

»Du kannst uns nichts zuleide tun«, sagte er. »Nicht an diesem heiligen Ort. Du kannst hier nichts von all dem machen, was du geplant hattest. Jetzt nicht mehr, nicht, seit wir Gott wieder in Sein Haus eingeladen haben. Du kannst nur noch wegrennen. Irgendwann wird der Morgen anbrechen, und wir werden einfach hierbleiben, bis jemand uns sucht, oder bis jemand die Bimmers findet.«

P. J. versuchte wieder, seine Finger ins Wasser zu tauchen, schaffte es aber nicht. Vor Angst und Wut stieß er einen unartikulierten Laut aus und trat mit dem Fuß gegen das Becken.

Die Marmorschale flog krachend vom kannellierten Sokkel, und diese Zerstörung gab P. J. neuen Mut. Er machte Anstalten, ins Kirchenschiff zu stürzen.

Joey bückte sich und nahm die Schrotflinte zur Hand.

Das Wasser aus dem Becken ergoß sich über den Boden, und P. J. trat aus Versehen in diese Pfütze. Eine schwefelige Dampfwolke stieg unter seinen Füßen empor, so als wäre das Wasser tatsächlich geweiht gewesen und hätte bei der Berührung mit dem Schuh eines vom Teufel Besessenen eine heftige ätzende Reaktion gezeigt.

Joey begriff, daß der Boden in der Vorhalle viel heißer als im Altarraum sein mußte, erschreckend heiß.

Auch P. J. hätte das eigentlich erkennen müssen, nachdem ihm ja die unnatürliche Wärme in der Kirche aufgefallen war. Doch in seinem Wahn reagierte er nicht vernünftig, sondern mit abergläubischer Panik. Der Dampf, der vom »Weihwasser« aufstieg, verstärkte seine bizarren Hirngespinste, und er schrie auf, so als hätte er sich wirklich verbrannt. Er litt *tatsächlich* unter diesen rein psychosomatischen Schmerzen.

P. J. heulte jämmerlich auf, rutschte aus und fiel ins dampfende Wasser. Er landete auf Händen und Knien, krümmte sich wimmernd, hob seine Hände, starrte seine Finger an, legte sie ans Gesicht, riß sie aber sofort wieder weg, so als wären die Wassertropfen in Wirklichkeit Christi Tränen, die seine Lippen und Wangen verbrannten und ihn halb blendeten. Mühsam rappelte er sich hoch und taumelte durch die Vorhalle und die geöffneten Türen in die Nacht hinaus, wobei er abwechselnd vor Wut brüllte und ängstlich winselte, nicht wie ein Mensch sondern wie ein gemartertes Raubtier.

»Mein Gott!« murmelte Celeste mit zittriger Stimme.

»Das war erstaunliches Glück«, sagte Joey.

»Glück?«

»Der heiße Fußboden.«

»So heiß ist er nicht«, widersprach sie.

Er runzelte die Stirn. »Nun, er muß dort drüben viel heißer als hier sein. Ich frage mich, wie lange wir hier überhaupt noch sicher sind.«

»Es war nicht der Fußboden.«

»Du hast doch selbst gesehen …«

»Er war es.«

»Er?«

Sie war leichenblaß. »Er durfte es nicht berühren. Er war unwürdig, es zu berühren.«

»Nein, Blödsinn! Es war einfach das kalte Wasser auf dem heißen Boden, Dampf …«

Sie schüttelte heftig den Kopf. »Ein durch und durch böser Mensch darf nichts Heiliges berühren.«

»Celeste …«

»Verdorben, verfault, befleckt ...«

Joey befürchtete, daß sie einer Hysterie nahe war. »Hast du es denn vergessen?« fragte er.

Celeste schaute ihm in die Augen, und er sah sofort, daß seine Sorgen bezüglich Panik oder Hysterie völlig unbegründet waren. Ihr Blick war klar und unglaublich eindringlich, und er fühlte sich ihr plötzlich unterlegen. Sie hatte nichts vergessen. Nichts. Und er spürte, daß ihre Wahrnehmung viel ungetrübter als seine eigene war.

Trotzdem sagte er: »Hast du vergessen, daß wir selbst das Wasser ins Becken gegossen haben.«

»Na und?«

»Kein Priester.«

»Na und?«

»*Wir* haben es hineingegossen, und es ist ganz normales Leitungswasser.«

»Ich habe gesehen, was es ihm angetan hat.«

»Das war doch nur der Dampf ...«

»Nein, Joey, nein, nein.« Sie redete hastig, eifrig bemüht, ihn zu überzeugen. »Ich habe seine Hände und einen Teil seines Gesichts gesehen. Seine Haut warf Blasen, sie war rot und schälte sich. So heiß kann der Dampf nicht gewesen sein, nicht auf einem Holzboden.«

»Psychosomatische Verletzungen«, erklärte er.

»Nein.«

»Die Kraft des Geistes. Selbsthypnose.«

»Wir haben nicht mehr viel Zeit«, sagte sie eindringlich und blickte vom Kruzifix an der Wand zu den Kerzen auf dem Altarsockel, so als wollte sie sich vergewissern, daß ihre Bühnendekoration noch vorhanden war.

»Ich glaube nicht, daß er zurückkommt«, wollte Joey sie beruhigen.

»O doch, er kommt zurück.«

»Aber wir haben ihm einen Mordsschrecken ...«

»Nein, nichts kann ihn schrecken. Er fürchtet sich vor nichts.«

Sie wirkte leicht benommen, wie unter Schock. Doch Joey spürte, daß sie über ein Ausmaß von intuitivem Wissen und

Einsicht verfügte, das er nie besessen hatte. *Gesteigertes Wahrnehmungsvermögen.*

Sie bekreuzigte sich. »*... in nomine Patris et Filii et Spiritus Sancti ...*«

Sie war Joey fast noch unheimlicher als P. J.

»Ein Psychopath mit Mordgelüsten«, erklärte er nervös, »ist zwar ständig von ungeheurer Wut erfüllt, aber er hat Ängste, genau wie jeder normale Mensch. Viele von ihnen ...«

»Nein. Er ist der Vater der Angst ...«

»... viele von ihnen leben in ständiger Angst ...«

»... der Vater der Lüge ... unmenschlicher Zorn ...«

»... obwohl sie sich in den Wahn von ihrer eigenen enormen Macht hineingesteigert haben, leben sie in Angst vor ...«

»... unmenschlicher Zorn bis in alle Ewigkeit.« Ihre Augen waren glasig, gehetzt. »Er gibt nie auf, er wird niemals aufgeben, er hat nichts zu verlieren, er lebt seit dem *Sturz* in einem Dauerzustand von Haß und Zorn ...«

Joey blickte zu der Pfütze hinüber, in der P. J. ausgerutscht war. Die Kirche war heißer denn je, schweißtreibend heiß, aber von dem verschütteten Wasser stieg kein Dampf mehr auf. Wie auch immer, Celeste hatte nicht P. J.s Sturz ins Wasser gemeint.

»Über wen redest du eigentlich?« fragte er zögernd.

Sie schien Stimmen zu lauschen, die nur sie vernehmen konnte. »Er kommt«, flüsterte sie zitternd.

»Du redest nicht von P. J., habe ich recht?«

»Er kommt.«

»Wer?«

»Der Gefährte.«

»Judas? Es gibt keinen Judas. Das ist doch nur ein Hirngespinst von P. J.«

»Schlimmer als Judas. Viel schlimmer.«

»Celeste, sei vernünftig! P. J. ist doch nicht *wirklich* vom Teufel besessen.«

Sein Beharren auf der Vernunft erschreckte sie genauso, wie ihn ihr plötzliches Abtauchen in den Mystizismus erschreckte, und sie packte ihn bei den Aufschlägen seiner Jacke. »Dir läuft die Zeit davon, Joey. Dir bleibt nicht mehr viel Zeit, um glauben zu lernen.«

»Ich glaube ...«

»Nicht an das, was wirklich zählt.«

Sie ließ ihn los, sprang plötzlich über die Balustrade und landete sicher auf beiden Beinen.

»Celeste!«

Zum Altargitter rennend, schrie sie: »Komm mit, berühr den Boden an der Stelle, wo die Pfütze ist, überzeug dich selbst davon, ob er heiß genug für Dampf ist, beeil dich!«

Joey hatte Angst um sie, doch sie versetzte ihn jetzt auch in Schrecken. Trotzdem sprang auch er über die Balustrade.

»Warte!«

Sie rannte durch die Gitterpforte.

Das unablässige Trommeln des Regens wurde von einem anderen Geräusch übertönt. Ein immer lauteres Dröhnen. Nicht aus der Erde. Von draußen.

Celeste hastete den Mittelgang entlang.

Er blickte zu den Fenstern auf der linken Seite hinüber.

Zu den Fenstern auf der rechten Seite. Nichts. Nur Dunkelheit.

»Celeste!« schrie er am Altargitter. »Zeig mir deine Hände.«

Sie hatte das Kirchenschiff schon halb durchquert, blieb stehen, drehte sich nach ihm um. Ihr Gesicht war schweißbedeckt, und das wirkte wie eine im Kerzenlicht schimmernde Glasur. Das Gesicht einer Heiligen. Einer Märtyrerin.

Das Dröhnen schwoll weiter an. Motorenlärm.

»Deine Hände!« schrie Joey verzweifelt.

Sie hob ihre Hände.

In den zarten Handflächen waren gräßliche Wunden. Schwarze Löcher, blutüberströmt.

Von Westen her raste der Mustang plötzlich in die Kirche. Die Scheinwerfer waren nicht eingeschaltet, aber der Motor donnerte, und die Hupe kreischte. Das Auto durchbrach die Wand, die alte Holztäfelung, die Kreuzwegstationen, ließ Fenster zerbersten und den Fußboden zersplittern. Es schoß

153

unaufhaltsam vorwärts, in die Bänke hinein, die – aus ihren Verankerungen gerissen – umkippten, gegeneinanderprallten und zusammengeschoben wurden, so als überschlügen sich Wellen aus Holz.

Und immer noch raste der Mustang vorwärts.

Joey warf sich auf den Boden des Mittelgangs und schützte seinen Kopf mit den Armen, überzeugt davon, daß er in dieser Sturzflut von Bänken umkommen würde. Noch überzeugter war er, daß auch Celeste sterben würde: Entweder sie wurde jetzt zermalmt oder später von P. J. an den Boden oder an die Wand genagelt. Joey hatte sie im Stich gelassen, er hatte wieder versagt. Weder ihr noch sich selbst hatte er helfen können. Dem Gipshagel und der Holzlawine würde unweigerlich ein Blutbad folgen. Der Motor donnerte, die Hupe kreischte und schrillte, das Holz splitterte und krachte, das Glas schepperte, die Deckenbalken knirschten und knackten bedrohlich – doch trotz dieses Höllenlärms nahm Joey ein Geräusch wahr, das sich von allen anderen unterschied. Er wußte sofort, was es war: das Klirren des Bronzekruzifixes, das von der Wand fiel und auf dem Boden aufschlug.

17

Der kalte Wind drang jetzt ungehindert in die Kirche, schnupperte und hechelte wie ein Hund.

Joey lag mit dem Gesicht nach unten unter Bänken und Balken begraben, und obwohl er keine Schmerzen verspürte, befürchtete er, daß seine Beine gebrochen sein könnten. Doch als er sich bewegte, stellte er fest, daß er weder verletzt noch eingeklemmt war.

Um aus dem vielschichtigen Schutthaufen herauszukommen, mußte er kriechen, sich winden und verrenken. Er kam sich wie ein Frettchen vor, das auf Rattenjagd die Winkel eines alten Holzschuppens erkundet.

Schindeln, Latten und Brocken anderer Materialien fielen immer noch aus der zerstörten Wand und regneten von der beschädigten Decke herab. Der Wind pfiff durch die Ritzen, so als wollte er eine gespenstische Weise flöten. Doch immerhin war das Dröhnen des Motors erstorben.

Nachdem Joey sich mühsam durch einen besonders schmalen Spalt zwischen altem Eichenholz gezwängt hatte, gelangte er zum Vorderrad seines Mustang. Der Reifen war platt, und der Kotflügel glich zerknittertem Papier.

Grünes Frostschutzmittel tropfte wie Drachenblut aus dem Fahrwerk. Der Kühler war geborsten.

Joey kroch weiter an der Seite des Wagens entlang. Hinter der Fahrertür fand er endlich eine Stelle, wo er sich zwischen Auto und Gerümpel aufrichten konnte.

Er hoffte, seinen Bruder tot vorzufinden, vom Lenkrad aufgespießt oder durch die Windschutzscheibe katapultiert. Doch die Fahrertür war einen Spalt breit geöffnet. P. J. war entwischt.

»Celeste!« schrie Joey.

Keine Antwort.

P. J. suchte bestimmt schon nach ihr.

»*Celeste!*«

Benzingestank stieg ihm in die Nase. Der Tank hatte ein Leck.

Die Trümmer türmten sich höher als das Wagendach. Er konnte nicht viel von der Kirche sehen.

Joey stieg auf das Dach, wandte der zerstörten Wand und der regengepeitschten Nacht den Rücken zu.

St. Thomas war von seltsamem Licht und gespenstischen Schatten erfüllt. Einige Lampen brannten noch, andere waren erloschen; aus einer Leuchte sprühten goldblaue Funken.

Die Kerzen auf dem Altarsockel waren durch die gewaltige Erschütterung umgefallen. Die Bettlaken hatten Feuer gefangen.

Zuckende und huschende Schatten ergaben eine verwirrende Szenerie, doch einer der Schatten bewegte sich so zielstrebig, daß er Joey auffiel. P. J. ging auf den Chor zu. Er trug Celeste. Sie lag bewußtlos in seinen Armen, den Kopf tief im Nacken, so daß die zarte Kehle frei lag und die langen schwarzen Haare fast bis zum Boden hinabhingen.

O Gott nein!

Einen Moment lang konnte Joey nicht atmen.

Dann schnappte er nach Luft.

Er sprang vom Wagendach auf die eingedrückte Motorhaube und kletterte von dort auf den Berg aus Bänken, Balken und verbogenen Streben. Der Schutt bewegte sich unter ihm und drohte ihn mit einem gierigen Rachen voll scharfer Holzsplitter und krummer Nägel zu verschlingen. Aber er tastete sich schrittweise voran und hielt mit weit ausgebreiteten Armen die Balance.

P. J. stieg die drei Altarstufen empor.

Über die Rückwand des Heiligtums, wo jetzt kein Kreuz mehr hing, züngelten Schatten von Flammen.

Joey sprang vom Trümmerhaufen auf eine freie Stelle vor dem Altargitter hinab.

P. J. warf Celeste auf die brennenden Altartücher, so als wäre sie keine Person – kein einzigartiger und geliebter Mensch –, sondern nur ein Armvoll Müll.

»Nein!« schrie Joey, sprang über das Gitter und hastete durch den Chorumgang auf den Altar zu.

Celestes Regenmantel fing Feuer. Er konnte sehen, wie gierig die Flammen sich auf diese neue Nahrung stürzten.

Ihre Haare! *Ihre Haare!*

Durch die Hitze kam sie zu Bewußtsein und schrie entsetzt auf.

Als Joey den Chor umrundete, sah er wie P. J. über sie gebeugt auf den brennenden Laken stand, ohne sich um die Flammen dicht neben seinen Füßen zu kümmern. Er schwang einen Hammer.

Joeys Herz klopfte so laut, als pochte der Tod ungeduldig an eine Tür.

Der Hammer sauste herab.

Ihr herzzerreißender Schreckensschrei, der jäh abriß, als der Stahlhammer ihren Schädel zertrümmerte.

Ein leiser Jammerlaut entrang sich Joeys Kehle.

P. J. wirbelte herum. »Ah, mein kleiner Bruder!« Er grinste. Durch den Widerschein des Feuers schienen seine Augen zu tanzen. Brandblasen von dem Weihwasser bedeckten sein Gesicht. Triumphierend hielt er den blutigen Hammer hoch. »Komm, jetzt nageln wir sie an.«

»Neeeeein!«

Etwas flatterte vor Joeys Augen. Nein, nicht *vor* seinen Augen. Es war nichts Reales, nichts, was sich in der Kirche bewegt hätte. Das Flattern fand *hinter* seinen Augen statt. Wie der Schatten von Flügeln auf schillerndem Wasser.

Alles veränderte sich.

Das Feuer war verschwunden.

P. J. ebenso.

Das Kruzifix hing wieder an der Wand. Die Kerzen brannten gleichmäßig.

Celeste packte ihn bei der Schulter, drehte ihn zu sich herum, packte ihn bei den Aufschlägen seiner Jacke.

Er schnappte fassungslos nach Luft.

»Dir läuft die Zeit davon, Joey. Dir bleibt nicht mehr viel Zeit, um glauben zu lernen.«

Er hörte sich sagen: »Ich glaube …«

»Nicht an das, was wirklich zählt.«

Sie ließ ihn los, sprang über die Balustrade und landete sicher auf beiden Beinen.

Die Westwand der Kirche war noch unzerstört. Der Mustang war noch nicht in die Kirche gerast.

Ein zeitlicher Rücksprung.

Joey war wieder in die Vergangenheit zurückversetzt worden. Doch diesmal nicht um zwanzig Jahre. Nur um eine Minute. Höchstens um zwei.

Eine Chance, Celeste zu retten.

Er kommt.

»Celeste!«

Zum Altargitter rennend, schrie sie: »Komm mit, berühr den Boden an der Stelle, wo die Pfütze ist, überzeug dich selbst davon, ob er heiß genug für Dampf ist, beeil dich!«

Joey legte eine Hand auf die Balustrade, wollte ihr folgen.

Nein! Mach es diesmal richtig. Letzte Chance. Du mußt das Richtige tun.

Celeste rannte durch die Gitterpforte.

Das unablässige Trommeln des Regens wurde von einem

anderen Geräusch übertönt, von einem immer lauteren Dröhnen. Der Mustang.

Er kommt.

Joey begriff erschrocken, daß er kostbare Sekunden vergeudete, daß diese Wiederholung schneller ablief als das ursprüngliche Ereignis. Hastig hob er die Schrotflinte vom Boden auf.

Celeste hastete den Mittelgang entlang.

Er schrie verzweifelt: »Bring dich in Sicherheit! Das Auto!« Mit der Schrotflinte in der Hand sprang er über die Balustrade.

Sie hatte das Kirchenschiff schon halb durchquert, wie beim erstenmal. Wieder drehte sie sich nach ihm um. Ihr Gesicht war schweißbedeckt, und das wirkte wie eine im Kerzenlicht schimmernde Glasur. Das Gesicht einer Heiligen. Einer Märtyrerin.

Das Dröhnen des Mustang schwoll weiter an.

Bestürzt drehte sie sich den Fenstern zu. Hob die Hände.

In den zarten Handflächen waren gräßliche Wunden. Schwarze Löcher, blutüberströmt.

»Renn weg!« schrie er, aber sie blieb wie angewurzelt stehen.

Diesmal hatte er nicht einmal das Altargitter erreicht, als der Mustang durch die Westwand in die Kirche raste. Eine Flutwelle aus Glas, Holz, Gips und zertrümmerten Bänken türmte sich vor der Motorhaube auf, ergoß sich über die Kotflügel, bis das Auto in den Trümmern kaum noch zu sehen war.

Ein Brett wirbelte durch die Luft wie eine altertümliche Kriegswaffe, traf Celeste mit voller Wucht und riß sie auf dem Mittelgang zu Boden. Das hatte Joey von seinem damaligen Standort aus nicht sehen können, als er diese Szene zum erstenmal erlebte.

Mit einem Doppelknall explodierender Reifen kam der Wagen inmitten von Trümmerhaufen zum Stehen, und während die letzten Bänke krachend umstürzten, nahm Joey ein Geräusch wahr, das sich von allen anderen unterschied: das helle Klirren des Bronzekruzifixes, das von der Wand fiel und auf dem Boden aufschlug.

Anstatt wie zuvor unter dem Schutt im Kirchenschiff zu liegen, war Joey diesmal noch im Altar und wurde nur von einer Staubwolke umhüllt, die der Wind aufwirbelte. Und diesmal war er bewaffnet.

Er trat die Altarpforte mit dem Fuß auf.

Von der Kante des Kirchendaches, das eingebrochen war, als die Stützpfosten weggerissen wurden, regneten immer noch Trümmer herab. Der Lärm war schlimmer als zuvor, weil Joey beim erstenmal – unter den Trümmern begraben – halb betäubt gewesen war.

Soweit er feststellen konnte, sah die Verwüstung genauso wie beim erstenmal aus. Der Mustang war auch jetzt schwer zu erreichen; er konnte ihn kaum sehen.

Diesmal mußte er alles richtig machen. Nur keine Fehler. Er mußte P. J. unschädlich machen.

Er kletterte auf die grotesk ineinandergeschobenen Bänke. Sie ächzten und stöhnten, schwankten und zitterten, drohten unter ihm wegzurutschen. Trotz der vielen vorstehenden Nägel und zackigen Glasscherben stieg er rasch über zersplitterte Fensterrahmen, geborstene Balken und verbogene Metallstreben hinweg und erreichte den Mustang diesmal viel schneller.

Noch während er auf die Motorhaube sprang, feuerte er in das pechschwarze Wageninnere. Er hatte keinen festen Stand, und der Rückstoß hätte ihn fast umgeworfen, doch er konnte sich auf den Beinen halten und gab zwei weitere Salven ab, erfüllt von der wilden Freude, ein Urteil vollstrecken zu können.

Die Schrotflinte machte einen Höllenlärm, und als das Echo noch nicht ganz verklungen war, hörte er hinter sich ein Geräusch, das sich nicht so chaotisch anhörte wie das Prasseln und Knacken der Trümmer. Es war unmöglich, daß P. J. aus dem Wagen gesprungen war, bevor Joey diesen erreicht hatte, es war völlig ausgeschlossen, daß er sich jetzt von hinten anschleichen konnte. Doch aus dem Augenwinkel sah er, daß das Unmögliche möglich war, daß P. J. unglaublich behende den Trümmerhaufen hinabkletterte, ein dickes Brett in der Hand.

In der nächsten Sekunde landete dieses Brett auf Joeys rechter Schläfe. Er stürzte auf die Motorhaube, ließ die Schrotflinte fallen und rollte zur Seite, um seinem Angreifer auszuweichen. Instinktiv zog er die Knie hoch und duckte den Kopf – die Haltung eines Fötus im Mutterleib. Der zweite Hieb traf die Rippen auf seiner linken Körperseite, so hart, daß er keine Luft mehr bekam. Wieder rollte er weg, aber das nutzte ihm nicht viel. Der dritte Schlag landete auf seinem Rücken, und ein rasender Schmerz durchzuckte seine ganze Wirbelsäule. Er rollte durch die zerschossene Windschutzscheibe über das Armaturenbrett auf die Vordersitze, und dann wurde ihm schwarz vor Augen.

Als er wieder zu sich kam, war er überzeugt, nur wenige Sekunden, allerhöchstens eine Minute ohnmächtig gewesen zu sein. Er hatte immer noch Mühe zu atmen. Ein scharfer Schmerz in den Rippen. Der Geschmack von Blut auf der Zunge.

Celeste.

Mühsam zog er sich am Lenkrad hoch. Zerbrochenes Sicherheitsglas und Schrotkörner knirschten unter seinen Füßen. Er stieß die Tür auf, soweit das bei dem Schutt ringsum möglich war, aber der Spalt war immerhin breit genug, um in den Oktoberwind und ins flackernde Licht zu gelangen.

Aus einer zerstörten Deckenleuchte in der Nähe der Vorhalle sprühten Funken.

In der anderen Richtung war die Rückwand der Sakristei von orangefarbenen Feuerschein erhellt, mit zuckenden Schatten, die von Flammen geworfen wurden, doch den Brandherd konnte Joey wegen der Trümmerhaufen nicht sehen.

Nach dem Schlag auf die rechte Schläfe hatte er auf diesem Auge ohnehin nur eine sehr verschwommene Sicht. Vage Umrisse huschten zwischen flimmernden Phantomlichtern umher.

Benzingeruch stieg ihm in die Nase. Er war immer noch viel zu benommen, um sich auf den Beinen halten zu können.

Kniend spähte er durch die Kirche.

Mit dem linken Auge konnte er erkennen, daß P. J. die Altarstufen emporstieg, die bewußtlose Celeste in den Armen.

Die Kerzen waren umgestürzt. Die Altartücher brannten.

Joey hörte jemanden fluchen und begriff erst Sekunden später, daß er seiner eigenen Stimme lauschte, daß er sich selbst verfluchte.

P. J. ließ Celeste achtlos auf den brennenden Altarsockel fallen und griff nach dem Hammer.

Jetzt hörte Joey sich schluchzen und verspürte einen unerträglichen Schmerz im Herzen, unter den gebrochenen Rippen.

Der Hammer. Hoch erhoben.

Durch das Feuer aus ihrer Bewußtlosigkeit gerissen, schrie Celeste.

Vom Altarsockel aus ließ P. J. seinen Blick durch die Kirche schweifen und sekundenlang auf Joey verweilen. Seine Augen glichen zwei flackernden Laternen.

Der Hammer sauste auf Celestes Schädel hinab.

Ein Flattern hinter Joeys Augen, wie der Schatten von Flügeln auf schillerndem Wasser. Wie ein flüchtig beobachteter Engelsflug.

Alles veränderte sich. Seine Rippen waren nicht mehr gebrochen. Seine Sicht war klar. Sein Bruder hatte ihn noch nicht zusammengeschlagen. Rücksprung. Wiederholung.

O Gott!

Noch eine Wiederholung.

Noch eine Chance.

Bestimmt würde es die letzte sein.

Und er war nicht so weit zurückversetzt worden wie beim erstenmal. Das Fenster seiner Möglichkeiten war schmaler denn je; ihm blieb weniger Zeit zum überlegen; seine Chancen, Celestes und sein eigenes Schicksal noch zu verändern, waren gering, denn jetzt durfte er sich nicht einmal mehr den winzigsten Fehler erlauben. Der Mustang *war* schon in die Kirche gerast, die Altartücher brannten, und Joey kletterte schon über den Trümmerhaufen hinweg, sprang auf die Motorhaube und wollte gerade den Abzug der Remington durchdrücken.

Gerade noch rechtzeitig konnte er seinen Fehler vom letztenmal vermeiden. Er wirbelte herum und feuerte auf die ineinander verkeilten Bänke, von wo aus P. J. ihn mit dem Brett angegriffen hatte. Das Schrot traf nur Luft. P. J. war nicht da.

Verwirrt zerschoß Joey nun doch wie zuvor die Windschutzscheibe, aber aus dem Auto war kein Schrei zu hören, und er drehte sich wieder um, aus Angst, rücklings angegriffen zu werden. P. J. kam immer noch nicht mit dem Balken auf ihn zu.

Verdammt, du versaust die Sache schon wieder! Du machst wieder das Falsche! Denk nach! Denk scharf nach!

Celeste! Sie war das einzig Wichtige.

Vergiß deine Absicht, P. J. zur Strecke zu bringen. Du mußt Celeste erreichen, bevor er es tut.

Durch die Schrotflinte behindert, erklomm er wieder den Berg aus Bänken, Balken und sonstigem Zeug und stieg auf der anderen Seite hinab, in Richtung Mittelgang, wo Celeste von dem umherwirbelnden Brett zu Boden gerissen worden war und das Bewußtsein verloren hatte.

Sie war nicht da.

»Celeste!«

Eine geduckte Gestalt huschte durch den Chor, im Widerschein des Altarfeuers. Es war P. J. Er trug Celeste.

Der Mittelgang war blockiert. Joey hetzte zwischen zwei Bankreihen zum Seitengang auf der Ostseite und rannte an den regennassen, aber nicht zerstörten Fenstern vorbei, auf das Altargitter zu.

Doch anstatt Celeste wie zuvor zum Altar zu tragen, verschwand P. J. mit ihr in der Sakristei.

Joey folgte ihm, blieb auf der Schwelle aber zögernd stehen, weil er befürchtete, daß ihn hinter der Tür ein wuchtiger Schlag oder ein Schuß erwarten könnte. Doch dann tat er, was getan werden mußte. Das Richtige. Er wollte die Tür aufstoßen.

Sie war verschlossen.

Er trat zurück und zerschoß das Schloß.

Die Sakristei war leer – bis auf Beverly Korshaks Leichnam in einer Ecke.

Joey ging zur Außentür. Sie war immer noch verriegelt.

Die Kellertür.

Er riß sie auf.

Unten duckte sich im mondgelben Licht ein Schatten und verschwand um die Ecke.

Die Stufen waren aus rohem Holz, und obwohl er sich bemühte, leise aufzutreten, knackten und knarrten sie unter seinen Stiefeln.

Hitze stieg in sengenden Flutwellen, in glühenden Strudeln empor, und als er den Keller erreichte, hatte er das Gefühl, in einem Hochofen gelandet zu sein. Die Luft stank nach überhitzten Deckenbalken, die bald verkohlen würden, nach heißen Steinmauern und heißem Kalk. Und nach dem Schwefel aus den Grubenfeuern tief unter der Erde.

Als er von der untersten Stufe auf den Boden trat, hätte es Joey gar nicht gewundert, wenn seine Gummisohlen geschmolzen wären. Er war schweißüberströmt, und nasse Haarsträhnen hingen ihm ins Gesicht.

Die Kellergewölbe waren unterteilt, und man konnte nicht von einem Raum in den anderen sehen. Die erste Kammer wurde nur von einer verstaubten Glühbirne zwischen zwei Deckenbalken erhellt.

Eine fette schwarze Spinne, die wohl von der Hitze und den Schwefeldämpfen verrückt gemacht wurde, kreiste unablässig in ihrem riesigen Netz, dessen Fäden wie Kristalle schimmerten. Sie warf einen verzerrten Schatten auf den Boden, und die hektischen spiralförmigen Bewegungen machten Joey schwindelig, während er den Raum durchquerte.

St. Thomas war eine schlichte Kirche im Kohlerevier gewesen, aber diese Steingewölbe wirkten gewaltig und schienen viel älter zu sein als der Staat Pennsylvania. Joey hatte das beklemmende Gefühl, nicht im Keller einer Dorfkirche zu sein, sondern in den gespenstischen Katakomben Roms – ein Meer, einen Kontinent und zwei Jahrtausende von Coal Valley entfernt.

Er blieb kurz stehen, um die Remington mit Patronen aus seiner Jackentasche zu laden.

Als er den zweiten Raum betrat, huschte der geduckte

Schatten wieder auf dem Boden davon wie ein schwarzer Quecksilberstrom und verschwand in der nächsten Kammer.

Weil es P. J.s Schatten war, und weil dieser Schatten mit Celestes Schatten verschmolz, überwand Joey seine Furcht und folgte ihm in ein drittes Gewölbe, in ein viertes. Obwohl die einzelnen niedrigen Räume nicht groß waren, kam der unterirdische Teil der Kirche Joey allmählich riesig vor, viel ausgedehnter als das schlichte Gotteshaus. Doch sogar wenn die Kellerarchitektur sich tatsächlich als übernatürlich verzweigt und kompliziert erweisen sollte, müßte er irgendwann einen letzten Raum erreichen, und dort würde er seinem Bruder endlich gegenüberstehen, Auge in Auge. Dann würde er endlich das Richtige tun können.

Der Keller hatte keine Fenster.

Keine Tür nach draußen.

Eine Konfrontation war unvermeidlich.

Vorsichtig schlich Joey um eine letzte Ecke, in einen kahlen Raum, der von links nach rechts etwa zwölf Meter und vom Eingang bis zur hinteren Mauer etwa fünf Meter maß. Er mußte direkt unter der Vorhalle liegen. Hier war der Boden nicht aus Beton, sondern aus Stein, ebenso wie die Wände, die entweder von Natur aus schwarz oder aber kolossal verrußt waren.

Celeste lag mitten im Raum, im eigelbfarbenen Licht der Glühbirne an der Decke, die mit Staubflocken und zerrissenen Spinnennetzen überzogen war, so daß das bleiche Gesicht mit einem Spitzenschleier bedeckt zu sein schien. Ihr Regenmantel war wie ein Cape ausgebreitet, und das seidige schwarze Haar hob sich kaum vom schwarzen Boden ab. Sie war immer noch bewußtlos, schien ansonsten aber – jedenfalls dem äußeren Anschein nach – unverletzt zu sein.

P. J. war nicht da.

Die zwischen zwei massiven Balken angebrachte Glühbirne konnte das Gewölbe nicht vollständig erhellen, doch nirgends war es so dunkel, daß man eine Tür hätte übersehen können. Und die Steinmauern boten keine Schlupflöcher.

Die Hitze war so gewaltig, daß Joey das Gefühl hatte, nicht nur seine Kleider, sondern auch sein Körper könnte sich spontan entzünden, und er fragte sich besorgt, ob sein fiebriges Hirn vielleicht Halluzinationen produzierte. Niemand, nicht einmal Judas' Gefährte, könnte durch diese Steinmauern das Weite gesucht haben.

Oder waren diese Wände doch nicht so massiv, wie sie aussahen? Gab es irgendwo eine Geheimtür, die in weitere Kellerräume führte? Doch obwohl die Gluthitze in diesem Steinofen Joey benommen machte, konnte er sich beim besten Willen nicht vorstellen, daß es unter St. Thomas Geheimgänge und düstere Verliese gab. Wer hätte sie bauen sollen – Legionen wahnsinniger Mönche irgendeiner finsteren Sekte?

Blödsinn!

Doch P. J. schien sich in Luft aufgelöst zu haben.

Joeys Herz klopfte wie ein Schmiedehammer, und das Dröhnen des Ambosses hallte in seinen Ohren wider, während er auf Celeste zuging. Sie schien friedlich zu schlafen.

In geduckter Haltung wirbelte er plötzlich herum, den Finger am Abzug, überzeugt davon, daß P. J. sich materialisiert hatte und hinter ihm stand.

Nichts.

Er mußte Celeste wecken, wenn das möglich war, und sie schnell von hier wegführen – oder wegtragen, so wie sie hierher getragen worden war. Doch wenn er sie tragen mußte, konnte er die Schrotflinte nicht mitnehmen, und es widerstrebte ihm zutiefst, seine Waffe liegenzulassen.

Während er das filigranartige Schattengewebe auf Celestes Gesicht betrachtete, das wie ein dünner Schleier zitterte, fiel ihm plötzlich die aufgeregte Spinne ein, die im ersten Kellerraum ziellos in ihrem Netz umhergerannt war.

Ihm kam plötzlich ein grausiger Gedanke, und vor Schreck zog er mit zusammengebissenen Zähnen die heiße Luft ein, wobei ein dünner Pfeifton entstand.

Er trat einige Schritte zurück und spähte in den unbeleuchteten Raum zwischen dem nächsten Balkenpaar empor.

P. J. *war* dort oben, ein Schatten unter Schatten. Und er wartete nicht etwa regungslos darauf, sich auf sein Opfer fallen lassen zu können, sondern huschte mit der unheimlichen

Anmut einer Spinne von der rechten Seite her auf Joey zu, diabolisch behende und völlig lautlos, mit dem Kopf nach unten, auf unerklärliche Weise an der Decke haftend, entgegen dem Gesetz der Schwerkraft, entgegen aller Vernunft und Logik. Seine Augen glühten wie Kohlen, er fletschte die Zähne – und nun konnte es keinen Zweifel mehr daran geben, daß er etwas anderes als ein Mensch war.

Joey hob die Remington, die plötzlich eine Tonne zu wiegen schien. Doch noch während er zielte, war er sich seiner Niederlage verzweifelt bewußt: Es war schon zu spät, er hatte viel zu langsam reagiert, wie in einem lähmenden Alptraum.

Wie eine Fledermaus schwang P. J. sich aus seinem Versteck zwischen den Balken hervor, ließ sich auf Joey fallen und riß ihn zu Boden. Die Schrotflinte flog ihm aus der Hand und schlitterte über den Boden, außer Reichweite.

Als Jungen hatten sie manchmal gerauft, aber nie ernsthaft miteinander gekämpft. Dazu war ihre Beziehung viel zu innig gewesen – die beiden Shannon-Brüder gegen den Rest der Welt. Doch nun entlud sich Joeys seit zwanzig Jahren aufgestaute Wut mit atomarer Hitze, die ihn von allen Resten an Zuneigung und Mitleid reinigte und nur eine Mischung aus Bedauern und Groll zurückließ. Er war fest entschlossen, kein Opfer mehr zu sein. In ihm brannte eine *Leidenschaft* für die Gerechtigkeit. Er boxte und trat mit den Füßen, er biß und kratzte, und bei diesem Kampf um sein eigenes und um Celestes Leben entwickelte er einen geradezu biblischen Zorn, eine gerechte und furchterregende Wut, die den wilden Rächer in ihm freisetzte.

Doch obwohl er von Zorn und Verzweiflung angetrieben wurde, war Joey seinem Bruder nicht gewachsen – oder, besser gesagt, dem Wesen, in das sein Bruder sich verwandelt hatte. P. J.s steinharte Fäuste schlugen unerbittlich zu, und es nutzte nicht viel, abwehrend einen Arm zu heben oder den Kopf einzuziehen. P. J.s Wut war unmenschlich, seine Kräfte übermenschlich. Als Joeys Widerstand erlahmte, packte P. J. ihn, hob ihn etwas hoch und schmetterte seinen Kopf mehrmals gegen den Steinboden.

Endlich ließ er ihn los und blickte mit grenzenloser Verachtung auf ihn herab. »Verdammter Ministrant!« Die wütende, höhnische Stimme war P. J.s Stimme, aber sie hatte sich verändert, war tiefer und kraftvoller als früher. Sie dröhnte, als tobte ein Gefangener in einem engen Steinverlies, sie bebte vor eisigem Haß, und jedes Wort hallte so hohl wider wie ein Stein, der auf dem Boden der Ewigkeit aufschlägt.

»Gottverfluchter Ministrant!« Dabei versetzte er ihm den ersten Fußtritt, mit solcher Wucht, als trüge er Stahlstiefel. Joey spürte, daß mehrere Rippen gebrochen waren, doch schon folgten die nächsten Tritte. »Du dummes Arschloch, das Pfaffen verehrt und Rosenkränze küßt!« Joey rollte sich zusammen und wünschte sich sehnlichst, er wäre ein Pillendreher, den im Notfall sein Panzer vor der Welt schützt. Doch jeder Tritt traf irgendeine empfindliche Stelle – Rippen, Nieren, den unteren Teil des Rückgrats – und schien nicht von einem Menschen herzurühren, sondern von einem Roboter, einer geistlosen Foltermaschine.

Dann hörten die Tritte auf.

P. J. packte Joey mit einer Hand am Hals, mit der anderen am Gürtel und riß ihn so mühelos vom Boden hoch, als hätte man einem Weltmeister im Schwergewicht aus Versehen eine Hantel für Leichtgewichte gegeben. Er stemmte ihn über seinen Kopf und schleuderte ihn durch den Raum.

An der Mauer neben dem Eingang schlug Joey wie eine zerbrochene Marionette auf dem Boden auf. Er hatte den Mund voller ausgeschlagener Zähne und erstickte fast an seinem eigenen Blut. Seine Lunge war schmerzhaft zusammengepreßt, vielleicht sogar durch eine gesplitterte Rippe verletzt. Er atmete pfeifend ein und rasselnd aus. Sein Herz schlug unregelmäßig, wie ein stotternder Motor. Mühsam auf dem Drahtseil seines Bewußtseins über einem bodenlosen dunklen Abgrund balancierend, blinzelte Joey mit tränenüberströmten Augen und sah, daß P. J. sich Celeste zugewandt hatte.

Er sah auch die Schrotflinte. In Reichweite.

Doch er hatte seine Gliedmaßen nicht unter Kontrolle. Seine Muskeln verkrampften sich, als er die Remington zu greifen versuchte. Sein Arm zuckte nur, und seine rechte Hand sank kraftlos auf den Boden.

Ein bedrohliches Rumpeln stieg aus der Erde empor. Die heißen Steine vibrierten.

P. J. beugte sich über Celeste. Er hatte Joey den Rücken zugewandt, hielt ihn wahrscheinlich für tot.

Die Remington.

So nahe. Verführerisch nahe.

Joey konzentrierte seine ganze Aufmerksamkeit auf die Schrotflinte, bot alle Willenskraft auf, um ihrer habhaft zu werden, und zwang sich, die unmenschlichen Schmerzen zu ignorieren, den lähmenden Schock der brutalen Prügel zu überwinden, denn er setzte seinen ganzen Glauben in diese Waffe.

Komm schon, komm schon, du verfluchter kleiner Ministrant, komm schon, tu's, tu's, tu wenigstens ein einziges Mal in deinem ganzen erbärmlichen Leben das Richtige!

Er ballte die Hand zur Faust, öffnete sie, streckte sie nach der Waffe aus. Seine zitternden Finger berührten das Walnußholz der Remington.

Über Celeste gebeugt, holte P. J. ein Messer aus der Tasche seiner Skijacke. Auf Knopfdruck schnappte die zwanzig Zentimeter lange Klinge heraus, und das gelbe Licht der Glühbirne fiel genau auf die scharfe Spitze.

Glattes Walnußholz. Heißes glattes Metall. Joey bog die Finger. Sie zuckten nur schwach. Er zwang sie, fest zuzupacken. Noch fester. Und jetzt hochheben! Leise, leise.

P. J. redete – nicht mit Joey, nicht mit Celeste, sondern mit sich selbst oder mit jemandem, den er an seiner Seite glaubte. Seine Stimme war tief und guttural, erschreckend verändert, und jetzt schien er in einer Fremdsprache zu reden. Oder es war irgendein sinnloses Kauderwelsch. Rauh und rhythmisch, voll harter Betonungen und tiefer animalischer Laute.

Das Rumpeln wurde lauter.

Gut. Dieses Grollen war ein Segen – bedrohlich, aber dennoch sehr willkommen. Das unterirdische Donnern und

P. J.s unheimliches Gemurmel übertönten alle Geräusche, die Joey machte.

Er hatte nur eine einzige Chance, und er mußte seinen Plan – seinen kläglichen Plan – schnell und entschlossen in die Tat umsetzen, bevor P. J. bemerkte, was vor sich ging.

Joey zögerte, wollte nicht überstürzt handeln, bevor er sicher sein konnte, alle verfügbaren Kraftreserven mobilisiert zu haben. Warten. Warten. Ganz sicher sein. Ewig warten? Die Konsequenzen der Untätigkeit konnten schlimmer sein als die Konsequenzen des Handelns. Jetzt oder nie. Handeln oder sterben. Handeln *und* sterben, wenn es sein mußte, aber immerhin *handeln*!

Er biß die nicht ausgeschlagenen Zähne zusammen, um den absehbaren Schmerz besser ertragen zu können, packte die Schrotflinte, setzte sich auf und lehnte sich mit dem Rücken an die Wand.

Trotz des Rumpelns in der Erde und trotz seines Gemurmels hatte P. J. ein Geräusch gehört. Er reagierte sofort, drehte sich blitzschnell um. Joey hielt die Remington mit beiden Händen umklammert, den Lauf gegen die Schulter gestemmt.

Das unheilvolle Licht, das auf der Messerklinge schimmerte, sprang nun auch in P. J.s Augen.

Joey drückte ab.

Der Knall war ohrenbetäubend. Er hätte sich nicht gewundert, wenn Steine geborsten wären. Das Echo hallte durch den Raum, von einem Ende zum anderen, von der Decke zum Boden, und die Lautstärke schien anzuschwellen anstatt abzunehmen.

Der Rückschlag jagte siedenden Schmerz durch Joeys ganzen Körper, die Waffe entglitt seinen Fingern und landete neben ihm auf dem Boden.

Das Schrot traf P. J. in Brust und Bauch, riß ihn von den Füßen. Er drehte sich taumelnd um sich selbst, brach in die Knie, umklammerte seinen Oberkörper mit den Armen und krümmte sich, so als wollte er seine Eingeweide daran hindern, aus dem Körper zu quellen.

Hätte Joey seine Arme heben können, so hätte er die Schrotflinte wieder zur Hand genommen und weitere Schüsse abgegeben. Er hätte am liebsten das ganze Magazin geleert. Aber seine Muskeln zuckten nicht einmal mehr. Seine Hände hingen schlaff herab. Er glaubte, vom Hals abwärts gelähmt zu sein.

Das Rumpeln unter der Kirche wurde noch lauter.

Aus den Rissen im Steinboden stieg schwefelhaltiger Dampf empor.

P. J. hob langsam den Kopf. Sein Gesicht war gräßlich verzerrt, die Augen weit aufgerissen, der Mund zu einem lautlosen Schrei geöffnet. Er würgte krampfhaft. Gurgelnde Laute kamen aus seiner Kehle hervor. Und plötzlich begann er zu spucken – aber nicht etwa Blut, sondern Silber. Es war ein grotesker Anblick – ein Strom funkelnder Münzen drang aus seinem Mund, so als wäre er ein Geldautomat.

Angewidert, verblüfft und zu Tode erschrocken, wandte Joey seinen Blick von dem Häuflein Silber ab. P. J. spuckte eine letzte Münze aus und grinste. Das Totenkopfgrinsen des Sensenmannes hätte nicht bösartiger sein können. Dann streckte er Joey seine Hände entgegen wie ein Zauberkünstler, der *Presto!* sagt. Obwohl seine Kleider von den Schrotkugeln zerfetzt waren, schien er unverletzt zu sein.

Joey wußte, daß er von den rasenden Schmerzen Halluzinationen hatte, daß er im Sterben lag, schon halb im Jenseits war. Verglichen mit dem *Delirium tremens* des Todes war das eines Säufers, der irgendwelche Tiere aus den Wänden kriechen sieht, geradezu amüsant.

Er schrie Celeste zu, sie solle aufwachen und wegrennen, aber seine Warnungen waren nur ein Geflüster, das sogar er selbst kaum hören konnte.

In dem bebenden, dampfenden Boden entstand plötzlich über die ganze Breite der Kammer ein Riß. Grelles orangefarbenes Licht züngelte an den ausgezackten Rändern. Mörtel zerbröckelte und verschwand im brennenden Grubenschacht. Steine folgten. Die Deckenbalken knirschten, die Kellerwände schwankten. Der Riß wurde rasch breiter: ein Zentimeter, fünf, fünfundzwanzig, fünfzig. Grelles Licht erfüllte den Raum und gab eine ungefähre Vorstellung von den weißglühenden Wänden der Mine.

Der Riß trennte Joey von P. J. und Celeste.

Über das Stöhnen und Wimmern der alten Kirche hinweg, über das Tosen des unterirdischen Feuers und das Donnern einstürzender Schächte hinweg schrie P. J.: »Sag dem kleinen Luder Lebewohl, du verdammter Ministrant!« Und dann stieß er Celeste in das Inferno unter Coal Valley hinab, in vulkanische Hitze und geschmolzenes Anthrazit – in den Tod.

O nein! Nein! Bitte, Gott, nein, nein, bitte, nicht sie, nicht sie! Mich aber nicht sie! Ich bin wehleidig, arrogant, schwach, blind für die Wahrheit, viel zu töricht, um zu begreifen, was eine zweite Chance bedeutet, und ich verdiene alles, was mit mir geschehen mag, aber nicht sie, nicht sie in all ihrer Schönheit und Güte, nicht sie!

Ein Flattern hinter Joeys Augen. Ein Flattern wie von den Schatten vieler Flügel, die eine mysteriöse Lichtsphäre durchfliegen.

Alles war verändert.

Er war unverletzt. Hatte keine Schmerzen.

Stand oben in der Kirche.

Zeitsprung.

Der Mustang war schon durch die Wand gerast. P. J. hatte Celeste schon erreicht.

Die Zeit war noch einmal zurückgespult worden, aber nicht weit genug, um ihm Gelegenheit zu geben, seine mißliche Lage gründlich zu überdenken. In wenigen Minuten würde sich im Keller die Erde auftun. Er durfte keine Sekunde verlieren.

Joey wußte zweifelsfrei, daß dies nun wirklich seine allerletzte Chance war daß er nicht noch einmal zu dem Moment irgendeines fatalen Fehlers zurückversetzt werden würde. Die nächste Verdammnis, die er durch sein Verhalten verschuldete, würde endgültig sein. Deshalb durfte es diesmal nicht den kleinsten Fehler geben, nicht den kleinsten Irrtum. Keine Zweifel mehr. Nur noch der Glaube konnte ihn retten.

Eine geduckte Gestalt huschte durch den Chor, im Widerschein des Feuers. Es war P. J. Er trug Celeste.

Joey hetzte zwischen zwei Bankreihen zum Seitengang auf der Ostseite und rannte an den regennassen, aber nicht zerstörten Fenstern vorbei. Er warf die Schrotflinte weg. Er glaubte nicht mehr an sie.

P. J. verschwand mit Celeste in der Sakristei, schlug hinter sich die Tür zu.

Joey sprang über das Altargitter, rannte die Stufen empor, umrundete den Altarsockel mit den brennenden Laken und suchte nach dem Kruzifix, das von der Wand gefallen war, als der Mustang in die Kirche raste. Es lag auf dem Boden vor der Wand.

Joey hob das Bronzekreuz auf und rannte zur Sakristei. Die Tür war verschlossen.

Beim letztenmal hatte er das Schloß mit Schrotkugeln gesprengt. Er überlegte, ob er ins Kirchenschiff zurückkehren und die weggeworfene Waffe holen sollte.

Doch statt dessen warf er sich mit aller Kraft gegen die Tür, trat dagegen, immer und immer wieder. Der Riegel knackte auf der anderen Seite, er trat wieder gegen die Tür und wurde durch ein Scheppern von Metall und zersplitterndes Holz belohnt. Noch ein Tritt, und die Tür flog auf. Joey stürzte in die Sakristei.

Die Kellertür.

Die Holztreppe.

Weil er die Tür eingetreten statt aufgeschossen hatte, war er jetzt zeitlich im Rückstand. Der geduckte Schatten seines Bruders war diesmal schon aus dem mondgelben Licht verschwunden. P. J. war im Kellerlabyrinth untergetaucht. Mit Celeste.

Joey nahm auf der Treppe zunächst zwei Stufen auf einmal, begriff dann aber, daß Vorsicht trotzdem angebracht war. Indem er die Schrotflinte gegen das Kruzifix eingetauscht hatte, hatte er von diesem Punkt an die Zukunft verändert. Zuletzt hatte er P. J. im hintersten Raum angetroffen, aber diesmal könnte sein Bruder ihm auch anderswo auflauern. Er hielt sich nun am Geländer fest und war auf der Hut.

Die Hitze. Ein Glutofen.

Der Geruch von heißem Kalk. Heiße Steinwände.

Im ersten Kellerraum warf die aufgeregte Spinne in ihrem riesigen Netz groteske Schatten auf den Boden.

Joey hob den Kopf und spähte zwischen die Deckenbalken, um sicher zu sein, daß dort wirklich nur Spinnen hausten.

Als er den zweiten Raum erreichte, schien ein Zug durch einen Tunnel unter St. Thomas hinwegzudonnern.

Als er den dritten Raum betrat, schwoll das bedrohliche Rumpeln weiter an, und der Boden erzitterte.

Keine Zeit mehr für Vorsicht.

Auch keine Zeit mehr für Fehler.

Er umklammerte das Kruzifix in seiner rechten Hand, hielt es vor sich: Professor von Helsing in Graf Draculas Schloß.

Ein Blick an die Decke. Schatten. Nur Schatten.

Endlich erreichte er den hintersten Kellerraum.

Celeste lag bewußtlos unter der einzigen Glühbirne.

Irgendwo in der Tiefe stürzten brennende Schächte ein. Die Kirche schwankte, und Joey wurde förmlich in den Raum *geworfen*. Ein Riß zeigte sich im Steinboden. Orangefarbenes Licht züngelte daraus hervor. Der Spalt wurde rasch breiter. Mörtel und Steine verschwanden in der Tiefe. Der Riß trennte Joey von Celeste.

P. J. schien sich in Luft aufgelöst zu haben.

Joey trat dicht an den Rand des Abgrunds heran und spähte erwartungsvoll in den Zwischenraum zwischen den rohen Deckenbalken. P. J. war dort oben, und er lief wieder über die Decke, schnell und anmutig wie eine Spinne, dem Gesetz der Schwerkraft spottend. Im Licht des unterirdischen Feuers sah er noch unheimlicher als zuvor aus. Mit einem schrillen Schrei stürzte er auf seine Beute herab.

Joey hatte alle rationalen Erklärungsmodelle – Twilight Zone, Quantenphysik, Zeitschleifen oder Energiewelle – vergessen und er wandte auch keine Freudschen Analysen mehr an. Was hier auf ihn herabschoß, nach Schwefel stinkend und seinen Haß herausschreiend, war der uralte Feind, Beelzebub, Satan. Jahrhundertelang, jahrtausendelang hatten die Menschen zu Recht nichts so sehr gefürchtet wie ihn, der

173

Seelen vernichten und jede Hoffnung rauben konnte. Doch sogar Auge in Auge mit dem Herrn der Finsternis fiel es schwer, an ihn zu glauben. Joey verdrängte jedoch alle Zweifel, überwand seinen Skeptizismus, streifte die angebliche Aufgeklärtheit des postmodernen Zeitalters ab, packte das Kruzifix mit beiden Händen und hielt es in die Höhe.

Obwohl das obere Ende des Kreuzes nicht spitz, sondern stumpf war, spießte es P. J. auf. Doch er ergab sich noch nicht. In Joey verkrallt, drängte er ihn rückwärts. Stolpernd und taumelnd kämpften sie unmittelbar am Rande des feurigen Abgrunds.

P. J. umklammerte Joeys Kehle mit einer Hand. Seine Finger waren so stark wie ein Schraubstock, so hart und glänzend wie die Scheren eines Mistkäfers. Seine gelben Augen erinnerten Joey an den streunenden Hund, dem er an diesem Morgen auf der Veranda seines Elternhauses begegnet war.

Schwarzes Blut blubberte auf P. J.s Lippen, als er zischte: »*Ministrant!*«

Im Inferno der ehemaligen Mine wurden plötzlich giftige Gase in großer Menge freigesetzt. Sie explodierten mit ungeheurer Gewalt. Ein weißglühender Flammenball schoß aus dem Kellerboden empor. P. J.s Haare und Kleider fingen Feuer. Seine Haut verbrannte. Er ließ Joey los, verlor das Gleichgewicht und stürzte mit dem Kruzifix in der Brust in den stetig breiter werdenden Riß. Das Feuer hüllte seinen Körper wie ein Mantel ein und verschwand mit ihm in der Tiefe.

Obwohl die Flammen auch Joey umgeben hatten, war er völlig unverletzt. Nicht einmal seine Kleider waren angesengt.

Er brauchte weder Rod Serling noch Captain Kirk, den immer logischen Mr. Spock oder sonst jemanden um eine Erklärung für seine wunderbare Rettung zu bitten.

Das unterirdische Licht war so grell, daß er davon geblendet wurde, als er einen Blick in den Abgrund warf. Aber er war auch so ganz sicher, daß sein Bruder nicht nur auf den Boden eines alten Schachtes stürzen würde. Er hatte einen unendlich weiten Weg in die Tiefe vor sich.

Joey sprang über den Riß hinweg und kniete neben Celeste nieder.

Er hob ihre rechte Hand an, dann die linke. Keine Wunden mehr, nicht einmal helle Flecke.

Als er sie zu wecken versuchte, bewegte sie sich und murmelte etwas, kam aber noch nicht zu Bewußtsein.

Durch das unterirdische Feuer, das sich jahrzehntelang von der Kohle genährt hatte, waren unter Coal Valley unzählige Höhlen entstanden, die in dieser Nacht einstürzten, fast so, als hätten sie sich abgesprochen. Der Keller erzitterte, der Boden hob und senkte sich, und der Riß war nun schon anderthalb Meter breit. Die rechteckige Kirche wurde zu einem Rhomboid verzerrt, und die Holzwände begannen sich von den Steinfundamenten zu lösen, in denen sie so lange verankert gewesen waren.

Die Kellerdecke sackte bedrohlich durch, die Balken knackten, und es regnete Gipsbrocken. Joey hob Celeste vom Boden auf. In der glutheißen Luft nach Atem ringend und durch Schweiß in der Sicht behindert, betrachtete er den Riß, der mittlerweile schon fast zwei Meter breit war. Unmöglich, ihn mit dem Mädchen in den Armen zu überspringen.

Doch selbst wenn ihm das irgendwie gelänge – er würde es niemals schaffen, die Kellerräume zu durchqueren, die Treppe zu erklimmen und durch die Sakristei ins Freie zu gelangen, bevor das ganze Gebäude einstürzte.

Sein Herz hämmerte gegen die Rippen. Seine Knie zitterten nicht nur aufgrund Celestes Gewicht, sondern auch, weil ihm seine eigene Sterblichkeit demonstrativ vor Augen geführt wurde.

Aber sie durften nicht auf diese Weise sterben.

Nicht, nachdem sie in dieser Nacht so vieles überlebt hatten.

Er hatte das Richtige getan, und nur das zählte. Er hatte das Richtige getan, und nun würde er sich nicht fürchten, was auch immer geschehen mochte, nicht einmal hier im finstern Tal des Todes.

Ich fürchte kein Unglück.

Anstatt weiter abzusacken, hob sich die splitternde Decke

plötzlich wieder ein wenig. Die Wände des oberirdischen Gebäudes hatten sich unter lautem Krachen von dem Fundament losgerissen.

Kalter Wind blies in seinen Rücken.

Erstaunt drehte er sich um. Zwischen den Grundmauern und der zurückweichenden Wand war ein keilförmiges Loch entstanden, durch das der Sturmwind in den Keller drang.

Ein Fluchtweg.

Allerdings war die Kellerwand zweieinhalb Meter hoch. Er wußte nicht, wie er sie erklimmen sollte, und schon gar nicht mit Celeste auf den Armen.

Hinter ihm donnerten Steine in den Feuerschlund. Der Riß wurde noch breiter, und er spürte die Hitze an seinen Beinen. Der Regen, der durch das Loch in den Keller eindrang, verdampfte sofort.

Joey hatte immer noch rasendes Herzklopfen, aber nicht vor Angst, sondern vor ehrfürchtigem Staunen. Geduldig wartete er sein weiteres Schicksal ab.

Vor ihm bildeten sich tiefe Risse in der Kellerwand, entlang der Mörtellinien. Durch die Erderschütterung löste sich ein Stein aus der Mauer, fiel auf den Boden und prallte schmerzhaft gegen Joeys Schienbein. Ein zweiter Stein, ein dritter. Etwas höher ein vierter und fünfter. Die Mauer war nicht mehr glatt. Sie wies Löcher auf, in die er seine Finger krallen konnte.

Joey warf Celeste über seine linke Schulter, wie er es bei Feuerwehrleuten gesehen hatte. Aus der erstickenden Hitze kletterte er in die Regennacht hinaus, während die Kirche sich immer mehr zur Gegenseite neigte, wie ein riesiges Schiff im Sturm.

Er trug Celeste durch nasses Gras und durch Morast, vorbei an einem Lüftungsrohr, aus dem Flammen hervorschossen wie Blut aus einer aufgeschnittenen Arterie, auf den Gehweg, auf die Straße.

Auf dem Pflaster sitzend, hielt er sie in seinen Armen, während sie langsam zu sich kam. Er beobachtete, wie die Kirche St. Thomas auseinanderbrach, wie die Ruinen Feuer fingen, wie die brennenden Wände in einen Abgrund stürzten, in irgendwelche tiefen Grotten und weiter in unbekannte Reiche des Feuers.

18

Lange nach Mitternacht, nachdem ihre Aussagen von der Polizei zu Protokoll genommen worden waren, wurden sie mit einem Streifenwagen nach Asherville gebracht.

Die Polizei hatte einen Räumungsbefehl für den Ort Coal Valley erlassen. Die Familie Dolan, die vor P. J. gerettet worden war und nicht einmal wußte, in welcher Gefahr sie geschwebt hatte, wurde evakuiert.

Die Leichen von John, Beth und Hannah Bimmer würden in Devokowskis Bestattungsinstitut gebracht werden, wo vor kurzem Joeys Vater aufgebahrt gewesen war.

Celestes Eltern, die in Asherville bei den Korshaks auf eine Nachricht über Beverlys Verbleib gewartet hatten, waren nicht nur über das traurige Schicksal des Mädchens informiert worden, sondern hatten auch erfahren, daß sie nicht nach Coal Valley zurückkehren durften, daß man ihre Tochter zu ihnen bringen würde. Abgesehen von der Kirche war auch eine halbe Häuserreihe in einem anderen Ortsteil vom Erdboden verschluckt worden, und das ganze Städtchen war so gefährdet, daß niemand mehr dort wohnen durfte.

Joey und Celeste saßen auf dem Rücksitz des Streifenwagens und hielten sich bei den Händen. Nach einigen vergeblichen Versuchen, eine Unterhaltung in Gang zu bringen, hatte der junge Polizist sie ihrem einmütigen Schweigen überlassen.

Als sie von der Coal Valley Road auf die Bundesstraße abbogen, hatte es aufgehört zu regnen.

Celeste überredete den Polizisten, sie im Stadtzentrum von Asherville abzusetzen und Joey zu erlauben, sie zu den Korshaks zu begleiten.

Joey wußte nicht, warum sie nicht bis vor die Haustür gefahren werden wollte, aber er spürte, daß sie einen wichtigen Grund dafür hatte.

Er war nicht unglücklich darüber, seine eigene Heimkehr noch ein wenig aufschieben zu können. Inzwischen waren seine Eltern bestimmt von der Polizei geweckt worden, die P. J.s alten Kellerraum durchsuchen wollte. Man hatte ihnen bestimmt erzählt, was ihr älterer Sohn Beverly Korshak, den Bimmers und möglicherweise noch vielen anderen angetan hatte. Während Joey sich seine Welt in dieser Nacht neu aufgebaut hatte, indem er seine zweite Chance nutzte, war für seine Eltern eine Welt zusammengebrochen. Er fürchtete sich davor, den tiefen Schmerz in ihren Augen zu sehen.

Er fragte sich, ob er vielleicht, indem er sein eigenes Schicksal veränderte, auch seine Mutter vor dem Krebs bewahrt hatte, dem sie andernfalls in nur vier Jahren erliegen würde. Er wagte zu hoffen. So vieles hatte sich verändert. Doch tief im Herzen wußte er, daß sein Verhalten den Lauf der Dinge nicht entscheidend beeinflussen konnte. Es gab nun einmal kein Paradies auf Erden.

Während der Streifenwagen davonfuhr, griff Celeste wieder nach seiner Hand und sagte: »Ich muß dir etwas erzählen.«

»Erzähl's mir.«

»Besser gesagt, ich muß dir etwas zeigen.«

»Dann zeig's mir.«

Sie führte ihn die nasse Straße entlang, über einen Teppich aus welkem Laub, zum Gebäude der Stadtverwaltung, das alle Behörden beherbergte, mit Ausnahme der Polizei.

In einem Anbau auf der Rückseite war die Stadtbücherei untergebracht. Durch einen Torweg betraten sie den unbeleuchteten Hof und gingen unter tropfenden Lärchen zum Eingang.

Nach dem heftigen Sturm war die nächtliche Stadt wie ausgestorben.

»Wundere dich nicht«, sagte Celeste.

»Worüber?«

Die obere Hälfte der Tür bestand aus vier Glasscheiben. Mit dem Ellbogen schlug Celeste die Scheibe direkt über dem Schloß ein.

Bestürzt warf Joey einen Blick durch den Hof auf die Straße. Das Klirren des Glases war ein kurzes und leises Geräusch gewesen. Er bezweifelte, daß jemand es mitten in der Nacht gehört hatte. Außerdem war Asherville eine Kleinstadt, und im Jahre 1975 waren Alarmanlagen noch nicht sehr verbreitet.

Celeste schob ihren Arm durch die zerbrochene Scheibe und schloß die Tür von innen auf. »Du mußt versprechen, mir zu glauben.«

Sie holte die kleine Taschenlampe aus ihrer Manteltasche und führte ihn an der Ausleihtheke vorbei zwischen die Bücherregale.

Weil das County arm war, war die Bücherei klein. Es würde nicht lange dauern, hier irgendein bestimmtes Buch zu finden. Aber Celeste brauchte überhaupt nicht zu suchen, denn sie wußte genau, was sie wollte.

Sie blieben in der Romanabteilung stehen. Der schmale Gang war von zweieinhalb Meter hohen Regalen eingerahmt. Sie richtete den Lichtstrahl auf den Boden, und die Buchrücken schimmerten geheimnisvoll.

»Versprich, daß du mir glauben wirst«, sagte sie wieder, und ihre großen Augen waren sehr ernst.

»Was?«

»Versprich es.«

»Okay.«

»Versprich es.«

»Ich werde dir glauben.«

Sie zögerte, holte tief Luft und berichtete: »Im Frühjahr 1973, als du die High School abgeschlossen hattest, hatte ich gerade das zweite Jahr hinter mir. Mir hatte immer der Mut gefehlt, dich anzusprechen, und ich wußte genau, daß du mich nie bemerkt hattest. Nun, nach deinem Schulabschluß, würdest du aufs College gehen und dort bestimmt irgendein nettes Mädchen kennenlernen. Ich dachte, ich würde dich nie wiedersehen.«

Joeys Nackenhaare sträubten sich, obwohl er noch nicht wußte, warum.

»Ich war wahnsinnig deprimiert und kam mir furchtbar

häßlich vor. Deshalb stürzte ich mich auf Bücher – das tu ich immer, wenn ich mich miserabel fühle. Ich war hier in der Bücherei und habe nach irgendeinem neuen Roman gesucht, in diesem Gang ... und da habe ich dein Buch gefunden.«

»Mein Buch?«

»Dein Name stand auf dem Buchrücken. Joseph Shannon.«

»Was denn für ein Buch?« Verwirrt betrachtete er die Regale.

»Ich dachte, es wäre ein anderer, der so heißt wie du. Doch als ich das Buch aus dem Regal nahm, sah ich auf dem hinteren Einband ein Foto von dir.«

Ihm fiel wieder auf, wie unergründlich ihre Augen waren.

»Es war kein Foto von dir, so wie du jetzt aussiehst – sondern wie du in etwa fünfzehn Jahren aussehen wirst. Aber du warst es – ganz unverkennbar.«

»Ich verstehe nicht«, murmelte er, obwohl ihm allmählich etwas dämmerte.

»Ich habe mir das Copyright angeschaut – das Buch war 1991 veröffentlicht worden.«

»In sechzehn Jahren?«

»Das war im Frühjahr 1973«, erinnerte sie ihn. »Ich hielt damals also ein Buch in den Händen, das erst achtzehn Jahre später veröffentlicht werden würde. Im Klappentext stand, du hättest schon acht Romane geschrieben, darunter sechs Bestseller.«

Seine Nackenhaare sträubten sich noch mehr, aber es war kein unangenehmes Gefühl.

»Ich wollte das Buch ausleihen, doch als ich es der Bibliothekarin zusammen mit meiner Leihkarte hinschob, als sie es in die Hände nahm ... da war es plötzlich nicht mehr dein Buch. Es war irgendein im Jahre 1969 erschienener Roman, den ich schon kannte.«

Sie richtete den Strahl der Taschenlampe auf die Regale hinter ihm.

»Ich weiß nicht, ob es zuviel verlangt ist«, sagte sie, »aber vielleicht steht es auch heute wieder hier, in dieser Nacht aller Nächte.«

In ehrfürchtigem Staunen folgte Joey dem Strahl der Taschenlampe, der über ein Regal huschte.

Celeste stieß einen leisen Freudenschrei aus. Der Strahl war auf einen roten Buchrücken gerichtet.

Joey las seinen Namen in Silberbuchstaben. Und über dem Namen den Titel: *Highway ins Dunkel.*

Zitternd holte Celeste das Buch zwischen den anderen hervor. Sie zeigte ihm den Schutzumschlag, und auch da stand sein Name in Großbuchstaben, über dem Titel. Dann drehte sie das Buch um.

Er starrte sein Foto verblüfft an, auf dem er etwa Mitte dreißig sein mußte.

Er wußte natürlich, wie er in diesem Alter ausgesehen hatte, denn schließlich war er ja in seinem anderen Leben schon fünf Jahre älter. Aber so gut hatte er mit fünfunddreißig nicht ausgesehen. Auf diesem Foto war er nicht vorzeitig gealtert, nicht vom Alkohol verwüstet, und seine Augen hatten keinen toten Ausdruck. Er war gut gekleidet, offenbar wohlhabend – was aber am wichtigsten war: Er sah wie ein glücklicher Mann aus.

Nein, am wichtigsten war etwas anderes. Das Foto war ein Gruppenbild; neben ihm standen Celeste, auch fünfzehn Jahre älter als jetzt, und zwei Kinder, ein etwa sechsjähriges hübsches Mädchen und ein netter Junge, vielleicht acht Jahre alt.

Mit Tränen in den Augen nahm Joey ihr das Buch aus der Hand. Sein Herz drohte vor nie gekannter wilder Freude zu zerspringen.

Sie deutete auf den Text unter dem Foto, und er mußte heftig blinzeln, um überhaupt lesen zu können:

Joseph Shannon ist der Verfasser von acht weiteren bekannten Romanen. Sechs davon waren Bestseller. Die Freuden der Liebe und eines glücklichen Familienlebens – das sind seine Hauptthemen. Seine Frau Celeste hat mit ihren Gedichten schon mehrere Preise gewonnen. Sie leben mit ihren Kindern Josh und Laura in Südkalifornien.

Seine zitternden Finger glitten beim Lesen von einem Wort zum anderen, von einer Zeile zur anderen. So hatte er als Kind während der Messe die Texte im Missale verfolgt.

»Du siehst also«, sagte sie leise, »daß ich seit 1973 gewußt habe, daß du eines Tages kommen würdest.«

Ihre Augen waren jetzt nicht mehr so unergründlich wie zuvor, aber er wußte, daß sie für ihn in mancher Hinsicht immer ein Rätsel bleiben würde, auch wenn ihnen ein noch so langes gemeinsames Leben beschieden sein würde.

»Ich möchte es mitnehmen«, sagte er.

Sie schüttelte den Kopf. »Du weißt, daß das nicht möglich ist. Außerdem brauchst du das Buch nicht, um es schreiben zu können. Du mußt nur daran glauben, daß du es schreiben wirst.«

Er ließ sich das Buch aus der Hand nehmen.

Während sie es ins Regal zurückstellte, dachte er, daß seine zweite Chance vielleicht nicht nur den Sinn gehabt hatte, P. J. das Handwerk zu legen. Noch wichtiger war, daß er auf diese Weise Celeste Baker kennengelernt hatte. Gewiß, man mußte dem Bösen Widerstand leisten, aber ohne Liebe konnte es für die Welt keine Hoffnung geben.

»Versprich mir, daß du daran glauben wirst«, sagte sie, während sie ihm zärtlich über die Wange strich.

»Ich verspreche es.«

»Dann«, sagte sie, »wird alles möglich sein.«

Um sie herum war die Bücherei erfüllt von Leben, die gelebt worden waren, von Hoffnungen, die wahrgeworden waren, von Ehrgeiz, der nicht enttäuscht worden war – und von Träumen, im Wohlstand leben zu können.

Aus dem Amerikanischen von Alexandra v. Reinhardt

Der schwarze Kürbis

Die Kürbisse waren unheimlich, aber der Mann, der sie zurecht schnitzte und ihnen Gesichter gab, war noch viel wunderlicher als seine Werke. Er schien eine Ewigkeit in der kalifornischen Sonne geschmort zu haben, bis sein Fleisch völlig ausgetrocknet und nur noch Lederhaut und Knochen übriggeblieben waren. Sein Kopf hatte eine ungewöhnliche Form, erinnerte selbst an einen Kürbis, aber nicht an einen schönen runden, sondern an einen Flaschenkürbis: oben etwas schmäler und unten am Kinn etwas breiter als normal. In seinen bernsteinfarbenen Augen glomm ein düsteres, verschwommenes, schwaches – aber gefährliches Licht.

Tommy Sutzmann fühlte sich unbehaglich, sobald er den Kürbisschnitzer sah. Er sagte sich, er sei übertrieben ängstlich, leide vielleicht sogar unter Wahnvorstellungen. Tatsächlich war er wahnsinnig empfindlich: bei der ersten vagen Wahrnehmung einer Gefahr, beim geringsten Anzeichen eines bevorstehenden Zornausbruchs geriet er in Panik. Manche Familien brachten ihren zwölfjährigen Jungen Ehrlichkeit, Rechtschaffenheit, Anstand und Gottesfurcht bei. Doch Tommys Eltern und sein Bruder Frank hatten ihm durch ihr eigenes Verhalten nur eines beigebracht: ständig auf der Hut zu sein, auf Schritt und Tritt Vorsicht walten zu lassen. Bestenfalls behandelten seine Mutter und sein Vater ihn wie einen Außenseiter; schlimmstenfalls reagierten sie ihre Wut und Frustration über den Rest der Welt ab, indem sie ihn bestraften. Für Frank war Tommy ganz einfach – und immer – eine Zielscheibe. Folglich war Unbehagen für Tommy Sutzmann der natürlichste Gemütszustand.

Jeden Dezember war dieser ungenutzte Bauplatz voller Weihnachtsbäume; im Sommer boten hier fahrende Händler Stofftiere oder Stickgemälde auf Samt feil. Wenn Halloween herannahte, glich das etwa 2000 qm große Grundstück zwischen einem Supermarkt und einer Bank im Randgebiet von Santa Ana einem orangefarbenen Meer von Kürbissen aller Größen und Formen, nebeneinander aufgereiht und zu kleinen Pyramiden aufgetürmt und in unordentlichen Haufen herumliegend; mindestens zweitausend Kürbisse, die zur Herstellung von Torten und Laternen benötigt wurden.

Der Kürbisschnitzer saß ganz hinten in der Ecke auf einem Stahlrohrstuhl. Das Kunstleder von Sitz und Rückenlehne war dunkel, fleckig und rissig – dem Gesicht des Mannes nicht unähnlich. Er hatte einen Kürbis auf dem Schoß, den er mit einem scharfen Messer und anderen Werkzeugen, die auf dem staubigen Boden neben ihm lagen, bearbeitete.

Tommy Sutzmann erinnerte sich nicht daran, den Platz überquert zu haben. Er wußte, daß er aus dem Wagen gesprungen war, sobald sein Vater am Straßenrand geparkt hatte – und irgendwie stand er plötzlich am hinteren Rand des Geländes, kaum einen Meter von dem seltsamen Schnitzer entfernt.

Etwa zwanzig fertige Laternen lagen auf den anderen Kürbissen. Dieser Mann schnitt nicht nur große Augen- und Mundlöcher aus, sondern er schnitzte kunstvoll an der Schale herum, wodurch die Gesichter individuelle Züge und erstaunliche Ausdruckskraft erhielten. Außerdem verwendete er Farbe, um jeder Fratze eine unverwechselbare dämonische Persönlichkeit zu geben: vier Farbdosen – rot, weiß, grün und schwarz – standen neben seinem Stuhl, und in jeder steckte ein Pinsel.

Die Laternen grinsten, schielten bösartig oder machten grimmige Mienen. Sie schienen Tommy anzustarren. Eine jede von ihnen.

Weit geöffnete Münder. Gebleckte spitze Zähne. Keine hatte die harmlos stumpfen Zähne üblicher Laternen. Einige hatten sogar lange Fangzähne.

Sie starrten und starrten. Und Tommy hatte das seltsame Gefühl, daß sie ihn wirklich sehen konnten.

Als er von den Kürbissen aufschaute, stellte er fest, daß auch der alte Mann ihn intensiv beobachtete. Seine bernsteinfarbenen Augen mit ihrem verschwommenen Leuchten

schienen klarer zu werden, während sie mit Tommy Blickkontakt hielten.

»Möchtest du einen meiner Kürbisse haben?« fragte der
Schnitzer. Er hatte eine kalte, trockene Stimme. Jedes Wort
hörte sich an wie dürres Oktoberlaub, das vom Wind über
eine steinige Allee gewirbelt wird.

Tommy konnte nicht sprechen. Er wollte Nein, danke, Sir
sagen, aber die Wörter blieben ihm im Halse stecken, so als
versuchte er, das widerliche Fruchtfleisch eines Kürbisses zu
schlucken.

»Such dir den aus, der dir am besten gefällt«, sagte der
Schnitzer und deutete mit einer welken Hand auf seine groteske Galerie – doch ohne den Blick von Tommy zu wenden.

»Nein, äh … nein, danke«, stammelte der Junge schließlich mit dünner und etwas schriller Stimme.

Was stimmt nicht mit mir? fragte er sich. Warum steigere
ich mich in einen solchen Zustand hinein? Er ist doch nur ein
alter Mann, der Kürbisse schnitzt.

»Ist es der Preis, der dir Sorgen macht?« fragte der Alte.

»Nein.«

»Du brauchst nämlich nur dem Mann dort vorne den
Kürbis zu bezahlen, denselben Preis wie überall hier, und
mir gibst du soviel, wie du meinst, daß meine Arbeit wert
ist.«

Er lächelte, wodurch sich das Aussehen seines kürbisähn-
lichen Gesichts stark veränderte. Allerdings nicht zum Besseren.

Es war ein milder Tag. Die Sonne fand immer wieder Löcher in der Wolkendecke und tauchte manche der orangefarbenen Kürbisberge in helles Licht, während andere im dunklen Schatten blieben. Doch Tommy fröstelte trotz des
warmen Wetters.

Mit der halbfertigen Laterne auf dem Schoß beugte sich
der Schnitzer vor. »Du gibst mir nur, was du willst … obwohl ich pflichtgemäß hinzufügen muß, daß du etwas bekommst, was dem entspricht, das du mir gibst.«

Er lächelte wieder. Noch schlimmer als zuvor.

Tommy brachte nur ein »Äh …« hervor.

»Du bekommst, was du gibst«, wiederholte der Alte.

»Ist das Ihr Ernst?« fragte Frank und trat näher an die Reihe glotzender Laternen heran. Offenbar hatte er alles gehört, was gesprochen worden war. Er war zwei Jahre älter als Tommy, im Gegensatz zu seinem schmächtigen Bruder sehr muskulös und hatte ein starkes Selbstbewußtsein, das Tommy völlig abging. Frank faßte das seltsamste Werk des Alten ins Auge. »Wieviel soll das hier denn kosten?«

Der Schnitzer hatte es nicht eilig, sich Frank zuzuwenden, und Tommy war außerstande, den Blickkontakt als erster abzubrechen. Er sah in den Augen des Mannes etwas, das er nicht verstehen oder erklären konnte, etwas, das in seinem Gesicht Bilder von verunstalteten Kindern, von entstellten Kreaturen undefinierbarer Art und von Toten heraufbeschwor.

»Wieviel kostet die Laterne hier, Opa?« wiederholte Frank.

Endlich schaute der alte Mann Frank an und lächelte. Er nahm den halbfertigen Kürbis von seinen Knien und stellte ihn auf den Boden, stand aber nicht auf. »Wie ich schon gesagt habe – du gibst mir, was du willst, und du bekommst, was du gibst.«

Frank hatte die grausigste Laterne der ganzen unheimlichen Sammlung ausgewählt. Sie war groß, nicht hübsch rund, sondern plump und unförmig, oben schmäler als unten, mit häßlich verkrusteten Auswüchsen, die an holzige Pilze auf einer kranken Eiche erinnerten. Der alte Mann hatte die abstoßende Wirkung der natürlichen Häßlichkeit des Kürbisses noch gesteigert, indem er ihn mit einem riesigen Mund ausgestattet hatte, aus dem oben und unten je drei Fangzähne herausragten. Die Nase zeigte sich als schiefes, ausgefranstes Loch, das Tommy unwillkürlich mit schaurigen Lagerfeuergeschichten über Aussätzige in Verbindung brachte. Die schrägen asiatischen Augen waren so groß wie Zitronen, aber der Alte hatte nur die obere Schicht der Schale entfernt; ausgeschnitten waren nur die Pupillen – bösartig wirkende ovale Schlitze in der Mitte dieser großen Augen. Der Stengel auf dem Oberteil des Kopfes sah dunkel und knotig aus wie ein wucherndes Krebsgeschwür. Diese scheußliche Fratze hatte der Laternenmacher schwarz bemalt; das natürliche Orange schimmerte nur noch an wenigen Stellen hervor, erzeugte Falten um Mund und Augen und betonte die tumorartigen Auswüchse.

Franks Entscheidung für diesen Kürbis war nicht verwunderlich. Seine Lieblingsfilme waren Blutgericht in Texas und alle Folgen von Freitag, der 13. über den verrückten Massenmörder Jason. Wenn Tommy und Frank ein Video dieser Art anschauten, stand Tommy immer auf Seite der Opfer, während Frank sich für den Killer begeisterte. Bei Poltergeist war Frank maßlos enttäuscht gewesen, daß die ganze Familie überlebte; er hatte bis zuletzt gehofft, daß ein Monster den kleinen Jungen im Wandschrank verschlingen und die abgenagten Knochen wie Melonenkerne ausspucken würde. »Verdammt«, hatte Frank gemurrt, »sie hätten doch wenigstens dem blöden Köter den Bauch aufschlitzen und das Gedärm rausreißen können!«

Jetzt hielt Frank den schwarzen Kürbis hoch und betrachtete grinsend die bösartige Fratze. Er spähte in die Pupillenschlitze, so als wären es richtige Augen, so als könnte man in ihnen lesen – und einen Moment lang schien er von dem starren Blick des Kürbisses hypnotisiert zu sein.

Leg ihn hin, dachte Tommy eindringlich. Um Himmels willen, Frank, leg ihn hin und laß uns schnell von hier verschwinden.

Der Alte beobachtete Frank scharf, schweigend, wie ein Raubvogel, bevor er auf seine Beute herabschießt.

Die Wolken wanderten, verdeckten die Sonne.

Tommy schauderte.

Frank löste endlich seinen Blick von den Augen der Laterne, wandte sich dem Schnitzer zu und fragte: »Ich kann Ihnen geben, wieviel ich will?«

»Du bekommst, was du gibst.«

»Aber ich bekomme die Laterne, ganz egal, was ich Ihnen gebe?«

»Ja, aber du bekommst, was du gibst«, wiederholte der alte Mann rätselhaft.

187

Frank legte den schwarzen Kürbis beiseite und kramte einige Münzen aus seiner Tasche hervor. Grinsend hielt er dem Alten ein Fünfcentstück hin.

Der Schnitzer wollte nach der Münze greifen. »Nein!« rief Tommy. Frank und der Alte sahen ihn an.

»Nein, Frank«, sagte Tommy, »dieses Ding ist böse. Kauf es nicht. Bring es nicht ins Haus, Frank.«

Einen Augenblick lang starrte Frank ihn erstaunt an, dann lachte er los. »Du bist schon immer ein Feigling gewesen, aber soll das heißen, daß du jetzt sogar vor einem Kürbis Angst hast?«

»Dieses Ding ist böse!« beharrte Tommy.

»Angst vor der Dunkelheit, Angst vor nächtlichen Monstern in deinem Kleiderschrank, Höhenangst, Angst vor den meisten Kindern, die du kennenlernst – und jetzt auch noch Angst vor einem verdammten Kürbis!« Frank lachte wieder, und in diesem Lachen schwang neben Belustigung viel Verachtung und Widerwillen mit.

Der Schnitzer stimmte in Franks Gelächter ein, aber sein trockenes, meckerndes Lachen hörte sich nicht im geringsten belustigt an.

Tommy wurde von einer kalten Furcht erfaßt, die ihm selbst unerklärlich war, und er fragte sich, ob er wirklich nur ein armseliger Feigling sei, der Angst vor seinem eigenen Schatten hatte. Vielleicht war er sogar nicht ganz normal. Der Schulpsychologe sagte, er sei ›viel zu sensibel‹. Seine Mutter sagte, er habe ›zuviel Fantasie‹, und sein Vater sagte, er sei ›unpraktisch‹, ein Träumer, viel zu introvertiert. Vielleicht war er all das, und vielleicht würde er eines Tages in einer Anstalt landen, in einer Gummizelle, wo er sich mit imaginären Personen unterhalten und Fliegen essen würde. Aber, verdammt noch mal, er wußte, daß der schwarze Kürbis böse war.

»Hier, Opa«, sagte Frank. »Hier sind fünf Cent. Verkaufen Sie ihn mir wirklich dafür?«

»Meine Arbeit kannst du mit den fünf Cent abgelten, aber für den Kürbis mußt du vorne den üblichen Preis bezahlen.«

»Abgemacht.«

Der Alte nahm Frank die Münze aus der Hand.

Ein kalter Schauder überlief Tommy.

Frank wandte sich von dem alten Mann ab und hob seinen Kürbis wieder auf.

In diesem Augenblick brach die Sonne durch die Wolken, und ein breiter Lichtstrahl fiel auch in diese Ecke des Geländes. Doch nur Tommy sah, was nun geschah. Die Sonne brachte das Orange der Kürbisse zum Leuchten, verlieh dem staubigen Boden einen goldenen Schimmer, funkelte auf dem Metallgestell des Stuhles – aber ihr Schein traf nicht den Alten. Das Licht teilte sich um ihn herum wie ein Vorhang und beließ ihn im Schatten. Es war ein unglaublicher Anblick, so als miede ihn die Sonne, so als bestünde er aus einem unirdischen Stoff, der das Licht abstieß. Tommy schnappte entsetzt nach Luft, und der Alte durchbohrte ihn mit einem scharfen Blick, wobei die bernsteinfarbenen Augen düster und bedrohlich glommen und Schmerzen und Grauen verhießen. Dann verhüllten Wolken plötzlich wieder die Sonne.

Der alte Mann blinzelte.

Wir sind so gut wie tot, dachte Tommy angsterfüllt.

Frank sah den Schnitzer verschlagen an, so als rechnete er damit, daß dieser sich nur einen Scherz mit ihm erlaubt hatte. »Ich kann die Laterne wirklich mitnehmen?«

»Das habe ich doch schon gesagt«, erwiderte der Alte.

»Wie lange haben Sie an dem Ding gearbeitet?« wollte Frank wissen.

»Etwa eine Stunde.«

»Und Sie geben sich mit einem Stundenlohn von fünf Cent zufrieden?«

»Ich arbeite, weil es mir Freude macht.« Er zwinkerte Tommy erneut zu.

»Sind Sie vielleicht senil?« fragte Frank in seiner üblichen charmanten Art.

»Vielleicht, vielleicht.«

Frank starrte den alten Mann einen Moment lang an, und vielleicht wurde nun auch ihm etwas unheimlich zumute, aber schließlich wandte er sich achselzuckend ab und schlenderte mit seiner Laterne nach vorne, wo sein Vater gerade zwanzig Kürbisse für die große Party am nächsten Abend kaufte.

Tommy wollte seinem Bruder nachrennen, wollte Frank bitten, den schwarzen Kürbis zurückzubringen und sich die fünf Cent wieder geben zu lassen.

»Hör zu«, sagte der Schnitzer eindringlich und beugte sich erneut vor.

Der alte Mann war so mager und kantig, daß Tommy fast glaubte, die morschen Knochen unter der unzulänglichen Polsterung des ausgedörrten Körpers knirschen zu hören.

»Hör mir gut zu, Junge ...«

Nein, dachte Tommy. Nein, ich werde nicht zuhören. Ich werde wegrennen. Wegrennen.

Doch der alte Mann übte eine solche Macht über ihn aus, daß er sich nicht von der Stelle rühren konnte, daß er das Gefühl hatte, hier angewurzelt zu sein.

Die bernsteinfarbenen Augen wurden dunkler. »Nachts wird sich die Laterne deines Bruders in etwas ganz anderes verwandeln. Ihre Kiefer werden mahlen. Ihre Zähne werden messerscharf sein. Wenn alle schlafen, wird diese Kreatur durch euer Haus schleichen ... und jedem geben, was er verdient. Zuletzt wird sie auch zu dir kommen. Was glaubst du wohl, was du verdienst, Tommy? Du siehst, ich weiß, wie du heißt, obwohl dein Bruder deinen Namen nicht erwähnt hat. Was meinst du, was der schwarze Kürbis mit dir machen wird, Tommy? Hmmm? Was hast du verdient?«

»Was sind Sie?« stammelte Tommy.

Der Alte lächelte. »Gefährlich.«

Plötzlich rissen sich Tommys Füße von der Erde los, und er rannte davon.

Als er Frank einholte, versuchte er seinen Bruder zu überreden, den schwarzen Kürbis zurückzubringen, aber seine Erklärungen der Gefahr hörten sich wie hysterisches Gefasel an, und Frank lachte ihn aus. Tommy wollte Frank das verhaßte Ding aus den Händen schlagen, aber Frank hielt die Laterne fest und versetzte Tommy einen so kräftigen Stoß, daß dieser rückwärts taumelte und auf einen Haufen Kürbisse fiel. Frank lachte wieder, trat absichtlich mit aller Kraft auf Tommys rechten Fuß, während der kleinere Junge sich bemühte, auf die Beine zu kommen, und ging weiter.

Der Schmerz in seinem Fuß trieb Tommy Tränen in die Augen, aber unwillkürlich warf er einen Blick zurück und sah, daß der Kürbisschnitzer alles beobachtet hatte.

Der alte Mann winkte ihm zu.

Mit rasendem Herzklopfen humpelte Tommy zum Wagen, wobei er krampfhaft überlegte, wie er Frank doch noch von der Gefahr überzeugen könne. Aber Frank legte die Laterne bereits auf den Rücksitz des Cadillac, und ihr Vater bezahlte diesen Kürbis zusammen mit allen anderen. Tommy konnte nichts mehr machen.

Frank brachte den schwarzen Kürbis in sein Zimmer und stellte ihn auf den Schreibtisch in der Ecke, unter das Poster von Michael Berryman als wahnsinniger Killer in Hügel der blutigen Augen.

Tommy beobachtete ihn von der Schwelle aus.

Frank hatte im Küchenschrank eine dicke Duftkerze gefunden, die er in den Kürbis stellte. Sie war groß genug, um einige Tage lang zu brennen. Er zündete sie an und legte den Deckel, aus dem der Kürbisstengel herausragte, wieder auf.

Tommy hatte angsterfüllt auf den Moment gewartet, da die Laternenaugen aufleuchten würden. Die schlitzartigen Pupillen glühten-flackerten-schimmerten in der überzeugenden Imitation dämonischen Lebens und bösartigen Intellekts. Die Fratze grinste mit ihrem riesigen Maul, und das zitternde Licht war wie eine Zunge, die unablässig die kalten Schalenlippen leckte. Den grauenhaftesten Teil dieser Illusion bildete jedoch das Loch anstelle einer Nase, das sich mit gelblichem Schleim zu füllen schien.

»Unglaublich!« rief Frank.

Die Kerze verströmte Rosenduft.

Obwohl er sich nicht erinnern konnte, wo er das gelesen hatte, mußte Tommy unwillkürlich daran denken, daß plötzlicher unerklärlicher Rosenduft auf die Gegenwart von Totengesichtern hindeutete. Aber natürlich hatte der Duft in diesem Falle nichts Unerklärliches oder Geheimnisvolles an sich.

»Was zum Teufel?« Frank schnupperte, nahm den Deckel ab und spähte in die Laterne. Das flackernde orangefarbene Licht verzerrte grotesk seine Gesichtszüge. »Das sollte doch eine Kerze mit Zitronenduft sein!«

In der großen, luftigen Küche standen Tommys Eltern, Lois und Kyle Sutzman, mit dem Lieferanten, Mr. Howser, am Tisch. Sie gingen noch einmal das Menü für die aufwendige Halloween-Party am nächsten Abend durch und erinnerten Mr. Howser daran, daß alle Speisen nur mit den besten Zutaten zubereitet werden sollten.

Tommy schlich sich hinter ihren Rücken an ihnen vorbei, in der Hoffnung, nicht gesehen zu werden. Er holte eine Dose Coke aus dem Kühlschrank.

Seine Mutter und sein Vater trichterten dem Lieferanten jetzt ein, daß alles unbedingt ›imponierend‹ sein müsse. Horsd'oeuvres, Blumen, die Bar, die Kleidung der Kellner … Und das Bufett solle so elegant und exquisit hergerichtet werden, daß kein Gast daran zweifeln könne, sich im Hause echter kalifornischer Aristokraten zu befinden.

Dies war keine Party, an der Kinder teilnehmen durften. Tommy und Frank würden morgen abend in ihren Zimmern bleiben und sich ganz leise mit irgend etwas beschäftigen müssen: kein Fernsehen, keine Stereoanlage, kein Piep, der jemandem auffallen könnte.

Die Party wurde ausschließlich für jene einflußreichen Leute veranstaltet, von denen Kyle Sutzmanns politische Karriere abhing. Er war einer der Senatoren des Staates Kalifornien, aber bei den Wahlen der kommenden Woche wollte er unbedingt in den Kongreß gewählt werden. Diese Party war als Dankeschön für seine wichtigsten Geldgeber gedacht, für die Unterhändler der Macht, die an den richtigen Fäden gezogen hatten, um im vergangenen Frühjahr seine Nominierung zu sichern. Für Kinder streng verboten.

Tommys Eltern schienen ihn ohnehin nur bei ganz großen Wahlveranstaltungen, Fototerminen und Siegespartys in der

Wahlnacht um sich haben zu wollen, und bei letzteren auch nur in den ersten Minuten. Das war Tommy ganz recht. Er zog es vor, unsichtbar zu bleiben, denn bei den seltenen Gelegenheiten, wenn seine Familie von ihm Notiz nahm, mißbilligten sie unweigerlich alles, was er sagte und tat, jede seiner Bewegungen, jeden unschuldigen Gesichtsausdruck.

»Mr. Howser«, sagte Lois, »ich hoffe, wir verstehen uns richtig: große Shrimps sind absolut kein vollwertiger Ersatz für kleine Hummer.«

Während der Lieferant die hervorragende Qualität seiner Waren pries, entfernte sich Tommy mit leisen Seitenschritten vom Kühlschrank und holte zwei Milanos aus der Gebäckdose.

»Dies sind wichtige Leute«, teilte Kyle dem Lieferanten zum zehnten Male mit, »und sie sind nur das Allerbeste gewöhnt.«

In der Schule hatte Tommy gelernt, daß besonders kluge und befähigte Menschen oft in die Politik gingen, weil sie auf diese Weise ihren Mitmenschen die besten Dienste erweisen konnten. Er wußte genau, daß das Blödsinn war. Seine Eltern planten die politische Karriere seines Vaters in stundenlangen abendlichen Diskussionen, und Tommy hatte kein einziges Mal gehört, daß einer von beiden auch nur mit einem Wort den Dienst am Volk oder die Vervollkommnung der Gesellschaft erwähnt hätte. Oh, gewiß, in der Öffentlichkeit, etwa bei Wahlkampagnen, ließen sie sich über diese Themen aus – ›die Rechte der Massen, der Hungernden, der Heimatlosen‹ –, aber niemals im privaten Kreis. Sobald sie sich unbeobachtet wußten, sprachen sie endlos über die Errichtung von ›Machtbasen‹, über das Zermalmen der Opposition und das ›Durchpeitschen‹ eines neuen Gesetzes. Für sie und für all die Leute, mit denen sie zusammenarbeiteten, war Politik nur ein Mittel, um sich Respekt zu verschaffen, Geld zu verdienen und – das Allerwichtigste – Macht zu erlangen.

Tommy konnte gut verstehen, warum Menschen respektiert werden wollten, weil er selbst von niemandem respektiert wurde. Er verstand auch, daß Geld etwas Wünschenswertes war. Aber die Sache mit der Macht konnte er beim besten Willen nicht begreifen. Warum sollte jemand viel Zeit und Energie darauf verschwenden, Macht über andere Menschen zu gewinnen? Welchen Spaß konnte es denn jemandem bereiten, andere herumzukommandieren, ihnen Befehle zu erteilen? Und wenn man nun einen falschen Befehl gab? Wenn aufgrund solcher Befehle Menschen verletzt wurden, Bankrott machten oder sonstige große Probleme bekamen? Und wie konnte man erwarten, geliebt zu werden, wenn man andere beherrschte? Frank beherrschte Tommy, hatte ihn völlig in seiner Macht – und Tommy verabscheute seinen Bruder.

Manchmal glaubte er, als einziger in seiner Familie geistig gesund zu sein. Manchmal fragte er sich aber auch, ob alle anderen normal waren, und er selbst verrückt. Doch wie dem auch immer sein mochte, ob er nun verrückt oder normal war, jedenfalls hatte Tommy häufig genug das Gefühl, daß er nicht in dieses Haus, nicht zu dieser Familie gehörte.

Als er mit seiner Coke und den in eine Papierserviette gewickelten Milanos verstohlen aus der Küche schlich, befragten seine Eltern Mr. Howser gerade über die Qualität des Champagners.

Im hinteren Flur stand die Tür zu Franks Zimmer offen, und Tommy blieb kurz stehen, um einen Blick auf den Kürbis zu werfen. Da war er, und flackerndes Licht schimmerte aus an seinen Öffnungen.

»Was hast du da?« Frank trat auf die Schwelle, packte Tommy am Hemd und zerrte ihn ins Zimmer, schlug die Tür zu und nahm ihm Kekse und Coke weg. »Danke, Rotznase! Ich habe gerade gedacht, daß ein kleiner Imbiß gar nicht so übel wäre.« Er ging zum Schreibtisch und legte seine Beute neben die brennende Laterne.

Tommy holte tief Luft. Er wußte genau, welche Folgen Widerstand haben würde, und er versuchte, sich dagegen zu wappnen. »Die Sachen gehören mir.«

Frank tat erstaunt. »Ist mein kleiner Bruder etwa ein gieriger Vielfraß, der nicht weiß, daß man teilen muß?«

»Gib mir meine Coke und die Kekse zurück!«

Frank grinste bösartig. »Du lieber Himmel, Brüderchen, mir scheint, ich muß dir eine Lektion erteilen. Gierige kleine Vielfraße müssen auf den Weg der Erkenntnis geführt werden.«

Tommy hätte am liebsten nachgegeben und Frank widerstandslos gewinnen lassen. Er hätte sich in der Küche eine neue Dose Coke und neue Kekse holen können. Aber er wußte, daß sein ohnehin schon unerträgliches Leben noch schlimmer werden würde, wenn er nicht einen – wenngleich völlig vergeblichen – Versuch machte, sich gegen diesen Fremden zu wehren, der angeblich sein Bruder war. Totale freiwillige Kapitulation würde Frank nur reizen und dazu ermutigen, sich als noch schlimmerer Tyrann zu gebärden, als er ohnehin schon einer war.

»Ich will meine Sachen wiederhaben«, beharrte Tommy deshalb.

Frank stürzte sich auf ihn. Sie fielen auf den Boden, rollten umher, schlugen mit den Fäusten aufeinander ein und traten mit den Füßen, machten bei all dem aber sehr wenig Lärm, weil sie nicht wollten, daß ihre Eltern etwas von dem Kampf bemerkten. Tommy wußte nämlich, daß sie ihm unweigerlich die Schuld am Streit geben würden. Der sportliche, braungebrannte Frank war ihr Liebling, das Kind ihrer Träume, das nichts falsch machen konnte. Und Frank wollte die Rauferei geheimhalten, weil sein Vater notgedrungen eingreifen und sie beenden würde, Frank sich den Spaß aber nicht verderben lassen wollte.

Während des Kampfes konnte Tommy manchmal flüchtig die brennende Kürbislaterne sehen, die auf sie herabblickte, und er war ganz sicher, daß sie immer breiter grinste.

Schließlich waren Tommys Kräfte erschöpft, und er mußte sich, in eine Ecke gedrängt, geschlagen geben. Frank thronte rittlings auf ihm, versetzte ihm eine schallende Ohrfeige und begann ihm dann die Kleider vom Leibe zu zerren.

»Nein!« flüsterte Tommy, als er begriff, daß er nun auch noch gedemütigt werden sollte. »Nein, nein!«

Er wehrte sich mit den letzten Kraftreserven, aber sein Hemd wurde ihm entrissen, und seine Jeans und die Unterhose wurden bis zu den Turnschuhen heruntergezogen. Dann stellte Frank ihn auf die Beine, schleppte ihn durchs Zimmer, öffnete die Tür, stieß ihn auf den Flur hinaus und rief laut: »Maria! Maria, könntest du bitte schnell herkommen?«

Maria kam zweimal wöchentlich zum Putzen und Bügeln ins Haus, und dies war einer ihrer Tage.

»Maria!«

Entsetzt über die Vorstellung, daß die Putzfrau ihn nackt sehen könnte, daß ihm auch noch diese Demütigung nicht erspart bleiben würde, rappelte Tommy sich auf, versuchte, beim Wegrennen seine Hose hochzuziehen, stolperte, fiel hin und kam wieder auf die Beine.

»Maria, könntest du bitte herkommen?« rief Frank wieder. Er brachte die Wörter nur mühsam hervor, weil er sich vor Lachen schüttelte.

Keuchend und wimmernd erreichte Tommy irgendwie sein Zimmer, bevor Maria auftauchte. Eine Zeitlang lehnte er dann zitternd an der geschlossenen Tür und hielt seine Jeans mit beiden Händen fest.

Weil ihre Eltern bei einer Wahlveranstaltung waren, machten sich Tommy und Frank zum Abendessen eine Mahlzeit warm, die Maria vorbereitet und in den Kühlschrank gestellt hatte. Normalerweise war es eine Qual, in Franks Gesellschaft zu essen, aber diesmal passierte nichts Unangenehmes, weil Frank in ein Magazin vertieft war, das über die neuesten Horrorfilme berichtete; besonders ausführlich über die brutalsten und grausigsten, veranschaulicht durch jede Menge Farbfotos von verstümmelten, blutüberströmten Leichen. Darüber schien Frank alles andere völlig vergessen zu haben.

Später, als Frank sich vor dem Zubettgehen im Bad aufhielt, schlich Tommy in das Zimmer seines älteren Bruders, näherte sich herzklopfend dem Schreibtisch und betrachtete die Laterne. Der bösartige grinsende Mund glühte. Die Augenschlitze leuchteten lebendig.

Rosenduft erfüllte den ganzen Raum, aber daneben war

ein anderer schwacher Geruch wahrnehmbar, den Tommy nicht identifizieren konnte, der aber unangenehm war.

Er spürte deutlich die Präsenz von etwas Bösem – in noch viel stärkerem Ausmaß, als dies in Franks Zimmer immer der Fall war. Ihn überlief ein eisiger Schauder, und er hatte das Gefühl, als würde sein Blut in den Adern gefrieren.

Plötzlich war er davon überzeugt, daß die potentielle mörderische Kraft des schwarzen Kürbisses durch die Kerze im Innern verstärkt wurde. Dieses Licht war auf irgendeine Weise gefährlich, ein auslösender Faktor. Tommy hätte nicht sagen können, woher er das wußte, aber er war ganz sicher, daß er die Flamme löschen mußte, wenn er auch nur die geringste Überlebungschance haben wollte.

Er packte den knorrigen Stengel und hob die Schädeldecke des unheimlichen Kürbiskopfes ab.

Aus dem Innern schien das Licht ihm geradezu entgegengeschleudert zu werden; er spürte die Hitze auf seinem Gesicht, und seine Augen brannten.

Er blies die Flamme aus.

Die Laterne wurde dunkel.

Sofort fühlte Tommy sich besser.

Er legte den Deckel auf. Als er den Stengel losließ, entzündete sich die Kerzenflamme von allein.

Erschrocken sprang er zurück. Durch die Öffnungen von Augen, Mund und Nase fiel helles Licht.

»Nein!« flüsterte er.

Er trat wieder näher heran, öffnete die Laterne und blies die Kerze erneut aus.

Einen Moment lang blieb der Kürbis dunkel. Dann flackerte die Flamme vor seinen Augen wieder auf.

Es kostete Tommy große Überwindung, in die Laterne zu greifen, um die widerspenstige Flamme zwischen Daumen und Zeigefinger zu ersticken, und unwillkürlich entrang sich seiner Kehle ein leises Wimmern. Er war überzeugt davon, daß die Kürbisschale sich plötzlich um sein Handgelenk schließen und die Hand abtrennen könne, so daß aus dem Armstumpf das Blut hervorschösse. Oder aber ihm würde im Innern des Kürbisses das Fleisch von den Fingern gefressen, und wenn die Schale ihn dann wieder freiließe, würde eine skelettartige Hand an seinem Arm hängen. Durch solche Ängste an den Rand der Hysterie getrieben, packte er den Docht und löschte die Flamme. Dann zog er seine Hand blitzschnell zurück und atmete tief aus, grenzenlos erleichtert, der Verstümmelung entgangen zu sein.

Er legte hastig den Deckel auf und eilte aus dem Zimmer, weil er gehört hatte, daß im Bad die Toilettenspülung betätigt wurde. Frank durfte ihn hier nicht erwischen. Vom Flur aus warf er einen Blick zurück, und natürlich war die Laterne wieder von Kerzenlicht erhellt.

Geradewegs lief er in die Küche und holte ein Fleischermesser aus der Schublade, das er in sein Zimmer mitnahm und unter seinem Kopfkissen versteckte. Er war sicher, daß er es irgendwann in den totenstillen Stunden vor der Morgendämmerung benötigen würde.

Seine Eltern kamen kurz vor Mitternacht nach Hause.

Tommy saß im Bett. Sein Zimmer wurde von der Nachttischlampe nur schwach beleuchtet. Das Fleischermesser lag neben ihm unter der Decke, und seine Hand ruhte auf dem Griff.

Zwanzig Minuten lang hörte Tommy seine Eltern reden; Türen wurden geöffnet und geschlossen, Wasser rauschte, man betätigte die Toilettenspülung. Ihr Schlafzimmer und Bad befanden sich am anderen Ende das Hauses, und deshalb waren die Geräusche nur sehr gedämpft, aber sie wirkten trotzdem beruhigend auf Tommy. Es waren die normalen Geräusche des Alltagslebens, und solange das Haus von ihnen erfüllt war, konnte bestimmt kein übernatürliches, laternenäugiges Wesen auf Beutezug gehen. Bald trat jedoch Ruhe ein. In der mitternächtlichen Stille wartete Tommy auf den ersten Schrei.

Er hatte sich fest vorgenommen, nicht einzuschlafen. Aber er war erst zwölf Jahre alt und hatte einen langen, anstrengenden Tag hinter sich. Ausgelaugt hatte ihn vor allem die ständige Angst seit jenem Augenblick, da er den Kürbisschnitzer mit dem Mumiengesicht erblickt hatte. Mehrere

Kissen im Rücken, döste er lange vor ein Uhr halb im Sitzen ein …

… und wurde von einem dumpfen Geräusch aus dem Schlaf gerissen.

Sofort war er hellwach, setzte sich aufrecht hin und umklammerte das Fleischermesser.

Im ersten Moment war er sicher, daß das Geräusch aus seinem eigenen Zimmer gekommen war. Dann hörte er es wieder, einen lauten, dumpfen Schlag, und wußte plötzlich, daß es aus Franks Zimmer kam.

Er warf die Decken beiseite und setzte sich auf die Bettkante. Wartete angespannt. Lauschte.

Einmal glaubte er zu hören, das Frank seinen Namen rief »Tooommmyyyyyy!« – ein verzweifelter, angsterfüllter und doch sehr gedämpfter Schrei, der vom anderen Rand eines breiten Canyons zu kommen schien. Vielleicht hatte er sich das aber auch nur eingebildet.

Stille.

Seine Hände waren schweißnaß. Er legte das Messer beiseite und wischte sich die Handflächen am Pyjama ab.

Stille.

Er umklammerte sein Messer wieder, griff unter das Bett, holte die Taschenlampe hervor, die er immer dort aufbewahrte, schaltete sie aber nicht ein. Auf Zehenspitzen schlich er zur Tür und horchte, ob im Flur irgendwelche Geräusche zu hören waren. Nichts.

Eine innere Stimme drängte ihn, ins Bett zurückzukehren, sich die Decke über den Kopf zu ziehen und zu vergessen, was er gehört hatte. Noch besser wäre es vielleicht, sich unter dem Bett zu verkriechen und zu hoffen, daß ihn dort niemand finden würde. Aber er wußte, daß diese Stimme dem Feigling in ihm gehörte und daß er sich davon keine Rettung erhoffen durfte. Wenn der schwarze Kürbis sich tatsächlich in etwas anderes verwandelt hatte und jetzt durchs Haus pirschte, würde dieses Monster auf Ängstlichkeit mit der gleichen sadistischen Freude reagieren, wie Frank es immer getan hatte.

Lieber Gott, bat er flehentlich, hier unten ist ein Junge, der an Dich glaubt, und dieser Junge wäre sehr enttäuscht, wen Du ihn ausgerechnet jetzt, wo er Dich wirklich, wirklich, wirklich braucht, nicht sehen würdest.

Tommy drehte leise den Türknopf und öffnete die Tür. Der Flur war fast dunkel; nur durch das Fenster ganz am Ende fiel etwas Mondlicht herein. Der Korridor war leer.

Direkt gegenüber stand die Tür zu Franks Zimmer weit offen.

In der verzweifelten Hoffnung, daß die Dunkelheit ihm Schutz bieten könnte, schaltete Tommy seine Taschenlampe noch immer nicht ein. Auf Franks Türschwelle blieb er stehen und spitzte die Ohren. Frank schnarchte meistens, aber es war kein Schnarchen zu hören. Wenn die Laterne noch im Zimmer war, mußte jemand die Kerze doch noch gelöscht haben, denn kein flackerndes Licht war zu sehen.

Tommy trat über die Schwelle.

Mondlicht versilberte die Fensterscheibe, über die palmwedelförmige Schatten eines vom Wind geschüttelten Baumes tanzten. Im Zimmer war kein Gegenstand deutlich zu erkennen. Unheimliche Umrisse ließen sich im Dunkelgrau und Schwarz erahnen.

Er machte einen Schritt. Zwei. Drei.

Sein Herz klopfte zum Zerspringen, und schließlich wurde er seinem Vorsatz untreu, auf den Schutz der Dunkelheit zu vertrauen. Er schaltete die Taschenlampe ein und erschrak über das plötzliche Funkeln des Fleischermessers in seiner rechten Hand.

Vorsichtig ließ er den Strahl der Taschenlampe durchs Zimmer gleiten und war grenzenlos erleichtert, daß nirgends ein Monster lauerte. Die Laken und Decken lagen in einem wirren Knäuel auf der Matratze, und er mußte noch einen Schritt näher herangehen, um sich zu vergewissern, daß Frank nicht im Bett lag.

Die abgetrennte Hand lag auf dem Boden neben dem Nachttisch. Tommy richtete den Strahl der Taschenlampe direkt darauf. Ihn packte blankes Entsetzen. Es war Franks Hand! Daran konnte überhaupt kein Zweifel bestehen, denn Franks silberner Ring mit dem Totenschädel und den gekreuzten Knochen funkelte hell an einem der madenweißen Finger, die zur Faust geballt waren.

Vielleicht infolge einer Muskelerschlaffung, vielleicht aber auch unter Einwirkung dunkler Mächte, öffnete sich die Faust plötzlich. Die Finger entfalteten sich wie Blütenblätter. Auf der Handfläche lag eine glänzende Fünfcentmünze.

Tommy unterdrückte mühsam einen Schreckensschrei, aber er hatte keine Kontrolle über die heftigen Schauder, die ihn förmlich schüttelten.

Während er verzweifelt zu entscheiden versuchte, welcher Fluchtweg am sichersten wäre, hörte er seine Mutter am anderen Ende des Hauses schreien. Das schrille Kreischen brach abrupt ab. Etwas stürzte krachend zu Boden.

Tommy wandte sich zur Tür. Er wußte, daß er wegrennen mußte, bevor es zu spät sein würde, aber er konnte sich nicht von der Stelle rühren, schien angewurzelt zu sein – wie Stunden zuvor auf dem staubigen Platz, als der Kürbisschnitzer darauf bestanden hatte, ihm zu erzählen, was in der Stille der Nacht aus der Laterne werden würde.

Er hörte seinen Vater brüllen.

Ein Schuß.

Sein Vater schrie.

Auch dieser Schrei brach plötzlich ab.

Wieder trat Stille ein.

Tommy versuchte, einen Fuß zu heben, wenigstens einen, wenigstens einen Zentimeter hoch, aber es ging nicht. Er fühlte, daß nicht nur seine Angst ihn lähmte, daß vielmehr irgendein böser Zauber ihn daran hinderte, dem schwarzen Kürbis zu entkommen.

Am anderen Ende des Hauses wurde eine Tür zugeschmettert.

Schritte hallten im Flur. Schwerfällige, schlurfende Schritte.

Tränen traten in Tommys Augen, rollten über seine Wangen.

Auf dem Flur knarrte und ächzte das Parkett unter einem schweren Gewicht.

Tommy starrte zur offenen Tür hin, und sein Entsetzen

hätte nicht größer sein können, wenn sich die Pforten der Hölle vor ihm aufgetan hätten. Er sah flackerndes orangefarbenes Licht auf dem Korridor. Es wurde immer heller, als die Lichtquelle – zweifellos eine Kerze – sich von links her näherte, aus der Richtung des Elternschlafzimmers.

Amorphe Schatten und gespenstische Lichtschlangen huschten über den Flurteppich.

Die schweren Schritte wurden langsamer. Hielten inne. Der Intensität des Lichts nach zu schließen, war die Kreatur höchstens noch einen halben Meter von der Schwelle entfernt.

Tommy schluckte und versuchte mit trockenem Mund Wer ist dort? hervorzubringen, aber zu seiner eigenen großen Überraschung hörte er sich statt dessen sagen: »Okay, verdammt, bringen wir's hinter uns!« Vielleicht hatten ihn all die Jahre im Hause der Sutzmanns doch mehr abgehärtet und zugleich fatalistischer gemacht, als ihm bislang bewußt gewesen war.

Die Kreatur kam in Sicht, füllte den Türrahmen aus.

Ihr Kopf bestand aus der Laterne, die sich aber auf grausige Weise verändert hatte. Die Farben waren noch dieselben: Schwarz und etwas Orange. Auch die eigenartige Form – oben schmäler als unten – war noch die alte, und die geschwürartigen Auswüchse waren genauso verkrustet und abstoßend wie zuvor. Aber der einst riesige Kopf – Tommy hatte selten einen so großen Kürbis gesehen – war auf die Größe eines Basketballs zusammengeschrumpft. Die Augen waren eingesunken, obwohl die schlitzartigen Pupillen einen unverändert bösartigen Eindruck machten. In der Nase blubberte ekliger Schleim. Der Mund reichte von einem Ohr bis zum anderen, denn er war gleich groß geblieben, während das übrige Gesicht geschrumpft war. In dem orangefarbenen Licht, das zwischen den gebogenen Fangzähnen hindurch schimmerte, sahen diese aus, als bestünden sie nicht mehr aus Kürbisschale, sondern aus hartem, scharfem Gebein.

Der Körper unterhalb des Kopfes mutete fast menschenartig an, obwohl er aus dicken knorrigen Wurzeln und verschlungenen Ranken zu bestehen schien. Das Wesen sah unglaublich stark aus, ein Koloß, eine Mordmaschine, wenn ihm gerade danach zumute war. Tommy verspürte trotz seines Entsetzens so etwas wie tiefe Ehrfurcht, und er fragte sich, ob der Leib der Kreatur aus einer Substanz bestünde, die dem ursprünglich riesigen Kopf entzogen worden war – sowie vielleicht dem Fleisch von Frank, Lois und Kyle Sutzmann.

Das Schlimmste war das orangefarbene Licht im Innern des Schädels. Dort brannte noch immer die Kerze, und ihre flackernde Flamme betonte die unmögliche Leere des Kopfes – wie konnte die Kreatur sich ohne ein Gehirn bewegen und denken? – und verlieh den Augen ein wildes und dämonisches Bewußtsein.

Das Geschöpf hob einen dicken, krummen, starken, rankenförmigen Arm und deutete mit einem Wurzelfinger auf Tommy. »Du«, sagte es mit einer tiefen Flüsterstimme, die ihn an nassen Schlamm in einer Abflußrinne erinnerte.

Was Tommy jetzt noch mehr erstaunte als seine Unfähigkeit zu jeder Bewegung, war seine Fähigkeit, sich überhaupt noch auf den Beinen zu halten. Er hatte weiche Knie und war überzeugt davon, daß er jeden Moment zusammenbrechen und hilflos daliegen würde, während sich die Kreatur auf ihn stürzte; aber irgendwie blieb er stehen, die Taschenlampe in der einen, das Fleischermesser in der anderen Hand.

Das Messer. Nutzlos. Es würde diesem Gegner nichts anhaben können. Er ließ es aus seinen schweißnassen Fingern gleiten, und es fiel klirrend zu Boden.

»Du«, wiederholte der schwarze Kürbis, und seine tiefe Stimme hallte feucht durch den Raum. »Dein bösartiger Bruder hat bekommen, was er gegeben hat. Deine Mutter hat bekommen, was sie gegeben hat. Dein Vater hat bekommen, was er gegeben hat. Ich habe sie gefressen. Ich habe ihnen die Hirne aus den Köpfen gesaugt, ihr Fleisch zerkaut, ihre Knochen aufgelöst. Und du? Was hast du verdient?«

Tommy konnte nicht sprechen. Er zitterte wie Espenlaub, weinte leise vor sich hin und konnte nur mit größter Mühe Luft holen.

Der schwarze Kürbis schlurfte über die Schwelle ins Zimmer und baute sich mit funkelnden Augen drohend vor Tommy auf.

Gut zwei Meter groß, mußte die Kreatur ihren Laternenkopf senken, um Tommy anschauen zu können. Schwarze Rauchlocken von dem rußigen Kerzendocht entwichen durch die Zahnlücken und durch die Nasenhöhle.

Obwohl die Kreatur flüsterte, ließen ihre Worte die Fensterscheiben erzittern: »Unglückseligerweise bist du ein guter Junge, und ich habe nicht das Recht, dich zu fressen. Was du verdient hast, ist genau das, was du von nun an bekommst – Freiheit.«

Tommy starrte verständnislos in das groteske Gesicht empor.

»Freiheit«, wiederholte das dämonische Geschöpf. »Freiheit von Frank und Lois und Kyle. Freiheit, um heranzuwachsen, ohne daß sie ständig auf dir herumtrampeln. Freiheit, um mit aller Kraft nach dem Guten zu streben, was bedeutet, daß ich wahrscheinlich niemals die Gelegenheit bekomme, dich zu verschlingen.«

Lange Zeit standen sie einander von Angesicht zu Angesicht gegenüber, der Junge und das Monster, und allmählich begriff Tommy das Gesagte. Am Morgen würden seine Eltern und Frank als vermißt gelten. Man würde sie nie finden. Ein großes, ewiges Geheimnis. Tommy würde bei seinen Großeltern leben dürfen. Du bekommst, was du gibst ...

»Aber vielleicht« – der schwarze Kürbis legte eine kalte, monströse Hand auf Tommys Schulter – »vielleicht trägst auch du den Keim der Verdorbenheit in dir, und vielleicht wird sie eines Tages von dir Besitz ergreifen, und dann werde ich dich doch noch bekommen. Als Dessert.« Das breite Grinsen wurde noch breiter. »Und jetzt geh wieder zu Bett und schlaf. Schlaf.«

Entsetzt und zugleich froh gestimmt ging Tommy zur Tür. Er bewegte sich wie in einem Traum. Von der Schwelle aus warf er einen Blick zurück und sah, daß der schwarze Kürbis ihn beobachtete.

»Du hast einen Happen übersehen«, sagte Tommy und deutete auf den Boden neben dem Nachttisch.

Die Kreatur entdeckte Franks Hand. »Ahhh!« rief der schwarze Kürbis, hob die Hand hastig auf und stopfte sich den grausigen Bissen in den Mund. Die Flamme in seinem Schädel loderte hell auf, hundertmal heller als zuvor. Dann erlosch sie abrupt.

Aus dem Amerikanischen von Alexandra v. Reinhardt

Miss Attila die Hunnin

1

Jahrhundertelang hatte das Wesen bei Frost und Tauwetter, bei Regen und Dürre im Waldboden ausgeharrt und auf eine Chance gewartet, zu neuem Leben zu erwachen. Nicht daß es tot gewesen wäre. Es war lebendig und bei Bewußtsein, und es registrierte jeden Warmblüter, der in seiner Nähe den dichten Wald durchstreifte. Aber es benötigte nur einen kleinen Teil seines Geistes, um Tiere auf ihre Tauglichkeit als Wirte zu prüfen, und so war es größtenteils damit beschäftigt, von seinen früheren Leben in anderen Welten zu träumen.

Hirsche, Bären, Dachse, Eichhörnchen, Hasen, Beutelratten, Wölfe, Mäuse, Füchse, Waschbären, Pumas und Wachteln, die sich von den Feldern hierher verirrt hatten, aber auch Hunde, Kröten, Chamäleons, Schlangen, Würmer, Käfer, Spinnen und Tausendfüßler waren so nahe an dem Wesen vorbeigekommen, daß es sich ihrer ohne weiteres hätte bemächtigen können, wenn sie geeignet gewesen wären. Teilweise waren das natürlich keine Warmblüter, und damit schieden sie als Wirte von vornherein aus. Und die Säugetiere und Vögel hatten zwar warmes Blut, erfüllten aber die zweite wichtige Voraussetzung nicht: eine höhere Intelligenz.

Das Wesen wurde dennoch nie ungeduldig. Es hatte in Millionen und Abermillionen von Jahren immer wieder Wirte der einen oder anderen Art gefunden, und es war zuversichtlich, daß sich ihm irgendwann die Gelegenheit bieten würde, aus seinen kalten Träumen zu erwachen und diese neue Welt zu erforschen, so wie es schon viele Welten erforscht – und erobert – hatte.

2

Jamie Watley war in Mrs. Caswell verliebt. Er hatte beachtliches künstlerisches Talent, und deshalb füllte er ein Heft mit Zeichnungen von seiner Traumfrau: Mrs. Caswell, die auf einem wilden Pferd ritt; Mrs. Caswell, die einen Löwen zähmte; Mrs. Caswell, die ein angreifendes Rhinozeros von der Größe eines Lastwagens erschoß; Mrs. Caswell als Freiheitsstatue, mit einer Fackel in der Hand. Er hatte sie nie auf einem wilden Pferd reiten, einen Löwen zähmen oder ein Rhinozeros erschießen sehen, und er hatte nie gehört, daß sie auch nur eine dieser Heldentaten vollbracht hatte. Der Freiheitsstatue sah sie eigentlich gar nicht ähnlich – sie war viel hübscher –, aber Jamie hatte trotzdem den Eindruck, daß seine Bilder die wirkliche Mrs. Caswell widerspiegelten.

Er wollte sie bitten, ihn zu heiraten, obwohl er sich keine großen Hoffnungen machte, daß sie ja sagen würde. Zum einen war sie sehr gebildet, und das war er nicht. Sie war schön, und er war unansehnlich. Sie war amüsant und kontaktfreudig, und er war schüchtern. Sie war so selbstsicher und hatte jede Situation fest im Griff – als im September in der Schule ein Feuer ausgebrochen war, hatte sie ganz allein verhindert, daß das Gebäude bis auf die Grundmauern abbrannte –, während es Jamie schwerfiel, auch nur ganz kleine Krisen zu bewältigen. Außerdem war sie verheiratet, und Jamie hatte Schuldgefühle, weil er ihrem Mann den Tod wünschte. Doch das allergrößte Hindernis, das es irgendwie zu überwinden galt, wenn er nicht jede Hoffnung auf eine Ehe mit Mrs. Caswell aufgeben wollte, war der Altersunterschied: Die war siebzehn Jahre älter als Jamie, der erst elf war.

An diesem Sonntagabend Ende Oktober saß Jamie an dem aus Brettern zusammengezimmerten behelfsmäßigen Schreibtisch in seinem kleinen Zimmer und fertigte eine neue Bleistiftzeichnung von Mrs. Caswell an, seiner Lehrerin in der sechsten Klasse. Sie stand im Klassenzimmer neben ihrem Pult, weiß gekleidet wie ein Engel. Ein wundervolles Licht ging von ihr aus, und alle Kinder – Jamies Klassenkameraden – lächelten ihr zu. Jamie zeichnete auch sich selbst – zweite Reihe von der Tür aus, vorderste Bank –, überlegte kurz und umgab seinen Kopf auf dem Bild mit vielen kleinen Herzen, die emporstiegen wie der Dampf von einem Block Trockeneis.

Jamie Watley, dessen Mutter eine schlampige Alkoholikerin und dessen Vater – ein häufig arbeitsloser Mechaniker – ebenfalls alkoholsüchtig war, hatte sich nie viel aus der Schule gemacht, bis er in diesem Schuljahr dem Zauber von Laura Caswell verfallen war. Seitdem zog sich der Sonntagabend für ihn immer unerträglich in die Länge, weil er es kaum erwarten konnte, am Montagmorgen in die Schule zu kommen.

Im Erdgeschoß stritt sein übellauniger betrunkener Vater mit seiner genauso betrunkenen Mutter. Es ging diesmal um Geld, aber ebenso gut hätten sie auch über das ungenießbare Abendessen streiten können, das sie gekocht hatte, oder über sein Interesse an anderen Frauen, über ihr schlampiges Aussehen, über seine Verluste beim Pokern, über ihr ständiges Jammern, über den Mangel an Knabberzeug oder über das Fernsehprogramm. Die lauten Stimmen drangen fast ungedämpft durch die dünnen Wände des baufälligen Hauses, aber Jamie hatte gelernt, sie zu überhören.

Er begann eine neue Zeichnung. Diesmal stand Mrs. Caswell, futuristisch gekleidet, inmitten einer felsigen Landschaft und kämpfte mit einem Laserschwert gegen ein außerirdisches Monster.

3

Im Morgengrauen fuhr Teel Pleever mit seinem schäbigen und schmutzigen acht Jahre alten Jeep-Kombi ins hügelige Umland. Er parkte tief im Wald auf einem kaum noch benutzten Holzweg. Bei Sonnenaufgang brach er mit seinem Jagdgewehr – einer Winchester 70 aus bestem europäischem Walnußholz – zu Fuß auf.

Teel liebte die Wälder im Morgengrauen: die samtweichen Schatten, das erste klare Licht, das durch die Äste fiel, und die Gerüche von nächtlicher Kühle und Feuchtigkeit. Mit seinem Gewehr in der Hand auf die Jagd zu gehen, war eine aufregende und sehr befriedigende Sache, aber am meisten genoß er das Wildern.

Obwohl er der erfolgreichste Immobilienmakler im ganzen Bezirk war, ein geachteter und reicher Mann, haßte Teel es, einen Dollar auszugeben, wenn er den gleichen Gegenstand anderswo für 98 Cent bekommen konnte, und er war nicht bereit, auch nur einen Cent auszugeben, wenn er etwas umsonst haben konnte. Er hatte eine Farm am nordöstlichen Rand der Bezirkshauptstadt Pineridge besessen, und als der Staat beschlossen hatte, dort die neue gebührenpflichtige Autobahn zu bauen, hatte er mehr als 600 000 Dollar verdient, indem er sein Land nach und nach an Motels und Fast-Food-Ketten verkaufte. Doch auch ohne diesen großen Deal wäre er aufgrund seiner Geschäftstüchtigkeit ein reicher Mann gewesen. Trotzdem kaufte er nur alle zehn Jahre einen neuen Jeep, besaß einen einzigen Anzug und war im Pineridge's Acme Supermarket dafür bekannt, daß er beim Einkaufen drei Stunden lang sämtliche Preise verglich, nur um achtzig oder neunzig Cent sparen zu können.

Er kaufte nie Rindfleisch. Warum sollte er für Fleisch bezahlen, wenn er es in den Wäldern, wo es von Wild wimmelte, umsonst zu haben war? Teel war jetzt dreiundfünfzig, und obwohl er seit seinem siebzehnten Lebensjahr wilderte, war er noch nie erwischt worden. Eine besondere Vorliebe für Wildbret hatte er nie gehabt, und nachdem er in den letzten sechsunddreißig Jahren Tausende Kilo Wildfleisch gegessen hatte, freute er sich oft gar nicht so besonders auf seine Mahlzeiten, doch er bekam jedesmal wieder Appetit, wenn er daran dachte, wieviel Geld er auf diese Weise gespart hatte – Geld, das andernfalls in den Taschen von Viehzüchtern und Metzgern verschwunden wäre.

Nachdem er die dicht bewaldeten Hügel vierzig Minuten durchstreift hatte, ohne auf Wildspuren zu stoßen, beschloß Teel, auf einem großen flachen Felsen zwischen zwei Kiefern

Rast zu machen. Er legte sein Gewehr beiseite und setzte sich mit gespreizten Beinen bequem hin. Zwischen seinen Stiefeln fiel ihm plötzlich etwas Seltsames ins Auge.

Der Gegenstand war in der weichen, feuchten schwarzen Erde halb vergraben und teilweise von braunen Kiefernadeln bedeckt, die Teel mit der Hand wegfegte. Das Ding hatte die Form eines Footballs, schien aber etwa doppelt so groß zu sein. Die Oberfläche glänzte wie glasierte Keramik, und Teel schloß daraus, daß es ein von Menschenhand geschaffener Gegenstand sein mußte, denn Wind und Wetter konnten niemals eine so perfekte Politur erzeugen. Blau, schwarz und grün gesprenkelt, war das Ding von eigenartiger Schönheit.

Teel wollte sich gerade hinknien, um den mysteriösen Gegenstand auszugraben, als dessen Oberfläche an mehreren Stellen aufbrach. Glänzend schwarze Ranken schossen auf ihn zu. Einige schlangen sich um seinen Kopf und Hals, andere um seine Arme und Beine. Drei Sekunden später war er gefesselt.

Ein gigantisches Samenkorn, dachte er verängstigt. *Irgendein völlig neuartiger gottverdammter Keim!*

Er kämpfte verzweifelt, konnte sich aber nicht von den schwarzen Ranken befreien oder sie zerreißen. Er konnte nicht einmal von dem Felsen aufstehen oder sich auch nur einen Zentimeter zur Seite bewegen.

Er versuchte zu schreien, stellte aber fest, daß er den Mund nicht mehr öffnen konnte.

Weil Teel immer noch auf das alptraumhafte Ding zwischen seinen Füßen hinabstarrte, sah er, wie sich in der Mitte ein neues, größeres Loch auftat. Eine viel dickere Ranke – eher ein Stengel – wuchs rasch aus der Öffnung hervor und schoß auf sein Gesicht zu, wie eine Kobra, die sich aus dem Korb eines Schlangenbeschwörers emporwindet. Dieser schwarze Stengel mit dunkelblauen unregelmäßigen Tupfen wurde nach oben hin schmäler und endete in neun dünnen gewundenen Ranken. Diese Fühler tasteten nun sanft sein Gesicht ab, und Teel schauderte vor Ekel, so als würde eine große Spinne über seine Haut laufen. Dann entfernte sich der Stengel von seinem Gesicht und bog sich seiner Brust entgegen. Entsetzt spürte er, wie das monströse Ding sich durch seine Kleider, durch seine Haut und durch seine Rippen fraß, wie die neun Ranken sich in seinem Körper ausbreiteten. Nahe daran, verrückt zu werden, verlor er gnädigerweise das Bewußtsein.

4

In dieser Welt hieß es also KEIM. Jedenfalls hatte sein erster Wirt, in dessen Geist es jetzt lesen konnte, es so bezeichnet. In Wirklichkeit war es keine Pflanze – auch kein Tier –, aber es akzeptierte den Namen, den Teel Pleever ihm gegeben hatte.

Keim schlüpfte nun vollständig aus der Hülse hervor, in der er jahrhundertelang geduldig gewartet hatte, und tauchte im Körper seines Wirts unter. Dann schloß er die unblutigen Wunden, durch die er in Pleever eingedrungen war.

Er brauchte ganze zehn Minuten, um mehr über die menschliche Physiologie zu erfahren, als die Menschen selbst wußten. Offenbar hatten sie keine Ahnung davon, daß sie die Fähigkeit besaßen, sich selbst zu heilen und dem Alterungsprozeß entgegenzuwirken. Ihr Leben war sehr kurz, weil sie sich seltsamerweise nicht bewußt waren, daß sie das Potential zur Unsterblichkeit hatten. Irgendwann während der Evolution dieser Spezies mußte etwas schiefgegangen sein: Zwischen Körper und Geist war eine Barriere entstanden, die sie daran hinderte, ihre Physis bewußt zu kontrollieren.

Merkwürdig!

Im Körper von Teel Pleever auf dem Felsen zwischen den Kiefern sitzend, benötigte Keim weitere achtzehn Minuten, um die Funktionsweise des menschlichen Geistes von Grund auf zu verstehen. Dieser Geist war zweifellos einer der interessantesten, denen Keim bisher im Universum begegnet war: komplex und mächtig – entschieden psychotisch.

Das würde eine faszinierende Inkarnation sein.

Keim stand auf, griff nach dem Gewehr, das seinem Wirt gehörte, und ging die bewaldeten Hügel hinab, zu dem Holzweg, wo Teel Pleever seinen Jeep abgestellt hatte. Am Wildern hatte Keim kein Interesse.

5

Jack Caswell saß am Küchentisch und betrachtete seine Frau, die an diesem Montagmorgen gerade aufbrach, um zur Schule zu fahren. Er zweifelte keinen Moment daran, daß er der glücklichste Mann der Welt war. Laura war so schön, so schlank, langbeinig und wohlgeformt, daß Jack manchmal das Gefühl hatte, als träumte er dieses Leben nur, denn im wirklichen Leben hätte er eine Frau wie Laura niemals verdient.

Sie nahm ihren karierten braunen Schal von einem der Haken neben der Hintertür, wickelte ihn um den Hals und kreuzte die gefransten Enden über ihren Brüsten. Durch das leicht beschlagene Türfenster warf sie einen Blick auf das große Thermometer, das auf der Veranda hing. »Nur drei Grad Celsius, und dabei haben wir erst Ende Oktober!«

Ihr dichtes, weiches, glänzendes kastanienbraunes Haar umrahmte ein perfekt proportioniertes Gesicht, das an den früheren Filmstar Veronica Lake erinnerte. Sie hatte riesige dunkelbraune – fast schwarze – Augen, die ausdrucksvollsten und strahlendsten Augen, die Jack je gesehen hatte. Er bezweifelte, daß jemand in diese klaren Augen blicken und dabei lügen könnte – und er konnte sich nicht vorstellen, daß irgendein Mann diese Augen sah, ohne sich sofort in die Frau zu verlieben.

Während sie ihren alten braunen Stoffmantel von einem anderen Haken nahm, ihn anzog und zuknöpfte, sagte sie: »Wetten, daß es dieses Jahr schon vor dem Thanksgiving Day schneien wird? Es wird weiße Weihnachten geben, und im Januar werden wir eingeschneit sein.«

»Ich hätte gar nichts dagegen, mit dir zusammen sechs oder auch acht Monate eingeschneit zu sein«, antwortete er.

»Nur wir zwei, Schnee bis zum Dach, so daß wir uns im Bett unter den Decken verkriechen und aneinander wärmen müßten, um zu überleben.«

Grinsend kam sie auf ihn zu, bückte sich und küßte ihn auf die Wange. »Jackson« – das war der Kosename, den sie ihm gegeben hatte –, »bei dem Feuer, das du in mir entfachst, würden wir vermutlich so viel Körperwärme erzeugen, daß der Schnee sogar einen Kilometer hoch auf dem Dach liegen könnte, ohne daß es uns etwas ausmachen würde. Denn auch wenn es draußen noch so kalt wäre – hier im Haus hätten wir Temperaturen von über vierzig Grad und eine so hohe Luftfeuchtigkeit, daß Dschungelpflanzen aus dem Boden schießen und sich an den Wänden emporranken würden, und in allen Ecken würden tropische Schimmelpilze gedeihen.«

Sie ging ins Wohnzimmer, um ihre Mappe zu holen, die auf dem Schreibtisch lag, wo sie ihren Unterricht vorbereitete.

Jack stand auf. Er war an diesem Morgen etwas steifer als gewöhnlich, konnte sich aber immerhin ohne Stock fortbewegen. Während er das schmutzige Frühstücksgeschirr aufeinanderstapelte, dachte er immer noch darüber nach, was für ein Glückspilz er doch war.

Sie hätte jeden Mann haben können, den sie wollte, und doch hatte sie ihn genommen, obwohl er bestenfalls durchschnittlich aussah und zwei kaputte Beine hatte, die ihn nur trugen, wenn er sie jeden Morgen in Metallschienen zwängte. Mit ihrer Schönheit, Intelligenz und Persönlichkeit hätte sie reich heiraten oder aber in die Großstadt ziehen und Karriere machen können. Stattdessen hatte sie sich mit dem bescheidenen Lebensstil einer Lehrerin und Ehefrau eines wenig erfolgreichen Schriftstellers begnügt, nannte anstelle einer Villa nur dieses kleine Haus am Waldrand ihr eigen und fuhr keine schicke Limousine, sondern einen drei Jahre alten Toyota.

Als sie mit ihrer Mappe in der Hand wieder in die Küche kam, stellte Jack das Geschirr in die Spüle. »Vermißt du die Limousinen?«

Sie blinzelte verwirrt. »Wovon redest du?«

Seufzend lehnte er sich an die Spüle. »Manchmal bereitet es mir Sorgen, daß du …«

Sie trat zu ihm. »Daß ich – was?«

»Na ja, daß du nicht viel vom Leben hast, jedenfalls nicht so viel, wie du eigentlich haben müßtest. Laura, du bist für Limousinen mit Chauffeur geboren, für Villen und Skiurlaub im eigenen Chalet in der Schweiz. Du *verdienst* das alles.«

Sie lächelte. »Du bist ein süßer Dummkopf! Ich würde mich in einer Limousine mit Chauffeur langweilen. Ich sitze gern am Steuer. Autofahren macht mir Spaß. In einer Villa käme ich mir so verloren vor wie eine Erbse in einem großen Faß. Ich liebe *gemütliche* Häuser. Nachdem ich nicht Ski laufe, habe ich für ein Chalet keine Verwendung, und obwohl ich Schweizer Uhren und Schokolade mag, würde ihr ständiges Jodeln mir schrecklich auf die Nerven gehen.«

Er legte ihr seine Hände auf die Schultern. »Bist du wirklich glücklich?«

Sie blickte ihm tief in die Augen. »Es ist dir ernst, stimmt's?«

»Es bedrückt mich, daß ich dir nicht genug bieten kann.«

»Hör zu, Jackson, du liebst mich von ganzem Herzen, das weiß ich. Ich spüre es tagaus, tagein. Den meisten Frauen wird eine solche Liebe nie zuteil. Ich bin mit dir glücklicher, als ich es jemals für möglich gehalten hätte. Und ich liebe auch meine Arbeit. Wenn man sich wirklich Mühe gibt, den kleinen Teufeln Wissen zu vermitteln, ist Unterrichten sehr befriedigend. Außerdem wirst du eines Tages berühmt sein, der berühmteste Autor von Kriminalromanen seit Raymond Chandler, das weiß ich genau. Und wenn du jetzt nicht sofort aufhörst, dich so töricht aufzuführen, werde ich noch zu spät kommen.«

Sie küßte ihn wieder, ging zur Tür, warf ihm noch eine Kußhand zu, lief die Verandastufen hinab und stieg in den Toyota, der auf der Kiesauffahrt stand.

Jack griff nach seinem Stock, der über einer Stuhllehne hing, um schneller zur Tür zu kommen, als es ihm nur mit den Metallschienen möglich gewesen wäre. Er wischte die beschlagene Scheibe ab und beobachtete, wie Laura den Motor anließ, der sich erst erwärmen mußte, bevor er zu stottern aufhörte. Dampfwolken kamen aus dem Auspuffrohr hervor. Sie fuhr auf die Landstraße hinaus, und Jack blieb am Fenster stehen, bis der weiße Toyota nur noch ein kleiner Punkt war.

Obwohl die Volksschule nur knapp fünf Kilometer entfernt war, und obwohl Laura der stärkste und selbstsicherste Mensch war, den Jack je gekannt hatte, machte er sich Sorgen um sie. Die Welt war hart und hielt eine Unmenge schrecklicher Überraschungen bereit, sogar im friedlichen ländlichen Pine County. Und sogar die zähesten Menschen konnten plötzlich von den Rädern des Schicksals erfaßt und im Bruchteil einer Sekunde zermalmt werden.

»Paß gut auf dich auf«, sagte er leise vor sich hin. »Paß gut auf dich auf und komm zurück zu mir!«

6

Keim fuhr mit Teel Pleevers altem Jeep den früheren Holzweg entlang und bog nach rechts auf eine schmale geteerte Straße ein. Nach anderthalb Kilometern gingen die Hügel in Flachland über, und anstelle von Wald säumten jetzt Felder die Straße.

Beim ersten Haus hielt Keim an und stieg aus dem Jeep. Da ihm der Wissensschatz seines Wirts unbegrenzt zur Verfügung stand, wußte er, daß hier eine Familie Halliwell wohnte. Keim klopfte laut an die Haustür.

Mrs. Halliwell, eine Frau Anfang dreißig mit freundlichem Gesicht, öffnete und wischte sich die Hände an ihrer blauweißkarierten Schürze ab. »Nanu, Mr. Pleever!«

Keim ließ Ranken aus den Fingerspitzen seines Wirts hervorwachsen. Die schwarzen Gebilde peitschten blitzschnell um die Frau herum, umschlangen und fesselten sie. Während Mrs. Halliwell entsetzt aufschrie, schoß ein dicker Stengel aus Pleevers offenem Mund, durchbohrte ihre Brust, ohne daß es blutete, und verschmolz sofort mit ihrem Fleisch.

Sie konnte nicht einmal ihren ersten Schrei vollenden. In Sekunden ergriff Keim von ihr Besitz. Die Ranken und Stengel, die beide Wirte verbanden, teilten sich in der Mitte, und die glänzende, blaugesprenkelte schwarze Substanz strömte zur Hälfte in Teel Pleever zurück, zur Hälfte in Jane Halliwell.

Keim wuchs.

Er zapfte Jane Halliwells Geist an und erfuhr, daß ihre beiden Kinder in der Schule waren, und daß ihr Mann nach Pineridge gefahren war, um im Eisenwarengeschäft verschiedene Einkäufe zu machen. Sie war allein im Haus gewesen.

Begierig darauf, neue Wirte zu finden und sein Imperium auszubauen, führte Keim Jane Halliwell und Teel Pleever zum Jeep und fuhr mit ihnen auf der Landstraße in Richtung Pineridge.

7

Mrs. Caswell begann den Vormittag immer mit einer Geschichtsstunde. Bevor er in ihrer sechsten Klasse gelandet war, hatte Jamie Watley gedacht, daß Geschichte ein langweiliges Fach sei. Doch bei Mrs. Caswell war der Geschichtsunterricht nicht nur interessant, sondern er machte auch viel Spaß.

Manchmal ließ sie ihre Schüler wichtige historische Ereignisse nachspielen, und jeder bekam eine ulkige Kopfbedeckung, die zu der jeweiligen Rolle paßte. Mrs. Caswell besaß eine unglaubliche Sammlung verschiedener Hüte, Mützen und sonstiger Kopfbedeckungen. Um ihrer Klasse die Wikinger nahezubringen, hatte sie eines Morgens einen seltsamen Helm mit Hörnern getragen, und alle hatten schallend gelacht, als sie in diesem Aufzug das Zimmer betreten hatte. Jamie fühlte sich zunächst peinlich berührt; schließlich war sie *seine* Mrs. Caswell, die Frau, die er liebte, und er konnte es nicht ertragen, daß sie sich lächerlich machte. Doch dann zeigte sie ihnen Bilder von Wikingerschiffen: mit

216

kunstvoll geschnitzten Drachenköpfen am Bug. Sie erzählte ihnen vom heldenhaften Leben der Wikinger, die sich zu einer Zeit, als es noch keine Landkarten gab, aufs unbekannte stürmische Meer hinauswagten, obwohl sie damit rechnen mußten, lebendigen Drachen zu begegnen oder sogar vom Rand der Erde ins Nichts zu stürzen – damals wußten die Menschen noch nicht, daß die Erde eine Kugel und keine Scheibe ist. Und während Mrs. Caswell erzählte, wurde ihre Stimme immer leiser, bis alle Schüler wie gebannt an ihren Lippen hingen und sich auf ein kleines Schiff versetzt glaubten, das in Wind und Regen von hohen Wellen hin und her geschleudert wurde, während in der Ferne aus dem Nebel ein geheimnisvolles dunkles Gestade auftauchte. Jetzt besaß Jamie zehn Zeichnungen von Mrs. Caswell als Wikingerin, und sie gehörten zu den Lieblingsbildern seiner geheimen Galerie.

Vergangene Woche hatte ein Mann vom Kultusministerium, ein gewisser Mr. Enright, Mrs. Caswells Klasse visitiert. Er war klein und sehr korrekt gekleidet: dunkler Anzug, weißes Hemd und rote Krawatte. Nach der Geschichtsstunde, in der es um das Leben im Mittelalter ging, wollte Mr. Enright den Schülern Fragen stellen, um zu sehen, ob sie den Stoff auch verstanden hatten. Jamie und alle anderen antworteten begierig, und Enright war beeindruckt. »Aber eigentlich ist das nicht der Lehrplan der sechsten Klasse, Mrs. Caswell«, sagte er. »Mir kommt es fast so vor, als würden Sie schon den Stoff der achten Klasse durchnehmen.«

Normalerweise hätten die Schüler das als großes Kompliment aufgefaßt, sich stolz in die Brust geworfen und zufrieden gegrinst. Aber sie hatten für eine solche Situation bestimmte Instruktionen erhalten, und deshalb sackten alle auf ihren Stühlen zusammen und bemühten sich, erschöpft auszusehen.

»Was Mr. Enright damit sagen will«, erläuterte Mrs. Caswell ihrer Klasse, »ist, daß er befürchtet, ich könnte euch überfordern. Aber ihr findet doch nicht, daß ich zuviel von euch verlange, oder?«

Die ganze Klasse rief wie aus einem Munde: »Doch!«

Mrs. Caswell tat so, als wäre sie sehr bestürzt. »Aber nein, ich überfordere euch doch nicht …«

Melissa Fedder, die über die beneidenswerte Fähigkeit verfügte, nach Wunsch weinen zu können, brach in Tränen aus, so als wäre die Anstrengung, Mrs. Caswells Schülerin zu sein, einfach zuviel für sie.

Jamie stand auf, tat so, als würde er vor Angst am ganzen Leibe zittern, und stammelte seinen einstudierten Text: »Mr. En-Enright, wir k-k-können es einfach n-nicht mehr ertragen. Sie sch-sch-schikaniert uns so! Immer! W-Wir nennen sie Miss Attila die Hunnin!«

Nun trugen auch andere Kinder Mr. Enright ihre Klagen vor:

»… gönnt uns nie eine Ruhepause …«

»… jeden Tag vier Stunden Hausaufgaben …«

»… viel zuviel …«

»… erst Sechstkläßler …«

Mr. Enright war entsetzt.

Mrs. Caswell machte mit finsterer Miene einige Schritte auf ihre Schüler zu und gebot ihnen mit einer Handbewegung Schweigen.

Alle verstummten sofort, so als hätten sie Angst vor ihr. Melissa Fedder schluchzte immer noch, und Jamie gab sich größte Mühe, seine Unterlippe zittern zu lassen.

»Mrs. Caswell«, murmelte Mr. Enright verstört, »äh … vielleicht sollten Sie sich in Zukunft doch etwas mehr an den Lehrplan für die sechste Klasse halten. Dieser Stress …«

»Oh!« fiel Mrs. Caswell ihm erschrocken ins Wort. »Ich befürchte, daß es schon zu spät ist, Mr. Enright. Schauen Sie sich die armen Kleinen an! Offenbar habe ich sie umgebracht!«

Bei diesem Stichwort ließen alle Kinder sich auf die Tische fallen, so als wären sie plötzlich tot zusammengebrochen.

Mr. Enright stand einen Augenblick wie gelähmt da, doch dann brach er in lautes Gelächter aus, und alle Kinder lachten mit, und er sagte: »Mrs. Caswell, Sie haben mich hereingelegt! Das war einstudiert.«

»Ich gestehe«, antwortete Mrs. Caswell, und die Kinder lachten noch lauter.

»Aber woher wußten Sie denn, daß ich befürchten könnte, Sie würden Ihre Schüler überfordern?«

»Weil Kinder *immer* unterschätzt werden«, sagte Mrs. Caswell. »Der offizielle Lehrplan fordert sie nie heraus. Alle sind so besorgt, daß der psychologische Stress zu groß sein könnte, und alle reden über die Probleme überforderter Kinder, und das Resultat ist, daß die Kinder in Wirklichkeit *un-* *ter*fordert sind. Aber ich kenne mich mit Kindern aus, Mr. Enright, und ich kann Ihnen versichern, daß sie viel intelligenter und zäher sind, als die meisten Leute glauben. Stimmt's?«

Die ganze Klasse versicherte lautstark, daß sie recht hatte.

Mr. Enright ließ seinen Blick über die Gesichter der Schüler gleiten, und zum erstenmal an diesem Morgen schaute er sie wirklich aufmerksam an. Dann lächelte er. »Mrs. Caswell, Sie leisten wirklich großartige Arbeit.«

»Danke.«

Mr. Enright schüttelte den Kopf, lächelte noch breiter und murmelte augenzwinkernd: »Fürwahr Miss Attila die Hunnin!«

In diesem Augenblick war Jamie so stolz auf Mrs. Caswell, und er liebte sie so sehr, daß er nur mühsam seine Tränen zurückhalten konnte, die viel echter gewesen wären als die von Melissa Fedder.

Und nun, an diesem letzten Montagmorgen im Oktober, lauschte Jamie hingerissen, während Miss Attila der Klasse erzählte, wie primitiv die Medizin im Mittelalter gewesen war, daß es aber auch eine verrückt-faszinierende Wissenschaft namens Alchimie gegeben hatte, wobei die Menschen versuchten, Blei in Gold zu verwandeln. Nach einer Weile glaubte er fast, daß ihm nicht mehr der Geruch nach Kreide in die Nase stieg, sondern der übelkeitserregende Gestank der mit Abfällen übersäten Straßen im mittelalterlichen Europa.

In seinem winzigen Arbeitszimmer auf der Vorderseite des Hauses saß Jack Caswell an dem alten Schreibtisch aus Fichtenholz, trank von Zeit zu Zeit einen Schluck Kaffee und las noch einmal das Kapitel durch, das er am Vortag geschrieben hatte. Er machte viele Bleistiftkorrekturen und schaltete dann seinen Computer ein, um diese Änderungen zu speichern.

Nach seinem schweren Unfall vor drei Jahren, der ihn daran hinderte, seinen Beruf als Wildhüter des Forstministeriums weiter auszuüben, hatte er versucht, seinen alten Traum zu verwirklichen und Schriftsteller zu werden. (In seinen Träumen sah er manchmal immer noch, wie der große Lastwagen auf der vereisten Straße ins Schleudern kam, wie er selbst auf die Bremse trat und dadurch ebenfalls die Kontrolle über sein Auto verlor, wie er im grellen Scheinwerferlicht des LKWs das Steuer herumriß, die Katastrophe aber nicht mehr abwenden konnte. Es war schon zu spät. Sogar in seinen Alpträumen war es immer zu spät.)

In den letzten drei Jahren hatte er vier Kriminalromane mit viel Action geschrieben, und zwei davon waren sogar von New Yorker Verlagen veröffentlicht worden; außerdem waren acht seiner Kurzgeschichten in Zeitschriften erschienen.

Bevor er Laura kennenlernte, hatte seine Liebe der Natur und Büchern gehört. Vor dem Unfall war er oft im Gebirge gewandert, in einsamen ruhigen Gegenden, und immer war sein Rucksack zur Hälfte mit Lebensmitteln, zur Hälfte mit Taschenbüchern vollgepackt gewesen. Abgesehen von seinen Vorräten, hatte er sich von Beeren, Nüssen und eßbaren Wurzeln ernährt, und er war tagelang in der Wildnis geblieben, um die Tiere zu beobachten und ungestört zu lesen. Er war ein Naturmensch, aber er hatte auch ausgeprägte kulturelle Interessen, und während es schwierig war, in einer Stadt naturverbunden zu leben, konnte man die Kultur in Form von Büchern relativ mühelos an jeden Ort mitnehmen, und wenn Jack sich irgendwo in den dichten Wäldern aufhielt, konnte er beiden Seiten seiner gespaltenen Seele gerecht werden.

Nun, da seine Beine ihn nie mehr ins Gebirge tragen würden, mußte er sich mit den Freuden der Kultur begnügen – und, verdammt, er mußte es bald schaffen, mit seiner Schreiberei mehr zu verdienen als bisher. Mit dem Verkauf von acht Geschichten und zwei Romanen, die recht gute Kritiken erhalten hatten, hatte er in den vergangenen drei Jahren nicht einmal ein Drittel von Lauras bescheidenem Lehrerinnengehalt verdient. Von den Bestsellerlisten war er noch weit entfernt, und das Leben am unteren Ende der Erfolgsleiter war alles andere als glanzvoll. Ohne die kleine Invalidenpension vom Forstministerium hätten Laura und er große Mühe gehabt, auch nur ihren Lebensunterhalt zu bestreiten. Beim Gedanken an den abgetragenen braunen Stoffmantel, in dem Laura heute morgen zur Schule gefahren war, wurde er traurig, doch zugleich bestärkte ihn das nur in seinem Entschloß, den Durchbruch als Autor zu schaffen und ein Vermögen zu verdienen, damit er Laura all den Luxus bieten konnte, der ihr zustand.

Seltsamerweise hätte er Laura nie kennengelernt, wenn der Unfall nicht gewesen wäre. Sie hatte im Krankenhaus einen ihrer Schüler besucht, und als sie gehen wollte, sah sie Jack, der in einem Rollstuhl saß und mit finsterer Miene durch die Korridore fuhr. Laura brachte es einfach nicht fertig, an einem sichtlich deprimierten Mann im Rollstuhl vorbeizugehen, ohne den Versuch zu machen, ihn ein wenig aufzuheitern. Von Selbstmitleid und Zorn erfüllt, erteilte er ihr eine scharfe Abfuhr, mit dem Resultat, daß sie es sich nun erst recht in den Kopf setzte, ihm zu helfen. Er wußte damals noch nicht, wie hartnäckig sie sein konnte, aber er bekam es bald zu spüren. Als sie zwei Tage später wieder ihren Schüler besuchte, schaute sie auch bei Jack vorbei, und, bald kam sie jeden Tag, nur um ihn zu besuchen. Er selbst hatte schon resigniert und sah sich ein Leben lang im Rollstuhl sitzen, aber Laura gab keine Ruhe, bis er zustimmte, länger und intensiver als bisher mit einem Therapeuten zu arbeiten und wenigstens zu *versuchen*, mit Metallschienen und Stock gehen zu lernen. Als nach einiger Zeit nur geringe Erfolge festzustellen waren, rollte sie ihn trotz seiner Proteste jeden Tag in den Behandlungsraum und ließ ihn alle Übungen ein zweites Mal machen. Es dauerte nicht lange, bis Jack von ihrem unerschütterlichen Optimismus und von ihrer phänomenalen Ausdauer angesteckt wurde. Er faßte den Entschluß, wieder gehen zu lernen, und er schaffte es. Und irgendwie führte das alles schließlich zu Liebe und Heirat. Das Schlimmste, was ihm jemals zugestoßen war – der Unfall, bei dem seine Beine zertrümmert worden waren –, hatte ihn mit Laura zusammengebracht, und sie war mit Abstand das *Beste*, was ihm jemals widerfahren war.

Bizarr! Das Leben war wirklich bizarr!

In dem neuen Roman, an dem er arbeitete, ging es um diese Bizarrerie: wie schlimme Ereignisse sich letztlich segensreich auswirken konnten, während Glücksfälle in Tragödien endeten. Diese Beobachtung sollte sich wie ein roter Faden durch seinen Kriminalroman ziehen, und wenn es ihm gelang, tiefgründige Überlegungen mit einer spannenden Handlung zu kombinieren, könnte er mit diesem Buch vielleicht nicht nur viel Geld verdienen, sondern auch stolz darauf sein, es geschrieben zu haben.

Er schenkte sich eine weitere Tasse Kaffee ein und wollte gerade ein neues Kapitel beginnen, als er zufällig einen Blick aus dem Fenster links von seinem Schreibtisch warf und einen schmutzigen, verbeulten Jeep sah, der von der Straße in seine Auffahrt abbog.

Während er überlegte, wer das sein könnte, stemmte er sich schon aus dem Stuhl hoch und griff nach seinem Stock. Er brauchte eine ganze Weile, um zur Haustür zu kommen, und er haßte es, Leute warten zu lassen.

Der Jeep hielt vor dem Haus. Beide Türen flogen auf, und ein Mann und eine Frau stiegen aus.

Jack kannte Teel Pleever flüchtig. Im ganzen Fine County war der Immobilienmakler bekannt, aber Jack glaubte, daß kaum jemand den Mann *wirklich* kannte.

Auch die Frau hatte er irgendwo schon einmal gesehen. Sie war um die dreißig und recht attraktiv. Vielleicht hatte sie ein Kind in Lauras Klasse, und er war ihr bei irgendeinem Schulfest begegnet. In Hauskleid und Schürze war sie für diesen kalten Oktobermorgen viel zu leicht angezogen.

Jack hatte noch nicht einmal die Schwelle seines Arbeitszimmers erreicht, als seine unerwarteten Besucher bereits an der Haustür klopften.

9

Keim war von der Straße abgebogen, sobald er das nächste Haus erblickt hatte. Nach Jahrhunderten eines mit Träumen verbrachten Halblebens war er begierig, sich in weiteren Wirten auszubreiten. Von Pleever wußte er, daß fünftausend Menschen in der Kleinstadt Pineridge lebten, wo Keim gegen Mittag anzukommen hoffte. Innerhalb von zwei, höchstens drei – Tagen würden sämtliche Einwohner unter seiner Kontrolle sein, und dann würde er den übrigen Bezirk erobern, bis Körper und Geist aller zwanzigtausend Personen im ländlichen Pine County versklavt sein würden.

Auf viele Wirte verteilt, blieb Keim dennoch stets *ein* Wesen mit *einem* Bewußtsein. Er konnte in Millionen oder Milliarden Augen, Milliarden Ohren, Milliarden Nasen, Mündern und Händen empfangen und verarbeiten, ohne Überlastung oder Verwirrung befürchten zu müssen. In all den unzähligen Millionen von Jahren, seit Keim schon durch die Galaxien reiste, hatte er auf keinem der über hundert Planeten, die er erobert hatte, irgendein Wesen gefunden, das seine eigene einmalige Fähigkeit zu physischer Sinnesspaltung besessen hätte.

Jetzt ließ Keim seine beiden Gefangenen aussteigen und führte sie über den Rasen zur Veranda des kleinen weiten Hauses.

Von Pine County aus würde er seine Wirte in alle Himmelsrichtungen schicken, in alle Länder und Kontinente, bis jeder Mensch auf der ganzen Erde unterjocht war. Während dieser Zeit würde er weder den Geist noch die individuelle Persönlichkeit seiner Wirte zerstören, sondern sich ihrer

Körper und ihres Wissens bedienen, um die Welt leichter erobern zu können. Teel Pleever, Jane Halliwell und all die anderen würden in den Monaten ihrer totalen Versklavung bei vollem Bewußtsein sein: Sie würden sich in unerträglicher Weise bewußt sein, welche Greueltaten sie begingen, und sie würden sich ständig bewußt sein, daß Keim in ihnen nistete.

Er führte seine beiden Wirte die Verandastufen hinauf und veranlaßte Pleever, an die Haustür zu klopfen.

Wenn kein Mann, keine Frau und kein Kind auf der ganzen Erde mehr frei war, würde Keim zum nächsten Stadium übergehen, zum *Tag der Freilassung*, an dem er seinen Wirten plötzlich erlauben würde, wieder selbst die Kontrolle über ihre Körper auszuüben, obwohl in jedem von ihnen ein Partikel des Puppenspielers verbleiben würde, der auch weiterhin durch ihre Augen blicken und ihre Gedanken überwachen würde. Natürlich würde mindestens die Hälfte aller Wirte schon vor dem Tag der Freilassung wahnsinnig geworden sein. Andere, die noch bei Verstand waren, weil sie sich an die Hoffnung geklammert hatten, daß die Qual irgendwann ein Ende haben mußte, würden an der Erkenntnis zerbrechen, daß sie zwar die Kontrolle über ihre Körper zurückerlangt hatten, die kalte parasitäre Gegenwart des Eindringlings aber auch künftig erdulden mußten; auch sie würden langsam wahnsinnig werden. So lief es immer ab. Eine kleinere Gruppe würde unweigerlich Trost in der Religion suchen und einem zerstörerischen Kult mit Keim als Gottheit huldigen. Und die allerkleinste Gruppe – die zähesten Menschen – würde bei Verstand bleiben und sich entweder mit Keims Präsenz abfinden oder aber nach Wegen suchen, ihn zu vertreiben – ein von vornherein zum Scheitern verurteiltes Unterfangen.

Keim klopfte wieder an die Tür. Vielleicht war niemand zu Hause.

»Ich komme schon«, rief ein Mann von drinnen.

Ah, gut!

Nach dem Tag der Freilassung würde das Schicksal dieser erbärmlichen Welt dann nach dem üblichen Schema ablaufen: Massenselbstmorde, Millionen von Morden, verübt von Psychopathen, ein totaler blutiger Kollaps der Gesellschaft und das unaufhaltsame Abgleiten in Anarchie und Barbarei.

Chaos.

Chaos zu erzeugen, Chaos zu verbreiten, Chaos zu nähren, Chaos zu beobachten und zu genießen – das war Keims einziges Ziel. Er war während des Urknalls am Anfang der Zeit geboren worden. Davor, in der Zeit, bevor es eine Zeit gab, war er ein Teil des herrlichen Chaos in der superkondensierten Urmaterie gewesen. Als jener große undifferenzierte Ball explodierte, entstand das Universum; in den leeren Raum kam eine unglaubliche Ordnung, aber Keim war kein Teil dieser Ordnung. Er war ein Rest des Chaos vor der Schöpfung. Von einer unzerstörbaren Schale geschützt, flog er in die aufblühenden Galaxien, im Dienste der Unordnung.

Ein Mann öffnete die Tür. Er stützte sich schwer auf einen Stock. »Mr. Pleever, nicht wahr?« sagte er.

Keim ließ schwarze Ranken aus Jane Halliwell hervorwachsen.

Der Mann mit dem Stock schrie auf, als diese Gewächse ihn umschlangen.

Ein blaugesprenkelter schwarzer Stengel schob aus Jane Halliwells Mund hervor, durchbohrte die Brust des behinderten Mannes, und Sekunden später hatte Keim seinen dritten Wirt: Jack Caswell.

Die Beine des Mannes waren bei einem Unfall so schwer verletzt worden, daß er Metallschienen tragen mußte. Weil Keim nicht von einem verkrüppelten Wirt aufgehalten werden wollte, heilte er Caswells Körper und schüttelte die Schienen ab.

Aus Caswells Wissen schöpfend, erfuhr Keim, daß sonst niemand im Haus war. Er erfuhr auch, daß Caswells Frau an einer Schule unterrichtete, und daß diese Schule mit mindestens 160 Kindern und ihren Lehrern nur knapp fünf Kilometer entfernt war. Keim entschied, daß es effektiver war, nicht an jedem Haus auf der Strafe nach Pineridge haltzumachen, sondern direkt zur Schule zu fahren, dort jeden zu versklaven und dann mit all den vielen Wirten in verschiedene Richtungen auszuschwärmen.

Jack Caswell war zwar Keims Gefangener, aber weil sie sich nun das Gehirngewebe und die Nervenbahnen teilten, konnte er seinerseits die Gedanken seines außerirdischen Gebieters lesen. Und als er erfuhr, daß die Schule angegriffen werden sollte, lehnte sein gefesselter Geist sich auf und versuchte verzweifelt, die Ketten abzuschütteln.

Keim war erstaunt über die Kraft und Hartnäckigkeit, mit der dieser Mann Widerstand leistete. Ihm war schon bei Teel Pleever und Jane Halliwell aufgefallen, daß Menschen – wie die Spezies sich selbst nannte – einen viel stärkeren Willen besaßen als alle anderen Wesen, mit denen er je Kontakt gehabt hatte. Und jetzt zeigte sich, daß Caswell einen noch viel stärkeren Willen als die beiden anderen Wirte besaß. Dies war offensichtlich eine Spezies, die einen erbarmungslosen Kampf gegen das Chaos führte, die versuchte, dem Leben einen Sinn zu geben, die fest entschlossen war, durch reine Willenskraft der natürlichen Welt Ordnung *aufzuzwingen*. Um so mehr Vergnügen würde es Keim bereiten, die Menschheit in Chaos, Degeneration und Vernichtung zu stürzen.

Keim drängte den Geist des Mannes in eine noch kleinere und finsterere Ecke als anfangs und zog die Ketten noch fester an. Dann fuhr er in Gestalt seiner drei Wirte zur Schule.

10

Es war Jamie Watley peinlich, Mrs. Caswell um Erlaubnis zu bitten, auf die Toilette gehen zu dürfen. Er wollte, daß sie ihn für einen besonderen Jungen hielt, daß er sich in ihren Augen von den anderen Kindern abhob, daß sie ihn genauso liebte, wie er sie liebte – aber wie sollte sie ihn für etwas Besonderes halten, wenn sie wußte, daß er pinkeln mußte wie jeder andere Junge auch? Er wußte, daß er sich töricht benahm. Man brauchte sich nicht zu schämen, wenn man auf die Toilette mußte. Jeder Mensch pinkelte. Sogar Mrs. Caswell ...

Nein! Daran wollte er nicht einmal denken. Unmöglich. Doch während der ganzen Geschichtsstunde mußte er daran denken, daß *er* dringend pinkeln mußte, und als sie mit Geschichte fertig waren und mitten in der Mathematik steckten, konnte er einfach nicht länger warten.

»Ja, Jamie?«

»Darf ich austreten, Mrs. Caswell?«

»Natürlich.«

Die Zettel, auf denen stand, dar ein Schüler die Toilette aufsuchen durfte, lagen am Rand ihres Pults, und deshalb mußte er dicht an ihr vorbeigehen. Er senkte den Kopf und hielt seinen Blick starr auf den Boden gerichtet, damit sie nicht sah, daß sein Gesicht vor Verlegenheit glühte. Ohne hinzusehen, schnappte er sich einen Zettel vom Pult und hastete auf den Korridor hinaus.

Im Gegensatz zu anderen Jungen trödelte er nicht herum. Er wollte möglichst schnell ins Klassenzimmer zurück, um Mrs. Caswells melodischer Stimme lauschen und ihre anmutigen Bewegungen beobachten zu können.

Als er aus der Toilette kam, sah er am Ende des Korridors drei Personen, die die Schule soeben durch die Tür, die zum Parkplatz führte, betreten hatten: einen Mann in Jagdkleidung, einen zweiten in Khakihose und braunem Sweatshirt und eine Frau, die über ihrem Hauskleid eine Schürze trug. Sie bildeten ein seltsames Trio.

Jamie wollte sie vorbeilassen, denn sie schienen es schrecklich eilig zu haben und würden ihn möglicherweise einfach über den Haufen rennen, wenn er ihnen in den Weg kam. Außerdem vermutete er, daß sie fragen würden, wo sie den Direktor, die Schulschwester oder sonst eine wichtige Person finden könnten, und Jamie genoß es, Auskunft geben zu können. Als die drei näher kamen, wandten sie sich tatsächlich ihm zu.

Er wurde gefangengenommen.

11

Keim hatte sich jetzt schon in vier Menschen festgesetzt.

Bis zur Nacht würden es Tausende sein.

In seinen vier Teilen ging er den Korridor entlang, in Richtung auf Jamies Klassenzimmer.

In ein, zwei Jahren, wenn die gesamte Weltbevölkerung ein Teil von Keim geworden war, wenn nach dem Tag der Freilassung das große Chaos und Blutvergießen einsetzte, würde er sich als Ganzes nur noch einige Wochen auf diesem Planeten aufhalten, um den Beginn des menschlichen Abstiegs genußvoll zu beobachten. Dann würde er eine neue Hülse bilden, dieses Gefäß mit dem größten Teil seiner selbst füllen, die Erdanziehungskraft überwinden und sich ins Weltall zurückbegeben, um Zehntausende oder sogar Millionen von Jahren nach einer neuen vielversprechenden Welt zu suchen, wo er dann wieder geduldig auf den Kontakt mit einem Mitglied der dominierenden Spezies warten würde.

Während seiner langen Reise durch den Kosmos würde Keim jedoch ständig in Kontakt mit seinen Milliarden Teilchen bleiben, die auf der Erde zurückgeblieben waren, allerdings nur so lange, wie es Wirte gab, in denen diese Fragmente seiner selbst leben konnten. In gewisser Weise würde er diesen Planeten also nie wirklich verlassen, bis Jahrhunderte später auch der letzte Mensch in einer Apokalypse voll chaotischer Gewalt vernichtet sein würde. Zusammen mit diesem letzten Wirt würde dann auch das letzte erdgebundene Partikel von Keim sterben.

Er erreichte die Tür von Laura Caswells Klassenzimmer.

Jack Caswell und Jamie Watley gerieten vor Angst und Zorn außer sich, und Keim mußte einen Augenblick stehenbleiben, um sie zu beruhigen und ihren Geist wieder voll unter Kontrolle zu bekommen, denn sie versuchten verzweifelt, sich aus ihrer Gefangenschaft zu befreien. Ihre Körper zuckten, und sie gaben gurgelnde Laute von sich, als sie eine Warnung schreien wollten. Keim war schockiert über diese Rebellion. Obwohl sie natürlich nicht die geringsten Erfolgschancen hatten, leisteten sie doch so erbitterten Widerstand, wie er es noch nie zuvor erlebt hatte.

Keim erforschte ihre Gedanken und lernte, daß ihr eindrucksvoller Eigensinn, der beachtliche Willenskraft verriet, nicht durch Angst um sich selbst ausgelöst worden war, sondern durch ihre Angst um Laura Caswell, die Lehrerin des einen und Ehefrau des anderen. Gewiß, sie ärgerten sich auch über ihre eigene Versklavung, aber viel wütender waren sie über die Möglichkeit, daß Laura ebenfalls in Besitz genommen werden könnte. Beide liebten diese Frau, und die Reinheit ihrer Liebe gab ihnen die Kraft, sich gegen den Schrecken aufzulehnen, dem sie ausgesetzt waren.

Interessant.

Keim war bei etwa der Hälfte der verschiedenen Spezies, die er auf anderen Welten vernichtet hatte, auf das Konzept der Liebe gestoßen, aber noch nirgendwo hatte er die Macht der Liebe so stark wahrgenommen wie in diesen beiden Menschen. Keim erkannte zum erstenmal, das der Wille eines intelligenten Wesens nicht die einzige Triebkraft bei der Durchsetzung einer universellen Ordnung war: Auch die Liebe erfüllte diese Funktion. Und in einer Spezies, die sowohl einen starken Willen als auch eine ungewöhnliche Fähigkeit zur Liebe besaß, hatte Keim den mächtigsten Feind des Chaos gefunden.

Mächtig, aber natürlich nicht mächtig genug. Keim war nicht aufzuhalten. Innerhalb von vierundzwanzig Stunden würde schon ganz Pineridge unter seiner Kontrolle sein.

Er öffnete die Tür des Klassenzimmers. Zu viert gingen sie hinein.

12

Laura Caswell war überrascht, als ihr Mann zusammen mit Richie Halliwells Mutter, dem alten Gauner Teel Pleever und Jamie das Zimmer betrat. Sie konnte sich beim besten Willen nicht vorstellen, was die drei Erwachsenen hier zu suchen hatten. Dann fiel ihr auf, daß Jack ging, *richtig* ging, daß er sich nicht auf steifen Beinen in Metallschienen Schritt für Schritt vorwärtsschleppte, sondern sich so mühelos bewegte wie andere Menschen.

Bevor sie das Wunder von Jacks plötzlicher Genesung verdaut hatte, bevor sie ihn fragen konnte, was geschehen war, begann der Alptraum. Jamie Watley streckte seine Hände in Richtung seines Klassenkameraden Tommy Albertson aus. Abscheuliche schwarze wurmartige Ranken schossen aus seinen Fingerspitzen hervor und fesselten Tommy, und noch während der Junge aufschrie, trat ein ekelerregendes schlangenartiges Gebilde aus Jamies Brustkorb hervor und durchbohrte Tommys Brust, so daß die beiden Jungen für einige Sekunden wie durch eine obszöne Nabelschnur verbunden waren.

Die Kinder schrien, sprangen von ihren Bänken auf und versuchten zu fliehen, aber sie wurden mit phänomenaler Geschwindigkeit angegriffen und zum Schweigen gebracht. Glänzende Würmer und dickere Schlangen schossen nun auch aus Mrs. Halliwell, Pleever und Jack hervor. Von Lauras neunzehn Schülern wurden drei weitere gepackt. Gleich darauf beteiligten sich Tommy Albertson und die anderen infizierten Kinder an dem Angriff; Würmer und Schlangen brachen aus ihnen hervor und suchten neue Opfer.

Miss Garner, die Lehrerin im Nebenzimmer, kam angelaufen, als sie das Geschrei hörte. Sie wurde versklavt, bevor sie auch nur schreien konnte.

In einer einzigen Minute waren fast alle Kinder – bis auf vier – von dem alptraumhaften Organismus erobert worden. Die letzten vier – darunter Jane Halliwells Sohn Richie – scharten sich zu Tode geängstigt um Laura; zwei waren schreckensstarr, zwei weinten. Laura schob die Kinder hinter sich in eine Ecke neben der Tafel und stellte sich zwischen sie und das Monster, das es auf sie abgesehen hatte.

Fünfzehn besessene Kinder, Pleever, Mrs. Halliwell, Miss Garner und Jack versammelten sich um Laura herum und starrten sie aus einiger Entfernung mit raubtierartiger Intensität an. Einen Moment lang waren alle ganz still. In ihren

Augen spiegelten sich nicht nur ihre gemarterten Seelen wider, sondern auch der unmenschliche Hunger des Wesens, das sich in ihnen eingenistet und sie unterjocht hatte.

Der Gedanke, daß dieses glitzernde schwarze Etwas sich jetzt in ihrem Jack breitmachte, brach Laura fast das Herz, aber sie war weder verwirrt noch ungläubig, denn sie hatte viele jener Filme gesehen, die seit Jahrzehnten die Welt auf einen derartigen Alptraum vorbereitet hatten. *Invasion vom Mars, Die Dämonischen, Kampf der Welten.* Sie hatte sofort begriffen, daß etwas von jenseits der Sterne endlich die Erde gefunden hatte.

Die Frage war: konnte diesem Wesen Einhalt geboten werden – und wie?

Sie bemerkte erst jetzt, daß sie ihren Zeigestock wie ein mächtiges Zauberschwert umklammerte, so als könnte sie neunzehn besessene Personen mit dieser nutzlosen Waffe in Schach halten. Töricht! Trotzdem warf sie den Stock nicht beiseite, sondern hielt ihn herausfordernd dem Gegner entgegen.

Bestürzt stellte sie fest, daß ihre Hand zitterte. Sie hoffte inbrünstig, daß ihre Angst den vier hinter ihr kauernden Kindern nicht auffiel.

Drei Personen lösten sich aus der Gruppe der Besessenen und kamen langsam näher: Jane Halliwell, Jamie und Jack.

»Stehenbleiben!« warnte sie.

Sie machten noch einen Schritt vorwärts.

Ein Schweißtropfen lief über Lauras rechte Schläfe.

Mrs. Halliwell, Jamie und Jack kamen einen weiteren Schritt näher.

Plötzlich schienen sie jedoch nicht mehr so versklavt wie die anderen Opfer zu sein, denn sie begannen krampfhaft zu zucken. Jack brachte mit gepeinigter Stimme ein leises »Nein!« hervor, Jane Halliwell murmelte »Bitte, bitte« und schüttelte heftig den Kopf, so als widersetze sie sich den Befehlen, die sie erhalten hatte. Jamie zitterte wie Espenlaub und drückte seine Hände an den Kopf, so als versuchte er, das Ding oder Wesen aus sich herauszupressen.

Warum sollten ausgerechnet diese drei gezwungen werden, die Unterjochung in diesem Zimmer zu vollenden? Warum nicht andere?

Lauras Gehirn arbeitete fieberhaft, suchte nach einem Vorteil, war sich aber nicht sicher, ob sie diesen erkennen würde, selbst wenn sie ihn fand. Vielleicht wollte das Wesen in Jane Halliwell, daß sie ihren eigenen Sohn Richie infizierte, der sich hinter Lauras Rock versteckte, um seine Macht über die Frau zu testen. Und aus demselben Grund könnte es Jack der grauenhaften Erfahrung aussetzen wollen, die eigene Frau dieser Kolonie der Verdammten einzuverleiben. Was den armen Jamie betraf … nun, Laura wußte, daß der Junge wahnsinnig in sie verliebt war, und deshalb sollte vielleicht auch bei ihm getestet werden, ob er die geliebte Person angreifen würde.

Doch wenn diese drei Personen auf die Probe gestellt werden mußten, war ihr Herr und Gebieter sich seiner Dominanz offenbar noch nicht ganz sicher. Und wenn er Zweifel hatte, bestand für seine Opfer vielleicht doch noch Hoffnung.

13

Keim war beeindruckt von dem Widerstand, den drei seiner Wirte leisteten, als sie die von ihnen geliebten Menschen angreifen sollten.

Bei dem Gedanken, ihren Sohn der Herde einverleiben zu müssen, kochte die Mutter vor Wut. Sie zerrte an den Fesseln, die ihren Geist lähmten, und bemühte sich nach Kräften, die Kontrolle über ihren Körper zurückzugewinnen. Es war nicht ganz einfach, sie zu zähmen, doch Keim preßte ihr Bewußtsein in einen noch engeren und dunkleren Ort als bei ihrer Gefangennahme. Er stieß ihren Geist in die Tiefe, so als werfe er sie in einen Teich, und aus dieser Tiefe gab es kein Entrinnen, ganz so, als hätte er schwere Steine auf sie gewälzt.

Auch Jamie Watley machte Probleme, motiviert durch seine unschuldige Liebe, die der eines Hündchens glich. Aber

Keim bekam auch ihn wieder unter Kontrolle, machte dem Zittern und Zucken des Jungen ein Ende und zwang ihn, sich der Frau und den Kindern in der Ecke zu nähern.

Der Ehemann der Lehrerin, Jack Caswell, war der Schwierigste von den dreien, denn sein Wille war am stärksten und seine Liebe am größten. Er wütete gegen seine Versklavung, rüttelte an den Gitterstäben seines geistigen Kerkers, bog sie sogar auseinander und hätte sich mit Freuden selbst getötet, um Keim nicht zu Laura bringen zu müssen. Über eine Minute widersetzte er sich den Befehlen seines Herrn, und für den Bruchteil einer Sekunde war er bestürzend nahe daran, sich zu befreien, doch schließlich brachte Keim auch ihn zu einer totalen – wenngleich widerwilligen – Willfährigkeit.

Die vierzehn anderen eroberten Sechstkläßler waren leicht unter Kontrolle zu halten, obwohl es auch bei ihnen Anzeichen von Auflehnung gab. Als ihre Lehrerin immer mehr in die Ecke gedrängt wurde, während die drei auserwählten Wirte sich ihr näherten, ging eine heiße Welle ohnmächtigen Zorns durch jedes Kind, denn alle liebten Mrs. Caswell und konnten den Gedanken nicht ertragen, daß auch sie versklavt werden sollte. Keim übte auf alle gleichzeitig harten Druck aus, und ihre flüchtige Auflehnung erlosch wie ein Funke in arktischem Wind.

Wie eine Marionette trat Jack Caswell vor seine Frau, riß ihr den Zeigestock aus der Hand und warf ihn beiseite.

Keim schoß aus Jacks Fingerspitzen hervor, packte Laura und hielt sie fest, obwohl sie sich heftig wehrte und loszureißen versuchte. Durch den offenen Mund seines Wirts schickte Keim einen dicken Stengel aus, der die Brust der Frau durchbohrte, und triumphierend drang er in sie ein.

14

Nein!

Laura spürte, wie Keim durch ihr Nervensystem kroch und kalte Fühler nach ihrem Gehirn ausstreckte, und sie verweigerte sich ihm. Mit der eisernen Entschlossenheit, die sie an den Tag gelegt hatte, damit Jack wieder gehen lernte, mit der unerschöpflichen Geduld, die sie beim Unterrichten aufbrachte, mit ihrem unerschütterlichen Selbstwertgefühl und ihrer Persönlichkeit, die ihr auch im täglichen Leben zugute kamen, bekämpfte sie den Eindringling auf Schritt und Tritt. Als er ihren Geist in Ketten aus psychischer Energie zu legen versuchte, zerbrach sie diese Fesseln und schüttelte sie ab. Als er sie an einen dunklen Ort schleppen und dort unter psychischen Steinen begraben wollte, warf sie diese Gewichte von sich und stieg wieder an die Oberfläche empor. Sie spürte die Überraschung ihres Gegners, und sie nutzte seine Verwirrung aus, indem sie nun ihrerseits seinen Geist durchforschte und daraus ihre Lehren zog. Sie begriff, daß dieses außerirdische Wesen im Geist all seiner Wirte hauste, und deshalb versuchte sie, Jack zu erreichen. Sie spürte ihn auf –

Ich liebe dich, Jack, ich liebe dich mehr als alles auf der Welt, mehr als mein Leben.

– und riß an seinen geistigen Fesseln, mit dem gleichen Enthusiasmus, der sie einst bewogen hatte, ihm bei der Krankengymnastik zu helfen. Und dann benutzte sie erneut das psychische Netz, durch das Keim mit all seinen Wirten verknüpft war, und sie fand Jamie Watley –

Du bist ein süßer Junge, Jamie, der netteste, den ich kenne, und ich wollte dir schon immer sagen, daß es unwichtig ist, was für Menschen deine Eltern sind, daß du nichts dafür kannst, wenn sie egoistische und bösartige Alkoholiker sind. Wichtig ist nur, daß du die Fähigkeit besitzt, viel besser als sie zu sein. Du besitzt die Fähigkeit zu lieben und zu lernen, und du wirst einmal ein erfülltes, glückliches Leben führen können.

Keim stürzte sich auf Laura, versuchte, sie aus dem Geist seiner anderen Wirte zu zerren und sie in ihrem eigenen Körper unschädlich zu machen. Doch obwohl er in Milliarden Jahren viel Erfahrung gesammelt und bei den über hundert vernichteten Spezies ein enormes Wissen erworben hatte, war er dieser Aufgabe nicht gewachsen. Laura durchforschte seinen Geist und beurteilte ihn als minderwertig, weil er keine Liebe brauchte, keine Liebe geben konnte. Sein Wille war schwächer als der menschliche Wille, denn Menschen waren zur Liebe fähig, und diese Liebe veranlaßte sie, gegen das Chaos anzukämpfen und für die Menschen, die sie liebten, eine bessere Welt zu schaffen. Liebe stärkte den menschlichen Willen, weil sie ihn mit Sinn erfüllte. Für manch eine andere Spezies mochte Keim ein willkommener Herr sein, weil er ihr die falsche Sicherheit eines einzigen Gesetzes und eines einzigen Ziels bot. Doch die Menschheit mußte Keim mit einem Bann belegen.

Tommy, du kannst dich befreien, wenn du an deine Schwester Edna denkst, denn ich weiß, daß du Edna mehr als alles auf der Welt liebst! Und du, Melissa, du mußt an deine Eltern denken, die dich so sehr lieben, weil sie dich fast verloren hätten, als du ein Baby warst (Hast du das gewußt?), und dieser Verlust hätte ihnen das Herz gebrochen! Und du, Helen, bist ein so großartiges kleines Mädchen, und ich liebe dich wie eine eigene Tochter, weil du dich immer um andere kümmerst, und ich weiß, daß du dieses verdammte Ding abschütteln kannst, denn du bestehst von Kopf bis Fuß aus Liebe! Und Sie, Mrs. Halliwell, Sie lieben Ihren Sohn und Ihren Mann, das sehe ich an dem Selbstvertrauen, das Sie Richie gegeben haben, und an den guten Umgangsformen und der Höflichkeit, die er von Ihnen gelernt hat! Und du, Jimmy Corman, o ja, du hast ein loses Mundwerk und spielst gern den starken Mann, aber ich weiß, wie sehr du deinen Bruder Harry liebst, wie traurig du darüber bist, daß er mit einer verkrüppelten Hand zur Welt gekommen ist, und ich weiß, daß du erbittert mit jedem kämpfen würdest, der sich über Harrys Hand lustig macht, und diese Liebe zu Harry mußt du jetzt gegen dieses Wesen namens Keim einsetzen: Du darfst dich ihm nicht ausliefern, denn wenn er dich besitzt, wird er auch Harry bekommen.

Und Laura ging auf die Besessenen zu, berührte sie, umarmte die einen und drückte den anderen liebevoll die Hand, blickte ihnen lange in die Augen und bediente sich der Macht der Liebe, um sie der Finsternis zu entreißen und mit sich ans Licht zu führen.

15

Als er seine Fesseln sprengte und Keim abschüttelte, fühlte Jamie Watley sich benommen und schwindelig, und er wurde sogar ohnmächtig, aber für so kurze Zeit, daß er nicht einmal hinfiel. Ihm wurde schwarz vor Augen, und er taumelte, doch als seine Knie nachzugeben drohten, kam er wieder voll zu sich und hielt sich an Mrs. Caswells Pult fest.

Als er sich im Klassenzimmer umschaute, stellte er fest, daß die anderen Kinder und auch die Erwachsenen genauso wackelig auf den Beinen waren wie er selbst. Viele starrten angewidert auf den Boden, auf die schleimige glänzend-schwarze Substanz, die aus ihnen ausgetrieben worden war und sich nun in einzelnen Stücken krümmte und wand.

Der größte Teil des fremdartigen Gewebes schien abzusterben; einige Stücke zersetzten sich und verbreiteten dabei einen gräßlichen Gestank. Doch plötzlich zog sich ein Klumpen zusammen, nahm die Form eines Footballs an, umgab sich innerhalb von Sekunden mit einer blaugrün schwarz gesprenkelten Schale und durchbrach mit der Wucht einer Panzerfaust die Zimmerdecke, so daß Verputz und Holzsplitter herabregneten. Gleich darauf schoß Keim auch durch das Dach der einstöckigen Schule und verschwand am blauen Oktoberhimmel.

16

Lehrer und Schüler kamen aus dem ganzen Gebäude herbeigerannt, um zu erfahren, was geschehen war, und etwas später traf die Polizei ein. Am nächsten Tag statteten uniformierte Air-Force-Offiziere und Regierungsvertreter in Zivil den Caswells und anderen Betroffenen einen Besuch ab. Die ganze Zeit über wich Jack nicht von Lauras Seite. Er wollte sie in seinen Armen halten – oder wenigstens ihre Hand halten –, und wenn sie sich für einige Minuten trennen mußten, beschwor er ihr Bild vor seinem geistigen Auge herauf, so als wäre dieses Bild ein psychisches Totem, das ihre sichere Rückkehr garantierte.

Nach einer gewissen Zeit legte sich der Aufruhr, die Reporter zogen ab, und das Leben nahm wieder seinen normalen Gang – jedenfalls so normal, wie es nach dem durchlebten Grauen möglich war. Kurz vor Weihnachten nahmen Jacks Alpträume an Häufigkeit und Intensität ab, obwohl er wußte, daß er noch Jahre brauchen würde, um die Ängste zu überwinden, die ihn seit Keims Einnistung in seinem Körper und Geist verfolgten.

Am Heiligen Abend saßen Laura und er auf dem Teppich vor dem Weihnachtsbaum, tranken Wein, knabberten Walnüsse und tauschten ihre Geschenke aus, denn am Ersten Weihnachtstag besuchten sie immer ihre Familien. Als alle Päckchen geöffnet waren, nahmen sie in zwei Sesseln vor dem Kamin Platz.

Eine Weile saßen sie schweigend da, blickten in die Flammen und nippten an ihrem Wein. Plötzlich sagte Laura: »Ich habe noch ein Geschenk, das bald geöffnet werden muß.«

»Noch eins? Aber ich habe nichts mehr für dich.«

»Es ist ein Geschenk für alle Menschen.«

Bei diesen Worten lächelte sie so geheimnisvoll wie eine Sphinx. Jack griff verwirrt nach ihrer Hand. »Du sprichst in Rätseln.«

»Dieser Außerirdische hat dich geheilt«, sagte sie.

Seine Beine, die er auf einen Schemel stützte, waren wieder so gesund und leistungsfähig wie vor dem Unfall.

»Ja, etwas Gutes ist dabei immerhin herausgekommen«, knurrte er.

»Mehr als du glaubst«, erwiderte Laura. »Weißt du, in jenem schrecklichen Moment, als ich versuchte, dieses Wesen aus meinem Körper und Geist zu vertreiben, als ich versuchte, die Kinder dazu zu bringen, ebenfalls den Kampf mit ihm aufzunehmen – in jenem Moment hatte ich intensiven Kontakt mit dem Geist dieses Wesens. Verdammt, ich war in seinem Geist. Und weil mir aufgefallen war, daß du plötzlich geheilt warst, und weil ich wußte, daß nur Keim dieses

Wunder bewirkt haben konnte, habe ich seine Gedanken gelesen, um zu erfahren, wie er so etwas zustande brachte.«

»Du willst doch wohl nicht sagen …«

»Warte«, rief sie, entzog ihm ihre Hand, glitt vom Sessel, kniete sich vor den Kamin und hielt ihre rechte Hand in die lodernden Flammen.

Jack schrie auf und riß sie zurück.

Grinsend zeigte Laura ihm ihre verbrannten Finger, an denen das rohe Fleisch hervortrat, doch noch während Jack entsetzt nach Luft schnappte, sah er, daß die Wunden verheilten. Die Brandblasen verschwanden, die Haut bildete sich neu, und gleich darauf war ihre Hand völlig unversehrt.

»Wir alle besitzen diese Gabe«, erklärte sie ihm. »Wir müssen nur lernen, unsere Kräfte richtig anzuwenden. Ich habe das in den letzten zwei Monaten gelernt, und jetzt bin ich soweit, es anderen beibringen zu können. Zuerst dir, dann meinen Schülern und dann der ganzen Welt.«

Jack starrte sie fassungslos an.

Sie lachte vergnügt und warf sich in seine Arme. »Es ist nicht leicht zu lernen, Jackson! O nein, es ist verdammt schwer! Du kannst dir nicht vorstellen, wie oft ich nachts, sobald du schliefst, wieder aufgestanden bin, um umzusetzen, was ich von Keim erfahren hatte. Manchmal dachte ich, daß mir vor Anstrengung der Kopf platzen würde, und ich war körperlich so erschöpft wie nie zuvor in meinem Leben. Es ist wahnsinnig anstrengend, diese Gabe der Heilung zu erlernen, und es tut verdammt weh, bis auf die Knochen. Manchmal war ich nahe am Verzweifeln. Aber ich habe es gelernt, und andere können es auch lernen. So schwierig es auch ist – ich weiß, daß ich es ihnen beibringen kann. Ich weiß einfach, daß ich es kann, Jack!«

Er betrachtete sie liebevoll, aber auch voll ehrfürchtigem Staunen. »Ja, auch ich weiß, daß du es kannst. Ich weiß, daß du jedem beibringen kannst, was immer du willst. Vielleicht bist du die beste Lehrerin, die jemals gelebt hat.«

»Eben Miss Attila die Hunnin«, lachte sie und küßte ihn.

Aus dem Amerikanischen von Alexandra v. Reinhardt

Unten in der Dunkelheit

Dunkelheit wohnt in den Besten von uns. In den Schlimmsten von uns wohnt die Dunkelheit nicht nur, dort regiert sie.

Ich habe der Dunkelheit wohl ab und an Wohnstatt gegeben, ihr aber freilich nie ein Königreich angeboten. Das jedenfalls glaube ich. Ich betrachte mich als grundsätzlich guten Menschen: ein harter Arbeiter, liebender und treuer Ehemann, strenger, aber gerechter Vater.

Aber wenn ich den Keller noch einmal benütze, kann ich nicht mehr so tun, als könnte ich mein Potential des Bösen unterdrücken. Wenn ich den Keller noch einmal benütze, werde ich in einer ewigen moralischen Sonnenfinsternis existieren und hernach nie wieder im Licht wandeln.

Aber die Versuchung ist groß.

Ich entdeckte die Kellertür erstmals zwei Stunden nachdem wir die letzten Verträge unterschrieben, der Maklerfirma den Scheck für das Haus übergeben und die Schlüssel bekommen hatten. Sie war in der Küche, in der Ecke hinter dem Kühlschrank: eine Furniertür, wie alle anderen im Haus nachgedunkelt, mit einer Klinke anstelle des üblichen Knaufs. Ich betrachtete sie ungläubig, denn ich war sicher, daß die Tür vorher nicht dort gewesen war.

Anfangs dachte ich, ich hätte eine Vorratskammer entdeckt. Als ich die Tür aufmachte, sah ich zu meiner Verblüffung Stufen, die durch zunehmende Schatten in völlige Schwärze hinabführten. Ein Keller ohne Fenster.

In Südkalifornien sind fast sämtliche Häuser – von den billigen Reihenhäusern bis zu denen von Multimillionären – auf Betonfundamenten erbaut. Sie haben keine Keller. Das ist eine zweckdienliche Bauweise. Das Land ist weitgehend sandig, mit wenig Felsgestein nahe der Oberfläche. Und in einem Land, das für Erdbeben und Erdrutsche bekannt ist, wäre ein Keller aus Hohlblocksteinen eine Schwachstelle der Konstruktion, in die sämtliche Zimmer darüber abstürzen könnten, sollten die Riesen in der Erde plötzlich erwachen und sich strecken.

Unser neues Heim war weder Hütte noch Villa, aber es hatte einen Keller. Das hatte der Makler nicht erwähnt. Und bis jetzt war es keinem aufgefallen.

Als ich die Stufen hinuntersah, war ich zuerst neugierig, dann nervös.

Gleich hinter der Tür befand sich ein Lichtschalter. Ich drückte ihn hoch, runter, wieder hoch. Kein Licht ging unten an.

Ich ließ die Tür offen und machte mich auf die Suche nach Carmen. Sie war im Elternschlafzimmer, hatte die Arme um sich geschlungen, grinste und bewunderte die handgefertigten, smaragdgrünen Keramikfliesen und die Waschbecken von Sherle Wagner mit ihren vergoldeten Armaturen.

»O Jess, ist es nicht herrlich? Ist es nicht toll? Als kleines Mädchen hätte ich mir nie träumen lassen, daß ich einmal in so einem Haus leben würde. Ich hätte bestenfalls auf einen dieser netten Bungalows aus den vierziger Jahren gehofft. Aber dies ist ein Palast, und ich bin nicht sicher, ob ich mich wie eine Königin benehmen kann.«

»Es ist kein Palast«, sagte ich und legte einen Arm um sie. »Man muß Rockefeller sein, wenn man sich in Orange County einen Palast kaufen will. Und außerdem hast du schon immer Stil und Benehmen einer Königin gehabt.«

Sie löste die Arme von ihrem Körper und schlang sie um mich. »Wir haben es weit gebracht, was?«

»Und wir werden es noch weiter bringen, Kindchen.«

»Weißt du, ich habe ein bißchen Angst.«

»Sei nicht albern.«

»Jess, Liebster, ich bin nur Köchin, Tellerwäscherin, Topfschrubberin, eine Generation von einer Wellpapphütte am Stadtrand von Mexico City entfernt. Wir haben dafür gearbeitet, sicher, und zwar viele Jahre ... aber jetzt, wo wir hier sind, scheint es über Nacht passiert zu sein.«

»Glaub mir, Kindchen – du würdest in jeder Versammlung von Damen der Gesellschaft in Newport Beach eine gute Figur machen. Du hast von Natur aus Klasse.«

Ich dachte: O Gott, ich liebe sie so sehr. Siebzehn Jahre
verheiratet, und für mich ist sie immer noch ein Mädchen,
immer noch frisch und voller Überraschungen und reizend.

»He«, sagte ich, »fast hätte ich es vergessen. Weißt du, daß
wir einen Keller haben?«

Sie blinzelte mich an.

»Es stimmt«, sagte ich.

Sie lächelte und wartete immer noch auf die Pointe, als sie
sagte: »Ach ja? Und was ist da unten? Der königliche Kerker
mit sämtlichen Kronjuwelen? Ein Verlies?«

»Sieh selbst«, sagte ich.

Sie folgte mir in die Küche.

Die Tür war nicht mehr da.

Ich betrachtete die kahle Wand und war einen Augenblick
starr wie gefroren.

»Und?« fragte sie. »Wo ist der Witz?«

Ich taute gerade soweit auf, daß ich sagen konnte: »Kein
Witz. Da war … eine Tür.«

Sie deutete auf den Umriß eines Küchenfensters, der von
der einfallenden Sonne auf die Wand gezeichnet wurde.
»Wahrscheinlich hast du das gesehen. Das Rechteck des Son-
nenlichts, das durch das Fenster auf die Wand fällt. Es hat
mehr oder weniger die Form einer Tür.«

»Nein. Nein … da war …« Ich schüttelte den Kopf, legte
eine Hand auf den von der Sonne erwärmten Verputz und
strich sanft die Umrisse nach, als würde sich der Türspalt
dem Tastsinn eher offenbaren als dem Auge.

Carmen runzelte die Stirn. »Jess, was hast du denn?«

Ich sah sie an und stellte fest, was sie dachte. Dieses rei-
zende Haus schien zu schön, um wahr zu sein, und sie war
so abergläubisch, daß sie sich fragte, ob man sich lange an
diesem großen Glück erfreuen konnte, ohne daß uns das
Schicksal die Last einer Tragödie zuwarf, um das Gleichgewicht wiederherzustellen. Ein überarbeiteter Mann, der unter Streß litt – oder womöglich einen kleinen Gehirntumor

hatte – und anfing, Sachen zu sehen, die gar nicht da waren, und aufgeregt von nicht existierenden Kellern sprach ... Das war genau die Art von schlimmem Ereignis, mit denen das Schicksal nur allzu häufig die Waagschalen wieder ins Gleichgewicht bringt.

»Du hast recht«, sagte ich. Ich zwang mich zu einem Lachen, aber es gelang mir, daß es sich natürlich anhörte. »Ich habe das erleuchtete Rechteck auf der Wand gesehen und für eine Tür gehalten. Ich habe nicht mal genau hingesehen. Bin gleich zu dir gelaufen. Hat mich dieses Haus verrückt wie einen Affen gemacht, oder was?«

Sie sah mich einen Moment ernst an, dann lächelte sie ebenfalls wie ich. »Verrückt wie einen Affen. Aber ... das bist du schon immer gewesen.«

»Stimmt das?«

»Mein Affe«, sagte sie.

Ich sagte: »Uuk, uuk«, und kratzte mich unter einem Arm.

Glücklicherweise hatte ich ihr nicht gesagt, daß ich die Tür aufgemacht hatte. Oder die Stufen nach unten gesehen hatte.

Das Haus in Laguna Beach hatte fünf große Zimmer, vier Bäder und ein gewaltiges Wohnzimmer mit offenem Kamin aus Stein. Darüber hinaus hatte es eine, wie sie sagten ›Entertainer-Küche‹, was selbstverständlich nicht bedeutete, daß Wayne, Newton oder Liberace dort zwischen Gastspielen in Las Vegas auftraten, sondern sich auf Qualität und Anzahl der Geräte bezog: doppelter Herd, zwei Mikrowellen, ein Heißluftherd für Brötchen und Backwaren, ein Kochzentrum Marke Jenn Air, zwei Geschirrspülmaschinen und noch einen SubZero-Kühlschrank, der groß genug für eine Kantinenküche gewesen wäre. Jede Menge große Fenster ließen die warme Sonne Kaliforniens herein und bildeten Rahmen für die üppige Landschaft dahinter – gelbe und korallenrote Bougainvilleen, weinrote Azaleen, Springkraut, Palmen, zwei eindrucksvolle indische Lorbeerbäume – sowie die angrenzenden Hügel. In der Ferne glitzerte das sonnenbeschienene Wasser des Pazifik faszinierend wie ein gewaltiger Schatz Silbermünzen.

Es war zwar keine Villa, aber zweifellos ein Haus, das sagte: ›Die Familie Gonzalez hat Erfolg gehabt und sich ein schönes Heim geschaffen.‹ Meine Leute wären darauf wohl sehr stolz gewesen.

Maria und Ramon, meine Eltern, waren Einwanderer aus Mexiko gewesen, die sich in *El Norte*, dem gelobten Land, ein neues Leben aufgebaut hatten. Sie hatten mir, meinen Brüdern und meiner Schwester alles gegeben, was Arbeit und Opfer geben konnten, und wir hatten alle vier Stipendien der Universität erhalten. Heute war ein Bruder von mir Anwalt, der andere Arzt, und meine Schwester war Vorsitzende der englischen Fakultät der University of California in Los Angeles, UCLA.

Ich hatte mir eine Laufbahn im Gaststättengewerbe erkoren. Zusammen hatten Carmen und ich ein Restaurant eröffnet, für das ich die geschäftliche Erfahrung mitbrachte, sie die authentischen mexikanischen Rezepte, und wo wir beide zwölf Stunden täglich, sieben Tage die Woche arbeiteten. Als unsere drei Kinder heranwuchsen, arbeiteten sie als Kellner bei uns. Es war ein Familienbetrieb, und es ging uns jedes Jahr besser, aber leicht war es nie. Amerika bietet keinen leichten Reichtum, lediglich Gelegenheiten. Wir ergriffen die Maschinerie der Gelegenheiten, schmierten sie mit Meeren von Schweiß, und als wir das Haus in Laguna Beach kauften, konnten wir es bar bezahlen. Wir gaben dem Haus im Scherz einen Namen: *Casu Sudor* – Haus des Schweißes.

Es war ein großes Haus. Und wunderschön.

Es hatte alles. Sogar einen Keller mit einer Tür, die verschwand.

Der Vorbesitzer war Mr. Nguyen Quang Phu. Unsere Maklerin – eine stämmige, quirlige Frau in mittleren Jahren namens Nancy Keefer – sagte, daß Phu ein vietnamesischer Flüchtling war, einer der mutigen Bootsflüchtlinge, die Monate nach dem Fall von Saigon geflohen waren. Er gehörte zu den Glücklichen, die Stürme, Kanonenboote und Piraten überlebt hatten.

»Er kam in den Vereinigten Staaten mit nur dreitausend Dollar in Goldmünzen und der Entschlossenheit an, etwas aus sich zu machen«, sagte Nancy Keefer uns bei der ersten Hausbesichtigung. »Ein charmanter Mann, und ungeheuer erfolgreich. Wirklich sagenhaft. Er hat aus diesem bescheidenen Vorrat an Münzen einen Berg Besitztümer angehäuft, den Sie sich nicht vorstellen können. Und das alles in nur vierzehn Jahren! Sagenhafte Geschichte. Er hat sich ein neues Haus gebaut, vierhundert Quadratmeter Wohnfläche auf einem Grundstück von achtzig Ar in North Tustin, sagenhaft, echt sagenhaft. Sie sollten es sich einmal ansehen, unbedingt.«

Carmen und ich machten ein Angebot für Phus altes Haus, das kaum halb so groß wie das war, welches er vor kurzem erbaut hatte, aber für uns war es dennoch ein Traum. Wir feilschten ein wenig, wurden uns aber schließlich handelseinig, und der Verkauf ging in nur zehn Tagen über die Bühne, weil wir bar bezahlten und keine Hypothek brauchten.

Die Überschreibung wurde abgewickelt, ohne daß Nguyen Quang Phu und ich einander von Angesicht zu Angesicht gegenüberstanden. Das ist keine ungewöhnliche Situation, da es in Kalifornien, anders als in anderen Bundesstaaten, nicht erforderlich ist, daß sich Käufer, Verkäufer und deren Anwälte zu einer abschließenden Zeremonie gemeinsam in einem Raum einfinden.

Zu Nancy Keefers Gepflogenheiten gehörte es, einen oder zwei Tage nach Vertragsabschluß ein Treffen zwischen Käufer und Verkäufer im Haus zu vereinbaren. Unser neues Zuhause war zwar wunderschön und in erstklassigem Zustand, aber selbst die besten Häuser haben ihre Macken. Nancy fand es gut, wenn der Verkäufer den Käufer noch einmal herumführte und ihn darauf hinwies, welche Schranktüren gern aus den Führungsschienen rutschten und welche Fenster bei Regen nicht dicht waren. Sie vereinbarte, daß sich Phu am Mittwoch, dem 14. Mai mit mir im Haus traf.

Am Montag, den 12. Mai schlossen wir die Prozedur ab.

Das war der Nachmittag, an dem ich die Kellertür zum erstenmal sah, als ich durch das leere Haus schlenderte.

Dienstagmorgen kehrte ich allein in das Haus zurück. Ich sagte Carmen nicht, wohin ich wirklich ging. Sie glaubte, ich wäre im Büro von Horace Dalcoe und würde ihm wegen seines jüngsten Ausbeutungsplans zusetzen.

Dalcoe war Inhaber des kleinen Freiluft-Einkaufszentrums, in dem sich unser Restaurant befand, und er war ganz genau der Typ Mann, für den das Wort ›Halsabschneider‹ geprägt worden war. Unser Mietvertrag, den wir unterschrieben hatten, als Carmen und ich noch ärmer und naiv waren, gab ihm das Recht, bei jeder geringsten Veränderung Einfluß zu nehmen, die wir auf dem Gelände machten. Als wir sechs Jahre nach der Eröffnung unser Restaurant für 300 000 Dollar renovieren wollten – eine Wertsteigerung *seines* Eigentums –, mußten wir Dalcoe daher zehntausend Dollar steuerfrei unter der Hand für sein Okay geben. Als ich den Mietvertrag der Schreibwarenhandlung nebenan aufkaufte, damit wir vergrößern konnten, beharrte Dalcoe auf einer stolzen Summe für seine Zustimmung. Er interessierte sich freilich nicht nur für Batzen, sondern auch für Heller; als ich eine neue, ansprechendere Eingangstür in das Restaurant einbauen ließ, verlangte Dalcoe lausige hundert Piepen unter der Hand, damit er dieser Kleinigkeit zustimmte.

Jetzt wollten wir unser altes Schild durch ein neues ersetzen und ich verhandelte mit Dalcoe über das Schmiergeld. Er hatte keine Ahnung, aber ich wußte inzwischen, daß ihm das Land, auf dem sein eigenes kleines Einkaufszentrum stand, gar nicht gehörte; er hatte vor zwanzig Jahren einen Pachtvertrag über neunundneunzig Jahre abgeschlossen und sich damit sicher gefühlt. Während ich um ein neues Schmiergeld mit ihm feilschte, verhandelte ich insgeheim über einen Kauf des Landes, wonach Dalcoe herausfinden würde, daß er mir zwar aufgrund meines Pachtvertrags das Messer auf die Brust setzen konnte, ich aber aufgrund *seines* Pachtvertrags *ihm* das Messer auch auf die Brust setzen konnte. Er hielt mich immer noch für einen dummen Mex, vielleicht zweite Generation, aber nichtsdestotrotz ein Mex; er dachte, ich hätte etwas Glück in der Restaurantbranche gehabt, Glück und mehr nicht, und schrieb mir keinerlei Intelligenz oder Tüchtigkeit zu. Es würde nicht gerade so sein, daß der kleine Fisch den großen fraß, aber ich hoffte doch, ein zufriedenstellendes Patt herbeizuführen, bei dem er wütend und ohnmächtig sein würde.

Diese Verwicklungen, die schon seit einiger Zeit andauerten, gaben mir eine glaubwürdige Ausrede für meine Abwesenheit am Dienstagmorgen. Ich sagte Carmen, ich würde mit Dalcoe in dessen Büro feilschen. In Wahrheit ging ich in unser neues Haus und hatte Schuldgefühle, weil ich sie belogen hatte.

Als ich die Küche betrat, war die Tür dort, wo ich sie tags zuvor gesehen hatte. Kein Rechteck aus Sonnenschein. Keine bloße Illusion. Eine echte Tür.

Ich drückte die Klinke nieder.

Dahinter führten Stufen in die Dunkelheit hinab.

»Was denn?« sagte ich. Meine Stimme hallte zu mir zurück, als wäre sie tausend Meilen entfernt von einer Wand abgeprallt.

Der Lichtschalter funktionierte immer noch nicht.

Ich hatte aber eine Taschenlampe mitgebracht. Ich schaltete sie ein.

Ich trat über die Schwelle. Der Treppenabsatz aus Holz knarrte; die Dielen waren alt, ungestrichen, rauh. Von grauen und gelben Flecken übersät, mit einem Netz haarfeiner Risse durchzogen, die verputzten Wände sahen aus, als wären sie viel älter als das Haus selbst. Der Keller gehörte eindeutig nicht zu diesem Gebäude, war kein integraler Bestandteil davon. Ich trat vom Absatz auf die erste Stufe.

Eine furchterregende Möglichkeit fiel mir ein. Was war, wenn ein Luftzug die Tür hinter mir zuschlug – die dann verschwand wie gestern und mich im Keller einsperrte?

Ich ging zurück und machte mich auf die Suche nach etwas, um die Tür festzustecken. Es befanden sich keine Möbel im Haus, aber in der Garage fand ich ein Brett, sechzig auf eins zwanzig, das ausreichend war.

Ich stellte mich erneut auf die oberste Stufe und leuchtete hinab, aber der Strahl reichte nicht so weit, wie er sollte. Ich konnte den Kellerboden nicht sehen. Die pechschwarze Finsternis unten war unnatürlich tief. Es handelte sich um eine Dunkelheit, die nicht nur das Fehlen von Licht war, sondern Substanz, Beschaffenheit und Masse zu haben schien, als wäre der Kellerraum ein Pool voll Öl, was er selbstverständlich nicht war. Die Dunkelheit absorbierte das Licht wie ein Schwamm; nur zwölf Stufen wurden von dem fahlen Strahl erhellt, bevor dieser in der Düsternis erlosch.

Ich ging zwei Stufen hinunter, und zwei weitere Stufen erschienen am Ende des Lichtkegels. Ich ging weitere vier hinab, und wieder tauchten unten vier auf.

Sechs Stufen hinter mir, eine unter meinen Füßen, und zwölf vor mir – bis jetzt neunzehn. Wie viele Stufen erwartete man in einem gewöhnlichen Keller? Zehn? Zwölf? Ganz sicher nicht so viele.

Rasch und leise ging ich weitere sechs Stufen hinunter. Als ich stehenblieb, waren zwölf Stufen vor mir beleuchtet. Trockene, uralte Dielen. Hier und da glitzerte ein rostfreier Nagelkopf. Dieselben fleckigen Wände.

Ich drehte mich nervös zur Tür um, die dreizehn Stufen über mir lag. Das Sonnenlicht in der Küche sah warm und einladend aus – und ferner, als es sein sollte.

Meine Hände hatten angefangen zu schwitzen. Ich nahm die Taschenlampe von einer Hand in die andere und wischte mir die Handflächen an den Hosen ab.

Ein vager Zitronengeruch hing in der Luft, und darunter, noch flüchtiger, das Aroma von Schimmel und Verwesung.

Ich ging eilig und lautstark noch einmal sechs Stufen hinunter, dann acht, noch einmal acht und wieder sechs: Jetzt stiegen einundvierzig hinter mir empor – und immer noch waren vor mir zwölf im Lichtstrahl.

Jede Stufe war etwa fünfundzwanzig Zentimeter hoch, was bedeutete, ich war schätzungsweise drei Stockwerke nach unten gegangen. Kein gewöhnlicher Keller hatte eine so lange Treppe. Ich sagte mir, daß es sich um einen Luftschutzraum handeln konnte, wußte aber, daß es nicht so war.

Bis jetzt dachte ich nicht daran, wieder umzukehren. Verdammt, dies war unser Haus, für das wir ein kleines Vermögen bar bezahlt hatten, und ein größeres Vermögen an Zeit und Schweiß, und wir konnten nicht mit so einem Geheimnis unter unseren Füßen darin leben, ohne es zu erforschen. Außerdem, als ich zweiundzwanzig oder dreiundzwanzig war, fern der Heimat und in Feindeshand, hatte ich zwei Jahre so intensiven und konstanten Entsetzens durchgemacht, daß meine Angstschwelle höher war als die der meisten Menschen.

Hundert Stufen weiter blieb ich erneut stehen, weil ich mir ausrechnete, daß ich mittlerweile zehn Stockwerke unter der Erde sein mußte, und das war ein Meilenstein, der ein gewisses Maß Nachdenken erforderlich machte. Ich drehte mich um sah hoch und erblickte das Licht in der offenen Küchentür weit über mir ein opalisierendes Rechteck, das kaum ein Viertel so groß wie eine Briefmarke zu sein schien.

Ich sah nach unten und betrachtete die acht Holzstufen, die vor mir beleuchtet waren – acht, nicht die üblichen zwölf. Je tiefer ich gekommen war, desto wirkungsloser war die Taschenlampe geworden. Aber die Batterien wurden nicht schwach, so einfach oder erklärbar war das Problem nicht. Dort, wo er durch die Linse kam, war der Lichtstrahl so stark wie eh und je. Aber die Dunkelheit voraus war irgendwie dichter, *gieriger*, sie absorbierte das Licht auf kürzere Entfernung als weiter oben.

Die Luft roch immer noch vage nach Zitrone, aber der Schimmelgeruch war inzwischen fast genauso stark wie dieser angenehmere Duft.

Diese unterirdische Welt war unnatürlich still, abgesehen von meinen Schritten und meinem zunehmend keuchenden Atem. Aber als ich an diesem zehn Stockwerke tief gelegenen Punkt verweilte, bildete ich mir ein, ich würde unten etwas hören. Ich hielt den Atem an, blieb reglos stehen und lauschte. Ich glaubte, weit entfernt seltsame, verstohlene

Laute zu hören – Flüstern und ölig plitschende Geräusche –, aber sicher war ich nicht. Sie waren schwach und kurzlebig. Ich konnte sie mir auch eingebildet haben.

Ich ging nochmals zehn Stufen hinunter und kam endlich auf einen Absatz, wo ich gegenüberliegende Torbögen in den Mauern der Treppe sah. Beide Öffnungen waren ohne Türen und schmucklos, hinter jeder offenbarte meine Taschenlampe einen kurzen Flur. Ich trat durch den Torbogen links von mir und folgte dem schmalen Flur etwa fünfzehn Schritte weit, bis dieser am Anfang einer weiteren Treppe aufhörte, die rechtwinklig zur Treppe, die ich gerade hinter mir gelassen hatte, abwärts verlief.

Hier war der Verwesungsgeruch stärker. Er erinnerte mich an den durchdringenden Gestank verfaulender Vegetation.

Der Gestank war wie ein Spaten, der längst vergrabene Erinnerungen freilegt. Ich hatte genau diesen Geruch schon einmal wahrgenommen, und zwar an dem Ort, wo ich während meines zweiundzwanzigsten und dreiundzwanzigsten Lebensjahrs gefangengehalten worden war. Dort waren manchmal Mahlzeiten serviert worden, die größtenteils aus verfaultem Gemüse bestanden hatten – weitgehend Rüben, Süßkartoffeln und andere Knollen. Noch schlimmer, der Abfall, den wir nicht aßen, wurde in die Schwitzbox geworfen, ein Loch im Boden mit Blechdach, in dem aufsässige Gefangene mit Einzelhaft bestraft wurden. In diesem Loch war man gezwungen, in dreißig Zentimeter tiefem Schleim zu hocken, der so stark nach Fäulnis roch, daß man in von der Hitze erzeugten Halluzinationen manchmal glaubte, man wäre bereits tot und würde die unaufhaltsam fortschreitende Verwesung des eigenen leblosen Fleisches riechen.

»Was geht hier vor?« fragte ich, wartete, erhielt aber keine Antwort.

Ich kehrte zur Haupttreppe zurück und betrat den Flur zur Rechten. Am Ende dieses Korridors führte ebenfalls eine zweite Treppe rechtwinklig nach unten. Aus den unergründlichen Tiefen drang ein anderer übler Geruch herauf, den ich ebenfalls kannte: verfaulende Fischköpfe.

Nicht einfach nur verfaulender Fisch, sondern speziell Fisch*köpfe* – wie sie die Wachen manchmal in unsere Suppe getan hatten. Dann standen sie grinsend da und sahen zu, wie wir gierig die Brühe schlürften. Wir würgten daran, waren aber normalerweise zu hungrig, um sie unter Protest auf den Boden zu schütten. Manchmal würgten wir verhungernd auch die ekelhaften Fischköpfe hinunter, was die Wachen am liebsten sahen. Sie fanden unsere Abscheu – besonders die vor uns selbst – stets besonders amüsant.

Ich ging hastig zur Haupttreppe zurück. Ich stand auf dem Absatz in zehn Stockwerken Tiefe, schlotterte unbeherrscht und versuchte, die unerwünschten Erinnerungen abzuschütteln.

Inzwischen war ich halb überzeugt, daß ich träumte oder tatsächlich einen Gehirntumor hatte, der Druck auf das umliegende Hirngewebe ausübte und der dadurch diese Halluzinationen erzeugte.

Ich ging weiter abwärts und stellte fest, daß die Reichweite meiner Taschenlampe Stufe für Stufe nachließ. Jetzt konnte ich nur sieben Stufen voraussehen … sechs … fünf … vier …

Plötzlich war die undurchdringliche Dunkelheit nur zwei Schritte vor mir, eine schwarze Masse, die in Erwartung meines letzten, endgültigen Schritts in ihre Umarmung förmlich zu pulsieren schien. Sie schien zu *leben*.

Und doch war dies nicht das Ende der Treppe, denn ich hörte tief unten wieder dieses Flüstern, ebenso das ölige Plitschen, das Gänsehaut auf meinen Armen erzeugte.

Ich streckte eine zittrige Hand aus. Sie verschwand in der Dunkelheit, die bitter kalt war.

Mein hämmerndes Herz suchte einen Ausweg aus dem Gefängnis meiner Rippen, mein Mund war plötzlich trocken und säuerlich. Ich stieß einen Schrei aus, der sich wie das schrille Kreischen eines Kindes anhörte, und da floh ich schließlich zurück in die Küche und ins Licht.

Am Abend begrüßte ich die Gäste im Restaurant und führte sie zu ihren Plätzen. Selbst nach all den Jahren verbrachte ich die meisten Abende am Empfangstisch, begrüßte Leute, spielte den Gastgeber. Normalerweise habe ich Spaß daran. Viele Kunden kommen seit einem Jahrzehnt zu uns, sind somit ehrwürdige Angehörige der Familie, alte Freunde. Aber an diesem Abend war ich nicht mit dem Herzen dabei, und mehrere Besucher fragten mich, ob ich krank wäre.

Tom Gatlin, mein Buchhalter, kam mit seiner Frau zum Essen vorbei. Er sagte: »Jess, um Gottes willen Sie sind ja ganz *grau*. Ihr Urlaub ist seit drei Jahren überfällig, mein Freund. Was hat es für einen Sinn, Geld zu horten, wenn man sich keine Zeit nimmt, es zu genießen.«

Glücklicherweise ist das Personal des Restaurants erstklassig. Neben Carmen, mir und den Kindern – Stacy, Heather und der junge Joe – haben wir zweiundzwanzig Angestellte, und jeder einzelne kennt seine Aufgabe und erledigt sie gewissenhaft. Ich war nicht in Bestform, aber es gab genügend andere, die in die Bresche springen konnten.

Stacy, Heather und Joe. Sehr *amerikanische* Namen. Komisch. Meine Mutter und mein Vater, Einwanderer, klammerten sich an die Welt, die sie zurückgelassen hatten, indem sie ihren Kindern ausnahmslos traditionelle mexikanische Namen gegeben hatten. Bei Carmens Eltern war es ebenso: Ihre Brüder hießen Juan und José, der Name ihrer Schwester ist Evalina. Mein Name lautete ursprünglich Jesus Gonzalez. Ich habe ihn vor Jahren in Jess ändern lassen, obwohl meinen Eltern das weh getan hat. Jesus ist ein gebräuchlicher Name in Mexiko. (Die Spanier sprechen ihn ›Hayseuss‹ aus, aber die meisten Nordamerikaner wie den Namen des christlichen Erlösers. Und wenn man mit einem derart exotischen Namen gestraft ist, kann man unmöglich als einer von den Jungs oder als ernst zu nehmender Geschäftspartner betrachtet werden.) Es ist interessant, daß die Kinder von Einwanderern, Amerikaner der zweiten Generation wie Carmen und ich, ihren Kindern für gewöhnlich die populärsten amerikanischen Namen geben, als wollten sie verbergen, wie kurz die Zeitspanne war, seit unsere Vorfahren vom Schiff gegangen sind – oder, in diesem Fall, den Rio Grande überquert haben. Stacy, Heather, Joe.

So wie es keine eifrigeren Christen gibt als die erst kürzlich zum Glauben bekehrten, so gibt es auch keine geflissentlicheren Amerikaner als diejenigen, deren Anspruch auf Staatsbürgerschaft mit ihnen oder ihren Eltern beginnt. Wir wollen mit aller Verzweiflung Teil dieses großen, weiten, verrückten Landes sein. Anders als viele, deren Wurzeln Generationen zurückreichen, verstehen wir, was für ein Segen es ist, unter dem Sternenbanner zu leben. Wir wissen auch, daß für diesen Segen ein Preis bezahlt werden muß, und der ist manchmal hoch. Teilweise besteht er darin, daß wir alles zurücklassen müssen, was wir einst waren. Manchmal jedoch wird auch ein schmerzlicherer Preis gefordert, wie ich selbst nur zu gut weiß.

Ich habe in Vietnam gedient.

Ich war im Gefecht. Ich habe den Feind getötet.

Und ich war Kriegsgefangener.

Dort habe ich die Suppe mit den verfaulten Fischköpfen gegessen.

Das gehörte zum Preis, den ich bezahlen mußte.

Während ich jetzt an den unmöglichen Keller unter unserem neuen Haus dachte und mich an die Gerüche des Kriegsgefangenenlagers erinnerte, die aus der Dunkelheit am Ende dieser Treppe emporgedrungen waren, fragte ich mich allmählich, ob ich den Preis immer noch bezahlte. Ich war vor sechzehn Jahren nach Hause zurückgekehrt – abgemagert, die Hälfte meiner Zähne verfault. Ich war ausgehungert und gefoltert, aber nicht gebrochen worden. Ich hatte jahrelang Alpträume gehabt, aber keine psychiatrische Behandlung gebraucht. Ich hatte es überstanden, wie viele Jungs in den nordvietnamesischen Höllenlöchern. Schlimm verbogen, vernarbt, angeknackst – aber, verflucht, nicht gebrochen. Irgendwo hatte ich meinen Katholizismus verloren, aber das schien damals ein verschmerzbarer Verlust zu sein. Jahr für Jahr hatte ich die Erfahrung hinter mir gelassen. Teil des Preises. Teil dessen, was wir bezahlen, damit wir sein dürfen, wo wir sind. Vergessen. Aus. Vorbei. Und es *schien*, als hätte ich es überwunden. Bis jetzt. Der Keller konnte nicht echt sein, was bedeutete, ich mußte lebhafte Halluzina-

tionen haben. Konnte es sein, daß das mit aller Macht unterdrückte emotionale Trauma von Gefangenschaft und Folter
nach all den Jahren profunde Veränderungen in mir gewirk-
te, daß ich das Problem verdrängt hatte, anstatt mich damit
auseinanderzusetzen, und es mich nun in den Wahnsinn
trieb?

Ich fragte mich, wenn das der Fall war, was meinen geistigen Zusammenbruch so plötzlich ausgelöst hatte. Lag es
daran, daß wir das Haus von einem vietnamesischen Flüchtling gekauft hatten? Das schien als Auslöser zu unbedeutend
zu sein. Ich konnte mir nicht vorstellen, wie die Nationalität
des Vorbesitzers ausgereicht haben sollte, in meinem Kopf
Drähte zu überkreuzen, das System kurzzuschließen und
Relais durchschmoren zu lassen. Andererseits, wenn mein
Frieden mit den Erinnerungen an Vietnam und meine Vernunft lediglich so stabil wie ein Kartenhaus waren, konnte
mich der leiseste Hauch vernichten.

Verdammt, ich *fühlte* mich nicht wahnsinnig. Ich fühlte
mich stabil ängstlich, aber völlig beherrscht. Die vernünftigste Erklärung für den Keller waren Halluzinationen. Aber
ich war weitgehend überzeugt, daß die unmöglichen unterirdischen Treppen echt waren, daß der Bruch mit der Realität äußerlich und nicht innerlich war.

Um acht Uhr traf Horace Dalcoe mit einer siebenköpfigen
Gruppe zum Essen ein, was mich fast von dem Keller ab-
lenkte. Als unser Pächter glaubt er nicht, daß er in unserem
Lokal einen Cent für das Essen bezahlen muß. Wenn wir ihn
und seine Freunde nicht bedienen, würde er Mittel und Wege finden, uns das Leben schwer zu machen, daher fügen
wir uns. Er sagt nie Danke und findet normalerweise immer
etwas, worüber er sich beschweren kann.

An diesem Dienstagabend beschwerte er sich über die
Margeritas – nicht genügend Tequila, sagte er. Er machte ein
Aufhebens wegen den Maisfladen – nicht knusprig genug,
sagte er. Und er nörgelte an der Rinderbrühe herum – nicht
genügend Fleischbällchen, sagte er.

Ich wollte dem Dreckskerl den Hals umdrehen. Statt dessen brachte ich Margeritas mit mehr Tequila – ausreichend,

253

eine beängstigende Zahl Gehirnzellen pro Minute zu vernichten – und neue Maisfladen sowie eine Schüssel Fleischbällchen als Ergänzung zu der ohnehin schon überreichlich mit Fleisch bestückten Suppe.

Als ich in jener Nacht im Bett lag und an Dalcoe dachte, fragte ich mich, was passieren würde, wenn ich ihn in unser neues Haus einlud, ihn in den Keller stieß, die Tür verriegelte und eine Weile da unten schmoren ließ. Ich hatte das bizarre, aber unerschütterliche Gefühl, daß etwas tief unten in dem Keller lebte … etwas Gräßliches, das in der undurchdringlichen Dunkelheit, welche das Licht der Taschenlampe verschluckt hatte, nur wenige Schritte von mir entfernt gewesen war. Wenn etwas da unten war, würde es die Treppe heraufklettern und Dalcoe schnappen. Dann würde er uns keinen Ärger mehr machen.

In dieser Nacht schlief ich nicht gut.

Am Mittwochmorgen, dem 14. Mai, kehrte ich in das Haus zurück, um mit dem Vorbesitzer, Nguyen Quang Phu, meinen Rundgang zu machen. Ich kam eine Stunde früher, falls die Kellertür da sein sollte.

Sie war da.

Plötzlich dachte ich, ich sollte der Tür den Rücken zukehren, weggehen, sie gar nicht beachten. Ich spürte, ich konnte sie für immer verschwinden lassen, indem ich mich einfach weigerte, sie zu öffnen. Und ich wußte – ohne eine Ahnung zu haben, *woher* ich das wußte, daß mein Leib und meine Seele auf dem Spiel standen, wenn ich der Versuchung, diese unterirdischen Gefilde zu erforschen, nicht widerstehen konnte.

Ich stemmte sie mit dem Brett auf. Ich ging mit der Taschenlampe in die Dunkelheit hinab.

Mehr als zehn Stockwerke unter der Erde blieb ich wieder auf dem Absatz mit den gegenüberliegenden Torbögen stehen. Der Gestank von verfaultem Gemüse drang von der abzweigenden Treppe links herauf, der faulige Geruch verwesender Fischköpfe von rechts.

Ich zwang mich weiterzugehen und stellte fest, daß die eigentümlich greifbare Dunkelheit nicht so schnell dichter wurde wie gestern. Ich konnte tiefer hinuntergehen … als würde mich die Dunkelheit heute besser kennen und in den intimeren Bereichen ihrer Domäne willkommen heißen.

Nach weiteren fünfzig oder sechzig Stufen kam ich wieder zu einem Absatz. Auch hier boten gegenüberliegende Torbögen Zugang zu beiden Seiten.

Links fand ich einen weiteren kurzen Flur, welcher zu einer weiteren Treppe führte, die in einer pulsierenden, wabernden, tückischen Schwärze verschwand, die für das Licht so undurchdringlich war wie eine Öllache. Der Strahl meiner Taschenlampe verblaßte nicht in dieser dichten Düsternis, sondern endete tatsächlich in einem Kreis reflektierten Lichts, als würde er eine Wand beleuchten, und die wirbelnde Schwärze glänzte schwach wie geschmolzener Teer. Es war etwas von großer Macht – und über die Maßen abstoßend. Und doch wußte ich, es war nicht bloß Öl oder eine andere Flüssigkeit, sondern vielmehr die Essenz einer jeglichen Dunkelheit; es war das sirupartige Destillat von einer Million Nächte, einer Milliarde Schatten. Dunkelheit ist ein Zustand, keine Substanz, und kann daher nicht destilliert werden. Und doch sah ich hier eben diesen unmöglichen Extrakt, uralt und pur: Konzentrat der Nacht, der unermeßlichen Schwärze des interstellaren Raums, verdickt, bis ein öliger Schleim entstanden war. Und es war böse.

Ich wich zurück und begab mich wieder zur Haupttreppe. Ich begutachtete die abzweigende Treppe im rechten Flur nicht, weil ich wußte, ich würde dasselbe bösartige Destillat dort unten vorfinden, das langsam wirbelte, kreiste.

Auf der Haupttreppe ging ich nur ein kleines Stück hinunter, bis ich auf dieselbe üble Präsenz stieß. Sie ragte wie eine Mauer vor mir auf. Ich stand zwei Schritte davon entfernt und zitterte unkontrolliert vor Angst.

Ich streckte den Arm aus.

Ich legte eine Hand auf die pulsierende Masse der Schwärze.

Sie war kalt.

Ich streckte die Hand etwas weiter aus. Die Hand verschwand bis zum Gelenk. Die Dunkelheit war so solide, so klar umrissen, daß mein Handgelenk wie der Stumpf eines Amputierten aussah; eine haarscharfe Linie kennzeichnete die Stelle, wo meine Hand in der pechartigen Masse verschwand.

Voll Panik riß ich sie zurück. Meine Hand war nicht amputiert. Sie war noch da und mit dem Ende meines Arms verbunden. Ich bewegte die Finger.

Ich sah von meinen Fingern auf in die gelatineartige Dunkelheit vor mir, und mit einemmal wußte ich, sie war sich meiner *bewußt*. Ich hatte sie als böse betrachtet, aber irgendwie nicht als *bewußte* Kreatur. Als ich ihr in das konturlose Antlitz starrte, spürte ich, wie sie mich in einem Keller willkommen hieß, den ich noch nicht einmal erreicht hatte, in den Kammern tief unten, die noch zahllose Stufen unter mir waren. Ich wurde eingeladen, die Dunkelheit zu umarmen, ganz über die Schwelle in die Finsternis zu treten, in der meine Hand verschwunden war, und einen Augenblick überkam mich das Verlangen, genau das zu tun, aus dem Licht zu treten hinab, hinab.

Dann dachte ich an Carmen. Und meine Töchter – Heather und Stacy. Meinen Sohn Joe. Alle Menschen, die ich liebte und die mich liebten. Das brach den Bann augenblicklich. Die hypnotische Faszination der Dunkelheit verlor ihren Einfluß auf mich, ich drehte mich um und rannte zu der hellen Küche hinauf, so daß meine Schritte auf der schmalen Treppe hallten.

Sonne strömte durch die großen Fenster herein.

Ich zog das Brett aus dem Weg, schlug die Kellertür zu. Ich zwang sie im Geiste zu verschwinden, aber sie blieb da.

»Ich bin verrückt«, sagte ich laut. »Vollkommen verrückt.«

Aber ich wußte, daß ich normal war.

Die Welt war verrückt geworden, nicht ich.

Zwanzig Minuten später traf Mr. Nguyen Quang Phu planmäßig ein, um die Eigenheiten des Hauses zu erklären, das wir von ihm gekauft hatten. Ich empfing ihn an der Ein-

gangstür, und in dem Augenblick, als ich ihn sah, wurde mir
klar, warum die unmögliche Kellertür aufgetaucht war und
welchem Zweck sie dienen sollte.

»Mr. Gonzalez?«

»Ja.«

»Ich bin Nguyen Quang Phu.«

Er war nicht nur Nguyen Quang Phu. Er war darüber hinaus der Foltermeister.

In Vietnam hatte er befohlen, daß ich auf eine Bank gefesselt wurde und man mir länger als eine Stunde die Fußsoh-
len mit einem Holzpflock schlug – bis jeder Hieb durch die
Knochen meiner Beine und Hüften drang, durch den Rip-
penkasten, die Wirbelsäule entlang bis zu meinem Kopf, der
sich anfühlte, als würde er explodieren. Er hatte mich an
Händen und Füßen fesseln und gewaltsam in einen Tank
tauchen lassen, der vom Urin anderer Gefangener verseucht
war, die die Tortur vorher über sich ergehen lassen mußten;
und wenn ich gerade dachte, ich könnte den Atem nicht
mehr anhalten, meine Lungen würden brennen, wenn meine
Ohren klingelten, wenn mein Herz pochte und jede Faser
meines Wesens sich nach dem Tod sehnte, wurde ich an die
Luft gezogen und durfte ein paar Atemzüge machen, bevor
man mich erneut unter die Oberfläche tauchte. Er hatte befohlen, daß Drähte an meinen Genitalien befestigt und zahllose Stromstöße durchgejagt wurden. Ich hatte hilflos mit ansehen müssen, wie er einen Freund von mir zu Tode
geprügelt hatte, und ich hatte auch gesehen, wie er einem
anderen Freund von mir das rechte Auge mit einem Stilett
ausstach, nur weil dieser den Soldaten verflucht hatte, der
ihm wieder einmal eine Schüssel mit vom Rüsselkäfer befal-
lenen Reis servierte.

Ich hatte nicht den geringsten Zweifel an seiner Identität.
Die Erinnerung an das Gesicht des Foltermeisters war für alle Zeiten in mein Gedächtnis eingebrannt, war mit der
schlimmsten Hitze von allen ins Gewebe meines Gehirns
selbst gesengt worden – mit Haß. Er war ungleich gnädiger
gealtert als ich. Er sah nur zwei oder drei Jahre älter aus als
bei unserer letzten Begegnung.

»Freut mich, Sie zu sehen«, sagte ich.

»Ebenso«, antwortete er, während ich ihn ins Haus führte.

Seine Stimme war so einprägsam wie sein Gesicht: sanft, leise, irgendwie kalt – die Stimme, die eine Schlange gehabt haben könnte, könnten Schlangen sprechen.

Wir schüttelten einander die Hände.

Er war einen Meter fünfundsiebzig groß, groß für einen Vietnamesen. Er hatte ein langes Gesicht mit vorstehenden Wangenknochen, einer scharfgeschnittenen Nase, einem dünnen Mund und dem feinen Kiefer einer Frau. Seine Augen waren tiefliegend – und so seltsam, wie sie schon in Nam gewesen waren.

In jenem Gefangenenlager hatte ich seinen Namen gekannt. Vielleicht war er Nguyen Quang Phu gewesen. Oder vielleicht war das eine falsche Identität, die er angenommen hatte, als er um Asyl in den Vereinigten Staaten bat.

»Sie haben ein wunderbares Haus gekauft«, sagte er.

»Es gefällt uns sehr gut«, sagte ich.

»Ich war hier glücklich«, sagte er, lächelte, nickte, sah sich in dem leeren Wohnzimmer um. »Sehr glücklich.«

Warum hatte er Nam verlassen? Er war auf der Seite der Sieger gewesen. Nun, vielleicht waren er und seine Kumpane in Ungnade gefallen. Oder der Staat hatte ihm harte Farmarbeit oder Dienst in den Minen oder eine andere Aufgabe zugewiesen, die seine Gesundheit ruiniert und ihn vor seiner Zeit ins Grab gebracht hätte. Vielleicht hatte er beschlossen, mit einem winzigen Boot in See zu stechen, als der Staat ihm keine Position großer Macht und Autorität mehr zugebilligt hatte.

Für mich war der Grund seiner Emigration unwichtig. Es zählte nur, daß er hier war.

In dem Augenblick, als ich ihn sah und erkannte, wer er war, wußte ich, daß er dieses Haus nicht lebend verlassen würde. Ich würde nicht zulassen, daß er entkam.

»Viel gibt es nicht zu zeigen«, sagte er. »Im Bad des Elternschlafzimmers ist eine Schublade, die aus der Führungsschiene springt und repariert werden müßte. Und die Ziehtreppe zum Dachboden im Schrank hat manchmal ein kleines Problem, aber auch das sollte sich leicht aus der Welt schaffen lassen. Ich zeige es Ihnen.«

»Das wäre nett.«

Er erkannte mich nicht.

Ich vermutete, er hatte so viele Männer gefoltert, daß er sich nicht mehr an jedes einzelne Opfer seiner sadistischen Neigungen erinnern konnte. Sämtliche Gefangenen, die unter seinen Händen gestorben waren, waren wahrscheinlich zu einem einzigen Opfer ohne Gesicht verschmolzen. Dem Folterer lag nichts am *Individuum,* dem er einen Vorgeschmack der Hölle zuteil werden ließ; für Nguyen Quang Phu war jeder Mann auf der Folterbank wie der vorherige, bei dem nicht seine einzigartigen Fähigkeiten zählten, sondern seine Gabe zu schreien und zu bluten, sein Eifer, vor den Füßen seines Peinigers zu kriechen.

Während er mich durch das Haus führte, nannte er mir auch die Namen von zuverlässigen Klempnern und Elektrikern und Wartungsleuten für die Klimaanlage in der Nachbarschaft, sowie den des Künstlers, der die Buntglasfenster in einigen Zimmern entworfen hatte. »Wenn eines beschädigt wird, möchten Sie es sicher von dem Mann reparieren lassen, der es angefertigt hat.«

Ich werde nie verstehen, wie ich mich beherrschen konnte, ihn nicht mit bloßen Händen anzugreifen. Noch unglaublicher: Weder mein Gesicht noch meine Stimme verrieten meine innere Anspannung. Er hatte keine Ahnung von der Gefahr, in der er schwebte.

Als er mir in der Küche die ungewöhnliche Stellung des Einschaltknopfs des Müllzerkleinerers unter der Spüle gezeigt hatte, fragte ich ihn, ob es bei Regen Probleme mit Feuchtigkeit im Keller gab.

Er sah mich blinzelnd an. Seine sanfte, kalte Stimme klang ein wenig heller. »Keller? Oh, aber es gibt keinen Keller.«

Ich heuchelte Überraschung und sagte: »Aber gewiß doch. Die Tür ist ja gleich da drüben.«

Er betrachtete sie fassungslos.

Ich nahm die Taschenlampe von der Arbeitsfläche und machte die Tür auf.

Mit dem Einwand, diese Tür habe nicht existiert, solange er in dem Haus gewohnt hatte, ging der Foltermeister in einem Zustand höchster Verblüffung und Neugier an mir vorbei. Er ging durch die Tür auf den oberen Treppenabsatz.

»Der Lichtschalter funktioniert nicht«, sagte ich, drängte mich hinter ihn und hielt den Strahl der Taschenlampe auf die Stufen gerichtet. »Aber damit werden wir genug sehen.«

»Aber ... wo ... wie ...?«

»Sie wollen mir doch nicht sagen, daß Ihnen diese Kellertür nie aufgefallen ist?« sagte ich und zwang mir ein Lachen ab. »Kommen Sie. Wollen Sie mich verulken, oder was?«

Er schwebte wie schwerelos vor Erstaunen von einer Stufe zur nächsten hinunter.

Ich folgte ihm dichtauf.

Bald wußte er, daß etwas überhaupt nicht stimmte, denn die Stufen verliefen viel zu weit nach unten, ohne daß eine Kellertür in Sicht kam. Er blieb stehen, drehte sich um und sagte: »Das ist merkwürdig. Was geht hier vor. Um Himmels willen, was haben Sie ...«

»Weiter«, sagte ich rauh. »Gehen Sie weiter runter, Sie Dreckskerl.«

Er versuchte, sich an mir vorbeizudrängen.

Ich stieß ihn rückwärts die Treppe hinunter. Er polterte schreiend bis zum ersten Absatz, der von den Torbögen flankiert wurde. Als ich bei ihm ankam, sah ich, daß er benommen war und starke Schmerzen litt. Er gab einen dünnen, wimmernden Laut von sich. Seine Unterlippe war aufgeplatzt; Blut rann ihm am Kinn herab. Er hatte sich die rechte Handfläche aufgeschürft. Ich glaube, ein Arm war gebrochen.

Er weinte vor Schmerzen, hielt sich den Arm, sah verwirrt und ängstlich zu mir auf.

Ich haßte mich für das, was ich tat.

Aber ich haßte ihn noch mehr.

»Im Lager«, sagte ich, »haben wir Sie ›die Schlange‹ genannt. Ich kenne Sie. O ja, ich kenne Sie. Sie waren der Foltermeister.«

»O Gott«, sagte er. Er fragte weder, wovon ich redete, noch versuchte er, es zu leugnen. Ich wußte, wer er war, was er war, und er wußte, was aus ihm werden würde.

»Diese Augen«, sagte ich mittlerweile vor Wut schlotternd. »Diese Stimme. Die Schlange. Eine ekelhafte, auf dem Bauch kriechende Schlange. Verabscheuenswert. Aber sehr, sehr gefährlich.«

Einen Augenblick schwiegen wir beide. Ich für meinen Teil war vorübergehend sprachlos, weil ich ehrfürchtig an die Maschinerie des Schicksals dachte, die uns zu dieser Zeit, an diesem Ort zusammengeführt hatte.

Von unten drang ein Geräusch aus der Dunkelheit herauf: kehliges Flüstern, ein feuchtes Gleiten, bei dem ich zitterte. Jahrtausendealte Dunkelheit hatte sich in Bewegung gesetzt und strömte empor, die Verkörperung der endlosen Nacht, kalt und tief und … gierig.

Der Foltermeister, der in die Rolle des Opfers gedrängt worden war, sah sich bestürzt um, durch einen Torbogen, durch den anderen, dann die Treppe hinab, die von dem Absatz, auf dem er lag, weiter abwärts führte. Seine Angst war so groß, daß sie die Schmerzen überwand; er weinte nicht mehr, gab auch dieses Wimmern nicht mehr von sich. »Was … was *ist* das für ein Ort?«

»Der, wohin Sie gehören«, sagte ich.

Ich wandte mich von ihm ab und ging die Treppe hinauf. Ich blieb nicht stehen oder drehte mich um. Ich ließ die Taschenlampe bei ihm, denn ich wollte, daß er das Ding sah, das ihn holen kam.

(Dunkelheit wohnt in uns allen.)

»Warten Sie!« rief er hinter mir her.

Ich hielt nicht inne.

»W-w-was ist das für ein Geräusch?« fragte er.

Ich ging weiter nach oben.

»Was wird mit m-mir geschehen?«

»Ich weiß nicht«, sagte ich zu ihm. »Aber was auch immer … es wird das sein, was Sie verdienen.«

Schließlich regte sich Wut in ihm. Er sagte: »Sie sind nicht mein Richter!«

»O doch, das bin ich.«

Oben betrat ich die Küche und machte die Tür hinter mir zu. Sie hatte kein Schloß. Ich lehnte mich zitternd dagegen.

Offenbar sah Phu etwas die Treppe unter ihm heraufkommen, denn er heulte vor Entsetzen und hastete mit viel Poltern und Dröhnen die Stufen herauf.

Als ich ihn kommen hörte, drückte ich mich fest gegen die Tür. Er hämmerte gegen die andere Seite. »Bitte. Bitte, nein. Bitte, um Gottes willen, nein, um Gottes willen, bitte!«

Ich hatte meine Freunde aus der Armee ebenso verzweifelt flehen gehört, wenn der Foltermeister ihnen rostige Nägel unter die Fingernägel oder durch die von Klammern gehaltenen Zungen gebohrt hatte. Ich klammerte mich an diese Schreckensbilder, die ich hinter mir gelassen zu haben glaubte, sie gaben mir die Willenskraft, mich Phus bemitleidenswerten Schreien zu widersetzen.

Zusätzlich zu seiner Stimme hörte ich nun die schleimartige Dunkelheit hinter ihm emporsteigen, kalte Lava, die bergauf floß: feuchte Laute und dieses bedrohliche Flüstern …

Der Foltermeister hörte auf, gegen die Tür zu klopfen, und stieß einen Schrei aus, der mir sagte, daß die Dunkelheit ihn gepackt hatte.

Ein großes Gewicht fiel gegen die Tür und wurde dann wieder entfernt.

Die schrillen Schreie des Foltermeisters schwollen an und ab und wieder an, und mit jedem Zyklus des Schreiens, der einem das Blut in den Adern gefrieren ließ, wurde sein Entsetzen akuter. Anhand des Klangs seiner Stimme und seiner Füße, die gegen die Wände und Treppenstufen traten, konnte ich hören, daß er nach unten gezogen wurde.

Mir war der Schweiß ausgebrochen.

Ich konnte nicht atmen.

Plötzlich riß ich die Tür auf und betrat den Absatz auf der anderen Seite. Ich glaube, ich hatte vor, ihn in die Küche zu ziehen, ihn doch noch zu retten. Ich kann es nicht mit Sicherheit sagen. Aber was ich auf der Treppe sah, nur wenige Stufen unten, war so schockierend, daß ich stehenblieb – und nichts tat.

Der Foltermeister war nicht von der Dunkelheit selbst ergriffen worden, sondern von den Händen bis zum Skelett abgemagerter Männer, die aus der unablässig wirbelnden schwarzen Masse nach ihm griffen. Tote Männer. Ich kannte sie. Sie waren amerikanische Soldaten, die im Lager durch die Hände des Foltermeisters gestorben waren, während ich dort gewesen war. Keiner war mit mir befreundet gewesen; tatsächlich waren sie alle selbst Bösewichter, böse Menschen, denen der Krieg *Spaß* gemacht hatte, ehe sie vom Vietcong gefaßt und gefangengenommen worden waren, von dem verabscheuenswerten Typ, der gerne tötet, Schwarzmarktgeschäfte betreibt und nach Dienstende Profit scheffelt. Ihre Augen waren eisig, milchig. Wenn sie den Mund aufmachten, um zu sprechen, kamen keine Laute heraus, nur leises Zischen und ein fernes Wimmern, das mich zur Überzeugung brachte, daß das Geräusch nicht aus ihren Körpern, sondern aus ihren Seelen kam, die tief unten in dem Keller angekettet waren. Sie quälten sich aus dem zähen Destillat der Dunkelheit heraus, ohne ihm gänzlich entrinnen zu können, nur in dem Maß entblößt, das ausreichte, Nguyen Quang Phu an beiden Beinen und Armen festzuhalten.

Sie zogen ihn vor meinen Augen kreischend in die dickliche Absonderung der Nacht, die ihr ewiges Zuhause geworden war. Als alle drei in der pulsierenden Düsternis verschwanden, floß die wogende, teerähnliche Masse von mir weg und zurück. Stufen kamen in Sicht wie Strand, wenn die Flut zurückgeht.

Ich stolperte durch die Tür, quer durch die Küche und zum Spülbecken. Ich hing den Kopf darüber und übergab mich. Ließ das Wasser laufen. Spritzte mir welches ins Gesicht. Spülte mir den Mund aus. Lehnte mich keuchend gegen die Arbeitsplatte.

Als ich mich schließlich umdrehte, stellte ich fest, daß die Kellertür verschwunden war. Sie hatte den Foltermeister gewollt. Darum war die Tür erschienen, darum hatte sich ein

Zugang aufgetan zu … zu … zu dem Ort da unten. Sie hatte den Foltermeister so sehr gewollt, daß sie es nicht erwarten konnte, ihn im natürlichen Lauf der Ereignisse zu bekommen, nach seinem vorbestimmten Tod, daher hatte sie eine Tür zu dieser Welt aufgetan und ihn verschlungen. Jetzt hatte sie ihn, und meine Begegnung mit dem Übernatürlichen war sicher zu Ende.

Das dachte ich.

Ich verstand einfach nicht.

Gott helfe mir, ich verstand einfach nicht.

Nguyen Quang Phus Auto – ein neuer weißer Mercedes – parkte in unserer Einfahrt, die abgeschirmt ist. Ich stieg ein, ohne gesehen zu werden, fuhr das Auto weg und stellte es auf dem Parkplatz eines öffentlichen Strands ab. Ich ging die paar Meilen zum Haus zu Fuß zurück, und später, als sich die Polizei um das Verschwinden von Phu kümmerte, behauptete ich, er habe unsere Verabredung nicht eingehalten. Man glaubte mir. Sie verdächtigten mich nicht im geringsten, denn ich bin ein angesehener Bürger, ein erfolgreicher Geschäftsmann und habe einen ausgesprochen guten Ruf.

In den nächsten drei Wochen tauchte die Kellertür nicht mehr auf. Ich glaubte nicht, daß ich mich in unserem neuen Traumhaus jemals völlig wohl fühlen würde; aber allmählich schwand mein schlimmstes Grauen, und ich vermied es nicht mehr, die Küche zu betreten.

Ich hatte einen Frontalzusammenstoß mit dem Übernatürlichen gehabt, aber die Möglichkeit einer weiteren Begegnung war gering bis nichtexistent. Eine Menge Menschen sehen einmal in ihrem Leben ein Gespenst, werden in ein übersinnliches Ereignis verwickelt, das ihren Glauben an die wahre Natur der Wirklichkeit erschüttert, aber sie haben keine weiteren okkulten Erlebnisse. Ich bezweifelte, ob ich die Kellertür je wiedersehen würde.

Dann fand Horace Dalcoe heraus, daß ich im geheimen über den Kauf des Landes verhandelte, das *er* gepachtet hatte, und er schlug zurück. Brutal. Er hat politische Beziehungen. Ich glaube, er hatte kaum Schwierigkeiten, den Gesundheitsinspektor dazu zu bringen, uns nichtexistierender Verstöße gegen Hygienevorschriften anzuklagen. Wir haben stets ein makelloses Restaurant geführt; unsere eigenen Maßstäbe für den Umgang mit Lebensmitteln und für Reinlichkeit waren stets deutlich über den Vorschriften des Gesundheitsamts. Daher beschlossen Carmen und ich, mit der Sache vor Gericht zu gehen, anstatt das Bußgeld zu bezahlen – und da wurden wir des Verstoßes gegen die Brandschutzvorschriften bezichtigt. Und als wir unsere Absicht verkündeten, dafür zu sorgen, daß diese ungerechtfertigten Vorwürfe zurückgezogen wurden, brach jemand an einem Donnerstagmorgen um drei Uhr in das Restaurant ein, verwüstete es und richtete einen Sachschaden von fünfzigtausend Dollar an.

Mir wurde klar, daß ich diese Schlachten alle gewinnen und den Krieg trotzdem verlieren konnte. Wäre ich imstande gewesen, Horace Dalcoes niederträchtige Methoden anzuwenden, hätte ich Regierungsbeamte bestechen und Schurken anheuern können, hätte ich auf eine Weise zurückschlagen können, die Dalcoe begriff, und er hätte zweifellos einen Waffenstillstand verkündet. Aber obwohl meine Seele von Sünden nicht unbefleckt war, konnte ich mich nicht auf Dalcoes Niveau hinabbegeben.

Vielleicht war mein Widerstreben, die Sache brutal zu regeln, mehr eine Frage des Stolzes als aufrichtigen Ehrgefühls, obwohl ich gerne letzteres von mir glaube.

Gestern morgen (als ich dies in das Tagebuch der Verdammnis schrieb, das ich angefangen habe zu führen), besuchte ich Dalcoe in seinem plüschigen Büro. Ich erniedrigte mich vor ihm und willigte ein, meine Bemühungen aufzugeben, das gepachtete Gelände zu kaufen, auf dem sein kleines Einkaufszentrum steht. Ich willigte auch ein, ihm dreitausend bar und unter der Hand zu zahlen, damit ich ein größeres, ansprechenderes Schild für unser Restaurant aufstellen durfte.

Er war verschmitzt, überheblich, nervtötend. Er behielt mich länger als eine Stunde dort, obwohl wir unser Geschäft binnen zehn Minuten hätten erledigen können, weil er sich an meiner Demütigung weiden wollte.

Letzte Nacht konnte ich nicht schlafen. Das Bett war bequem, das Haus still, die Luft angenehm kühl – alles ideale Umstände für einen zufriedenen, tiefen Schlaf –, aber ich mußte unablässig an Horace Dalcoe denken. Der Gedanke, in Zukunft weiter unter seiner Knute zu leben, war mehr, als ich ertragen konnte. Ich drehte und wendete die Situation im Geiste und suchte nach einer Handhabe, nach einem Weg, Oberwasser zu gewinnen, ehe er herausbekam, was ich vorhatte, aber mir fielen keinerlei brillanten Ränke ein.

Schließlich stahl ich mich aus dem Bett, ohne Carmen zu wecken, ging nach unten, um ein Glas Milch zu trinken, weil ich hoffte, das Calcium würde mich soweit beruhigen. Als ich, immer noch an Dalcoe denkend, die Küche betrat, war die Tür da.

Ich betrachtete sie und hatte große Angst, denn ich wußte, was ihr pünktliches Erscheinen zu bedeuten hatte. Ich mußte mit Horace Dalcoe fertig werden und bekam die endgültige Lösung des Problems präsentiert. Ich konnte Dalcoe unter dem einen oder anderen Vorwand ins Haus locken. Ihm den Keller zeigen. Und ihn der Dunkelheit überlassen.

Ich machte die Tür auf.

Ich sah die Stufen hinunter, in die Schwärze tief unten.

Längst tote Gefangene, Opfer der Folter, hatten auf Nguyen Quang Phu gewartet. Was würde da unten warten, um Dalcoe zu packen?

Ich zitterte.

Nicht wegen Dalcoe.

Wegen mir.

Plötzlich begriff ich, daß die Dunkelheit da unten *mich* mehr wollte als den Foltermeister Phu oder Horace Dalcoe. Diese Männer waren keine nennenswerte Beute. Sie würden ohnehin in der Hölle enden. Wenn ich Phu nicht in den Keller begleitet hätte, würde die Dunkelheit ihn früher oder später, nach seinem Tod, so oder so bekommen haben.

Ebenso würde Dalcoe nach seinem Tod in den Tiefen von Gehenna enden. Aber indem ich sie vorzeitig dem vorbestimmten Schicksal zuführte, ergab ich mich den dunklen Neigungen in mir und brachte dadurch meine eigene Seele in Gefahr.

Als ich die Kellertreppe hinuntersah, hörte ich die Dunkelheit meinen Namen rufen, mich willkommen heißen, mir ewige Kommunikation anbieten. Ihre flüsternde Stimme war verführerisch, ihre Versprechungen wie Balsam. Über das Schicksal meiner Seele war noch nicht entschieden, und die Dunkelheit sah die Möglichkeit eines kleinen Triumphs, wenn sie mich eroberte.

Ich spürte, daß ich noch nicht verderbt genug war, zu der Dunkelheit zu *gehören*. Was ich Phu angetan hatte, konnte man als Ausübung einer längst überfälligen Gerechtigkeit ansehen, denn er war ein Mann, dem weder in dieser noch in der nächsten Welt eine Belohnung zustand. Und indem ich Dalcoe vorzeitig seinem vorbestimmten Schicksal zuführte, würde mich wahrscheinlich auch das nicht ewiger Verdammnis anheimfallen lassen.

Aber wen mochte ich, wenn ich der Versuchung erlag, nach Horace Dalcoe in diesen Keller locken? Wie viele und wie oft? Es würde jedesmal leichter werden. Früher oder später würde ich den Keller dazu benützen, Leute loszuwerden, die mich nur geringfügig erbost hatten. Manche waren vielleicht Grenzfälle, Menschen, die die Hölle verdienten, aber eine Chance auf Erlösung hatten, und wenn ich ihr Ende vorzeitig herbeiführte, würde ich ihnen die Möglichkeit nehmen, ihr Leben ins rechte Lot zu bringen und alles wieder gutzumachen. Ihre Verdammnis wäre teilweise meine Schuld. Und dann wäre auch ich verloren … und die Dunkelheit würde die Treppe heraufwallen und ins Haus kommen und mich holen, wann es ihr beliebte.

Unten flüsterte dieses schleimige Destillat von einer Milliarde Neumondnächten mir zu, flüsterte.

Ich wich zurück. Ich machte die Tür zu.

Sie verschwand nicht.

Dalcoe, dachte ich verzweifelt, warum bist du so ein gemeiner Schuft gewesen? Warum hast du dafür gesorgt, daß ich dich so hasse?

Dunkelheit wohnt in den Besten von uns. In den Schlimmsten von uns wohnt die Dunkelheit nicht nur, dort regiert sie.

Ich bin ein guter Mensch. Ein harter Arbeiter. Ein liebender und treuer Ehemann. Ein strenger, aber gerechter Vater. Ein guter Mensch.

Doch ich habe menschliche Schwächen – von denen Rachegelüste nicht die geringsten sind. Ein Teil des Preises, den ich bezahlt habe, war der Verlust meiner Unschuld in Vietnam. Dort habe ich gelernt, daß viel Böses auf der Welt existiert, nicht im abstrakten Sinne, sondern leibhaftig, und als böse Menschen mich gefoltert haben, steckte ich mich bei diesem Kontakt an. Dort habe ich meine Rachegelüste entwickelt.

Ich rede mir ein, daß ich es nicht wage, der einfachen Lösung zu verfallen, welche der Keller darstellt. Wo sollte das enden? Eines Tages, wenn ich genügend Männer und Frauen in diese lichtlose Kammer da unten geschickt habe, werde ich so verderbt sein, daß es leicht sein wird, den Keller für Dinge zu benützen, die vorher undenkbar gewesen waren.

Was, zum Beispiel, wenn Carmen und ich stritten? Könnte es bis zu dem Punkt kommen, an dem ich sie bitten würde, die dunklen Tiefen mit mir zu ergründen? Und wenn meine Kinder mich erzürnen, wie es Kinder weiß Gott manchmal tun? Wo würde ich die Trennlinie ziehen? Und würde ich die Trennlinie ständig *neu* ziehen?

Ich bin ein guter Mensch.

Ich gebe der Dunkelheit wohl ab und an Wohnstatt, aber freilich habe ich ihr nie ein Königreich angeboten. Ich bin ein guter Mensch.

Aber die Versuchung ist groß.

Ich habe angefangen, eine Liste von Menschen zu machen, die mir hier und da einmal das Leben schwergemacht haben.

Ich habe selbstverständlich nicht die Absicht, etwas gegen sie zu unternehmen. Die Liste ist lediglich ein Spiel. Ich erstelle sie, und dann zerreiße ich sie und spüle sie die Toilette hinunter.

Ich bin ein guter Mensch.
Die Liste bedeutet nichts.
Die Kellertür wird für immer geschlossen bleiben.
Ich werde sie nicht noch einmal aufmachen.
Ich schwöre es bei allem, was mir heilig ist.
Ich bin ein guter Mensch.
Die Liste ist länger, als ich gedacht habe.

Aus dem Amerikanischen von Joachim Körber

Ollies Hände

Die Julinacht war heiß. Die Luft, die Ollies Handflächen streifte, ließ ihn erahnen, wie sehr die Einwohner der Großstadt unter dieser Hitze litten: Millionen Menschen, die den Winter herbeisehnten.

Doch sogar bei grimmigster Kälte, sogar in einer eisigen, windigen Nacht im Januar würden Ollies Hände weich, feucht und warm sein – und höchst empfindsam. Seine schmalen Finger verjüngten sich auf ungewöhnliche Weise. Wenn er etwas anfaßte, schienen sie mit der Oberfläche des Gegenstands zu verschmelzen; und wenn er diesen Gegenstand losließ, hörte es sich wie ein Seufzer an.

Jede Nacht, unabhängig von der Jahreszeit, begab Ollie sich in die unbeleuchtete Gasse hinter Stazniks Restaurant, wo er in den drei großen randvollen Mülltonnen nach versehentlich weggeworfenen Messern, Gabeln und Löffeln suchte. Weil Staznik für erstklassige Qualität entsprechend hohe Preise verlangte, waren auch die Bestecke so teuer, daß Ollies würdeloses Herumwühlen in den Abfällen sich durchaus lohnte. Innerhalb von zwei Wochen spürte er immer genügend Teile auf, um in einem der vielen Secondhandshops ein komplettes Besteck verkaufen zu können, und auf diese Weise hatte er immer genügend Geld für Wein.

Die im Müll gefundenen Bestecke wagen nicht seine einzige Einnahmequelle. Ollie war auf seine besondere Art ein sehr cleverer Mann.

In dieser Dienstagnacht Anfang Juli wurde seine Klugheit allerdings auf eine harte Probe gestellt. Als er sich in die Gasse begab, um wie immer Messer, Gabeln und Löffel aufzuspüren, fand er statt dessen das bewußtlose Mädchen.

Sie lag da, an die letzte Mülltonne gelehnt, das Gesicht zur Ziegelmauer gewandt, mit geschlossenen Augen, die Arme über den kleinen Brüsten verschränkt, so als wäre sie ein schlafendes Kind. Das billige enge und sehr kurze Kleid enthüllte jedoch, daß sie kein Kind mehr war. Ihre helle Haut schimmerte wie eine Flamme, die man durch Rauchglas betrachtet. Ansonsten konnte Ollie nicht viel erkennen.

»Miss?« murmelte er, über sie gebeugt.

Sie gab keine Antwort, rührte sich nicht.

Er kniete neben ihr nieder, schüttelte sie, konnte sie aber nicht aufwecken. Als er sie auf den Rücken drehte, um ihr Gesicht sehen zu können, klapperte etwas. Er zündete ein Streichholz an und stellte fest, daß sie das Zubehör eines Junkies auf dem Schoß gehabt hatte: die Spritze, den verrußten Löffel, den Metallbecher, eine halbe Kerze sowie mehrere Plastiktütchen mit einem weißen Pulver, die zusätzlich in Folie gewickelt waren.

Vielleicht hätte er sie einfach liegengelassen und seine Suche nach Löffeln fortgesetzt – er selbst hielt sich ausschließlich an Alkohol und hatte für Drogensüchtige weder Verständnis noch Sympathien –, wenn die Streichholzflamme nicht auch ihr Gesicht erhellt hätte. Sie hatte eine breite Stirn, schön geformte Augen, eine mit Sommersprossen getupfte Stupsnase und volle Lippen, die erotischen Genuß versprachen und doch zugleich etwas kindlich Unschuldiges an sich hatten. Als das Streichholz erlosch und die Dunkelheit wieder regierte, wußte Ollie, daß er sie nicht einfach liegenlassen konnte, denn sie war das schönste Geschöpf, das er je gesehen hatte.

»Miss?«

Er schüttelte sie wieder an der Schulter.

Sie reagierte nicht.

Ollie vergewisserte sich, daß weit und breit kein Mensch zu sehen war, der seine Absichten mißverstehen könnte. Beruhigt beugte er sich nun dicht über sie, stellte fest, daß ihr Herz schwach schlug, hielt sicherheitshalber auch noch seine feuchte Hand an ihre Nase und registrierte kaum merkliche warme Atemzüge. Sie lebte noch!

Er stand auf, wischte sich die Hände an seiner zerknitterten und schmutzigen Hose ab, warf einen bedauernden Blick auf die nicht durchsuchten Mülltonnen und hob die junge Frau vom Boden auf. Sie wog nicht viel, und er hielt sie in seinen Armen, so als wäre er ein Bräutigam, der seine Braut über die Schwelle des gemeinsamen Heimes trägt, obwohl Ollie an den physischen Aspekt dieses Rituals keinen Gedanken verschwendete. Er bekam Herzklopfen von der ungewohnten Anstrengung, aber er trug sie die Gasse entlang, überquerte hastig die hell beleuchtete, aber um diese Zeit glücklicherweise kaum befahrene Avenue und tauchte in einer dunklen Seitenstraße unter.

Zehn Minuten später schloß er die Tür seines Souterrainzimmers auf, trug sie hinein, legte sie aufs Bett, verschloß die Tür und schaltete die Nachttischlampe vom Trödelmarkt ein, die mit einer schwachen Glühbirne ausgestattet und mit einer Zeitung anstelle eines Lampenschirms verhängt war. Die Frau atmete noch.

Er betrachtete sie und fragte sich, was er als nächstes tun sollte. Bisher hatte er entschlossen gehandelt, doch jetzt war er verwirrt.

Frustriert darüber, daß er nicht klar denken konnte, verließ er sein Zimmer wieder, schloß hinter sich ab und kehrte zu der Gasse hinter dem Restaurant zurück. Er fand ihre Tasche und legte die Spritze, die Drogen und da übrige Zubehör hinein. Erfüllt von einer seltsamen Unruhe, die er sich selbst nicht erklären konnte, eilte er wieder in sein Souterrainzimmer.

Stazniks Mülltonnen hatte er völlig vergessen.

Ollie setzte sich auf einen Stuhl neben dem Bett und durchsuchte ihre Handtasche. Er warf die Spritze und die Kerze in seinen Mülleimer. Er riß die Heroinpäckchen auf, schüttete das Zeug in die Toilette und spülte es hinunter. Den Metallbecher hatte sie dazu benutzt, die Kerze zu halten, über der sie den Stoff erhitzte. Er legte den Becher auf den Boden und zertrampelte ihn. Dann wusch er sich die Hände, trocknete sie an einem alten Hotelhandtuch ab und fühlte sich wesentlich wohler.

Die Atemzüge der jungen Frau waren flacher und unregelmäßiger geworden. Ihr Gesicht war grau, und Schweißperlen bedeckten ihre Stirn. Ollie begriff, daß sie im Sterben lag, und er fürchtete sich.

Er verschränkte die Arme über der Brust und vergrub seine Hände in den Achselhöhlen. Seine fleischigen Fingerkuppen waren besonders feucht. Natürlich wußte er im Grunde, daß seine Hände nützlichere Aufgaben vollbringen konnten als Bestecke in Mülltonnen aufzustöbern, aber er wollte sich nicht eingestehen, wozu sie imstande waren, denn das wäre gefährlich …

Er holte seinen Wein aus dem wackeligen Pappkleiderschrank und trank direkt aus der Flasche. Der Alkohol schmeckte wie Wasser.

Ollie wußte, daß der Wein ihm kein Vergessen bescheren würde – nicht, während die junge Frau auf seinem Bett lag. Nicht, während seine Hände so stark zitterten.

Er stellte die Weinflasche beiseite.

Ollie haßte es, seine Hände zu anderen Zwecken als zum Broterwerb – besser gesagt, zum Erwerb von Wein – einzusetzen, doch jetzt blieb ihm keine andere Wahl. Es waren ganz elementare Gründe, die ihn zum Handeln zwangen. Das Mädchen war schön. Die glatten, klaren Gesichtszüge waren so regelmäßig, daß nicht einmal die Sucht ihnen etwas anhaben konntet. Diese Schönheit zog ihn in ihren Bann wie ein feines Spinnennetz, aus dem es kein Entrinnen gab. Er folgte seinen Händen zum Bett, so als wäre er blind und müßte in einem unbekannten Raum Hindernisse ertasten.

Damit seine Hände perfekte Arbeit leisten konnten, mußte er die junge Frau entkleiden. Sie trug keine Unterwäsche. Ihre Brüste waren klein, straff, wohlgeformt; ihre Taille war viel zu schmal, und die Hüftknochen traten scharf hervor, aber nicht einmal die unverkennbare Unterernährung konnte die Schönheit ihrer Beine beeinträchtigen. Ollie bewunderte sie nur wie ein Kunstwerk, nicht als mögliches Objekt körperlicher Befriedigung. Er hatte noch nie eine Frau besessen. Bis jetzt hatte er in einer Welt ohne Sex gelebt, und daran waren seine Hände schuld, deren magische Kräfte jede Geliebte unweigerlich wahrgenommen hätte.

Ollie legte seine Hände auf ihre Schläfen, strich ihr übers Haar, ließ seine fleischigen Fingerspitzen über ihre Stirn, über ihre Wangen und ihr Kinn gleiten. Er spürte den Puls an ihrer Halsschlagader, berührte sanft ihre Brüste, ihren Bauch und ihre Beine, um die Ursache ihres Zustands zu ergründen. Gleich darauf wußte er, daß sie sich eine Überdosis Heroin gespritzt hatte. Und obwohl er es nicht glauben wollte, erkannte er, daß sie es absichtlich getan hatte.

Seine Hände schmerzten.

Er berührte sie wieder, bewegte seine Handflächen kreisförmig über ihren Körper, bis er nicht mehr sicher war, wo seine Hände endeten und ihre helle Haut begann, bis sie förmlich miteinander verschmolzen, so als vermischten sich zwei Rauchwolken.

Eine halbe Stunde später lag sie nicht mehr im Koma, sondern schlief friedlich.

Er drehte sie behutsam auf den Bauch und setzte sein Werk fort, indem er mit seinen Händen über ihre Schultern, über den Rücken, das Gesäß und die Schenkel strich. Seine Fingerspitzen glitten an ihrer Wirbelsäule entlang, massierten ihre Kopfhaut. Er verdrängte jeden Gedanken an ihre Schönheit, damit seine Kraft ohne jede Ablenkung in sie einströmen konnte.

Nach einer weiteren Viertelstunde hatte sich nicht nur ihr noch vor kurzem so kritischer Zustand völlig normalisiert, sondern er hatte sie auch anhaltend von ihrer Drogensucht kuriert. Wenn sie in Zukunft auch nur daran dachte, sich einen Schuß zu setzen, würde ihr übel werden. Dafür hatte er gesorgt. Mit seinen Händen.

Er lehnte sich auf seinem Stuhl zurück und schlief ein.

Eine Stunde später schreckte er auf, von Alpträumen gequält, an die er sich schon nicht mehr erinnern konnte. Er eilte zur Tür, vergewisserte sich, daß sie noch verschlossen war, und spähte durch die Vorhänge. Es hätte ihn nicht gewundert, wenn jemand dort draußen gelauert hätte, aber er sah nur unberührte Dunkelheit. Niemand hatte beobachtet, daß seine Hände im Einsatz gewesen waren.

Die junge Frau schlief immer noch.

Während er sie mit einem Laken zudeckte, fiel ihm ein, daß er nicht einmal ihren Namen kannte. In ihrer Tasche fand er einen Ausweis: Annie Grice, 26 Jahre alt, ledig. Das war alles. Keine Adresse, keine Angaben über Verwandte.

Er nahm eine Glasperlenkette zur Hand, aber die kleinen glatten Kugeln waren nichtssagend, und er legte sie beiseite. Wahrscheinlich hatte sie das billige Schmuckstück erst vor kurzem gekauft, so daß es noch nicht von ihrer Aura durchtränkt war.

Von ihrer abgewetzten Geldbörse empfing er hingegen Bilder und Botschaften in Hülle und Fülle. Die letzten Jahre von Annies Leben sogen wie im Zeitraffer an ihm vorüber: ihr erster Kontakt mit Kokain, die nachfolgende Abhängigkeit, die ersten Erfahrungen mit Heroin, Abhängigkeit, Sucht, Diebstähle, um sich die Drogen leisten zu können, Jobs in drittklassigen Bars mit zuviel Alkohol, Prostitution, die sie beschönigend anders nannte, um ihr Gewissen zu beschwichtigen, Prostitution, die sie als Prostitution anerkannte, und schließlich eine unwiderrufliche Abkehr vom Leben und von der Gesellschaft, eine totale Einsamkeit, die den Tod als willkommene Erlösung erscheinen ließ.

Ollie legte die Geldbörse beiseite.

Er schwitzte am ganzen Leibe.

Ihn verlangte nach Wein, aber er wußte, daß das nichts nützen würde. Diesmal nicht.

Außerdem war seine Neugier immer noch nicht befriedigt. Wie war Annie Grice zu jener Frau geworden, die ihre sieben Jahre alte Geldbörse widerspiegelte?

Er fand in ihrer Handtasche einen alten Ring – ein Familienerbstück? –, hielt ihn in den Händen und ließ die Bilder auf sich einwirken. Zunächst hatten sie nichts mit Annie zu tun. Als Ollie sah, daß er Eindrücke aus dem Leben der früheren Besitzer des Rings empfing, ließ er in seinem Geist die Zeit weiterlaufen, bis Annie auftauchte. Sie war sieben Jahre alt; die Leiterin des Waisenhauses hatte ihr soeben die wenigen Erbstücke übergeben, die nicht dem Feuer zum Opfer gefallen waren, das ein halbes Jahr zuvor ihr Elternhaus in Schutt und Asche gelegt hatte. Bei dem Brand waren ihre Eltern ums Leben gekommen, und von dieser Zeit an reihte sich ein deprimierendes Ereignis ans andere: Sie war schüchtern und wurde von gehässigen Kindern gehänselt; diese Schüchternheit verurteilte sie zur Einsamkeit; sie hatte in der Pubertät keine Freundinnen, und ihre erste Liebesaffäre war eine Katastrophe; seitdem hatte sie noch mehr Angst vor menschlichen Kontakten. Für ein College hatte sie kein Geld, und deshalb nahm sie verschiedene Jobs als Verkäuferin an, blieb aber unglücklich und allein. Irgendwann versuchte sie dann, ihre Schüchternheit durch forsches Auftreten und Aggressivität zu kaschieren, aber das führte nur dazu, daß sie die Bekanntschaft eines moralisch verkommenen jungen Mannes namens Benny machte, mit dem sie ein Jahre zusammenlebte. Er verleitete sie dazu, Kokain zu nehmen, und nach der Trennung von ihm führte ihre Drogensucht – ein verzweifelter Versuch, vor der Einsamkeit und Lieblosigkeit zu flüchten – sie immer mehr auf die schiefe Bahn, zu jenen schrecklichen Bildern, die Ollie vor sich gesehen hatte, als er ihre abgewetzte Geldbörse in den Händen hielt.

Er legte den Ring beiseite, griff nach der Weinflasche und trank, bis der Rausch ihm die Gnade des Vergessens bescherte. Nicht etwa sein eigenes, sondern Annies auswegloses Leben war ihm schlichtweg unerträglich.

Sie weckte ihn einige Stunden später. Aufrecht im Bett sitzend, hatte sie erschrocken aufgeschrien, als sie ihn auf dem Stuhl schlafen sah, an die Wand gelehnt.

Ollie stand auf und torkelte blinzelnd auf sie zu, schläfrig und betrunken.

»Was mache ich hier?« fragte sie angsterfüllt. »Was haben Sie mir angetan?«

Ollie erwiderte nichts darauf. Im Schweigen lag sein Heil. Es war ihm unmöglich, mit jemandem zu sprechen, fast so, als wäre er stumm oder fürchtete sich vor Worten. Seine Hände, rosig und feucht, zitterten heftig. Er schüttelte den Kopf und lächelte nervös: Hoffentlich würde sie verstehen, daß er ihr nur helfen wollte.

Offenbar begriff sie, daß er keine schlechten Absichten hatte, denn sie blickte nicht mehr so verängstigt drein. Mit gerunzelter Stirn zog sie das Laken bis zum Kinn hoch, um ihre Blöße zu verbergen. »Ich bin nicht tot, obwohl ich mir eine Überdosis gespritzt habe«, murmelte sie.

Ollie nickte lächelnd und wischte sich die Hände am Hemd ab.

Ihre Augen weiteten sich vor Entsetzen, als sie ihre zerstochenen Arme betrachtete. Ihr graute vor dem Leben, und jetzt war sie verzweifelt, weil ihr Selbstmordversuch mißlungen war. Den Kopf nach hinten geworfen, das weite Gesicht von den goldenen Haaren umrahmt, begann sie zu wimmern und zu schluchzen.

Ollie streckte rasch den Arm aus, berührte sie und versetzte sie wieder in Schlaf. Selbst nun völlig nüchtern, ging er zur Tür, spähte ins frühe Morgenlicht hinaus, das auf die abgetretenen Betonstufen fiel, und ließ die Vorhänge wieder zufallen, glücklich darüber, daß niemand ihre Schreie gehört hatte.

Im Bad wusch er sein Gesicht mit viel kaltem Wasser und überlegte, was er jetzt tun sollte. Er dachte sogar daran, sie in die Gasse zurückzubringen, wo er sie gefunden hatte, und sie einfach ihrem Schicksal zu überlassen. Aber das brachte er nicht übers Herz. Er versuchte erst gar nicht zu ergründen, warum er es nicht fertigbrachte – weil er Angst vor der Antwort hatte.

Während er sein Gesicht mit einem schmutzigen Handtuch abtrocknete, stellte Ollie fest, daß er einen schrecklichen Anblick bot. Er badete, rasierte sich und zog saubere Kleidungsstücke an. Wie ein Vagabund sah er auch jetzt noch aus, aber immerhin wie ein Vagabund aus freien Stücken und nicht aus Not: ein desillusionierter Künstler vielleicht oder – wie in manchen alten Filmen – ein reicher Mann, der seinen langweiligen Verpflichtungen entfliehen wollte.

Sein plötzlicher Phantasiereichtum wunderte ihn. Normalerweise hielt er sich für einen nüchternen und sachlichen Mann.

Bestürzt wandte er seinem Gesicht im Spiegel den Rücken zu und kehrte ins Zimmer zurück. Annie schlief, und im Schlaf sah sie unschuldig und heiter aus. Er würde sie noch eine Weile schlafen lassen.

Drei Stunden später, nachdem er die beiden kleinen Räume geputzt hatte, wechselte Ollie die Bettwäsche, ohne sie zu wecken, und obwohl er wußte, daß das unmöglich war, spielte er mit dem Gedanken, sie jahrelang schlafen zu lassen und zu pflegen, so als wäre sie eine komatöse Patientin. Ihn würde das glücklich machen – wahrscheinlich glücklicher, als er je zuvor im Leben gewesen war.

Doch jetzt hatte er Hunger, und er wußte, daß auch sie Hunger haben würde, wenn sie aufwachte. Er schloß die Tür hinter sich ab und kaufte zwei Blocks entfernt in einem kleinen Geschäft so viele Lebensmittel auf einmal ein wie nie zuvor.

»38 Dollar und 12 Cents«, sagte der Kassierer, ohne seine Verachtung zu verbergen, weil er ahnte, daß Ollie die Rechnung nicht bezahlen konnte.

Ollie hob eine Hand, berührte seine Stirn und starrte den Kassierer an.

Der Mann blinzelte, lächelte zögernd und griff nach leerer Luft. »Vierzig Dollar«, murmelte er, legte die nicht existierenden Geldscheine in die Kasse, gab Ollie korrekt heraus und packte die Lebensmittel in eine Tüte.

Auf dem Heimweg fühlte Ollie sich unbehaglich, denn er hatte seine Kräfte noch nie eingesetzt, um jemanden zu betrügen. Hätte er nicht das Mädchen gesehen, hätte er vergangene Nacht in den Mülltonnen vielleicht die ihm noch fehlenden Teile für ein weiteres komplettes Besteck gefunden, und tagsüber hätte er sich anderen Aufgaben gewidmet und ein paar Dollar eingenommen, indem er mit seinen Händen in den U-Bahn-Stationen verlorene Münzen aufspürte. Im Grunde trug also nicht er allein die Verantwortung für diesen Betrug. Trotzdem quälten ihn Gewissensbisse.

Zu Hause bereitete er das Essen zu – Eintopf, Salat und frisches Obst –, bevor er Annie weckte. Sie starrte ihn wortlos an, als er auf den gedeckten Tisch deutete, und er spürte ihre Angst, eine rote Blume, deren Knospe aufsprang und sich zu einer riesigen Blüte entfaltete. Mit einer Handbewegung machte er sie darauf aufmerksam, daß sein Zimmer jetzt sauber und ordentlich war, und er lächelte aufmunternd.

Annie setzte sich auf, und ihr Alptraum fiel ihr wieder ein – der grausame Alptraum, noch am Leben zu sein. Sie schrie gepeinigt auf.

Ollie hob beschwörend die Hände, versuchte zu sprechen, brachte jedoch kein Wort hervor.

Ihr Gesicht lief rot an, als sie tief Luft holte und aufzustehen versuchte.

Ollie war gezwungen, ihr seine Hände aufzulegen und sie wieder in Schlaf zu versetzen.

Während er sie zudeckte, begriff er, daß es naiv von ihm gewesen war zu glauben, daß sie ein anderer Mensch mit weniger Ängsten und mehr Gemütsruhe sein würde, nur weil er gebadet, sich rasiert, die Wohnung geputzt und ein Essen zubereitet hatte. Sie würde nur ein anderer Mensch werden, wenn er ihr dabei half, und das würde Zeit, harte Arbeit und ein großes Opfer seinerseits erfordern.

Er warf das Essen weg. Er hatte keinen Hunger mehr.

Die ganze lange Nacht hindurch saß er am Bett, die Ellbogen auf seine Knie gestützt, den Kopf in den Händen vergraben. Seine Fingerspitzen schienen mit den Schläfen zu verschmelzen, während seine Handflächen auf den Wangen ruhten. Mit seinen ungewöhnlichen Sensoren spürte er Annies Verzweiflung auf, ihre Hoffnungen und Träume, ihren Ehrgeiz, ihre Grenzen, ihre Freuden, ihr schmerzhaft erworbenes Wissen, ihre ständigen Fehlurteile und ihre seltenen Momente intellektueller Klarheit. Er verweilte im Zentrum ihrer Seele, die abwechselnd in voller Blüte stand und dahinwelkte.

Am Morgen ging er ins Bad, trank selbst zwei Glas Wasser und half Annie, im Halbschlaf etwas zu trinken. Dann versetzte er sich wieder in die kontrastreiche Welt ihres Geistes und hielt sich, abgesehen von einigen kurzen Ruhepausen, den ganzen Tag und die folgende Nacht dort auf, erforschte ihre Psyche und nahm vorsichtige Korrekturen vor.

Er überlegte nicht, warum er diesen Aufwand an Zeit, Energie und Emotionen auf sich nahm – vielleicht weil er befürchtete, dann erkennen zu müssen, daß seine Einsamkeit das wichtigste Motiv war. Er verschmolz geistig mit ihr, berührte sie, veränderte sie und verschwendete keinen Gedanken an die Konsequenzen. Im Morgengrauen des nächsten Tages war sein Werk vollbracht.

Im Halbschlaf brachte er sie wieder dazu, etwas zu trinken, damit sie nicht an Flüssigkeitsmangel litt. Dann versetzte er sie in Tiefschlaf, legte sich neben sie auf das Bett und griff nach ihrer Hand. Erschöpft schlief er ein und träumte, daß er in einem unermeßlichen Ozean dahintrieb, als winziges Etwas, das von einem schwimmenden prähistorischen Wesen im dunklen Wasser unter ihm verschlungen zu werden drohte. Seltsamerweise ängstigte dieser Traum ihn nicht. Sein ganzes sorgenvolles Leben lang hatte er damit gerechnet, von irgend etwas überwältigt zu werden.

Zwölf Stunden später wachte Ollie auf, duschte, rasierte sich, zog sich an und bereitete wieder ein Essen zu. Als er Annie weckte, setzte sie sich bestürzt auf, aber diesmal schrie sie nicht, sondern fragte nur: »Wo bin ich?«

Ollie bewegte seine trockenen Lippen, sofort wieder verunsichert, aber es gelang ihm, ihr mit einer ausladenden Handbewegung das Zimmer zu zeigen, das ihr inzwischen halbwegs vertraut sein mußte.

Sie wirkte neugierig und erfüllt von einem gewissen Unbehagen, aber sie war befreit von ihrer lähmenden Lebensangst. Er hatte sie davon kuriert.

»Ja, Sie haben es hier sehr gemütlich«, murmelte sie. »Aber wie bin ich hierhergekommen?«

Er fuhr sich mit der Zunge über die Lippen, suchte nach Worten, fand keine, deutete auf sich und lächelte.

»Können Sie nicht sprechen?« fragte sie. »Sind Sie stumm?«

Er überlegte kurz, akzeptierte den Ausweg, den sie ihm bot, und nickte.

»Das tut mir leid«, murmelte sie. Dann starrte sie ihren zerstochenen Arm an. Zweifellos erinnerte sie sich daran, daß sie sich zuletzt absichtlich eine Überdosis gespritzt hatte.

Ollie räusperte sich und deutete auf den gedeckten Tisch.

Sie bat ihn, sich kurz abzuwenden, sprang aus dem Bett und wickelte das Laken wie eine Toga um ihren Körper. Während sie am Tisch Platz nahm, grinste sie ihm zu. »Ich bin am Verhungern.«

Dieses heimatlose Geschöpf verfügte über die Gabe, ihn mühelos zu verzaubern. Er erwiderte ihr Lächeln. Sie hatten den schwierigsten Augenblick hinter sich gebracht, ohne daß es zu einer Katastrophe gekommen war. Er stellte das Essen auf den Tisch und machte eine entschuldigende Geste, die ausdrücken sollte, daß er kein Spitzenkoch war.

»Alles sieht köstlich aus«, versicherte sie, häufte sich Eintopf auf ihren Teller und aß mit Heißhunger, ohne auch nur ein Wort zu sagen.

Nach dem Essen wollte sie ihm beim Geschirrspülen helfen, ermüdete aber sehr schnell und mußte sich ins Bett begeben. Als er mit der Arbeit fertig war und sich neben sie auf den Stuhl setzte, fragte sie: »Was machen Sie?«

Er zuckte mit den Schultern.

»Ich meine – womit verdienen Sie Ihren Lebensunterhalt?«

Er dachte an seine Hände, aber selbst wenn er imstande gewesen wäre zu sprechen, hätte er ihr diese Sache nicht erklären können. Deshalb zuckte er wieder die Achseln, so als wollte er sagen: *Ich tu nicht viel.*

Sie sah sich in dem schäbigen Zimmer um. »Sind Sie ein Penner?« Als er auf diese Frage nicht reagierte, glaubte sie, den Nagel auf den Kopf getroffen zu haben. »Wie lange kann ich hierbleiben?«

Durch Mimik und Gestik machte Ollie ihr klar, daß sie hierbleiben konnte, solange sie wollte.

Sie betrachtete ihn lange und murmelte schließlich: »Könnten Sie vielleicht das Licht dämpfen?«

Er stand auf und schaltete zwei der drei Lampen aus. Als er sich ihr wieder zuwandte, lag sie nackt auf dem Bett, die Beine einladend gespreizt.

»Hör zu«, erklärte sie ihm, »ich weiß, daß du mich nicht für nichts und wieder nichts hergebracht und aufgepäppelt hast. Du erwartest natürlich eine Belohnung, und du hast durchaus ein Recht darauf.«

Verwirrt und frustriert holte er frische Laken aus einem Eckregal und wechselte ihre Bettwäsche, ohne sie auch nur zu berühren. Ihr Angebot ignorierte er einfach. Sie starrte ihn ungläubig an, und als er fertig war, sagte sie, daß sie nicht schlafen wolle. Er berührte ihre Stirn, und gleich darauf schlummerte sie tief und fest.

Am nächsten Morgen frühstückte sie mit dem gleichen Heißhunger, den sie beim Abendessen an den Tag gelegt hatte. Kein Krümel blieb übrig. Dann fragte sie, ob sie ein Bad nehmen dürfe. Er spülte das Geschirr und lauschte dabei ihrer weichen Stimme aus dem Bad. Sie sang irgendein hübsches melodisches Lied, das er noch nie gehört hatte.

Frisch gewaschen, hatte ihr Haar die Farbe von dunklem Honig. Sie stand nackt neben dem Bett und winkte ihn zu sich heran. Obwohl sie immer noch viel zu mager war, sah sie schon wesentlich gesünder aus als in der Nacht ihres Selbstmordversuchs.

»Ich war gestern abend so töricht«, sagte sie. »Meine Haare waren schmutzig, und ich muß so gestunken haben, daß sogar ein Stier die Flucht ergriffen hätte. Jetzt rieche ich nach Seife.«

Ollie kehrte ihr den Rücken zu und starrte das wenige Geschirr an, das er noch abtrocknen mußte.

»Was ist los?« fragte sie.

Er gab keine Antwort.

»Willst du mich nicht?«

Er schüttelte den Kopf – *nein.*

Sie zog scharf die Luft ein.

Etwas traf ihn schmerzhaft an der Hüfte, und als Ollie sich umdrehte, sah er, daß sie einen schweren Glasaschenbecher in der Hand hatte. Sie fauchte mit gebleckten Zähnen, so als wäre sie eine wütende Katze. Der Aschenbecher traf jetzt seine Schultern, und gleichzeitig schlug sie mit ihrer kleinen geballten Faust zu, trat nach ihm und kreischte. Dann entglitt der Aschenbecher ihrer Hand, und sie sank erschöpft und weinend an seine Brust.

Ollie legte einen Arm um ihre Schultern, um sie zu trösten, aber sie riß sich los, versuchte das Bett zu erreichen, stolperte, fiel hin und wurde ohnmächtig.

Er hob sie auf, legte sie ins Bett, deckte sie zu und wartete auf seinem Stuhl darauf, daß sie wieder zu sich kam.

Als sie eine halbe Stunde später aufwachte, war sie zitterig und benommen. Er beruhigte sie, strich ihr das Haar aus dem Gesicht, wischte ihr die Tränen von den Wangen, legte kalte Kompressen auf ihre Stirn.

Etwas später, als sie wieder sprechen konnte, fragte sie: »Bist du vielleicht impotent?«

Er schüttelte den Kopf.

»Warum willst du mich dann nicht? Ich wollte mich auf diese Weise revanchieren. Das mache ich bei Männern immer so. Etwas anderes habe ich ja nicht zu bieten.«

Ollie legte ihr eine Hand auf die Schulter. Mit seiner ungeschickten Mimik und Gestik versuchte er ihr klarzumachen, daß sie sehr viel zu bieten hatte, daß sie ihm sehr viel gab, einfach indem sie hier war. Einfach indem sie bei ihm war.

An diesem Nachmittag kaufte er für sie einen Pyjama, einige Kleidungsstücke und eine Zeitung. Sie amüsierte sich über den keuschen Flanellschlafanzug mit langen Ärmeln und langer Hose, zog ihn aber gleich an und las ihm dann die Zeitung vor – die Comics und Klatschgeschichten. Offenbar dachte sie, daß er nicht lesen konnte, und er ließ sie in diesem Glauben, weil das angebliche Analphabetentum gut zu seiner Tarnung paßte: Penner sammelten keine Bücher.

Außerdem hörte er sie gern vorlesen. Sie hatte eine so schöne weiche Stimme.

Am nächsten Morgen zog Annie ihre neuen Sachen – Bluejeans und Pullover – an und begleitete Ollie zum Lebensmittelhändler, obwohl er sie davon abzubringen versuchte. Als er dem Kassierer einen imaginären Zwanzig-Dollar-Schein gab und das Wechselgeld einsteckte, glaubte er, daß Annie in eine andere Richtung schaute, doch auf dem Nachhauseweg fragte sie ihn: »Wie hast du das gemacht?«

Er stellte sich dumm. *Was gemacht?*

»Versuch nicht, Annie zum Narren zu halten«, warnte sie ihn. »Ich fand es zum Schreien, wie er nach einer Handvoll Luft griff und dir herausgab.«

Ollie schwieg.

»Hypnotisierst du die Leute?« bedrängte sie ihn.

Erleichtert nickte er. *Ja.*

»Das mußt du mir beibringen.«

Er gab keine Antwort.

Aber sie ließ sich nicht so leicht abwimmeln. »Du mußt mir zeigen, wie du diesen Kerl getäuscht hast. Wenn ich diesen Trick beherrschen würde, brauchte ich meinen Körper nicht mehr zu verkaufen, verstehst du? Mein Gott, er hat diese Handvoll Luft *angelächelt!* Wie machst du das? Wie? Bring es mir bei! Du mußt es mir beibringen!«

Als sie in Ollies Zimmer waren, konnte er ihre unaufhörlichen Bitten einfach nicht mehr ertragen, vor allem, weil er befürchtete, daß er töricht genug sein könnte, ihr von seinen Händen zu erzählen. Deshalb stieß er sie plötzlich von sich. Sie prallte mit den Kniekehlen gegen die Bettkante und landete auf dem Bett, erstaunt über seinen jähen Zorn.

Sie sagte nichts mehr, und ihre Beziehung wurde scheinbar wieder unkomplizierter. Doch alles hatte sich verändert.

Weil sie sich nicht mehr traute, ihn wegen des Tricks beim Bezahlen zu löchern, hatte sie viel Zeit zum Nachdenken. Spät am Abend sagte sie: »Es ist Tage her, daß ich mir die letzte Spritze gesetzt habe, aber ich habe gar kein Bedürfnis nach Drogen. Seit mindestens fünf Jahren war ich nicht mehr so lange clean.«

Ollie machte mit seinen schuldigen Händen eine unbeholfene Geste, die seine eigene Überraschung zum Ausdruck bringen sollte.

»Hast du meine Spritze und alles andere weggeworfen?«

Er nickte.

Etwas später fragte sie: »Hast du etwas damit zu tun, daß ich keinen Stoff mehr brauche? Hast du mich hypnotisiert?« Als er wieder nickte, fuhr sie fort: »Und auf die gleiche Weise hast du den Kassierer dazu gebracht, den Zwanzig-Dollar-Schein zu sehen, stimmt's?«

Ollie gab ihr recht, indem er komisch gestikulierte und einen Bühnenhypnotiseur imitierte, der sein Publikum zu manipulieren versteht.

»Nein, du wendest keine Hypnose an«, erklärte sie entschieden, ohne ihn aus den Augen zu lassen. Sie durchschaute seine Fassade, was seit Jahren niemandem gelungen war. »Außersinnliche Wahrnehmung?«

Was ist das? fragte er mit Gesten.

»Du weißt es genau«, sagte Annie. »Du weißt es viel besser als ich.«

Sie war eine scharfe Beobachterin, und sie war viel intelligenter, als er gedacht hatte.

Wieder machte sie ihm die Hölle heiß, aber jetzt ging es nicht mehr um den Zwanzig-Dollar-Trick. »Na komm schon, wie ist das, wenn man diese Gabe besitzt? Wie lange besitzt du sie schon? Du hast doch überhaupt keinen Grund, dich zu schämen! Es ist doch wundervoll, so mächtig zu sein! Du solltest stolz darauf sein! Die ganze Welt könnte dir zu Füßen liegen!«

Und so weiter und so fort.

Irgendwann während dieser langen Nacht – später konnte Ollie sich nicht mehr daran erinnern, mit welchen Argumenten sie ihn mürbe gemacht hatte – erklärte er sich bereit, ihr zu zeigen, was er alles konnte. Er war nervös und wischte seine magischen Hände am Hemd ab. Doch obwohl er so aufgeregt wie ein Teenager war, der seine erste Freundin beeindrucken möchte, hatte er zugleich Angst vor den Konsequenzen.

Zuerst überreichte er ihr einen nicht vorhandenen Zwanzig-Dollar-Schein, sorgte dafür, daß sie ihn sah, und ließ ihn verschwinden. Anschließend stellte er mit einer dramatischen Geste seine Levitationskünste unter Beweis: Er brachte eine leere Kaffeetasse, eine volle Kaffeetasse, den Stuhl, eine Lampe, das Bett – ohne und mit Annie – zum Schweben, und schließlich hob er sich selbst vom Boden in die Luft empor, so als wäre er ein indischer Fakir. Annie jauchzte vor Begeisterung und klatschte in die Hände. Sie überredete ihn, sie auf einem imaginären Besenstiel durchs Zimmer fliegen zu lassen. Sie umarmte und küßte ihn, wollte immer neue Tricks sehen. Er drehte für sie den Wasserhahn im Spülbecken auf, ohne ihn zu berühren, und teilte den Wasserstrahl in zwei Hälften. Er füllte eine Tasse mit Wasser und bedeutete ihr, es ihm ins Gesicht zu spritzen, und im letzten Moment teilte er es in hundert dünne Strahlen auf und blieb völlig trocken.

»He!« rief sie aufgeregt und mit geröteten Wangen. »Von nun an wird nie mehr jemand auf uns herumtrampeln! Kein Mensch!« Sie stellte sich auf die Zehenspitzen und schlang ihre Arme um seinen Hals. Er grinste so breit, daß seine Kiefermuskeln schmerzten, als sie rief: »Du bist einfach phantastisch!«

Erfüllt von süßer Vorfreude und schrecklicher Angst, war Ollie sich bewußt, daß sie bald soweit sein würden, das Bett zu teilen. Schon sehr bald. Von diesem Moment an würde sich sein Leben verändern. Sie begriff immer noch nicht richtig, was sein Talent bedeutete, begriff nicht, daß seine Hände in absehbarer Zeit zu einem unüberwindlichen Hindernis zwischen ihnen werden könnten.

»Ich verstehe nicht, warum du deine ... deine Begabung verbirgst.«

Ihm lag sehr viel daran, daß sie ihn verstand, und deshalb beschwor er jene schlimmen Erinnerungen herauf, die er so lange verdrängt hatte. Weil er immer noch kein Wort hervorbringen konnte, versuchte er ihr mit Gesten zu erklären, warum er seine Fähigkeiten geheimhielt.

Irgendwie begriff sie den Kernpunkt. »Man hat dich verletzt.«

Er nickte. *Ja, sehr.*

Die Gabe war ohne Vorwarnung über ihn gekommen, als er zwölf Jahre alt gewesen war, so als wäre sie ein sekundäres Geschlechtsmerkmal, das in der Pubertät auftritt. Anfangs manifestierte sie sich noch bescheiden, doch sie wurde rasch übermächtig. Ollie wußte, daß das eine Sache war, die man keinem Erwachsenen anvertrauen durfte, und monatelang verheimlichte er sie sogar vor seinen Freunden, weil die Macht, die von seinen Händen ausging, ihn selbst zutiefst bestürzte und ängstigte. Doch mit der Zeit offenbarte er sich anderen Kindern, zeigte ihnen seine Zauberkünste und genoß ihre Bewunderung, die jedoch bald in Ablehnung umschlug: Anfangs zogen sie sich nur von ihm zurück, doch dann wurden sie gewalttätig, schlugen und traten ihn, stießen ihn in den Dreck und zwangen ihn, schmutziges Wasser aus Pfützen zu trinken – alles nur wegen seiner übernatürlichen Gabe. Er hätte sie einsetzen können, um sich gegen einen oder vielleicht sogar gegen zwei Angreifer zu wehren, aber gegen eine ganze Horde war sogar er machtlos. Eine Zeitlang verbarg er seine besonderen Fähigkeiten wieder, sogar vor sich selbst. Im Laufe der Jahre stellte er jedoch fest, daß er sein Talent nicht verleugnen konnte, ohne sich selbst physischen und psychischen Schaden zuzufügen. Der Drang, seine Kräfte einzusetzen, war stärker als sein Verlangen nach Essen, Sex oder sonstigen Genüssen. Wenn er sich zur Abstinenz zwang, kam das einer Verweigerung des Lebens gleich: Er nahm ab, wurde nervös und krank. Ihm blieb deshalb nichts anderes übrig, als seine Gabe zu nützen, aber er stellte sie nicht mehr vor anderen zur Schau. Er begriff allmählich, daß er immer allein sein würde, solange er diese übersinnlichen Kräfte besaß – nicht aus freier Wahl, sondern gezwungenermaßen. Sie ließen sich in Gesellschaft genauso wenig verbergen wie athletisches Geschick oder Wortgewandtheit: Sie traten unerwartet zutage und bestürzten seine Freunde, die sich daraufhin unweigerlich von ihm zurückzogen, was gefährliche Konsequenzen haben konnte. Der einzige Ausweg war, das Leben eines Einsiedlers zu führen. In der Großstadt konnte er sich mühelos als Penner tarnen, konnte im Betondschungel untertauchen – unbemerkt, ohne Freunde, in Sicherheit.

»Ich kann ja verstehen, daß Leute auf dich neidisch sind oder Angst vor dir haben«, sagte Annie. »Manche Leute … aber bestimmt nicht alle. Ich finde dich jedenfalls ganz toll!«

Mit Gesten erklärte er ihr, was er alles vermochte. Zweimal versuchte er, Worte zu finden, brachte aber nur Grunzlaute zustande.

»Du kannst also sogar Gedanken lesen«, formulierte sie

an seiner Stelle. »Na und? Gewiß, jeder Mensch hat irgendwelche Geheimnisse, aber daß man dich deswegen ablehnt oder gar schlecht behandelt ...« Sie schüttelte traurig den Kopf. »Na ja, von nun an brauchst du dich jedenfalls nie mehr zu verstecken. Gemeinsam können wir deine Talente in einen Segen verwandeln. Wir beide gegen den Rest der Welt.«

Er nickte, aber insgeheim bedauerte er zutiefst, falsche Hoffnungen in ihr geweckt zu haben, denn in diesem Moment entstand das *Netz*. Einfach so: *klick!* Und er wußte, daß es auch diesmal nicht anders als früher sein würde. Sobald sie erkannte, daß sie in diesem Netz gefangen war, würde sie in Panik geraten.

Bisher hatte es immer erster Intimitäten mit einer Frau bedürft, damit es passierte. Doch Annie war eine Ausnahme, und diesmal war das Netz entstanden, noch bevor sie auch nur den ersten Kuß getauscht hatten.

Am nächsten Tag schmiedete Annie stundenlang Pläne für ihre gemeinsame Zukunft, und Ollie hörte zu und kostete diese Stunden aus, denn er wußte, daß es bald keine gemeinsamen Freuden mehr geben würde, daß das Netz solche gemeinsamen Freuden unmöglich machen würde.

Als sie nach dem Abendessen Hand in Hand nebeneinander auf dem Bett lagen, begannen die Probleme, die er vorhergesehen hatte. Sie schwieg lange, und schließlich fragte sie: »Hast du heute meine Gedanken gelesen?«

Es wäre sinnlos zu lügen. Ollie nickte.

»Oft?«

Ja.

»Du weißt alles schon, bevor ich es sage?«

Er wartete ab – fröstelnd und angsterfüllt.

»Hast du *den ganzen Tag über* meine Gedanken gelesen?«

Er nickte.

Sie runzelte die Stirn und sagte energisch: »Ich möchte, daß du damit aufhörst! Hast du jetzt aufgehört?«

Ja.

Sie setzte sich auf, ließ seine Hand los und warf ihm einen scharfen Blick zu. »Nein, du hast nicht aufgehört! Ich *fühle* direkt, daß du irgendwie in mir steckst und mich beobachtest.«

Ollie widersprach nicht.

Sie griff wieder nach seiner Hand. »Verstehst du denn nicht? Ich komme mir töricht vor, wenn ich über Dinge rede, die du vorher schon in reinem Kopf gesehen hast. Ich komme mir wie ein Vollidiot vor, der mit einem Genie zusammen ist.«

Ollie versuchte, sie zu beruhigen und das Thema zu wechseln. Er gab quakende Laute von sich, wie der Frosch im Märchen, der in Wirklichkeit ein Prinz ist, behalf sich dann aber doch wieder mit Gesten.

»Wenn wir alle beide diese Gabe hätten … Aber so ist das zu einseitig … ich fühle mich irgendwie … unzulänglich … noch schlimmer … und das gefällt mir nicht …« Sie verstummte, aber nach einer Weile fragte sie: »Hast du damit aufgehört?«

Ja.

»Du lügst, stimmt's? Ich spüre dich … ja … ich bin mir sicher, das ich dich spüren kann …«

Endlich dämmerte ihr die schreckliche Erkenntnis, und sie rückte von ihm ab. »*Kannst* du überhaupt aufhören, meine Gedanken zu lesen?«

Er konnte ihr das Netz nicht erklären, das entstanden war, als er sie ins Herz geschlossen hatte. In diesem Moment hatte sein Geist sich auf irgendeine mystische Weise mit dem ihren verknüpft. Er verstand es selbst nicht ganz – obwohl es ihm schon früher widerfahren war. Er konnte ihr nicht erklären, das sie jetzt für immer fast so etwas wie ein Teil von ihm war. Er konnte nur die schreckliche Wahrheit bejahen: *Ich kann nicht aufhören, deine Gedanken zu lesen, Annie. Sie fliegen mir einfach zu, genauso wie beim Atmen Luft in meine Lunge gelangt.*

Nachdenklich murmelte sie: »Keine Geheimnisse, keine Überraschungen, nichts, was ich dir jemals vorenthalten könnte.«

Minuten vergingen.

Dann fragte sie: »Wirst du über mein ganzes Leben bestimmen, für mich Entscheidungen treffen, mich wie eine Schachfigur hin und her schieben, ohne daß ich es weiß? Oder hast du schon damit begonnen?«

Eine derartige totale Kontrolle ging über seine Kräfte, aber er würde sie nie davon überzeugen können. Ihr Atem ging schnell, und auch sie konnte sich der Angst nicht erwehren, die er schon oft bei anderen beobachtet hatte.

»Ich werde auf der Stelle gehen ... wenn du mich läßt.«

Traurig legte er eine zitternde Hand auf ihren Kopf und versetzte sie in tiefen Schlaf.

In dieser Nacht griff er noch einmal in ihren Geist und löschte bestimmte Erinnerungen. Die Weinflasche stand zu seinen Füßen, und er trank während der Arbeit. Bevor der Morgen graute, war sein Werk vollbracht.

Die Straßen waren öde und leer, als er Annie in die Gasse zurückbrachte, wo er sie gefunden hatte. Er lehnte sie an die Mauer und schob ihre Handtasche unter ihre Beine. Von ihrer Drogensucht war sie befreit, sie besaß ein neues Selbstbewußtsein und ein ausgeprägtes Selbstwertgefühl. Das waren seine Geschenke, und vielleicht würden sie Annie helfen, ein ganz neues Leben zu beginnen.

Ollie kehrte nach Hause zurück, ohne einen letzten Blick auf ihr so schönes und ebenmäßiges Gesicht geworfen zu haben.

Er öffnete eine Weinflasche. Stunden später, als er völlig betrunken war, fiel ihm ein, was ein angeblicher Freund gesagt hatte, als er ihm in der Pubertät zum erstenmal seine Fähigkeiten demonstrierte: »Ollie, du kannst die Welt regieren! Du bist ein Supermann!«

In der Erinnerung an diese Worte mußte er so laut lachen, daß er Wein ausspie. Die Welt regieren! Nicht einmal sich selbst hatte er unter Kontrolle. Ein Supermann! In einer Welt voll normaler Menschen war ein Supermann kein König, nicht einmal ein romantischer Exzentriker. Er war schlichtweg *allein*. Und allein konnte er nichts vollbringen.

Er dachte an Annie, an unerfüllbare Träume von Liebe und Glück, an seine Zukunft ohne jede Perspektive, und er trank immer weiter.

Nach Mitternacht begab er sich zu Stazniks Restaurant, um in den Mülltonnen nach versehentlich weggeworfenen Messern, Gabeln und Löffeln zu suchen. Jedenfalls hatte er das ursprünglich vor, doch statt dessen verbrachte er die Nacht damit, durch dunkle, verwinkelte Gassen und Hinterhöfe zu streifen, mit ausgestreckten Händen, wie ein Blinder, der sich seinen Weg ertasten muß. Annie würde sich nicht an ihn erinnern, dafür hatte er gesorgt. Für sie hatte er nie existiert.

Nie.

Aus dem Amerikanischen von Alexandra v. Reinhardt

Der Handtaschenräuber

Billy Neeks hatte in bezug auf Besitzrechte eine sehr flexible Philosophie. Er glaubte an das proletarische Ideal der Güterteilung – solange diese Güter anderen Leuten gehörten. Was hingegen ihm selbst gehörte, würde er notfalls bis aufs Messer verteidigen. Das war eine einfache und sehr brauchbare Philosophie für einen Dieb – und Billy war nichts anderes.

Billy Neeks' Beschäftigung spiegelte sich in seinem Aussehen wider: Er machte einen schmierigen Eindruck. Das dichte schwarze Haar wurde mit Unmengen von parfümiertem Öl glatt zurückgekämmt. Die grobe Haut war ständig unrein und fettig, so als litte er unter Malaria. Er bewegte sich schnell und geschmeidig wie eine Katze, und seine Hände besaßen die verblüffende Anmut eines Zauberkünstlers, so daß man glauben konnte, alle Gelenke wären bei ihm besonders gut geölt. Seine Augen glichen zwei benachbarten texanischen Ölquellen, naß und schwarz und tief – und gänzlich unberührt von jedem menschlichen Gefühl, von Wärme ganz zu schweigen. Wenn man sich den Weg zur Hölle als abschüssige Rampe vorstellte, die immer gut geölt sein mußte, um den Abstieg zu erleichtern, so hätte der Teufel bestimmt Billy Neeks dazu ausersehen, diese giftige schmierige Substanz bis in alle Ewigkeit auszuscheiden.

Wenn Billy in Aktion war, rammte er irgendeine ahnungslose Frau, beraubte sie ihrer Handtasche und war schon Meter entfernt, bevor sie überhaupt registrierte, daß sie bestohlen worden war. Taschen mit einem Bügel, Taschen mit zwei Bügeln, Schultertaschen, Unterarmtaschen – alle Arten von Taschen waren für Billy Neeks eine leichte Beute. Ob sein Opfer vorsichtig oder sorglos war, spielte keine Rolle. Er ließ sich durch nichts abschrecken.

An diesem Mittwoch im April spielte er den Betrunkenen und rempelte eine gutgekleidete ältere Frau auf der Broad

Street an, vor dem Kaufhaus Bartram's. Während sie angewidert auszuweichen versuchte, glitt der Schulterriemen ihrer Tasche unmerklich an ihrem Arm hinab, und die Tasche verschwand in der Plastiktüte, die Billy immer bei sich trug. Torkelnd entfernte er sich von ihr und hatte schon sechs oder acht Schritte gemacht, als der Frau endlich auffiel, daß dieser Zusammenprall nicht so unabsichtlich gewesen war, wie es zunächst den Anschein gehabt hatte. Als das Opfer zum erstenmal »Polizei!« rief, rannte Billy schon los, und bis die Frau »Hilfe, Polizei, Hilfe!« kreischte, war er schon fast außer Hörweite.

Er sprintete durch einige Seitenstraßen, umrundete geschickt die Mülltonnen, sprang über die gespreizten Beine eines schlafenden Penners hinweg, hetzte über einen Parkplatz und flüchtete in eine andere Gasse.

Mehrere Blocks vom Bartram's entfernt, konnte er es sich erlauben, langsam weiterzugehen. Er war nicht einmal allzusehr außer Atem, und er grinste zufrieden.

An der Ecke zur 46th Street sah er eine junge Mutter, die ein Baby und eine Einkaufstüte schleppte und eine Handtasche am Arm trug. Sie sah so wehrlos aus, daß Billy der Versuchung einfach nicht widerstehen konnte. Er rückte sein Klappmesser und schnitt im Nu die dünnen Riemen ihrer teuren Handtasche aus blauem Leder durch. Dann rannte er wieder los, quer über die Straße, wo Autofahrer scharf bremsen mußten und wütend hupten. Erneut tauchte er in den Seitenstraßen unter, die ihm wohlvertraut waren.

Während seiner Flucht kicherte er vergnügt vor sich hin. Dieses Kichern war weder schrill noch einnehmend; vielmehr hörte es sich so an, als würde Salbe aus einer Tube gedrückt.

Wenn er auf irgendwelchen Abfällen – Orangenschalen, welken Kohlblättern oder durchweichten und schimmeligem Brot – ausrutschte, fiel er nie hin; er mußte nicht einmal seine Geschwindigkeit verringern. Ganz im Gegenteil – diese Schlitterpartien schienen ihm geradezu Flügel zu verleihen.

Am Prospect Boulevard verlangsamte er das Tempo und

293

schlenderte gemächlich dahin. Das Klappmesser war längst wieder in seiner Hosentasche verschwunden, und die beiden gestohlenen Handtaschen ruhten in der Plastiktüte. Er setzte eine Unschuldsmiene auf – jedenfalls bemühte er sich nach Kräften darum, obwohl dieser Versuch kläglich mißlang –, erreichte unbehelligt sein Auto, das an einer Parkuhr am Prospect Boulevard korrekt abgestellt war, und verstaute die gestohlenen Handtaschen im Kofferraum. Sein Pontiac war seit mindestens zwei Jahren nicht mehr gewaschen worden und hinterließ überall Ölflecken – so wie ein Wolf in der Wildnis sein Territorium mit Urin markiert. Fröhlich pfeifend, fuhr er in einen anderen Stadtteil, zu neuen Jagdrevieren.

Es gab verschiedene Gründe für seinen Erfolg als Handtaschenräuber, aber am allerwichtigsten war vielleicht seine Beweglichkeit. Die meisten Straßenräuber waren Kids, die auf die Schnelle zu ein paar Dollar kommen wollten, und diese jugendlichen Ganoven waren nicht motorisiert. Billy Neeks war fünfundzwanzig, alles andere als ein Kid, und er besaß ein zuverlässiges Fahrzeug. Sobald er in irgendeiner Gegend zwei oder drei Frauen beraubt hatte, setzte er sich ins Auto und nahm seine Arbeit in einem weit entfernten Viertel wieder auf, wo niemand nach ihm suchte.

Die jugendlichen Handtaschenräuber handelten oft aus einem plötzlichen Impuls heraus, oder aber sie begingen Verzweiflungstaten. Billy hingegen sah sich als Geschäftsmann, und er plante sein Gewerbe genauso sorgfältig wie jeder andere Geschäftsmann, wägte Risiken und Chancen jedes Einsatzes ab und schritt nur nach genauen, zuverlässigen Analysen zur Tat.

Andere Straßenräuber – Amateure ebenso wie dumme Profis – begingen oft den gravierenden Fehler, in der nächsten Seitenstraße oder in einem Torweg stehenzubleiben und die gestohlenen Taschen nach Wertsachen zu durchstöbern, wobei sie riskierten, verhaftet oder auch nur von zufälligen Zeugen beobachtet zu werden. So töricht war Billy nicht – er brachte die gestohlenen Handtaschen im Kofferraum unter und inspizierte sie später in aller Ruhe bei sich zu Hause.

Billy Neeks war stolz auf seine methodische und vorsichtige Vorgehensweise.

An diesem bewölkten und feuchten Mittwoch Ende April fuhr er kreuz und quer durch die Stadt und konnte in drei weit voneinander entfernten Vierteln noch sechs weitere Taschen erbeuten, abgesehen von den beiden, die er der älteren Frau vor Bartram's Kaufhaus und der jungen Mutter in der 46th Street geraubt hatte. Die letzte der insgesamt acht Taschen nahm er wieder einer alten Frau ab, die auf den ersten Blick wie ein besonders leicht zu beraubendes Opfer wirkte, sich aber als unglaublich zäh entpuppte und Billy zuletzt regelrecht unheimlich wurde.

Als er sie erspähte, kam sie gerade aus einer Metzgerei in der Westend Avenue, ein Fleischpaket an die Brust gedrückt. Sie war *alt.* Ihr schütteres weites Haar bewegte sich in der Frühlingsbrise, und Billy hatte das seltsame Gefühl, als könnte er hören, wie diese trockenen Dauerwellen raschelten. Das runzelige Gesicht, die gebeugten Schultern, die welken bleichen Hände und der schlürfende Gang – alles vermittelte den Eindruck, als sei sie nicht nur sehr alt, sondern auch hinfällig und wehrlos, und das übte auf Billy eine unwiderstehliche Anziehungskraft aus, so als wäre er ein Eisenspan und sie ein Magnet. Ihre Handtasche war sehr groß, fast schon eine Mappe, und schien schwer zu sein, denn sie schob die Riemen – durch das Fleischpaket behindert – mühsam über die Schulter und verzog dabei vor Schmerz das Gesicht, so als machte Arthritis ihr sehr zu schaffen.

Obwohl es Frühling war, war sie schwarz gekleidet: schwarze Schuhe, schwarze Strümpfe, schwarzer Rock, dunkelblaue Bluse und darüber auch noch eine schwere schwarze Wollweste, die an diesem milden Tag völlig überflüssig war.

Billy vergewisserte sich rasch, daß die Straße in beiden Richtungen leer war, und ging zum Angriff über. Er wandte wieder einmal seinen Betrunkenentrick an, torkelte auf die Alte zu und rempelte sie an. Doch als er die Riemen an ihrem Arm hinabzog, ließ sie plötzlich ihr Fleischpaket fallen und hielt die Tasche mit beiden Händen fest. Einen Moment lang waren sie in einen unerwartet heftigen Kampf verwickelt. Für eine Frau ihres Alters war sie erstaunlich kräftig. Billy riß und zerrte an der Tasche, versuchte sie ihr mit allen Mitteln zu entwinden und die Alte aus dem Gleichgewicht zu bringen, aber sie erwies sich als ebenso standfest wie ein tief verwurzelter Baum, der jedem Sturmwind trotzt.

»Laß los, du altes Luder«, zischte Billy wütend, »sonst schlag ich dir in die Fresse!«

Und dann geschah etwas Merkwürdiges!

Sie verwandelte sich vor Billys Augen. Mit einem Mal sah sie nicht mehr gebrechlich, sondern stählern aus, nicht mehr schwach, sondern unheimlich energiegeladen. Ihre knochigen, arthritischen Hände glichen plötzlich den gefährlichen Klauen eines mächtigen Raubvogels. Das Gesicht – blaß, aber gelblich verfärbt, fast fleischlos, nur aus scharfen Linien und Falten bestehend – war immer noch alt, aber es kam Billy nicht mehr *menschlich* vor. Und ihre Augen! O Gott, ihre Augen! Das waren nicht mehr die wässerigen, kurzsichtigen Augen einer hilflosen Greisin, sondern Augen von überwältigender Kraft, die Feuer und Eis sprühten, sein Blut in Wallung versetzten und gleichzeitig sein Herz gefrieren ließen – Augen, die ihn durchbohrten und durch ihn hindurchsahen. Es waren die Augen eines mörderischen Raubtiers, das ihn bei lebendigem Leibe verschlingen wollte und konnte.

Billy schnappte vor Angst nach Luft, ließ die Tasche fast los und war nahe daran wegzurennen. Doch schon in der nächsten Sekunde sah sie wieder wie eine wehrlose alte Frau aus, und sie kapitulierte plötzlich. Die geschwollenen Knöchel der verkrümmten Hände gaben nach, die Finger erschlafften. Mit einem leisen verzweifelten Aufschrei ließ sie sich die Tasche entreißen.

Billy knurrte bedrohlich, nicht nur, um die Alte einzuschüchtern, sondern auch, um seine eigene unerklärliche Angst zu vertreiben, stieß sie rückwärts gegen einen Papierkorb und rannte mit der großen Tasche unter dem Arm davon. Nach einigen Schritten drehte er sich um und rechnete fast damit, daß sie die Gestalt eines großen dunklen Raubvogels angenommen hatte und auf ihn zugeflogen kam, mit funkensprühenden Augen, gefletschten Zähnen und gespreizten messerscharfen Klauen, die ihn in Stücke reißen würden. Doch sie hielt sich am Papierkorb fest und sah so hilflos und gebrechlich aus wie zuvor.

Das einzig Merkwürdige: sie blickte ihm lächelnd nach. Gar kein Zweifel, ein breites Lächeln entblößte ihre gelben Zähne. Ein fast irres Grinsen.

Senile alte Närrin, dachte Billy. *Sie muß schon sehr senil sein, wenn sie es komisch findet, daß ihre Tasche geraubt wurde.*

Er konnte überhaupt nicht mehr verstehen, warum er sich vor ihr gefürchtet hatte.

Wieder rannte er durch Gassen, überquerte einen sonnigen Parkplatz, verschwand in einer schattigen Durchfahrt zwischen zwei Mietshäusern und gelangte auf eine Straße, die weit vom Schauplatz seines letzten Diebstahls entfernt war. Dann kehrte er gemächlich zu seinem geparkten Auto zurück und legte die schwarze Handtasche der Alten zu den anderen in den Kofferraum. Ein schwerer Arbeitstag lag hinter ihm, und während er nach Hause fuhr, freute er sich darauf, seine Einnahmen zu zählen, ein paar eisgekühlte Dosen Bier zu trinken und gemütlich vor dem Fernseher zu sitzen.

Als er an einer roten Ampel anhalten mußte, glaubte er flüchtig, aus dem Kofferraum irgendwelche Geräusche zu hören, so als bewegte sich dort etwas. Ein dumpfes Dröhnen. Ein kurzes Schaben. Doch als er den Kopf zur Seite legte und angestrengt lauschte, hörte er nichts mehr und vermutete deshalb, daß der Stapel gestohlener Handtaschen nur etwas verrutscht war.

Billy Neeks lebte in einem baufälligen Vier-Zimmer-Bungalow zwischen einem Bauplatz und einer Spedition, zwei Blocks vom Fluß entfernt. Das Haus hatte seiner Mutter gehört, und solange sie es bewohnt hatte, war es sauber und in gutem Zustand gewesen. Vor zwei Jahren hatte Billy sie überredet, es »aus steuerlichen Gründen« ihm zu überschreiben. Dann hatte er sie in ein Pflegeheim gesteckt, wo sie auf Staatskosten versorgt wurde. Wahrscheinlich war sie immer noch dort; genau wußte er es nicht, weil er sie nie besuchte.

An diesem Aprilabend ordnete Billy die acht Handtaschen zu zwei Reihen auf dem Küchentisch an und betrachtete sie eine Weile in seliger Vorfreude auf die zu erwartenden Schätze. Er öffnete eine Dose Budweiser und riß eine Packung Doritos auf, zog dann einen Stuhl heran, setzte sich und seufzte zufrieden.

Schließlich öffnete er die Tasche, die er der Frau vor Bartram's abgenommen hatte, und nahm seinen »Verdienst« in Augenschein. Sie hatte wohlhabend ausgesehen, und der Inhalt ihres Portemonnaies enttäuschte Billy nicht: 409 Dollar in Scheinen, weitere drei Dollar und zehn Cent in Münzen. Außerdem mehrere Kreditkarten, die er mit Hilfe des Pfandleihers und Hehlers Jake Barcelli zu Geld machen konnte, der ihm auch für die anderen Wertgegenstände ein paar Dollar geben würde. In der ersten Handtasche fand er beispielsweise einen vergoldeten Tiffany-Füller, eine vergoldete Tiffany-Puderdose mit passendem Lippenstiftetui sowie einen schönen, wenngleich nicht besonders wertvollen Opalring.

Die Handtasche der jungen Mutter enthielt nur elf Dollar und zweiundvierzig Cent. Keinerlei Wertsachen. Billy hatte nichts anderes erwartet, und diese magere Ausbeute beeinträchtigte in keiner Weise seine freudige Erregung beim Durchwühlen der Tasche. Gewiß, er betrieb Diebstahl als Gewerbe, und er hielt sich für einen guten Geschäftsmann, aber es bereitete ihm auch großes Vergnügen, die Besitztümer seiner Opfer zu betrachten und zu *berühren*. Die Inbesitznahme der persönlichen Kleinigkeiten einer Frau war sozusagen eine Vergewaltigung ihrer selbst, und als seine flinken Hände jetzt die Tasche der jungen Mutter durchwühlten, hatte er fast das Gefühl, ihren Körper zu erforschen. Manchmal warf Billy billige Gegenstände, für die der Hehler ihm ohnehin nichts bezahlen würde – Puder, Lippenstifte oder Brillen – auf den Boden und zertrampelte sie. Und wenn sie unter seinen Absätzen knirschten, war es fast so, als würde er die Frau zermalmen, der diese Sachen gehörten. Er liebte seine Arbeit, weil er auf diese Weise leicht zu Geld kam, aber eine genauso starke Motivation war das enorme Machtgefühl, das er dabei empfand; der Job erregte und befriedigte ihn, das war das Schöne daran.

Als er langsam sieben der acht Taschen durchsucht und ihren Inhalt voll ausgekostet hatte, war es 19.15 Uhr, und Billy war in euphorischer Stimmung. Sein Atem ging schnell, und hin und wieder überliefen ihn ekstatische Schauer. Sein Haar wirkte jetzt noch fettiger als sonst, denn es war feucht von Schweiß und hing strähnig herab. Schweißperlen schimmerten auch auf seinem Gesicht. Er hatte nicht einmal bemerkt, daß er die offene Packung Doritos vom Küchentisch gestoßen hatte, und in der zweiten Dose Budweiser, die er zwar geöffnet, dann aber ganz vergessen hatte, wurde das Bier warm. Billys Welt war auf die Ausmaße einer Damenhandtasche zusammengeschrumpft.

Er hatte sich die Tasche der verrückten Alten bis zuletzt aufgehoben, weil er glaubte, daß in ihr der größte Schatz dieses Tages verborgen war.

Es war eine große Tasche aus weichem schwarzem Leder, fast schon eine Mappe, mit langen Riemen und einem einzigen Fach, dessen Reißverschluß geschlossen war. Billy zog sie zu sich heran und schob den Moment, da er sie endlich öffnen würde, absichtlich noch etwas heraus, um die Spannung zu erhöhen.

Er dachte an den heftigen Widerstand der Alten, die ihre Tasche so fest umklammert hielt, daß er schon gedacht hatte, er würde sein Klappmesser zücken und zustechen müssen. Er hatte das schon bei mehreren Frauen getan, und er wußte, daß es ihm Spaß machte, sie zu verletzen.

Genau darin bestand das Problem. Billy war intelligent genug, um zu erkennen, daß seine Vorliebe für Messerspiele ihm gefährlich werden konnte, daß er es sich nicht erlauben durfte, aus reiner Lust Menschen zu verletzen. Gewaltanwendung mußte sich auf absolute Notfälle beschränken, denn wenn er sein Messer zu oft benutzte, würde er nicht mehr damit aufhören können – und dann wäre er verloren. Die Polizei verschwendete keine große Energie auf die Suche nach Handtaschenräubern, aber ein Messerstecher würde gnadenlos gejagt werden.

Deshalb hatte er sein Messer seit mehreren Monaten nicht verwendet. Diese bewundernswerte Selbstbeherrschung hätte ihm seiner Ansicht nach eigentlich jedes Recht zu einer kleinen Freude gegeben, und es hätte ihm einen enormen Genuß bereitet, sein Messer in das welke Fleisch der Alten zu rammen. Er fragte sich jetzt, warum er das nicht getan hatte, sobald sie ihm Schwierigkeiten bereitet hatte.

Daß sie ihm kurzfristig Angst eingejagt hatte, daß sie vorübergehend nicht wie ein Mensch, sondern wie ein Raubvogel mit gefährlichen Klauen anstelle der knochigen Hände ausgesehen hatte, daß ihre Augen Blitze geschleudert hatten – das alles hatte er total verdrängt. Demütigende Erinnerungen wären für einen Macho – und er hielt sich selbst für einen Macho – unerträglich gewesen.

Immer mehr davon überzeugt, daß er in der Tasche einen erstaunlichen Schatz finden würde, strich er mit beiden Händen über das Leder und drückte leicht darauf. Die Tasche war so vollgestopft, daß sie aus den Nähten zu platzen drohte, und Billy bildete sich ein, Bündel von Banknoten zu ertasten – bestimmt lauter Hundert-Dollar-Scheine …

Sein Herz klopfte zum Zerspringen.

Er öffnete den Reißverschluß, warf einen Blick in die Tasche und runzelte die Stirn.

Das Innere der Tasche war – dunkel.

Billy beugte sich dichter darüber.

Sehr dunkel.

Unglaublich dunkel.

So angestrengt er auch in die Tasche starrte – er konnte nichts erkennen: keinen Geldbeutel, keine Puderdose, keinen Kamm, keine Kleenextücher, ja nicht einmal die Umrisse der Tasche, nur eine tiefe Dunkelheit, so als würde er in einen Brunnen spähen. *Tief* war das richtige Wort, denn er hatte das Gefühl, in geheimnisvolle, unergründliche Tiefen zu blicken, so als wäre der Taschenboden nicht Zentimeter entfernt, sondern viele Meter – nein, unzählige Kilometer! Und ihm fiel plötzlich auf, daß das Licht der Deckenlampe direkt in die offene Tasche fiel, aber dennoch nichts erhellte. Die Tasche schien jeden Lichtstrahl zu verschlucken.

Kalter Schweiß drang ihm plötzlich aus allen Poren, und er bekam eine Gänsehaut. Er wußte, daß er den Reißverschluß rasch schließen, die Tasche vorsichtig aus dem Haus tragen und mehrere Blocks entfernt in einen fremden Müllcontainer werfen sollte. Doch er sah, daß seine rechte Hand sich statt dessen auf die gähnende Öffnung zubewegte, und als er versuchte, sie zurückzureißen, schaffte er es nicht, so als gehörte die Hand nicht mehr ihm, so als hätte er jede Kontrolle über sie verloren. Seine Finger verschwanden in der Dunkelheit, und der Rest seiner Hand folgte. Er schüttelte den Kopf – nein, nein! –, war aber immer noch außerstande, sich selbst Einhalt zu gebieten. Etwas *zwang* ihn dazu, immer tiefer in die Tasche zu greifen. Bis zum Handgelenk steckte seine Hand schon darin, aber er konnte nichts ertasten, spürte nur eine so schreckliche Kälte, daß seine Zähne klapperten, und trotzdem schob er nun auch seinen Arm bis zum Ellbogen hinein. Eigentlich hätte er den Taschenboden schon längst erreichen müssen, aber da war nur eine unermeßliche Leere, und nun verschwand auch sein Oberarm fast bis zur Schulter in der Tasche, und er tastete mit gespreizten Fingern umher, suchte in dieser unmöglichen Leere nach etwas, nach irgend etwas.

Er fand nichts.

Er *wurde* gefunden.

Tief unten in der Tasche streifte etwas an seiner Hand entlang.

Billy zuckte erschrocken zusammen.

Etwas biß ihn.

Er stieß einen Schrei aus und brachte endlich genügend Willenskraft auf, um sich der unwiderstehlichen Anziehungskraft des dunklen Tascheninnern zu entziehen. Er riß seine Hand heraus und sprang so heftig auf, daß sein Stuhl umstürzte. Bestürzt starrte er die blutigen Male im flei-

schigen Teil seiner Handfläche an. Zahnspuren. Fünf kleine
runde Löcher, aus denen Blut sickerte.

Zunächst war er vor Schreck wie gelähmt, doch dann
streckte er wimmernd die Hand aus, um den Reißverschluß
zu schließen. Doch als seine blutigen Finger gerade die
Schlaufe berührten, kletterte die Kreatur aus den lichtlosen
Tiefen der Tasche hervor, und Billy zog seine Hand entsetzt
zurück.

Es war ein kleines Wesen, höchstens dreißig Zentimeter
groß, so daß es ihm keine Mühe bereitete, aus der offenen
Tasche zu kriechen. Es war knorrig und schwärzlich, besaß
zwei Arme und zwei Beine wie ein Mensch, aber ansonsten
hatte es keine Ähnlichkeit mit einem Menschen. Sein Gewebe schien aus Klumpen von stinkendem Klärschlamm –
wenn nicht aus Schlimmerem – geformt zu sein, mit Muskeln und Sehnen aus Menschenhaar, halb verwesten
menschlichen Eingeweiden und ausgetrockneten menschlichen Venen. Die Füße waren im Verhältnis zur Körpergröße
doppelt so lang wie die eines Menschen und endeten in ra-
siermesserscharfen schwarzen Klauen, die Billy Neeks genauso viel Angst einjagten wie sein Klappmesser den von
ihm überfallenen Frauen. Von den Fersen wiesen spitze gebogene Sporne nach oben. Die Arme waren im Verhältnis, so
lang wie die eines Affen, mit sechs oder sogar sieben Fingern – Billy konnte nicht genau erkennen, wie viele es waren, weil das Wesen seine Hände unablässig bewegte, während es aus der Tasche kroch und sich auf dem Tisch
aufrichtete, aber er sah, daß jeder Finger mit einer elfenbein-
farbenen Kralle versehen war.

Als die Kreatur sich auf die Füße stellte und einen be-
drohlichen Laut – eine Art Fauchen oder Zischen – ausstieß,
taumelte Billy rückwärts, bis er gegen den Kühlschrank
stieß. Über der Spüle war ein Fenster, aber es war verschlossen, und die schmutzstarrenden Vorhänge waren zugezogen. Die Tür zum Eßzimmer befand sich auf der anderen
Seite des Küchentisches, und auch wenn er die Tür zur hinteren Veranda erreichen wollte, mußte er dicht am Tisch vorbei. Er saß in der Falle.

Der Kopf der scheußlichen Kreatur war asymmetrisch und blatterig, so als wäre er von einem Bildhauer mit sehr vagen Vorstellungen von menschlichen Formen grob modelliert worden – aus Schlamm und verwestem Fleisch, genauso wie der Körper. Ein Augenpaar befand sich dort, wo beim Menschen die Stirn gewesen wäre, und darunter blinkte ein zweites Augenpaar. Zwei weitere Augen starrten seitlich, wo eigentlich die Ohren hätten sein müssen, aus dem Schädel. Alle sechs Augen waren völlig weiß, ohne Iris und Pupille, was den Eindruck erweckte, als wäre das Geschöpf an Star erblindet.

Aber es konnte sehen. Daran gab es gar keinen Zweifel, denn es blickte Billy an.

Am ganzen Leibe zitternd und erstickte Schreckenslaute ausstoßend, streckte Billy seine gebissene rechte Hand seitlich aus und öffnete eine Schublade des Küchenschranks neben dem Kühlschrank. Ohne den Blick von der Kreatur zu wenden, die aus der Handtasche geklettert war, tastete er nach den Messern, fand sie und umklammerte das große Fleischmesser.

Auf dem Tisch öffnete der sechsäugige Dämon sein ausgefranstes Maul, entblößte spitze gelbe Zähne und zischte wieder.

»O G-G-Gott!« stammelte Billy, und das hörte sich so an, als würde er ein Fremdwort aussprechen, dessen Bedeutung ihm nicht ganz klar war.

Der Dämon verzog sein unförmiges Maul zu einer Art Grinsen, kickte die offene Bierdose vom Tisch und gab einen gräßlichen Laut von sich, eine Mischung aus Knurren und Kichern.

Billy stürzte plötzlich vorwärts und schwang sein großes Fleischmesser wie ein mächtiges Samuraischwert. Er wollte dem widerwärtigen Geschöpf den Kopf abschlagen oder es halbieren. Die Klinge drang nicht einmal zwei Zentimeter in den dunkel schimmernden Leib oberhalb der knorrigen Hüften ein und blieb dann stecken, während Billy das Gefühl hatte, eine Brechstange gegen einen dicken Eisenpfosten geschmettert zu haben, so schmerzhaft machte sich der

Rückschlag seines wirkungslosen Angriffs in seiner eigenen Hand und in seinem Arm bis zur Schulter hinauf bemerkbar.

Im selben Augenblick machte die Kreatur eine blitzschnelle Handbewegung und riß mit ihren scharfen Krallen zwei von Billys Fingern bis zu den Knochen auf.

Billy stieß vor Schmerz und Schreck einen lauten Schrei aus, ließ seine Waffe los, stolperte wieder rückwärts zum Kühlschrank und umklammerte seine verletzte Hand.

Die Kreatur stand trotz des Messers, das in ihrer Seite steckte, völlig ungerührt auf dem Tisch. Sie blutete nicht, und sie schien auch keine Schmerzen zu haben. Mit ihren kleinen schwarzen Händen packte sie den Griff und zog die Waffe aus ihrem Fleisch heraus. Alle sechs funkelnden milchig-weißen Augen unverwandt auf Billy gerichtet, hob sie das Messer, das fast so groß war wie sie selbst, in die Höhe, zerbrach es in zwei Teile und warf die Klinge in eine Richtung, den Griff in eine andere.

Billy rannte los.

Um auf die andere Seite des Tisches zu gelangen, mußte er dicht an dem Dämon vorbeirennen, aber er fackelte nicht lange, denn die einzige Alternative bestand darin, vor dem Kühlschrank stehenzubleiben und sich in Stücke reißen zu lassen. Als er aus der Küche ins Eßzimmer stürzte, hörte er hinter sich ein dumpfes Geräusch: Der Dämon war vom Tisch gesprungen. Was aber noch viel schlimmer war – er hörte das Klick-Tick-Klack der hornigen Klauen auf dem Linoleum, während das Wesen die Verfolgung aufnahm.

Als Handtaschenräuber mußte Billy gut in Form sein und fast so schnell wie ein Hirsch springen können. Seine Kondition war jetzt sein einziger Vorteil.

War es möglich, dem Teufel zu entfliehen?

Er rannte aus dem Eßzimmer ins Wohnzimmer, sprang über einen Fußschemel und eilte zur Haustür. Sein Bungalow stand zwischen einem ungenutzten Baugelände und einer Spedition, die abends geschlossen war, aber auf der anderen Straßenseite gab es doch einige Häuser, und an der Ecke war ein 7-Eleven-Supermarkt, in dem normalerweise reger Betrieb herrschte. Billy glaubte, daß er in Gegenwart anderer Leute in Sicherheit sein würde, weil der Dämon bestimmt nicht von jedermann gesehen werden wollte.

Er rechnete halb damit, daß die Kreatur ihn anspringen und ihre Zähne in seinen Hals bohren würde, während er die Haustür aufriß. Das geschah nicht. Trotzdem blieb er auf der Schwelle wie angewurzelt stehen, als er sah, was vor ihm lag: nichts. Draußen gab es nichts, keinen Rasen, keinen Gehweg, keine Bäume, keine Straße. Keine Häuser auf der anderen Straßenseite, keinen Supermarkt an der Ecke. Nichts. Gar nichts. Nirgendwo ein Licht. Der Abend war außerhalb seines Hauses unnatürlich dunkel, absolut lichtlos wie der Boden eines Minenschachts – oder wie das Innere der Handtasche, aus der die Kreatur herausgeklettert war. Und trotz des milden Aprilabends war die samtschwarze Finsternis eiskalt, genauso eiskalt wie das Innere der großen schwarzen Ledertasche.

Billy stand schwitzend und atemlos auf der Schwelle. Er zitterte wie Espenlaub, und sein Herz hämmerte wild in der Brust. Ihm kam plötzlich die absurde Idee, daß sein ganzer Bungalow sich jetzt in der Tasche der verrückten Alten befand. Aber das ergab natürlich keinen Sinn. Die bodenlose Tasche lag auf dem Küchentisch. Wenn die Tasche im Haus war, konnte das Haus nicht gleichzeitig in der Tasche sein. So etwas war unmöglich. Oder doch nicht?

Er war völlig durcheinander. Ihm war schwindelig und übel.

Er hatte immer alles Wissenswerte gewußt. Jedenfalls hatte er sich das eingebildet. Jetzt wurde er eines Besseren belehrt.

Er traute sich nicht, aus dem Bungalow in die undurchdringliche Finsternis hinauszutreten. Er glaubte nicht, daß es dort draußen in der kohlrabenschwarzen Nacht irgendeinen Zufluchtsort gab, und er wußte instinktiv, daß es kein Zurück geben würde, sobald er auch nur einen Schritt in die eisige Dunkelheit hinaus machte. Ein einziger Schritt, und er würde in jene schreckliche Leere stürzen, die er in der Tasche gespürt hatte: immer tiefer hinab, bis in alle Ewigkeit.

Ein Zischen.

Die Kreatur mußte dicht hinter ihm stehen.

Wimmernd wandte Billy sich von der grauenvollen Leere jenseits seines Hauses ab, warf einen Blick ins Wohnzimmer, wo der Dämon auf ihn wartete, und schrie entsetzt auf, als er sah, daß die Ausgeburt der Hölle größer geworden war. Viel größer. Nicht mehr dreißig Zentimeter, sondern fast einen Meter groß. Mit breiteren Schultern, muskulöseren Armen, dickeren Beinen, größeren Händen und längeren Krallen. Das widerwärtige Geschöpf war nicht direkt hinter ihm, wie er befürchtet hatte. Es stand mitten in dem kleinen Wohnzimmer und beobachtete ihn grinsend, mit mörderischem Interesse, so als wollte es ihn verhöhnen, indem es die Konfrontation bewußt hinauszögerte.

Der Unterschied zwischen der warmen Luft im Haus und der eisigen Luft jenseits der Schwelle erzeugte einen Zug, der die Haustür krachend zufallen ließ.

Fauchend machte der Dämon einen Schritt vorwärts, und Billy konnte hören, wie sich das knorrige Skelett und das schlammige Fleisch aneinander rieben, so als wäre eine Maschine schlecht geölt.

Er wich zurück und versuchte, seitwärts an der Wand entlang den kurzen Gang am anderen Ende des Zimmers zu erreichen, der in sein Schlafzimmer führte.

Die abscheuliche Kreatur folgte ihm, und ihr Schatten war sogar noch grotesker und unheimlicher, als zu erwarten gewesen wäre. Nicht der mitgestaltete Körper schien diesen Schatten zu werfen, sondern die noch viel monströsere Seele. Vielleicht war sich der Unhold bewußt, daß sein Schatten nicht stimmte, vielleicht wollte er nicht über die Ursache dieser verzerrten Silhouette nachdenken – jedenfalls warf er absichtlich die Stehlampe um, während er Billy verfolgte, und nun, da alles in Schatten gehüllt war, bewegte er sich behender und zuversichtlicher, so als käme die Dunkelheit ihm sehr zupaß.

Billy hatte die Schwelle zum Gang erreicht, machte einen Satz, rannte ins Schlafzimmer und schlug die Tür hinter sich zu. Er drehte den Schlüssel im Schloß, gab sich aber nicht der Illusion hin, in Sicherheit zu sein. Die Kreatur würde dieses Hindernis mühelos überwinden. Er hoffte nur, daß ihm noch genügend Zeit blieb, um die Smith & Wessen 357er Magnum aus der Nachttischschublade zu holen, und das gelang ihm tatsächlich.

Die Pistole war kleiner als in seiner Erinnerung. Er sagte sich, daß sie ihm nur deshalb unzureichend vorkam, weil sein Gegner so furchterregend war. Wenn er abdrückte, würde die Waffe sich durchaus als groß genug erweisen. Doch sie kam ihm trotzdem sehr klein vor, fast wie ein Spielzeug.

Er umklammerte die Pistole mit beiden Händen und zielte auf die Tür, wußte aber nicht so recht, ob er durch das Holz hindurch schießen oder lieber abwarten sollte, bis der Unhold ins Zimmer stürzte.

Der Dämon nahm Billy die Entscheidung ab: Die verschlossene Tür explodierte förmlich, es regnete Holzsplitter und verbogene Metallscharniere, und schon stand er im Raum, noch größer als zuvor, über einen Meter achtzig, größer als Billy, ein gigantisches ekelerregendes Wesen. Jetzt konnte man noch besser erkennen, daß es aus Klärschlamm, Schleimklumpen, verfilzten Haaren, Pilzen und verwesten Leichenteilen bestand. Nach faulen Eiern stinkend, seine sechs weißglühenden Augen auf Billy gerichtet, kam es immer näher und blieb nicht einmal den Bruchteil einer Sekunde stehen, als Billy sechs Schüsse abfeuerte.

Um Himmels willen, wer oder was war jene Alte gewesen? Ganz bestimmt keine normale Seniorin, die von der Sozialhilfe lebte, hin und wieder beim Metzger einkaufte und sich auf das Bingo am Samstagabend freute. Verdammt, nein! Und nicht einmal eine Verrückte würde eine derart unheimliche Tasche besitzen und ein solches Ungeheuer in ihren Diensten haben. War die Alte eine Hexe gewesen?

Natürlich, das war die einzige Erklärung. Eine Hexe!

In eine Ecke gedrängt, seine leere Pistole immer noch in der linken Hand, während die rechte von den Bissen und Kratzern brannte, das Monster dicht vor sich, begriff Billy zum erstenmal in seinem Leben, was es bedeutete, ein wehrloses Opfer zu sein. Als das grausige Wesen, für das er keinen Namen wußte, seine groben Hände mit den säbelartigen Krallen nach ihm ausstreckte – eine Hand packte ihn bei der Schulter, die andere bei der Brust –, machte Billy in die Hose und wurde zu einem schwachen, hilflosen und zu Tode geängstigten Kind.

Er war überzeugt, daß der Dämon ihn in Stücke reißen, ihm das Rückgrat brechen und das Mark aus seinen Knochen saugen würde, aber statt dessen senkte die Kreatur nur ihren mißgebildeten Kopf und preßte ihre gummiartigen Lippen auf seinen Hals, direkt auf die Halsschlagader, fast so, als wollte sie ihn küssen. Doch dann spürte Billy, daß die kalte Zunge ihn vom Schlüsselbein bis zu den Kieferknochen ableckte, und das fühlte sich so an, als würde er von hundert Nadeln gestochen. Gleich darauf war er total gelähmt.

Die Kreatur hob ihren Kopf und betrachtete sein Gesicht. Ihr Atem stank noch schlimmer als ihr Fleisch, von dem ein penetranter Friedhofsgeruch ausging. Außerstande, die Augen zu schließen oder auch nur zu blinzeln, starrte Billy in den Rachen des Dämons und sah die weiße stachelige Zunge.

Das Monster trat einen Schritt zurück, und Billy sank schlaff zu Boden. Obwohl er sich verzweifelt bemühte, konnte er nicht einmal einen Finger rühren.

Der Unhold packte ihn bei den Haaren und zerrte ihn aus dem Schlafzimmer. Billy konnte keinen Widerstand leisten. Er konnte nicht einmal schreien. Seine Stimme war genauso gelähmt wie sein Körper.

Er sah nur, was an seinem starren Blick vorbeiglitt, denn er konnte weder den Kopf wenden noch die Augen bewegen. Außer den Wänden und der Decke, über die verzerrte Schatten huschten, konnte er Teile der Möbel erkennen, an denen er vorbeigeschleppt wurde. Die Kreatur hatte ihn immer noch an seinen öligen Haaren gepackt und drehte ihn nun auf den Bauch, ohne daß Billy Schmerz empfand, und danach konnte er nur noch den Boden vor seinem Gesicht und die schwarzen Füße des Dämons sehen, der schwerfällig in Richtung Küche tappte, wo die Jagd begonnen hatte.

Billys Sicht verschwamm, klärte sich flüchtig, verschwamm wieder, und er dachte zunächst, daß das eine Folge der Lähmung wäre. Dann begriff er aber, daß Tränen ihm den Blick raubten, daß Tränen ihm über die Wangen liefen, obwohl er sie nicht fühlen konnte. Er konnte sich nicht daran erinnern, jemals zuvor in seinem miserablen Leben geweint zu haben.

Aber er wußte, was mit ihm geschehen würde.

Er wußte es tief im Herzen, das vor Angst zu zerspringen drohte.

Das stinkende schlammige Geschöpf zerrte ihn grob durchs Eßzimmer, so daß er gegen Tisch und Stühle prallte. In der Küche wurde er durch eine Bierpfütze und über verstreute Doritos gezogen. Dann nahm der Dämon die große schwarze Tasche vom Tisch und stellte sie auf den Boden, so daß Billy die gähnende Öffnung dicht vor Augen hatte.

Die Kreatur wurde nun wieder kleiner – jedenfalls die Beine, der Rumpf und Kopf. Der Arm, mit dem sie Billy festhielt, blieb jedoch riesig und stählern. Entsetzt, aber nicht allzu überrascht, beobachtete Billy, wie sie in die Tasche kroch und dabei immer mehr zusammenschrumpfte. Dann zog sie ihn hinter sich her.

Er hatte nicht gespürt, daß auch er kleiner geworden war, aber es mußte wohl so sein, denn andernfalls hätte er ja nicht in die Tasche gepaßt. Immer noch gelähmt und an den Haaren festgehalten, warf Billy unter seinem Arm hindurch einen Blick zurück und sah die Küchenlampe, sah seine eigenen Hüften am oberen Rand der Tasche, versuchte vergeblich, Widerstand zu leisten, sah seine Oberschenkel und Knie in der Tasche verschwinden. O Gott, die Tasche verschluckte ihn einfach, sie saugte ihn auf, und er konnte nichts dagegen tun! Jetzt waren nur noch seine Füße draußen, und er wollte sich mit den Zehen am Taschenrand festklammern, war aber außerstande, sie zu bewegen.

Billy Neeks hatte nie an die Existenz der Seele geglaubt,

aber jetzt wußte er, daß er eine besaß – und daß sie nun von ihm gefordert wurde.

Seine Füße waren in der Tasche.

Sein ganzer Körper war in der Tasche.

Er war in der Tasche.

Während er an den Haaren in die Tiefe gezogen wurde, starrte Billy immer noch unter seinem Arm hindurch auf das ovale Licht über und hinter ihm. Es wurde immer kleiner, nicht etwa, weil der Reißverschluß zugezogen wurde, sondern weil das grausige Geschöpf ihn immer weiter in die Tasche hinabzog, so daß die Öffnung zu entschwinden schien wie die Einfahrt eines Tunnels, wenn man einen Blick in den Rückspiegel warf, während man auf das andere Ende zufuhr.

Das andere Ende.

Der Gedanke, was ihn am anderen Ende erwarten würde, auf dem unendlich tiefen Boden der Tasche und dahinter, war Billy unerträglich.

Er wünschte sich sehnlichst, verrückt zu werden. Wahnsinn wäre ein willkommenes Entrinnen vor der Angst. Wahnsinn würde ihm süßes Vergessen bescheren. Aber das Schicksal hatte ihm offenbar auferlegt, alles bei vollem Bewußtsein und Verstand zu erleben.

Das Licht über ihm war nur noch so groß wie ein bleicher Mond hoch am Nachthimmel.

Ein Gedanke schoß Billy durch den Kopf: Das Ganze war wie eine Geburt – nur daß er diesmal aus dem Licht in die Finsternis geworfen wurde.

Der weißliche Mond über ihm schrumpfte auf die Größe eines fernen Sterns zusammen. Der Stern verblaßte immer mehr …

In der totalen Schwärze hießen viele seltsame zischende Stimmen Billy Neeks willkommen.

In dieser Aprilnacht hallten Echos von gräßlichen Schreien durch den Bungalow, aber sie kamen von so weit her, daß sie zwar in allen Räumen des kleinen Hauses zu hören waren, aber nicht durch die Wände auf die stille Straße drangen. Keiner der Nachbarn hörte etwas. Die Schreie hielten einige Stunden an, verklangen allmählich und wurden durch sabbernde, nagende und kauende Geräusche ersetzt, bis auch das Festmahl zu Ende war.

Dann trat Stille ein.

Diese Stille hielt bis zum nächsten Nachmittag an. Sie wurde durch das Öffnen einer Tür und durch Schritte beendet.

»Ah!« rief die alte Frau glücklich, als sie die Küche betrat und ihre Tasche offen auf dem Boden stehen sah. Sie bückte sich langsam, von Arthritis geplagt, hob die Tasche auf und spähte eine Weile hinein.

Lächelnd zog sie den Reißverschluß zu.

Aus dem Amerikanischen von Alexandra v. Reinhardt

Gehetzt

Es passierte in der Nacht. Der gesamte Nordosten wurde von einem Blizzard heimgesucht. Kreaturen, die es vorzogen, erst nach Einbruch der Dämmerung hervorzukommen, hatten es diesmal nicht nur mit der Dunkelheit, sondern auch mit dem Sturm zu tun.

Im Zwielicht begann Schnee zu fallen, als Meg Lassiter mit ihrem Sohn Tommy vom Arzt nach Hause fuhr. Weiße Flocken rieselten vom eisengrauen Himmel, fielen zunächst auf geradem Wege durch die kalte Luft. Als Meg acht Meilen hinter sich gebracht hatte, kam ein starker Wind im Südwesten auf und ließ die Flocken vor den Scheinwerfern ihres Jeeps herumwirbeln.

Hinter ihr auf dem Rücksitz versuchte Tommy, es sich mit seinem Gipsbein so bequem wie möglich zu machen, und seufzte. »Jetzt ist's wohl Essig mit Schlittenfahren und Skilaufen – und mit Eislaufen wird's auch nichts mehr.«

»Komm, der Winter hat ja gerade erst angefangen«, sagte Meg. »Bis zum Frühling hast du das Ganze schon wieder vergessen.«

»Ja, vielleicht.« Er hatte sich vor zwei Wochen das Bein gebrochen, und der heutige zweite Besuch bei Dr. Jacklin hatte ergeben, daß das Bein weitere sechs Wochen in Gips bleiben mußte. Ein Splitterbruch, es würde noch einige Zeit dauern, bis er wieder verheilt wäre.

Meg warf einen Blick in den Rückspiegel und lächelte ihm aufmunternd zu. »Du bist gerade zehn Jahre, Schatz. In deinem Alter hat man noch unzählige Winter vor sich – jedenfalls beinahe.«

»Das stimmt nicht, Mam. Bald gehe ich aufs College, und dann habe ich nicht mehr so viel Zeit zum Spielen, weil ich ja dann mehr lernen muß, und ...«

»Wie, das ist in acht Jahren!«

»Du sagst doch selbst immer, daß die Zeit um so schneller

vergeht, je älter man wird. Und nach dem College muß ich arbeiten und meine Familie ernähren.«

»Glaub mir, Schatz, bevor du dreißig wirst, merkst du kein bißchen, wie die Zeit vergeht.«

Obwohl er genauso unternehmungslustig wie jeder andere Zehnjährige war, legte er von Zeit zu Zeit eine merkwürdige Ernsthaftigkeit an den Tag. Seit dem Tod seines Vaters vor zwei Jahren war er immer stiller und ernster geworden.

Sie hielt vor der letzten Ampel an der Ortsgrenze. Es waren noch sieben Meilen bis zu ihrer Farm. Meg schaltete die Scheibenwischer ein, die den feinen, trockenen Schnee von der Windschutzscheibe fegten.

»Wie alt bist du, Mam?«

»Fünfunddreißig.«

»Wow, wirklich?«

»Du tust ja, als ob ich uralt wäre.«

»Gab es schon Autos, als du zehn warst?«

Er lachte hell. Meg liebte den Klang seines Lachens, vielleicht, weil sie ihn in den letzten zwei Jahren so selten gehört hatte.

An der Ecke rechts von ihnen standen zwei Wagen und ein Pick-up vor den Zapfsäulen der Shell-Tankstelle. Eine knapp zwei Meter hohe Kiefer lag quer auf der Ladefläche des Pick-ups. Es waren nur noch acht Tage bis Weihnachten.

Zur Linken lag Haddenbeck's Tavern, eingerahmt von in den Himmel ragenden Fichten. Im fahlen Licht der Dämmerung sah der Schnee aus wie Ascheteilchen, die nach einer unsichtbaren Explosion zu Millionen vom Himmel herabregneten, aber weiter unten, im bernsteinfarbenen Licht aus den Fenstern der Raststätte, sahen die Flocken wie Goldstaub aus.

»Weißt du, wie ich drauf komme«, sagte Tommy vom Rücksitz, »daß es noch keine Autos gab, als du zehn warst? Ich meine, das Rad ist doch erst erfunden worden, als du elf warst.«

»Weißt du, was es heute zum Abendessen gibt? Wurmkuchen und Käfersuppe.«

313

»Du bist die gemeinste Mutter der Welt.«

Sie warf wieder einen Blick in den Rückspiegel und sah, daß der Junge trotz seines scherzhaften Tons nicht mehr lächelte, sondern düster zur Raststätte hinüberstarrte.

Vor etwas mehr als zwei Jahren, als Jim Lassiter wegen der Gründung eines Hilfsfonds zur St. Paul's Church unterwegs gewesen war, hatte kurz vorher ein Betrunkener namens Deke Slater Haddenbeck's Tavern verlassen, und Slaters Buick war auf der Black Oak Road frontal mit Jims Wagen zusammengestoßen. Jim war sofort tot gewesen, Slater saß seitdem im Rollstuhl – vom Hals abwärts gelähmt.

Wenn sie bei Haddenbeck's vorbeikamen – und durch die Kurve fuhren, in der Jim umgekommen war –, versuchte Tommy manchmal, seine anhaltende Traurigkeit damit zu überspielen, daß er Meg mit spitzfindigen Bemerkungen aufzog.

»Die Ampel ist grün, Mam.«

Sie fuhr über die Kreuzung, ließ die Ortsgrenze hinter sich. Die Hauptstraße ging in eine zweispurige Landstraße über, die Black Oak Road.

Es war sehr schwer für Tommy gewesen, den Verlust seines Vaters zu verkraften. Im Jahr nach der Tragödie hatte er oft gedankenverloren am Fenster gesessen, während ihm die Tränen über die Wangen gelaufen waren. In den letzten zehn Monaten hatte sie ihn nicht mehr weinen sehen. Zögernd hatte er den Tod seines Vaters akzeptiert. Er würde darüber hinwegkommen.

Was nicht hieß, daß er ganz über den Berg war. Sie konnte das Gefühl der Leere spüren, die ihn beherrschte, und es war nicht absehbar, wann es wieder verschwinden würde. Jim war ein wunderbarer Mann gewesen, aber ein noch besserer Vater, und die Zuneigung zu seinem Sohn war so groß gewesen, daß sie beide ein Teil des anderen gewesen waren. Wie eine Revolverkugel hatte Jims Tod ein Loch in Tommy hinterlassen, mit dem Unterschied, daß – es entschieden länger dauern würde, bis die Wunde verheilt war.

Meg wußte, daß nur die Zeit diese Wunde heilen konnte.

Sie verlangsamte das Tempo, als das Schneegestöber zunahm und die hereinbrechende Dunkelheit die Sicht erschwerte. Auch wenn sie sich über das Steuer lehnte, konnte sie kaum zwanzig Meter weit sehen.

»Ist ja echt beschissen«, sagte Tommy.

»Hab' schon Schlimmeres gesehen.«

»Wo? Am Yukon?«

»Genau. Im Winter 1849, während des Goldrauschs. Hast du vergessen, wie alt ich bin? Ich bin bereits mit Hundeschlitten gefahren, als die Hunde noch gar nicht erfunden waren.«

Tommy lachte, wenn auch eher pflichtbewußt.

Meg konnte weder die weiten Wiesen zu beiden Seiten der Straße noch das gefrorene Silberband von Seeger's Creek erkennen obwohl sie die Umrisse der knorrigen Stämme und der schneebeladenen Äste der mächtigen Eichen wahrnahm, die diesen Abschnitt der Straße zu beiden Seiten flankierten. Die Bäume sagten ihr, daß sie etwa eine Viertelmeile von der Stelle entfernt waren, wo Jim gestorben war.

Tommy verfiel in Schweigen.

Dann, als es nur noch Sekunden bis zu der Kurve waren, sagte er: »Eigentlich vermisse ich das Rodeln und das Schlittschuhlaufen gar nicht so sehr. Es ist bloß … Ich fühl' mich so hilflos in diesem Gips … so gefangen.«

Das Wort gefangen gab Meg einen Stich; seine Angst, sich nicht richtig bewegen zu können, hatte mit dem Tod seines Vaters zu tun. Jims Chevy war durch den Aufprall so zerquetscht worden, daß die Polizei und die Leute von der Ambulanz mehr als drei Stunden gebraucht hatten, um seine Leiche aus dem Wrack zu bergen; sie hatten seinen Körper mit Schweißgeräten herausholen müssen. Sie hatte ihr Bestes getan, daß Tommy nichts von den entsetzlichen Details zu Ohren kam, aber als er dann schließlich wieder zur Schule gegangen war, hatten es sich seine Schulkameraden, getrieben von einer morbiden Neugier und jener unschuldigen Grausamkeit, die manchen Kindern eigen ist, nicht nehmen lassen, ihn mit der Nase auf die schauerlichsten Fakten zu stoßen.

»Du bist nicht in dem Gips gefangen«, sagte Meg, während sie den Jeep in die verschneite Kurve lenkte. »Ich bin doch bei dir.«

An seinem ersten Schultag nach der Beerdigung war Tommy früh nach Hause gekommen und hatte sie angeschrien: »Daddy war im Auto gefangen, er konnte sich nicht bewegen, er war eingequetscht in all dem Blech, sie mußten ihn herausschneiden, er war gefangen.« Meg hatte ihn beruhigt und ihm erklärt, daß Jim durch den Aufprall sofort tot gewesen war, daß er nicht gelitten hatte. »Liebling, es war nur sein Körper, der gefangen war, nichts als eine leere Hülle. Seine Seele, dein wirklicher Daddy, war da schon im Himmel.«

Meg bremste, als sie sich dem Scheitelpunkt der Kurve näherten, jener Kurve, die nichts von ihrem Schrecken verloren hatte, so oft sie seitdem auch hindurchgefahren waren.

Plötzlich wurde Meg von zwei wie aus dem Nichts auftauchenden Scheinwerfern die Sicht genommen. Der ihnen entgegenkommende Wagen fuhr viel zu schnell für die Straßenverhältnisse, war zwar nicht außer Kontrolle, aber von einer sicheren Straßenlage konnte bestimmt keine Rede sein; das Heck brach aus, schleuderte über die doppelt gezogene Mittellinie. Meg steuerte hart nach rechts und fürchtete, den Jeep in den Straßengraben zu lenken, als sie auf die Bremse ging. Trotzdem bremste sie weiter, während die Räder Straßendreck und Kiesel aufwirbelten, die gegen den Unterboden der Karosserie prasselten. Der entgegenkommende Wagen schrammte um Haaresbreite an ihnen vorbei und verschwand in Schnee und Nacht.

»Idiot!« sagte sie wütend.

Hinter der Kurve fuhr sie an den Straßenrand und hielt an. »Bist du okay?«

Tommy hatte sich in der Ecke zusammengekauert und den Kopf wie eine Schildkröte in den Kragen seines schweren Wintermantels gezogen. Bleich und zitternd nickte er. »Y-Yeah. Okay.«

Obwohl der Motor lief, der Wind heulte und der Scheibenwischer hektisch hin- und herschlug, schien eine merkwürdige Stille von der Nacht auszugehen.

»Mit diesem verantwortungslosen Scheißkerl würd' ich gern mal ein Wörtchen reden.« Sie schlug mit der geballten Faust gegen das Armaturenbrett.

»Es war ein Wagen von Biolomech.« Tommy meinte die Firma, deren Forschungslabors auf dem riesigen Gelände eine halbe Meile südlich von ihrer Farm lagen. »Der Name stand auf der Seite. Biolomech.«

Sie holte wieder tief Luft. »Bist du wirklich okay?«

»Yeah. Alles in Ordnung. Ich will bloß … nach Hause.«

Es war noch stürmischer geworden. Es war, als befänden sie sich unter einem Wasserfall, nur daß es Kaskaden von Schnee waren, Millionen und Abermillionen von pulverigen Flocken, die im Wind taumelten und auf sie herunterrieselten.

Sie setzten ihren Weg fort und krochen mit fünfundzwanzig Meilen über die Black Oak Road. Das Wetter ließ keine höhere Geschwindigkeit zu.

Zwei Meilen weiter, auf der Höhe des Biolomech-Geländes, war die Nacht von seltsamem Licht erhellt. Hinter dem annähernd drei Meter hohen Drahtgeflechtzaun warfen Natriumdampflampen einen unheimlichen, im Schneetreiben seltsam verwaschenen Schein über das Gelände. Obwohl die an sechs Meter hohen Masten befestigten, in Fünfzig-Meter-Abständen verteilten Strahler die flachen Bürogebäude und die Forschungslabore sicherten, waren sie selten in Betrieb; in den letzten vier Jahren hatte Meg das Gelände nur einmal beleuchtet gesehen.

Die Gebäude lagen abseits der Straße hinter einer Baumreihe. Selbst bei Tageslicht und gutem Wetter waren sie auf die Distanz nur schwer auszumachen. Die mehr als hundert Lichthöfe ringsherum ließen jetzt überhaupt nichts erkennen.

Männer in schweren Mänteln bewegten sich an der Peripherie des Geländes, leuchteten mit Taschenlampen herum und konzentrierten sich augenscheinlich auf den schneebedeckten Boden entlang der Einfriedung, als würden sie nach einem Loch im Zaun suchen.

»Da wollte bestimmt jemand einbrechen«, sagte Tommy. Das Haupttor war von einer Reihe firmeneigener Wagen und Transporter versperrt. Blaulichtketten säumten beide

Seiten der Black Oak Road und führten zu einer Straßensperre, an der drei Männer mit Taschenlampen standen. Drei andere hielten Schrotflinten in ihren Händen.

»Wow!« sagte Tommy. »Da muß irgendwas Großes passiert sein.«

Meg ging auf die Bremse, hielt und kurbelte ihr Fenster hinunter. Schneidend kalter Wind drang ins Wageninnere.

Sie erwartete, daß einer der Männer zum Auto kommen würde. Statt dessen näherte sich ein Mann in Stiefeln, einer grauen Uniformhose und einem schwarzen Mantel mit dem Biolomech-Firmenzeichen von der anderen Seite; er trug eine Stange bei sich, an deren Ende eine von Spiegeln umgebene Lampe befestigt war. Ein größerer, ähnlich gekleideter Mann mit einer Schrotflinte begleitete ihn. Der kleinere Wachmann schob die Stange unter den Jeep und überprüfte den Unterboden in den Spiegeln.

»Die suchen nach Bomben!« sagte Tommy.

»Bomben?« gab Meg ungläubig zurück. »Das glaubst du selbst nicht.«

Der Mann mit der Stange kam langsam um den Wagen herum, während der bewaffnete Begleiter in seiner Nähe blieb. Selbst im Schneetreiben konnte Meg Furcht auf ihren Gesichtern lesen.

Als die beiden um den Jeep herumgegangen waren, gab der Bewaffnete den Leuten an der Sperre ein Handzeichen, daß alles okay sei. Dann kam einer der Männer zum Wagen. Er trug Jeans und eine ausgebeulte braune Lederjacke mit einem Schaffellkragen, aber ohne den Biolomech-Aufnäher. Eine dunkelblaue, schneebedeckte Pudelmütze hatte er sich halb über die Ohren gezogen.

»Sorry, daß wir Ihnen Unannehmlichkeiten bereiten müssen«, sagte er, während er sich in das offene Wagenfenster lehnte.

Er war gutaussehend und hatte ein gewinnendes – wenn auch falsches – Lächeln. Die graugrünen Augen ließen keinen Zweifel daran, daß sich das Lächeln auf seine Lippen beschränkte.

»Was ist denn passiert?« fragte sie.

»Nur eine Sicherheitsüberprüfung«, sagte er, während sein Atem in der eiskalten Luft zu sehen war. »Könnte ich bitte mal Ihren Führerschein sehen?«

Es war offenkundig, daß er kein Polizist, sondern ein Firmenangestellter war, aber Meg sah keinen Grund, ihm den Führerschein nicht zu zeigen.

Während der Mann ihn überprüfte, fragte Tommy: »Hat jemand versucht, sich einzuschleichen? Etwa russische Spione?«

Wieder spielte das falsche Lächeln um die Lippen des Mannes, als er antwortete. »Wahrscheinlich nur ein Kurzschluß im Alarmsystem, Sohn. Hier gibt's nichts, woran die Russen interessiert wären.«

Biolomechs Geschäft war die DNA-Forschung und die Nutzung ihrer Forschungsergebnisse für kommerzielle Zwecke. Meg wußte, daß Genmanipulationsexperimente in den letzten Jahren einen Virus hervorgebracht hatten, der reines Insulin absonderte, darüber hinaus eine ganze Reihe von Wunderdrogen und andere Segnungen. Aber sie wußte auch, daß dieselbe Wissenschaft mit der Entwicklung biologischer Kampfstoffe beschäftigt war – mit neuen Krankheiten, die genauso tödlich waren wie die Atombombe –, auch wenn sie über eine mögliche Verwicklung Biolomechs in solche Geschäfte nie weiter nachgedacht hatte, obwohl sich die Firma nur eine halbe Meile von ihrem Anwesen befand. In der Tat war vor ein paar Jahren das Gerücht aufgekommen, daß Biolomech Lieferant des Verteidigungsministeriums sei, wenngleich die Firma klar und eindeutig versichert hatte, daß sie ihre Forschung niemals in den Dienst der bakteriologischen Kriegsführung stellen würde. Der Gitterzaun und das Sicherheitssystem erregten allerdings einen weit abschreckenderen Eindruck, als es eine dem Gemeinwohl verpflichtete Firma nötig gehabt hätte.

Während er sich Schnee von den Schultern strich, sagte der Mann in der schaffellverbrämten Jacke: »Leben Sie hier in der Nähe, Mrs. Lassiter?«

»Auf der Cascade Farm«, sagte sie. »Etwa eine Meile die Straße runter.«

Er reichte ihr die Brieftasche durchs Wagenfenster zurück.

Hinter ihr sagte Tommy: »Suchen Sie nach Bomben? Sind Sie hinter Terroristen her, die das Gelände in die Luft jagen wollen?«

»Bomben? Wie kommst du auf die Idee, Sohn?«

»Na, wegen den Spiegeln an der Stange«, sagte Tommy.

»Ah! Das ist reine Routine bei einer Sicherheitsüberprüfung. Wie ich schon sagte, es handelt sich wahrscheinlich lediglich um falschen Alarm.« Zu Meg sagte er: »Bedaure, daß ich sie aufhalten mußte, Mrs. Lassiter.«

Während er sich umwandte und davonging, warf Meg einen Blick auf die Wachmänner mit den Schrotflinten und die weiter entfernten Gestalten, die das gespenstisch beleuchtete Gelände durchkämmten. Falscher Alarm – das glaubten die doch selbst nicht. Man brauchte nur ihre Gesichter zu sehen, um zu wissen, daß irgend etwas ihnen ernste Sorge machte, und auch die Hektik, mit der sie durch das Gelände streiften, verriet ihre Unruhe.

Sie kurbelte das Fenster hoch und legte den Gang ein.

Als sie losfuhr, sagte Tommy: »Glaubst du, daß er gelogen hat?«

»Das geht uns nichts an, Liebling.«

»Russen oder Terroristen«, sagte Tommy mit jener Begeisterung für gravierende Krisen, wie sie nur Jungen seines Alters aufbringen können.

Sie kamen am Nordende des Biolomech-Geländes vorbei. Der Schein der Natriumdampflampen hinter ihnen wurde schwächer und schwächer, während sie von allen Seiten wieder von Schnee und Dunkelheit eingeschlossen wurden. Die Scheinwerfer des Jeeps malten kurzlebige, huschende Schatten auf die Stämme der Eichen am Straßenrand.

Zwei Minuten später bog Meg von der Landstraße auf den Weg zur Farm ein. Noch etwa eine Viertelmeile. Sie war erleichtert, zu Hause zu sein.

Die Cascade Farm – benannt nach drei Generationen der Cascade-Familie, die einst dort gelebt hatten – lag auf einem etwa fünf Hektar umfassenden Gebiet im ländlichen Con necticut. Der ehemalige Farmbetrieb war stillgelegt. Sie und Jim hatten das Anwesen vor vier Jahren gekauft, nachdem er aus seiner New Yorker Werbeagentur ausgestiegen war und sich von seinen beiden Partnern hatte auszahlen lassen. Die Farm hatte so etwas wie der Beginn eines neuen Lebens sein sollen. Jim hatte sich seinem Traum, dem Schreiben, widmen wollen, während Meg sich darauf gefreut hatte, der Malerei in einer ruhigen, friedlichen Umgebung nachgehen zu können.

Vor seinem Tod hatte Jim zwei halbwegs erfolgreiche Kriminalromane auf der Cascade Farm geschrieben. Meg hatte währenddessen einen anderen Stil entwickelt: sie hatte leichtere Töne verwendet, in klareren Farben zu einem neuen Ausdruck gefunden; dann, nach Jims Tod, waren ihre Bilder so düster und trübsinnig geworden, daß sie von ihrem New Yorker Galeristen darauf hingewiesen worden war, ihr veränderter Stil wirke sich mehr und mehr auf den Verkauf aus.

Das einstöckige Haus lag etwa hundert Meter vor der Scheune. Es hatte acht Zimmer, dazu eine geräumige, modern eingerichtete Küche, zwei Badezimmer, zwei Kamine sowie zwei Veranden, auf denen man im Sommer den Tag ausklingen lassen konnte.

Selbst jetzt, in Sturm und Dunkelheit, mit verschneitem Dach und ohne ein einziges erleuchtetes Fenster an der Vorderseite, sah das Haus im Scheinwerferlicht des Jeeps einladend und heimelig aus.

»Endlich zu Hause«, sagte sie. »Magst du Spaghetti zum Abendessen?«

»Kannst du so viele machen, daß ich morgen noch kalte zum Frühstück habe?«

»Klar.«

»Kalte Spaghetti schmecken toll zum Frühstück.«

»Du bist schon ein verrückter Bursche.« Sie fuhr vors Haus, hielt neben der rückwärtigen Veranda und half ihm aus dem Wagen. »Laß die Krücken liegen«, schrie sie gegen den heulenden Wind an. »Halt dich an mir fest.« Die Krükken waren auf dem schneebedeckten Boden sowieso nicht von großem Nutzen. »Ich bring' sie dir rein, sobald ich den Wagen in der Garage habe.«

Wenn der schwere Gips um sein rechtes Bein nicht von den Zehen bis übers Knie gereicht hätte, wäre sie vielleicht imstande gewesen, ihn zu tragen. Statt dessen hielt er sich an ihr fest und hüpfte auf seinem gesunden Bein.

Sie hatte das Licht in der Küche für Doofus, ihren vier Jahre alten schwarzen Labrador, angelassen. Hinter den eisblumenübersäten Fenstern schimmerte bernsteinfarbenes Licht und warf gedämpften Schein auf die Veranda.

Tommy lehnte sich gegen die Hauswand, während Meg die Tür aufschloß. Als sie die Küche betrat, kam ihr der Hund nicht wie gewöhnlich mit aufgeregt wedelndem Schwanz entgegengelaufen. Statt dessen kam er mit eingekniffenem Schwanz angeschlichen; er hielt den Kopf gesenkt und beäugte sie mit argwöhnischem Blick. Sie schloß die Tür hinter sich und half Tommy auf einen Stuhl am Küchentisch. Dann zog sie ihre Boots aus und stellte sie in die Ecke hinter der Tür.

Doofus zitterte, als ob ihn fröstelte, obwohl es in der Küche warm war, der Ölofen bullerte. Der Hund gab ein seltsames, winselndes Geräusch von sich.

»Was ist los, Doofus?« fragte sie. »Was hast du verbrochen? Eine Lampe umgeworfen? Hm? Ein Sofakissen gefressen?«

»He, er ist ein braver Köter«, sagte Tommy. »Wenn er 'ne Lampe umwirft, zahlt er für den Schaden. Nicht wahr, Doofus?«

Der Hund wedelte mit dem Schwanz, wenn auch nur zögernd. Er sah nervös zu Meg hinüber, dann zurück in Richtung des Eßzimmers – als würde dort jemand in den Schatten lauern, jemand, vor dem er zuviel Angst hatte, um zu bellen.

Und dann verstand Meg plötzlich.

Ben Parnell entfernte sich von der Straßensperre und lenkte seinen Chevy Blazer Richtung Labor Nummer drei, das im Herz des Biolomech-Komplexes lag. Schnee schmolz auf sei-

ner Pudelmütze und rann ihm in den Kragen der schaffellverbrämten Lederjacke.

Überall suchten Leute im schwefelgelben Schein der
Strahler das Gelände ab. Wie sie da mit hochgezogenen
Schultern und gesenkten Köpfen durch die Nacht trotteten,
erinnerten sie eher an Dämonen als an menschliche Wesen.

In gewisser Weise war er froh über die plötzliche Krise.
Andernfalls hätte er zu Hause herumgesessen und so getan,
als würde er lesen oder fernsehen, obwohl ihm nichts anderes
im Kopf herumging als Melissa, sein vielgeliebtes Kind, das
er an den Krebs verloren hatte. Und wenn seine Gedanken
nicht um Melissa gekreist wären, hätte er statt dessen über Leah gegrübelt, seine Frau, die er ebenfalls verloren hatte.

Weswegen? Er verstand immer noch nicht ganz, warum
ihre Ehe nach dem Unglück mit Melissa zerbrochen war. Soweit er es begreifen konnte, hatte es im Grunde nichts Tren-
nendes zwischen ihnen gegeben als Leahs Trauer, die mehr
und mehr von ihr Besitz ergriffen, schwerer und schwerer
auf ihr gelastet hatte, bis sie nicht länger fähig gewesen war,
überhaupt noch ein anderes Gefühl aufzubringen, geschweige denn Liebe für ihn. Möglich, daß ihre Trennung schon
länger in der Luft gelegen hatte und durch Melissas Tod nur
beschleunigt worden war; trotzdem hatte er Leah geliebt.
Und er liebte sie immer noch, wenn auch nicht mit der ein-
stigen Leidenschaft, sondern eher auf die melancholische Art
und Weise, wie man seinen Traum vom Glück träumt. Selbst
wenn man weiß, daß er niemals wieder Wirklichkeit werden
kann. Genau das war es, was Leah während des vergangenen Jahres für ihn geworden war: keine Erinnerung, ob nun
schmerzhaft oder glücklich, sondern ein Traum – der Traum
von etwas, das es nie geben würde.

Er parkte den Wagen vor dem Labor, einem fensterlosen
Flachbau, der wie ein Bunker aussah. Die Außentür schloß
sich mit einem Zischen hinter ihm, und er zog die Handschuhe aus, während er vor der Innentür und der darüber
angebrachten Kamera stand. Die Elektronik gab eine in die
Wand eingelassene, grün beleuchtete Glasfläche frei, auf der
die Umrisse einer Hand zu sehen waren. Ben legte seine

Hand auf die Fläche und ließ seine Fingerabdrücke vom Computer überprüfen. Sekunden später, nachdem seine Identität bestätigt worden war, öffnete sich die Innentür zum Hauptflur, der zu den Büros und Labors führte.

Minuten vorher war Dr. John Acuff, der Leiter des Blackberry-Projekts, auf dem Gelände eingetroffen. Ben entdeckte Acuff in einem Korridor des Ostflügels, wo er mit ernster Miene auf drei am Projekt beteiligte Forscher einredete.

Als Ben auf ihn zuging, bemerkte er, daß Acuff der kalte Schweiß auf der Stirn stand. Der Wissenschaftler – ein hagerer Mann mit schütterem Haar und einem Pfeffer-und-Salz-Bart – war weder ein zerstreuter Professor noch ein kalter Analytiker, entsprach in keiner Weise den üblichen Stereotypen, die man Wissenschaftlern gern zuordnete, besaß tatsächlich eine ganze Menge Sinn für Humor; gewöhnlich waren in seinen Augenwinkeln lebensbejahende, sympathische Lachfältchen zu sehen. Wie auch immer, heute nacht schien ihm das Lächeln restlos vergangen zu sein.

»Ben! Haben Sie unsere Ratten gefunden?«

»Nicht die geringste Spur. Ich brauche dringend ein paar Informationen. Haben Sie irgendeine Ahnung, wohin sie verschwunden sein könnten?«

Acuff griff sich mit einer Hand an die Stirn, als wollte er prüfen, ob er Fieber hätte. »Wir müssen alles tun, was in unserer Macht steht, Ben. Wenn wir sie nicht finden … wird es schreckliche Folgen haben.«

Der Hund knurrte zaghaft die unsichtbare Gefahr an, die sich in der Dunkelheit hinter dem Durchgang zum Eßzimmer verbarg, aber schließlich ging das Knurren wieder in ein leises Winseln über.

Zögernd, aber unbeirrt bewegte sich Meg in Richtung des Eßzimmers, tastete an der Wand nach dem Schalter und machte Licht.

Die acht Stühle standen ordentlich um den Queen-Anne-Tisch; matt schimmerten die Teller hinter dem facettierten Glas des großen Geschirrschranks; alles befand sich an seinem Platz. Sie hatte erwartet, einen Einbrecher vorzufinden.

Doofus hielt sich zitternd hinter ihr in der Küche. Er war kein Hund, der sich leicht bange machen ließ, aber irgend etwas mußte ihm einen gehörigen Schrecken eingejagt haben.

»Mam?«

»Bleib da«, sagte sie.

»Irgendwas nicht in Ordnung?«

Nacheinander betrat Meg die anderen Räume, machte Licht und sah sich um. Sie sah in die Schränke und hinter die größeren Möbelstücke. Oben hatte sie eine Waffe, die sie aber nicht holen wollte, bevor sie nicht sicher sein konnte, daß Tommy allein im Erdgeschoß war.

Megs Sorge um Tommys Gesundheit und Sicherheit war nach Jims Tod größer und größer geworden, nahm zuweilen übertriebene Formen an. Sie wußte, daß es so war, aber sie konnte nichts dagegen machen. Sobald er einen Schnupfen hatte, war sie sicher, daß daraus eine Lungenentzündung würde. Wenn er sich schnitt, schlug ihr das Herz bis zum Hals, als könnte ihn ein Teelöffel Blut gleich das Leben kosten. Als er beim Klettern vom Baum gefallen war und sich das Bein gebrochen hatte, war sie beim Anblick seines verdrehten Gelenks fast ohnmächtig geworden. Sie liebte Tommy mit jeder Faser ihres Herzens, und der Verlust ihres Sohnes hätte bedeutet, auch noch das letzte zu verlieren, was von Jims Leben geblieben war. Meg Lassiter hatte gelernt, den Tod der ihr am nächsten stehenden Menschen mehr zu fürchten als ihren eigenen.

Daß Tommy schwer erkranken oder bei einem Unfall umkommen würde, war immer eine ihrer größten Ängste gewesen – aber obwohl sie sich aus Gründen des Selbstschutzes eine Waffe gekauft hatte, war sie nie auf die Idee gekommen, daß ihr Sohn Opfer einer verbrecherischen Absicht werden könnte. Verbrecherische Absicht: das klang melodramatisch, lächerlich. Schließlich wohnten sie auf dem Land, wo von Gewalt, wie sie in New York zum alltäglichen Leben gehört hatte, nichts zu spüren war.

Aber irgend etwas hatte den sonst so ausgelassenen und mutigen Labrador verstört. Wenn es kein Einbrecher war – was dann?

Sie ging in die Diele und spähte die dunkle Treppe hinauf. Sie drückte auf den Schalter für das Flurlicht im Obergeschoß.

Langsam verließ sie der Mumm. Sie war durch die Räume im Erdgeschoß gestürmt, ohne an ihre eigene Sicherheit zu denken, rein aus Sorge um Tommys Wohlergehen. Jetzt begann sie sich zu fragen, was sie tun sollte, wenn sie plötzlich wirklich Auge in Auge einem Einbrecher gegenüberstand.

Kein Geräusch drang aus der oberen Etage zu ihr herunter. Sie hörte nur das Heulen und Pfeifen des Windes. Trotzdem hatte sie das dumpfe Gefühl, daß sie die Treppe besser nicht betreten sollte.

Vielleicht war es am klügsten, wenn sie den Wagen aus der Garage holten und ihre nächsten Nachbarn aufsuchten, die eine Viertelmeile weiter nördlich lebten. Von dort konnte sie dann auch den Sheriff anrufen und darum bitten, daß ihr Haus durchsucht wurde.

Andererseits war es ziemlich gefährlich, während eines Blizzards mit dem Auto unterwegs zu sein, selbst mit einem Jeep mit Allradantrieb.

Außerdem hätte Doofus bei einem Einbrecher wie wild gebellt. Der Hund mochte manchmal etwas tolpatschig sein, aber ein Feigling war er bestimmt nicht.

Vielleicht hatte sein Verhalten nichts mit Angst zu tun; vielleicht hatte sie die Anzeichen nur falsch gedeutet. Sein eingezogener Schwanz, sein hängender Kopf und das Zittern konnten ja auch heißen, daß er krank war.

»Jetzt mach dir nicht gleich in die Hose«, sagte sie wütend und lief die Treppe hinauf.

Der Flur war leer.

Sie ging in ihr Zimmer und holte die zwölfkalibrige Mossberg, eine Schrotflinte mit Pistolengriff und kurzem Lauf, unter dem Bett hervor. Es war die ideale Waffe, was die eigene häusliche Sicherheit anging, leicht zu handhaben, aber gleichzeitig von genug Durchschlagskraft, um potentielle Angreifer nachhaltig abzuschrecken. Man brauchte kein großartiger Schütze zu sein, um mit ihr umgehen zu können, weil die Streuung der Schrotkugeln schon Treffer garantierte, wenn man die Waffe nur in die grobe Richtung des Ziels hielt. Außerdem konnte man einen Angreifer mit leichterer Ladung kampfunfähig machen, ohne ihn gleich zu vernichten. Es lag nicht in ihrer Absicht, irgend jemanden zu töten.

Eigentlich haßte sie Waffen und hätte die Mossberg nie gekauft, wenn sie sich nicht solche Sorgen um Tommy gemacht hätte.

Sie sah im Kinderzimmer nach. Niemand da.

Die beiden Schlafzimmer im hinteren Teil des Hauses waren durch einen großen Türbogen miteinander verbunden und bildeten ihr Atelier. Niemand hatte sich an der Staffelei, dem Zeichenbrett und den weiß lackierten Schränkchen mit ihrem Malzubehör zu schaffen gemacht.

Es lauerte auch niemand in den beiden Badezimmern.

Der letzte Raum, den sie aufsuchte, Jims Büro, war ebenfalls leer. Anscheinend hatte sie sich getäuscht, was das Verhalten des Labradors anging, und ihre Reaktion kam ihr jetzt ziemlich übertrieben vor.

Sie senkte die Schrotflinte, atmete tief durch und ließ ihren Blick durch den Raum schweifen. Sie hatte nichts in Jims Büro verändert, benutzte seinen Computer zum Briefeschreiben und seinen Schreibtisch für die geschäftlichen Angelegenheiten. Aber es gab auch Gefühlsgründe, warum sie seine Sachen unberührt gelassen hatte. Das Zimmer rief ihr in Erinnerung, wie glücklich Jim gewesen war, während er an seinen Romanen geschrieben hatte. Die jungenhaften Züge seines Wesens waren nie sichtbarer gewesen als in jenen Momenten, wenn er über eine neue Idee völlig aus dem Häuschen geraten war. Seit seiner Beerdigung war sie oft in sein Zimmer gegangen, um sich an ihn zu erinnern.

Zuweilen fühlte sie sich wie gefangen, wenn sie an Jims Tod dachte; es kam ihr vor, als wäre eine Tür zugeschlagen und hinter ihm abgeschlossen worden, seitdem er ihr Leben verlassen hatte, und als befände sie sich nun in einem winzigen Raum hinter dieser Tür, ohne jede Möglichkeit, jemals wieder daraus zu entkommen.

Wie konnte sie ein neues Leben beginnen oder neues Glück finden, nachdem sie den Mann verloren hatte, den sie so sehr geliebt hatte? Mit Jim war es perfekt gewesen. Wie sollte eine künftige Beziehung all das vergessen machen?

Sie seufzte, löschte das Licht und schloß die Tür hinter sich. Sie brachte die Schrotflinte wieder in ihr Zimmer zurück.

Während sie durch den Flur zur Treppe ging, hatte sie plötzlich das eigentümliche Gefühl, von jemandem beobachtet zu werden. Sie glaubte, den Blick fremder Augen zu spüren, und wandte sich abrupt um. Der Flur war leer. Außerdem hatte sie alle Räume abgesucht. Sie war sicher, daß Tommy und sie allein waren.

Du bist bloß so nervös wegen dem Irren, der dir vorhin beinahe in den Wagen gefahren wäre, beruhigte sie sich.

Als sie in die Küche zurückkam, saß Tommy, so wie sie ihn zurückgelassen hatte, auf dem Stuhl. »Was ist los?« fragte er besorgt.

»Nichts, Schatz. Doofus hat sich nur so komisch benommen, und da dachte ich, daß vielleicht jemand eingebrochen wäre.«

»Hat Doofus irgendwas angestellt?«

»Nein«, sagte sie. »Jedenfalls hab' ich nichts bemerkt.«

Der Labrador schlich nicht länger mit gesenktem Kopf herum. Er zitterte auch nicht mehr. Er hatte auf dem Boden neben Tommys Stuhl gehockt, als Meg hereingekommen war, und kam jetzt schwanzwedelnd auf sie zu und leckte ihr die Finger, als sie ihm die Hand hinhielt. Dann lief er auf den Flur und kratzte mit einer Pfote an der Haustür, um zu zeigen, daß er nach draußen mußte.

»Zieh den Mantel und die Handschuhe aus«, sagte sie zu Tommy, »aber bleib bloß sitzen, bis ich dir die Krücken gebracht habe.«

Sie zog wieder ihre Boots über und ging mit dem Hund nach draußen in den tobenden Sturm. Die Schneeflocken waren kleiner und härter, fast wie Sand geworden, und prasselten mit winzigen, millionenfach klickenden Geräuschen auf das Verandadach.

Doofus stürmte unverdrossen in den Hof.

Meg fuhr den Wagen in die Scheune, die als Garage diente. Als sie aus dem Jeep stieg warf sie einen Blick hinauf zu den im Dunkel liegenden Dachsparren, die im Sturm knarrten. Die Scheune roch nach verschüttetem Öl und Wagenschmiere; trotzdem lag immer noch ein vager Geruch nach Heu und Vieh in der Luft, den auch all die Jahre nicht ganz hatten verdrängen können.

Als sie Tommys Krücken aus dem Wagen nahm, spürte sie wieder, wie es ihr eiskalt den Nacken hochkroch: ihre körperliche Reaktion auf das Gefühl, beobachtet zu werden. Sie spähte ins Innere der Scheune, das nur von einer schwachen Leuchte über dem Tor erleuchtet wurde. Es hätte sich jemand hinter den Trennwänden der Pferdeboxen an der Südseite verbergen oder oben auf dem Heuboden lauern können, aber sie entdeckte weit und breit nichts, was ihren Verdacht bestätigte und auf einen Eindringling hinwies.

»Meg, du hast in letzter Zeit zu viele Krimis gelesen«, sagte sie laut, versuchte, sich mit dem Klang ihrer Stimme Mut zu machen.

Tommys Krücken in der Hand, verließ sie die Scheune, drückte auf den Knopf für die Torautomatik und sah zu, wie sich die Metallrolläden senkten, bis sie mit einem Klonk auf dem Boden aufsetzten.

Auf halbem Wege durch den Hof blieb sie stehen, berührt von der Schönheit der Winterlandschaft. Der Schnee auf dem Boden schimmerte in einem geisterhafte Glanz, ähnlich dem des Mondes, und ließ trotz des Sturms alles ruhig und friedlich erscheinen. Am nördlichen Ende des Hofs ragten die schwarzen Äste fünf kahler Ahornbäume in die Nacht; Schnee bedeckte ihre rauhe Borke.

Wenn sie Pech hatten, waren sie und Tommy morgen eingeschneit. Jeden Winter war die Black Oak Road ein paarmal wegen Schneeverwehungen nicht befahrbar. Es gab Schlimmeres, als für kurze Zeit von der Zivilisation abgeschnitten zu sein. In bestimmter Hinsicht war es sogar ein reizvoller Gedanke.

Trotz der seltsamen Schönheit der Nacht war es bitter

329

kalt; die sturmgepeitschten Schneeflocken stachen ihr wie Nadeln ins Gesicht.

Sie rief nach Doofus, und der Labrador kam um die Hausecke gelaufen, war nur schemenhaft im Dunkel zu erkennen, mehr ein Phantom als ein Hund. Er schien über den Boden zu gleiten, als sei er kein lebendes Wesen, sondern eine zurückgekehrte Totenseele. Völlig unbeeindruckt vom Wetter, japste er und wedelte mit dem Schwanz, genauso munter und unternehmungslustig wie sonst auch.

Meg öffnete die Küchentür. Tommy saß immer noch am Tisch. Hinter ihr verharrte Doofus auf dem obersten Treppenabsatz der Veranda.

»Komm schon, Alter, es ist kalt.«

Der Labrador winselte, als hätte er Angst, zurück ins Haus zu müssen.

»Komm jetzt, es ist Zeit zum Abendessen.«

Er nahm die letzte Treppenstufe und setzte zögernd seine Vorderpfoten über die Schwelle. Er steckte den Kopf durch den Türrahmen und beäugte die Küche mit unerklärlichem Argwohn, witterte in der warmen Luft, schüttelte sich.

Sanft versuchte Meg, den Hund mit dem Fuß in die Küche zu schieben.

Er sah mit vorwurfsvollem Blick zu ihr hoch und bewegte sich nicht vom Fleck.

»Jetzt komm aber endlich, Bursche. Willst du uns hier allein lassen?« sagte Tommy von seinem Stuhl aus.

Langsam kam der Hund über die Schwelle, als hätte er verstanden, daß sein Ruf auf dem Spiel stand.

Meg kam ebenfalls herein und schloß die Tür hinter sich.

Sie nahm ein Handtuch von der Wand und sagte: »Wag bloß nicht, dich hier auszuschütteln, bevor ich dich abgerubbelt habe.«

Als sie sich mit dem Handtuch zu ihm hinunterbeugte, schüttelte sich Doofus energisch, geschmolzener Schnee spritzte ihr ins Gesicht und über die Küchenmöbel.

Tommy lachte, so daß der Hund ihn verwundert ansah, worauf Tommy noch mehr lachen mußte, und als Meg sich auch noch anstecken ließ, faßte Doofus wieder Mut. Er richtete sich auf, wedelte, wenn auch zaghaft, mit dem Schwanz und kam zu Tommy herüber. Als sie und Tommy nach Hause gekommen waren, hatten sie sich nach dem gerade noch vermiedenen Zusammenstoß auf der Black Oak Road ziemlich angespannt gefühlt, und vielleicht hatte Doofus instinktiv gespürt, daß ihnen immer noch der Schrecken in den Knochen saß, genau wie er sich jetzt von ihrer Fröhlichkeit anstecken ließ. Hunde sind feinfühlige Tiere, die genau spüren, was in einem Menschen vorgeht, und es gab einfach keine andere Erklärung für sein merkwürdiges Verhalten.

Die Fenster waren vereist, draußen heulte der Wind, aber das unfreundliche Wetter ließ das Haus nur noch heimeliger erscheinen.

Meg und Tommy saßen am Küchentisch und aßen Spaghetti.

Doofus benahm sich nicht mehr so komisch wie vorher, war aber immer noch nicht wieder der alte. Er wich nicht von ihrer Seite, wollte nicht einmal allein fressen. Überrascht und amüsiert beobachtete Meg, wie der Hund seinen Chappi-Napf mit der Nase über den Boden stupste, bis er neben Tommys Stuhl gerutscht war.

»Demnächst will er wahrscheinlich einen Stuhl und einen eigenen Teller«, sagte Tommy.

»Zuerst muß er mal lernen, wie man eine Gabel hält«, sagte Meg. »Seine Tischmanieren sind nicht die besten.«

»Wir schicken ihn zur Schule«, sagte Tommy und drehte Spaghetti auf seine Gabel. »Vielleicht lernt er, auf Hinterbeinen zu stehen und wie ein Mensch zu gehen.«

»Wenn er erstmal stehen kann, will er bestimmt auch tanzen.«

»Er würde bestimmt keine schlechte Figur auf dem Tanzparkett machen.«

Sie grinsten sich über den Abendbrottisch hinweg an, und Meg genoß das Gefühl der Nähe, das sich einstellt, wenn man einfach hemmungslos herumalbert. In den letzten zwei Jahren war Tommy nur selten in der Laune dafür gewesen.

Doofus war mit seinem Chappi beschäftigt, verschlang es

aber nicht wie sonst. Zögernd zerkaute er kleine Bissen, als hätte er keinen Hunger, und zwischendurch hob er immer wieder den Kopf und spitzte die Ohren, als wollte er dem heulenden Wind zuhören.

Später, als Meg das Geschirr wusch und Tommy mit einem Abenteuerroman am Küchentisch saß, sprang Doofus unvermittelt auf und stieß ein unterdrücktes Bellen aus. Stocksteif und mit hoch erhobener Rute fixierte er den Küchenschrank, der sich zwischen dem Kühlschrank und der Kellertür befand.

»Mäuse?« fragte Tommy hoffnungsvoll, weil er nichts so gräßlich wie Ratten fand.

»Hört sich ein bißchen groß für Mäuse an.«

Sie hatten schon früher Ratten gehabt. Immerhin lebten sie auf einer Farm, und Nagetiere suchten immer wieder in der Scheune nach Futter. Obwohl die Scheune nur noch den Jeep und einen anderen Wagen beherbergte, kamen die Ratten jeden Winter wieder, als erinnerten sie sich daran, daß die Cascade Farm einst ihr Zufluchtsort gewesen war.

Aus dem Küchenschrank war ein Kratzen zu hören, gefolgt von einem dumpfen Poltern, als irgend etwas umfiel, und den unverwechselbaren Geräuschen eines geschmeidigen Rattenkörpers, der zwischen den Konservendosen über die Einlegeböden lief.

»Total groß«, sagte Tommy mit weit aufgerissenen Augen.

Statt laut zu bellen, fing Doofus zu winseln an und zog sich ans andere Küchenende zurück, so weit nur weg, wie nur möglich vom rattenbehausten Küchenschrank. Und das, obwohl er sonst immer ganz wild darauf gewesen war, den Ratten an den Kragen zu gehen, auch wenn er selten eine gefangen hatte.

Während sie sich die Hände abtrocknete, fragte sich Meg wieder, warum der Hund plötzlich keinerlei Jagdinstinkt mehr zeigte. Sie ging zum Küchenschrank, legte das Ohr an die mittlere der drei Doppeltüren und horchte. Nichts.

»Es ist weg«, sagte sie nach langen Sekunden des Schweigens.

»He, du willst den Schrank doch jetzt nicht aufmachen«, sagte Tommy.

»Na sicher. Ich muß doch nachsehen, wie das Vieh da hineingekommen ist. Vielleicht hat es ein Loch in die Rückwand genagt.«

»Und was ist, wenn es noch da ist?« fragte der Junge.

»Es ist nicht mehr da, Liebling. He, Ratten sind vielleicht ekelhaft, aber sie sind nicht gefährlich. Nichts ist so feige wie eine Ratte.«

Sie klopfte laut an die Schranktür, um das Vieh zu verscheuchen, falls es tatsächlich noch da war. Sie öffnete die mittleren Türen, sah, daß alles an seinem Platz war, und öffnete den unteren Schrankteil. Ein paar Konservendosen waren umgestoßen. Ein Tüte Salzstangen war aufgerissen und geplündert worden.

Doofus gab ein hohes Wimmern von sich.

Sie griff in den Schrank, räumte ein paar von den Dosen beiseite und nahm ein paar Packungen Makkaroni heraus, um einen besseren Blick auf die Rückwand zu haben. Aus der Küche fiel gerade so viel Licht auf die Einlegeböden, daß sie das Loch in der Sperrholzrückwand erkennen konnte, wo sich die Ratte in den Schrank genagt hatte. Durch das Loch strömte ein kalter Luftzug herein.

Sie stand auf, wischte sich den Staub von den Händen und sagte: »Na, jedenfalls war das ganz bestimmt nicht Mikkey Mouse, sondern eine große, garstige, fette Ratte. Besser, wir holen eine von den Fallen.«

Als sie zur Kellertür ging, sagte Tommy: »He, du willst mich doch nicht allein lassen.«

»Ich geh' nur die Falle holen, Liebling.«

»Aber … was ist, wenn die Ratte wiederkommt, während du weg bist?«

»Wird sie nicht. Ratten bleiben da, wo's dunkel ist.«

Der Junge wurde rot; es war offensichtlich, daß ihm seine Angst peinlich war. »Es ist bloß … mit dem Bein … ich kann ja nicht weglaufen.«

Sie verstand den Jungen, war sich aber andererseits bewußt, daß es seine Furcht nur steigern würde, wenn sie ihn jetzt in die Arme nahm. Also sagte sie: »Es ist nur eine Ratte, Tommy. Sie hat Angst vor uns, verstehst du?«

Sie ließ Tommy mit Doofus in der Küche, knipste das Kellerlicht an und ging die Stufen hinunter. Zwei trübe Birnen erhellten das Kellergewölbe. Sie nahm die Fallen – große Geräte mit Stahlzangen, die den Ratten das Rückgrat brachen, keine harmlosen Mausefallen – und eine Schachtel mit vergiftetem Rattenfutter mit nach oben, ohne dabei irgend etwas von ihrem ungebetenen Gast zu sehen oder zu hören.

Tommy gab einen erleichterten Seufzer von sich, als sie zurückkam. »Irgendwas ist komisch an diesen Ratten.«

»Wahrscheinlich ist es nur eine«, sagte sie, als sie die Fallen auf die Arbeitsfläche neben der Spüle stellte. »Was meinst du denn mit ›komisch‹?«

»Du weißt doch, wie nervös Doofus war, als wir nach Hause gekommen sind. Es müssen die Ratten gewesen sein, die ihm Angst eingejagt haben. Aber wieso – er ist doch sonst auch nicht so leicht zu erschrecken?«

»He«, berichtigte ihn Meg, »bis jetzt haben wir nur eine Ratte gesehen. Ich hab' auch keine Ahnung, was ihm so unter die Haut gegangen ist. Aber das heißt doch nichts. Erinnerst du dich noch, wie er sich früher naßgemacht hat, wenn ich staubgesaugt habe?«

»Ja, aber da war er ja noch ein Welpe.«

»Komm, mit drei hatte er immer noch eine Heidenangst vor dem Staubsauger.« Sie nahm eine Packung geräucherten Schinken aus dem Kühlschrank, um damit die Fallen zu präparieren.

Doofus hielt sich weiter neben Tommys Stuhl, warf Meg einen bettelnden Blick zu und winselte leise.

Sie konnte nicht zugeben, daß das Verhalten des Labradors sie genauso nervös wie Tommy machte, weil sie die Angst des Jungen nicht noch schüren wollte.

Sie verteilte das vergiftete Rattenfutter auf zwei Teller, stellte den einen in den Stauraum unter der Spüle, den anderen in das Schränkchen mit den Salzstangen. Sie ließ die angebrochene Packung, wo sie war, und hoffte darauf, daß die Ratte zurückkommen und das Gift mitfressen würde.

Dann präparierte sie die Fallen mit dem Schinken. Zwei plazierte sie unter der Spüle und im Schrank bei den restlichen Salzstangen, die dritte in der Diele und die vierte unten im Keller.

Als sie in die Küche zurückkam, sagte sie: »Laß mich eben das bißchen Geschirr abwaschen, bevor wir ins Wohnzimmer rübergehen. Wetten, daß das Biest spätestens morgen früh in eine der Fallen läuft?«

Zehn Minuten später löschte Meg das Küchenlicht und hoffte, die Dunkelheit werde die Ratte aus ihrem Versteck locken und in die Falle laufen lassen. Tommy und sie würden besser schlafen, wenn sie wußten, daß das Biest tot war.

Sie machte Feuer im Wohnzimmerkamin, und Doofus ließ sich vor den prasselnden Flammen nieder. Tommy saß, seine Krücken in Reichweite, in einem Lehnsessel, hatte das eingegipste Bein auf einen Fußschemel gelegt und den Abenteuerroman aufgeschlagen. Meg legte eine Platte in den CD-Player ein und ließ sich dann mit dem neuen Roman von Mary Higgins Clark in ihren Sessel sinken.

Draußen heulte der Wind, aber hier drinnen war es warm und gemütlich. Eine halbe Stunde später war Meg in ihren Roman vertieft, als sie plötzlich ein hartes Zuschnappen aus der Küche hörte.

Doofus hob den Kopf.

Tommy sah sie mit großen Augen an.

Dann ein zweites Geräusch. Schnack!

»Zwei«, rief der Junge. »Wir haben zwei auf einen Schlag erwischt!«

Meg legte ihr Buch zur Seite und griff nach dem gußeisernen Schürhaken, für den Fall, daß die Ratten noch nicht tot waren Gott, wie sie diesen Teil der Rattenjagd haßte!

Sie ging in die Küche, machte Licht und sah zuerst unter die Spüle. Das Rattenfutter auf dem Teller war fast ganz aufgefressen; der Schinken war ebenfalls verschwunden; nur eine Ratte lag nicht in der Falle, obwohl die Zange zugeschnappt war.

Trotzdem war die Falle nicht leer. Unter dem Stahlbügel

befand sich ein etwa fünfzehn Zentimeter langes Stück Holz, und es sah fast so aus, als wäre er zum Auslösen des Mechanismus verwendet worden, damit die Ratte gefahrlos an den Köder konnte.

Nein. Das war doch lächerlich.

Meg griff nach der Falle, um sie sich genauer anzusehen. Das Holzstäbchen war auf der einen Seite dunkel gebeizt, auf der anderen Seite naturbelassen, und sah ganz so aus wie ein Stück Sperrholz von der rückwärtigen Schrankwand, durch die sich die Ratte genagt hatte.

Ein Schauder durchlief sie, und sie verdrängte den furcht-erregenden Gedanken, der ihn ausgelöst hatte.

Im Schrank war das vergiftete Rattenfutter ebenfalls vom Teller verschwunden. Der Mechanismus der zweiten Falle war auf die gleiche Weise ausgelöst worden. Mit einem Stück Sperrholz. Der Köder war fort.

Welche Ratte war gerissen genug, um …?

Sie richtete sich auf und öffnete die mittleren Türen des Küchenschranks. Die Dosen, Jell-O-Packungen, Rosinenbeutel und Haferflockentüten sahen auf den ersten Blick unberührt aus.

Dann sah sie das dunkelbraune, erbsengroße Stück Rattenfutter, das auf dem Regal vor einer offenen All-Bran-Packung lag. Aber sie wußte genau, daß sie kein Rattengift auf dem Regal mit den Haferflocken ausgelegt hatte. Die Ratte hatte das Rattenfutter auf das höher liegende Regalbrett mitgeschleppt.

Wäre sie nicht dadurch alarmiert gewesen, hätte sie die Kratz- und Bißspuren auf der All-Bran-Packung wahrscheinlich gar nicht bemerkt. Mit klopfendem Herzen starrte sie eine Ewigkeit lang auf die Packung, bevor sie sie vom Regal und mit zur Spüle nahm.

Mit zitternden Händen nahm sie den Schürhaken von der Arbeitsfläche und starrte in die Packung. Sie schüttete ein paar Haferflocken in die Spüle. Zwischen den Flocken befanden sich vergiftete Getreidekörner. Sie leerte die ganze Packung ins Spülbecken. Das gesamte Rattenfutter von den beiden Tellern war unter die Haferflocken gemischt worden.

Ihr Herz raste, klopfte so sehr, daß sie ihren eigenen Puls an den Schläfen spüren konnte.

Was ging hier vor?

Dann hörte sie ein hohes, schrilles Kreischen hinter ihrem Rücken. Ein merkwürdiges, drohendes Geräusch.

Sie drehte sich um und sah die Ratte. Eine gräßliche weiße Ratte.

Sie reckte sich auf den Hinterbeinen und sah vom Einlegeboden, auf dem das All-Bran gestanden hatte, zu ihr herüber. Der Raum über dem Regalbrett maß fünfunddreißig Zentimeter, und die Ratte hatte sich nicht ganz aufgerichtet, weil sie fast einen halben Meter groß war, zwanzig Zentimeter größer als eine normale Ratte, den Schwanz nicht mitgerechnet. Aber es war nicht die Größe der Ratte, die Meg das Blut in den Adern gefrieren ließ. Das, was ihr wirklich angst machte, war der Kopf des Biests: Er war doppelt so groß wie der Kopf einer gewöhnlichen Ratte, stand in keinem Verhältnis zu ihrem übrigen Körper. Er wölbte sich an der Schädelrundung, während Augen, Nase und Mund merkwürdig zusammengepreßt aussahen.

Die Ratte starrte sie an und schlug mit ihren erhobenen Vorderpfoten in die Luft. Sie bleckte die Zähne und gab ein bösartiges Zischen von sich, wie das Fauchen einer Katze, kreischte dann wieder, und es lag soviel Feindseligkeit in ihrem schrillen Schrei und in ihrer Körperhaltung, daß Meg panisch nach dem Schürhaken neben sich auf der Arbeitsfläche griff.

Obwohl die Augen rund und rot waren wie bei jeder Ratte, spiegelte sich etwas im Blick der Ratte, das Meg nicht sofort identifizieren konnte. Es war schrecklich, wie das Biest sie fixierte. Sie sah auf den unförmig großen Schädel – je größer der Schädel, desto größer das Gehirn –, und mit einem Schlag wurde ihr klar, was diesen scharlachroten Blick so anders machte: ein unvorstellbar hoher Intelligenzgrad, der mit dem einer normalen Ratte nichts mehr gemein hatte.

Die Ratte stieß wieder ein herausforderndes Kreischen aus.

Haus- und Wanderratten waren nicht weiß. Laborratten waren weiß.

Jetzt wußte sie, wonach sie bei Biolomech gesucht hatten. Sie hatte keine Ahnung, wie und warum die dortigen Forscher eine derartige Bestie gezüchtet hatten. Aber sie hatte genug über Genmanipulation gelesen, um zweifelsfrei zu wissen, daß das Biest aus den Labors von Biolomech stammte. Es gab keinen anderen Ort der Erde, von dem dieses Tier kommen konnte.

Sie hatten zu spät reagiert. Während die Biolomech-Sicherheitsleute mit dem Absuchen des Geländes beschäftigt gewesen waren, hatte die Ratte bereits ihr Lager in ihrem Haus aufgeschlagen.

Auf den drei unteren Einlegeböden kämpften sich jetzt andere Ratten durch das Gewirr aus Dosen, Flaschen und Packungen, widerliche, riesige Albinoratten, die genauso aussahen wie das mutierte Biest, das seine Zähne in ihre Richtung fletschte.

Hinter sich hörte sie Krallen über den Boden huschen.

Meg drehte sich nicht einmal um; sie wußte, daß sie sich etwas vormachte, wenn sie glaubte, mit dem Schürhaken etwas ausrichten zu können. Sie warf die nutzlose Waffe auf den Boden und rannte nach oben, um ihre Schrotflinte zu holen.

Der Raum hatte keine Fenster. In einer Ecke kauerten Ben Parnell und Dr. Acuff vor dem Käfig – einem Zwei-mal-zwei-Meter-Würfel mit einem Metallblechboden, auf den man, damit er nicht zu rutschig war, eine Lage aus weichem, gelb-braunem Heu gestreut hatte. Die Futter- und Wasserbehälter wurden von außen aufgefüllt, die Tiere im Käfig konnten jederzeit Nahrung oder Flüssigkeit zu sich nehmen. Etwa ein Drittel des vergitterten Gehäuses war mit kleinen Holzleitern und einem Klettergestänge als Spielecke eingerichtet. Die Käfigtür stand offen.

Acuff deutete auf die Käfigtür. »Sehen Sie? Der Bolzen hier wird automatisch verriegelt, wenn man die Tür zudrückt. Er kann also nicht aus Versehen oben geblieben sein. Und sobald die Verriegelung eingerastet ist, kann sie nur mit einem Schlüssel gelöst werden. Wir haben das für absolut sicher gehalten. Ich meine, wir konnten doch nicht damit rechnen, daß sie schlau genug sind, ein Schloß zu knacken.«

»So schlau sind sie bestimmt nicht. Wie hätten sie das denn fertigbringen sollen – ohne Hände?«

»Haben Sie sich mal ihre Füße aus der Nähe angesehen? Zugegeben, Rattenfüße sind nicht wie Hände, aber einfach nur mit Pfoten haben wir's auch nicht zu tun. Es gibt Ansätze einer Fingerbildung, so daß sie durchaus in der Lage sind, nach Dingen zu greifen. Bei den meisten Nagetieren ist das so. Eichhörnchen zum Beispiel – die haben Sie doch: bestimmt schon mal aufrecht sitzen und ein Stück Obst in den Vorderpfoten halten sehen.«

»Ja, aber ohne Daumen, der dagegendrücken kann …«

»Natürlich«, sagte Acuff, »besonders weit her ist es mit ihrer Geschicklichkeit nicht, verglichen mit uns. Aber hier haben wir es nicht mit gewöhnlichen Ratten zu tun. Bedenken Sie, daß wir sie genetisch erheblich weiterentwickelt haben. Bis auf die Körperlänge und die Größe des Schädels unterscheiden sie sich nicht sonderlich von anderen Ratten, aber sie sind schlauer. Erheblich schlauer.«

Acuff beschäftigte sich mit Experimenten zur Steigerung der Intelligenz. Er wollte herausfinden, ob bei künftigen Generationen niederer Arten – bei Ratten zum Beispiel – nach entsprechender Genveränderung eine nennenswerte Steigerung der Gehirnkapazität erreicht werden könnte, und das Ganze in der Hoffnung, durch erfolgreiche Laborversuche mit Tieren den Schlüssel zu Verfahren zu finden, mit denen eine Steigerung der menschlichen Intelligenz möglich würde. Seine Versuchsreihe trug die Projektbezeichnung Blackberry – nach dem schlauen, unerschrockenen Hasen in Richard Adams Watership Down.

Ben hatte auf Acuffs Empfehlung Adams' Buch gelesen, und zwar mit großem Vergnügen, aber zu einem persönlichen Urteil, ob er das Projekt Blackburry gutheißen sollte oder nicht, hatte er sich bis jetzt nicht durchringen können.

»Gut«, fuhr Acuff fort, »lassen wir's dahingestellt sein, ob sie imstande gewesen sind, das Schloß zu knacken. Vielleicht waren sie's gar nicht. Nur das hier – das sollte uns zu denken geben.« Er deutete auf den Führungszylinder für den dicken Kupferbolzen im Rahmen der Käfigtür. Die Aushöhlung war mit einer körnigen braunen Masse vollgepackt. »Futterreste. Sie haben die Körner weichgekaut, den Zylinder mit Brei vollgestopft und so den Bolzen und damit die automatische Verriegelung blockiert.«

»Aber … Das hätten sie nur tun können, solange die Tür offen stand.«

»Nun, da haben wir doch diesen Irrgarten, den wir – jedes mal ein bißchen verändert – von Zeit zu Zeit für sie aufbauen. Durchsichtige Plastikrohre mit komplizierten Hindernissen. Der Irrgarten zieht sich praktisch durch den ganzen Raum. Die Einstiegsröhre verbinden wir mit der Käfigtür, und wenn wir die Tür dann öffnen, können sie direkt in den Irrgarten klettern. Gestern haben wir das Experiment zum letztenmal gemacht, da stand die Käfigtür also längere Zeit offen. Nehmen wir einmal an, ein paar von ihnen hätten sich, statt sofort in die Röhre zu klettern, eine Weile am Einstieg herumgetrieben, ein bißchen geschnüffelt, auch am Zylinder für den Bolzen … Da hätte sich keiner was dabei gedacht, wir haben uns ja ganz darauf konzentriert, was sie im Röhrensystem treiben.«

Ben kam aus der Hocke hoch. »Mir ist eine Idee gekommen, wie sie ins Freie gelangt sein können. Wissen Sie, was ich meine?«

»Ja.« Acuff stand ebenfalls auf, und sie gingen gemeinsam zur gegenüberliegenden Wand. Dicht über dem Boden war – hinter einem fünfzig-mal-fünfzig-Zentimeter großen Gitter – die Rohrverbindung zum Ventilationssystem in die Wand eingelassen. Das Gitter, gewöhnlich mit einfachen Federkrampen gesichert, war gelockert worden. Acuff fragte: »Haben Sie schon einen Blick in die Austauschkammer geworfen?«

Wegen der speziellen Versuche im Labor Nummer drei mußte die Luft, bevor sie ins Freie geblasen wurde, chemisch dekontaminiert werden. In der fünflagigen Austauschkammer, einer Installation von den Ausmaßen eines großen Pickups, wurde die Abluft unter hohem Druck durch mehrere chemische Bäder gejagt.

Acuff war überzeugt: »Durch die Austauschkammer – das haben sie nicht überlebt. Da müssen acht tote Ratten in den Austauschwannen schwimmen.«

»Eben nicht. Wir haben das überprüft. Und die Gitter an den Rohrverbindungen in allen anderen Räumen sitzen fest, da können sie also auch nicht rausgeschlüpft sein.«

Acuff hob die Augenbrauen. »Glauben Sie etwa, daß sie sich immer noch im Ventilationssystem aufhalten?«

»Nein, sie müssen irgendeinen anderen Weg nach draußen gefunden haben, durch die Wände.«

»Aber wie denn? Das ganze unterirdische System besteht aus PVC-Rohren, sämtliche Ventile sind druckversiegelt und absolut hitzebeständig.«

Ben nickte. »Wir vermuten, daß sie an irgendeiner Stelle den Adhäsionskleber aufgekaut und die Röhrenverbindung so weit gelockert haben, daß sie durchschlüpfen konnten. Auf dem Dachboden, unter dem Kniestock, haben wir Rattenkot gefunden. Und eine Stelle, die so aussieht, als hätten sie sich dort durchs Unterdach und die Schindel gefressen. Wenn sie erstmal auf dem Dach waren, kann es nicht besonders schwierig gewesen sein, nach unten zu kommen – an den Regenrinnen entlang und durch die Abwasserrohre.«

John Acuffs Gesicht war bleicher als die salzweißen Flechten in seinem Pfeffer-und-Salz-Bart. »Hören Sie«, sagte er, »wir müssen sie noch heute nacht wieder einfangen, ganz egal, wie. Noch heute nacht.«

»Wir werden's versuchen.«

»Versuchen genügt nicht, wir müssen es schaffen. Ben, in dem Rudel sind drei Männchen und fünf Weibchen, alle im fortpflanzungsfähigen Alter. Wenn wir sie nicht einfangen, und sie vermehren sich unkontrolliert irgendwo da draußen ... Das Ende vom Lied wäre, daß die normalen Ratten ausgerottet würden, und auf einmal wären wir mit einer nie gekannten Bedrohung konfrontiert. Stellen Sie sich das mal vor: Ratten, die so schlau sind, daß sie jede Falle erkennen und sofort merken, ob das, was wie Futter aussieht, in Wirklichkeit vergifteter Köder ist! Sie sind praktisch unausrottbar. Schon jetzt verliert die Welt durch Ratten riesige Mengen an Nahrungsmitteln, in hochentwickelten Ländern wie unserem zehn bis fünfzehn Prozent aller verfügbaren Ressourcen, in manchen Ländern der Dritten Welt sogar fünfzig Prozent. Ben, das sind die Verlustraten bei ganz gewöhnlichen dämlichen Ratten. Wie hoch wären sie bei der Sorte, mit der wir's jetzt zu tun haben? Sogar hier in den Staaten könnten wir uns einer Hungersnot gegenübersehen, im Falle von Ländern mit niedrigerem Entwicklungsstand müßten wir davon ausgehen, daß eine unvorstellbare Zahl von Menschen zum Hungertod verurteilt ist.«

Ben runzelte die Stirn. »Jetzt malen Sie aber den Teufel an die Wand.«

»Absolut nicht. Ratten sind Parasiten. Sie sind Kämpfernaturen, und diese hier, unsere Ratten, werden viel heftiger und entschiedener kämpfen, wenn es darum geht, eher als andere an den Futtertrögen zu sein.«

Ben spürte, wie ihn schauderte. Er hatte das Gefühl, daß ihm moderiges Herbstlaub am Rückgrat klebte. »Nur weil sie ein bißchen gerissener sind als gewöhnliche Ratten ...«

»Nicht ein bißchen. Verdammt viel gerissener.«

»Mein Gott, aber längst nicht so schlau wie wir.«

»Immerhin etwa halb so schlau wie ein durchschnittlich veranlagter Mensch«, sagte Acuff.

Ben blinzelte verblüfft.

Acuff bekräftigte: »Und das ist vielleicht noch untertrieben.« In seinen Augen, in jeder Falte seines zerfurchten Gesichts spiegelte sich Furcht wider. »Und wenn Sie zusätzlich noch ihre angeborene Verschlagenheit berücksichtigen und den Vorteil, den sie durch ihre Größe haben ...«

»Durch ihre Größe? Wir sind doch viel größer!«

Acuff wiegte den Kopf hin und her. »Wer kleiner ist, kann daraus durchaus Vorteile ziehen. Weil sie kleiner sind, sind sie schneller als wir. Sie können durch jede Ritze in der

Wand schlüpfen, durch jede Regenrinne. Mit einer Körperlänge von fünfzig Zentimetern sind sie zwar anderthalbmal so groß wie gewöhnliche Ratten, aber trotzdem noch so klein, daß sie unbemerkt durchs Dunkel huschen können. Und das ist beileibe nicht ihr einziger Vorteil. Sie können bei Nacht genausogut sehen wie am Tag.«

»Jetzt wollen Sie mir Angst einjagen, Doc.«

»Sie können gar nicht genug Angst haben, Ben. Denn diese Ratten, die wir geschaffen haben, diese neue Spezies, unsere Züchtung, sieht in uns ihre Feinde.«

In diesem Augenblick war sich Ben endlich klar darüber, was er von dem Projekt Blackberry zu halten hatte – es verdiente keine, aber auch gar keine Unterstützung. »Was ... was genau meinen Sie damit?« fragte er. Aber er war sich durchaus nicht sicher, ob er die Antwort überhaupt hören wollte.

Acuff drehte sich um, ging ein paar Schritte, blieb mitten im Raum stehen, stemmte die Hände auf einen Labortisch, stand da wie ein gebrochener Mann, mit hängendem Kopf und geschlossenen Augen. »Wir wissen nicht, warum sie uns feindlich gesonnen sind. Es ist eben so. Eine Fehlschaltung in der genetischen Anlage? Oder sind sie inzwischen einfach intelligent genug, um zu begreifen, daß wir ihre Herren sind, und lehnen sie sich deshalb gegen uns auf? Was immer der Grund sein mag, sie sind aggressiv. Fanatisch aggressiv. Ein paar aus dem Forschungsteam haben schlimme Bißwunden davongetragen. Früher oder später wäre irgend jemand getötet worden, wenn wir nicht extreme Vorsichtsmaßnahmen ergriffen hätten. Wir fassen sie nur noch mit bißfesten Schutzhandschuhen an, tragen Gesichtsmasken aus Plexiglas und Kevlar-Overalls mit hohem Rollkragen. Kevlar! Das Material, aus dem schußsichere Westen gemacht werden! Und wir mußten so etwas anziehen, weil die Biester es mit aller Entschlossenheit darauf angelegt hatten, uns zu verletzen.«

Erstaunt fragte Ben: »,Aber warum haben Sie sie dann nicht einfach vernichtet?«

»Wir konnten doch nicht unseren eigenen Erfolg vernichten.«

Ben war verblüfft. »Erfolg?«

»Vom wissenschaftlichen Standpunkt aus fiel ihre Feindseligkeit nicht so sehr ins Gewicht, solange sie nur schlau waren. Wir waren darauf aus, schlaue Ratten zu züchten, und das war uns gelungen. Was die Feindseligkeit angeht, rechneten wir damit, im Laufe der Zeit den Grund feststellen und entsprechend reagieren zu können. Deshalb haben wir ja alle in einen Käfig sperrt. Wir dachten, die Isolierung in Einzelkäfigen könnte mit für ihre Aggressivität verantwortlich sein. Wir nahmen an, sie seien schon so intelligent, daß ein adäquates soziales Umfeld für sie zur unabdingbaren Notwendigkeit geworden wäre. Und wir haben gehofft, daß sie durch Geselligkeit – nun ja, irgendwie sanfter gestimmt würden.«

»Statt dessen ist es ihnen im Rudel nur leichter geworden zu entkommen.«

Acuff nickte. »Und nun sind sie frei.«

Meg hastete durch den Flur und sah, als sie am Wohnzimmer vorbeikam, gerade noch, daß Tommy sich unbeholfen vom Stuhl hochstemmte und nach seinen Krücken langte. Doofus winselte aufgeregt. Tommy rief nach ihr, aber sie nahm sich keine Zeit, stehenzubleiben. Es kam auf jede Sekunde an.

Am Fuß der Treppe, schon auf den ersten Stufen, warf sie einen Blick zurück. Keine Ratten. Jedenfalls sah sie keine. Die Flurlampe hatte sie allerdings nicht eingeschaltet. Ausgeschlossen war es nicht, daß da unten im Halbdunkel irgend etwas herumwieselte.

Sie nahm zwei Stuten auf einmal und war völlig außer Atem, als sie im oberen Stock ankam. Hastig zog sie in ihrem Zimmer die Schrotflinte unter dem Bett hervor und lud die fünf Magazinkammern: Klacketi-klack.

Im Geiste sah sie ganze Rattenschwärme durchs Zimmer flitzen – eine Vision, die sie auf den Gedanken brachte, sie werde vielleicht noch mehr Munition brauchen. Im Kleiderschrank lag eine Schachtel mit fünfzig Patronen. Sie schob die Tür auf – und stieß einen entsetzten Schrei aus, als sie zwei große weiße Ratten über den Schrankboden huschen sah. Die Biester kletterten über ihre Schuhe und verdrückten sich durch ein Loch in der Rückwand. Alles ging so schnell, daß sie, selbst wenn sie in der ersten Verblüffung auf die Idee gekommen wäre, keine Zeit gehabt hätte, einen Schuß abzugeben.

Die Schachtel mit den Patronen hatte auf dem Schrankboden gestanden, und die Ratten hatten sie gefunden, den Karton durchgenagt, sich die Patronen geholt, eine nach der anderen, und in ein Versteck in der Wand geschleppt. Nur vier Schuß waren übriggeblieben. Meg raffte sie zusammen und stopfte sie sich in die Taschen ihrer Jeans.

Wenn die Ratten es geschafft hatten, sich mit fast dem gesamten Munitionsvorrat auf und davon zu machen, konnte es dann nicht sein, daß sie irgendwann einen Weg fanden, ihr auch die fünf Patronen aus der Magazinkammer der Schrotflinte wegzunehmen? Mußte sie nicht damit rechnen, daß die Biester alles versuchen würden, sie wehrlos zu machen? Die Frage war nur, wie gerissen sie waren. Nein, das war keine Frage mehr, Meg kannte die Antwort. Zu gerissen, viel zu gerissen.

Tommy rief nach ihr, und Doofus bellte ärgerlich. Sie rannte aus dem Schlafzimmer und so hastig die Treppenstufen hinunter, daß sie einen verstauchten Knöchel riskierte.

Der Labrador lag in der kleinen Diele beim vorderen Flur, alle viere von sich gestreckt, den kantigen Schädel tief nach unten gedrückt, die Ohren angelegt, und starrte zur Küche hinüber. Aus dem Bellen war ein gefährliches Knurren geworden, nur daß er dabei am ganzen Leib zitterte. Tommy, auf seine Krücken gestützt, stand im Wohnzimmer. Der tiefe, erleichterte Atemzug, mit dem Meg feststellte, daß er nicht von wütenden Ratten eingekreist war, kam ihr wie ein stummer Schrei vor.

»Mam, was ist los? Was ist denn passiert?«

»Die Ratten … Ich glaube – nein, ich weiß, daß sie von Biolomech kommen. Das war der Grund für die Straßensperre. Danach haben die Männer mit den Taschenlampen gesucht – und mit den Spiegeln unter dem Wagenboden.« Ver-

345

stohlen suchte sie das Wohnzimmer ab, jeden Augenblick darauf gefaßt, irgendwo eine huschende Bewegung auszumachen.

»Woher willst du das wissen?« fragte der Junge.

»Ich hab' sie gesehen. Sobald du sie gesehen hast, weißt du's auch.«

Doofus lag immer noch in der Diele, aber Meg mußte sich eingestehen, daß sein drohendes Knurren keine beruhigende Wirkung auf sie hatte. Der Hund war den Ratten – diesen Ratten – nicht gewachsen. Sie würden ihn mit List oder mit Gewalt ausschalten, sobald sie sich zum Angriff entschlossen.

Und irgendwann würden sie angreifen. Das war nach allem, was sie gesehen hatte, keine Ahnung mehr, es war eine Gewißheit. Die Biester waren genetisch verändert, mit ungewöhnlich großen Köpfen und Gehirnen, und sie unterschieden sich durch ihr ganzes Verhalten von normalen Ratten. Die lebten gewöhnlich nur von Abfällen, nicht von der Jagd. Ihr Erfolg beruhte auf der Fähigkeit, ungesehen durchs Dunkel huschen und sich im Mauerwerk der Häuser oder in Kloaken verstecken zu können.

Einen Menschen anzugreifen, wagten sie nie, es sei denn, er war hilflos – ein sinnlos Betrunkener oder ein Baby in der Wiege. Aber die Biolomech-Ratten, die sie in der Küche gesehen hatte, waren frech und aggressiv, Jäger und Aasfresser zugleich, und die Raffinesse, mit der sie ihr die Schrotpatronen gestohlen und sie wehrlos gemacht hatten, konnte nichts anderes bedeuten, als daß sie sich auf einen Angriff vorbereiteten.

»Aber wenn sie nicht wie normale Ratten sind, wie sind sie denn dann?« fragte Tommy mit zitternder Stimme.

Meg sah den abscheulich großen Schädel vor sich, die scharlachroten Augen, in denen sie so viel bösartige Intelligenz gelesen hatte, und die plumpen, weißen, irgendwie abartig wirkenden Körper. »Das erklär' ich dir später«, sagte sie. »Komm, Liebling, wir sehen zu, daß wir wegkommen.«

Sie hätten durch die Vordertür gehen können, ums Haus herum, über den Hinterhof zur Scheune, wo der Jeep stand, aber das wäre ein langer Weg durchs Schneetreiben gewesen – vor allem für einen Jungen auf Krücken. Also entschied sie sich für den Weg durch die Küche und durch die Hintertür. Zumal sie auf dem Kleiderständer beim Hinterausgang die Jacken zum Trocknen aufgehängt hatte und der Autoschlüssel in ihrer Jackentasche steckte.

Doofus eskortierte sie mutig den Flur entlang und weiter bis in die Küche, nur daß er es offensichtlich nicht gern tat.

Meg hielt sich – die Schrotflinte fest in der Hand, den Finger am Abzug – dicht neben Tommy. Fünf Patronen im Magazin, vier in den Taschen. Reichte das? Wie viele Ratten waren bei Biolomech ausgebrochen? Ein halbes Dutzend, zehn, zwanzig? Sie würde es sich kaum leisten können, auf eine einzelne Ratte zu feuern, statt auf die Gelegenheit zu warten, zwei oder drei mit einem Schuß zu erledigen. Gut, aber wenn sie nun gar nicht im Rudel angriffen? Was, wenn sie einzeln auf sie losgingen, aus verschiedenen Richtungen, so daß sie die Waffe bald nach links, bald nach rechts schwenken mußte und jedesmal nur eine einzige Ratte aufs Korn nehmen konnte – so lange, bis sie die Munition verschossen hatte? Eins stand fest: Sie mußte sie aufhalten, bevor sie ihr oder Tommy zu nahe kamen, auch wenn die Ratten eine nach der anderen angriffen, denn wenn die Biester sie oder Tommy erst einmal angesprungen hatten, würde die Schrotflinte nutzlos sein. Dann blieb ihnen nur noch, sich mit bloßen Händen gegen die scharfen Zähne und Krallen zu wehren. Und in einem solchen Kampf waren sie nicht einmal einem halben Dutzend großer, unerschrockener und unheimlich schlauer Ratten gewachsen, wenn die Tiere es darauf anlegten, ihnen die Kehle aufzureißen.

In der Küche war es still, bis auf das Heulen des Windes und den klumpigen Schnee, der gegen die Scheiben klatschte. Die Schranktüren standen immer noch offen, auf den Einlegeböden waren momentan keine Ratten zu sehen.

Das alles war verrückt! Seit zwei Jahren machte sie sich Sorgen, ob sie auch wirklich in der Lage war, Tommy allein großzuziehen, ohne Jims Hilfe. Zerbrach sich den Kopf, wie sie ihm beibringen sollte, was ein Leben rechtschaffen und anständig macht. Erschrak zu Tode über jede Verletzung und jede noch so harmlose Krankheit. Zermarterte sich das Hirn, was sie tun sollte, wenn eines Tages schwerwiegende Probleme auftauchten – weiß Gott, was es da geben mochte. Aber so etwas – so etwas hatte sie nicht erwartet, darauf war sie nicht vorbereitet gewesen. Oft genug hatte sie es als glückliche Fügung empfunden, daß sie und Tommy auf dem Land lebten, wo die Bedrohung durch Verbrechen nicht zur alltäglichen Sorge gehörte wie in der Stadt, aber jetzt war die idyllische Cascade Farm, friedlich in die Wiesen am Rande der Black Oak Road gebettet, auf einmal ein schlimmerer Ort als das finsterste Viertel in irgendeiner Großstadt.

»Zieh deine Jacke an«, sagte sie zu Tommy.

Doofus stellte die Ohren auf. Schnüffelte. Sein Blick irrte suchend umher, hakte sich einen Moment auf der Anrichte fest, wanderte weiter zum Kühlschrank, konzentrierte sich auf den offenen, dunklen Einbauschrank unter der Spüle.

Die Waffe fest in der rechten Hand, angelte Meg mit der linken ihre Jacke vom Haken, brauchte eine Weile, bis sie es geschafft hatte, in den Ärmel zu fahren, nahm die Schrotflinte in die linke Hand, schlüpfte in den rechten Ärmel. Auch als sie die Gummistiefel anzog, benutzte sie nur eine Hand, um keinen Preis der Welt hätte sie die Waffe weggelegt.

Tommy starrte auf die Rattenfalle, die ursprünglich unter der Spüle gestanden und die Meg später auf der Arbeitsplatte abgelegt hatte. Das Stück Holz, mit dem die Ratten den Mechanismus der Falle ausgelöst hatten, steckte immer noch unter dem gezahnten Schlaghammer. Tommy runzelte die Stirn.

Aber bevor er dazu kam, weiter darüber nachzudenken oder gar Fragen zu stellen, sagte Meg: »Du schaffst das kurze Stück draußen auch ohne Gummistiefel. Und laß die Krücken hier, mit denen kommst du im Schnee sowieso nicht zurecht. Du stützt dich besser auf mich.«

Urplötzlich erstarrte Doofus.

Meg brachte die Waffe hoch, ihr Blick suchte die Küche ab.

Der Labrador knurrte – ein Grollen, das tief aus seiner Kehle kam, aber von Ratten war weit und breit nichts zu sehen.

Meg zog die Tür auf, und steifer Wind wehte herein. »Komm, gehen wir«, sagte sie, »beeilen wir uns.«

Tommy stolperte nach draußen, suchte am Türrahmen Halt, tastete sich an der Wand der Veranda entlang. Der Hund drückte sich hinter ihm ins Freie. Meg folgte als letzte und zog die Tür hinter sich zu.

In der Rechten hielt sie die Waffe, mit der Linken stützte sie Tommy. Sie führte ihn über die Veranda und die schneebedeckten Stufen hinunter in den Hof. Es war kalt, und der schneidende Wind tat ein übriges; die Temperatur mußte inzwischen weit unter Null liegen. Ihre Augen tränten, ihr ganzes Gesicht fühlte sich taub an. Sie hatte sich keine Zeit genommen, Handschuhe anzuziehen, und nun kroch ihr die Kälte in die Finger. Trotzdem, hier draußen war ihr wohler zumute, hier fühlte sie sich sicherer als im Haus. Daß die Ratten sie hierher verfolgen würden, glaubte sie nicht. Der Sturm, gegen den sich schon Meg und Tommy anstemmen mußten, war für relativ kleine Lebewesen wie Ratten sicher eine unüberwindbare Barriere.

Es war nahezu unmöglich, sich zu unterhalten, so heftig fegte der Wind übers flache Land. Er fing sich heulend unter den Dachkanten und zauste die kahlen Äste der Ahornbäume. Tommy und Meg stopften schweigend durch den Schnee, Doofus blieb an ihrer Seite. Obwohl sie ein paarmal ins Rutschen gerieten und um ein Haar gestürzt wären, legten sie den Weg zur Scheune schneller zurück, als sie gedacht hatten. Meg drückte den Schalter für die Torautomatik, und sie und Tommy huschten gebückt in die Scheune, ehe der Metallrolladen noch ganz oben war. Im schwachen Lichtschein der einzigen Glühbirne gingen sie auf den Geländewagen zu.

Meg fischte die Autoschlüssel aus der Jackentasche, schloß die rechte Wagentür auf, ließ den Sitz so weit wie möglich zurückrutschen und half Tommy hinein. Sie wollte ihn dicht neben sich haben, auf dem Beifahrersitz, obwohl er es hinten auf der Rückbank bequemer gehabt hätte. Als sie sich nach dem Hund umdrehte, sah sie, daß er draußen stehengeblieben war, direkt vor dem Tor, und offensichtlich nicht vorhatte, ihnen zu folgen.

»Doofus, bei Fuß, schnell!« rief sie.

Der Labrador winselte und starrte ins Halbdunkel. Nicht lange, und sein Winseln ging in ein tief grollendes Knurren über.

Meg erinnerte sich an das Gefühl, heimlich beobachtet zu werden – vorhin, als sie den Jeep geparkt hatte. Sie spähte in die dunklen Winkel und hoch zu den Brettern des Heubodens. Aber da rührte sich nichts, da huschten keine bleichen Schatten geduckt durchs Dunkel. Und sie entdeckte auch nicht die gespenstisch rot leuchtenden Augen, an denen man Nagetiere bei Nacht zuerst ausmachen kann.

Der Labrador war wahrscheinlich nur nervös und übertrieben vorsichtig. Verständlich, aber sie hatte es eilig, sie mußte hier weg. Deshalb rief sie ihn noch einmal – und diesmal energischer: »Doofus, komm her, aber sofort!«

Er trottete zögernd in die Scheune, witterte, zog schnüffelnd die Nase über den Boden, kam schließlich angerannt und sprang mit einem Satz auf die Rückbank des Jeeps.

Meg schloß die Tür, ging um den Wagen herum auf die Fahrerseite und rutschte hinters Lenkrad. »Wir fahren zurück zu Biolomech«, sagte sie. »Wir sagen ihnen, daß wir gefunden haben, was sie suchen.«

»Was ist denn mit Doofus los?« fragte Tommy.

Der Hund tänzelte unruhig auf den Rücksitzen hin und her, drückte sich bald links, bald rechts die Nase am Seitenfenster platt und stieß kläglich-ängstliche Laute aus.

»Na ja, du kennst doch Doofus«, sagte Meg.

Tommy – tief in den Sitz geduckt, ein wenig verrenkt, weil er irgendwie mit dem Gipsbein zurechtkommen mußte – kam ihr auf einmal jünger vor als ein Zehnjähriger. Sie spürte, wieviel Angst sich in ihm aufgestaut hatte, wieviel Schutz er brauchte.

»Alles in Ordnung«, sagte sie, »wir sind so gut wie weg.«

Sie schob den Schlüssel ins Zündschloß, drehte ihn. Nichts. Sie versuchte es noch einmal. Der Jeep sprang nicht an.

Am Nordrand des Biolomech-Geländes kauerte Ben Parnell am Zaun und inspizierte den Kriechgang in der halb gefrorenen Erde – der Größe nach konnte er von Ratten stammen. Einige seiner Männer standen bei ihm, einer hielt die Taschenlampe auf das Loch im Boden gerichtet. Den Männern vom Suchtrupp war es erst beim zweiten Rundgang aufgefallen, und sogar das war ein Glücksfall, denn hätte es in einer Mulde gelegen, vor dem Wind geschützt, wäre es von einer Schneewehe zugedeckt gewesen.

Steve Harding mußte gegen den Sturm anschreien, als er fragte: »Meinen Sie, die haben sich eine Höhle gebuddelt und sind noch da drin?«

»Nein.« Bens Atem hing wie Rauch in der arktisch kalten Luft. Wenn er mit der Möglichkeit gerechnet hätte, daß die Ratten sich da unten versteckten, hätte er sich nicht so unbekümmert vor das Loch gekauert, wo sie ihn jederzeit anfallen und ihm direkt ins Gesicht springen konnten.

Feindselig, hatte John Acuff gesagt. Extrem feindselig.

»Nein«, sagte Ben, »sie haben sich nicht hier eingegraben. Der Gang führt nur unter dem Zaun durch. Auf der anderen Seite sind sie wieder herausgekrochen und wer weiß wohin verschwunden.«

Ein hochgewachsener, schlaksiger junger Mann, dem Ärmelabzeichen nach ein Deputy des County Sheriffs, stieß zu der Gruppe und fragte: »Heißt hier jemand Parnell?«

»Ja, ich.«

»Ich bin Joe Hockner.« Auch er mußte fast schreien, um sich verständlich zu machen. »Vom Sheriffsbüro. Ich hab' den Spürhund dabei, den Sie angefordert haben. Was ist denn hier eigentlich los?«

»Ich erklär's Ihnen gleich«, versprach Ben und wandte seine Aufmerksamkeit wieder dem Kriechgang zu, der unter dem Zaun ins freie Gelände führte.

George Yancy, einer aus Bens Gruppe, meinte skeptisch:

»Woher wollen wir wissen, daß sie's waren, die das Loch gegraben haben? Es können doch genausogut andere Tiere gewesen sein.«

»Kommt mal mit der Lampe näher ran«, verlangte Ben.

Das Loch mochte einen Durchmesser von zwölf Zentimetern haben. Steve Harding richtete den Lichtstrahl direkt auf das Zentrum.

Ben beugte sich weiter vor, kniff die Augen zusammen und entdeckte etwas, was auf den ersten Blick aussah wie weiße Zwirnschnipsel. Sie klebten an der feuchten Erde, eine Handbreite im Inneren der Aushöhlung, nur deshalb hatte der Wind sie nicht weggetragen. Ben streifte den rechten Handschuh ab, langte mit spitzen Fingern hin und erwischte zwei Fäden.

Keine Fäden. Weiße Haare.

Tommy und der Hund blieben im Geländewagen, Meg nahm die Taschenlampe aus dem Handschuhfach und stieg – die Schrotflinte im Arm – aus, um einen Blick unter die Motorhaube zu werfen. Sie knipste die Lampe an. Ein wirres Durcheinander von zerrissenen, ineinander verschlungenen Kabelverbindungen – am Zündverteiler, unter den Zündkerzen, überall. Die Isolierungen waren aufgenagt, Öl und Kühlflüssigkeit tropften auf den Boden unter dem Jeep.

Bisher hatte ihr das Ganze Angst eingejagt, jetzt packte sie das blanke Entsetzen. Aber es war ihr auch klar, daß sie ihre Panik vor Tommy nicht zeigen durfte.

Sie schloß die Motorhaube, ging zur Fahrerseite und öffnete die Tür. »Ich weiß nicht, was los ist, aber da tut sich nichts mehr.«

»Vorhin auf dem Heimweg war doch noch alles in Ordnung.«

»Ja, stimmt. Aber jetzt nicht mehr. Komm, laß uns gehen.«

Der Junge ließ sich von ihr aus dem Wagen helfen, und als sie ihn festhielt und ihre Gesichter sich ganz nahe waren, fragte er: »Die Ratten haben sich drüber hergemacht, nicht wahr?«

»Die Ratten? Die treiben sich im Haus rum. Und wie ich schon sagte, es sind gräßliche Viecher, aber ...«

Er wollte sich nicht beschwindeln lassen. »Du willst es mich nicht merken lassen«, fiel er ihr ins Wort, »aber du hast Angst vor ihnen, mächtige Angst. Also können sie nicht nur ein bißchen anders sein als normale Ratten, denn so leicht geht dir nichts unter die Haut – dir nicht. Als Dad gestorben ist – das ist dir unter die Haut gegangen. Aber nicht lange, dann hast du wieder Mut gefaßt. Mir zuliebe, weil du wolltest, daß ich mich geborgen fühle. Und wenn Dads Tod dich nicht aus der Fassung gebracht hat, dann denk' ich mir, so schnell läßt du dich nicht umwerfen, von gar nichts. Aber diese Ratten von Biolomech, die gehen dir mehr unter die Haut als irgendwas je zuvor.«

Sie zog ihn fest an sich. Die Liebe, mit der sie an ihm hing, tat weh, fast wie ein körperlicher Schmerz. Trotzdem, die Schrotflinte legte sie nicht aus der Hand.

»Mom«, sagte er, »ich hab' die Falle mit dem Stück Holz gesehen, und die Haferflocken im Spülbecken mit den Giftkörnern dazwischen auch. Ich hab' über alles nachgedacht, und ich glaube, das mit den Ratten ... Es hat etwas damit zu tun, daß sie unheimlich schlau sind, nicht wahr? Sie sind's, weil sie im Labor irgendwas mit ihnen angestellt haben. Sie sind schlauer, als Ratten eigentlich sein können. Und jetzt haben sie uns den Jeep kaputtgemacht.«

»Sie sind nicht schlau genug. Nicht für uns, Liebling.«

»Was wollen wir denn jetzt machen?« flüsterte er.

Auch sie senkte die Stimme unwillkürlich zu einem Flüstern, obwohl sie in der Scheune keine Ratten gesehen hatte und sich nicht vorstellen konnte, warum die Biester sich, nachdem sie den Geländewagen unbrauchbar gemacht hatten, noch länger hier draußen herumtreiben sollten. Und selbst wenn sie noch im Dunkel gelauert hätten, die menschliche Sprache verstanden sie bestimmt nicht. Egal, was die Burschen bei Biolomech mit ihnen angestellt hatten, irgendwo war allem eine Grenze gesetzt. Trotzdem war ihre Stimme nur ein Hauch, als sie antwortete: »Wir gehen ins Haus und ...«

»Aber vielleicht warten sie nur darauf.«

»Vielleicht. Aber ich muß versuchen zu telefonieren.«

»Ans Telefon haben sie bestimmt längst gedacht.«

»Kann sein. Vielleicht aber auch nicht. Ich meine, wie schlau können die Biester denn sein?«

»Schlau genug, um an den Jeep zu denken.«

Hinter dem Zaun erstreckte sich eine knapp hundert Meter lange Wiese, danach begannen tiefe, dunkle Wälder.

Die Chance, die Ratten irgendwo aufzuspüren, war verschwindend klein, dennoch schwärmten die Männer in Zweier- und Dreiergruppen aus und suchten das offene Gelände ab. Dabei wußten sie im Grunde nicht, wonach sie eigentlich Ausschau halten sollten. Sogar bei gutem Wetter, an trockenen, sonnigen Tagen, war es nahezu unmöglich, Spuren von so kleinen Tieren wie Ratten zu verfolgen. Und jetzt – wo sollten sie nach diesem Sturm noch Spuren finden?

Ben Parnell führte vier Männer direkt zum Waldrand jenseits der Wiese. Sie sollten dort, wo der Baumwuchs und das wuchernde Gebüsch anfingen, mit Hilfe des Spürhundes alles absuchen. Der Hund hörte auf den Namen Max. Er war kräftig gebaut, nicht sehr groß, mit riesigen Ohren und einem Gesicht, das eher ein bißchen komisch wirkte. Aber wer ihm bei der Arbeit zusah, dem verging das Lachen schnell. Max war mit großem Ernst und mit Eifer bei der Sache. Deputy Joe Hockner, der Hundeführer, hatte Max am Kot aus dem Käfig schnuppern lassen und eine Stelle im Gras entdeckt, an der der Hund die Witterung aufnehmen konnte. Man sah es Max an, daß ihm der Geruch, den er in der Nase hatte, gar nicht schmeckte, aber die Fährte war offensichtlich so intensiv, daß einer wie er – ein Hund mit ausgeprägtem Jagdinstinkt, der immer sein Bestes geben wollte, egal, wie sehr der Wind heulte und wie dicht das Schneegestöber war – ihr leicht folgen konnte.

Es dauerte nur zwei Minuten, bis er in winterdürrem Gestrüpp fündig geworden war. Er zerrte an der Leine und zog Hockner hinter sich her in den Wald, Ben und seine Männer schlossen sich an.

Meg hielt Doofus die Wagentür auf, und sie, Tommy und der Hund eilten auf das weit offenstehende Scheunentor zu. Draußen formte der Sturm weiße Spukgestalten aus den wirbelnden Flocken. Er war stärker geworden, fuhr mit wütender Gewalt in die Dachziegel, zerrte an ihnen, daß sie klapperten und klirrten; ein paar hatte er schon herausgerissen. Die Dachsparren ächzten, und die Lukentür schwang lose in den Angeln.

»Tommy, du bleibst auf der Veranda. Ich gehe in die Küche, nur bis zum Telefon. Wenn es nicht funktioniert, schlagen wir uns zur Straße durch und halten einen Wagen an.«

»Bei so einem Sturm ist doch niemand unterwegs.«

»Irgend jemand wird schon vorbeikommen. Der Schneepflug oder der Streuwagen.«

Er blieb am offenen Scheunentor stehen. »Mam, bis zur Black Oak Road – das ist eine dreiviertel Meile. Ich glaub' nicht, daß ich mit dem Gipsverband so weit gehen kann, auch wenn du mir hilfst. Bei so einem Sturm! Ich bin jetzt schon müde, ich hab' Muskelkater, weil das eine Bein alles allein schaffen muß. Wenn ich überhaupt bis zur Straße komme, dauert es bestimmt sehr, sehr lange.«

»Wir schaffen es«, sagte sie, »und es ist ganz egal, wie lange es dauert. Bis zur Straße verfolgen sie uns nicht, da bin ich ganz sicher. Der Sturm ist unser bester Schutz – wenigstens vor ihnen.« Und dann fiel ihr der Schlitten ein. »Ich kann dich bis zur Straße ziehen.«

»Ziehen? Mich?«

Sie nahm in Kauf, daß sie Tommy unter Doofus' Obhut so lange allein lassen mußte, bis sie zurück in die Scheune gerannt war, zur Bretterwand an der Nordseite, wo neben dem Spaten, der Hacke und dem Rechen der Schlitten hing – der Midnight Flyer, wie der Schriftzug auf der Sitzschale verhieß. Ohne die Waffe aus der Hand zu legen, hakte sie den Schlitten los und schleppte ihn zum Scheunentor, wo Tommy wartete.

»Aber Mam, du kannst mich nicht ziehen, ich bin zu schwer.«

»Hab' ich dich nicht schon wer weiß wie oft durch den

355

dicksten Schnee gezogen – kreuz und quer übers Farmgelände?«

»Ja, aber das war vor Jahren, da war ich noch klein.«

»He, Cowboy, ein Riese bist du jetzt auch noch nicht. Na, komm schon!«

Gut, daß ihr der Schlitten eingefallen war. Einen Vorteil habe ich gegenüber den High-tech-Gespenstern aus dem Biolomech-Labor, dachte sie. Ich bin eine Mutter, die ihr Kind beschützen will, und das macht mich stark. Die Biester müssen mit mir rechnen.

Sie stellte den Schlitten draußen ab und half Tommy in die Sitzschale. Links stemmte er den Schuh gegen die Führungskufen. Der rechte Fuß steckte im Gips, bis auf die Zehen. Der dicke Wollstrumpf, den sie ihm über den Gips und die nackten Zehen gezogen hatte, war völlig durchweicht, die nasse Wolle fing schon zu gefrieren an. Trotzdem schaffte es Tommy irgendwie, sich auch mit dem rechten Bein so abzustemmen, daß er festen Halt hatte.

Doofus strich ängstlich um den Schlitten herum und bellte ein paarmal laut die offene Scheune an, aber Meg, die jedesmal aufsah und das Dunkel absuchte, konnte nichts entdecken.

Sie nahm das steifgefrorene Nylonseil, betete stumm, daß das Telefon nicht tot war, und zog Tommy auf dem Schlitten über den langgestreckten Hof. An manchen Stellen – Gott sei Dank nur an wenigen – schnitten die Kufen so tief in den Schnee, daß sie sich sekundenlang im halb gefrorenen Boden festgruben, aber sie bekam den Schlitten jedesmal wieder flott. Im allgemeinen lag die frische Schneedecke so hoch, daß die Kufen leicht und geschmeidig darüber hinwegglitten. Das bestärkte sie in der Hoffnung, daß sie es, wenn nötig, bis zur Straße schaffen und nicht auf halbem Wege vor Erschöpfung zusammenbrechen würde.

Das Unterholz war nicht sehr dicht, und die Ratten schienen sich auf ihrer Flucht vorwiegend an die Pfade gehalten zu haben, die das Rotwild ins Dickicht getreten hatte, denn der Spürhund jagte, ohne erst lange suchen zu müssen, in einem solchen Tempo los, daß die Männer Mühe hatten, ihm zu folgen. Zum Glück war der meiste Schnee in den Baumkronen hängengeblieben, weswegen es nicht nur den Männern, sondern auch Max mit seinem gedrungenen Körperbau erspart blieb, sich mühsam durch hohe Verwehungen zu kämpfen. Ben wunderte sich, daß der Hund während der Verfolgungsjagd nicht laut bellte; in alten Filmen, erinnerte er sich, stieß die Meute immer ein gräßliches Gebell aus, wenn sie hinter Cagney oder Bogart herjagte. Von Max war nichts als das unablässige Hecheln und Schnüffeln zu hören.

Sie mochten etwa fünfhundert Meter vom Zaun entfernt sein und stolperten auf unebenem Boden von einer Furche zur anderen, während sie immer wieder unwillkürlich zurückschraken, wenn das schwankende Taschenlampenlicht ihnen jäh bizarre Gestalten vorgaukelte.

Auf einmal wurde Ben klar, daß die Ratten sich hier im Wald bestimmt keine Winterhöhle gegraben hatten. Wenn sie das vorgehabt hätten, hätten sie es gleich am Waldrand tun können, dicht hinter der ersten Baumreihe. Aber sie waren immer tiefer in den Wald eingedrungen, und das konnte nur bedeuten, daß sie auf einen bequemeren Unterschlupf aus waren als auf eine Erdhöhle mitten in der Wildnis. Eigentlich ganz logisch, da sie doch an ein Leben in der freien Natur überhaupt nicht gewöhnt waren. Die Generation am Ende einer langen Kette von Laborversuchen – zeitlebens war ihre vertraute Umgebung der Käfig gewesen, in dem immer frisches Futter und Wasser für sie bereitstand. So schlau sie auch sein mochten, im Wald wären sie verloren gewesen. Deshalb kämpften sie sich durch den Schnee – in der Hoffnung, irgendwo eine menschliche Behausung zu finden, in der sie sich verkriechen konnten. Und auf dem Weg zu diesem Ziel hätten nur ein rapider Temperatursturz oder völlige Erschöpfung sie aufhalten können.

Cascade Farm.

Mit einem Mal fiel ihm die attraktive junge Frau im Geländewagen ein. Kastanienfarbenes Haar, mandelbraune Augen, ein Gesicht wie aus Porzellan; wären da nicht ein paar hübsche Sommersprossen gewesen, hätte es fast eine

Spur zu puppenhaft gewirkt. Der Junge hinten im Wagen, mit dem Bein im Gipsverband – neun oder zehn mochte er gewesen sein –, hatte Ben an seine eigene Tochter erinnert. Melissa war auch neun gewesen, als sie nach einem langen vergeblichen Kampf ihr Leben an den Krebs verloren hatte. In den Augen des Jungen hatte Ben dieselbe Unschuld gelesen wie seinerzeit bei Melissa, dieses grenzenlose, trügerische Vertrauen, das von dem Gefühl herrührte, in der Nähe eines liebenden Menschen geborgen zu sein. Vorhin auf der Straße, als Ben Mutter und Sohn durchs offene Wagenfenster gemustert hatte, war so etwas wie Neid in ihm wach geworden: zwei, die ein Leben in der Geborgenheit einer Familie führten, ohne von den düsteren Schatten eines Schicksalsschlages bedroht zu sein.

Jetzt, während er sich hinter Deputy Hockner und dem Hund seinen Weg durch den Wald bahnte, wuchs plötzlich die Gewißheit in ihm, daß die Ratten, die wenige Stunden vor Beginn des Schneefalls aus dem Biolomech-Labor entkommen waren, ihr Ziel gefunden hatten: die Cascade Farm, den am nächsten gelegenen Ort, der von Menschen bewohnt wurde. Und er wußte, daß sich die Familie, die er vorhin noch beneidet hatte, auf einmal in tödlicher Gefahr befand. Lassiter – so hießen die Leute auf der Farm. Er wußte es: Die Ratten hatten sich bei den Lassiters eingenistet. Er war sich so sicher, als hätte er es mit eigenen Augen gesehen.

Feindselig, hatte Acuff gesagt. Extrem feindselig. Von dumpfer Wut getrieben, unerbittlich, teuflisch feindselig.

»Haltet mal an! Wartet! Bleibt stehen!« rief er.

Deputy Hockner zerrte Max an der Leine zurück, auch die anderen Männer blieben stehen, und schließlich versammelten sich alle auf einer kleinen Lichtung. Ringsum bogen sich die Pinienstämme im peitschenden Wind. Der Atemhauch der Männer schien in der Luft zu gefrieren. Fragend sahen sie Ben an.

»Steve«, ordnete Ben an, »gehen Sie zurück zum Haupttor, nehmen Sie sich einen Lastwagen und eine Handvoll Männer und fahren Sie zur Cascade Farm. Sie wissen, wo das ist?«

»Ja, ein Stück weit die Black Oak Road hinunter.«

»Gott möge den Leuten dort beistehen. Ich bin so gut wie sicher, daß die Ratten sich da verkrochen haben. Es ist der einzige warme Unterschlupf in erreichbarer Nähe. Wenn sie's nicht bis zur Farm geschafft haben, kommen sie im Sturm um, aber an so viel Glück wage ich nicht zu glauben.«

Steve drehte sich um. »Bin schon unterwegs.«

Zu Deputy Hockner sagte Ben: »Okay, machen wir uns auch auf den Weg. Hoffen wir, daß ich falsch liege.«

Hockner gab die straffgezogene Leine frei, an der er Max zu sich herangezogen hatte. Und dieses Mal bellte der Hund, als wollte er mit seinem tiefen, langgezogenen Laut signalisieren, daß er die Fährte wieder aufgenommen hatte.

Zur selben Zeit hatte Meg, den Schlitten im Schlepp, die Stufen zur Veranda erreicht. Ihr Herz schlug wild, und ihre Kehle brannte von der rauhen, eiskalten Luft, mit der sie sich die Lungen vollgepumpt hatte. Von ihrer Zuversicht, Tommy notfalls auf dem Schlitten bis zur Landstraße ziehen zu können, war nicht viel übriggeblieben. Irgendwann später, wenn sich der Sturm gelegt hatte, mochte das nicht so schwierig sein, aber wie es jetzt aussah, bezweifelte sie, daß ihre Kräfte ausreichten, um den Jungen auf dem Schlitten – noch dazu ständig gegen den wütenden Sturm gestemmt – über eine so lange Strecke hinter sich herzuschleppen. Außerdem war der Schlitten noch gar nicht für den Winter hergerichtet: Die Kufen mußten mit Sandpapier entrostet, mit Öl und danach mit Seife eingerieben werden – und sie war fest davon überzeugt gewesen, daß das noch ein paar Wochen Zeit haben würde.

Doofus hielt sich dicht am Schlitten und wollte gar nicht mehr aufhören, sich zu schütteln. Nicht mal sein dichtes Fell bot genug Schutz vor dem Blizzard. Im Lichtschimmer, der durch die Küchenfenster nach draußen fiel, bis auf die Stufen vor der Veranda, sah Meg die Eiskristalle glitzern, die ihm das Fell verklebten.

Tommy hatte – die Kapuze der Jacke über den Kopf gezogen, tief nach vorn gebeugt und das Gesicht vor dem

359

schneidenden Wind geschützt – den Weg von der Scheune zum Haus besser überstanden als der Labrador. Aber es ging ihm wohl nicht anders als ihr selbst, da sie ja beide keine dicken Thermohosen, sondern nur leichte Jeans trugen: Sie waren durchweicht bis auf die Haut. Meg konnte sich ausmalen, daß es nicht mehr lange bis zum Beginn einer gefährlichen Unterkühlung gedauert hätte – wieder etwas, was dagegen sprach, den weiten Weg bis zur Black Oak Road zu wagen.

Stumm wiederholte sie ihr Stoßgebet, daß um Himmels willen das Telefon funktionieren möge.

Tommy sah zu ihr hoch – ein blasses Gesicht, eingemummt vom hochgeschlagenen Jackenkragen. Sie schrie gegen das häßliche Heulen der Sturmböen an, als sie ihm auftrug, hier draußen zu warten, und versprach, gleich wieder zurück zu sein (obwohl sie beide nur zu gut wußten, daß ihr im Haus Gott weiß was zustoßen konnte).

Die Waffe in der Hand, stieg sie die Stufen hoch und öffnete vorsichtig die Hintertür. Ein unvorstellbares Durcheinander in der Küche. Sämtliche Päckchen, Tüten und sogar Gläser mit Vorräten waren aus den Schränken gezerrt worden und lagen aufgerissen oder zerschlagen auf dem Boden – Haferflocken, Müsli, Zucker, Mehl, Maisstärke, Crakkers, Plätzchen, Makkaroni und Spaghetti, alles war durcheinandergemengt, mit dem Sud aus den Gläsern und mit Makkaronisoße bekleckert, grausig garniert mit Kirschen, Oliven und Mixed Pickles.

Ein Bild der Verwüstung – ohne Zweifel hatte sich hier sinnlose Wut ausgetobt. Wäre es das Werk eines Menschen gewesen, hätte man von einem Psychopathen gesprochen. Die Ratten hatten die Päckchen und Tüten nicht aufgerissen, um sich am Inhalt gütlich zu tun. Es machte ihnen einfach Spaß, etwas zu zerstören, was anderen gehörte. Dahinter steckte dieselbe unbeherrschte Wut, die manche Menschen zu Raserei und Vandalismus trieb. Die Gremlins der uralten Sagen schienen in Rattengestalt auferstanden zu sein.

Waren nicht auch die Gremlins Geschöpfe der Menschen gewesen? In welcher Welt lebten sie, wenn Menschen sich selbst die Spukgestalten schufen, von denen ihnen Verderben drohte? Oder war es vielleicht so, daß die Menschen das Unheil über ihren Häuptern schon immer selbst heraufbeschworen hatten?

Von den Ratten, die hier gehaust hatten, konnte Meg weit und breit nichts entdecken. Da huschte nichts Weißes über die Einlegeböden im Küchenschrank, da wieselte kein heller Schatten an der Wand entlang. Zögernd, einen Fuß vor den anderen gesetzt, betrat sie das Haus.

Hinter ihr wehte eisiger Wind herein, ein naßkalter Schwall, der mit der Gewalt einer Wasserwoge durch die Tür schwappte. Mehl stäubte hoch, Zuckerkörner wirbelten durch die Küche, Kekskrümel und zerbrochene Spaghetti tanzten durch die Luft.

Körner, Flocken, Teigwaren und Glasscherben knirschten unter Megs Schritten, als sie sich ihren Weg zum Telefon bahnte, das ziemlich weit hinten hing, neben dem Kühlschrank. Dreimal war sie ganz sicher, aus den Augenwinkeln eine Bewegung wahrzunehmen – eine Ratte natürlich, was sonst –, aber jedesmal, wenn sie blitzschnell den Lauf der Schrotflinte aufs Ziel richten wollte, sah sie, daß es nur der abgerissene Deckel von einem Päckchen oder ein Stück Zellophanpapier war, mit dem der Wind spielte.

Endlich stand sie vor dem Telefon und nahm den Hörer ab. Kein Freizeichen, nichts. Die Leitung war tot. Entweder hatte der Sturm sie gekappt … Oder die Ratten. Niedergeschlagen legte sie den Hörer auf die Gabel.

Und dann verebbte der Sturm urplötzlich – wie von einem gewaltigen Sog schien der wirbelnde Wind aus der Küche gezogen zu werden, von einem Augenblick zum anderen. Und da nahm sie den beißenden Geruch wahr. Irgendein Gas. Nein, kein Gas, irgend etwas anderes. Mehr wie … Wie Benzin?

Heizöl.

Alle Glocken ihres inneren Alarmsystems läuteten Sturm.

Jetzt, nachdem der Wind nicht mehr durch die Küche wirbelte, merkte sie, daß das ganze Haus nach Heizöl roch. Die Schwaden mußten von unten kommen, aus dem Keller. Und das konnte nur bedeuten, daß die Leitung zwischen dem Tank und dem Heizkessel gebrochen war.

Sie war blindlings in eine Falle gerannt.

Diese Gremlins in Rattengestalt schreckten nicht einmal davor zurück, das Haus, in dem sie gerade erst Zuflucht gesucht hatten, in die Luft zu sprengen. Sie mußten von einer so dämonischen Feindseligkeit beherrscht sein, daß sie wirklich alles in Kauf nahmen, wenn es nur dem Ziel diente, Menschen zu töten.

Hastig trat sie einen Schritt zurück, wandte sich zur Tür um. Und in diesem Augenblick hörte sie das leise, wohlvertraute Geräusch – dieses dumpf im Keller widerhallende Klicken der elektronischen Zündvorrichtung am Heizungskessel: der Zündfunke, der die Heizung anspringen ließ.

Den zweiten Schritt auf die Tür zu schaffte sie nicht mehr. Es dauerte nur einen Sekundenbruchteil, bis das Haus explodierte.

Vor sich den Spürhund und Deputy Hockner, hinter sich drei seiner Männer, erreichte Ben Parnell den nördlichen Waldrand und sah – knapp zweihundert Meter entfernt, kaum auszumachen durch den Schleier aus umherwirbelndem Schnee – den schwachen Lichtschein, der aus den Fenstern der Cascade Farm drang.

»Ich weiß es genau«, murmelte er, »dort stecken sie, das war ihr Ziel.«

Er mußte wieder an die Frau und den Jungen im Geländewagen denken und empfand plötzlich den beiden gegenüber eine zwingende Verpflichtung. Das Gefühl, persönlich für die Lassiters verantwortlich zu sein, hatte nichts damit zu tun, daß er bei Biolomech angestellt war. Vor zwei Jahren hatte er sich eingeredet, seiner eigenen Tochter Melissa gegenüber versagt zu haben. Ein ganz unbegründetes Schuldgefühl, natürlich, denn er war kein Arzt, er hätte sie nicht vor dem Krebs bewahren können – wie denn auch? Aber gegen Schuldgefühle helfen keine Argumente. Sein Verantwortungsbewußtsein für andere war schon immer stark ausgeprägt gewesen. Eine Tugend mochten das manche nennen, aber sie konnte schnell zur Last werden. Genau wie jetzt, als er am Waldrand stand, zur Farm hinübersah und es, ohne lange nachzudenken, für seine selbstverständliche Pflicht hielt, sich um die Frau dort drüben und ihren Sohn zu kümmern – und um alle, die noch in dem Haus leben mochten.

»Vorwärts!« rief er seinen Männern zu.

Deputy Hockner gab Ben ein Zeichen. »Geht schon voraus«, sagte er, kniete sich auf den Boden und breitete eine Decke aus federleichtem Isoliermaterial aus – eines jener Produkte, die erst durch Entwicklungen im Zusammenhang mit der Raumfahrtforschung möglich geworden waren. Fast liebevoll hüllte er Max in die Decke. »Mein Hund muß sich aufwärmen. So einem lausigen Wetter darf er nicht zu lange ausgesetzt sein. Wenn er ein bißchen aufgetaut ist, kommen wir nach.«

Ben nickte und drehte sich um. Er war gerade zwei Schritte weit gekommen, als drüben in der Ebene das Farmhaus in die Luft flog. Ein zuckender Lichtblitz, schmutziges Orange mischte sich mit grellem Gelb. Danach kam die Druckwelle wie ein tief grollendes Wham. Sie sahen und hörten die Explosion nicht nur, sie spürten sie auch. Aus den zerschmetterten Fenstern drang Feuerschein, die Flammen wogten wie Banner im Wind, und die ersten Zungen leckten schon an der Hauswand hoch.

Der Fußboden kam ihr entgegen, eine unsichtbare Kraft riß sie von den Beinen. Und dann fielen die Dielenbretter, die sich sekundenlang unter ihr aufgebäumt hatten, in sich zusammen, und sie fiel mit. Vornüber kippte Meg in das Durcheinander aus verstreuten Lebensmitteln, aufgerissenen Verpackungen und Glasscherben. Sie bekam auf einmal keine Luft mehr, und der ungeheure Druck raubte ihr fast das Bewußtsein. Aber die Flammen, die an den Wänden hochzüngelten und sich mit rasender Geschwindigkeit auf dem Boden ausbreiteten, nahm sie trotzdem wahr. Die Feuerzungen kamen ihr vor wie gierige Raubtiere, die nur das Ziel kannten, ihr den Fluchtweg zur Tür zu versperren.

Als sie es endlich geschafft hatte, sich auf die Knie zu

stemmen, sah sie, daß Blut aus ihrer linken Hand sickerte. Keine Verletzung, an der sie verbluten konnte, nur eine Schnittwunde, die sich quer durch das weiche Fleisch des linken Handballens zog, aber immerhin so tief, daß es weh tun mußte. Nur stand sie noch so unter Schock, daß sie den Schmerz gar nicht spürte.

Die Schrotflinte fest in der rechten Hand, rappelte sie sich vollends hoch. Ein Zittern lief durch ihre Beine, aber sie durfte keine Zeit verlieren. Das Feuer fraß sich an allen vier Wänden hoch, und auf dem Fußboden gab es kaum noch eine Stelle, an der nicht schon Flammen züngelten. Es konnte nur eine Frage von Sekunden sein, bis sie von lodernder Glut und sengender Hitze eingeschlossen war. Hastig stolperte sie auf die Tür zu.

Mit knapper Not schaffte sie es über die Schwelle, ehe hinter ihr der Küchenfußboden einbrach. Die Druckwelle der Explosion hatte die Veranda übel zugerichtet, das Vordach war in der Mitte eingesackt. Meg war kaum die Treppenstufen hinuntergehastet, als der erste Stützpfosten umstürzte. Und dann gab es kein Halten mehr, die ganze Konstruktion mußte durch die Wucht der Explosion so baufällig geworden sein, daß Megs hastige Schritte und ihr Gewicht genügt hatten, um alles zusammenbrechen zu lassen.

Tommy war, als ihn die Druckwelle vom Schlitten gefegt hatte, instinktiv weiter vom Haus weggekrochen. Jetzt lag er erschöpft bäuchlings im Schnee, während der Labrador treu bei ihm Wache hielt. Meg rannte zu ihm, so schnell sie konnte. Ihr erster Gedanke war, daß der Junge sich irgendwie verletzt haben mußte, obwohl ihm die Flammen oder herabfallende Dachziegel hier draußen nichts anhaben konnten. Gott sei Dank, es war ihm nichts passiert. Der Schrecken saß ihm in den Knochen, aber das war zum Glück alles. »Sei ganz ruhig, Kleiner«, sagte sie, es wird alles gut werden.« Und noch während sie beruhigend auf ihn einredete, wurde ihr klar, daß er bei dem heulenden Sturm und dem Prasseln der Flammen ihr Gemurmel wahrscheinlich gar nicht hören konnte.

Sie nahm ihn in die Arme, spürte das Leben in ihm pulsieren. Sie war unendlich dankbar und erleichtert, doch dann schlich sich ein anderes Gefühl ein: Wut. Unbändige Wut auf die Ratten und die Männer, die diese Gremlins geschaffen hatten.

Irgendwann früher hatte sie geglaubt, ihr Erfolg als Künstlerin wäre das Wichtigste in ihrem Leben. Dann, als Jim und sie gerade geheiratet hatten und sich abrackern mußten, um aus der kleinen Werbeagentur ein florierendes Unternehmen zu machen, war ihr der finanzielle Erfolg am wichtigsten erschienen. Aber inzwischen hatte sie schon lange begriffen, daß es nichts Wichtigeres gab als die Familie – das Band inniger Zuneigung zwischen Verheirateten, Eltern und Kindern. Nur, in einer Welt zwischen Himmel und Hölle wissen die Menschen sich oft nicht zu wehren gegen das, was ihr Leben in Liebe und Geborgenheit zerstört. Manches wird vom Schicksal bestimmt, Krankheit und Tod vor allem. Anderes mag an eigenem Verschulden liegen, Krieg und Fanatismus. Armut kann die Ursache sein, daß eine Familie plötzlich von Haß, Gewalt und Besitzgier beherrscht wird. Und mitunter sind es unbeherrschte Gefühle, die eine Familie zerbrechen lassen, Neid, Eifersucht, sexuelle Begierde. Sie selbst hatte die Hälfte ihrer Familie verloren, ihren Mann Jim, aber sie und Tommy hatten aneinander Halt gesucht und hier – in diesem Haus, das ihr jetzt von den Ratten, diesen Ausgeburten menschlichen Forschungswahns, genommen worden war – ihre Erinnerungen an glücklichere Zeiten wachgehalten. Nun gut, sie hatten es ihr genommen, und dafür würden die Biester büßen.

Sie half Tommy, noch ein Stück weiter vom brennenden Haus fortzuhumpeln. Vielleicht waren die Eiseskälte und der Sturm draußen auf dem offenen Hof der beste Schutz vor den Ratten. Dann ließ sie Tommy allein. Den Weg, der jetzt vor ihr lag, mußte sie ohne ihn gehen: nach hinten, zur Scheune.

Dort mußten die Ratten sein. Sie war sicher, daß die Biester sich nicht selbst in die Luft gesprengt hatten. Das mit der Heizung, die Manipulation an der Ölleitung, das war nur ein Intermezzo gewesen, um ihr eine tödliche Falle zu stellen. Im Freien drängten die Ratten sich bei dem Wetter bestimmt nicht zusammen. Also blieb nur die Scheune. Sie vermutete, daß sie sich einen Gang zwischen dem Haus und der Scheune gegraben hatten. Sie mußten irgendwann am späten Nachmittag auf der Cascade Farm angekommen sein, hatten also genug Zeit gehabt, alles auszukundschaften und ihre Vorbereitungen zu treffen. Einen unterirdischen Kriechgang zu graben, das konnte für sie nicht allzu schwierig gewesen sein, schließlich waren sie entschieden größer und kräftiger als normale Ratten. Schön einfach hatten die Biester es sich gemacht. Während sie und Tommy mühsam über den schneeverwehten Hof und durch den Sturm zur Scheune und zurück stolpern mußten, waren die Ratten warm und trocken durch ihren Gang hin und her gehuscht.

Nicht allein Rachegefühle und Mordlust trieben sie in die Scheune, sie mußte die Ratten vernichten, denn die Scheune war der einzige Ort, der ihr und Tommy eine Chance zum Überleben bot. Die Schnittwunde in der linken Hand war ein Handicap, genauso wie der Schock, der immer noch in ihr nachwirkte. Den Gedanken, sich bei Temperaturen weit unter Null und einem Sturm, der mit einer Geschwindigkeit von mehr als hundert Stundenkilometern übers Land fegte, bis zur Black Oak Road durchzuschlagen, um dann weiß Gott wie lange dort herumstehen zu müssen, bis irgendwann ein Fahrzeug vorbeikam, hatte sie längst aufgegeben. In der Verfassung, in der sie sich befand, hatte sie nicht die Kraft dazu, und auch Tommy würde es nicht schaffen. Das Haus war verloren, also blieb die Scheune der einzige Zufluchtsort. Sie mußte ihn von den Ratten zurückerobern, sie mußte die Biester töten, damit sie und Tommy überleben konnten.

Auf die Hoffnung, irgend jemand werde den Feuerschein sehen und herkommen, um zu helfen, wollte sie nicht vertrauen. Die Cascade Farm lag sehr einsam, und im Schneetreiben war die Feuersbrunst sicher nicht weit zu sehen.

Am offenen Scheunentor zögerte sie. Die Glühbirne, die einzige Lichtquelle, warf immer noch ihren trüben Schein, aber es kam Meg vor, als wären die Schatten, in die der größte Teil der Scheune getaucht war, inzwischen tiefer geworden. Dann gab sie sich einen Ruck. Den Sturm und den orangefarbenen Feuerschein im Rücken, wagte sie sich in die Höhle der Gremlins.

Ben Parnell merkte schnell, daß wegen der tiefen, kreuz und quer verlaufenden Bewässerungsgräben an ein schnelles Vorwärtskommen nicht zu denken war. Der Weg durchs unwegsame Gelände war nicht ungefährlich, weil man im dichten Schneegestöber oft nicht die Hand vor Augen sah. Ein paarmal war Ben schon blindlings in einen Graben gestolpert. Hast wäre sträflicher Leichtsinn gewesen; wer sich hier nicht vor jedem Schritt sorgfältig vergewisserte, wohin er führte, riskierte seine Knochen. Ob sie wollten oder nicht. Ben und die drei Männer, die ihn begleiteten, mußten es, immer das Bild des brennenden Hauses vor Augen, langsam angehen lassen.

Ben war sich sicher, daß die Ratten die Schuld an dem Feuer trugen. Er hatte keine Ahnung, wie sie es gelegt hatten und warum, aber daß der Brand gerade jetzt ausgebrochen war und daß die Flammen derartig schnell um sich griffen, konnte kein Zufall sein. Vor seinem inneren Auge stiegen Schreckensbilder auf – die Frau und der Junge inmitten der lodernden Flammen, beide schon von den Ratten angenagt.

Sie hatte furchtbare Angst, aber es war eine Angst ganz besonderer Art, die ihr, statt sie mutlos zu machen, zusätzliche Kräfte zu verleihen schien – und eine wilde Entschlossenheit. Eine Ratte mochte vielleicht in Panik geraten, wenn sie in die Enge getrieben wurde. Eine Frau, die auf sich allein gestellt war, konnte ganz anders reagieren. Nicht jede Frau, aber manche eben doch.

Meg ging in die Scheune, bis dahin, wo der Jeep stand. Ihr Blick suchte das Halbdunkel der Stallboxen ab, den offenen Heuboden, die einstige Futterkrippe. Sie spürte es: Die Ratten waren da und beobachteten sie.

Sie dachten nicht daran, sich offen zu zeigen, dafür war ihr Respekt vor der Schrotflinte zu groß. Meg mußte es irgendwie schaffen, sie aus ihren Verstecken zu locken. Mit Futter ließen sie sich – so schlau, wie sie waren – bestimmt nicht ködern. Wenn also List nicht half, mußte sie vielleicht versuchen, sie mit Gewalt aus dem Dunkel herauszutreiben – mit ein paar gutgezielten Schüssen aus der großkalibrigen Waffe.

Langsam ging sie auf die Wand gegenüber dem Scheunentor zu. Als sie an den Stallboxen vorbeikam, schielte sie – jeden Augenblick darauf gefaßt, irgendwo das gespenstische Glühen kreisrunder roter Augen zu sehen – verstohlen ins Dunkel. Mindestens ein, zwei Biester mußten sich dort drüben verkrochen haben.

Sie konnte nichts Verdächtiges entdecken, dennoch riß sie, als sie kehrtgemacht hatte und zurück zum Jeep ging, plötzlich die Waffe hoch und feuerte in die Stallboxen: Blam, blam, blam – drei Schüsse aus nächster Nähe, einer dicht neben dem anderen. Das Mündungsfeuer riß das Dunkel auf wie grell zuckender Blitzschlag, der Explosionsknall hallte von den Bretterwänden wider wie grollender Donner. Als sie den dritten Schuß abgab, kam ein quiekendes Rattenpärchen aus der vierten Stallbox gerannt, zwei weiße Schatten huschten auf den Jeep zu, unter dem sie offenbar Deckung nehmen wollten. Zweimal zog Meg blitzschnell den Abzug durch, zweimal traf sie ihr Ziel – die Biester waren auf der Stelle tot, auch wenn ihre Kadaver sich endlos lange purzelnd und kugelnd überschlugen.

Sie hatte das Magazin verschossen. Rasch kramte sie – egal, wie sehr die Schnittwunde schmerzte – mit der linken Hand in den Jeans nach den vier Patronen, die ihr noch blieben, und lud die Waffe nach. Als sie die vierte Patrone ins Magazin schob, hörte sie hinter sich ein vielstimmiges schrilles Quieken. Sie fuhr herum. Sechs große weiße Ratten mit unförmigen Schädeln fauchten sie an.

Vier der Biester schienen zu begreifen, daß sie keine Chance hatten, rechtzeitig zum Biß zu kommen. Sie drehten ab und verschwanden unter dem Geländewagen. Die beiden anderen kamen so unglaublich schnell auf sie zu, daß Meg keine Zeit blieb, lange zu zielen. Sie konnte nur noch abdrücken – einmal, zweimal … Und sie hatte Glück, sie erwischte beide Angreifer.

In wilder Hast hetzte sie um den Jeep herum und sah, wie die vier Ratten unter dem Wagenboden hervorhuschten und auf ihr Versteck unter der alten Futterkrippe zurannten. Sie feuerte zwei Schüsse hinter ihnen her, aber diesmal verschwanden die Biester ungeschoren unter dem Lattengestell der Futterkrippe.

Nun hatte sie keine Munition mehr. Dennoch lud sie die Waffe durch, als könnte wie von Zauberhand doch noch eine Patrone in den Lauf gerutscht sein. Eine trügerische Hoffnung, wie ihr klarwurde, als sie das trockene, leer hallende Klacketi-klack hörte.

Entweder hatten auch die Ratten an dem Geräusch gemerkt, daß das Magazin leer war, oder sie hatten von Anfang an mitgezählt: neun Schuß – fünf im Magazin und die vier aus der Schachtel im Schlafzimmerschrank, die letzten vier die sie noch nicht fortgeschleppt hatten. Jedenfalls tauchten die vier Biester, die gerade erst unter der Futterkrippe verschwunden waren, sofort wieder auf. Vier bleiche Schatten kamen angehuscht und bauten sich vor Meg auf, mitten im trüben Lichtkreis, den die nackte Glühbirne auf den Scheunenboden malte.

Meg drehte die Schrotflinte um und packte sie wie eine Keule am Lauf. Sie biß die Zähne zusammen, versuchte, den Schmerz in der linken Hand zu vergessen, und schwang die Waffe mit beiden Händen hoch über dem Kopf.

Die Ratten kamen langsam näher … Und dann wurden sie schneller.

Meg warf rasch einen Blick über die Schulter, innerlich darauf gefaßt, ein Dutzend anderer Ratten zu sehen, die sie von hinten angriffen. Aber sie war nicht eingekreist, sie hatte es nur mit vier Tieren zu tun. Nur? Genausogut hätten es tausend sein können. Sie wußte, daß sie sowieso nur einmal dazu kommen würde, mit dem Schaft zuzuschlagen, bevor die anderen heran waren und an ihr hochkletterten. Und wenn sie erstmal an ihr hingen, sich festbissen und ihr die Krallen ins Fleisch schlugen, waren auch drei zuviel. Wie hätte sie sich denn mit bloßen Händen gegen sie wehren sollen?

Sie schielte zum offenen Scheunentor. Aber sie wußte, wenn sie die Schrotflinte fallen ließ und losrannte – hinaus in die eisige Winternacht, in der sie vielleicht vor den Ratten sicher war –, war sie erst recht verloren. Die Biester würden über sie herfallen, bevor sie das Tor erreicht hatte.

Als ahnten sie, daß Meg ihnen wehrlos ausgeliefert war, stießen die vier Ungeheuer gellend spitze Schreie aus – ein schrilles Triumphgeheul. Sie reckten die unförmigen Schädel, schnupperten gierig, peitschten mit ihren dicken Rattenschwänzen den Boden und stießen unablässig ohrenbetäubende Schreie aus.

Und dann gingen sie auf sie los.

Der Versuch, bis zum rettenden Scheunentor zu kommen, war aussichtslos, das hatte sie begriffen. Trotzdem, versuchen – wenigstens versuchen – mußte sie es. Denn wenn die Ratten sie töteten, lag Tommy mit seinem gebrochenen Bein hilflos draußen im Schnee. Bis der Morgen graute, war er längst erfroren. Es sei denn, daß sogar Kälte und Sturm die Ratten nicht davon abhielten, auch über ihn herzufallen.

Sie wirbelte herum, drehte dem angreifenden Rudel den Rücken zu, wollte auf das Tor zurennen – und erstarrte. Da stand jemand. Die Flammen waren schwächer geworden, aber der Feuerschein des brennenden Hauses leuchtete noch so hell, daß sich die Silhouette des Mannes im offenen Scheunentor scharf wie ein Scherenschnitt abzeichnete.

Ein Fremder. Er hielt einen Revolver in der Hand. Und rief ihr zu: »Gehen Sie aus dem Weg!«

Meg ließ sich zur Seite fallen. Der Fremde feuerte, vier Schuß in schneller Folge. Er traf nur eine Ratte, die Biester waren zu klein und zu schnell – kein ideales Ziel für jemanden, der nur eine Pistole zur Hand hatte. Immerhin, die übriggebliebenen drei suchten ihr Heil in der Flucht und verschwanden schleunigst unter der Futterkrippe.

Der Mann lief auf Meg zu, und als er näher kam, sah sie, daß es kein Fremder war. Sie erkannte ihn an der schaffellverbrämten Jacke und der dunkelblauen Pudelmütze wieder; es war der, mit dem sie an der Straßensperre gesprochen hatte.

»Alles in Ordnung, Mrs. Lassiter?«

Sie ging nicht darauf ein, sondern fragte statt dessen hastig: »Mit wie vielen haben wir's zu tun? Ich habe vier getötet, Sie eine – also, wie viele sind noch übrig?«

»Acht waren es insgesamt.«

»Dann sind also nur noch drei übrig?«

»Ja … He, Ihre Hand blutet ja. Sind Sie sicher, daß Sie …«

»Ich glaube, sie haben sich einen Gang zwischen dem Haus und der Scheune gegraben«, fiel sie ihm ins Wort. »Der Eingang muß irgendwo da hinten unter der alten Futterkrippe sein.« Der Rest war gestammelte Wut, und sie merkte selbst, wie sie jedes Wort zwischen den Zähnen zerbiß. »Die Biester sind widerlich. Abartige Monster. Ich will sie vernichten, alle – ohne Ausnahme. Sie sollen dafür büßen, daß sie mir mein Zuhause genommen und meinem Jungen Angst und Schrecken eingejagt haben. Nur, wenn sie sich unter der Erde verkrochen haben, wie erwischen wir sie dann?«

Er deutete nach draußen, wo gerade ein großer Lastwagen auf das Farmgelände einbog. »Wir haben damit gerechnet, daß wir sie aus einer Höhle rausholen müssen. Wir haben die nötige Ausrüstung dabei, wir können sie mit Gas ausräuchern.«

»Ich will, daß sie umkommen«, sagte Meg und erschrak selbst über die Wut in ihrer Stimme.

Eine Gruppe von Männern sprang von der Ladefläche des Lastwagens und kam auf die Scheune zu. Im Lichtkegel ihrer Taschenlampen tanzten Schneeflocken, vermischt mit Aschepartikeln, die der Wind vom ausgebrannten Farmhaus herüberwehte.

»He, bringt die Gasflaschen mit!« rief ihnen der Mann in der schaffellverbrämten Jacke zu.

Einer der Männer schrie irgend etwas zurück.

Meg wartete nicht ab, was jetzt geschehen würde. Sie rannte hinaus in den Hof, um nach Tommy zu sehen.

371

Sie, Tommy und Doofus genossen die Wärme in der Fahrerkabine des Lastwagens, während die Männer von Biolomech draußen die letzten Vorbereitungen trafen, um das Rattengeschmeiß auszurotten. Tommy drängte sich an sie. Er zitterte immer noch, obwohl die Heißluft, die aus den Heizschlitzen strömte, ihm bestimmt längst den Eishauch aus den Knochen getrieben hatte. Doofus hatte es – wie alle Tiere – einfacher. Seine Ängste waren von einer Sekunde zur nächsten verflogen; er brachte es sogar fertig einzuschlafen, und so ruhig, wie er dalag, schienen ihn nicht einmal böse Träume zu plagen.

Die Männer vom Biolomech-Trupp rechneten zwar nicht damit, daß die Ratten ausgerechnet im heruntergebrannten Farmhaus Zuflucht suchen würden, dennoch stellten sich ein paar von ihnen an der Brandstelle im Halbkreis auf, die Waffen im Anschlag und fest entschlossen, sofort zu feuern, wenn eines der Biester es wagen sollte, auch nur die Nase aus dem Kriechgang zu stecken. Auch drüben im Schuppen standen ein paar Bewaffnete bereit, um den Ratten notfalls den Fluchtweg abzuschneiden.

Ben Parnell kam ein paarmal zum Lastwagen, kletterte aufs Trittbrett, wartete, bis Meg das Fenster heruntergekurbelt hatte, und erzählte ihr, wie weit sie inzwischen waren.

Sie hatten den Einstieg zum unterirdischen Gang der Ratten tatsächlich da gefunden, wo Meg ihn vermutet hatte. Seine Männer durch Gasmasken geschützt – hatten gerade das tödliche Gas nach unten gepumpt. »Eine extra große Dosis«, berichtete er. »Es ist ihnen bestimmt keine Zeit geblieben, sich einen neuen Fluchtweg zu graben. Jetzt sind wir dabei, den Tunnel aufzuschaufeln. Wird wohl nicht lange dauern. Die Biester brauchten ja nur einen unterirdischen Laufgang zwischen dem Haus und der Scheune. Ich vermute, sie haben sich nicht die Mühe gemacht, allzu tief zu graben. Wir heben erst mal die obere Erdschicht ab, ungefähr eine Spatentiefe. Hinten an der Scheune fangen wir an, und dann buddeln wir weiter, bis wir sie ausgegraben haben.«

»Und wenn Sie sie nicht finden?« fragte Meg.

»Ich bin sicher, daß wir sie finden.«

Eigentlich hätte sie die Männer hassen müssen, besonders Parnell, denn der leitete ja die Suchaktion und war damit von allen Männern mit dem Biolomech-Abzeichen im Augenblick der ranghöchste Verantwortliche – der, an dem sie ihren Ärger auslassen konnte. Aber sie hätte es nicht fertiggebracht, ihn, der so offensichtlich um sie und Tommy besorgt war, barsch anzufahren oder ihn auch nur durch wütende Blicke spüren zu lassen, wie es in ihr kochte. Eine innere Stimme sagte ihr, daß die Männer, mit denen sie es zu tun hatte, nicht die eigentlich Verantwortlichen waren. Sie hatten die Ungeheuer nicht herangezüchtet, und sie waren auch nicht schuld daran, daß die Ratten entkommen waren. Sie waren nur die, die nachträglich dafür sorgen mußten, daß alles wieder in Ordnung kam. Die sprichwörtlichen kleinen Leute, die immer, wenn die Verantwortlichen irgendwas vermasselt hatten, in die Hände spucken und Ordnung schaffen mußten. Das uralte, immer gleiche Spiel – schon seit Jahrhunderten. Die kleinen Leute waren es, die ihre Haut zu Markte tragen und die Kriege zu Ende kämpfen mußten, damit wieder Frieden werden konnte. Sie waren es, die durch ihre Steuern, ihre Arbeitsleistung und ihre persönlichen Opfer jene Fortschritte möglich machten, mit denen die Politiker sich hinterher brüsteten.

Und sie war beeindruckt von dem aufrichtigen, verständnisvollen Mitgefühl, das Parnell zeigte, als er erfuhr, daß sie und Tommy seit dem Unfalltod ihres Mannes allein waren. Wenn er vom Alleinsein sprach, vom Verlust eines lieben Menschen und der Leere, die zurückblieb, hörte es sich an, als würde er all das nur zu gut aus eigener Erfahrung kennen.

Er beugte sich durch das offene Wagenfenster. Und was er Meg zu erzählen begann, hörte sich seltsam rätselhaft an. »Da war einmal eine Frau, die hatte ihre Tochter verloren – durch Krebs. Der Kummer hat sie so überwältigt, daß sie meinte, sie müsse ihr ganzes Leben ändern. Zu neuen Horizonten aufbrechen, sagt man, glaube ich. Sie konnte die Gegenwart ihres Mannes nicht mehr ertragen, obwohl er sie sehr liebte. Sie konnte es nicht, weil er es war, mit dem sie die Erinnerung an ihre Tochter teilen mußte, und immer, wenn sie ihn ansah ... Nun ja, sie sah eben jedesmal ihr Kind wieder vor sich – und all das, was das Mädchen durchgemacht hatte. Gerade weil es gemeinsame Erinnerungen waren, Erinnerungen an gemeinsames Leid, kam ihr die Ehe wie ein Gefängnis vor, aus dem sie um jeden Preis entrinnen wollte. Tja ... Die Scheidung und ein Umzug, möglichst weit weg, schienen ihr die einzige Lösung zu sein. Aber Sie, Mrs. Lassiter, Sie haben offenbar Ihren Kummer besser bewältigt. Ich weiß, wie schwer es in den letzten Jahren für Sie gewesen sein muß. Aber wenn es Ihnen ein Trost sein kann, lassen Sie sich sagen, daß es genug Menschen gibt – Menschen, die nicht so stark sind wie Sie –, für die alles noch viel schwerer ist.«

Zehn Minuten nach elf, knapp eine Stunde vor Mitternacht, fanden die Männer die drei toten Ratten im Kriechgang; drei Viertel der Strecke von der Scheune zum abgebrannten Haus hatten sie noch zurückgelegt. Die Männer legten die Kadaver neben die der fünf anderen, denen die Schrotkugeln den Garaus gemacht hatten.

Ben Parnell kam zum Lastwagen. »Wir haben jetzt alle acht. Ich dachte, daß Sie sie vielleicht mit eigenen Augen sehen wollen.«

»Ja«, sagte Meg, »das will ich. Dann werde ich mich sicherer fühlen.«

Tommy stieg mit aus. »Ich will sie auch sehen. Sie wollten uns in die Enge treiben, aber nun ist es anders gekommen.« Er sah zu seiner Mutter hoch. »Egal, wie tief wir in der Patsche sitzen, wir kommen immer davon, wenn wir nur zusammenhalten, stimmt's?«

»Darauf kannst du wetten«, sagte sie.

Ben Parnell hob den Jungen hoch und trug ihn auf seinen Armen in die Scheune.

Meg – die Hände in den Jackentaschen vergraben, weil der Wind immer noch eisig war – lächelte stumm in sich hinein. Endlich hatte sie mal jemanden an ihrer Seite, der ihr die Last abnahm, wenigstens einen Augenblick lang.

Tommy reckte den Hals und sah zu ihr hinüber. »Du und ich, Mam«, sagte er.

»Darauf kannst du wetten«, wiederholte sie. Sie scheute sich nicht mehr, ihr Lächeln offen zu zeigen. Es kam ihr vor, als wäre das Tor eines Käfigs, dessen Enge sie mehr geahnt als gespürt hatte, auf einmal weit aufgestoßen. Eine neue Freiheit lag vor ihr.

Aus dem Amerikanischen von Robert Vito und Klaus Fröba

Bruno

1

Ich schlief meinen Rausch aus – eine halbe Flasche guten Scotch, dazu eine Blondine namens Sylvia, die auch gar nicht so übel gewesen war. Doch niemand kann mich überrumpeln, nicht einmal, wenn ich sehr betrunken bin. Man muß einen leichten Schlaf haben, um in meinem Job eine Weile zu überleben. Ich hörte einen dumpfen Aufprall in der Nähe meines Bettes, und schon im nächsten Moment griff ich nach dem 38er Colt, der unter dem Kopfkissen lag.

Hätte ich nicht den erfolgreichen Abschluß eines Falls ausgiebig gefeiert, wären die Jalousien und Vorhänge nicht geschlossen gewesen. Weil ich aber ausgegangen war und mich amüsiert hatte, konnte ich jetzt im Dunkeln nichts sehen.

Ich glaubte, Schritte auf dem Gang zum Wohnzimmer zu hören, war mir aber nicht sicher. Ich sprang aus dem Bett, sah mich im Schlafzimmer um. Gleichmäßig braune Farbtöne. Kein Eindringling. Ich tappte auf den Gang hinaus, schaute in beide Richtungen. Nichts.

Dann hörte ich, wie die Sicherheitskette aus ihrer Führung gezogen wurde. Die Wohnungstür wurde geöffnet und geschlossen, und jemand polterte die Treppe hinab.

Ich rannte ins Wohnzimmer und wollte meinerseits auf den Korridor hinausstürzen, als mir plötzlich, einfiel, daß ich nur einen Slip anhatte. In dem Mietshaus, in dem ich wohne, würde ein Mann in Unterhose zwar niemanden stören – er würde vielleicht nicht einmal auffallen –, aber ich bilde mir gern ein, mehr Niveau als meine Nachbarn zu haben, unter denen es leider viele Primitivlinge und Proleten gibt.

Als ich Licht machte, sah ich, daß die Kette tatsächlich lose herabhing. Ich legte sie wieder vor.

Dann durchsuchte ich gründlich die ganze Wohnung, vom Klo bis zu den Einbauschränken. Soweit ich feststellen konnte, waren nirgends Bomben oder sonstige unliebsame Überraschungen versteckt. Das Schlafzimmer nahm ich mir gleich zweimal vor, weil ich die Geräusche dort zuerst vernommen hatte, aber alles schien in Ordnung zu sein.

Ich machte mir Kaffee. Der erste Schluck schmeckte so abscheulich, daß ich den halben Becherinhalt in die Spüle goß und hoffte, die alten Rohre würden die Brühe verkraften. Den Rest machte ich mit einem ordentlichen Schuß Brandy wesentlich schmackhafter. Mein Spezialfrühstück!

In der Unterhose stand ich auf dem kalten Küchenboden, wärmte mich innerlich mit Alkohol und überlegte, wer bei mir eingebrochen haben könnte und warum.

An der Sache war etwas faul: Der Eindringling hatte beim Verlassen meiner Wohnung die Sicherheitskette entfernt. Und das bedeutete, daß er entweder durch ein Fenster eingedrungen war oder aber, nachdem er sich irgendwie durch die Tür Zutritt verschafft hatte, die Kette wieder vorgelegt hatte. Letzteres war aber unsinnig. Kein Einbrecher würde sich selbst die Flucht erschweren – schließlich mußte er immer damit rechnen, daß die Sache schiefging.

Ich kontrollierte sämtliche Fenster. Sie waren wie immer verschlossen. Ich schaute mir sogar das Badfenster an, obwohl es vergittert ist. Durch die Fenster war niemand in meine Wohnung gelangt – was mich nicht allzu sehr wunderte, weil ich im achten Stock wohne.

Ich schlug mir einige Male gegen die Stirn, als könnte ich dadurch schlauer werden. Da das nichts nutzte, beschloß ich zu duschen und anschließend essen zu gehen.

Wahrscheinlich waren es Halluzinationen gewesen. Bisher hatte ich noch nie unter einer »postkoitalen Depression« gelitten, von der die Psychologen, die zweihundert Dollar pro Stunde kassieren, so gern schwafelten. Vielleicht machte ich jetzt eine durch. Denn es war höchst unwahrscheinlich, daß jemand sich der Mühe unterzog, trotz der Sicherheitskette lautlos in eine Wohnung einzudringen, nur um einen Blick ins Schlafzimmer zu werfen und wieder zu verschwin-

377

den, ohne etwas gestohlen zu haben. Und keiner meiner Feinde würde einen gedungenen Mörder losschicken, den im letzten Augenblick der Mut verließ.

Es war halb fünf, als ich die Duschkabine verließ, und dann machte ich eine halbe Stunde Bodybuilding. Anschließend duschte ich noch einmal, diesmal kalt, frottierte mich kräftig ab, kämmte mein krauses Haar, bis es halbwegs ordentlich aussah, und zog mich an.

Um halb sechs nahm ich in einer Nische im Ace-Spot Platz, und Dorothy, die Kellnerin, brachte mir einen Scotch und Wasser, noch bevor mir die köstlichen Gerüche richtig in die Nase stiegen.

»Was soll's denn sein, Jake?« fragte sie mit ihrer Stimme, die sich so anhörte, als würde man ein Glas in eine Porzellanschüssel werfen.

Ich bestellte ein Steak mit Spiegeleiern und einer doppelten Portion Pommes frites, und dann fragte ich: »Hat sich hier jemand nach mir erkundigt, Dory?«

Sie notierte die erste Satzhälfte auf ihrem Block, bevor ihr auffiel, daß das nicht mehr zur Bestellung gehörte. Angeblich war Dory früher einmal ein attraktives Straßenmädchen gewesen, aber daß sie Grips hatte, behauptete niemand.

»Bei mir nicht«, sagte sie. »Aber ich werde mal Benny fragen.«

Benny war der Barkeeper. Er war viel intelligenter als Dory. An seinen besten Tagen hätte er sogar eine Diskussion mit einer Karotte für sich entscheiden können.

Ich weiß nicht, warum ich eine besondere Vorliebe für die Gesellschaft von Dummköpfen und Vollidioten habe. Vielleicht weil ich mich ihnen überlegen fühlen kann. Ein Mann, der töricht genug ist, um Ende des zwanzigsten Jahrhunderts seinen Lebensunterhalt als altmodischer Privatdetektiv verdienen zu wollen, im Zeitalter von Computern, raffiniertesten Abhörmethoden und Drogensüchtigen, die für fünf Cent ihre eigene Großmutter umbringen würden – ein solcher Trottel braucht, verdammt noch mal, jede Bestätigung, die er irgendwo bekommen kann.

Als Dory mir mein Essen brachte, berichtete sie, daß niemand Benny über mich ausgefragt hatte. Ich verschlang alles mit großen Bissen, während ich über den Unbekannten nachdachte, der scheinbar durch die Wand in mein Schlafzimmer eingedrungen war.

Nach zwei weiteren doppelten Scotch ging ich nach Hause, um meine Wohnung noch einmal gründlich zu durchsuchen.

Ich wollte meinen Schlüssel gerade ins Schloß stecken, als die Wohnungstür von innen geöffnet wurde. Ein sehr komischer Kauz wollte soeben das Weite suchen.

»Hiergeblieben, mein Freund!« sagte ich, den 38er Colt auf seinen dicken Bauch gerichtet. Ich drängte ihn ins Wohnzimmer zurück, schloß die Tür und machte Licht.

»Was willst du hier?« fragte der Kerl.

»Was *ich* hier will? Hör zu, du Ganove, dies hier ist meine Wohnung! Ich bin hier zu Hause, und soviel ich weiß, habe ich keinen Untermieter.«

Er war so gekleidet, als wollte er in einem Bogart-Film mitwirken, und normalerweise hätte mich das zum Lachen gereizt, aber im Augenblick war ich stinkwütend. Er hatte einen riesigen Hut tief ins Gesicht gezogen.

Sein Mantel hätte auch siamesischen Zwillingen genügend Platz geboten. Er reichte ihm bis zu den Knien, und darunter kamen weite zerknitterte Hosenbeine und riesige – ich meine wirklich RIESIGE – abgetragene Tennisschuhe zum Vorschein. Diese Tennisschuhe paßten nicht ganz zum Image von Bogart, aber insgesamt wirkte alles sehr mysteriös.

Von der Größe her erinnerte er allerdings eher an Sidney Greenstreet, der mir aus alten Filmen bekannt war.

»Ich will dir nichts zuleide tun«, sagte er mit einer Stimme, die auf chronische Mandelentzündung hindeutete und zwar etliche Tonlagen tiefer als die von Dory war, aber genauso harsch klang.

»Bist du der Kerl, der vor ein paar Stunden schon einmal hier war?« fragte ich.

Mit gesenktem Kopf antwortete er: »Ich bin noch nie hier gewesen.«

»Laß dich mal anschauen.«

Ich streckte die Hand nach seinem Hut aus. Er wollte zurückweichen, stellte fest, daß ich schneller war, und holte zum Schlag gegen meine Brust aus. Aber ich riß ihm den Hut vom Kopf, und sein Boxhieb traf mich nur an der Schulter und nicht über dem Herzen, wohin er gezielt hatte.

Grinsend blickte ich ihm ins Gesicht, doch in der nächsten Sekunde verging mir das Lachen, und ich murmelte: »Großer Gott!«

»Das war's dann wohl!« Er verzog das Gesicht, und zwischen den schwarzen Lefzen kamen große, breite Zähne zum Vorschein.

Ich stand mit dem Rücken zur Tür, und obwohl ich zum erstenmal seit Jahren Angst hatte, war ich fest entschlossen, ihn nicht gehen zu lassen. Sollten Drohungen nicht ausreichen, würde ein Schuß ihn gefügig machen – jedenfalls hoffte ich das.

»Wer … was bist du?« fragte ich.

»Die erste Frage war richtig. Wer.«

»Dann antworte.«

»Könnten wir uns vielleicht setzen? Ich bin wahnsinnig müde.«

Ich hatte nichts dagegen, daß er sich setzte, aber ich selbst blieb lieber stehen, um mich schneller bewegen zu können. Er ging zum Sofa und ließ sich erschöpft darauf fallen. Währenddessen schaute ich ihn mir genauer an. Er war ein Bär. Ein Meister Petz. Kein kleiner Teddy, nein, ein fast zwei Meter großer Bär mit breiten Schultern. Unter seiner weiten Kleidung waren bestimmt baumstarke Beine und ein Brustkorb wie ein Faß verborgen. Sein Gesicht war ein Granitblock, an dem sich ein Bildhauer mit Buttermesser und stumpfem Schraubenzieher zu schaffen gemacht hatte. Nur harte ebene Flächen, die Augen unter einer vorspringenden Stirn halb verborgen, ein Kinn, um das ihn sogar Schwarzenegger beneidet hätte. Und über all dem: Pelz.

Hätte ich nicht die Angewohnheit, mir – wenn nicht viel zu tun ist – nachmittags im Fernsehen die diversen Talkshows anzuschauen, wo Männer bekennen, mit den Müttern ihrer Ehefrauen geschlafen zu haben, und wo Transvestiten behaupten, von Außerirdischen entführt worden zu sein, dann hätte mich der Anblick eines sprechenden Bären bestimmt total umgehauen. Doch wenn man gemütlich auf dem Sofa sitzt und sieht, was sich heutzutage, in den 90er Jahren, auf unseren Großstadtstraßen so alles tummelt, wird man automatisch härter als Sam Spade und Philip Marlowe zusammen.

»Na los, pack aus!« sagte ich.

»Mein Name ist Bruno.«

»Und?«

»Du hast vorhin nur gefragt, wer ich bin.«

»Laß gefälligst diese Spitzfindigkeiten!«

»Dann hast du dich wohl nicht genau ausgedrückt?«

»Wieso?«

»Gefragt hast du, wer ich bin, aber in Wirklichkeit wolltest du umfassende Auskünfte, ein breites Datenspektrum.«

»Ich hätte größte Lust, dir eine Kugel durch den Kopf zu jagen«, sagte ich.

Er schien verwundert zu sein und rutschte unbehaglich auf dem Sofa herum, so daß die Federn quietschten. »Warum denn?«

»Weil du wie ein verdammter Buchhalter daherredest.«

Er überlegte kurz. »Okay, warum nicht? Was habe ich schon zu verlieren? Ich bin hinter Graham Stone her, jenem Mann, den du vor einigen Stunden hier gehört hast. Er wird wegen diverser Verbrechen gesucht.«

»Was für Verbrechen?«

»Das würdest du nicht verstehen.«

»Sehe ich so aus, als wäre ich in einem Nonnenkloster aufgewachsen und hätte von Sünden keine Ahnung? Mich kann nichts mehr überraschen, was irgend so ein Dreckschwein anstellt. Also – wie ist dieser Stone hier reingekommen? Und wenn wir schon dabei sind – wie bist du reingekommen?«

Ich wedelte mit dem Colt vor seiner Nase herum, als er mit der Antwort zögerte.

»Sieht so aus, als müßte ich dir reinen Wein einschenken«, sagte Bruno. »Er und ich – wir sind aus einer anderen Wahrscheinlichkeit hierher durchgedrungen.«

»Hä?« Sogar diesen Laut brachte ich nur mühsam hervor, weil mein Mund weit offenstand, so als wäre ich ein mit Drogen vollgepumpter Fan bei einem Konzert der Grateful Dead.

»Eine andere Wahrscheinlichkeit. Eine andere Zeitebene. Graham Stone stammt von einer Gegen-Erde, von einer der unzähligen möglichen Welten, die nebeneinander existieren. Ich komme aus einer anderen Welt als Stone. Du bist zum Brennpunkt für Zeitkreuzungsenergien geworden. Wenn dir das jetzt zum erstenmal widerfährt, dürftest du diese Fähigkeit erst seit kurzem besitzen. Du bist ja auch noch nirgends verzeichnet – im Führer stehst du jedenfalls nicht. Wenn es eine alte Fähigkeit wäre ...«

Ich mußte einige unverständliche Knurrlaute ausstoßen, bevor er mit seinem Geschwafel aufhörte. Dann ließ ich mir von ihm ein halbes Glas Scotch einschenken und trank es fast aus. Derart gestärkt, sagte ich: »Erklär mir diese ... diese Fähigkeit, die ich angeblich erworben habe. Ich habe keine Ahnung, was du meinst.«

»Es ist möglich, durch die Wahrscheinlichkeiten zu reisen, von einer Erde zur anderen. Aber es ist schwierig, einen Eingang zu finden – dazu bedarf es eines Lebewesens, das auf irgendeine Weise Zeitkreuzungsenergie absorbiert und wieder abgibt, ohne daß es zu einer heftigen Explosion kommt.«

»Zu einer Explosion?«

»Ja, das kann sehr unangenehm sein.«

»Tatsächlich?«

»Na ja, du gehörst jedenfalls zu jenen besonders befähigten Menschen, die nicht explodieren.«

»Wie schön für mich!«

»Du sendest Signale aus, daß du ein Eingang bist – es ist eine Art spirituelle Aura, die dich bis zu einem Umkreis von sechs Metern umgibt.«

»Wirklich?« murmelte ich benommen.

382

»Leider gibt es nicht in jeder möglichen Welt solche befähigten Wesen, und deshalb steht uns nicht die ganze Unendlichkeit von Möglichkeiten offen.«

Ich trank den letzten Schluck Scotch und hätte am liebsten auch noch das Glas ausgeleckt. »Es gibt also eine … eine Gegen-Erde, wo intelligente Bären die Macht übernommen haben?« *Diese* Ereignisse ließen sich nicht mehr mit der heißen Liebesnacht erklären. Nicht einmal der wortgewandteste Seelenklempner der ganzen Welt hätte mich davon überzeugen können, daß eine postkoitale Depression sich auf diese Weise äußern konnte.

»Wir haben die Macht nicht gewaltsam an uns gerissen«, erklärte Bruno. »Aber kurz nach dem Ende des Zweiten Weltkriegs hat auf meiner Wahrscheinlichkeitsebene ein Atomkrieg von gräßlichen Ausmaßen stattgefunden, und das hatte zur Folge, daß zwar die Wissenschaften überlebten, aber nicht allzu viele Menschen. Um als Rasse weiterzubestehen, mußten sie lernen, in niedriger entwickelten Lebewesen Intelligenz zu fördern, und es gelang ihnen schließlich mit Hilfe der Genetik, Tiere mit menschlicher Intelligenz und Geschicklichkeit zu züchten.«

Er hob seine Hände, um zu demonstrieren, daß es keine Bärenpfoten, sondern kräftige Finger waren, und während er sie bewegte, grinste er töricht, wobei wieder alle seine breiten Zähne zum Vorschein kamen.

»Wenn ich uns irgendwie einen Termin bei Steven Spielberg besorgen kann, werden wir beide steinreich werden!«

Bruno runzelte die Stirn. »Bei Steven Spielberg, dem Vater der Weltraumfahrt?«

»Was? Nein, bei dem Filmregisseur.«

»In meiner Welt ist er das nicht.«

»Ist Spielberg in deiner Welt der Vater der Weltraumfahrt?«

»Er hat auch Tiefkühljoghurt erfunden.«

»Tatsächlich?«

»Und Antischwerkraftstiefel und Mikrowellen-Popcorn. Er ist der reichste Mann der Weltgeschichte.«

»Ich verstehe …«

»Und er ist auch der Architekt des Weltfriedens«, fügte er ehrfürchtig hinzu.

Ich mußte mich hinsetzen, als mein beschränktes Hirn langsam begriff, welche Auswirkungen das alles für mich haben konnte. »Soll das heißen, daß ab jetzt ständig irgendwelche komischen Gestalten aus tausend verschiedenen Welten bei mir auftauchen werden?«

»Das glaube ich nicht«, erwiderte er. »Erstens gibt es nicht allzu viele Gründe, um deine Wahrscheinlichkeitsebene zu besuchen – die meisten anderen übrigens auch nicht. Die Angebote an Zeitkreuzreisen sind so vielfältig, daß sich niemand lange in einer Welt aufhält, es sei denn, es ist eine so außergewöhnliche Erde, daß sie zur Touristenattraktion wird. Aber deine Erde sieht nichtssagend und durchschnittlich aus, jedenfalls dieser Wohnung nach zu schließen.«

Ich ignorierte diese beleidigende Äußerung. »Aber angenommen, du hättest mich als Eingangstor zu dieser Erde benutzt, als ich gerade irgendwo unterwegs war? Das muß doch Aufsehen erregen.«

»Es ist merkwürdig«, erklärte Bruno, »aber wenn einer von uns zum erstenmal auftaucht, kannst nicht einmal du ihn sehen. Du nimmst uns erst allmählich wahr, so als würdest du jemanden aus dem Augenwinkel heraus sehen, und dadurch kommt es dir ganz natürlich vor.«

Ich forderte ihn auf, mir noch einen Scotch einzuschenken. Nach dem dritten Glas fühlte ich mich wesentlich wohler. »Du hast gesagt, daß du ein Bulle bist.«

»Habe ich das?«

»Na ja, jedenfalls hast du gesagt, daß dieser Stone wegen irgendwelcher Verbrechen gesucht wird. Wenn du nicht ein normaler Bürger mit überdurchschnittlichem Engagement für die Allgemeinheit bist, mußt du ein Bulle sein.«

Er holte eine seltsame runde Silbermarke aus der Manteltasche und zeigte sie mir: WAHRSCHEINLICHKEITSPOLIZEI. Als er mit dem Daumen über die Oberfläche fuhr, machten die Buchstaben einem Photo von ihm Platz. »Ich muß jetzt wirklich gehen. Graham Stone ist viel zu gefährlich, als daß man ihn hier frei herumlaufen lassen dürfte.«

Neben mir lag die Fernbedienung für den CD-Player. Ich wählte eine Scheibe aus und stellte sie auf volle Lautstärke, während er sich erhob und seinen grotesken Hut aufsetzte. Als die Butterfield Blues Band einen ohrenbetäubenden Lärm veranstaltete, feuerte ich auf das Sofa, dicht neben Bruno. Versehentlich durchlöcherte die Kugel seinen Mantel.

Er setzte sich wieder hin.

Ich stellte die Anlage leiser.

»Was willst du?« fragte er, und ich mußte zugeben, daß er ganz cool reagierte. Er warf nicht einmal einen Blick auf seinen Mantel.

Mein Entschluß stand fest. »Du wirst Hilfe brauchen. Ich kenne diesen Großstadtsumpf. Du nicht.«

»Ich habe meine eigenen Methoden«, sagte er.

»Methoden? Du bist nicht Sherlock Holmes im viktorianischen England, mein Freund! Dies ist Amerika in den 90er Jahren des zwanzigsten Jahrhunderts, und hier in der Großstadt werden Bären wie du zum Frühstück verspeist.«

Er wirkte verunsichert. »Na ja, ich kenne mich auf deiner Erde nicht besonders gut aus …«

»Deshalb brauchst du mich.« Ich hielt den Colt auf ihn gerichtet.

»Red weiter«, knurrte er, und ich wußte genau, daß er mir liebend gern gezeigt hätte, wie schnell er seine riesigen Fäuste schwingen konnte.

»Zufällig bin ich Privatdetektiv. Im Grunde habe ich für Bullen mit Dienstmarken ja nicht viel übrig, aber ich arbeite gern mit ihnen zusammen, wenn dabei etwas für mich rausspringt.«

Er schien den Vorschlag zurückweisen zu wollen, überlegte es sich dann aber doch anders. »Wieviel verlangst du?«

»Sagen wir mal – zweitausend.«

»Zweitausend Dollar?«

»Oder zwei Paar von Spielbergs Antischwerkraftstiefeln, wenn du welche hast.«

Er schüttelte den Kopf. »Ich darf keine revolutionären Technologien in andere Wahrscheinlichkeitsebenen importieren. Das kann üble Folgen haben.«

»Beispielsweise?«

»Beispielsweise die Selbstentzündung kleiner Mädchen in New Jersey.«

»Halt mich nicht zum Narren!«

»Es ist mein voller Ernst.« Und sein Bärengesicht sah so aus, als meinte er es wirklich ernst – es war streng und grimmig. »Die Auswirkungen sind unvorhersehbar und oft unheimlich. Weißt du, das Universum steckt voller Geheimnisse.«

»Na so was, das ist mir bisher noch gar nicht aufgefallen. Also – gilt die Abmachung? Zweitausend Dollar?«

»Du kannst gut mit deiner Pistole umgehen«, sagte er. »Einverstanden.«

Er hatte den Betrag zu schnell akzeptiert. »Sagen wir lieber – *drei* Riesen«, korrigierte ich mich.

Er grinste. »Einverstanden.«

Ich begriff, daß Geld ihm nichts bedeutete – jedenfalls das Geld meiner Wahrscheinlichkeitsebene. Aber mehr wollte ich nicht verlangen – das wäre mir gegen die Ehre gegangen.

»Im voraus zu bezahlen«, sagte ich.

»Hast du Bargeld?« fragte er. »Ich muß sehen, was für Banknoten ihr habt.«

Ich holte zweihundert Dollar aus meiner Brieftasche und warf die Scheine auf den Couchtisch.

Er legte die Fünfziger und Zwanziger sorgfältig nebeneinander, holte eine schmale Kamera aus der Manteltasche und photographierte die Scheine. Gleich darauf glitten die entwickelten Duplikate seitlich heraus. Er überreichte sie mir und wartete auf meine Reaktion.

Es waren perfekte Banknoten.

»Aber das ist Falschgeld!« beklagte ich mich.

»Stimmt, doch das wird kein Mensch merken. Fälscher werden nur geschnappt, weil sie Tausende von Scheinen mit derselben Seriennummer anfertigen. Du hast aber nur jeweils zwei Scheine mit derselben Nummer. Wenn du weiteres Bargeld im Haus hast, werde ich auch das kopieren.«

Ich holte meine Reserven aus dem kleinen Tresor, den ich immer unter dem doppelten Boden des Küchenschranks versteckte. Innerhalb weniger Minuten hatte ich meine dreitausend Dollar. Nachdem ich das ganze Falschgeld samt Vorlagen im Schrank versteckt und nur die echten zweihundert Dollar wieder in die Brieftasche geschoben hatte, sagte ich: »So, und jetzt werden wir diesen Stone aufspüren.«

2

Die Dämmerung brach herein, und es begann zu schneien, als wir vor einer Gasse, etwa drei Kilometer von meiner Wohnung entfernt, endlich eine heiße Spur aufnahmen.

Bruno warf einen Blick auf die Silberplakette, die er mir als Dienstmarke präsentiert hatte, die in Wirklichkeit aber offenbar ganz anderen Zwecken diente. Er brummte zufrieden, als sie orangefarben aufleuchtete, und erklärte mir, dieses Ding messe die verbliebene Zeitenergie, die Stone ausstrahle, und verfärbe sich, je näher wir dem Gesuchten kämen.

»Ein nützliches Gerät«, sagte ich.

»Spielberg hat es erfunden.«

Die Plakette war gelb gewesen, als wir meine Wohnung verlassen hatten. Jetzt wurde das Orange – vom Rand ausgehend – immer kräftiger.

»Wir sind nicht mehr weit von ihm entfernt«, konstatierte Bruno befriedigt. »Versuchen wir's mal mit dieser Gasse.«

»Nicht gerade die beste Gegend der Stadt.«

»Gefährlich?«

»Für einen zwei Meter großen Bären mit futuristischen Waffen wahrscheinlich nicht.«

»Gut.« Er versuchte sich kleiner zu machen und wie ein bärtiger Mann auszusehen, indem er die Schultern einzog, den riesigen Hut noch tiefer ins Gesicht schob und den Kopf senkte. In seinem weiten Mantel stapfte er vorwärts, und ich folgte ihm, wegen des scharfen Windes und des heftigen Schneetreibens ebenfalls in geduckter Haltung.

Die Gasse führte zu einer Straße mit Gebrauchtwagenmärkten, Industrie-Zulieferfirmen, Lagerhäusern und einigen anderen Geschäften; hinter all diesen Fassaden trieb zweifellos die Mafia ihre dunklen Machenschaften. Eines der Lagerhäuser, ein verwahrloster Klinkerbau mit Wellblechdach, stand leer. An den beiden Fenstern hoch über der Straße waren die Scheiben eingeschlagen.

Bruno zog seine Plakette zu Rate, die jetzt rötlich leuchtete, und deutete auf das Lagerhaus. »Dort muß er sein.«

Wir überquerten die Straße und hinterließen dabei schwarze Spuren im unberührten Schnee. Im Erdgeschoß gab es zwei Eingänge: eine Tür von normaler Größe und ein Garagentor für LKW's. Beide waren verschlossen.

Ich deutete auf das Schloß der kleineren Tür. »Das könnte ich mit einem Schuß leicht aufsprengen.«

»Stone ist irgendwo oben«, meinte Bruno nach einem weiteren Blick auf seine Plakette. »Versuchen wir's mal an der Tür im ersten Stock.«

Wir stiegen die Feuerleiter hinauf, wobei wir uns am eiskalten Eisengeländer festhalten mußten, weil die Stufen spiegelglatt waren. Diese Tür war aufgebrochen worden und hing an losen Angeln schräg nach außen. Wir gingen hinein, blieben im Dunkeln stehen und lauschten angestrengt. Schließlich knipste ich meine Taschenlampe an, weil ich endlich kapiert hatte, daß Bruno im Gegensatz zu mir offenbar in der Dunkelheit sehen konnte. Wir standen auf einer breiten Galerie über der Lagerhalle.

Dreißig Meter links von uns war plötzlich ein Rasseln zu hören, so als würde ein Sack voller Knochen kräftig geschüttelt. Wir eilten dorthin: Es war nur eine Holzleiter, die vibrierte, nachdem jemand hinabgeklettert war.

Ich spähte in die Tiefe, aber Stone war verschwunden. Keine der beiden unteren Türen war geöffnet worden, denn das hätten wir gehört. Wir nahmen die Verfolgung auf.

Zehn Minuten später hatten wir nicht nur alle leeren Kisten und kaputten Maschinen abgesucht, sondern auch die unübersichtlichen Stellen zwischen den leeren Büros an der Rückwand. Keine Spur von diesem Stone. Die vorderen Türen waren immer noch von innen abgeschlossen.

Wir hielten unsere Pistolen in den Händen. Brunos Waffe

388

sah sehr fremdartig aus, aber er versicherte mir, daß sie tödlich sei. »Es ist eine 780er Disney Death Hose.«

»Disney?«

»Walt Disney. Der beste Waffenhersteller der Welt.«

»Tatsächlich?«

»Kennt man ihn bei euch nicht?«

»Meine Knarre ist eine Smith & Wesson«, erwiderte ich.

»Die Hamburger-Kette?«

Ich runzelte die Stirn. »Was?«

»Na, du weißt schon, die schmackhaften ›Golden Arches‹ von Smith & Wesson.«

Ich ließ das Thema fallen. Offenbar sind diese alternativen Welten sehr merkwürdig.

Leise Akkorde von Heavy Metal-Musik waren plötzlich zu vernehmen. Sie schienen einfach aus der dünnen Luft um uns herum zu kommen, doch als ich die Wände sorgfältig ableuchtete, entdeckte ich eine alte Tür, die wir bisher übersehen hatten, weil sie in der Farbe der Wände gestrichen war. Ich öffnete sie vorsichtig und sah nur gähnende Finsternis. Dröhnende Gitarren, ein Keyboard-Synthesizer, Trommeln. Ich ging die Treppe hinab, und Bruno folgte mir.

»Wo kommt die Musik her?« wollte mein Freund Petz wissen.

Es gefiel mir nicht besonders, seinen heißen Atem im Nacken zu spüren, aber ich beklagte mich nicht, denn solange er dicht hinter mir war, konnte mich wenigstens niemand rücklings angreifen. »Sieht ganz so aus, als gäbe es hier oder in einem benachbarten Gebäude einen Keller, wo sie spielen.«

»Wer?«

»Die Band.«

»Welche Band?«

»Woher soll ich das wissen?«

»Ich liebe Bands«, sagte Bruno.

»Das freut mich für dich.«

»Ich tanze auch sehr gern«, fuhr der Bär fort.

»Im Zirkus?« fragte ich.

»Wo?«

Mir wurde plötzlich klar, daß ich ihn um ein Haar schwer beleidigt hätte. Schließlich war er ein intelligenter Mutant, ein Wahrscheinlichkeitspolizist und nicht einer unserer Bären. Er würde niemals in einem Zirkus tanzen oder mit einem Spitzenröckchen um die Hüften auf einem Einrad fahren.

»Wir kommen Stone näher«, informierte Bruno mich auf der Treppe, »aber er ist nicht hier.«

Die Plakette hatte sich immer noch nicht leuchtend rot verfärbt.

»Hier entlang«, sagte ich, als wir in dem moderigen Keller standen, der voller Gerümpel war. Es stank nach Urin und verwestem Fleisch. Dies war mit Sicherheit eine der Brutstätten für jenes Virus, das eines Tages die Menschheit auslöschen wird.

Ich folgte den Klängen der Heavy Metal-Musik von einem kalten Steinraum in den anderen. Ratten, Spinnen und anderes Getier ergriffen die Flucht. Sogar Jimmy Hoffa hätte hier unten sein können. Oder Elvis – aber als wandelnder Toter, mit vielen scharfen Zähnen, roten Augen und uncharakteristisch schlechter Haltung.

Im dunkelsten Kellerraum, wo es am meisten stank, entdeckte ich eine alte Holztür mit Eisenbeschlägen. Sie war verschlossen.

»Bleib etwas zurück«, riet ich Bruno.

»Was hast du vor?«

»Nur eine kleine Renovierung.« Ich schoß das Schloß aus der Tür.

In den Steingewölben hallte der Schuß unheimlich laut wider. Als der Höllenlärm endlich verebbte, sagte Bruno: »Ich habe subtilere Geräte für so etwas.«

»Zum Teufel mit deinen subtileren Geräten!« knurrte ich.

Ich riß die Tür auf – und stand vor einer zweiten Tür, einer relativ neuen Stahltür ohne Klinke oder Schloß auf unserer Seite. Dieses Doppeltürenarrangement sollte natürlich verhindern, daß jemand durch die Kellerräume von einem Gebäude ins andere gelangen konnte, es sei denn, daß die

Leute diesseits und jenseits der Türen eine Absprache getroffen hatten.

Bruno trat neben mich. »Du erlaubst doch?«

Im Schein meiner Taschenlampe holte er aus seiner großen Manteltasche einen zehn Zentimeter langen Stab aus grünem Quarz und schüttelte ihn wie ein Thermometer.

Das Instrument begann zu surren – ein hoher Ton, der für Menschenohren kaum noch zu hören war, aber einen Hund bestimmt fast zum Wahnsinn getrieben hätte. Seltsamerweise nahm ich die Vibrationen des verdammten Geräts in meiner Zunge wahr.

»Meine Zunge prickelt!« beklagte ich mich.

»Das ist ganz natürlich.«

Er berührte die Stahltür mit dem Quarz, und die Schlösser – es mußten mehrere sein – sprangen mit lautem Klicken auf.

Meine Zunge hörte auf zu vibrieren, Bruno verstaute den Quarzstab wieder in seiner Manteltasche, und ich stieß die Stahltür auf.

Wir landeten in einer Toilette, in der sich zum Glück gerade niemand aufhielt. Zwei Kabinen mit angelehnten Türen, zwei Pissoirs, umgeben von Urinpfützen auf dem Boden, ein Waschbecken, das so schmutzig war, als würde Bobo the Dog Boy regelmäßig darin baden, und ein fleckiger Spiegel, der unsere Gesichter gräßlich verzerrte.

»Was ist das für eine Musik?« brüllte Bruno, um die Heavy Metal-Band zu übertönen, die jetzt in unmittelbarer Nähe spielte.

»Metallica!«

»Eignet sich nicht zum Tanzen«, beklagte er sich.

»Das hängt davon ab, wie alt man ist.«

»Ich bin noch nicht alt.«

»Aber du bist ein Bär.«

Ich höre Heavy Metal ganz gern. Diese Musik durchlüftet mein Gehirn und gibt mir das Gefühl, unsterblich zu sein. Wenn ich sie mir freilich zu oft anhören würde, käme ich vielleicht soweit, lebende Katzen zu essen oder Leute zu erschießen, nur weil ihre Namen mir mißfallen. Ich brauche meinen Jazz und Blues. Aber eine kleine Dosis Heavy Metal tat ganz gut, und die Band in diesem Klub war wirklich nicht so übel.

»Und was jetzt?« schrie Bruno.

»Da ist eine Bar oder ein Klub«, brüllte ich zurück. »Wir gehen jetzt rein und suchen nach diesem Stone.«

»Ich nicht. Draußen auf den Straßen fühle ich mich einigermaßen sicher, besonders wenn es dunkel ist – da kann ich Abstand halten, so daß niemand mich genau sehen kann, aber hier würde man mir zu nahe kommen. Auch Stone sollte sich eigentlich nicht unter die Menge mischen. Er sieht zwar fast wie ein Mensch aus – aber trotzdem könnte jemand Verdacht schöpfen. Er hätte nie versuchen sollen, in eine unerforschte Zeitebene zu flüchten. Es war eine Verzweiflungstat, weil er wußte, daß ich ihm dicht auf den Fersen war.«

»Was dann?« fragte ich.

»Ich bleibe hier, in einer der Kabinen. Du schaust dich in der Bar um. Wenn er nicht da ist, kehren wir ins Lagerhaus und von dort auf die Straße zurück und nehmen seine Spur dort wieder auf.«

»Du willst wohl, daß ich mir mein Geld redlich verdiene, was?«

Während ich mir vor dem Spiegel die Krawatte zurechtrückte, ging Bruno in eine Kabine und schloß die Tür.

»Allmächtiger!« rief er gleich darauf.

»Was ist?«

»Habt ihr auf dieser Erde denn überhaupt keinen Sinn für Reinlichkeit?«

»Manche von uns schon.«

»Das ist ja widerlich!«

»Versuch's mal mit der anderen Kabine«, riet ich ihm.

»Dort sieht es vielleicht *noch* schlimmer aus!« knurrte er.

»Ich werde nicht lange wegbleiben«, versprach ich, bevor ich die stinkende Toilette verließ, um Graham Stone zu suchen.

Ich mußte meine Ellbogen gebrauchen, um überhaupt aus der Toilette herauszukommen, denn der Raum war gerammelt voll. Die Leute waren mindestens so dicht geschichtet wie Klafterholz. Ich hatte Stones Photo auf Brunos vielseitiger Plakette gesehen und wußte deshalb, daß ich nach einem etwa einem Meter fünfundachtzig großen Kerl Ausschau halten mußte, mit bleichem Gesicht, rabenschwarzen Haaren, schmalen Lippen und kristallblauen Augen, die so hart aussahen wie das Herz eines Steuerfahnders – alles in allem eine grausame Visage. Ich schaute mir die Typen um mich herum an, erspähte niemanden, der Stone auch nur entfernt ähnlich sah, und schob mich tiefer in die Menge hinein, die im Rhythmus der Musik zuckte und wogte, einander begrapschte, Bier trank und Heilkräuter rauchte. Mich starrten sie an, als befürchteten sie, daß ich ihnen gleich eine Nummer des *Wachturms* in die Hand drücken und sie belabern würde, Jesus sei ihr Retter.

Es war alles andere als einfach, in diesem Gedränge ein einzelnes Gesicht zu erkennen. Alle paar Minuten blinkten Stroboskoplichter, und dann mußte ich stehenbleiben und mich in Geduld fassen. Und dazwischen wurden flimmernde Ausschnitte aus Horrorfilmen an die Decke, an die Wände und sogar auf die Gäste projiziert. Nach etwa zehn Minuten hatte ich den Raum fast durchquert, vorbei an der Bar und am Orchesterpodium. Da endlich erspähte ich Graham Stone, der sich mühsam einen Weg zu der Tür in der rechten Ecke bahnte.

Auf einem Schild über der Tür stand BÜRO, und an der Tür selbst war ein weiteres Schild mit der Aufschrift ZUTRITT NUR FÜR DAS PERSONAL angebracht. Die Tür stand halb offen, und ich ging einfach durch, so als gehörte ich zum Personal, eine Hand lässig in die Sakkotasche geschoben wo ich meinen Colt versteckt hatte.

Hier hinten gab es mehrere Zimmer, zu beiden Seiten eines kurzen Gangs. Alle Türen waren geschlossen. Ich klopfte an die erste, und als eine Frau »Ja?« rief, öffnete ich die Tür und warf einen Blick in den Raum.

Sie hatte rote Haare, trug ein enges Trikot und übte Ballettschritte vor einem Spiegel. An den Wänden standen zehn Stühle, und in jedem Stuhl saß eine Bauchrednerpuppe. Einige hielten sogar Bananen in ihren Holzhänden.

»Entschuldigung«, murmelte ich. »Ich habe mich im Zimmer geirrt.«

Ich schloß die Tür und öffnete die nächste, auf der anderen Seite des Ganges.

Graham Stone stand neben dem Schreibtisch und starrte mich mit seinen kalten Augen an. Ich trat ein, schloß die Tür und holte die Smith & Wesson aus der Tasche, damit er die Situation nicht mißverstehen konnte. »Keine Bewegung!« befahl ich.

Er bewegte sich nicht, und er gab keine Antwort, doch als ich auf ihn zukam, machte er einen Schritt zur Seite. Ich richtete den Colt auf ihn, erzielte damit aber nicht die erhoffte Wirkung. Er betrachtete die Waffe völlig uninteressiert.

Ich ging weiter auf ihn zu, und wieder wich er aus. Mein Arbeitsvertrag mit Bruno enthielt keine Klausel, daß ich Stone lebendig fassen müsse. Im Gegenteil, der Bär hatte erklärt, daß es verhängnisvoll sein könne, Gnade walten zu lassen, weil der Gegner die Brutalität eines Hare-Krishna-Schnorrers mit einer Megadosis PCP im Blut an den Tag legen würde. Na ja, er hatte es etwas anders formuliert, aber ich hatte seine Botschaft trotzdem verstanden. Deshalb verpaßte ich Stone eine Kugel in die Brust, ohne abzuwarten, was er im Schilde führte.

Die Kugel durchbohrte ihn, und er sackte zusammen, fiel auf den Schreibtisch, glitt zu Boden. Die Luft entwich aus ihm wie aus einem Ballon, und innerhalb von sechs Sekunden war er nur noch ein Häuflein bemaltes Seidenpapier. Diese dreidimensionale abgestreifte Schlangenhaut sah verblüffend echt aus. Ich untersuchte die Überreste. Kein Blut. Keine Knochen. Nur Asche.

Ich betrachtete meine Smith & Wesson. Es war mein üblicher Colt. Keine 780er Disney Death Hose. Folglich war das nicht der echte Graham Stone gewesen, sondern – na ja, irgend etwas anderes, ein ebenso überzeugendes wie instabiles Gebilde. Anstatt lange darüber zu grübeln, stürzte ich auf den Korridor hinaus. Niemand hatte den Schuß gehört. Die Band spielte gerade etwas aus *Youthanasia*, und der Höllenlärm übertönte alle anderen Geräusche.

Was jetzt?

Ich spähte vorsichtig in die beiden anderen Räume, die vom Korridor abgingen, und fand Graham Stone in beiden.

Im ersten Zimmer zerfiel er zwischen meinen Fingern: Obwohl er zunächst so stabil wie die Präsidentengesichter am Mount Rushmore ausgesehen hatte, war er in Wirklichkeit so imaginär wie das Image eines zeitgenössischen Politikers. Im zweiten Raum zerfetzte ich den Phantom-Stone mit einem Tritt in den Unterleib.

Als ich mich wieder durch die tanzende Menge drängte, war ich stinkwütend. Wenn man jemanden erschießt, erwartet man, daß der Kerl wie ein Stein zu Boden fällt und liegenbleibt. Das waren die Spielregeln. Dieser billige Trick war einfach unfair.

In der Toilette klopfte ich an Brunos Kabine, und er stürzte heraus, den Hut immer noch tief in die Stirn gezogen, den Mantelkragen hochgestellt. Der Bär schnitt eine angewiderte Grimasse und schimpfte: »Wenn ihr die Spülung ohnehin nicht betätigt, könnte man sich eigentlich die Mühe sparen, eine zu installieren.«

»Es gibt Probleme.« Ich erzählte ihm von den drei Stone-Attrappen und verlangte eine Erklärung.

»Ich wollte es dir nicht sagen.« Bruno blickte ziemlich belemmert drein. »Ich befürchtete, es könnte dir Angst machen und deine Leistungsfähigkeit beeinträchtigen.«

»Was? Los, sag es mir!«

Er zuckte mit den mächtigen Schultern. »Na ja – Stone ist kein menschliches Wesen.«

Ich hätte fast gelacht. »Du bist doch auch keines!«

Er sah gekränkt aus, und ich kam mir sehr ungehobelt vor.

»Ich habe teilweise menschliche Züge«, erklärte er. »Entlehntes genetisches Material ... Aber das ist nicht so wichtig. Was ich eigentlich sagen wollte – Graham Stone stammt nicht von irgendeiner Alternativerde. Er ist ein Außerirdischer aus einem anderen Sternensystem.«

Ich ging zum Waschhecken und wusch mein Gesicht mit viel kaltem Wasser. Es nutzte nicht viel.

»Erzähl weiter«, forderte ich Bruno auf.

»Nicht die ganze Geschichte«, sagte er. »Das würde zuviel Zeit in Anspruch nehmen. Stone ist ein Außerirdischer, aber auf den ersten Blick sieht er wie ein Mensch aus. Nur aus der Nähe kann man erkennen, daß er keine Poren hat. Und wenn man sich seine Hände genau anschaut, kann man sehen, wo ihm die sechsten Finger amputiert wurden, damit er sich als Mensch ausgeben konnte.«

»Eine Narbe infolge der Amputation des sechsten Fingers ist also immer ein sicherer Hinweis auf die Außerirdischen, die unter uns leben«, kommentierte ich sarkastisch.

»So ist es«, bestätigte er ernst. »Vor sieben Monaten ist ein Raumschiff mit diesen Wesen an einer der Wahrscheinlichkeitsebenen zerschellt. Eine Kommunikation mit ihnen kam nicht zustande. Sie sind außerordentlich feindselig und sehr seltsam. Offenbar haben wir es mit einer größenwahnsinnigen Spezies zu tun. Alle außer Graham Stone konnten liquidiert werden. Er ist uns bisher immer entkommen.«

»Aber warum hat er einen britisch klingenden Namen, wenn er ein Außerirdischer ist?«

»Das war der erste Name, den er sich zugelegt hat, als er in die Rolle eines Menschen schlüpfte. Er benutzt aber auch andere Namen. Offenbar haben sogar Außerirdische ein Gespür dafür, daß Briten als vornehm und distinguiert gelten. Jedenfalls genießen sie diesen Ruf in etwa achtzig Prozent aller Zeitebenen. Es gibt allerdings auch einige Welt in denen eine Herkunft von der Inselnation Tongo als Gipfel der Vornehmheit gilt.«

»Und was zum Teufel hat dieser Außerirdische getan?« fragte ich. »Warum hat er den Tod verdient? Wenn man sich vielleicht mehr bemüht hätte, ihn zu verstehen …«

»Es wurden solche Versuche unternommen. Als die Ärzte eines Morgens ins Labor kamen, um weitere Untersuchungen durchzuführen, waren alle Personen tot, die in der

Nacht Dienst gehabt hatten. Aus ihren Mündern, Nasenlöchern und Augenhöhlen wuchsen spinnwebartige Pilze hervor ... Kannst du dir das einigermaßen vorstellen? Seitdem hat er zwar keine weiteren Morde dieser Art begangen, aber wir glauben nicht, daß er seine Fähigkeiten eingebüßt hat.«

Ich ging wieder zum Waschbecken und betrachtete mich im Spiegel. Ein Bursche betrat die Toilette und stellte sich vor ein Pissoir, während Bruno hastig wieder in einer Kabine Zuflucht suchte und »Oh, verdammt!« brummte. Seine bärenhafte Stimme fiel dem Heavy Metal-Fan aber überhaupt nicht auf.

Drei Minuten lang starrte ich meine Fresse im Spiegel an. Dann verschwand der Bursche, Bruno kam wieder zum Vorschein und schnitt eine noch schlimmere Grimasse als zuvor.

»Hör mal«, sagte ich, »angenommen, daß Stone droben in den Büros nicht weiter als sechs Meter von mir entfernt war, während ich mit diesen Papierködern herumspielte – könnte er diese Erde dann nicht schon wieder verlassen haben?«

»Nein«, entgegnete Bruno. »Du bist ein Empfänger, kein Sender. Er wird jemanden ausfindig machen müssen, der die Umkehrung deines Talents besitzt, bevor er sich aus dieser Zeitebene entfernen kann.«

»Gibt es denn solche Personen?«

»Ich kann in dieser Stadt zwei wahrnehmen.«

»Dann brauchen wir doch nur diese zwei Personen zu überwachen und Stone dort abzufangen.«

»Das geht leider nicht«, sagte Meister Petz. »Ich vermute nämlich, daß er die Absicht hat, sich hier häuslich niederzulassen und eine Weltlinie an sich zu reißen. Das wäre für ihn eine gute Ausgangsbasis, um gegen die anderen Kontinua vorgehen zu können.«

»Ist er denn so mächtig?«

»Ich habe doch gesagt, daß er gefährlich ist.«

»Dann sollten wir ihn schleunigst zur Strecke bringen.«
Ich ging auf die Stahltür zu, die ins Lagerhaus führte.

»Du bist einfach phantastisch«, sagte Bruno.

Ich drehte mich nach ihm um, überzeugt davon, daß er das nur sarkastisch gemeint haben konnte, aber sein absurdes Gesicht war ganz ernst. »Phantastisch? Ich und phantastisch? Hör mal, ein Mann sollte einem anderen nicht solche Komplimente machen, und am allerwenigsten, wenn sie sich in einer Toilette befinden.«

»Warum?«

Ich errötete unwillkürlich. »Ach, zerbrich dir darüber nicht den Kopf.«

»Außerdem bin ich kein Mann, sondern ein Bär.«

»Aber ein Männchen, oder etwa nicht?«

»Doch.«

»Also, dann laß diese blöden Komplimente.«

»Ich wollte damit doch nur sagen, daß ich es erstaunlich finde, wie du innerhalb weniger Stunden die Existenz verschiedener Wahrscheinlichkeitswelten, eines intelligenten Bären und eines Außerirdischen akzeptiert hast, ohne den Verstand zu verlieren. Du machst nicht einmal einen mitgenommenen Eindruck.«

Ich klärte ihn auf. »Gestern habe ich mich betrunken und mit einer tollen Blondine namens Sylvia sechs aktive Stunden im Bett verbracht. Ich habe zwei Steaks, ein halbes Dutzend Eier und eine Unmenge Pommes frites gegessen. Die ganze Anspannung meines letzten Jobs habe ich quasi ausgeschwitzt, und jetzt bin ich total entschlackt. Heute nacht kann ich alles verkraften. Bisher konnte nichts und niemand mich kleinkriegen, und das schafft auch kein Außerirdischer. Außerdem stehen für mich dreitausend Dollar auf dem Spiel, von meinem Stolz ganz zu schweigen. So, und jetzt laß uns von hier verschwinden!«

Wir kehrten in den Keller des leerstehenden Lagerhauses zurück.

4

Als wir wieder auf der Straße standen, stellten wir fest, daß in der Zwischenzeit zweieinhalb Zentimeter Schnee gefallen waren. Auch jetzt herrschte dichtes Schneetreiben. Harte Schneeflocken peitschten unsere Gesichter und klebten an unserer Kleidung. Ich fluchte, während Bruno das Wetter wortlos hinnahm.

Mir kam es allmählich so vor, als hätten wir die Heavy Metal-Bar, wo ich Stone fast geschnappt hätte, vor tausend Jahren verlassen und Millionen von Kilometern zurückgelegt. Endlich kamen wir mit Hilfe von Brunos wundersamer Plakette dem durchtriebenen Außerirdischen wieder auf die Spur. Er hatte inzwischen ganze Arbeit geleistet. Fünf junge Burschen lagen tot in einer Sackgasse, und ihre Münder, Nasen und Augen waren mit feinen weißen Pilzen überzogen – das Rektum wahrscheinlich auch, vermutete ich jedenfalls.

»So etwas habe ich befürchtet«, murmelte Bruno sichtlich erschüttert.

»An diese Typen brauchst du kein Mitleid zu verschwenden«, tröstete ich ihn, nachdem ich mir die Leichen genauer angeschaut hatte, die alles andere als schön aussahen. »Das waren Ganoven. Verbrecher. Irgendeine Bande, Leute, die deine Schwester skrupellos erschießen und dann auch noch behaupten, das wäre genauso normal, wie ein Doughnut zu essen. Diese spezielle Bande kenne ich nicht. Siehst du die Kobra, die jeder von ihnen auf der Hand eintätowiert hat? Wahrscheinlich wollten diese Burschen Stone ausrauben, und unerwartet hat sich das Blatt gewendet. Ausnahmsweise hat Stone eine gute Tat vollbracht. Diese Kerle werden jetzt wenigstens keiner alten Frau mehr die Sozialhilfe stehlen und keinen alten Mann mehr zusammenschlagen, nur um eine Taschenuhr zu ergattern.«

»Trotzdem müssen die Leichen verschwinden«, sagte Bruno. »Sie dürfen nicht gefunden werden, denn sonst gäbe es jede Menge Fragen, woran sie gestorben sind, und eure Wahrscheinlichkeitsebene ist noch nicht soweit, als daß sie in die Welten-Reisebüros aufgenommen werden könnte.«

»Warum nicht?«

»Währungsprobleme.«

»Und was schlägst du vor?« fragte ich ratlos.

Er holte seine seltsame Pistole aus der Tasche, schraubte einen Aufsatz auf die Mündung und verwandelte die toten

Bandenmitglieder in fünf Häuflein Asche. Meister Petz hatte in bezug auf seine 780er Disney Death Hose wirklich nicht übertrieben – es war eine sagenhafte Strahlenpistole. Während wir die grauen Überreste der Ganoven mit den Füßen aufwühlten, damit der Wind sie davonwehte, fühlte ich mich nicht besonders wohl in meiner Haut. Ich rief mir rasch die drei Riesen in Erinnerung. Und Sylvia. Und den Geschmack von gutem Scotch. Und daß ich das alles verlieren würde, wenn ich zuließ, daß meine Nerven versagten. Sobald ein Privatdetektiv nämlich klein beigibt, ist seine Karriere beendet. Vielleicht sogar sein Leben.

Wir ließen die Schneepflüge passieren und gingen hinter ihnen mitten auf der Straße weiter, wo wir viel schneller vorankamen als im tiefen Schnee. Anfangs war Brunos Plakette noch bernsteinfarben, doch bald leuchtete sie in grellem Orange, und als an den Rändern gar ein kräftiges Rot erschien, hob sich unsere Stimmung.

Schließlich mußten wir die Straße verlassen und den Park am Fluß durchqueren, wo der unberührte Schnee meine Socken und Hosensäume durchnäßte.

Die Plakette in Brunos Hand zeigte jetzt ein intensiveres Rot als den ganzen Abend über, und als wir einen Hügel erklommen, sahen wir Graham Stone am Ende eines Piers im Yachthafen. Er sprang an Deck eines schlanken Bootes, rannte zum Ruderhaus, nahm mehrere Stufen auf einmal und verschwand darin. Die Warnlichter gingen an, und die Motoren stotterten und husteten.

Ich rannte mit dem Colt in der rechten Hand den Hügel hinab, den linken Arm vorgestreckt, um nicht so hart zu stürzen, falls ich auf dem glatten Boden ausrutschen sollte.

Hinter mir rief Bruno etwas, aber ich hörte nicht zu. Er schrie wieder und rannte mir nach. Ich wußte, ohne mich umdrehen zu müssen, daß er rannte, denn seine riesigen schwerfälligen Füße machten viel Lärm.

Als ich das Ende des Piers erreichte, hatte Stone das Boot schon gewendet und steuerte auf den dunklen Fluß hinaus. Ich schätzte die Entfernung bis zum Deck ab: etwa dreieinhalb Meter. Ein Hechtsprung, und ich hing über der Reling, schlug dann mit einer Schulter auf dem polierten Deck auf. Einen Moment lang tanzten Sterne vor meinen Augen. Gleichzeitig hörte ich ein frustriertes Geheul und ein lautes Platschen.

Bruno hatte es nicht geschafft.

Ich lag da und blickte zu den Fenstern des Ruderhauses empor. Graham Stone stand dort oben und starrte auf mich herab – vielleicht der echte Außerirdische, vielleicht auch nur eine weitere Attrappe. Mühsam rappelte ich mich auf, schüttelte die flimmernden Sterne aus meinem Kopf und suchte nach meiner Pistole.

Sie war nicht mehr da.

Ich warf einen Blick zurück zum Pier. Von Bruno war nichts zu sehen.

Und irgendwo im dunklen Wasser lag jetzt meine Waffe. Wahrscheinlich versank sie gerade in Schmutz und Schlamm.

Ich fühlte mich nicht besonders. Ich wünschte, ich hätte das Ace-Spot nie verlassen, wäre Bruno nie begegnet. Dann verdrängte ich jedoch alle negativen Gedanken und suchte nach irgendeiner Waffe.

Wenn man erst einmal anfängt zu wünschen, die Dinge wären anders als sie sind, führt das unweigerlich zu Depressionen und zur Handlungsunfähigkeit. Und dann vegetiert man nur noch dahin. Deshalb muß man, so hoffnungslos die Lage auch scheint, etwas tun. Etwas unternehmen.

In einem zwischen Deck und Reling festgeschraubten Werkzeugkasten fand ich ein Rohr. Wenn ich mit voller Wucht zuschlug, konnte ich Stone damit ohne weiteres den Schädel zertrümmern. Ich fühlte mich etwas besser.

Stone war immer noch im Ruderhaus, beobachtete mich noch immer. Die Bootslichter spiegelten sich in seinen kalten blauen Augen wider. Es schien ihn überhaupt nicht zu stören, als ich das Deck überquerte, die Stufen erklomm und die Tür aufriß, das Rohr in der Hand. Er drehte sich nicht einmal nach mir um.

In geduckter Haltung schlich ich mich an, mit winzigen Trippelschritten, weil es große Überwindung kostete, mich ihm zu nähern. Ich mußte dauernd an die fünf jungen Gangster denken, aus deren Körpern die spinnwebartigen Pilze hervorgewachsen waren.

Sobald ich nahe genug war, holte ich mit meinem Rohr zum Schlag aus. Wie vom Blitz getroffen zuckte der ganze Körper – vom Kopf über Hals und Brust bis zu den Oberschenkeln hinab.

Eine weitere Schlangenhaut. Die verfluchte Attrappe sank in sich zusammen. Nur ein Häuflein Seidenpapier lag zu meinen Füßen. Zum Teufel mit dem Kerl!

Als ich einen Blick durchs Fenster warf, sah ich, daß wir den Fluß schon mehr als zur Hälfte überquert hatten und auf die Stadtteile am Westufer zufuhren. Das Boot hatte eine automatische Steuerung, und obwohl ich aufs Geratewohl einige Schalter und Knöpfe betätigte, behielt es seinen Kurs unbeirrt bei, zweifellos aufgrund irgendwelcher Schutzvorrichtungen.

Besorgter denn je, verließ ich das Ruderhaus und machte mich auf die Suche nach Stone.

Ich fand ihn neben dem Werkzeugkasten, aus dem mein Rohr stammte. Er hielt die Reling mit beiden Händen umklammert und betrachtete sehnsüchtig das näherkommende Ufer, wo wir mit Sicherheit auf Grund laufen würden.

Ich schlich mich von hinten an und schlug wieder hart zu.

Eine Seidenpapierattrappe.

Ich hätte für mein Leben gern gewußt, wie der Kerl das machte. Es war eine überaus nützliche Fähigkeit.

Wir hatten den Fluß jetzt zu zwei Dritteln überquert, und wenn ich ihn nicht bald aufstöberte, würde er uns möglicherweise wieder entkommen. Bruno hatte mir erklärt, daß die Restenergie bei Zeitkreuzreisen nach mehrtägigem Aufenthalt in irgendeiner Wahrscheinlichkeit verbraucht war – und dann war seine Aufspürplakette nutzlos.

Stone mußte unter Deck sein, denn oben konnte ich alles übersehen, und daß das Ruderhaus leer war, wußte ich ja. Deshalb öffnete ich die Falltür und stieg die Treppe zu den Kajüten hinab – so vorsichtig, wie es sich für einen guten Privatdetektiv gehört.

In der Kombüse war eine weitere Attrappe, die ich mit

402

meinem zuverlässigen Rohr heldenhaft zur Strecke brachte. Ich kam mir allmählich wie ein Idiot vor, aber wenn ich auch nur einen Stone ignorierte, würde ich möglicherweise die unliebsame Überraschung erleben, daß es diesmal der echte mörderische Außerirdische war.

In der ersten Zweibettkajüte fand ich noch einen Papier-Stone. Die zweite Kajüte war leer.

Nun blieb nur noch das Bad. Die Tür war geschlossen, aber nicht verriegelt. Ich riß sie auf – und da war er.

Im ersten Moment war ich völlig verwirrt. Vor mir stand sowohl der echte Graham Stone als auch eine Attrappe, die sich gerade von ihm löste. Ich glaubte, doppelt zu sehen, wobei die Bilder sich ein wenig überlappten. Dann knurrte der Kerl und stieß das Scheingebilde beiseite. Aus seinen Händen wuchsen plötzlich häßliche braune Fleischblasen hervor, lösten sich ab und flogen wie biologische Raketen auf mich zu.

Ich sprang zurück, schwang mein Rohr und erwischte eines der Geschosse das sofort aufbrach. Im nächsten Augenblick war das Rohrende von zuckenden weißen Fasern überzogen. Der Pilz breitete sich blitzschnell in Richtung meiner Hand aus, und ich mußte meine Waffe fallen lassen. Die zweite Blase hatte den Türrahmen getroffen: Eine spinnwebfeine Pilzkolonie schlang sich sofort um Holz und Aluminium und wucherte in alle Richtungen.

»Stehenbleiben!« rief ich gebieterisch, so als hätte ich die Lage unter Kontrolle.

Er hob wieder die Hände. Ich sah, wie die Geschosse entstanden. Die Haut wurde braun, bildete Blasen und löste sich ab.

Eines der neuen Geschosse zerschellte neben mir an der Wand. Weiße Ranken schlängelten sich auf Decke und Boden zu. Risse entstanden, als die Pilze sich tief in die Bootswand fraßen.

Das zweite Geschoß traf den Ärmel meines Sportsakkos, brach auf und entließ blubbernde weiße Parasiten, die sich blitzartig ausbreiteten. Nie zuvor – und nie danach – habe ich eine Jacke so schnell ausgezogen, nicht einmal, wenn eine reizvolle Blondine mir süße Worte ins Ohr flüsterte. Als das Kleidungsstück auf den Boden fiel, sträubten sich die Pilzranken ähnlich wie meine Nackenhaare.

Stone trat aus dem Bad auf die Kajütentreppe hinaus und hob wieder seine Hände. Ich wirbelte auf dem Absatz herum und rannte davon, so als wäre der Teufel höchstpersönlich hinter mir her.

Vorhin habe ich gesagt, daß ein Privatdetektiv erledigt ist, wenn seine Nerven versagen, daß seine Karriere zu Ende ist, sobald er zum erstenmal klein beigibt. Dazu stehe ich auch. Es war nicht Feigheit, die mich zur Flucht veranlaßte. Ich gebrauchte einfach ausnahmsweise meinen Verstand. Wer davonrennt, lebt lange genug, um weiterkämpfen zu können. Es ist schlichtweg unvernünftig, sich mit einer Pistole einem Panzer in den Weg zu stellen, denn dann bleibt einem nur noch die Zeit, einen flüchtigen Blick auf das Riesenloch im eigenen Bauch zu werfen, aus dem die Eingeweide hervorquellen.

Außerdem hielt dieser unheimliche Stone sich an keine Spielregeln. Vielleicht kannte er sie überhaupt nicht. Sogar der verkommenste Ganove gibt seinem Gegner wenigstens eine minimale Chance. Er verwendet ein Brecheisen, ein Messer oder ein Glas mit irgendeiner Säure. Aber er greift nicht zu so üblen Tricks wie Stone, der offenbar überhaupt keine Ehrfurcht vor Traditionen hatte.

An Deck rannte ich zum Bug und stellte fest, daß das Ufer höchstens sechzig Meter entfernt war. Kein Anblick hat mich je so beglückt. Dicht neben mir platzte an der Reling ein tödliches Geschoß: Spinnenartige Ranken umschlangen das Metall, fraßen sich gierig hinein und zerstörten es. Bestürzt registrierte ich, daß diese Pilze noch viel bösartiger waren als jene, die den jugendlichen Gangstern den Garaus gemacht hatten.

Ich versteckte mich hinter einem Entlüftungsgehäuse, spähte über den Rand hinweg und sah, daß Stone neben der Treppe zum Ruderhaus stand. Seine kalten Augen funkelten, und er hielt seine Hände in meine Richtung.

Das Boot sauste auf das Ufer zu.

Aber nicht schnell genug.

Zwei Sporen wirbelten über meinen Kopf hinweg, landeten hinter mir auf dem Deck und zerfraßen die Planken. Bald würde die ganze Yacht von den weißen Gebilden durchlöchert sein, die zwar hauchdünn, aber offenbar so stark wie Stahldraht waren.

Ein lautes Kratzen lenkte mich vorübergehend ab – das Jammern von gemartertem Metall. Das ganze Deck erbebte, und das Boot kam fast zum Stehen. Dann gab es einen Ruck, und wir fuhren weiter. Der Bootsboden hatte einen Felsen gestreift, aber wir waren nicht aufgelaufen.

Noch nicht. Aber gleich darauf passierte es.

Das zweite Riff riß den Boden auf, und das Boot steckte im etwa ein Meter tiefen Wasser unweigerlich fest, wobei der Rumpf weit herausragte.

Ich rollte über das Deck und hechtete über die Reling, landete im seichten Wasser, stieß mir das Kinn an einem Stück Treibholz, ging mit offenem Mund unter und schluckte Wasser. *So fühlt man sich also, wenn man ertrinkt,* dachte ich. Dann schloß ich mein blödes Maul, ruderte wild mit den Armen, kam an die Oberfläche und torkelte spuckend und hustend auf den gesegneten Strand zu, gegen eine Ohnmacht ankämpfend.

Ich besitze nicht viele Eigenschaften, die in modernen Gesellschaften bewundert werden, kann mich weder eines exquisiten Geschmacks noch feiner Manieren rühmen. Aber eines habe ich, verdammt noch mal: Mut.

Ich war nur noch fünf kurze Schritte vom trockenen Boden entfernt, als Pilzsporen vor meinen Füßen landeten und aufbrachen. Zwei. Dann noch zwei. Ein Wirrwarr weißer Schlangen versperrte mir den Weg. Ich drehte mich um und warf einen Blick zurück. Graham Stone, der anglophile Außerirdische, hatte das Boot ebenfalls verlassen und platschte auf mich zu. Er sah wie ein bösartiger Cary Grant aus.

Ich wandte mich nach rechts. Zwei Sporen fielen auch dorthin. Die bleichen Schlangen wanden sich aus dem Wasser hervor und schossen gierig auf mich zu.

Links zwei weitere Sporen.

Nein, diesem Stone fehlte wirklich jeder Respekt vor Traditionen!

Das Wasser ging mir nur bis zu den Waden, so daß es unmöglich war, unterzutauchen und wegzuschwimmen. Außerdem wollte ich wenigstens noch sehen, was diese Pilze anrichteten, wenn ich ihnen schon nicht entkommen konnte.

Graham Stone kam unerbittlich näher, ohne weitere Sporen zu schleudern. Er wußte, daß ich in der Falle saß.

Dieser Uferabschnitt war dunkel. Sinnlos, hier um Hilfe zu rufen.

Dann kam von links plötzlich mit ohrenbetäubendem Motorenlärm und heulender Sirene ein kleines Rennboot angeschossen. Wie ein rettender Engel tauchte Bruno aus Dunkelheit und Schneetreiben auf. Er stand am Steuer des dreieinhalb Meter langen Zweisitzers, der mit mehr als achtzig Stundenkilometern über das Wasser raste, den Bug in der Luft. Weil dieses Boot nicht so viel Tiefgang hatte wie die Yacht, lief es nicht auf die Felsen auf.

»Bruno!« brüllte ich.

Mit seinen wild rollenden Augen hätte er eine großartige Illustration eines Mannes – oder vielmehr Bären – in höchster Besorgnis und Angst abgegeben. Offenbar war er aufs Schlimmste gefaßt.

Das kleine Boot schlitterte mit mindestens dreißig Stundenkilometern über den Strand. Die Schrauben drehten sich hektisch und wirbelten ringsum Sand auf. Nach etwa sechs Metern prallte es gegen einen Felsen und kam jäh zum Stehen. Meister Petz wurde über die Windschutzscheibe und den Bug hinweggeschleudert und landete auf seinem breiten Rücken.

Er rappelte sich benommen auf, mit Sand bedeckt, aber wie durch ein Wunder noch am Leben.

Ich hüpfte im Wasser auf und ab und schrie: »Bring ihn zur Strecke, Bruno! Knall ihn ab!«

Die weißen Pilze schlängelten sich von allen Seiten auf mich zu, obwohl Graham Stone stehengeblieben war.

Der Bär hob den Kopf, sah mich an, tastete nach seinem

Schlapphut und zuckte bedauernd die Achseln, als er ihn nicht mehr fand.

»Knall ihn ab, Bruno, knall ihn ab!« brüllte ich wieder.

Er holte seine albern aussehende Pistole hervor, und während Stone ihn mit Pilzsporen anzugreifen versuchte, verbrannte mein Freund, der Bär, ihn mit der Disney Death Hose. Nur ein Häuflein Asche blieb von dem außerirdischen Verbrecher übrig, und diese Asche trieb im Wasser davon.

Ich wollte um jeden Preis auch so eine Wunderwaffe haben. Vielleicht verkaufte Micky Mouse sie in einem Geheimladen in Disneyland.

»Du hast ihn erledigt!« schrie ich begeistert, während Bruno den weißen Pilzwald um mich herum niederbrannte.

Und dann muß mein Blutzuckerspiegel plötzlich abgesackt sein oder so was Ähnliches, denn ich verlor das Bewußtsein. Ausgeschlossen, daß ich einfach ohnmächtig geworden bin!

5

Wir mußten die Yacht verschwinden lassen. Nach etwa fünfzehn Sekunden war auch von ihr nur noch etwas Asche übrig, die im Wasser schwamm. Es gab kein Feuer. Ein bloßes Zischen, und schon war nichts mehr von ihr übrig. Bruno vernichtete auch das Rennboot, um alle Spuren der nächtlichen Verfolgungsjagd zu beseitigen.

Wir gingen etwa anderthalb Kilometer am Ufer entlang, bis wir einen Klub fanden, von wo aus wir ein Taxi rufen konnten. Während der Fahrt zu meiner Wohnung fragte der Chauffeur immer wieder, ob Bruno beim Kostümfest den ersten Preis gewonnen hatte, aber wir antworteten nicht.

Zu Hause wuschen wir uns und aßen jedes Steak in meinem Kühlschrank auf, jedes Ei, jede Käsescheibe, jedes … na ja, einfach alles. Dann leerten wir drei Flaschen Scotch – das meiste trank allerdings Meister Petz.

Wir erwähnten Graham Stone mit keinem Wort. Wir unterhielten uns über die Arbeit eines Detektivs – egal ob privat oder mit Dienstmarke. Wir unterhielten uns über die Ganoven, mit denen wir es zu tun hatten – und stellten fest, daß sie sich in den diversen Wahrscheinlichkeitsebenen kaum voneinander unterscheiden. Er erklärte mir, warum meine Erde nicht zivilisiert genug ist, um den Welten-Reisebüros angeschlossen zu werden, von den Währungsproblemen einmal ganz abgesehen. Seltsamerweise sagte er, daß sie erst dann reif für eine Aufnahme wäre, wenn meine Spezies von ihrem Antlitz verschwunden sein würde. Dabei mochte er mich. Da bin ich mir ganz sicher. Merkwürdig …

Kurz vor Tagesanbruch verabreichte er sich eine Injektion, die ihn schlagartig nüchtern machte. Wir schüttelten uns die Hände (besser gesagt, er bückte sich und schüttelte die meine), und dann trennten wir uns. Er ging los, um einen Sender zu finden, von dem aus er in seine eigene Wahrscheinlichkeit zurückkehren konnte. Und ich ging ins Bett.

Ich habe Bruno nie wiedergesehen.

Aber ich traf andere merkwürdige Gestalten. Merkwürdiger als alle Ganoven, die in dieser Stadt herumlaufen. Merkwürdiger als Benny Deekelbaker, der »Strauß«. Merkwürdiger auch als der »Spekulant« Sam Sullivan oder als Hunchback Hagerty, der verunstaltete Berufskiller. Merkwürdiger sogar als Graham Stone und Bruno. Eines Tages werde ich von all diesen merkwürdigen Gestalten erzählen. Jetzt habe ich dazu keine Zeit. Ich bin nämlich mit dem tollsten Rotschopf aller Zeiten verabredet. Sie heißt Loretta, tanzt einfach göttlich und ist sehr vernünftig – abgesehen von einer leicht übertriebenen Vorliebe für Bauchrednerpuppen.

Aus dem Amerikanischen von Alexandra v. Reinhardt

Wir Drei

Jonathan, Jessica und ich rollten unseren Vater durch das Eßzimmer und durch die Küche im altenglischen Landhausstil.
Wir hatten Mühe, Vater durch die Hintertür zu bekommen,
weil er furchtbar steif war. Damit meine ich nicht sein Benehmen oder Temperament, obwohl er verdammt kalt-
schnäuzig sein konnte, wenn er wollte. Jetzt war er einfach
deshalb steif, weil die Totenstarre schon eingesetzt hatte.
Das störte uns aber nicht weiter. Wir versetzten ihm einfach
ein paar kräftige Tritte, bis er in der Mitte zusammenklappte
und durch den Türrahmen kippte.

Dann schleiften wir ihn über die Veranda und die sechs
Stufen zum Rasen hinunter.

»Der wiegt ja eine Tonne!« keuchte Jonathan und wischte
sich den Schweiß von der Stirn.

»Keine Tonne«, widersprach Jessica. »Nicht einmal zweihundert Pfund.«

Obwohl wir Drillinge sind und uns in vieler Hinsicht sehr
ähneln, gibt es doch auch eine ganze Reihe kleiner Unter-
schiede. Beispielsweise ist Jessica bei weitem die Pragma-
tischste von uns, während Jonathan zu Übertreibungen
neigt, sehr viel Phantasie besitzt und Tagträumen nach-
hängt. Ich liege irgendwo zwischen diesen beiden Extremen.
Ein pragmatischer Tagträumer?

»Und nun?« fragte Jonathan und verzog angewidert das
Gesicht, während er auf den Leichnam im Gras deutete.

»Verbrennen!« erklärte Jessica resolut und preßte ihre
hübschen Lippen vor Ungeduld zusammen. Ihr langes gelbes Haar schimmerte in der Morgensonne. Es war ein vollkommener Tag, und sie war der schönste Teil davon.

»Einfach verbrennen!«

»Sollen wir Mutter nicht auch rausholen? Dann könnten
wir beide zusammen verbrennen«, schlug Jonathan vor.
»Das würde Zeit und Mühe sparen.«

»Wenn der Scheiterhaufen zu groß wird, schlagen die Flammen zu hoch«, widersprach Jessica. »Und wir wollen doch nicht, daß Funken versehentlich das ganze Haus in Brand setzen.«

»Wir haben freie Auswahl unter allen Häusern der Welt!« Jonathan breitete die Arme aus, als wollte er demonstrieren, daß nicht nur der ganze Küstenstreifen uns gehörte, sondern auch ganz Massachusetts und jenseits der Staatsgrenzen ganz Amerika – und die ganze Welt.

Jessica starrte ihn nur an.

»Habe ich nicht recht, Jerry?« fragte Jonathan mich. »Steht uns nicht die ganze Welt zur Verfügung? Ist es da nicht albern, sich wegen dieses alten Hauses Gedanken zu machen?«

»Du hast recht«, sagte ich.

»Aber ich *mag* dieses Haus«, erklärte Jessica.

Und weil Jessica *dieses* Haus mochte, stellten wir uns etwa fünf Meter von dem steifen Leichnam entfernt auf, starrten ihn an, dachten an Flammen und entzündeten ihn auf diese Weise im Nu. Feuer schoß aus dem Nichts empor und hüllte Vater in ein orangerotes Tuch. Er brannte gut, knallte und zischte, verkohlte und zerfiel zu Asche.

»Irgendwie habe ich das Gefühl, als müßte ich jetzt traurig sein«, murmelte Jonathan.

Jessica schnitt eine Grimasse.

»Na ja, immerhin war er ja unser Vater«, sagte Jonathan.

»Über billige Sentimentalitäten sind wir heraus.« Jessica starrte uns beide eindringlich an, um uns davon zu überzeugen. »Wir sind eine neue Rasse mit neuen Emotionen und neuen Verhaltensweisen.«

»Wahrscheinlich hast du recht.« Doch Jonathan hörte sich etwas zweifelnd an.

»So, und jetzt holen wir Mutter!« sagte Jessica.

Obwohl sie erst zehn Jahre alt ist – sechs Minuten jünger als Jonathan und drei Minuten jünger als ich –, setzt Jessica meistens ihren Kopf durch, weil sie die Stärkste von uns dreien ist.

Wir gingen ins Haus und holten Mutter.

2

Die Regierung hatte ein Kontingent von zwölf Marineinfanteristen und acht Detektiven in Zivil zu unserem Haus geschickt. Angeblich sollten diese Männer auf uns aufpassen und uns beschützen. In Wirklichkeit waren sie aber unsere Gefangenenwärter. Als wir mit Mutter fertig waren, schleppten wir auch diese Leichen auf den Rasen und äscherten sie ein, eine nach der anderen.

Jonathan war erschöpft. Er setzte sich zwischen zwei schwelende Skelette und wischte sich Schweiß und Asche aus dem Gesicht. »Vielleicht haben wir einen großen Fehler gemacht.«

»Einen Fehler?« Jessica ging sofort in Abwehrstellung.

»Vielleicht hätten wir nicht *alle* töten sollen«, sagte Jonathan.

Jessica stampfte mit dem Fuß auf. Ihre goldenen Locken wippten reizvoll. »Du bist ein blöder Hund, Jonathan! Du weißt doch, was sie mit uns machen wollten. Als sie gemerkt hatten, über welche enormen Kräfte wir verfügen und wie schnell wir neue dazugewinnen, begriffen sie endlich, welche Gefahr wir darstellen, und sie wollten *uns* umbringen.«

»Es hätte doch genügt, wenn wir nur ein paar von ihnen getötet hätten, um unsere Macht zu demonstrieren«, sagte Jonathan. »Mußten wir wirklich alle beseitigen?«

Jessica seufzte. »Sieh mal, im Vergleich zu uns waren das doch die reinsten Neandertaler. Wir sind eine neue Rasse mit neuen Kräften, neuen Emotionen, neuen Verhaltensweisen. Wir sind die frühreifsten Kinder aller Zeiten – aber diese Typen verfügten über eine Art roher Gewalt, oder hast du das schon vergessen? Es war unsere einzige Chance, ohne Vorwarnung loszuschlagen. Und das haben wir getan.«

Jonathan betrachtete die schwarzen Flecken im Gras. »Aber es macht so wahnsinnig viel Arbeit! Wir haben den ganzen Vormittag gebraucht, um die paar loszuwerden. Die ganze Welt, das schaffen wir nie.«

»Bald werden wir gelernt haben, wie man Leichen schweben läßt«, sagte Jessica.

»Ein bißchen von dieser Kraft spüre ich schon in mir. Vielleicht lernen wir sogar, wie man sie von einem Ort zum anderen transportieren kann. Dann wird alles viel leichter sein. Aber wir wollen ja auch gar nicht die ganze Welt säubern – nur jene Teile, die wir in den nächsten Jahren benutzen wollen. Den Rest der Arbeit werden die Ratten und das Wetter für uns erledigen.«

»Wahrscheinlich hast du recht«, gab Jonathan zu.

Aber ich wußte, daß er noch Zweifel hatte, und auch ich hatte welche. Gewiß, wir drei stehen auf der Evolutionsleiter höher als alle vor uns. Wir können Gedanken lesen, die Zukunft voraussehen und außerkörperliche Erfahrungen machen, wann immer wir wollen. Wir beherrschen diesen hübschen Trick mit dem Feuer: Mittels Gedankenenergie können wir riesige Brände erzeugen. Jonathan kann kleine Wasserströme umlenken, und dieses Talent findet er besonders amüsant, wenn ich pinkeln muß. Obwohl er zur neuen Rasse gehört, hat er seltsamerweise an solchen kindischen Späßen immer noch seine Freude. Jessica kann das Wetter exakt vorhersagen. Und ich kann besonders gut mit Tieren umgehen: Hunde kommen zu mir, auch Katzen und Vögel und alle möglichen niederen Kreaturen. Und natürlich können wir dem Leben jeder Pflanze und jedes Tieres ein Ende bereiten, indem wir es einfach tot*denken*. Genauso, wie wir die ganze Menschheit totgedacht haben. Darwins Theorien zufolge waren wir vielleicht dazu *bestimmt*, diese neuen Neandertaler auszumerzen, sobald wir uns unserer Fähigkeiten bewußt wurden. Trotzdem nagen immer noch Zweifel an mir. Irgendwie habe ich das Gefühl, daß wir für die Vernichtung der alten Rasse bestraft werden.

»Das ist eine völlig veraltete Denkweise«, tadelte Jessica, die meine Gedanken natürlich gelesen hatte. Ihre telepathischen Kräfte sind viel stärker als die von Jonathan und mir. »Der Tod all dieser Leute war völlig bedeutungslos. Gewissensbisse wären völlig fehl am Platz. Wir sind die neue Rasse, mit neuen Emotionen und neuen Hoffnungen und neuen Träumen und neuen *Gesetzen*.«

»Natürlich«, sagte ich. »Du hast völlig recht.«

3

Am Mittwoch gingen wir an den Strand und verbrannten die Leichen der Leute, die dort ein Sonnenbad genommen hatten. Wir lieben das Meer, und wir brauchen sauberen Sand. Verwesende Leichen verpesten die Luft und vergällen einem die Freude am Baden.

Als wir das erledigt hatten, waren Jonathan und ich ziemlich müde. Aber Jessica wollte Sex.

»Kinder in unserem Alter sollten so was eigentlich noch nicht können«, sagte Jonathan.

»Aber wir können es«, entgegnete Jessica. »Wir sind so beschaffen. Und ich will es. Jetzt!«

Also besorgten wir es ihr. Zuerst Jonathan, dann ich. Danach hatte sie noch immer nicht genug, aber wir erteilten ihr eine Abfuhr.

Jessica rekelte sich gemütlich. Ihr schlanker weißer Körper hob sich kaum vom weißen Sand ab. »Dann warten wir eben«, sagte sie.

»Worauf?« fragte Jonathan.

»Bis ihr zwei wieder soweit seid.«

4

Vier Wochen nach dem Ende der Welt waren Jonathan und ich allein am Strand und sonnten uns. Er war eine ganze Weile ungewöhnlich schweigsam, so als fürchtete er sich davor zu sprechen.

Endlich fragte er aber: »Findest du es normal, daß ein Mädchen ihres Alters so ... so unersättlich ist? Neue Rasse hin oder her.«

»Nein.«

»Sie kommt mir geradezu besessen vor.«

»Ja.«

»Das hat irgendeinen Zweck, den wir nicht begreifen.«

Er hatte recht. Ich spürte es auch.

»Probleme«, murmelte er.

»Vielleicht.«

»Es wird große Probleme geben.«

»Vielleicht. Aber was für Probleme kann es *nach* dem Ende der Welt geben?«

5

Zwei Monate nach dem Ende der Welt und dem Verbrennen unserer Eltern, als Jonathan und ich das alte Haus satt hatten und exotischere Orte aufsuchen wollten, teilte Jessica uns die große Neuigkeit mit. »Im Augenblick können wir nicht weg von hier.« Ihre Stimme war besonders eindringlich. »In den nächsten Monaten können wir nicht weg. Ich bin schwanger.«

6

Im fünften Monat von Jessicas Schwangerschaft machte sich das vierte Bewußtsein bemerkbar. Mitten in der Nacht wachten wir alle auf, in Schweiß gebadet, von Brechreiz geplagt: Wir spürten das neue Wesen.

»Es ist das Baby«, sagte Jonathan. »Ein Junge.«

»Ja.« Auch ich spürte die psychische Wucht des werdenden Lebens. »Und obwohl er noch in dir lebt, Jessica, hat er schon ein Bewußtsein. Noch ungeboren, hat er schon ein ausgeprägtes Bewußtsein.«

Jessica wand sich vor Schmerzen. Sie wimmerte hilflos.

7

»Das Baby wird uns ebenbürtig sein, aber es wird uns nicht *überlegen* sein«, behauptete Jessica. »Und jetzt will ich nichts mehr von diesem Blödsinn hören, Jonathan!«

Sie war selbst noch ein Kind, und doch erwartete sie ein Kind, das ihren Leib grotesk aufblähte, von Tag zu Tag mehr.

»Woher willst du wissen, daß er uns nicht überlegen ist?«
beharrte Jonathan. »Keiner von uns kann seine Gedanken lesen. Keiner von uns kann …«

»Eine neue Spezies entwickelt sich nicht so schnell«, fiel sie ihm ins Wort.

»Und was ist mit *uns*?«

»Außerdem ist er ungefährlich – schließlich stammt er ja von uns ab«, argumentierte Jessica. Offenbar glaubte sie, Jonathans Theorie damit ad absurdum führen zu können.

»Wir stammten auch von unseren Eltern ab«, sagte Jonathan. »Und wo sind sie jetzt? Angenommen, wir sind gar nicht die neue Rasse? Angenommen, wir sind nur eine kurze Zwischenstufe – so wie Puppen das Zwischenstadium von Raupen und Schmetterlingen sind? Vielleicht ist das Baby …«

»Wir haben von dem Baby nichts zu befürchten.« Jessica strich mit beiden Händen über ihren schmerzenden Bauch. »Sogar wenn alles, was du sagst, stimmen sollte – es braucht uns doch. Zur Fortpflanzung.«

»Er braucht dich«, bemerkte Jonathan ganz richtig. »Uns beide braucht er nicht.«

Ich saß einfach da, hörte mir ihren Streit an und wußte nicht so recht, was ich glauben sollte. Ehrlich gesagt, fand ich es sogar ein bißchen amüsant, obwohl es mir durchaus Angst machte. Ich wollte ihnen die Komik an der ganzen Geschichte klarmachen. »Vielleicht sehen wir das alles falsch, vielleicht ist das Baby jene Wiederkunft, die Yeats in seinem Poem beschrieben hat – die Bestie auf dem Weg nach Bethlehem, wo sie geboren werden möchte.«

Die beiden fanden das gar nicht komisch.

»Ich konnte Yeats nie ausstehen«, sagte Jonathan.

»Er war ein trübsinniges Arschloch«, stimmte Jessica ihm zu. »Und außerdem sind wir über solchen Aberglauben weit hinaus. Wir sind die neue Rasse mit neuen Emotionen, neuen Träumen, neuen Hoffnungen und neuen Gesetzen.«

»Das ist eine ernsthafte Bedrohung, Jerry«, tadelte mich Jonathan. »Darüber sollte man keine Witze reißen.«

Und schon fing der Streit zwischen den beiden wieder

an – sie brüllten genauso, wie Vater und Mutter es getan hatten, wenn das Haushaltsgeld nicht reichte. Manche Dinge ändern sich eben nie.

8

Das Baby weckte uns jede Nacht mehrere Male, so als machte es ihm Spaß, uns aus dem Schlaf zu reißen. Im siebten Monat von Jessicas Schwangerschaft wachten wir alle im Morgengrauen auf, aufgeschreckt von einem Donnerschlag voller Gedankenenergie, der von dem Ungeborenen im Schoß seiner Mutter ausging.

»Ich glaube, ich habe mich geirrt«, sagte Jonathan.

»Inwiefern?« fragte ich. Ich konnte ihn im dunklen Schlafzimmer kaum sehen.

»Es ist ein Mädchen, kein Junge.«

Ich lenkte meine ganze geistige Energie auf das Wesen in Jessicas Bauch und versuchte, mir ein Bild von ihm zu machen. Es widersetzte sich mir erfolgreich, genauso wie es sich Jonathans und Jessicas psychischen Sondierungen widersetzte. Aber immerhin glaubte ich zu spüren, daß es männlich und nicht weiblich war. Das sagte ich auch.

Jessica setzte sich im Bett auf, beide Hände auf ihren zuckenden Leib gepreßt. »Ihr irrt euch beide. Ich glaube, es ist ein Junge *und* ein Mädchen. Oder keines von beidem.«

Jonathan knipste in dem Haus am Meer die Nachttischlampe an und fragte: »Was willst du damit sagen?«

Sie bäumte sich auf, als das Kind ihr einen kräftigen Tritt gegen die Bauchwand versetzte. »Ich habe engeren Kontakt zu ihm als ihr beide. Ich kann in das Baby hineinspüren. Es ist nicht wie wir.«

»Dann hatte ich also recht«, sagte Jonathan.

Jessica schwieg.

»Wenn es ein Hermaphrodit oder geschlechtslos ist, braucht es keinen von uns«, stellte Jonathan düster fest. Dann machte er das Licht aus. Was blieb uns auch anderes übrig?

»Vielleicht könnten wir es töten«, schlug ich trotzdem vor.
»Das geht nicht«, sagte Jessica. »Dazu ist es zu mächtig.«
»O Gott!« stöhnte Jonathan. »Wir können nicht einmal seine Gedanken lesen. Wenn es uns drei so abblocken kann, kann es sich bestimmt auch selbst beschützen. O Gott!«

Die Beschwörung hallte durch das dunkle Schlafzimmer. Dann tadelte Jessica: »Nimm dieses Wort nicht in den Mund, Jonathan! Das ist unter unserer Würde. Wir stehen über diesem alten Aberglauben. Wir sind die neue Rasse. Wir haben neue Emotionen, neue Gesetze, einen neuen Glauben.«

»Noch etwa einen Monat lang«, flüsterte ich vor mich hin.

Aus dem Amerikanischen von Alexandra v. Reinhardt

Dickschädel

1

Arterien aus Licht zuckten über den schwarzen Himmel. In ihren stroboskopischen Blitzen sah es so aus, als würden Millionen kalter Regentropfen mitten im Fall innehalten. Die glänzenden Straßen spiegelten das Himmelsfeuer wider und schienen mit zerbrochenen Spiegeln gepflastert zu sein. Dann wurde der von Blitzen zerfetzte Himmel wieder schwarz, und es regnete weiter. Das Pflaster war dunkel, und die Nacht schob sich von allen Seiten heran.

Detective Frank Shaw biß die Zähne zusammen, bemühte sich, den Schmerz in seiner rechten Seite zu ignorieren, blinzelte in der Dunkelheit, hielt seine 38er Smith & Wesson Chief's Special mit beiden Händen fest, nahm die Stellung eines Schützen ein und feuerte zweimal.

Karl Skagg sprintete noch gerade rechtzeitig um die Ecke des nächsten Lagerhauses. Die erste Kugel riß ein Loch in die leere Luft dicht hinter ihm, die zweite streifte die Ecke des Gebäudes.

Das unablässige Trommeln des Regens auf die Metalldächer der Lagerhäuser und das ständige Donnergrollen übertönten die Schüsse. Sogar wenn private Wachmänner in der unmittelbaren Umgebung ihren Dienst versahen, hatten sie höchstwahrscheinlich nichts gehört, so daß Frank nicht mit Hilfe rechnen konnte.

Ihm wäre jede Hilfe willkommen gewesen. Skagg war groß und kräftig, ein Massenmörder, der mindestens zweiundzwanzig Menschen auf dem Gewissen hatte. Der Kerl war sogar in Sonntagslaune unglaublich gefährlich, und im Augenblick konnte man ihn am ehesten mit einer Kreissäge auf Hochtouren vergleichen. Diesen Mann zu schnappen, war nun wirklich keine Aufgabe für einen einzelnen Bullen.

Frank überlegte, ob er zu seinem Auto zurückkehren und Verstärkung anfordern sollte, aber er wußte, daß Skagg entkommen würde, bevor die Gegend weiträumig abgesperrt werden konnte. Kein Polizeibeamter würde die Verfolgung eines Killers nur aus Angst um sein eigenes Leben aufgeben – und Frank Shaw am allerwenigsten.

Er platschte durch die Pfützen auf der Zufahrt zwischen zwei der riesigen Lagerhäuser und bog in weitem Bogen um die Ecke, für den Fall, daß Skagg ihm dort auflauerte. Doch der Kerl war verschwunden.

Im Gegensatz zur Vorderseite des Lagers, wo Laderampen aus Beton zu den riesigen automatischen Rolltreppen führten, gab es an dieser Seite nur eine einzige Metalltür unter einer schwachen Glühbirne, die durch ein Drahtgeflecht geschützt war. Diese etwa sechzig Meter von Frank entfernte Tür fiel gerade zu.

Obwohl seine Seite verdammt weh tat, rannte Frank auf den Eingang zu. Überrascht stellte er fest, daß die Klinke abgerissen und das Schloß zertrümmert war, so als hätte Skagg ein Brecheisen oder einen Vorschlaghammer benutzt. Hatte er irgendein Werkzeug gefunden, das zufällig an der Wand lehnte, und sich auf diese Weise Zutritt zum Lager verschafft? Aber Frank hatte ihn nur für Sekunden – höchstens für eine halbe Minute – aus den Augen verloren, und kein Mensch konnte in dieser kurzen Zeit eine Stahltür aufbrechen.

Und warum hatte die Alarmanlage, über die das Lagerhaus zweifellos verfügte, nicht funktioniert, obwohl Skagg – wie die beschädigte Tür bewies – keinerlei Vorsicht hatte walten lassen?

Naß bis auf die Haut, erschauderte Frank unwillkürlich, als er seinen Rücken an die kalte Mauer neben der Tür preßte. Mit äußerster Willenskraft gelang es ihm, das Zittern unter Kontrolle zu bringen und angespannt zu lauschen.

Er hörte nur das dumpfe Trommeln des Regens auf Metall. Das Prasseln des Regens auf dem nassen Pflaster. Das Gurgeln, Schlürfen und Glucksen des Regens in den Regenrinnen und Rinnsteinen.

Das Heulen und Zischen des Windes.

Frank lud seinen Revolver nach.

Seine rechte Seite schmerzte. Vor einigen Minuten hatte Skagg ihm mit einem Metallrohr, das er auf einem Bauplatz aufgelesen haben mußte, einen heftigen Schlag versetzt. Frank war völlig überrascht gewesen, als der Killer plötzlich aus der Dunkelheit hervorsprang und seine Waffe wie einen Baseballschläger schwang. Noch jetzt hatte er das Gefühl, als würden in seinen Muskeln und Knochen Glassplitter zerrieben, und bei jedem Atemzug nahm der Schmerz ein wenig zu. Vielleicht hatte er eine gebrochene Rippe oder auch zwei. Wahrscheinlich nicht … aber vielleicht doch. Er war naß und müde, und er fror.

Die Sache machte ihm aber auch großen Spaß.

2

Bei seinen Kollegen von der Mordkommission war Frank nur als »Dickschädel Shaw« bekannt. So hatten ihn auch schon seine Freunde während der Grundausbildung des Marine Corps genannt, vor mehr als fünfundzwanzig Jahren, denn er war stoisch, zäh und nicht unterzukriegen. Der Spitzname folgte ihm, als er den Militärdienst quittierte und zur Polizei von Los Angeles kam. Er ermunterte nie jemanden, ihn so anzureden, aber der Name haftete ihm trotzdem an, weil er eben so zutreffend war.

Frank war groß, hatte breite Schultern, eine schmale Taille, schmale Hüften und einen muskulösen, durchtrainierten Körper. Wenn er seine riesigen Hände zu Fäusten ballte, genügte meist schon dieser furchterregende Anblick, um einen Gegner zur Vernunft zu bringen. Sein breites Gesicht schien aus Granit gemeißelt zu sein – der Bildhauer hatte bestimmt seine Mühe damit gehabt und viele Hämmer und Meißel zerbrochen.

Seine Kollegen von der Mordkommission des *Los Angeles Police Department* behaupteten manchmal, Frank hätte nur zwei Gesichtsausdrücke: grimmig und sehr grimmig.

Seine hellblauen Augen, klar wie Regenwasser, betrachteten die Welt mit eisigem Mißtrauen. Wenn er nachdachte, saß oder stand er oft lange Zeit völlig regungslos da, und dann erinnerten seine hellwachen, beweglichen Augen an die einer Schildkröte, die unter ihrem Panzer hervorspäht.

Er habe auch die verdammt harte Schale einer Schildkröte, sagten seine Freunde. Aber das war nur die Hälfte von dem, was sie über ihn erzählten.

Nachdem er jetzt seinen Revolver nachgeladen hatte, trat er vor die beschädigte Tür des Lagerhauses und stieß sie mit dem Fuß auf. Geduckt, mit eingezogenem Kopf, die 38er schußbereit, setzte er über die Schwelle und warf als erstes einen Blick nach rechts und links, weil er damit rechnete, daß Skagg sich mit einer Brechstange, einem Hammer oder womit auch immer er sich gewaltsam Zutritt verschafft hatte, auf ihn stürzen würde.

Zu Franks Linken ragte eine sechs Meter hohe Wand aus Metallregalen empor, die mit Tausenden kleiner Schachteln gefüllt waren. Zu seiner Rechten – über die halbe Länge der Halle hinweg – waren reihenweise große Holzkisten bis zu einer Höhe von neun Meter aufeinandergestapelt, mit Zwischenräumen, die breit genug für den Einsatz von Gabelstaplern waren.

Die Neonröhren an der gut fünfzehn Meter hohen Decke waren ausgeschaltet. Nur einige Sicherheitslampen mit komischen Blechschirmen warfen ihr schwaches Licht auf die darunter gestapelten Waren. Größtenteils war die Lagerhalle jedoch in Schatten gehüllt.

Frank bewegte sich vorsichtig und leise. Seine nassen Schuhe quietschten zwar, aber dieses Geräusch war kaum zu hören, weil der Regen laut aufs Dach trommelte. Wasser tropfte von seiner Stirn, von seinem Kinn und vom Lauf seines Revolvers, während er von einer Kistenreihe zur nächsten huschte und in jeden Gang spähte.

Skagg stand am Ende des dritten Ganges, etwa fünfundvierzig Meter entfernt, im milchigen Licht der Deckenlampen und wartete offenbar ab, ob Frank ihm gefolgt war. Er hätte den Lichtkegel ohne weiteres meiden und sich eng an die Kisten pressen können, wo er vielleicht unsichtbar gewesen wäre. Indem er sich offen zeigte, schien er Frank verhöhnen zu wollen. Sobald er sicher war, daß der Bulle ihn gesehen hatte, verschwand er um die Ecke.

Fünf Minuten lang spielten sie Verstecken in dem Labyrinth aus Kisten und Kartons. Dreimal zeigte Skagg sich flüchtig, ohne Frank jedoch nahe herankommen zu lassen.

Die Sache macht auch ihm Spaß, dachte Frank.

Das ärgerte ihn.

Hoch oben an den Wänden, unter der mit Spinnweben überzogenen Decke, gab es schmale Fenster, durch die tagsüber etwas Licht in das höhlenartige Gebäude einfiel. Jetzt waren diese Fenster nur zu sehen, wenn grelle Blitze zuckten, die das Lagerhaus nicht zu erhellen vermochten, aber verwirrende huschende Schatten erzeugten. Zweimal hätte Frank um ein Haar auf eines dieser harmlosen Phantome geschossen.

Angestrengt ins Halbdunkel auf beiden Seiten spähend, schlich Frank durch einen weiteren Gang, als er plötzlich ein Geräusch hörte – ein Schaben und Kratzen. Er wußte sofort, was das bedeutete: eine Kiste wurde über eine andere geschoben.

Er hob den Kopf. Hoch oben, wo alles grau in grau verschwamm, schwankte eine Kiste von der Größe eines Sofas auf der Kante der Kiste darunter. Im nächsten Moment stürzte sie direkt auf ihn herab.

Bösartiger Kojote!

Frank warf sich nach vorne und rollte über den Betonboden, während die Kiste an jener Stelle zerschellte, wo er soeben noch gestanden hatte. Er schützte sein Gesicht vor den scharfen Holzsplittern, die wie Schrapnelle umherflogen. Die Kiste hatte Badzubehör enthalten – chromfunkelnde Wasserhähne und Duschköpfe schlitterten über den Boden, und einige prallten gegen Franks Rücken und Schenkel.

Heiße Tränen brannten in seinen Augen, denn der Schmerz in seiner rechten Seite hatte sich beträchtlich verstärkt. Jetzt hatte er das Gefühl, als wären seine Rippen nicht nur gebrochen, sondern regelrecht zermalmt.

Hoch oben stieß Skagg einen Schrei aus – eine Mischung aus Wut, animalischem Jagdschrei und irrem Gelächter.

Mit einer Art sechstem Sinn registrierte Frank die nächste Gefahr. Er rollte nach rechts und preßte sich dicht an die Wand aus Kisten, auf der Skagg stand. Hinter ihm krachte eine zweite riesige Kiste von mörderischem Gewicht auf den Boden.

»Lebst du noch?« rief Skagg.

Frank gab keine Antwort.

»Ja, du mußt irgendwo da unten sein, denn ich habe dich nicht schreien gehört. Du bist ein schneller Bastard, was?«

Wieder jenes Lachen. Es hörte sich wie atonale Musik an, gespielt auf einer verstimmten Flöte: ein kaltes, metallisches Geräusch. Unmenschlich. Frank Shaw schauderte.

Überraschungsstrategien waren seine Spezialität. Bei einer Verfolgung tat er möglichst das, womit sein Gegner am wenigsten rechnete. Den Lärm ausnützend, den der Regen auf dem Wellblechdach erzeugte, stand er in der Dunkelheit dicht neben den Kisten auf, schob seinen Revolver in das Halfter, wischte sich die Tränen aus den Augen und begann zu klettern.

Nachdem er zwei Drittel der neun Meter hohen Wand aus Holzkisten erklommen hatte, die kalten Finger in schmale Zwischenräume gekrallt, mit den Schuhspitzen nach Halt tastend, legte Frank eine kurze Rast ein. Der Schmerz in seiner rechten Seite schnürte ihm wie ein Lasso die Luft ab und drohte ihn sechs Meter in die Tiefe zu reißen. Er hielt sich krampfhaft fest, kniff die Augen zu und setzte seine enorme Willenskraft gegen den Schmerz ein.

»He, Arschloch!« brüllte Skagg.

Ja?

»Weißt du, wer ich bin?«

Ein größenwahnsinniger Psychopath.

»Ich bin der Mann, den die Zeitungen ›Nachtschlächter‹ nennen!«

Ja, ich weiß, du degenerierter Angeber.

»Diese ganze verdammte Riesenstadt liegt nachts wach, zittert vor Angst und fragt sich, wo ich sein mag!« schrie Skagg.

Nicht die ganze Stadt, mein Junge! Ich für meine Person habe deinetwegen keine Stunde Schlaf verloren.

Allmählich ließ der rasende Schmerz in seinen Rippen nach, ebbte zu einem dumpfen Pochen ab.

Bei seinen Freunden in der Armee und bei der Polizei stand Frank in dem Ruf, auch trotz einer Verletzung, die jeden anderen völlig außer Gefecht gesetzt hätte, stets durchzuhalten und zu siegen. In Vietnam hatte er zwei Kugeln aus einem Maschinengewehr der Vietcong abbekommen, eine in die linke Schulter und eine in die linke Seite, direkt über der Niere, aber er hatte weitergekämpft und den Schützen mit einer Granate erledigt. Und obwohl er stark blutete, hatte er seinen schwerverwundeten Kameraden mit dem unverletzten rechten Arm dreihundert Meter weit bis zu einem Versteck geschleppt, wo sie vor feindlichen Heckenschützen sicher waren, bis der Rettungshubschrauber sie fand. Als die Sanitäter ihn an Bord brachten, hatte er geäußert: »Krieg ist die Hölle, okay, aber er ist auch verdammt anregend!«

Seine Freunde sagten, er sei stahlhart und unglaublich zäh. Aber das war nur ein Teil von dem, was sie über ihn erzählten.

Über ihm lief Karl Skagg auf den Kisten hin und her. Frank war jetzt nahe genug, um die schweren Schritte trotz des unablässigen Wolkenbruchs zu hören.

Doch er hätte ohnehin gewußt, daß Skagg ständig in Bewegung war, denn die Wand aus Kisten vibrierte – allerdings nicht stark genug, um Frank in Absturzgefahr zu bringen.

Er kletterte weiter, tastete im Dunkeln vorsichtig nach jeder Vertiefung, die ihm Halt bieten konnte. Einige Holzsplitter bohrten sich in seine Finger, aber diese kleinen Stiche konnte er mühelos ignorieren.

Skagg war irgendwo auf der Kistenwand stehengeblieben und brüllte in Richtung eines dunklen Teils der Lagerhalle, wo er Frank vermutete: »He, Hosenscheißer!«

Meinst du mich?

»Ich habe etwas für dich, Hosenscheißer!«

Ich wußte gar nicht, daß wir Geschenke austauschen.

»Ich habe etwas ganz Scharfes für dich.«

Ein Fernseher wäre mir lieber.

»Ich habe für dich das gleiche wie für all die anderen.«

Vergiß den Fernseher. Ich gebe mich mit einer hübschen Flasche Eau de Cologne zufrieden.

»Komm her, damit ich dir das Gedärm aufschlitzen kann, du Hosenscheißer!«

Ich komme ja schon! Ich komme!

Frank erreichte das obere Ende der Wand und lugte vorsichtig über die Kante nach rechts und links. Skagg war etwa zehn Meter entfernt; er wandte Frank den Rücken zu und spähte in einen anderen Gang hinab.

»He, Bulle, Schau dir das an! Ich stehe hier oben im Licht. Du kannst mich leicht abknallen, wenn du aus deinem Versteck rauskommst. Was ist, fehlt dir sogar dazu der Mut, du feiger Mistkerl?«

Frank wartete auf einen heftigen Donnerschlag, stemmte sich hoch und duckte sich. Hier oben war das Trommeln des Regens noch lauter, und im Verein mit dem Donner übertönte es jedes Geräusch, das Frank machte.

»He, du da unten! Weißt du, wer ich bin, Bulle?«

Du wiederholst dich. Wie langweilig.

»Ich bin ein Hauptgewinn, eine Trophäe, von der jeder Bulle träumt!«

Stimmt, dein Kopf würde sich an der Wand meines Arbeitszimmers gut machen.

»Ein toller Karriereschub ist dir sicher, wenn du mich zur Strecke bringst, Hosenscheißer – Beförderung und Orden!«

Die Sicherheitslampen an der Decke waren jetzt nur wenige Meter über ihren Köpfen, und auf diese kurze Entfernung spendeten sogar die schwachen Glühbirnen genug Licht, um die Hälfte der Kisten zu beleuchten. Skagg stand an der hellsten Stelle und posierte für den Zuschauer, den er tief unter sich glaubte.

Frank zog seine 38er, richtete sich auf und trat aus dem Schatten ins bernsteinfarbene Licht.

»Wen nennst du Hosenscheißer?« fragte Frank.

Bestürzt wirbelte Skagg auf dem Absatz herum und taumelte einen Moment lang auf der Kante der Kistenwand. Mit den Armen fuchtelnd, konnte er einen Sturz in die Tiefe gerade noch vermeiden.

»Streck die Arme aus, laß dich auf die Knie fallen und leg dich dann flach auf den Bauch!« befahl Frank.

Karl Skagg sah nicht so aus, wie die meisten Leute sich einen irren Massenmörder vorstellen. Er hatte kein primitives Gesicht mit platter Stirn und fliehendem Kinn. Ganz im Gegenteil, er war attraktiv. So attraktiv wie ein Filmstar. Sein breites Gesicht war wohlgeformt, mit männlichen und doch empfindsamen Zügen. Seine Augen glichen nicht denen einer Schlange oder eines Raubtiers; sie waren braun, klar, sympathisch.

»Flach auf den Bauch!« wiederholte Frank.

Skagg bewegte sich nicht. Aber er grinste. Dieses Grinsen zerstörte den Eindruck, daß er ein Filmstar sein könnte, denn es war alles andere als charmant. Vielmehr erinnerte es an das bösartige Zähnefletschen eines Krokodils.

Der Kerl war groß, sogar noch größer als Frank. Mindestens 1,95 m, vielleicht sogar 1,98 m. Seinem kraftstrotzenden Körper nach zu schließen, hätte er ohne weiteres ein Gewichtheber sein können. Trotz der kalten Novembernacht trug er nur Turnschuhe, Jeans und ein blaues Baumwollhemd, das – feucht von Regen und Schweiß – an seinen muskulösen Armen und am genauso muskulösen Brustkorb klebte.

»Und wie willst du mich hier runterkriegen, Bulle? Glaubst du wirklich, ich lasse mir von dir Handschellen anlegen und liege dann hier oben herum, während du Verstärkung holst? Das kannst du vergessen, Schweinefresse!«

»Hör gut zu – ich puste dich ohne jedes Zögern weg, das kannst du mir glauben!«

»Tatsächlich? Ich nehme dir deine Knarre ab, ehe du dich's versiehst. Dann reiß ich dir den Kopf ab und stopf ihn dir in den Arsch!«

Mit unverhohlenem Abscheu sagte Frank: »Mußt du unbedingt so ordinär sein?«

Skagg grinste noch breiter und kam auf ihn zu.

Frank schoß ihm direkt in die Brust.

Der Knall hallte von den Metallwänden wider, und Skagg wurde nach hinten geworfen. Schreiend stürzte er in die Tiefe. Als er dröhnend auf dem Betonboden aufschlug, verstummte sein Schrei abrupt.

Die Kistenwand war durch Skaggs gewaltsamen Abgang bedrohlich ins Wanken geraten. Die riesigen Holzbehälter knarrten und knirschten. Frank ließ sich auf Hände und Knie fallen.

Während er darauf wartete, daß das heftige Beben nachließ, dachte er an den ganzen Papierkram, der bei einem tödlichen Schuß anfiel, an die unzähligen Formulare, die ausgefüllt werden mußten, um die blutenden Herzen all jener zu beruhigen, die stets überzeugt waren, daß jedes Opfer der Polizei genauso unschuldig wie Mutter Teresa war. Ihm wäre es lieber gewesen, wenn Skagg den Ausgang der Konfrontation nicht so schnell erzwungen hätte, wenn der Killer cleverer gewesen wäre und vor der unvermeidlichen dramatischen Schlußszene wenigstens noch ein kleines Katz-und-Maus-Spiel inszeniert hätte. Die Jagd hatte bei weitem nicht genug Spaß bereitet, um den lästigen Papierkram aufzuwiegen.

Die Kisten kamen schnell wieder zur Ruhe, und Frank stand auf. Er ging zu der Stelle, wo Skagg durch die Wucht der Kugel nach unten geschleudert worden war, trat an den Rand und blickte auf den Gang hinab. Der Betonboden schimmerte silbrig im Lampenschein.

Skagg lag nicht dort unten.

Ein Blitz zuckte an den schmalen Fenstern vorbei und verzerrte grotesk Franks Schatten.

Donner erschütterte den Nachthimmel, und ein noch stärkerer Wolkenbruch trommelte aufs Dach.

Frank schüttelte den Kopf, spähte wieder in den Gang hinab und blinzelte ungläubig.

Skagg lag immer noch nicht dort unten.

3

Frank Shaw kletterte vorsichtig die Kistenwand hinab und blickte auf dem leeren Gang nach rechts und links. Er betrachtete aufmerksam jeden Schatten, bevor er neben den Blutflecken in die Hocke ging. An der Stelle, wo Karl Skagg aufgeschlagen war, glänzten rote Blutlachen, obwohl ein Teil des frischen Blutes schon in den porösen Beton eingesickert war. Insgesamt mußte Skagg mindestens einen Liter Blut verloren haben.

Kein Mensch konnte aus nächster Nähe von einem 38er Revolver in die Brust getroffen werden und anschließend einfach aufstehen und das Weite suchen. Und kein Mensch konnte aus neun Meter Höhe auf Beton stürzen und sofort wieder aufspringen.

Und doch schien Skagg genau das getan zu haben.

Eine Blutspur markierte den Weg des Mannes. Seinen Revolver schußbereit in der Hand, folgte Frank dem Psychopathen, bog nach links in einen neuen Gang ein und durchquerte Lichtkegel und schattige Streifen in gleichmäßigem Tempo. Nach etwa fünfundvierzig Metern endete die Blutspur in der Mitte des Ganges.

Frank ließ seinen Blick über die aufgestapelten Kisten auf beiden Seiten gleiten, aber Skagg klammerte sich nirgends an. Und zwischen den Kisten gab es keine Nischen, in denen sich ein Mensch verstecken konnte.

Obwohl Skagg schwer verletzt war und es eilig hatte, seinem Verfolger zu entkommen, schien er seine gräßlichen Wunden an dieser Stelle verbunden zu haben, um die Blutung zu stoppen. Aber womit? Hatte er sein Hemd in Streifen gerissen, während er davonrannte?

Verdammt, Skagg hatte einen tödlichen Schuß in die Brust abbekommen! Frank hatte doch mit eigenen Augen gesehen, wie der Kerl durch den Einschlag der Kugel nach hinten geschleudert wurde, und er hatte Blut gesehen. Das Brustbein des Mannes war zerschmettert, und Knochensplitter mußten sich in innere Organe gebohrt haben. Arterien und Venen waren durchtrennt worden, und die Kugel hatte

Skagg mit Sicherheit mitten ins Herz getroffen. Kein Verband und keine Aderpresse konnte einen derartigen Blutstrom hemmen, und nichts konnte einen beschädigten Herzmuskel veranlassen, wieder rhythmische Kontraktionen auszuführen.

Frank lauschte in die Nacht hinein.

Regen, Wind, Donner. Ansonsten Stille.

Tote bluten nicht, dachte Frank.

Vielleicht endete die Blutspur deshalb an dieser Stelle weil Skagg hier gestorben war. Aber wenn er gestorben war, hatte der Tod ihn nicht aufhalten können. Er war einfach weitergelaufen.

Und was jage ich jetzt? Einen Toten, der nicht aufgeben will?

Die meisten Polizeibeamten hätten über eine solche Idee verlegen gelacht. Nicht aber Frank. Er war zwar stahlhart und stur, aber das bedeutete noch lange nicht, daß er auch unflexibel sein mußte. Er hatte den größten Respekt vor der geheimnisvollen Komplexität des Universums.

Ein wandelnder Toter? Unwahrscheinlich. Aber falls dies *doch* der Fall sein sollte, war die Situation zweifellos interessant. Faszinierend. Seit Wochen hatte seine Arbeit ihm nicht mehr so viel Freude bereitet.

4

Das Lagerhaus war groß, aber natürlich hatte es begrenzte Ausmaße. Doch als Frank die halbdunkle Halle jetzt absuchte, schien das kalte Innere viel größer zu sein als der von vier Wänden umschlossene Raum, so als erstreckten sich Teile des Gebäudes in eine andere Dimension hinein oder als änderte sich die tatsächliche Größe der Halle ständig wie durch Zauberei, je nach Franks übertriebenen Vorstellungen von ihren Ausmaßen.

Er suchte Skagg in den Gängen zwischen den Kistenwänden und in den Gängen zwischen den hohen Metallregalen voller Schachteln. Immer wieder prüfte er die Deckel von Kisten, weil er vermutete, daß Skagg sich in einem leeren Behälter versteckt haben könnte, aber er entdeckte keinen behelfsmäßigen Sarg des wandelnden Toten.

Zweimal unterbrach er die Suche für kurze Zeit, um sich des dumpfen Schmerzes in seiner Seite wieder bewußt zu werden. Verwundert über Skaggs plötzliches geheimnisvolles Verschwinden, hatte er ganz vergessen, daß er einen wuchtigen Schlag mit einer Stahlstange abbekommen hatte. Seine ungewöhnliche Fähigkeit, Schmerzen abzublocken, trug zu seinem Ruf eines hartgesottenen Kerls bei. Ein Kollege hatte einmal gesagt, Franks Schmerzgrenze liege irgendwo zwischen der eines Rhinozeros und der eines Zaunpfostens. Doch mitunter war es wünschenswert, Schmerzen möglichst stark wahrzunehmen. Zum einen schärften die Schmerzen Franks Sinne und machten ihn besonders wachsam. Zum anderen waren Schmerzen in positiver Weise demütigend: Sie halfen ihm, nicht größenwahnsinnig zu werden und nicht zu vergessen, daß das Leben kostbar war. Er war kein Masochist, aber er wußte, daß der Schmerz ein wesentlicher Bestandteil der menschlichen Natur war.

Fünfzehn Minuten, nachdem er Skagg erschossen hatte, war der Kerl noch immer unauffindbar. Trotzdem war Frank davon überzeugt, daß der Killer nicht in die regnerische Nacht geflohen war, sondern sich noch in der Lagerhalle aufhielt, tot oder lebendig. Das war keine bloße Vermutung; vielmehr verließ Frank sich auf seine untrügliche Intuition, die wirklich erstklassige Bullen von guten Bullen unterschied.

In einer Ecke der Halle standen zwanzig Gabelstapler von verschiedener Größe neben einem Dutzend Elektrokarren. Im Halbdunkel sahen die Gabelstapler wie riesige Insekten aus, wie monströse Heuschrecken, deren Schatten auf die anderen Maschinen fiel.

Franks Intuition hatte ihn auch diesmal nicht getäuscht. Als er sich zwischen den Geräten umsah, hörte er hinter sich Skaggs Stimme: »Suchst du mich?«

Frank wirbelte herum und hob seinen Revolver.

Skagg war etwa dreieinhalb Meter entfernt.

»Siehst du mich?« fragte der Killer.

Seine Brust war unversehrt.

»Siehst du mich?«

Sein Sturz aus neun Meter Höhe hatte ihm weder Knochenbrüche noch Quetschungen zugefügt. Das blaue Baumwollhemd wies Blutflecken auf, aber woher sie stammten, war nicht festzustellen.

»Siehst du mich?«

»Ich sehe dich«, erwiderte Frank.

Skagg grinste. »Weißt du auch, *was* du siehst?«

»Einen Haufen Scheiße.«

»Kann dein Ameisenhirn meine wahre Natur überhaupt begreifen?«

»Natürlich. Wie schon gesagt – du bist ein Haufen Hundescheiße.«

»Du kannst mich nicht beleidigen«, erklärte Skagg.

»Ich kann es jedenfalls versuchen.«

»Deine Meinung interessiert mich einen feuchten Kehricht.«

»Langweile ich dich etwa? Gott bewahre!«

»Du kotzt mich allmählich an!«

»Und du bist ein armer Irrer!«

Skagg verzog seinen Mund wieder zu jenem Grinsen, das Frank an ein zähnefletschendes Krokodil erinnerte. »Ich bin dir und deinesgleichen so sehr überlegen, daß du mich überhaupt nicht beurteilen kannst.«

»Oh, dann vergeben Sie mir bitte meine Anmaßung, Hoheit!«

Skaggs Grinsen verwandelte sich in eine bösartige Grimasse, und er riß seine braunen Augen weit auf, die plötzlich nichts Menschliches mehr hatten. Frank fühlte sich wie eine Feldmaus, die in die hypnotischen Augen einer ausgehungerten Kobra starrt.

Skagg machte einen Schritt vorwärts.

Frank machte einen Schritt rückwärts.

»Deine Spezies hat nur einen einzigen Nutzen – ihr seid eine interessante Beute.«

»Nun, es freut mich zu hören, daß wir interessant sind.«

Skagg machte wieder einen Schritt nach vorne, und der

Schatten einer Gabelstapler-Heuschrecke huschte über sein Gesicht.

Frank wich zurück.

»Du und deinesgleichen – ihr seid doch nur Schlachtvieh!«

Frank interessierte sich immer für die Funktionsweise des Gehirns eines irren Kriminellen, so wie ein Chirurg sich für die Krebsart interessiert, die er aus dem Körper eines Patienten herausoperiert. Deshalb fragte er: »Meinesgleichen? Was ist das denn für eine Gattung?«

»Die Menschen.«

»Aha!«

»Die Menschen«, wiederholte Skagg, und aus seinem Munde hörte sich das wie das schlimmste Schimpfwort an.

»Dann bist du also kein Mensch?«

»So ist es«, bestätigte Skagg.

»Was bist du dann?«

Skaggs irres Gelächter war in der Wirkung bestenfalls mit einem eisigen Polarwind zu vergleichen.

Ein Schauder lief Frank über den Rücken, und er hatte das Gefühl, als gefriere das Blut in seinen Adern. »Okay, Schluß jetzt!« sagte er. »Laß dich auf die Knie fallen und leg dich dann flach!«

»Du bist so beschränkt«, erwiderte Skagg.

»Jetzt langweilst du *mich*! Leg dich endlich hin, mit gespreizten Armen und Beinen, du Kretin!«

Skagg streckte seine rechte Hand aus, und für den Bruchteil einer Sekunde glaubte Frank, der Killer hätte seine Taktik geändert und wollte um sein Leben betteln.

Dann begann die Hand sich zu verwandeln. Die Handfläche wurde länger und breiter. Die Finger dehnten sich um fünf Zentimeter. Die Gelenke wurden dicker und knochiger. Die Haut verfärbte sich, wurde immer dunkler, braunschwarz mit gelblichen Flecken, und borstenartige Haare wuchsen aus ihr hervor. Gleichzeitig verwandelten sich die Nägel in messerscharfe Krallen.

»Du hast den starken Mann gespielt«, höhnte Skagg. »Eine gelungene Imitation von Clint Eastwood. Aber jetzt hast du Angst, stimmt's? Endlich hast du Angst, nicht wahr, kleiner Mann?«

Nur die eine Hand veränderte sich – Skaggs Gesicht, sein Körper und die andere Hand sahen noch genauso wie zuvor aus. Offenbar konnte er seine Metamorphose genau steuern.

»Ein Werwolf!« murmelte Frank erstaunt.

Skaggs irres Gelächter hallte erneut blechern von den Wänden wider, während er seine neue Hand demonstrativ bewegte, zur Faust ballte und gleich darauf spreizte, wobei die gräßlichen Krallen besonders bedrohlich wirkten.

»Nein, kein Werwolf«, zischte er. »Etwas viel Interessanteres, viel Wandelbareres und viel Ungewöhnlicheres! Hast du jetzt Angst? Hast du schon in die Hosen geschissen, du feiger Bulle?«

Skaggs Hand verwandelte sich wieder. Die Haare verschwanden, die fleckige Haut wurde noch dunkler, grünlichschwarz, und Schuppen tauchten auf. Die Fingerspitzen wurden dicker und breiter, und Saugnäpfe wuchsen aus ihnen hervor. Zwischen den Fingern bildeten sich Schwimmhäute. Die Krallen veränderten ihre Form, blieben aber genauso lang und scharf wie die des Werwolfs.

Skagg hielt sich diese gespreizten Finger wie einen Fächer vors Gesicht und betrachtete Frank über die halbmondförmigen undurchsichtigen Schwimmhäute hinweg. Dann senkte er seine Hand und grinste. Auch sein Mund hatte sich jetzt verändert. Die Lippen waren dünn, schwarz und mit Blasen übersät. Sie entblößten spitze Zähne, darunter zwei gekrümmte Giftzähne. Eine dünne, glänzende, gespaltene Zunge huschte über diese Zähne und leckte sich die schwarzen Lippen.

Beim Anblick von Franks ungläubigem Schrecken lachte Skagg, und von einer Sekunde auf die andere sah sein Mund wieder menschlich aus.

Doch dafür machte die Hand eine weitere Metamorphose durch. Die Schuppen verwandelten sich in eine glatte, harte schwarze Schale, und die Finger schmolzen wie Wachs dahin, bis statt dessen messerscharfe Krebsscheren aus den Handgelenken hervorwuchsen.

»Siehst du? Dieser Nachtschlächter braucht kein Messer«, flüsterte Skagg. »Meine Hände sind viel effektiver.«

Frank hielt den Revolver weiterhin auf seinen Gegner gerichtet, obwohl ihm inzwischen klar war, daß nicht einmal eine 357er Magnum mit teflonverstärkten Patronen ihn wirksam schützen könnte.

Draußen wurde der Himmel von einem Blitz gespalten. Die scharfe Klinge dieser Axt aus Elektrizität sauste an den schmalen Fenstern der Lagerhalle vorüber und ließ Schatten von den Dachsparren auf Frank und Skagg herabregnen.

Während ein Donnerschlag die Nacht erzittern ließ, fragte Frank: »Was zum Teufel bist du eigentlich?«

Skagg antwortete nicht sofort. Er starrte Frank an und schien verblüfft zu sein. Seine Stimme verriet sowohl Neugier als auch Wut, als er sagte: »Deine Spezies ist verweichlicht. Sie hat keinen Mumm in den Knochen. Mit dem Unbekannten konfrontiert, reagiert sie wie ein Schaf, das einen Wolf wittert. Ich verabscheue eure schwächliche Gattung. Die stärksten Männer brechen zusammen, wenn sie meine Künste sehen. Sie schreien wie kleine Kinder und geraten in Panik, oder aber sie sind vor Schrecken gelähmt und völlig sprachlos. Aber du nicht! Was unterscheidet dich von den anderen? Was macht dich so tapfer? Bist du einfach beschränkt? Begreifst du nicht, daß du ein toter Mann bist? Bist du so töricht, daß du glaubst, hier lebendig herauszukommen? Schau dich nur mal an – deine Hand zittert nicht einmal!«

»Ich habe schon Schlimmeres als dies hier erlebt«, erwiderte Frank gelassen. »Zwei Steuerprüfungen habe ich hinter mir.«

Skagg lachte nicht. Er brauchte offenbar unbedingt das Entsetzen seines künftigen Opfers. Ein Mord verschaffte ihm nicht genug Befriedigung; totale Demütigung und Erniedrigung mußte vorangehen.

Nun, du Bastard, von mir wirst du nicht bekommen, was du benötigst, dachte Frank.

Er wiederholte seine Frage: »Was zum Teufel bist du eigentlich?«

Mit seinen tödlichen Krebsscheren klickend, machte Skagg langsam einen Schritt vorwärts. »Vielleicht bin ich die Ausgeburt der Hölle. Glaubst du, daß das eine Erklärung sein könnte? Hmmmmm?«

»Bleib stehen!« warnte Frank.

Skagg machte einen weiteren Schritt auf ihn zu. »Bin ich vielleicht ein Dämon, der aus einer Schwefelgrube emporgestiegen ist? Spürst du eine Kälte in deiner Seele? Spürst du die Nähe von etwas Satanischem?«

Frank stieß gegen einen Gabelstapler, wich dem Hindernis aus und setzte seinen Rückzug fort.

Skagg folgte ihm. »Oder bin ich ein Wesen aus einer anderen Welt, gezeugt unter einem anderen Mond, geboren unter einer anderen Sonne?«

Während er redete, glitt sein rechtes Auge tiefer in den Schädel hinein, wurde immer kleiner und verschwand. Die Augenhöhle wuchs zu, so wie sich in einem Teich das Wasser über dem Loch schließt, das ein Kieselstein hinterlassen hat. Wo soeben noch das Auge gewesen war, konnte man nur noch glatte Haut sehen.

»Ein Außerirdischer? Könntest du dir so etwas vorstellen?« drängte Skagg. »Bist du intelligent genug, um zu akzeptieren, daß ich durch den riesigen Weltraum auf die Erde gekommen bin, getragen von galaktischen Strömungen?«

Frank wunderte sich nicht mehr, wie Skagg die Tür aufgebrochen hatte. Der Kerl hatte einfach seine Hände in hornige Hämmer verwandelt – oder in Brecheisen. Und zweifellos hatte er auch unglaublich dünne Verlängerungen seiner Fingerspitzen in die Alarmanlage geschoben und sie ausgeschaltet.

Die Haut von Skaggs linker Wange kräuselte sich. Ein Loch entstand, und darin tauchte plötzlich das verschwundene rechte Auge auf, direkt unter dem linken. Im nächsten Moment traten beide Augen weit hervor und verwandelten sich in die Facettenaugen eines Insekts.

Auch in Skaggs Kehle schienen Veränderungen vor sich zu gehen: Seine Stimme wurde tiefer und schnarrend. »Ein

Dämon, ein Außerirdischer ... oder vielleicht bin ich das Resultat eines fehlgeschlagenen genetischen Experiments. Hmmm? Was meinst du?«

Wieder jenes Lachen. Frank *haßte* es.

»Was meinst du?« beharrte Skagg, während er näher kam.

Weiter auf dem Rückzug, erwiderte Frank: »Wahrscheinlich bist du nichts von all dem. Wie du selbst gesagt hast – du bist viel ungewöhnlicher und interessanter.«

Jetzt waren Skaggs beide Hände zu Krebsscheren geworden, und die Metamorphose setzte sich an seinen muskulösen Armen fort: Seine Menschengestalt machte teilweise der Anatomie eines Krustentiers Platz. Die Säume seiner Hemdärmel platzten auf, gleich darauf auch die Säume an den Schultern, und dann flogen die Knöpfe in alle Richtungen, weil hornige Auswüchse die Größe und Form seines Brustkorbs veränderten.

Obwohl Frank wußte, daß er seine Munition vergeudete, gab er dicht hintereinander drei Schüsse ab. Eine Kugel traf Skagg in die Brust, eine in den Magen und eine in den Hals. Fleisch wurde zerfetzt, Knochen splitterten, Blut floß. Der Verwandlungskünstler taumelte rückwärts, ging aber nicht zu Boden.

Frank sah die Wunden, die jeden Menschen auf der Stelle getötet hätten. Skagg schwankte nur kurz, und noch während er sein Gleichgewicht zurückerlangte, begann sein Fleisch sich zu schließen. Eine halbe Minute später waren die Wunden verschwunden.

Mit einem gräßlichen Knacken schwoll Skaggs Schädel auf die doppelte Größe an. Sein Gesicht schien zu implodieren; alle Züge brachen nach innen zusammen, doch sofort trat eine neue Gewebemasse hervor und begann die Formen eines unheimlichen Insekts auszubilden.

Frank wartete die grotesken Einzelheiten von Skaggs neuer Erscheinungsform nicht ab. Er gab zwei Schüsse auf das erschreckend plastische Gesicht ab, und dann rannte er davon, sprang über einen Elektrokarren, umrundete einen großen Gabelstapler, sprintete in einen Gang zwischen hohen Metallregalen und versuchte diesmal, den Schmerz in seiner

Seite *nicht* zu fühlen, während er durch die lange Lagerhalle hetzte.

Der Morgen hatte trüb und regnerisch begonnen; der Verkehr quälte sich im Schneckentempo durch die nassen Straßen, von den Palmen tropfte es, und die Gebäude sahen im grauen Licht düster aus. Frank hatte gedacht, daß der ganze Tag genauso unfreundlich sein würde wie das Wetter – ereignislos, langweilig, vielleicht sogar deprimierend. Statt dessen war es doch noch ein aufregender, interessanter, sogar erheiternder Tag geworden. Eine angenehme Überraschung! Man konnte eben nie wissen, was das Schicksal als nächstes für einen bereithielt, und das machte das Leben so amüsant und lebenswert.

Franks Freunde sagten, er hätte trotz seiner harten Schale viel Spaß am Leben. Aber das war nur ein Teil von dem, was sie über ihn erzählten.

Skagg stieß ein Wutgeheul aus, das sich absolut unmenschlich anhörte. Für welche Gestalt er sich diesmal auch entschieden haben mochte – er hatte jedenfalls Franks Verfolgung aufgenommen, und er war sehr schnell.

5

Trotz seiner schmerzenden Rippen kletterte Frank schnell und ohne Zögern wieder auf eine neun Meter hohe Wand aus Kisten; diesmal enthielten sie, wie die seitlichen Aufschriften verrieten, Werkzeugmaschinen, Getriebe und Kugellager. Oben angelangt, stemmte er sich hoch und stand auf.

Sechs zusätzliche Kisten waren an den beiden Enden der Wand gestapelt. Frank schob eine davon bis zur Kante vor. Sie enthielt vierundzwanzig tragbare CD-Player, jene verdammten Dinger, die von rücksichtslosen jungen Männern auf volle Lautstärke aufgedreht wurden, um ihre unerträgliche Lieblingsmusik als Waffe gegen unschuldige Passanten einzusetzen. Frank hatte keine Ahnung, was diese Geräte zwischen Werkzeugmaschinen und Kugellagern zu suchen

hatten, aber die Kiste wog nur etwa zweihundert Pfund, und
deshalb konnte er sie von der Stelle bewegen.

Unten im Gang stieß etwas einen schrillen, durchdringenden Schrei aus, eine Mischung aus Wut und Herausforderung.

An der Kiste vorbei blickte Frank in die Tiefe und stellte
fest, daß Skagg die Gestalt eines abstoßenden Insekts angenommen hatte, eines Mitteldings zwischen Küchenschabe
und Heuschrecke, allerdings gut zweihundertfünfzig Pfund
schwer.

Plötzlich drehte diese Kreatur ihren Schalenkopf, so daß
die großen Fühler zitterten. Bernsteinfarbene leuchtende Facettenaugen starrten zu Frank empor.

Er stieß die Kiste hinunter, verlor das Gleichgewicht und
wäre um ein Haar mit in die Tiefe gestürzt. In letzter Sekunde warf er sich zurück und landete hart auf dem Gesäß.

Die Kiste mit den CD-Playern schlug donnernd unten auf.
Vierundzwanzig arrogante Punks mit schlechtem Musikge-
schmack, aber großer Vorliebe für einwandfreie Tonwieder-
gabe würden an Weihnachten sehr enttäuscht sein.

Auf allen vieren kroch Frank bis zum Rand vor, schaute
hinab und stellte fest, daß Skagg sich in seiner zappelnden
Insektengestalt von der zerborstenen Kiste zu befreien versuchte, die ihn vorübergehend an den Boden genagelt hatte.
Frank sprang auf und schaukelte auf der schweren Kiste unter seinen Füßen hin und her. Bald bebte die halbe Wand,
und der Kistenstapel unter ihm schwankte bedenklich. Er
setzte seinen Vernichtungstanz mit noch größerem Eifer fort,
bis der Stapel einzustürzen drohte. Dann brachte er sich mit
einem Sprung auf die nächste Kistenreihe in Sicherheit und
landete auf Händen und Knien. Mehrere lange Holzsplitter
bohrten sich tief in seine Haut, aber gleichzeitig hörte er, daß
mindestens ein halbes Dutzend Kisten krachend in dem
Gang hinter ihm aufschlug, und deshalb schrie er weniger
vor Schmerz als vielmehr vor Triumph auf.

Diesmal kroch er flach auf dem Bauch zum Rand der
Wand.

Unter einer Tonne von Trümmern begraben, war Skagg

nicht zu sehen. Aber der Verwandlungskünstler war nicht
tot, das bewiesen seine unmenschlichen Wutschreie. Außerdem erschütterten seine verzweifelten Befreiungsversuche
den ganzen Trümmerhaufen.

Zufrieden darüber, etwas Zeit gewonnen zu haben, stand
Frank auf, rannte auf der Kistenwand entlang, kletterte an
ihrem Ende hinunter und eilte in einen anderen Teil der Lagerhalle.

Zufällig kam er an der beschädigten Tür vorbei, durch die
er und Skagg das Gebäude betreten hatten. Skagg hatte sie
geschlossen und mehrere schwere Kisten davor geschoben,
damit Frank sich nicht heimlich verdrücken konnte. Zweifellos hatte der Verwandlungskünstler auch die Steuerung der
Rolltore an der Vorderseite der Lagerhalle beschädigt und
andere Ausgänge ebenfalls irgendwie blockiert.

Diese Mühe hättest du dir sparen können, dachte Frank.

Er hatte nicht die Absicht, das Weite zu suchen. Als Polizeibeamter war er verpflichtet, Karl Skagg unschädlich zu
machen, denn der Kerl stellte eine extreme Bedrohung für
die Ruhe und Sicherheit der Allgemeinheit dar. Frank hielt
viel von Pflicht und Verantwortung. Schließlich war er Mari-
ne-Infanterist gewesen. Und … nun ja, obwohl er das niemals zugegeben hätte, er liebte es, Dickschädel genannt zu
werden; und er genoß den Ruf, der mit diesem Spitznamen
einherging. Diesem Ruf galt es gerecht zu werden.

Außerdem wurde er des Spiels allmählich zwar ein wenig
überdrüssig, aber es machte ihm doch noch Spaß.

6

An der Südwand führte eine Eisentreppe zu einer hohen Galerie mit Gitterboden empor. Hier befanden sich die Büros
des Geschäftsführers, der Sekretärin und der Büroangestell-
ten.

Durch die großen Schiebetüren aus Glas konnte Frank die
dunklen Umrisse von Schreibtischen, Stühlen und Bürogerä-
ten erkennen. In keinem der Räume brannte Licht, aber sie

hatten Fenster zur Außenseite hin, durch die der gelbliche
Schein naher Straßenlaternen einfiel. Die grellen Blitze sorg-
ten für zusätzliche Beleuchtung.

Der Regen hörte sich sehr laut an, weil das gewölbte Dach
nur drei Meter entfernt war. Jeder Donnerschlag hallte vom
Wellblech wider.

In der Mitte der Galerie lehnte Frank sich ans Eisengeländer und ließ seine Blicke durch die riesige Halle schweifen.
Er konnte nicht alle Gänge überschauen, aber er sah Umrißhaft die vielen Gabelstapler und Elektrokarren, wo er erstmals mit den phantastischen Selbstheilungsfähigkeiten seines Gegners und mit dessen Verwandlungskünsten
konfrontiert worden war. Und er konnte auch einen Teil der
beschädigten Kistenwand sehen, wo er Skagg unter Werkzeugmaschinen, Kugellagern und CD-Playern begraben hatte.

Nichts bewegte sich.

Er lud seinen Revolver nach. Selbst wenn er sechs Schüsse
hintereinander auf Skaggs Brust abgab, würde er einen Angriff des Verwandlungskünstlers höchstens um eine Minute
hinauszögern, denn länger brauchte der Kerl nicht, um sich
zu regenerieren. Eine Minute. Gerade genug Zeit, um nach-
zuladen. Er hatte noch Munition, allerdings keinen unbe-
grenzten Vorrat. Der Revolver war im Grunde sowieso nutzlos, aber Frank wollte das Spiel so lange wie irgend möglich
fortsetzen, und der Revolver gehörte zu diesem Spiel.

Er gestattete sich jetzt nicht mehr, den Schmerz in seiner
Seite zu fühlen. Der Endkampf war nicht mehr fern, und dabei konnte er sich den Luxus von Schmerzen nicht leisten. Er
mußte seinem Ruf gerecht werden, und deshalb durfte er bei
der Konfrontation mit Skagg durch nichts abgelenkt werden.

Er spähte wieder in die Lagerhalle hinab.

Nichts bewegte sich, aber von Wand zu Wand schienen
alle Schatten in dem riesigen Raum vor gespeicherter Energie zu schimmern, so als wären sie lebendig und warteten
nur darauf, daß er ihnen den Rücken zukehrte und sie ihn
anspringen konnten.

Der grelle Widerschein eines Blitzes erhellte das Büro hinter Frank, und ein Widerschein des Widerscheins fiel durch die Glastür auch auf die Galerie. Frank wußte, daß das nervös zuckende Licht ihn ins Blickfeld seines Gegners rücken mußte, aber er gab seinen exponierten Standort am Geländer nicht auf. Er hatte nicht die Absicht, sich vor Karl Skagg zu verstecken. Diese Lagerhalle war ihr Samarra, und ihre Verabredung stand dicht bevor.

Allerdings wird Skagg mit Sicherheit sehr überrascht sein, dachte Frank selbstbewußt, *wenn er feststellen muß, daß nicht er hier die Rolle des Todes spielt, sondern ich.*

Wieder blitzte es. Gespenstische Lichter huschten über die gewölbte Metalldecke, die normalerweise im Dunkeln lag, und sie erfaßten Skagg, der am höchsten Punkt der Decke klebte und vorwärtskroch wie eine Spinne, die sich um die Gesetze der Schwerkraft nicht zu kümmern braucht. Obwohl Skagg nur flüchtig und undeutlich zu sehen gewesen war, hatte Frank erkennen können, daß der Verwandlungskünstler wie eine Kreuzung aus Spinne und Eidechse aussah.

Beide Hände um den Griff seines Revolvers gelegt, wartete Frank auf den nächsten Blitz. Während der dunklen Pause schätzte er die Entfernung ab, die Skagg in dieser Zeit zurücklegen konnte, und vollzog den Weg seines unsichtbaren Feindes mit der Waffe nach. Als die schmalen Fenster unter dem Dach wieder wie Lampen glühten und das Licht über die Decke huschte, war der Lauf seines Revolvers genau auf den Verwandlungskünstler gerichtet. Er gab drei Schüsse ab und war sicher, daß mindestens zwei Kugeln getroffen hatten.

Skagg stieß einen quiekenden Laut aus, verlor den Halt und stürzte von der Decke. Doch er fiel nicht wie ein Stein zu Boden. Noch während des Falls heilten seine Wunden, und er machte eine weitere Metamorphose durch: Aus der Spinnen-Eidechse wurde wieder ein Mensch, aber ihm wuchsen fledermausartige Flügel, die ein Geräusch erzeugten, als würde kaltes Leder gegeneinander gerieben. Er schwang sich durch die Luft, über das Geländer hinweg auf die Galerie, höchstens sechs Meter von Frank entfernt. Bei seinen häufigen Verwandlungen hatte er alle Kleidungsstücke – sogar die Schuhe – verloren; er war jetzt völlig nackt.

Die Flügel verwandelten sich in Arme, und mit dem rechten Arm deutete Skagg auf Frank. »Du kannst mir nicht entkommen.«

»Ich weiß, ich weiß«, sagte Frank. »Du hättest auf Cocktailpartys bald den Ruf eines schrecklichen Langweilers, du Blutegel!«

Die Finger von Skaggs rechter Hand dehnten sich plötzlich zu einer Länge von 25 cm und bestanden nur noch aus harten Knochen, die an den Enden spitz zuliefen und messerscharfe Kanten hatten. Zusätzlich war jede mörderische Fingerspitze auch noch mit einem stacheligen Sporn versehen, um den Feind besser in Stücke reißen zu können.

Frank gab die letzten drei Schüsse ab.

Skagg taumelte und fiel rückwärts auf den Metallboden der Galerie.

Frank lud nach. Noch bevor er den Zylinder schloß, sah er, daß Skagg schon wieder auf den Beinen war.

Sein gräßliches irres Gelächter ausstoßend, kam Skagg auf Frank zu. Beide Hände endeten jetzt in langen knochigen, stacheligen Klauen. Offenbar stellte er aus reinem Vergnügen an der erhofften Angst seines Opfers alle Künste zur Schau, die er beherrschte. An fünf Stellen seines Brustkorbs tauchten Augen auf, die Frank anstarrten. In seinem Bauch entstand ein Maul voller Krokodilzähne, und von den Spitzen der oberen Fangzähne tropfte eine widerliche gelbliche Brühe.

Frank gab vier Schüsse ab, die Skagg wieder niederwarfen, und während der Kerl noch am Boden lag, verpaßte er ihm zwei weitere Kugeln.

Er lud mit seiner letzten Munition nach. Skagg stand auf und kam wieder auf ihn zu.

»Bist du bereit? Bist du bereit zu sterben, du Hosenscheißer?«

»Eigentlich nicht. Ich habe mein Auto bis auf eine Rate abbezahlt, und ich wüßte ganz gern, was für ein Gefühl es ist, eines dieser verdammten Dinger wirklich zu besitzen.«

»Am Ende wirst du bluten wie alle anderen.«

»Tatsächlich?«

»Du wirst schreien wie alle anderen.«

»Wenn es immer das gleiche ist, müßte es dir doch eigentlich allmählich langweilig werden. Wäre es dir nicht lieber, wenn ich anders bluten und schreien würde? Als kleine Abwechslung.«

Skagg stürzte auf ihn zu.

Frank gab sechs Schüsse ab.

Skagg ging zu Boden, sprang auf und stieß einen giftigen Strom schrillen Gelächters aus.

Frank warf den leeren Revolver beiseite.

Augen und Mund verschwanden aus Brust und Bauch des Verwandlungskünstlers, wo ihm nun statt dessen vier kurze krabbenartige Arme mit Scheren wuchsen.

Während Frank auf der Galerie zurückwich, vorbei an den Glastüren, in denen sich die Blitze spiegelten, sagte er: »Weißt du, was dein Fehler ist, Skagg? Du bist viel zu prahlerisch. Du wärest viel furchterregender, wenn du subtiler vorgehen würdest. Diese vielen Verwandlungen, dieses hektische Wechseln von einer Gestalt zur anderen – es ist einfach zu verwirrend. Der Verstand hat Mühe, es zu verarbeiten, und deshalb reagiert er eher mit Ehrfurcht als mit Entsetzen. Verstehst du, was ich meine?«

Wenn Skagg Franks Ausführungen verstanden hatte, war er entweder anderer Meinung, oder aber er kümmerte sich einfach nicht darum; jedenfalls ließ er gebogene Knochenhaken aus seiner Brust hervorwachsen und sagte: »Ich werde dich ganz nahe an mich heranziehen und dich aufspießen, und dann sauge ich dir die Augen aus dem Schädel.« Um die zweite Hälfte seiner Drohung zu veranschaulichen, veränderte er abermals sein Gesicht: Wo soeben noch der Mund gewesen war, befand sich jetzt eine Art Rüssel, der am Ende mit scharfen Zähnen ausgestattet war und mit dessen Hilfe er ekelerregende saugende Geräusche von sich gab.

»Genau das habe ich gemeint, als ich von prahlerisch sprach«, sagte Frank, während er bis zum Geländer am Galerieende zurückwich.

443

Skagg war nur noch drei Meter entfernt.

Frank bedauerte, daß das Spiel zu Ende war, doch jetzt war der Zeitpunkt gekommen, um seinen eigenen Körper von der Menschengestalt zu befreien, in die er ihn seit langem gezwängt hatte. Seine Knochen lösten sich auf. Fingernägel, Haare, innere Organe, Fett, Muskeln und alle übrigen Gewebeformen wurden zu einer einheitlichen Masse. Sein Körper war jetzt völlig amorph, und diese dunkle gallertartige pulsierende Masse floß durch die Sakkoärmel aus seinem Anzug heraus.

Knisternd fielen seine Kleidungsstücke auf den Metallboden.

Neben seinem leeren Anzug nahm Frank wieder menschliche Gestalt an und stand nackt vor seinem-Möchtegern-Angreifer. »*So* verwandelt man sich, ohne dabei seine Garderobe zu zerstören. Bei deinem ungestümen Vorgehen wundert es mich eigentlich, daß du überhaupt noch etwas zum Anziehen hast.«

Schockiert gab Skagg seine monströsen Demonstrationen auf und nahm seinerseits Menschengestalt an. »Du bist wie ich!«

»Nein«, widersprach Frank. »Ich gehöre derselben Spezies wie du an, aber dir ähnlich bin ich bestimmt nicht. Ich lebe mit den Menschen friedlich zusammen, so wie es die meisten von uns seit Jahrtausenden tun. Du hingegen bist ein degenerierter, größenwahnsinniger Irrer, und dein Machthunger treibt dich zu den schlimmsten Greueltaten.«

»*Friedlich* mit ihnen zusammenleben?« sagte Skagg höhnisch. »Aber sie sind sterblich, während wir unsterblich sind. Sie sind schwach, wir sind stark. Ihre einzige Lebensberechtigung besteht darin, uns auf irgendeine Weise Genuß zu bereiten, und am spaßigsten sind nun einmal ihre Todesqualen.«

»Du irrst dich! Menschen sind wertvoll, weil ihr Leben uns ständig daran erinnert, daß eine Existenz ohne Selbstdisziplin in Chaos mündet. Ich verbringe fast die ganze Zeit in dieser Menschengestalt, und abgesehen von seltenen Ausnahmen zwinge ich mich, menschliche Schmerzen zu ertragen. Ich nehme Freud und Leid des menschlichen Lebens auf mich.«

»*Du* bist es, der verrückt ist!«

Frank schüttelte den Kopf. »Ich diene den Menschen, indem ich bei der Polizei arbeite, und dadurch hat mein Leben einen Sinn. Sie brauchen unsere Hilfe so sehr.«

»Sie *brauchen* uns?«

Einem krachenden Donnerschlag folgte ein Wolkenbruch, der noch schlimmer als alle vorherigen war. Frank suchte nach Worten, die vielleicht sogar in Skaggs krankem Hirn etwas Verständnis wecken würden. »Die Lage der Menschen ist unsagbar traurig. Denk doch nur mal – ihre Körper sind fragil; ihr Leben ist kurz, kaum mehr als das Flackern eines Kerzenstummels; gemessen am Alter der Erde, sind ihre tiefsten Beziehungen zu Freunden und Familienangehörigen sehr kurzlebig, flüchtige Blitze von Liebe und Freundlichkeit, die den großen, dunklen, endlosen Strom der Zeit nicht zu erhellen vermögen. Und trotzdem verzweifeln sie nur selten angesichts ihrer grausamen Situation, verlieren selten den Glauben an sich selbst. Nur wenige ihrer Hoffnungen erfüllen sich, aber sie machen dennoch weiter, kämpfen gegen die Finsternis, obwohl sie sich ihrer Sterblichkeit bewußt sind. Und das erfordert unglaubliche Tapferkeit und unvorstellbaren Edelmut.«

Skagg starrte ihn lange schweigend an, bevor er wieder sein irres Gelächter erschallen ließ. »Sie sind unsere Beute, du Narr! Spielzeuge, mit denen wir uns amüsieren können! Weiter nichts. Was soll dieses unsinnige Geschwafel über einen Sinn des Lebens, über Kampf und Selbstdisziplin? Vor dem Chaos braucht man sich nicht zu fürchten, und man darf es nicht geringschätzen. Ganz im Gegenteil – man muß das Chaos begrüßen. Chaos, herrliches Chaos, ist der ursprüngliche Zustand des Universums, wo die titanischen Kräfte von Sternen und Galaxien aufeinanderprallen, gänzlich ohne Sinn und Zweck.«

»Chaos ist aber unvereinbar mit Liebe«, sagte Frank. »Liebe strebt nach Stabilität und Ordnung.«

»Wer braucht denn schon Liebe?« fragte Skagg, und das

445

letzte Wort des Satzes spie er besonders höhnisch und haßerfüllt aus.

Frank seufzte. »Nun, ich für meine Person weiß die Liebe
zu würdigen. Durch meinen intensiven Kontakt mit den
Menschen wurde ich belehrt, wie wichtig die Liebe ist.«

»Belehrt? Die Menschen haben dich verdorben, korrum-
piert!«

Frank nickte. »Es war mir klar, daß du es so sehen würdest. Das Traurige ist, daß ich dich zum Schutz der Liebe töten muß.«

Skagg war sichtlich amüsiert. »Mich töten? Soll das ein
Witz sein? Du kannst mich genauso wenig töten wie ich
dich. Wir sind beide unsterblich.«

»Du bist jung«, sagte Frank. »Sogar nach menschlichen
Maßstäben bist du noch ein junger Mann, und nach *unseren*
Maßstäben bist du ein Kleinkind. Ich würde sagen, daß ich
mindestens dreihundert Jahre älter bin als du.«

»Und?«

»Es gibt Fähigkeiten, die wir erst in reifem Alter erwerben.«

»Welche denn?«

»Ich konnte vorhin beobachten, wie du deine genetische
Plastizität zur Schau stellst. Aber das schwierigste Kunststück in punkto Zellkontrolle hast du mir nicht vorgeführt.«

»Und was soll das sein?«

»Die totale Auflösung in eine amorphe Masse, die trotz
ihrer Gestaltlosigkeit ein einheitliches Wesen bleibt. Ich habe
das vorhin gemacht, als ich meine Kleider abstreifte. Dieses
Kunststück erfordert eiserne Disziplin, denn es führt an den
Rand des Chaos: In Auflösung begriffen, muß man seine
Identität wahren. Diese Selbstdisziplin fehlt dir, denn wenn
du die totale Amorphie beherrschen würdest, hättest du
zweifellos versucht, mich damit zu erschrecken. Aber deine
rasanten Verwandlungen haben etwas Krankhaftes an sich.
Du nimmst jede Gestalt an, die dir gerade in den Sinn
kommt, und dadurch beweist du einen kindischen Mangel
an Disziplin.«

»Na und?« forderte Skagg ihn unerschrocken heraus.
»Deine größere Erfahrung ändert nichts an der Tatsache, daß

ich unbesiegbar und unsterblich bin. Die schlimmsten Wunden heilen bei mir in Sekundenschnelle. Gift ist völlig wirkungslos. Weder extreme Hitze noch arktische Kälte, weder Säure noch eine Explosion – eine nukleare vielleicht ausgenommen – kann mein Leben auch nur um eine Sekunde verkürzen.«

»Aber du bist ein Lebewesen mit einem Metabolismus«, erklärte Frank, »und du mußt auf irgendeine Weise atmen – in Menschengestalt durch die Lunge, in anderen Gestalten mit Hilfe anderer Organe. Du brauchst Sauerstoff, um am Leben zu bleiben.«

Skagg starrte ihn an, ohne die Drohung zu verstehen.

Im nächsten Moment gab Frank seine Menschengestalt wieder zugunsten eines völlig amorphen Zustands auf, breitete sich wie ein Riesenmanta in tropischen Meeren aus, warf sich vorwärts und umhüllte Skagg, paßte sich dessen Körper exakt an – jeder Vertiefung, jeder Falte, jeder Krümmung nach innen oder außen. Seine gallertartige Masse bedeckte jeden Millimeter von Skagg, verstopfte dessen Nase und Ohren, umschloß jedes Haar und schnitt auf diese Weise die Sauerstoffzufuhr ab.

In diesem Kokon gefangen, ließ Skagg fieberhaft Krallen, Hörner und Widerhaken aus verschiedenen Körperteilen hervorwachsen, in einem verzweifelten Versuch, das erstickende Gewebe zu zerfetzen. Doch das war unmöglich, denn kaum daß eine messerscharfe Klaue Franks Zellen geteilt hatte, verschmolzen diese wieder miteinander.

Skagg bildete an verschiedenen Stellen seines Körpers ein halbes Dutzend Münder, einige mit nadelspitzen Fangzähnen, andere mit Doppelreihen von Haizähnen, und alle rissen wütend am Fleisch seines Gegners. Doch Fracks amorphes Gewebe floß in die Öffnungen, anstatt zurückzuweichen, und verstopfte sie; die gallertartige Masse überzog auch die Zähne, so daß sie ihre Schärfe einbüßten.

Skagg verwandelte sich in ein abstoßendes Insekt.

Frank paßte sich sofort dieser Form an.

Skagg ließ sich Flügel wachsen und suchte Rettung im Fliegen.

Frank paßte sich auch dieser Gestalt an, zwang ihn zu Boden und verweigerte ihm die Freiheit des Fliegens.

Draußen regierte in dieser Nacht das Chaos des Gewitters. In der Lagerhalle mit ihren ordentlichen Regalen und der Klimaanlage, die Luftfeuchtigkeit und Temperatur konstant hielt, herrschte Ordnung – abgesehen von Skagg. Doch Skaggs Chaos war jetzt von Franks undurchdringlicher Hülle fest umschlossen.

Diese Umklammerung war tödlich, doch Frank übte nicht nur die Funktion eines Henkers aus; er war zugleich auch Bruder und Priester: Sanft geleitete er Skagg aus dem Leben, und er verspürte dabei sogar ein gewisses Bedauern, obwohl es nicht so stark war wie seine Anteilnahme, wenn er Menschen durch Unfälle und Krankheiten leiden und sterben sah. Der Tod war immer ein unwillkommener Sohn des Chaos in einem Universum, das dringend der Ordnung bedurfte.

Eine Stunde lang kämpfte Skagg verbissen, zappelte und schlug um sich, mit zunehmend nachlassender Kraft. Ein Mensch hätte nicht so lange ohne Sauerstoff überleben können, aber Skagg war kein Mensch – er war gleichzeitig mehr und auch weniger als ein Mensch.

Frank war geduldig. Seine jahrhundertelange Anpassung an die Beschränkungen der menschlichen Natur – eine Anpassung, die er sich selbst auferlegte – hatte ihn extreme Geduld gelehrt. Auch als die irre Kreatur kein Lebenszeichen mehr von sich gab, hielt er sie sicherheitshalber eine weitere halbe Stunde gefangen. Skagg war so eingekapselt wie ein Gegenstand, der in Bronze getaucht wird, oder wie ein Einschluß im Bernstein.

Dann nahm Frank wieder menschliche Gestalt an.

Auch Karl Skaggs Leichnam sah wie der eines Menschen aus, denn das war die abschließende Metamorphose gewesen, der er sich in den letzten Sekunden seines qualvollen Erstickungstodes unterzogen hatte. Im Tod sah er so schwach und armselig wie jeder richtige Mensch aus.

Nachdem Frank sich angekleidet hatte, hüllte er Skaggs Körper in eine Plane, die er in der Lagerhalle gefunden hatte.

Dieser Leichnam durfte nicht in die Hände eines Pathologen fallen, denn das fremdartige Gewebe würde die Menschen darauf aufmerksam machen, daß eine andere Spezies heimlich unter ihnen lebte. Er trug den toten Gestaltwandler durch die regnerische Nacht zu seinem Chevrolet.

Behutsam legte er Skagg in den Kofferraum.

Noch vor Morgengrauen hob er in den dunklen, mit Gestrüpp bewachsenen Hügeln am Rand des *Los Angeles National Forest* eine tiefe Grube aus. Südlich und westlich unter ihm schimmerten die gelben und rosafarbenen Lichter der Großstadt. Als er Skaggs Leichnam in die Erde senkte und die Grube zuschaufelte, weinte er.

Von diesem wilden Behelfsfriedhof fuhr er auf direktem Wege nach Hause, zu seinem gemütlichen Fünf-Zimmer-Bungalow. Murphy, sein Irish Setter, begrüßte ihn mit viel Schnuppern und Schwanzwedeln an der Tür. Seuss, seine Siamkatze, gab sich zunächst unnahbar, kam dann aber ebenfalls laut schnurrend an und wollte gestreichelt werden.

Obwohl die Nacht sehr anstrengend gewesen war, ging Frank nicht zu Bett, denn er brauchte niemals Schlaf. Aber er legte seine nassen Kleider ab, zog Pyjama und Morgenrock an, machte sich eine große Schüssel Popcorn, öffnete ein Bier und ließ sich mit Seuss und Murphy gemütlich auf dem Sofa nieder, um einen alten Frank-Capra-Film anzuschauen, den er schon mindestens zwanzigmal gesehen hatte, aber immer wieder genoß: James Stewart und Donna Reed in *It's a Wonderful Life.*

Alle Freunde von Frank Shaw sagten, er habe eine harte Schale, aber das war nur ein Teil von dem, was sie über ihn erzählten. Sie sagten auch, daß in dieser harten Schale ein sehr weiches Herz schlug.

Aus dem Amerikanischen von Alexandra v. Reinhardt

Kätzchen

Das kühle grüne Wasser des Baches plätscherte leise und strudelte um die glatten braunen Steine. Die Trauerweiden am Ufer spiegelten sich darin. Marnie saß im Gras, warf Steine in ein tiefes Wasserloch und beobachtete die Wellen, die sich kreisförmig ausbreiteten und an den schlammigen Ufern leckten. Sie dachte an die Kätzchen. An die Kätzchen dieses Jahres, nicht an die des Vorjahres. Letztes Jahr hatten ihre Eltern ihr erklärt, die Kätzchen seien in den Himmel gekommen. Pinkies ganzer Wurf war am dritten Tag nach der Geburt verschwunden.

»Gott hat sie in den Himmel geholt, damit sie bei Ihm leben können«, hatte Marnies Vater gesagt.

Es war nicht so, daß sie die Worte ihres Vaters angezweifelt hätte. Er war schließlich ein frommer Mann. Er unterrichtete an der Sonntagsschule und bekleidete ein wichtiges Amt in der Kirche: Er zählte die Kollekte und trug die Summe in ein kleines rotes Buch ein. Und am *Sonntag der Laien* wurde unweigerlich er ausgewählt, um die Predigt zu halten. Jeden Abend las er seiner Familie einen Bibelabschnitt vor. Gestern abend war Marnie zu spät gekommen und hatte dafür eine Tracht Prügel bezogen. »Wer seine Kinder liebt, der züchtigt sie«, sagte ihr Vater immer. Nein, sie zweifelte im Grunde nicht an den Worten ihres Vaters, denn wenn überhaupt jemand über Gott und kleine Kätzchen Bescheid wissen konnte, so mußte es ihr Vater sein.

Trotzdem wunderte sie sich. Warum mußte Gott, wenn es doch Hunderttausende kleiner Kätzchen auf der Welt gab, ausgerechnet ihre vier – *alle* vier – zu sich nehmen? War Gott egoistisch?

Zum erstenmal seit langer Zeit hatte sie jetzt wieder an jene Kätzchen gedacht. In den letzten Monaten war so viel geschehen, was ihr geholfen hatte, sie zu vergessen. Sie war in die Schule gekommen und hatte es sehr aufregend gefunden, als vor dem ersten Schultag Hefte, Bücher und Bleistifte gekauft wurden. Auch die ersten Wochen, in denen sie die Bekanntschaft von Herrn Alphabet und Herrn Zahl machte, waren interessant gewesen. Als die Schule sie dann zu langweilen begann, rückte mit polierten Schlittenkufen und glitzerndem Eis Weihnachten heran: Einkäufe, grüne, gelbe, rote und blaue Lichter, der Weihnachtsmann an der Ecke, der beim Gehen stolperte, die mit Kerzen hell beleuchtete Kirche am Heiligen Abend, als sie so dringend auf die Toilette mußte und ihr Vater sie zwang, bis nach dem Gottesdienst zu warten. Und als es im März wieder eintönig zu werden drohte, hatte ihre Mutter die Zwillinge zur Welt gebracht. Marnie wunderte sich, wie klein sie waren und wie langsam sie in den folgenden Wochen wuchsen.

Jetzt war es wieder Juni. Die Zwillinge waren drei Monate alt und nahmen endlich an Größe und Gewicht zu. Die Schulferien hatten begonnen, Weihnachten war noch eine Ewigkeit entfernt, und alles war wieder ziemlich langweilig. Als sie nun gehört hatte, wie ihr Vater ihrer Mutter erzählte, daß Pinkie bald wieder Junge bekommen würde, hatte sie diese Neuigkeit begierig aufgegriffen und in der Küche aufgeregt alle notwendigen Vorbereitungen getroffen, Lappen und Watte für die Geburt zurechtgelegt und eine besonders hübsche Schachtel als Heim für die Kätzchen ausgesucht.

Pinkie hatte ihre Jungen jedoch nachts in einer dunklen Ecke der großen Scheune zur Welt gebracht, so daß die sterilisierten Lappen und die Watte überflüssig waren. Aber die Schachtel wurde von der Katzenfamilie als Wohnung akzeptiert. Es waren diesmal sechs Kätzchen, alle grau mit schwarzen Flecken, die so aussahen, als hätte jemand Tinte verschüttet.

Marnie liebte die Kätzchen, und sie machte sich große Sorgen um sie. Was, wenn Gott wie letztes Jahr zuschaute?

»Was machst du da, Marnie?«

Sie wußte genau, wer hinter ihr stand, aber aus Ehrerbietung drehte sie sich trotzdem um. Ihr Vater blickte auf sie herab. Die Ärmel seines verblichenen blauen Overalls wie-

sen Schweißflecken auf, und sein Kinn und der Bart an seiner linken Wange waren schmutzverkrustet.

»Ich werfe Steine«, antwortete sie ruhig.

»Nach den Fischen?«

»O nein, Vater, nur so.«

»Wissen wir noch, wer gesteinigt wurde?« fragte er mit einem herablassenden Lächeln.

»Der heilige Stephanus«, antwortete Marnie.

»Sehr gut.« Das Lächeln verschwand. »Das Abendessen
ist fertig.«

Marnie saß stocksteif in dem alten braunen Lehnstuhl und
blickte ihren Vater aufmerksam an, der aus der alten Fami-
lienbibel vorlas, die einen schwarzen Ledereinband hatte
und deren Seiten speckig und teilweise sogar eingerissen
waren. Ihre Mutter saß neben ihrem Vater auf der dunkelblauen Kordcouch, die Hände auf dem Schoß gefaltet, ein
Ist-es-nicht-wundervoll-was-Gott-uns-geschenkt-hat-Läche
ln auf dem ungeschminkten, aber hübschen Gesicht.

»Lasset die Kinder zu mir kommen und wehret ihnen
nicht, denn ihrer ist das Himmelreich.« Ihr Vater schlug das
Buch zu; das Geräusch hing in der schalen Luft und schien
einen schweren Vorhang des Schweigens zu bilden. Minu-
tenlang sagte niemand etwas. Dann: »Welches Kapitel aus
welchem Buch haben wir gerade gelesen, Marnie?«

»Den heiligen Evangelisten Markus, Kapitel zehn«, antwortete sie pflichtgemäß.

»Gut«, sagte er. An seine Frau gewandt, die jetzt eine Wir-
haben-getan-was-eine-christliche-Familie-tun-sollte-Miene
aufgesetzt hatte, fügte er hinzu: »Mary, wie wär's mit Kaffee
für uns und einem Glas Milch für Marnie?«

»Wird gemacht.« Ihre Mutter eilte in die Küche.

Ihr Vater blieb sitzen, öffnete das alte heilige Buch, strich
mit den Fingern über die Risse in den vergilbten Blättern
und betrachtete angewidert die blassen Flecken auf der ersten Seite, wo irgendein unachtsamer Großonkel vor einer
Million Jahren Wein verschüttet hatte.

»Vater?« sagte Marnie zögernd.

Er schaute von der Bibel auf, ohne zu lächeln, aber auch ohne die Stirn zu runzeln.

»Vater, was ist mit den Kätzchen?«

»Was soll mit ihnen sein?« fragte er zurück.

»Wird Gott sie dieses Jahr wieder zu sich nehmen?«

Das halbe Lächeln, das sein Gesicht flüchtig erhellt hatte, schien in der dicken Luft des Wohnzimmers zu verdampfen. »Vielleicht«, war alles, was er sagte.

»Das darf Er nicht!« rief sie, den Tränen nahe.

»Willst du Gott vorschreiben, was Er tun darf und was nicht, junges Fräulein?«

»Nein, Vater.«

»Gott kann tun, was immer Er will.«

»Ja, Vater.« Sie rutschte auf ihrem Stuhl hin und her, so als wollte sie sich in dem abgewetzten Polster verkriechen. »Aber warum sollte Er wieder meine Kätzchen haben wollen? Warum immer die meinen?«

»Ich habe jetzt genug davon, Marnie! Halt den Mund!«

»Aber warum ausgerechnet meine Kätzchen?« beharrte sie.

Er sprang plötzlich auf und schlug ihr heftig ins Gesicht. Ein dünner Blutfaden rann aus dem Mundwinkel über ihr Kinn. Sie wischte das Blut mit der Hand ab.

»Du darfst Gottes Motive nicht in Frage stellen!« schrie ihr Vater. »Du bist noch viel zu jung, um Zweifel zu äußern.« Speichel schimmerte auf seinen Lippen. Er packte sie am Arm und riß sie hoch. »Und jetzt gehst du sofort ins Bett!«

Sie widersprach nicht, wischte sich nur wieder mit der Hand das Blut vom Kinn. Langsam ging sie die Treppe hinauf und ließ ihre Hand über das polierte Holzgeländer gleiten.

»Hier ist die Milch«, hörte sie ihre Mutter unten sagen.

»Die brauchen wir nicht«, erwiderte ihr Vater barsch.

Marnie lag im Halbdunkel in ihrem Zimmer – der Vollmond schien durchs Fenster, und sein gelb-orange-farbenes Licht spiegelte sich in den religiösen Bildern an einer Wand. Im Elternschlafzimmer wechselte ihre Mutter die Windeln der Zwillinge und redete zärtlich auf sie ein. »Gottes kleine

Engel«, hörte Marnie ihre Mutter gurren. Ihr Vater kitzelte die Zwillinge, und die »Engel« lachten – gurgelnde Laute, die aus den dicken Hälsen hervorkamen.

Ihre Eltern kamen nicht, um ihr gute Nacht zu sagen. Das war ein Teil ihrer Strafe.

Marnie saß in der Scheune und streichelte eines der grauen Kätzchen, anstatt eine Besorgung zu erledigen, die ihre Mutter ihr vor zehn Minuten aufgetragen hatte. Der köstliche Duft von trockenem goldfarbenem Heu lag in der Luft. Stroh bedeckte den Boden und knisterte unter den Füßen. Am anderen Ende des Gebäudes muhten die beiden Kühe, die sich die Beine am Stacheldraht auf der Weide verletzt hatten und jetzt im Stall gepflegt wurden. Das Kätzchen maunzte und strampelte mit den winzigen Pfötchen dicht unter Marnies Kinn herum.

»Wo ist Marnie?« hörte sie die Stimme ihres Vaters irgendwo auf dem Hof zwischen Haus und Scheune.

Sie wollte gerade antworten, als ihre Mutter aus dem Haus rief: »Ich habe sie zu Helen Brown geschickt, wegen eines Kochrezepts. Sie kann frühestens in zwanzig Minuten zurück sein.«

»Da habe ich ja reichlich Zeit.« Die schweren Stiefel ihres Vaters knirschten auf dem Schotterweg, während er sich mit militärisch gleichmäßigen Schritten der Scheune näherte.

Marnie schwante nichts Gutes. Gleich würde etwas geschehen, das sie nicht sehen sollte. Rasch legte sie das Kätzchen in die schöne rot-goldene Schachtel zurück und versteckte sich hinter einem Heuballen.

Ihr Vater betrat die Scheune, hielt einen Eimer unter den Wasserhahn, ließ ihn vollaufen und stellte ihn dicht vor der Schachtel mit den Kätzchen ab. Pinkie fauchte und machte einen Buckel. Er packte sie und sperrte sie in eine leere Haferkiste. Die angsterfüllten Schreie der Katze wurden durch das Echo grotesk verstärkt, so daß man fast glauben konnte, nicht auf einer amerikanischen Farm, sondern irgendwo in der afrikanischen Savanne zu sein. Marnie konnte ein hysterisches Lachen nur mit Mühe unterdrücken.

Ihr Vater wandte sich wieder der Schachtel zu, hob eines der Kätzchen am Nackenfell hoch, streichelte es zweimal und drückte das Köpfchen dann plötzlich unter Wasser! Schillernde Tropfen flogen aus dem Eimer empor, während der Winzling sich verzweifelt wehrte. Marlies Vater schnitt eine Grimasse und preßte den ganzen Körper tief ins Wasser. Kurze Zeit später strampelte das Kätzchen nicht mehr. Marnie bemerkte erst jetzt, daß sie ihre Finger so fest in den Zementboden gekrallt hatte, als sollte auch sie ertränkt werden.

Warum? Warum-warum-warum?

Ihr Vater zog den schlaffen kleinen Körper aus dem Eimer heraus. Marnie wußte nicht, ob das blutig-rötliche Etwas, das aus dem Mäulchen hervorhing, nur die Zunge war, oder ob das kleine Geschöpf in einem letzten verzweifelten Versuch, dem schrecklichen Tod des Ertrinkens zu entgehen, seine Eingeweide ins Wasser ausgespien hatte.

Bald waren alle sechs Kätzchen tot. Sechs leblose Fellbündel landeten in einem groben Leinwandsack, der fest verschnürt wurde. Marnies Vater befreite Pinkie aus der Haferkiste. Kläglich miauend folgte die zitternde Katze ihm aus der Scheune hinaus, doch als er sich nach ihr umdrehte, fauchte sie ihn wütend an.

Marnie lag lange regungslos da und versuchte verzweifelt, diese gräßliche Hinrichtung zu verstehen. Hatte Gott ihren Vater geschickt? War es Gott, der ihren Vater beauftragte, die Kätzchen umzubringen, sie ihr und Pinkie zu rauben? Wenn dem wirklich so war, so konnte sie sich beim besten Willen nicht vorstellen, jemals wieder vor dem weiß-goldenen Altar zu stehen und die Kommunion zu empfangen. Als sie endlich aufstand und ins Haus ging, tropfte Blut von ihren Fingern, Blut und Zement.

»Hast du das Rezept bekommen?« fragte ihre Mutter, als Marnie die Küchentür hinter sich zuschlug.

»Mrs. Brown konnte es nicht finden. Sie bringt es morgen vorbei.« Marnie wunderte sich selbst, wie gut sie plötzlich lügen konnte. »Hat Gott mir meine Kätzchen weggenommen?« brach es aus ihr heraus.

Ihre Mutter sah bestürzt aus und brachte nur ein »Ja« hervor.

»Ich werde es Gott heimzahlen! Er darf so etwas nicht tun! Das darf Er nicht!« Sie rannte aus der Küche.

Ihre Mutter blickte ihr nach, versuchte aber nicht, sie aufzuhalten.

Marnie Caufield ging langsam die Treppe hinauf, eine Hand auf dem polierten Holzgeländer.

Als Walter Caufield mittags vom Feld kam, hörte er im Haus ein lautes Poltern, gefolgt von klirrendem Glas und Porzellan. Er stürzte ins Wohnzimmer. Seine Frau lag am Fuß der Treppe. Ein Glastisch war umgestürzt, und Porzellanfiguren lagen zerschmettert auf dem Boden.

»Mary! Mary! Bist du verletzt?« schrie er erschrocken, während er neben ihr niederkniete.

Sie blickte zu ihm empor, aber ihre verschleierten Augen nahmen ihn kaum wahr. »Walt! Mein Gott, Walt ... unsere kleinen Engel! In der Badewanne ... unsere kleinen Engel!«

Aus dem Amerikanischen von Alexandra v. Reinhardt

Die Sturmnacht

Er war ein über hundert Jahre alter Roboter, gebaut von anderen Robotern in einer vollautomatisierten Fabrik, die seit vielen Jahrhunderten ausschließlich mit der Produktion von Robotern beschäftigt war.

Sein Name war Curanov, und wie es bei seinesgleichen üblich war, durchstreifte er die Erde auf der Suche nach interessanten Aufgaben. Curanov hatte die höchsten Berge der Welt erklommen, ausgestattet mit Zusatzvorrichtungen an seinem Körper – Spikes an seinen Metallfüßen, kleinen aber überaus stabilen Haken an den Enden seiner zwölf Finger und einem im Brustkasten zusammengerollten Rettungsseil, das blitzschnell herausgeschleudert wurde, falls er abzustürzen drohte. Seine kleinen Antigrav-Motoren, die ihm das Fliegen ermöglichten, waren vorher abmontiert worden, um die Kletterpartien möglichst gefährlich – und dadurch möglichst interessant – zu gestalten. Ein anderes Mal hatte Curanov die unangenehme Prozedur einer Spezialversiegelung für besonders schwierige Pflichten auf sich genommen, um achtzehn Monate unter Wasser zu verbringen und einen großen Teil des Atlantischen Ozeans zu erforschen, bis ihn sogar die Paarung von Walen und die ständig wechselnden Schönheiten des Meeresbodens langweilten. Curanov hatte Wüsten durchquert, den Polarkreis zu Fuß erkundet und sich in unzähligen Höhlen und sonstigen unterirdischen Anlagen umgesehen. Er hatte einen Blizzard, eine große Überschwemmung, einen Hurrikan und ein Erdbeben miterlebt, das die Stärke neun auf der Richterskala gehabt hätte, wenn die Richterskala noch in Gebrauch gewesen wäre. Einmal hatte er, gegen Hitze isoliert, die Hälfte der Strecke zum Mittelpunkt der Erde zurückgelegt, Sonnenbäder in glühenden Gaslöchern zwischen Teichen aus geschmolzenem Gestein genommen und sich bei Magmaeruptionen schwere Verbrennungen zugezogen, freilich ohne etwas zu fühlen.

Schließlich wurde er aber sogar dieses farbenprächtigen Spektakels überdrüssig und kehrte an die Erdoberfläche zurück.

Nach der Hälfte seines Lebens – ein Roboter hatte eine Lebensdauer von zweihundert Jahren – fragte Curanov sich manchmal, wie er weitere hundert Jahre ertragen sollte, wenn sie derartig langweilig waren.

Sein persönlicher Ratgeber, ein Roboter namens Bikermien, versicherte ihm, daß dieser Überdruß nur vorübergehend sei und leicht behoben werden könne. Wenn man clever sei, so Bikermien, könne man sich in unzählige Situationen begeben, die einem sowohl prickelnde Erregung verschafften als auch wertvolle Aufschlüsse über die Umwelt, das Erbgut und die eigenen Talente lieferten, was wiederum der privaten Datensammlung zugute komme. Bikermien, selbst mittlerweile ein alter Roboter in der letzten Hälfte seines zweiten Jahrhunderts, hatte in seinem Datentresor ein so enormes und komplexes Wissen angesammelt, daß er zum stationären Berater ernannt worden war. An einen Muttercomputer angeschlossen, durfte er sich nicht von der Stelle rühren. Doch Bikermien, der extrem anpassungsfähig war und sich deshalb an den aufregenden Erlebnissen anderer Roboter genauso erfreuen konnte, als wären es seine eigenen, trauerte dem Verlust seiner Mobilität nicht nach, denn dafür war er ja den meisten Robotern geistig überlegen und durfte sozusagen Regie führen. Deshalb hörte Curanov auch immer aufmerksam zu, wenn Bikermien ihm einen Rat gab, obwohl er insgeheim manchmal etwas skeptisch war.

Bikermien zufolge bestand Curanovs Problem darin, daß er als blutjunger Roboter, kaum daß er die Fabrik verlassen hatte, ausgezogen war, um seine Kräfte an den größten Herausforderungen zu messen, an den wildesten Meeren, der schlimmsten Kälte, den höchsten Temperaturen, dem größtmöglichen Druck; und nachdem er das alles geschafft hatte, glaubte er, daß das Leben ihm nichts Interessantes mehr zu bieten hätte.

Der Ratgeber meinte, Curanov hätte einige der faszinierendsten Abenteuer bisher völlig übersehen. Jede Herausforderung stehe in einem direkten Verhältnis zu den eigenen Fähigkeiten. Je weniger man sich ihr gewachsen fühle, desto spannender sei die Aufgabe und desto mehr wertvolle Erfahrungen – und somit Daten – könne man dabei sammeln.

Sagt dir das etwas? fragte Bikermien, ohne sprechen zu müssen, weil sie sich mittels Telestrahlen unterhalten konnten.

Nichts.

Bikermien erklärte es ihm:

Auf den ersten Blick mochte der Nahkampf mit einem ausgewachsenen Affenmännchen als kinderleichte und deshalb uninteressante Aufgabe erscheinen. Ein Roboter war geistig und körperlich jedem Affen haushoch überlegen. Er hatte jedoch die Möglichkeit, den Ausgang eines solchen Kampfes offen zu gestalten, indem er freiwillig auf einige seiner Fähigkeiten verzichtete. Wenn ein Roboter nicht mehr fliegen konnte, wenn er nachts nicht mehr genauso gut wie bei hellem Tageslicht sehen konnte, wenn er nicht mehr schneller als eine Antilope laufen konnte, wenn er nicht mehr jedes Flüstern auf tausend Meter Entfernung hören konnte, kurz gesagt, wenn all seine normalen Fähigkeiten mit Ausnahme des Denkvermögens ausgeschaltet waren – könnte ein Roboter den Kampf mit einem Affen dann nicht äußerst aufregend finden?

Ich verstehe, was du meinst, gab Curanov zu. *Man muß sich erniedrigen, um die Größe einfacher Dinge zu verstehen.*

So ist es.

Und so kam es, daß Curanov am nächsten Tag in den Schnellzug stieg, der ihn nach Montana im hohen Norden bringen würde, wo er zusammen mit vier anderen Robotern, die ebenso wie er in ihren Fähigkeiten stark eingeschränkt waren, auf die Jagd gehen sollte.

Normalerweise wären sie aus eigener Kraft geflogen. Jetzt besaß keiner von ihnen diese Fähigkeit.

Normalerweise hätten sie sich durch Telestrahlen verständigt. Jetzt waren sie gezwungen, jene merkwürdige abgehackte Sprache anzuwenden, die eigens für Maschinen erfunden worden war, ohne die Roboter nun aber schon seit über sechshundert Jahren auskamen.

Normalerweise hätte die Aussicht, im Norden Hirsche und Wölfe zu jagen, sie schrecklich gelangweilt. Doch jetzt hatte jeder von ihnen ein prickelndes Gefühl, so als stünde ihnen ein außerordentlich aufregendes Abenteuer bevor.

Ein forscher, tüchtiger Roboter namens Janus holte die Gruppe am kleinen Bahnhof etwas außerhalb von Walker's Watch ab, unweit der nördlichen Grenze von Montana. Curanov vermutete, daß Janus sich schon monatelang an diesem abgelegenen Ort aufhielt, wo nie etwas passierte. Wahrscheinlich neigte sich sein zweijähriger Pflichtdienst für die *Zentralagentur* dem Ende zu. Janus war *zu* forsch und tüchtig. Er redete sehr schnell, und sein ganzes Benehmen ließ darauf schließen, daß er sich in hektische Aktivität stürzte, um keine Zeit zu haben, über die ereignislose, langweilige Zeit in Walker's Watch nachzudenken. Er gehörte zu jenen Robotern, die nach aufregenden Erlebnissen lechzten, und wenn er nicht aufpaßte, würde er sich eines Tages in ein Abenteuer stürzen, auf das er nicht genügend vorbereitet war, und das würde dann sein vorzeitiges Ende bedeuten.

Curanov betrachtete Tuttle, jenen Roboter, der im Zug eine interessante, wenngleich absurde Diskussion über die Entwicklung der Roboterpersönlichkeit ausgelöst hatte, indem er behauptete, bis vor kurzem – wenn man das Zeitmaß von Jahrhunderten zugrunde legte – hätten Roboter keine individuelle Persönlichkeit besessen. Ein Roboter wäre wie der andere gewesen, kalt und steril, ohne persönliche Wünsche und Träume. Eine lächerliche Theorie! Tuttle hatte nicht erklären können, wie so etwas möglich gewesen sein sollte, aber er hatte nichtsdestotrotz auf seinem Standpunkt beharrt.

Während Janus jetzt hektisch auf die Gruppe einredete, dachte Curanov noch einmal über Tuttles Behauptung nach, aber er konnte sich beim besten Willen nicht vorstellen, daß die *Zentralagentur* jemals die Produktion von geistlosen Robotern angeordnet hatte. Der ganze Sinn des Lebens bestand doch darin, zu forschen und sorgfältig Daten zu speichern, die unter einem individuellen Gesichtspunkt gesammelt worden waren, sogar wenn diese Daten sich wiederholten. Wie könnten geistlose Roboter das bewerkstelligen?

Steffan, ein anderes Mitglied der Gruppe, hatte zu Recht erklärt, solche Theorien stünden auf einer Ebene mit dem Glauben an das Zweite Bewußtsein. (Ohne Beweise dafür zu haben, glaubten manche Roboter, daß der *Zentralagentur* gelegentlich Fehler unterliefen, so daß nach Ablauf der vorgesehenen Lebensspanne eines Roboters sein Wissens- und Erfahrungsspeicher nur teilweise anstatt gänzlich gelöscht wurde, bevor er, gründlich überholt, wieder aus der Fabrik kam. Diese Roboter – so die Behauptung der Abergläubischen – hätten einen Vorteil gegenüber allen anderen: sie würden schneller reifen und hätten dadurch bessere Chancen auf einen Posten als Ratgeber oder sogar auf ein Amt in der *Zentralagentur*.)

Tuttle hatte sich sehr darüber geärgert, daß seine Ansichten über die Roboterpersönlichkeit mit wilden Gerüchten über das Zweite Bewußtsein gleichgesetzt wurden. Um ihn noch mehr zu reizen, hatte Steffan unterstellt, Tuttle glaube vielleicht sogar an jene Märchengestalten namens »Menschen«. Erbost hatte Tuttle während der restlichen Fahrt kein Wort mehr gesagt, während die anderen sich über den Streit amüsiert hatten.

»Und jetzt«, sagte Janus und brachte Curanov jäh in die Gegenwart zurück, »werde ich euch eure Ausstattung aushändigen, damit ihr euch auf den Weg machen könnt.«

Curanov, Tuttle, Steffan, Leeke und Skowski scharten sich begierig um ihn. Sie konnten den Beginn des Abenteuers kaum erwarten.

Jeder von ihnen erhielt ein altmodisches Fernglas, Schneeschuhe, die an ihren Füßen befestigt werden konnten, einen Erste-Hilfe-Kasten mit Werkzeugen und verschiedenen Sorten Schmieröl, damit sie sich bei irgendwelchen unvorhergesehenen Notfällen selbst reparieren konnten, eine elektrische

Taschenlampe, Landkarten und ein Betäubungsgewehr mit tausend Schuß Munition.

»Ist das alles?« fragte Leeke. Er hatte genauso viele Gefahren bestanden wie Curanov, vielleicht sogar noch mehr, doch jetzt hörte er sich ängstlich an.

»Was solltet ihr denn sonst noch brauchen?« fragte Janus ungeduldig.

»Na ja«, meinte Leeke, »du weißt ja, daß man gewisse Veränderungen an uns vorgenommen hat. Zum einen sind unsere Augen nicht mehr das, was sie einmal waren, und …«

»Für die Dunkelheit habt ihr eure Taschenlampen«, fiel Janus ihm ins Wort.

»Und auch unsere Ohren …«, wollte Leeke fortfahren.

Janus ließ ihn wieder nicht ausreden. »Ihr müßt eben leise gehen und auf jedes Geräusch achten.«

»Die Kraft unserer Beine wurde ebenfalls reduziert«, beharrte Leeke. »Wenn wir rennen müssen …«

»Schleicht euch an das Wild heran, ohne daß es euch bemerkt, dann braucht ihr es nicht zu jagen.«

Leeke brachte einen weiteren Einwand vor. »Wenn wir nun aber, so geschwächt, wie wir jetzt sind, vor etwas davonrennen müssen …«

»Ihr jagt doch nur Hirsche und Wölfe«, brachte Janus ihm in Erinnerung. »Die Hirsche werden euch nicht jagen und ein Wolf findet stählernes Fleisch bestimmt nicht schmackhaft.«

Skowski, der bis jetzt ungewöhnlich still gewesen war und sich nicht einmal an den gutmütigen Hänseleien beteiligt hatte, die Tuttle im Zug über sich ergehen lassen mußte, trat einen Schritt vor. »Ich habe gelesen, daß es über diesen Teil von Montana ungewöhnlich viele … nun ja … unerkläreliche Berichte gibt.«

»Worüber?« fragte Janus.

Skowski ließ den Blick seiner gelben Visualrezeptoren über die vier anderen Mitglieder der Gruppe gleiten, bevor er sich wieder Janus zuwandte. »Nun ja … Berichte über Fußspuren, die unseren eigenen ähnlich sind, aber nicht von

Robotern stammen, und Berichte über roboterartige Gestalten, die in den Wäldern gesehen wurden.«

»Oh«, winkte Janus mit seiner funkelnden Hand ab, so als wollte er Skowskis Einwand wie eine Staubflocke wegfegen, »wir bekommen jeden Monat mindestens ein Dutzend Berichte über ›Menschenwesen‹, die angeblich in den unberührten Gebieten nordwestlich von hier gesichtet wurden.«

»Und dorthin sollen wir uns jetzt begeben?« fragte Curanov.

»Ja«, erwiderte Janus. »Aber ihr braucht euch keine Sorgen zu machen. All diese Berichte stammen von Robotern, deren Wahrnehmungsvermögen wie das eure reduziert wurde, um die Jagd zu einer größeren Herausforderung zu machen. Für das, was sie glauben, gesehen zu haben, gibt es zweifellos eine rationale Erklärung. Hätten sie über ihr normales Wahrnehmungsvermögen verfügt, wären sie nicht mit diesen absurden Geschichten zurückgekommen.«

»Begeben sich auch Roboter in jene Gegend, die über ihr gesamtes Potential verfügen?« wollte Skowski wissen.

»Nein«, mußte Janus zugeben.

Skowski schüttelte den Kopf. »So habe ich mir das nicht vorgestellt. Ich fühle mich so schwach, so …« Er ließ seine Ausstattung fallen. »Ich glaube nicht, daß ich weitermachen möchte.«

Die anderen waren sehr überrascht.

»Fürchtest du dich etwa vor Gespenstern?« fragte Steffan, der offenbar für sein Leben gern stichelte.

»Nein«, erklärte Skowski ruhig, »aber es gefällt mir nicht, ein Krüppel zu sein, auch wenn das Abenteuer dadurch viel aufregender werden sollte.«

»Nun gut«, sagte Janus, »dann werdet ihr euch also nur zu viert auf den Weg machen.«

»Bekommen wir außer dem Betäubungsgewehr keine Waffen?« erkundigte sich Leeke.

»Ihr braucht keine anderen Waffen«, erwiderte Janus.

Curanov wunderte sich über Leekes Frage. Die wichtigste Direktive, die jeder Roboterpersönlichkeit schon in der Fabrik eingeimpft wurde, lautete, daß es streng verboten war, ein Leben zu vernichten, das nicht wiederhergestellt werden konnte. Trotzdem sympathisierte Curanov mit Leeke und teilte dessen böse Vorahnungen. Er vermutete, daß ihre stark reduzierten Fähigkeiten auch eine Trübung des Denkvermögens zur Folge hatten, denn anders ließen sich ihre irrationalen Ängste nicht erklären.

»Das einzige, was ihr jetzt noch wissen müßt«, sagte Janus, »ist, daß für morgen nacht im nördlichen Montana ein Sturm vorhergesagt wurde. Bis dahin müßtet ihr aber längst eure Unterkunft erreicht haben, und der Schnee wird euch keine Probleme bereiten. Noch irgendwelche Fragen?«

Sie hatten keine – jedenfalls keine, die sie laut stellen wollten.

»Na, dann wünsche ich euch viel Glück«, fuhr Janus fort. »Mögen viele Wochen vergehen, bevor ihr das Interesse an der Herausforderung verliert.« Das war eine traditionelle Abschiedsfloskel, aber Janus schien sie ernst zu meinen. Curanov vermutete, daß Janus viel lieber mit stark reduzierten Kräften auf die Jagd nach Hirschen und Wölfen gehen würde als weiterhin in Walker's Watch Dienst tun zu müssen.

Sie bedankten sich bei ihm, studierten ihre Landkarten, verließen den Bahnhof und machten sich auf den Weg.

Skowski blickte ihnen nach, und als sie sich noch einmal umdrehten, winkte er mit seinem glänzenden Arm.

Sie marschierten den ganzen Tag, bis tief in die Nacht hinein, ohne eine Rast machen zu müssen. Obwohl die Energieversorgung ihrer Beine reduziert worden war und ein Regler ihre Geschwindigkeit bestimmte, ermüdeten sie nicht. Sie registrierten zwar ihr eingeschränktes sinnliches Wahrnehmungsvermögen, aber Erschöpfung kannten sie nicht. Sogar wenn die Schneeverwehungen so hoch waren, daß sie ihre drahtgeflochtenen Schneeschuhe anlegen mußten, behielten sie ein gleichmäßiges Tempo bei.

Während sie die weiten Ebenen durchquerten, wo die Winde aus Schnee eine gespenstische Mondlandschaft mit allen möglichen seltsamen Formationen gebildet hatten, oder während sie unter dem dichten Dach ineinanderverflochtener Kiefern durch die unberührten Wälder gingen, verspürte Curanov jene prickelnde Erregung, die ihm bei allen Unternehmungen der letzten Jahre so gefehlt hatte. Weil seine Sinne geschwächt waren, empfand er jeden Schatten als Gefahr und glaubte, daß hinter jeder Biegung irgendwelche Hindernisse und Komplikationen lauern könnten. Es war entschieden anregend, hier zu sein.

Kurz vor der Morgendämmerung begann es zu schneien, und der Schnee legte sich wie ein Mantel auf ihre kalte Stahlhaut. Zwei Stunden später, im ersten Tageslicht, standen sie auf einem Hügel und erblickten jenseits eines dicht bewaldeten flachen Tales ihre Unterkunft aus bläulich glänzendem Metall mit ovalen Fenstern. Sie sah sehr funktional aus.

»Wir werden noch heute jagen können!« rief Steffan.

»Gehen wir«, sagte Tuttle.

Im Gänsemarsch stiegen sie ins Tal hinab, durchquerten es, erklommen einen Hügel und kamen unweit der Hütte aus dem Wald heraus.

Curanov drückte auf den Abzug.

Der prachtvolle Hirsch, ein Zwölfender, stellte sich auf die Hinterbeine, schlug mit den Vorderbeinen aus und schnaubte, wobei in der Kälte eine Dampfwolke entstand.

»Ein Volltreffer!« rief Leeke.

Curanov schoß noch einmal.

Der Hirsch stellte sich wieder auf alle vier Beine.

Die anderen Hirsche, die etwas weiter hinten standen, machten kehrt und suchten auf dem Trampelpfad im Wald das Weite.

Der getroffene Hirsch schüttelte den riesigen Kopf, versuchte seinen Artgenossen zu folgen, taumelte, brach in die Knie, bemühte sich vergeblich, wieder auf die Beine zu kommen, und fiel seitwärts in den Schnee.

»Herzlichen Glückwunsch!« sagte Steffan.

Die vier Roboter traten hinter der Schneeverwehung hervor, wo sie sich versteckt hatten, als die Hirsche in Sicht kamen, und gingen über die kleine Lichtung auf das betäubte Tier zu.

Curanov bückte sich, spürte den langsamen Herzschlag des Hirsches und beobachtete, wie die unbehaarten schwarzen Nüstern bei jedem flachen Atemzug bebten.

Tuttle, Steffan und Leeke gingen neben dem Tier in die Hocke, berührten und betasteten es, bewunderten die perfekte Muskulatur, die mächtigen Schultern und die kräftigen Schenkel. Alle stimmten überein, daß es eine echte Herausforderung war, ein so gewaltiges Tier zur Strecke zu bringen, wenn man stark gehandikapt war. Dann standen Tuttle, Steffan und Leeke nacheinander auf und entfernten sich, damit Curanov seinen Triumph allein auskosten und in Ruhe seine Emotionen auf den Mikrokassetten seines Datenspeichers aufzeichnen konnte.

Curanov hatte sein Protokoll über die Herausforderung und Konfrontation fast beendet, und der Hirsch kam langsam wieder zu sich, als Tuttle plötzlich laut aufschrie, so als wären seine Systeme überlastet.

»Da! Schaut euch das an!«

Tuttle stand etwa zweihundert Meter entfernt in der Nähe der dunklen Bäume und schwenkte seine Arme. Steffan und Leeke eilten schon auf ihn zu.

Neben Curanov schnaubte der Hirsch, blinzelte mit schweren Lidern und versuchte aufzustehen, war dazu aber noch nicht in der Lage. Curanov hatte seiner Beurteilung nichts mehr hinzuzufügen. Er erhob sich, verließ das Tier und ging zu seinen drei Kameraden.

»Was ist los?« fragte er.

Sie blickten ihm mit leuchtenden bernsteinfarbenen Augen entgegen, die im grauen Licht des Spätnachmittags besonders hell zu sein schienen.

»Da!« Tuttle deutete auf den Boden.

»Fußspuren«, sagte Curanov.

»Aber sie stammen nicht von uns«, erklärte Leeke.

»Na und?« fragte Curanov.

»Es sind keine Roboterspuren«, verkündete Tuttle.

»Natürlich sind es welche.«

»Schau sie dir mal genauer an«, forderte Tuttle ihn auf.

Curanov bückte sich und stellte fest, daß seine Augen, deren Sehkraft um die Hälfte reduziert worden war, ihn bei dem schwachen Licht getäuscht hatten. Das waren tatsächlich keine Roboterspuren, obwohl die äußeren Umrisse stimmten. Die Gummisohlen der Roboterfüße waren kreuzweise schraffiert; auf diesen Abdrücken war davon aber nichts zu sehen. Außerdem hatten Roboterfüße zwei Löcher, die als Ventile für das Antigrav-System beim Fliegen dienten; aber diese Spuren wiesen keine Löcher auf.

»Ich wußte gar nicht, daß es hier im Norden Affen gibt«, sagte Curanov.

»Es gibt auch keine«, erwiderte Tuttle.

»Dann …«

»Das sind« – Tuttle zögerte ein wenig – »das sind Fußspuren eines Menschen.«

»Lächerlich!« rief Steffan.

»Hast du eine bessere Erklärung?« fragte Tuttle, der über seine eigene These alles andere als glücklich war, sie aber verfechten wollte, solange niemand eine andere akzeptable Erklärung liefern konnte.

»Ein Scherz«, sagte Steffan.

»Und wer sollte sich diesen Scherz erlaubt haben?« wandte Tuttle ein.

»Einer von uns.«

Sie starrten einander an, so als könnte die Schuld in einem ihrer identischen Metallgesichter geschrieben stehen.

»Nein, das ist unmöglich«, sagte Leeke nach kurzem Schweigen. »Wir waren die ganze Zeit zusammen. Diese Spuren muß jemand erst vor kurzer Zeit hinterlassen haben, sonst wären sie mit Neuschnee bedeckt. Den ganzen Nachmittag über hatte aber keiner von uns die Gelegenheit davonzuschleichen und sie anzufertigen.«

»Ich sage immer noch, daß es sich um einen Scherz handeln muß«, beharrte Steffan. »Vielleicht hat die *Zentralagentur* jemanden hergeschickt, der diese Fußspuren für uns hinterlassen sollte.«

467

»Wozu sollte die Zentrale sich diese Mühe machen?« fragte Tuttle.

»Vielleicht gehört das zu unserer Therapie«, meinte Steffan. »Vielleicht soll es die Herausforderung für uns steigern, der Jagd zusätzliche Spannung verleihen.« Er machte eine vage Handbewegung in Richtung der Fußspuren, so als hoffte er, sie würden plötzlich verschwinden. »Vielleicht macht die Zentrale das bei jedem, der unter Langeweile leidet, um ihn wieder das Staunen zu lehren, das …«

»Das ist höchst unwahrscheinlich«, fiel Tuttle ihm ins Wort. »Du weißt doch genauso gut wie ich, daß jedes Individuum die Pflicht hat, seine Abenteuer in Eigenverantwortung zu planen und zu deichseln, daß jeder selbst entscheiden muß, in welcher Situation er die meisten lohnenswerten Daten sammeln kann. Die Zentrale mischt sich nie ein. Sie übt nur das Richteramt aus. Sie beurteilt uns nach unseren Aufzeichnungen und befördert jene, deren Datentresore reifer geworden sind.«

Um die Diskussion zu beenden, fragte Curanov: »Wohin führen diese Fußspuren?«

Leeke deutete mit einem glänzenden Finger auf die Spur im Schnee. »Es sieht ganz so aus, als sei dieses Wesen aus dem Wald gekommen und habe eine Weile an dieser Stelle gestanden. Vielleicht hat es uns beobachtet, während wir den Hirsch jagten. Dann hat es sich auf den Rückweg gemacht, in dieselbe Richtung, aus der es gekommen ist.«

Die vier Roboter folgten den Fußspuren bis zu den ersten hohen Kiefern, zögerten aber, tiefer in den Wald vorzudringen.

»Bald wird es dunkel«, sagte Leeke, »und der Sturm wird – wie Janus es uns prophezeit hat – auch nicht mehr lange auf sich warten lassen. Mit unseren geschwächten Sinnen sollten wir lieber in die Hütte zurückkehren, solange wir noch etwas sehen können.«

Curanov fragte sich, ob ihre überraschende Feigheit den anderen genauso auffiel wie ihm selbst. Alle behaupteten, nicht an die mythischen Monster zu glauben, und doch brachte keiner von ihnen es über sich, diesen Fußspuren zu folgen. Curanov mußte zugeben, daß auch er es eilig hatte, in die sichere Unterkunft zu kommen, wenn er sich die Bestie vorstellte, die möglicherweise diese Fußspuren hinterlassen hatte – die Bestie namens ›Mensch‹.

Die Hütte bestand nur aus einem Raum, aber mehr benötigten sie auch nicht. Nachdem alle vier in körperlicher Hinsicht völlig identisch waren, hatten sie kein Bedürfnis nach räumlicher Zurückgezogenheit. Ihre Privatsphäre blieb auf viel nützlichere Weise gewahrt: Jeder konnte sich in eine der Inaktivierungskojen zurückziehen, wo alle äußeren Einflüsse ausgeschaltet waren, und sich ausschließlich auf seinen Geist konzentrieren, alte Daten abrufen und nach bisher übersehenen Berührungspunkten zwischen scheinbar zusammenhanglosen Informationen suchen. Deshalb störte es niemanden, daß sie in diesen eintönig grauen Wänden wochenlang auf engstem Raum zusammenleben würden. Die Herausforderung der Jagd würde Komplikationen und nachlassendes Interesse verhindern.

Sie legten ihre Betäubungsgewehre auf das Metallregal, das an einer Wand entlanglief, und entledigten sich auch der übrigen Ausrüstung, die bis jetzt an verschiedenen Teilen ihrer Metallpanzer befestigt gewesen war.

Eine Weile standen sie schweigend vor dem größten Fenster und beobachteten das heftige Schneetreiben. Außer blendendem Weiß war nichts zu sehen. Schließlich sagte Tuttle: »Stellt euch nur mal vor, was für ein Schlag es für die moderne Philosophie wäre, wenn die Mythen sich doch als wahr erweisen.«

»Welche Mythen?« fragte Curanov.

»Die über Menschenwesen.«

Steffan hatte absolut keine Lust, sich auf Tuttles ketzerische Gedankengänge einzulassen. In strengem Ton erklärte er kurz und bündig: »Ich habe nichts gesehen, was mich veranlassen könnte, an Märchen zu glauben.«

Tuttle war klug genug, einen Streit über die Fußspuren im Schnee zu vermeiden, aber er wollte das Thema auch nicht fallenlassen. »Wir haben immer geglaubt, Intelligenz wäre ausschließlich dem mechanisierten Geist vorbehalten. Wenn wir nun feststellen sollten, daß ein Wesen aus Fleisch und Blut …«

»Das ist völlig ausgeschlossen!« fiel Steffan ihm ins Wort.

Curanov dachte, daß Steffan noch sehr jung sein mußte. Bestimmt war er erst vor dreißig oder vierzig Jahren aus der Fabrik gekommen. Sonst würde er nicht so vehement alles von sich weisen, was den von der *Zentralagentur* festgelegten Status quo auch nur im geringsten gefährden könnte. Im Laufe der Jahrzehnte lernte man, daß das, was noch gestern als unmöglich gegolten hat, schon heute etwas ganz Alltägliches sein kann.

»In manchen Mythen über die Menschen heißt es, daß die Roboter von ihnen abstammen«, berichtete Tuttle.

»Von Geschöpfen aus Fleisch und Blut?« fragte Steffan ungläubig.

»Ich weiß, daß es sich verrückt anhört«, sagte Tuttle, »aber ich habe in meinem Leben schon oft die Erfahrung gemacht, daß die verrücktesten Dinge sich letztlich als wahr erweisen.«

»Du warst doch schon überall auf der Erde, in viel abgelegeneren Gegenden als ich. Auf deinen unzähligen Reisen mußt du doch Zehntausende dieser Geschöpfe aus Fleisch und Blut gesehen haben, Tiere aller Arten.« Steffan legte eine effektvolle Pause ein. »Ist dir jemals ein einziges derartiges Geschöpf begegnet, das auch nur ansatzweise über die Intelligenz von uns Robotern verfügt hätte?«

»Nie«, gab Tuttle zu.

»Fleisch und Blut eignen sich eben nicht für Gedanken und Empfindungen auf hohem Niveau«, erklärte Steffan.

Sie schwiegen wieder.

Der Schnee holte den grauen Himmel dichter an die Erde heran.

Keiner der Roboter wollte seine Ängste eingestehen.

»Mich fasziniert vielerlei«, fing Tuttle nach einer Weile zu Curanovs Überraschung wieder zu spekulieren an. »Beispielsweise die Frage – woher stammt die *Zentralagentur*? Welche Ursprünge hatte sie?«

Steffan winkte geringschätzig ab. »Es hat *immer* eine Zentrale gegeben.«

»Das ist keine Antwort«, entgegnete Tuttle.

»Warum nicht?« widersprach Steffan. »Wir akzeptieren doch auch, daß es *immer* ein Universum, Sterne, Planeten und alles dazwischen gegeben hat.«

»Aber angenommen – nur spaßeshalber einmal angenommen –, daß es die *Zentralagentur* doch nicht immer gegeben hat? Sie korrigiert ihr Selbstverständnis entsprechend den neuesten Forschungsergebnissen, und alle fünfzig oder hundert Jahre werden riesige Datensammlungen in immer modernere Banken übertragen. Ist es da nicht möglich, daß die Zentrale bei den Umzügen gelegentlich etwas verliert, daß Tresore versehentlich beschädigt oder gar zerstört werden?«

»Ausgeschlossen!« sagte Steffan sofort. »Dafür sind die Sicherheitsvorkehrungen viel zu streng.«

Curanov, der über viele Pfuschereien der Zentrale während der letzten hundert Jahre Bescheid wußte, war sich nicht so sicher wie Steffan. Ihn faszinierte Tuttles Theorie.

»Wenn der Zentrale auf irgendeine Weise der größte Teil ihren frühen Datensammlungen abhanden gekommen ist«, beharrte Tuttle, »könnte zusammen mit unzähligen anderen Bits auch ihr ursprüngliches Wissen über die Menschen in Vergessenheit geraten sein.«

Steffan war empört. »Im Zug hast du noch gegen die Theorie vom Zweiten Bewußtsein gewettert – und jetzt glaubst du *so was!* Du bist wirklich spaßig, Tuttle. Dein Datenspeicher muß ein kunterbuntes Durcheinander von törichten Informationen, widersprüchlichen Ansichten und nutzlosen Theorien sein. Wenn du an die Existenz dieser sogenannten Menschen glaubst – glaubst du dann vielleicht auch alle Märchen, die über sie erzählt werden? Daß sie nur mit einer Waffe aus Holz getötet werden können? Daß sie nachts in dunklen Räumen schlafen – wie die Tiere *schlafen?* Und glaubst du vielleicht auch, daß man sie gar nicht endgültig töten kann, weil sie anderswo in einen neuen Körper schlüpfen?«

Mit diesem unerträglichen Aberglauben konfrontiert, gab Tuttle klein bei. Verlegen starrten seine bernsteinfarbenen Augen ins Schneechaos hinaus, während er murmelte: »Ich habe doch nur meiner Phantasie freien Lauf gelassen, damit die Zeit schneller vergeht.«

»Solche Phantasiegespinste sind dem Reifeprozeß des persönlichen Datenspeichers aber eher abträglich«, kommentierte Steffan triumphierend.

»Und du hast es offenbar sehr eilig, so reif zu werden, daß die Zentrale dich befördert«, entgegnete Tuttle.

»Selbstverständlich«, gab Steffan zu. »Schließlich werden uns nur zweihundert Jahre Lebenszeit zugemessen. Und was ist der Sinn des Lebens, wenn nicht die große Karriere?«

Kurze Zeit später zog Tuttle sich in seine Inaktivierungskoje in der Wand unter dem Metallregal zurück, vielleicht um weiter über seine merkwürdigen Theorien nachdenken zu können. Mit den Füßen voraus glitt er hinein, schloß die Schiebetür hinter seinem Kopf und überlies seine Kameraden ihren eigenen Gedanken.

Eine Viertelstunde später sagte Leeke: »Ich glaube, ich werde Tuttles Beispiel folgen. Ich brauche Zeit, um meine Reaktionen auf die Jagd von heute nachmittag zu überdenken.«

Curanov ahnte, daß das nur eine Ausrede war. Leeke war kein besonders geselliger Roboter, und er schien sich am wohlsten zu fühlen, wenn er nicht beachtet wurde und sich selbst überlassen blieb.

Allein mit Steffan, war Curanov in einer unangenehmen Situation. Auch er verspürte das Bedürfnis, in einer Inaktivierungskoje über alles nachzudenken, aber er wollte Steffans Gefühle nicht verletzen, wollte den Eindruck vermeiden, daß niemand etwas mit dem jungen Roboter zu tun haben wollte. Er selbst fand ihn recht sympathisch: Steffan war frisch, energiestrotzend und offenbar hochintelligent. Das einzige, was Curanov an seinem jungen Kameraden störte, war dessen Naivität sowie der undisziplinierte Drang, akzeptiert zu werden und etwas zu erreichen. Im Laufe der Zeit würde natürlich auch Steffan skeptischer und abgeklärter werden, und deshalb hatte er es nicht verdient, verletzt zu werden. Aber wie sollte Curanov sich zurückziehen, ohne den überempfindlichen jungen Roboter zu kränken?

Steffan löste das Problem, indem er von sich aus sagte, daß er ebenfalls seine Koje aufsuchen wolle, und das auch tat. Beruhigt begab sich Curanov nun zur vierten der insgesamt fünf Wandvertiefungen, legte sich hinein, schloß die Tür und spürte, wie alle Sinne dahinschwanden, bis er nur noch ein Geist war, der in der Dunkelheit über die vielfältigen Ideen in seinem persönlichen Datentresor nachdachte.

Im Nichts schwebend, beschäftigt Curanov sich mit dem Aberglauben, der plötzlich im Mittelpunkt dieses Abenteuers zu stehen scheint, und er ruft sich alles ins Gedächtnis, was er jemals über Menschen gehört und gelesen hat:

1.) Obwohl der Mensch aus Fleisch und Blut besteht, kann er denken und Wissen erwerben.

2.) Er schläft bei Nacht, wie die Tiere.

3.) Er ißt Fleisch, wie die Raubtiere.

4.) Er entleert seinen Darm.

5.) Er stirbt und verwest, er ist anfällig für Krankheit und Entartung.

6.) Er bringt seine Jungen auf erschreckend unpraktische Weise zur Welt, und trotzdem sind auch diese Jungen empfindungsfähig.

7.) Er tötet.

8.) Er kann einen Roboter überwältigen.

9.) Er verstümmelt Roboter, obwohl niemand außer anderen Menschen weiß, was er mit den Körperteilen macht.

10.) Er ist der krasse Gegensatz zum Roboter. Der Roboter repräsentiert die richtige Lebensweise, der Mensch die falsche.

11.) Der Mensch pirscht sich verstohlen an, und die Sinne des Roboters registrieren ein harmloses Tier, solange sie ihn nicht sehen; sobald sie ihn deutlich sehen, ist es oft schon zu spät.

12.) Er kann nur mit einer Holzwaffe dauerhaft getötet werden. Holz ist das Produkt einer organischen Lebensform, aber es ist beständig wie Metall. Dieses Mittelding zwischen Fleisch und Metall kann das menschliche Fleisch vernichten.

13.) Wenn ein Mensch nicht mit einer Holzwaffe getötet wird, sondern auf irgendeine andere Weise, wird er nur scheintot sein. In Wirklichkeit wird er, kaum daß er zu Füßen seines Gegners zusammenbricht, anderswo in einem neuen Körper wieder lebendig.

Obwohl diese Liste sich noch weiter fortsetzen ließe, gebietet Curanov seinen Gedanken energisch Einhalt, denn sie verstören ihn zutiefst. Tuttles Ideen können gar nichts anderes als Phantasiegespinste sein – reine Mutmaßungen, für die es keinerlei Beweise gibt. Denn wenn diese Menschenwesen tatsächlich existieren würden – wie könnte man dann noch an die Hauptmaxime der Zentralagentur glauben: daß das Universum in jeder Hinsicht völlig logisch und rational ist.

»Die Gewehre sind verschwunden!« berichtete Tuttle, als Curanov aus seiner Koje schlüpfte. »Alle Gewehre! Deshalb habe ich euch zurückgerufen.«

»Verschwunden?« Curanov starrte das Regal an, auf das sie ihre Waffen gelegt hatten. »Wie können sie verschwunden sein?«

»Leeke hat sie mitgenommen«, sagte Steffan. Er stand am Fenster, und auf seinen langen, bläulich schimmernden Armen bildeten sich durch Kondensation kalte Wassertropfen.

»Ist Leeke auch verschwunden?« fragte Curanov.

»Ja.«

Nach kurzem Überlegen sagte Curanov: »Aber wohin sollte er in diesem Sturm gehen? Und wozu sollte er *alle* Gewehre mitnehmen?«

»Ich bin sicher, daß wir uns keine Sorgen zu machen brauchen«, erklärte Steffan im Brustton der Überzeugung. »Er muß einen guten Grund gehabt haben, und sobald er zurückkommt, kann er uns alles erzählen.«

»*Falls* er zurückkommt«, wandte Tuttle ein.

»Tuttle, das hört sich fast so an, als glaubtest du, daß er sich in Gefahr befinden könnte«, sagte Curanov.

»In Anbetracht dessen, was am Nachmittag passiert ist – ich meine die Fußspuren, die wir gesehen haben –, halte ich das für durchaus möglich.«

Steffan schnaubte höhnisch.

»Du mußt doch zugeben, daß hier etwas Merkwürdiges vorgeht!« fuhr Tuttle ihn an, bevor er sich wieder Curanov zuwandte. »Ich wünschte, wir hätten uns nicht den Eingriffen unterzogen, bevor wir hierhergekommen sind. Ich würde alles dafür geben, wieder mit meinen kompletten Sinnen ausgestattet zu sein.« Nach kurzem Zögern fügte er hinzu: »Ich denke, daß wir Leeke suchen müssen.«

»Er kommt ganz von allein zurück«, widersprach Steffan. »Er kommt zurück, sobald er zurückkommen will.«

»Ich würde trotzdem für eine Suche plädieren«, beharrte Tuttle.

Curanov trat neben Steffan ans Fenster und starrte in das Schneetreiben hinaus. Der Boden war mit mindestens 35 cm Neuschnee bedeckt, die stolzen Bäume brachen unter der weißen Last fast zusammen, und es schneite nach wie vor so heftig, wie Curanov es auf seinen vielen Reisen noch nie erlebt hatte.

»Nun?« fragte Tuttle wieder.

»Ich stimme dir zu«, sagte Curanov. »Wir sollten nach ihm suchen, aber wir sollten dabei zusammenbleiben. Nachdem unser Wahrnehmungsvermögen geschwächt ist, könnte einer allein sich leicht verirren oder bei einem Sturz einen totalen Batteriekollaps erleiden, bevor die anderen ihn finden.«

»Du hast recht.« Tuttle wandte sich an Steffan. »Was ist mit dir? Kommst du mit?«

»Okay, okay, ich komme mit«, knurrte Steffan wütend.

Ihre Taschenlampen schnitten helle Wunden in die Dunkelheit, konnten den Vorhang aus windgepeitschtem Schnee aber nicht durchdringen. Nebeneinander umrundeten sie die Hütte, und dann weiteten sie die Suche kreisförmig aus. Sie kamen überein, das ganze offene Gelände abzusuchen, aber nicht in den Wald vorzudringen. Natürlich wollte keiner von ihnen – Steffan am allerwenigsten – zugeben, daß er sich nicht in den Wald traute, weil er Angst vor den Geschöpfen hatte, die zwischen den Bäumen lauern könnten.

Sie brauchten sich auch gar nicht in den Wald zu begeben,

denn sie fanden Leeke kaum zwanzig Meter von der Hütte entfernt. Er lag auf einer Seite im Schnee.

»Er ist umgebracht worden!« rief Steffan.

Das hätte er den anderen nicht zu sagen brauchen.

Leekes beide Beine fehlten.

»Wer könnte so etwas getan haben?« fragte Steffan.

Weder Tuttle noch Curanov antwortete darauf.

Leekes Kopf hing schlaff herab, weil mehrere Verbindungselemente seines ringförmigen Kabels durchtrennt worden waren. Seine Augen waren zerschmettert worden, und hinter den Höhlen kam der Mechanismus zum Vorschein.

Als Curanov sich bückte, konnte er sehen, daß jemand durch Leekes Augenröhren hindurch einen scharfen Gegenstand in die Datenspeicher des Roboters gerammt und die Mikrokassetten in blinder Wut zerstört hatte. Curanov konnte nur hoffen, daß der arme Leeke zu dieser Zeit schon tot gewesen war.

»Schrecklich!« sagte Steffan. Er wandte sich von dem gräßlichen Anblick ab und ging auf die Hütte zu, blieb aber nach wenigen Schritten stehen, weil ihm einfiel, daß es vernünftiger war, in der Nähe der beiden anderen Roboter zu bleiben. Ein mentaler Schauder überlief ihn.

»Was sollen wir jetzt mit Leeke machen?« fragte Tuttle.

»Wir lassen ihn hier liegen«, erwiderte Curanov.

»Aber dann verrostet er!«

»Er spürt ja nichts mehr.«

»Trotzdem …«

»Wir sollten in unsere Unterkunft zurückkehren.« Curanov leuchtete die Schneelandschaft mit seiner Taschenlampe ab. »Wir dürfen uns nicht unnötig der Gefahr aussetzen.«

Dicht nebeneinander kehrten sie in die Hütte zurück.

Die ganze Zeit über mußte Curanov an Punkt neun seiner Liste denken: *Er verstümmelt Roboter, obwohl niemand außer anderen Menschen weiß, was er mit den Körperteilen macht.*

»Meiner Ansicht nach«, sagte Curanov, als sie wieder in der Hütte waren, »hat nicht Leeke die Gewehre mitgenommen. Jemand – oder etwas – ist hierhergekommen, um sie zu stehlen. Leeke muß seine Inaktivierungskoje genau in dem Moment verlassen haben, als die Diebe sich davonmachten. Und weil er keine Zeit verlieren wollte, nahm er ihre Verfolgung auf, ohne uns zu rufen.«

»Oder sie haben ihn gezwungen mitzukommen«, sagte Tuttle.

»Das bezweifle ich«, erwiderte Curanov. »Hier in der Hütte, wo es Platz zum Manövrieren und Licht gibt, hätte Leeke sich wehren können. Ich glaube nicht, daß es hier jemandem gelungen wäre, ihn zu verletzen oder zum Mitkommen zu zwingen. Aber draußen im Sturm war er ihnen ausgeliefert.«

Der Wind brauste über das Spitzdach der Hütte hinweg und rüttelte an den Fenstern mit Metallrahmen.

Die drei Roboter standen regungslos da und lauschten angespannt, bis die Bö nachließ, so als würde der Lärm nicht vom Wind erzeugt, sondern von irgendeinem riesigen Tier, das mit seinen Tatzen am Dach kratzte und die ganze Hütte in Stücke reißen wollte.

»Als ich Leeke untersuchte«, fuhr Curanov fort, »habe ich festgestellt, daß er von einem heftigen Schlag gegen sein Ringkabel niedergestreckt wurde, direkt unterhalb des Kopfes – und ein solcher Schlag kann nur ohne jede Vorwarnung von hinten ausgeführt werden. In einem so hell beleuchteten Raum wie diesem hätte sich niemand unbemerkt hinter Leeke schleichen können.«

Steffan wandte sich vom Fenster ab. »Glaubt ihr, daß Leeke schon tot war, als …« Er rang um Fassung. »War er schon tot, als sie seine Beine amputierten?«

»Hoffen wir es«, sagte Curanov.

»Wer könnte so etwas getan haben?« fragte Steffan wieder.

»Ein Mensch«, antwortete Tuttle.

»Oder mehrere«, fügte Curanov hinzu.

»Nein!« widersprach Steffan, aber es hörte sich bei weitem nicht mehr so überzeugt an wie noch vor wenigen Stunden. »Was könnten sie denn mit seinen Beinen anfangen?«

»Niemand weiß, was sie damit machen«, sagte Curanov.

»Es hat fast den Anschein«, kommentierte Steffan, »als hätte Tuttle dich überzeugt. Glaubst du jetzt auch an diese Wesen?«

»Bis ich eine bessere Antwort auf die Frage finde, wer Leeke umgebracht hat, glaube ich sicherheitshalber lieber an die Existenz von Menschen«, erklärte Curanov gelassen.

Nach langem Schweigen ergriff er wieder das Wort. »Ich glaube, wir sollten uns früh am Morgen auf den Rückweg nach Walker's Watch machen.«

»Man wird uns für unreif halten«, wandte Steffan ein, »wenn wir mit unglaublichen Geschichten über Menschen zurückkehren, die angeblich in der Dunkelheit um die Hütte herumschleichen. Ihr habt doch gehört, wie geringschätzig Janus sich über all jene geäußert hat, die in der Vergangenheit ähnliche Berichte erstatteten.«

»Wir haben aber den armen toten Leeke als Beweis«, sagte Tuttle.

»Oder wir sagen einfach, daß Leeke bei einem Unfall ums Leben gekommen ist«, sagte Curanov, »und daß wir zurückkommen, weil wir uns gelangweilt haben.«

»Du meinst, wir brauchen diese ... diese Menschen gar nicht zu erwähnen?« fragte Steffan.

»Möglicherweise.«

»Das wäre wirklich die beste Lösung!« rief Steffan erleichtert. »Dann bekäme die Zentrale keine Berichte über unseren zeitweiligen Irrationalismus. Wir könnten viel Zeit in den Inaktivierungskojen verbringen, bis wir für Leekes Tod die *richtige* Erklärung finden. Wenn wir lang genug meditieren, werden wir zweifellos auf des Rätsels Lösung kommen. Und bis dann die nächste Überprüfung unserer Datenspeicher stattfindet, werden wir alle Spuren dieser unlogischen Reaktion beseitigt haben, unter der wir jetzt leiden.«

»Möglicherweise kennen wir aber schon jetzt den wahren Grund für Leekes Tod«, meinte Tuttle. »Schließlich haben wir die Fußspuren im Schnee und den verstümmelten Körper gesehen ... Könnte es nicht sein, dar tatsächlich Menschen dahinterstecken?«

»Nein«, sagte Steffan. »Das ist abergläubischer Unsinn! Das ist irrational.«

»Im Morgengrauen machen wir uns auf den Weg nach Walker's Watch, auch wenn es noch so stürmen sollte«, bestimmte Curanov.

Er hatte kaum ausgeredet, als das ferne Summen des Generators – ein eintöniges Hintergrundgeräusch, das etwas Beruhigendes an sich hatte – plötzlich abbrach. Die drei Roboter standen im Dunkeln.

Ihre Metallhaut war eiskalt und schneeverkrustet, als sie wenig später ihre Taschenlampen auf den kompakten Generator in einer Nische hinter der Hütte richteten. Der Deckel des Gehäuses war entfernt worden, so daß die komplizierte Innenanlage den Elementen ausgesetzt war.

»Jemand hat den Kollektor gestohlen«, stellte Curanov fest.

»Aber wer?« fragte Steffan.

Curanov richtete den Strahl seiner Taschenlampe auf den Boden.

Die anderen taten es ihm nach.

Ihre eigenen Fußspuren überlagerten andere, die zwar ähnlich aussahen, aber von keinem Roboter stammten. Es waren die gleichen seltsamen Spuren, die sie am Spätnachmittag in der Nähe der Bäume und vor kurzem überall um Leekes Leiche herum gesehen hatten.

»Nein«, murmelte Steffan. »Nein, nein, nein!«

»Ich glaube, wir sollten uns sofort auf den Weg nach Walker's Watch machen«, sagte Curanov. »Es wäre unklug, bis zum Morgen zu warten.« Er blickte den eisverkrusteten Tuttle an. »Was meinst du?«

»Ich bin deiner Meinung«, antwortete Tuttle. »Aber ich vermute, daß uns einiges bevorsteht, und ich wünschte, ich hätte alle meine Sinne beisammen.«

»Wir können uns immer noch sehr schnell bewegen«, sagte Curanov. »Und im Gegensatz zu den Wesen aus Fleisch und Blut brauchen wir uns nie auszuruhen. Dadurch sind wir im Vorteil, falls wir verfolgt werden sollten.«

»Ja ... jedenfalls theoretisch.«

»Damit müssen wir uns zufriedengeben.«

Insgeheim dachte Curanov an einige Mythen über den Menschen: *7.) Er tötet. 8.) Er kann einen Roboter überwältigen.*

Im gespenstischen Schein der Taschenlampen legten sie in der Hütte ihre Schneeschuhe an, schnallten die Erste-Hilfe-Werkzeugkästen um und nahmen auch ihre Karten mit. Die Strahlen ihrer Lampen zerteilten die Dunkelheit, als sie dicht hintereinander ihre Unterkunft verließen.

Der Wind peitschte ihre breiten Rücken, und der Schnee hüllte sie in eisverkrustete Anzüge.

Sie durchquerten die Lichtung halb aufs Geratewohl, halb mit Hilfe der wenigen Anhaltspunkte, die ihre Lampen zu erfassen vermochten. Jeder wünschte insgeheim, er hätte wieder sein volles Sehvermögen und sein übliches Radar. Bald erreichten sie den Waldrand. Zwischen den Bäumen war der Weg zu erkennen, der hügelabwärts ins Tal und weiter nach Walker's Watch führte. Sie blieben stehen, starrten in den dunklen Tunnel, dessen Wände aus hohen Kiefern bestanden, und trauten sich kaum weiterzugehen.

»Da sind so viele Schatten«, murmelte Tuttle.

»Schatten können uns nichts anhaben«, entgegnete Curanov.

Seit sie sich auf der Hinreise im Zug kennengelernt hatten, wußte Curanov, daß er der Leiter dieser Gruppe war. Er hatte seine Führungseigenschaften bisher nur selten eingesetzt, doch jetzt blieb ihm gar keine andere Wahl als das Kommando zu übernehmen. Deshalb betrat er entschieden den dunklen Baumtunnel, ignorierte die Schatten und glitt auf seinen Schneeschuhen den verschneiten Hügel hinab.

Steffan folgte ihm widerwillig.

Tuttle bildete die Nachhut.

Auf halbem Wege ins Tal hinab wurde der Pfad immer schmaler. Die Bäume standen immer dichter beieinander, und ihre Äste hingen immer tiefer. Und hier, wo es besonders eng und dunkel war, wurden sie plötzlich angegriffen.

Etwas heulte triumphierend, so laut, daß seine irre Stimme sogar das Brausen des Windes übertönte.

Curanov wirbelte herum, nicht sicher, aus welcher Richtung das Geräusch gekommen war, und strahlte die Bäume mit seiner Taschenlampe an.

Weiter hinten schrie Tuttle auf.

Curanov und Steffan drehten sich um, und im Schein ihrer Lampen konnten sie den verzweifelt kämpfenden Roboter gut erkennen.

»Das kann einfach nicht wahr sein!« rief Steffan.

Tuttle wurde von einem zweibeinigen Wesen gnadenlos angegriffen, das sich ähnlich wie ein Roboter bewegte, obwohl es eindeutig aus Fleisch und Blut war. Es war in Pelze gehüllt, hatte Stiefel an den Füßen und schwenkte eine Metallaxt.

Mit der stumpfen Klinge zielte es nach Tuttles Ringkabel.

Tuttle hob einen Arm und konnte den mörderischen Schlag in letzter Sekunde abwehren, trug dabei aber ein schwer beschädigtes Ellbogengelenk davon.

Curanov wollte ihm zu Hilfe eilen, wurde nun aber selbst hinterhältig von einem zweiten dieser fleischigen Bestien attackiert. Der Schlag, der seinen Rücken mit voller Wucht traf, warf ihn auf die Knie.

Curanov rollte sich seitwärts ab, kam blitzschnell wieder auf die Beine und drehte sich nach seinem Angreifer um.

Ein fleischiges Gesicht starrte ihn aus etwa vier Meter Entfernung an, Dampfwolken vor Mund und Nase. Von einer pelzgesäumten Kapuze umrahmt, war dieses Gesicht eine groteske Parodie der Robotergesichter. Die Augen waren für Visualrezeptoren viel zu klein und leuchteten nicht. Das Gesicht war nicht hundertprozentig symmetrisch, die Proportionen stimmten nicht, und es war von der Kälte rotgefleckt und geschwollen. Es glänzte nicht einmal im Schein der Taschenlampe, und doch …

… und doch verfügte es offenbar über Intelligenz. Über eine bösartige – vielleicht sogar wahnsinnige – Intelligenz, gar kein Zweifel. Aber immerhin über Intelligenz.

Seltsamerweise überschüttete das Geschöpf Curanov mit einem Wortschwall. Es hatte eine tiefe Stimme; seine Sprache setzte sich aus vielen weichen Silben zusammen und klang ganz anders als die rasselnde monotone Robotersprache.

Plötzlich sprang die Bestie mit einem wilden Schrei vorwärts und holte mit einem Metallrohr zum Schlag gegen Curanovs Hals aus.

Der Roboter brachte sich mit einigen tänzelnden Schritten außer Reichweite der Waffe.

Der Dämon folgte ihm.

Curanov warf einen Blick zu seinen Kameraden hinüber und sah, das der erste Dämon den armen Tuttle schon fast in den Wald gedrängt hatte. Ein dritter hatte Steffan angegriffen, der sich seiner kaum erwehren konnte.

Curanovs Gegner stier wieder einen Schrei aus, stürzte vor und rammte das Ende des Metallrohrs in Curanovs Brust.

Der Roboter fiel nach hinten.

Der Mensch kam mit drohend erhobener Waffe auf ihn zu.

Der Mensch kann denken, obwohl er aus Fleisch und Blut besteht ... er schläft wie die Tiere ... ißt Fleisch ... entleert seinen Darm ... stirbt und verwest ... bringt seine Jungen auf schrecklich unpraktische Weise zur Welt ... er tötet ... er tötet ... er kann einen Roboter überwältigen ... er verstümmelt Roboter und stellt ungeheuerliche Dinge (was?) mit ihren Körperteilen an ... er kann nur mit einer Holzwaffe dauerhaft getötet werden ... wenn er auf irgendeine andere Weise getötet wird, stirbt er nicht wirklich, sondern wird anderswo in einem neuen Körper sofort wieder lebendig ...

Während das Monster mit seinem Metallrohr zum Schlag ausholte, rollte Curanov wieder zur Seite, sprang auf und schlug nun seinerseits mit seiner langfingrigen Hand zu.

Das Gesicht des Menschen wurde aufgerissen und begann zu bluten. Erschrocken wich er zurück.

Curanovs Angst hatte sich in rasende Wut verwandelt. Er folgte dem Dämon und schlug immer wieder zu. Trotz seiner reduzierten Kräfte waren seine Arme zwei Dreschflegel, die den Körper des Menschen zertrümmerten und ihn vorübergehend töteten. Der Schnee war rot von seinem Blut.

Curanov stürzte sich nun auf die Bestie, die mit Steffan

kämpfte. Er griff sie von hinten an und brach ihr mit einem gezielten Schlag seiner stählernen Hand das Genick.

Bis Curanov Tuttle erreichte und auch den dritten Dämon unschädlich machte, hatte Tuttle erhebliche Verletzungen erlitten: Ein Arm war total unbrauchbar, ebenso eine Hand, und auch das Ringkabel war beschädigt, zum Glück allerdings nicht vollständig durchtrennt. Alle drei Roboter würden überleben.

»Ich dachte schon, meine letzte Stunde hätte geschlagen«, sagte Tuttle.

Noch leicht benommen, murmelte Steffan: »Du hast alle drei getötet!«

»Andernfalls hätten sie *uns* getötet«, erwiderte Curanov ruhig. Von dem Aufruhr in seinem Innern brauchten die anderen nichts zu wissen.

Steffan sagte ängstlich: »Aber das Erste Gebot der *Zentralagentur* verbietet es doch, Leben zu vernichten ...«

»Nicht ganz«, widersprach Curanov. »Es ist verboten, ein Leben zu vernichten, das nicht wiederhergestellt werden kann. Hörst du – *das nicht wiederhergestellt werden kann!*«

»Du meinst, sie werden ... wieder lebendig werden?« Steffan starrte die übel zugerichteten Leichen ungläubig an.

»Du hast jetzt Menschen gesehen«, sagte Curanov. »Glaubst du nun den Mythen, oder spottest du immer noch darüber?«

»Wie könnte ich das?«

»Wenn du glaubst, daß diese Bestien existieren, solltest du auch glauben, was über sie erzählt wird.« Er rezitierte aus seinem Datenschatz: »Wenn der Mensch nicht mit einer Holzwaffe getötet wird, sondern auf irgendeine andere Weise, wird er nur scheintot sein. In Wirklichkeit wird er, kaum daß er zu Füßen seines Gegners zusammenbricht, anderswo in einem neuen Körper wieder lebendig.«

Steffan nickte, viel zu mitgenommen, um darüber zu diskutieren.

»Und was jetzt?« fragte Tuttle.

»Jetzt setzen wir unseren Weg nach Walker's Watch fort«, erwiderte Curanov.

»Und berichten dort, was passiert ist?«

»Nein.«

»Aber wir könnten sie doch hierherführen und ihnen diese Leichen zeigen«, wandte Tuttle ein.

»Schau dich einmal um«, sagte Curanov. »Andere Bestien beobachten uns aus dem Wald.«

Ein Dutzend haßerfüllter weißer Gesichter spähte hinter den Bäumen hervor.

»Ich glaube nicht, daß sie uns noch einmal angreifen werden«, fuhr Curanov fort. »Sie haben jetzt gesehen, wozu wir fähig sind, sobald wir begriffen haben, daß das Erste Gebot der Zentrale auf sie nicht zutrifft. Aber sie werden die Leichen bestimmt holen und begraben, sobald wir verschwunden sind.«

»Wir könnten eine der Leichen mitnehmen«, schlug Tuttle vor.

»Nein«, widersprach Curanov. »Deine beiden Hände sind unbrauchbar, und Steffan hat seinen rechten Arm nicht unter Kontrolle. Ich allein kann eine dieser Leichen unmöglich die ganze weite Strecke bis Walker's Watch tragen – nicht mit reduzierten Kräften.«

»Dann werden wir also niemandem erzählen, was wir hier oben gesehen und erlebt haben?« sagte Tuttle.

»Wir können es uns einfach nicht leisten, wenn wir jemals befördert werden wollen«, erklärte Curanov. »Unsere einzige Hoffnung besteht darin, das wir während eines sehr langen Aufenthalts in einer Inaktivierungskoje dieses Erlebnis irgendwie verarbeiten.«

Sie hoben ihre Taschenlampen aus dem Schnee auf und setzten dicht hintereinander ihren Weg ins Tal hinab fort.

»Geht langsam und laßt euch keine Furcht anmerken«, wies Curanov seine Kameraden an.

Sie gingen langsam, waren insgeheim aber überzeugt, daß die unheimlichen Kreaturen, die hinter den Kiefern lauerten, ihre Furcht spüren mußten.

Die drei Roboter gingen die lange Nacht hindurch, und sie brauchten noch fast den ganzen nächsten Tag, bis sie Walker's Watch erreichten. Irgendwann am Vormittag legte sich der Sturm. Die Landschaft war klar, weiß und friedlich. Wenn man diese welligen Schneefelder betrachtete, konnte man eigentlich sicher sein, daß das Universum rational war. Doch Curanov wurde von einer eisigen Erkenntnis gepeinigt: Nachdem er nun an Gespenster und andere irdische Wesen wie etwa Menschen glauben mußte, würde er nie wieder das Konzept eines rationalen Universums akzeptieren können.

Aus dem Amerikanischen von Alexandra v. Reinhardt

Dämmerung des Morgens

»Manchmal benimmst du dich doch wie der dümmste Esel, den man sich vorstellen kann«, sagte meine Frau in jener Nacht, in der ich den Glauben meines Sohnes an den Weihnachtsmann zerstörte.

Wir lagen im Bett, aber ihr war offensichtlich weder nach Einschlafen noch nach Zärtlichkeiten zumute.

Ihre Stimme klang hart und vorwurfsvoll. »Wie konntest du einem kleinen Jungen so etwas antun!«

»Er ist immerhin sieben Jahre alt –«

»Er ist ein kleiner Junge!« fuhr mir Ellen aufgebracht ins Wort. Dies war einer der seltenen Augenblicke, wo wir miteinander stritten; die meiste Zeit über verlief unsere Ehe ausgesprochen glücklich und harmonisch.

Schweigend lagen wir nebeneinander. Die Vorhänge der Balkontür unseres Schlafzimmers im zweiten Stock waren zurückgezogen, und ein fahles Mondlicht beleuchtete schwach den Raum. Doch selbst in diesem Halbdunkel, und obwohl sie ihre Bettdecke bis ans Kinn gezogen hatte, war ihr an der steifen und verkrampften Haltung, in der sie lag und so tat, als versuche sie einzuschlafen, der Zorn anzusehen.

Nach einer Weile sprach sie mich wieder an: »Pete, warum mußtest du den Glauben eines kleinen Jungen, einen völlig *harmlosen* Glauben, so brutal zerschlagen? Doch nur, weil du so besessen bist –«

»Es war kein harmloser Glaube«, erwiderte ich ruhig, »und ich bin auch nicht besessen –«

»Doch, das bist du!« gab sie barsch zurück.

»Ich glaube doch lediglich an rationale –«

»Ach, halt doch den Mund«, unterbrach sie mich erneut.

»Willst du denn nicht wenigstens mit mir darüber reden?«

»Nein. Das hat ja sowieso keinen Sinn.«

Ich seufzte. »Ach, Ellen, ich liebe dich doch.«

Sie schwieg eine lange Weile.

Der Wind heulte unter dem Dachvorsprung, eine altbekannte Stimme.

Aus dem Geäst eines Kirschbaumes hinter dem Haus kam der Schrei einer Eule.

Schließlich sagte Ellen: »Ich liebe dich auch, Pete. Aber trotzdem hätte ich manchmal große Lust, dir einen Tritt in den Hintern zu geben!«

Damals ärgerte ich mich über ihre Worte, weil ich fand, daß sie mich ungerecht behandelte und ihren niedersten Gefühlen freien Lauf ließ, anstatt ihren Verstand zu gebrauchen. Heute, viele Jahre später, würde ich alles dafür geben, wenn ich sie noch einmal sagen hören könnte, sie wolle mir in den Hintern treten, und diesmal würde ich mich lächelnd zu ihr hinbeugen.

Von klein auf brachte ich meinem Sohn Benny bei, daß Gott nicht existierte, weder unter irgendeinem Namen noch in irgendeiner Form, und daß die Religion die Zuflucht schwacher Menschen sei, die Angst hatten, sich einzugestehen, daß es nur das Universum an sich und sonst nichts gab. Ich sperrte mich dagegen, Benny taufen zu lassen, da diese Zeremonie in meinen Augen einen Initiationsritus darstellte, durch den das Kind in einen Kult von Ignoranz und Irrationalismus eingeweiht würde.

Ellen – meine Frau und Bennys Mutter – war in einer methodistischen Familie aufgewachsen, und immer noch hafteten Schmutzflecken (wie ich es nannte) von ihrem früheren Glauben an ihr. Sie bezeichnete sich als Agnostikerin und brachte es nicht fertig, sich wie ich unzweideutig zum Atheismus zu bekennen. Meine Liebe zu ihr war so groß, daß ich ihr Ausweichen in dieser Frage tolerieren konnte. Nichts als Verachtung empfand ich hingegen für Menschen, die es einfach nicht wahrhaben wollten, daß das Universum gottlos war und daß die menschliche Existenz sich auf nichts weiter als auf einen biologischen Zufall begründete.

Ich verachtete all jene, die sich selbst erniedrigten und vor einem imaginären Herrn der Schöpfung demütig auf die Knie fielen – Methodisten und Lutheraner, Katholiken und Baptisten, Mormonen, Juden und wie sie alle hießen. Mochten sie auch verschiedene Namen tragen, es lief doch alles auf den gleichen törichten Irrglauben hinaus.

Den größten Abscheu empfand ich jedoch für Menschen, die wie ich Rationalisten waren und ursprünglich nicht von der Krankheit Religion befallen gewesen waren, die dann aber plötzlich vom Weg der Vernunft abkamen und in den Abgrund des Aberglaubens fielen. Freiwillig gaben sie ihre wertvollste Habe auf: ihren unabhängigen Geist, ihre Selbständigkeit, ihre geistige Integrität. Und wofür? Für ein paar blödsinnige und vage Versprechungen eines Lebens im Jenseits mit Togas und Harfenmusik. Die Abkehr von ihrer zuvor gehegten rationalen Weltanschauung widerte mich mehr an, als wenn mir ein alter Freund gestanden hätte, er wäre plötzlich besessen auf Sodomie mit Hunden und hätte sich wegen einer deutschen Schäferhündin von seiner Frau scheiden lassen.

Hal Sheen, mein Partner, mit dem ich *Fallon & Sheen Design* gegründet hatte, war einst ein ebenso überzeugter Atheist gewesen wie ich. Während unserer Studienzeit waren wir unzertrennliche Freunde und ein gefürchtetes Diskussionsteam, wann immer das Thema Religion zur Sprache kam. Jeder, der an die Existenz eines göttlichen Wesens glaubte, und es wagte, unserer Ansicht über das Universum als einem Ort unpersönlicher Mächte zu widersprechen, bereute es hinterher, sich mit uns auf eine Diskussion eingelassen zu haben, denn wir sprachen all diesen Leuten ihren Anspruch auf Erwachsensein ab und schalten sie alberne Kinder. Ja, meist warteten wir nicht einmal ab, bis das Thema Religion angesprochen wurde, sondern provozierten absichtlich solche Studienkollegen, von denen wir mit Sicherheit wußten, daß sie Gläubige waren.

Nach Beendigung unseres Architekturstudiums entschlossen wir uns, ein eigenes Büro zu eröffnen, da keiner von uns beiden für einen anderen Chef arbeiten wollte. Wir träumten von einer kraftvollen und gleichzeitig eleganten, von einer funktionalen und trotzdem schönen Architektur, die auf der ganzen Welt und insbesondere bei unseren Berufskollegen höchste Bewunderung hervorrufen würde. Und mit Köpfchen, Talent und beharrlicher Zielstrebigkeit verwirklichten wir schon in jungen Jahren einige unserer Ziele. Von *Fallon & Sheen Design*, der Firma zweier Wunderkinder, ging ein Revolution im Baustil aus, die Studenten und erfahrene Praktiker gleichermaßen in Begeisterung versetzte.

Für unseren durchschlagenden Erfolg war vor allem das unserer Arbeit zugrunde liegende atheistische Weltbild verantwortlich. Ganz bewußt entwickelten wir einen neuen Architekturstil, der zur Religion keinerlei Bezug hatte. Den meisten Laien ist es nicht bewußt, daß sämtliche Bauwerke, auch solche, die von modernen Designschulen entworfen wurden, architektonische Elemente enthalten, deren ursprüngliche Bedeutung darin lag, die Autorität Gottes und den Stellenwert der Religion im Leben der Menschen auf subtile Weise zu erhöhen. So bestand der Sinn gewölbter Decken, wie sie zuerst in Kirchen und Kathedralen angewandt wurden, ursprünglich darin, den Blick nach oben zu lenken und somit indirekt den Betrachter dazu zu führen, sich des Himmels und seiner Vergeltung bewußt zu werden. Tonnengewölbe, Kreuzgratgewölbe, Fächergewölbe oder vierteilige und sechsteilige Kreuzrippengewölbe sind mehr als nur gewundene Bögen; sie waren gedacht als Vermittler der Religion, verkündeten Ihn und Seine Autorität.

Für uns stand von Anfang an fest, daß keine gewölbten Decken, keine spitz zulaufenden Teile, keine Fenster oder Türen mit Rundbogen, kurz: kein Bauelement, das auch nur den geringsten sakralen Bezug hatte, in ein von Fallon & Sheen entworfenes Gebäude integriert würde. Unser Ziel war das genaue Gegenteil: den Blick zur Erde zu lenken und all jene, die durch unsere Gebäude schritten, mittels unzähliger raffinierter Kunstgriffe daran zu erinnern, daß sie nicht etwa Kinder irgendeines Gottes seien, sondern Kinder der Erde und nichts weiter als geistig etwas höherentwickelte Vettern der Affen.

Hals Wiedereintritt in die römisch-katholische Kirche, der

er als Kind angehört hatte, versetzte mir deshalb einen großen Schock. Im Alter von siebenunddreißig Jahren, als er auf
der Höhe seiner Karriere stand und durch seinen einzigartigen Erfolg die Überlegenheit des freien, rational denkenden
Menschen über imaginäre Gottheiten unter Beweis stellte,
nahm er mit offenkundiger Freude wieder die Rolle eines
konfessionsgebundenen, demütigen Subjekts an der Kom-
munionbank ein, benetzte Stirn und Brust mit sogenanntem
Weihwasser und verwarf das geistige Fundament, auf dem
er bis dahin während seines gesamten Erwachsenendaseins
gestanden hatte.

Ich war darüber zutiefst erschüttert.

Nun, da die Religion mir Hal Sheen genommen hatte, verabscheute ich sie um so mehr. Ich achtete mehr denn je darauf, daß aus dem Leben meines Sohnes jedweder Anflug von
religiösem Gedankengut oder Aberglauben verbannt blieb,
und ich war fest entschlossen, es mit allen in meiner Macht
stehenden Mitteln zu verhindern, daß Benny mir von irgendwelchen weihrauchschwenkenden, glöckchenbimmeln-
den, hymnensingenden, sich selbst betrügenden Idioten entrissen würde. Kaum daß er lesen konnte, begann Benny
Bücher geradezu zu verschlingen, und ich achtete darauf,
daß er keine Bücher las, die den religiösen Glauben auch nur
indirekt als einen positiven Teil des Lebens darstellten, und
lenkte sein Interesse eisern auf durchweg weltliche Themen,
die keine ungesunden Fantasien weckten. Als ich bemerkte,
daß Benny, wie wohl die meisten Kinder, ebenfalls Begeisterung für Vampire, Geister und das ganze Spektrum traditio-
neller Monster empfand, versuchte ich mit aller Gewalt, ihm
diese Faszination auszutreiben, machte mich darüber lustig
und belehrte ihn, wie erstrebenswert es sei, über solchen
Kinderkram hinauszuwachsen. Nicht daß ich ihm gänzlich
verboten hätte, eine gute Gruselgeschichte zu genießen,
denn das hatte ja nichts mit Religion zu tun. Benny durfte
durchaus die Spannung auskosten, die Bücher über Tötungs-
roboter, Kinofilme über das Frankenstein-Monster und andere bedrohliche, von Menschen erfundene Fantasiegebilde
erzeugten. Doch Bücher und Filme, in denen Monster teufli-

schen Ursprungs vorkamen, verbot ich ihm, denn der Glaube an satanische Dinge ist nur ein anderer Aspekt des religiösen Glaubens, sozusagen die B-Seite der Anbetung Gottes.

Bis zum Alter von sieben Jahren ließ ich ihm, wenn auch widerwillig, den Glauben an den Weihnachtsmann. Denn selbstverständlich liegt dieser Legende ja ein christliches Element zugrunde. Ellen war es, die darauf bestand, Benny diesen Glauben zu lassen. Ich ließ mich halbwegs davon überzeugen, daß dies harmlos sei, stellte aber die Bedingung, daß wir Weihnachten wie ein weltliches Fest feierten, das nichts mit der Geburt Jesu zu tun hatte. Für uns war es eine Familienfeier, an der wir zuallererst dem Materialismus huldigten und bei der die Geschenke die Hauptsache waren.

Hinter unserem großen Haus in Buck's County, Pennsylvania, standen zwei große, alte Kirschbäume, in deren Schatten Benny und ich während der wärmeren Jahreszeiten oft saßen und Halma oder Karten spielten. An einem für die Jahreszeit ungewöhnlich warmen Tag Anfang Oktober, als Benny sieben Jahre alt war, saßen wir wieder einmal unter jenen Zweigen, denen die zerrenden Hände des Herbstes bereits fast alle Blätter entrissen hatten. Wir spielten gerade Halma, und auf einmal fragte mich Benny, ob der Weihnachtsmann ihm dieses Jahr wohl viele Geschenke bringen werde. Ich erwiderte ihm, daß es doch noch viel zu früh sei, um an den Weihnachtsmann zu denken, doch er erklärte mir, daß *alle* Kinder schon jetzt an den Weihnachtsmann dachten und dabei seien, ihre Wunschzettel zu schreiben. Dann fragte er: »Papi, woher *weiß* der Weihnachtsmann eigentlich, ob wir brav oder böse gewesen sind? Er kann doch nicht alle Kinder gleichzeitig beobachten, oder? Verraten es ihm vielleicht unsere Schutzengel?«

»Schutzengel?« rief ich entsetzt und glaubte, nicht richtig gehört zu haben. »Was weißt denn du über Schutzengel?«

»Nun, daß sie uns beschützen und uns helfen, wenn wir in Not sind, stimmt's? Darum könnte es doch sein, daß sie auch mit dem Weihnachtsmann über uns sprechen.«

Schon ein paar Monate nach Bennys Geburt hatte ich

mich mit gleichgesinnten Eltern in unserer Gemeinde zusammengeschlossen, um eine Privatschule zu gründen, die auf den Prinzipien eines weltlichen Humanismus basierte, in der jeder noch so entfernte religiöse Gedanke aus dem Lehrplan verbannt wurde. Wir waren fest entschlossen, dafür zu sorgen, daß unseren Kindern Kenntnisse in Geschichte, Literatur, Soziologie und Ethik von einer rationalen, profanen Sicht aus beigebracht wurden. Benny hatte diese Vorschule besucht und war in jenem Oktober, von dem ich gerade erzähle, in der zweiten Klasse der Grundschule, und seine Klassenkameraden kamen aus Familien, die von den gleichen rationalen Prinzipien geleitet wurden wie die unsere. Darum überraschte es mich, daß er trotzdem religiöser Propaganda ausgesetzt war.

»Wer hat dir erzählt, daß es Schutzengel gibt, Benny?«

»Ein paar Spielkameraden.«

»Glauben sie denn wirklich, daß es diese Engel gibt?«

»Ja, ich denke schon.«

»Und warum?«

»Weil sie sie im Fernsehen gesehen haben.«

»Wie bitte?«

»Ja, in einer Sendung, die ich nicht ansehen darf. ›Ein Engel auf Erden‹ heißt sie.«

»Und nur, weil sie es im Fernsehen gesehen haben, glauben sie, daß es wahr ist?«

Benny zuckte die Schultern und rückte mit seiner Spielfigur auf dem Spielbrett um fünf Felder vor.

Damals glaubte ich, daß die Massenmedien, insbesondere das Fernsehen, das Verderben aller Männer und Frauen von Verstand und Vernunft sei, nicht zuletzt deshalb, weil sie alle Arten religiösen Aberglaubens verbreiteten und einen außerordentlichen Einfluß auf unser Leben ausübten, da sie ja jeden Aspekt davon aufgriffen. Durch Bücher und Kinofilme wie ›Der Exorzist‹ und Fernsehsendungen wie ›Ein Engel auf Erden‹ wurden selbst die eifrigsten Bemühungen von Eltern zunichte gemacht, ihr Kind in einer Atmosphäre reiner Vernunft aufzuziehen.

Die für die Jahreszeit ungewöhnlich warme Oktoberbrise

war zu schwach, um unsere Spielkarten wegzuwehen, aber sie spielte mit Bennys dünnem, braunem Haar. Windzerzaust saß er auf seinem durch ein Kissen erhöhten Gartenstuhl, um auf Tischhöhe zu sein. Er sah so klein und verletzlich aus. Gerade weil ich ihn so sehr liebte und mir das bestmögliche Leben für ihn erhoffte, schwoll jetzt mein Ärger von Sekunde zu Sekunde mehr an. Er richtete sich nicht gegen Benny, sondern gegen jene Leute, die, selbst durch ihre verdrehte Philosophie geistig und gefühlsmäßig verwirrt, es wagten, auch noch ein unschuldiges Kind zu indoktrinieren.

»Benny, hör mir mal zu«, sagte ich. »Es gibt keine Schutzengel. Das ist vollkommener Quatsch. Diese dumme Lüge erzählen nur die Leute, die dir einreden wollen, du seist für deine Erfolge im Leben nicht selbst verantwortlich. Sie möchten, daß du glaubst, daß das Böse, das dir zustößt, deine eigene Schuld sei, weil das die Strafe für deine Sünden sei; die schönen Dinge dagegen seien der Gnade ihres *Herrn* zu verdanken. Auf diese Weise wollen sie dich unter Kontrolle halten. Genau das ist nämlich die Religion: ein Werkzeug, um dich zu kontrollieren und zu unterdrücken.«

Er blickte mich verständnislos an. »Welcher Herr?«

Ich starrte ebenso verständnislos zurück. »Wie bitte?«

»Welchen Herrn meinst du denn? Etwa den Herrn Keever, dem der Spielzeugladen gehört? Mit welchem Werkzeug will er mich denn zerdrücken?« Er kicherte. »Meinst du, ich werde plattgebügelt und danach an einen Kleiderbügel gehängt? Papi, du redest vielleicht dummes Zeug.«

Ich vergaß, daß er ja erst sieben Jahre alt war und es ihn überforderte, wenn ich ernsthaft mit ihm über die Unterdrückung des Menschen durch die Religion diskutieren wollte, so als säßen wir wie zwei Intellektuelle bei einer Tasse Espresso in einem Cafe. Als mir bewußt wurde, wie töricht das von mir war, errötete ich, schob das Halma-Brett zur Seite und versuchte ihm mit einfachen Worten zu erklären, warum es nicht bloß ein argloser Spaß sei, wenn man an solchen Unsinn wie Schutzengel glaubte, sondern auch ein Schritt zu schlimmer geistiger und gefühlsmäßiger Verskla-

493

vung. Er blickte mich abwechselnd gelangweilt, verwirrt, verlegen und völlig verständnislos an und schien mich nicht im geringsten zu verstehen. Meine Frustration nahm immer mehr zu, bis mir schließlich der Kragen platzte und ich seinen Glauben an den Weihnachtsmann zerstörte.

Mir wurde damals plötzlich klar, daß ich, indem ich ihn an das Märchen vom Weihnachtsmann glauben ließ, genau das erreichte, was ich mit aller Gewalt hatte verhindern wollen: Ich legte damit den Grundstein zu einer irrationalen Denkweise. Wie hatte ich nur so naiv sein können, zu glauben, daß man Weihnachten, ein Fest christlichen Ursprungs, in völlig weltlicher Atmosphäre feiern und den religiösen Bezug total ignorieren könne. Benny mußte doch unweigerlich zu dem Schluß kommen, daß der geistige Aspekt dieses Festtages ebenso wichtig war wie der materialistische, denn schließlich war es nicht damit getan, daß wir in unserem Haus einen Weihnachtsbaum aufstellten und uns gegenseitig beschenkten. Ihm konnte ja der ganze Zirkus, der zur Weihnachtszeit veranstaltet wurde, wie das Aufstellen von Krippen vor den Kirchen oder die Weihnachtsdekoration mit Trompetenengeln aus Plastik in den Kaufhäusern, nicht entgehen. Und dann war es nicht weiter verwunderlich, wenn all das dumme Gerede über Schutzengel und die Erlösung von den Sünden bei ihm auf fruchtbaren Boden fiel.

Während wir unter den Ästen der Kirschbäume saßen und eine Oktoberbrise uns langsam wieder in Richtung Weihnachten wehte, erzählte ich Benny, daß es gar keinen Weihnachtsmann gab und daß es in Wirklichkeit seine Mutter und ich waren, von denen die Geschenke stammten. Er wollte mir nicht glauben und nannte entrüstet Beweise für die Existenz des Weihnachtsmannes: Die Weihnachtsplätzchen und die Milch, die er immer für den bärtigen Gesellen vor die Tür stellte, seien schließlich jedesmal verschwunden. Ich verriet ihm, daß in Wahrheit ich es war, der die Plätzchen aufaß und die Milch – die ich nicht mag – jedesmal in den Abfluß goß. Mit schonungsloser Offenheit, doch – so glaubte ich zunächst – auf liebevolle Weise, zerstörte ich den geheimnisvollen Zauber, den Weihnachten auf ein Kind aus-

494

übt, und ließ keinen Zweifel daran, daß das Gerede über den Weihnachtsmann nur ein gutgemeintes, aber törichtes Ammenmärchen sei.

Er hörte mir schweigend und ohne weiteren Widerspruch zu. Als ich schließlich fertig war, gab er vor, müde zu sein, rieb sich die Augen und gähnte herzhaft. Er sagte, er habe keine Lust mehr weiterzuspielen, und wolle sich in seinem Zimmer eine Weile hinlegen.

Die letzten Worte, die ich unter den Kirschbäumen zu ihm sagte, waren, daß charakterfeste, in sich ruhende Menschen keine erfundenen Freunde wie den Weihnachtsmann oder Schutzengel brauchten. »Wir können uns nur auf uns selbst, auf unsere Freunde und auf unsere Familien verlassen, Benny. Wenn wir einen Wunsch haben, geht er nicht dadurch in Erfüllung, daß wir den Weihnachtsmann darum bitten und schon gar nicht, indem wir dafür beten. Nur wenn wir selbst dafür arbeiten oder dank der Großzügigkeit von Freunden oder Verwandten erreichen wir die Erfüllung eines Wunsches. Es ist völlig sinnlos, sich einfach nur etwas zu *wünschen* oder für etwas zu beten.«

Drei Jahre später, als Benny im Krankenhaus lag und an Knochenkrebs starb, begriff ich zum ersten Mal in meinem Leben, warum andere Leute Zuflucht bei Gott und Trost im Gebet suchten. Während unseres Lebens werden wir manchmal von einem so schweren Schicksalsschlag getroffen, daß die Versuchung, für die grausamen Ereignisse auf dieser Welt mystische Erklärungen zu suchen, tatsächlich sehr groß ist.

Selbst wenn wir es akzeptieren können, daß unser eigener Tod endgültig ist und unsere Seele nicht weiterlebt, während unser Körper verwest, so können doch die meisten von uns die Vorstellung nicht ertragen, daß unsere *Kinder*, wenn sie schon in frühem Alter sterben, nicht in einer anderen Welt weiterleben. Kinder sind doch etwas ganz anderes, wie kann es dann sein, daß auch sie so endgültig ausgelöscht werden, als hätten sie nie existiert? Ich habe erlebt, wie Atheisten, die jede Art von Religion verachteten und niemals für sich selbst hätten beten können, Gott plötzlich um Hilfe für ihre schwerkranken Kinder anflehten – doch kurz darauf, teils beschämt, meist aber reuevoll erkannten, wie töricht sie gewesen waren und wie sehr es im Widerspruch zu ihrer Weltanschauung stand, dies getan zu haben.

Ich hingegen warf meine Überzeugungen nicht über Bord, nicht einmal, als Benny von Knochenkrebs befallen wurde. Nicht ein einziges Mal während dieser qualvollen Zeit wurde ich meinen Prinzipien untreu, indem ich mich flennend an Gott wandte. Ich war felsenfest entschlossen, standhaft zu bleiben und mit meinem Kummer allein fertig zu werden, selbst wenn es Zeiten gab, in denen ich allen Mut sinken ließ und das Gefühl hatte, als würde auf meinen Schultern ein Berg voll Sorgen lasten, unter dem sie zu zersplittern und zusammenzubrechen drohten.

An jenem Oktobertag, als Benny sieben Jahre alt war und ich unter den Kirschbäumen saß und ihm nachsah, wie er ins Haus lief, um ein Nickerchen zu machen, ahnte ich nicht, welcher Belastungsprobe meine Prinzipien und meine Selbstsicherheit noch ausgesetzt werden würden. Ich war stolz darauf, meinen Sohn endlich von seinen christlich besetzten Fantasien über den Weihnachtsmann befreit zu haben, und ich war felsenfest davon überzeugt, daß Benny, wenn er erst einmal erwachsen war, mir für die rationale Erziehung, die ich ihm hatte zuteil werden lassen, dankbar sein würde.

Als Hal Sheen zu mir sagte, er sei in den Schoß der katholischen Kirche zurückgekehrt, glaubte ich zunächst, er mache einen Scherz. Wir saßen gerade nach der Arbeit in einer Hotelbar in der Nähe unseres Büros, und ich war der Meinung, Hal habe mich hierher eingeladen, um auf einen Großauftrag anzustoßen, den er für uns an Land gezogen hätte. »Ich muß dir etwas Wichtiges mitteilen«, hatte er an jenem Morgen geheimnisvoll gesagt. »Wie wär's, wenn wir um sechs Uhr auf ein Glas ins Regency gingen?« Doch dort eröffnete er mir nicht etwa, daß wir den Zuschlag für die Planung eines Bauwerks erhalten hatten, womit die Legende von Fallon & Sheen um ein weiteres Kapitel verlängert worden wäre, sondern statt dessen offenbarte er mir, daß er nach einjähriger stiller Überlegung zu dem Entschluß gekommen sei, den Atheismus abzustreifen, wie ein Falter seinen Kokon, um in das Reich des Glaubens zurückzuflattern. Grinsend wartete ich auf die Pointe des Scherzes; er hingegen lächelte nur vor sich hin, und irgend etwas lag in diesem Lächeln – vielleicht war es Mitleid mit mir –, wodurch mir schlagartig bewußt wurde, daß er es vollkommen ernst meinte.

Ich machte Einwände, zunächst in einem sachlichen, dann in einem immer erregteren Tonfall. Ich verhöhnte ihn für sein Bekenntnis, er habe wieder zu Gott zurückgefunden, und versuchte ihn zu beschämen, weil er seine geistige Unabhängigkeit aufgegeben habe.

»Ich bin zu dem Schluß gekommen, daß der Mensch ein Intellektueller und zugleich ein praktizierender Christ, Jude oder Buddhist sein kann«, sagte Hal mit einer Selbstbeherrschung, die mich aufbrachte.

»Niemals«, rief ich erbost und schlug mit der Faust auf den Tisch, um meiner Verstimmung über diese absurde Behauptung Nachdruck zu verleihen. Unsere Cocktailgläser klirrten, ein unbenutzter Aschenbecher fiel beinahe vom Tisch, und die anderen Gäste blickten erstaunt zu uns herüber.

»Nimm zum Beispiel Malcolm Muggeridge«, sagte Hal. »Oder C. S. Lewis. Oder Isaac Singer. Zwei Christen und ein Jude – *und* unbestritten alle drei Intellektuelle.«

»Hast du deine eigenen Worte vergessen?« rief ich erregt aus. »Wie oft haben andere Leute diese und andere Namen als Beispiele angeführt, wenn wir mit ihnen über diese geistige Überlegenheit des Atheismus diskutiert haben. Hast du sie nicht genau wie ich davon zu überzeugen versucht, was für große Narren Menschen vom Typ Muggeridge, Lewis und Singer doch sind?«

Er zog bedauernd die Schultern hoch. »Ich habe mich eben getäuscht.«

»Einfach nur getäuscht?«

»Nein, nicht einfach nur getäuscht. Versuche doch, es

nachzuvollziehen, Pete. Schließlich habe ich ein Jahr lang mit mir gerungen ... ich habe mich mit aller Macht dagegen zu wehren versucht, zum Glauben zurückzukehren, und trotzdem bin ich bekehrt worden.«

»Bekehrt worden? Von wem? Welcher propagandistische Pfarrer oder ...«

»Kein anderer Mensch hat mich bekehrt. Das hat sich alles in meinem Innern abgespielt, Pete. Ich habe mit keiner Menschenseele darüber gesprochen, was für ein Drahtseilakt in mir ablief.«

»Was hat denn diesen Drahtseilakt ausgelöst?«

»Nun, mein Leben kommt mir seit ein paar Jahren ganz einfach leer vor ...«

»Leer? Hast du nicht alles, was man sich erträumen kann? Du bist jung und gesund, bist mit einer intelligenten und sehr hübschen Frau verheiratet; du bist auf der Höhe deiner Karriere, wirst von aller Welt für die Originalität und Ausdruckskraft deines Architekturstils bewundert, und obendrein bist du wohlhabend! Und das nennst du ein leeres Leben?«

Er nickte. »Ja, so ist es. Ich habe allerdings nicht herausgefunden, warum das so ist. Genau wie du gerade eben habe ich alles aufgezählt, was ich besitze, und hätte eigentlich zu dem Schluß kommen müssen, daß ich der glücklichste Mensch auf der Erde bin. Trotzdem war da diese innere Leere, und bei jedem neuen Projekt, das wir angingen, ließ mein Interesse an der Arbeit mehr und mehr nach. Allmählich dämmerte es mir, daß alles, was ich bisher gebaut hatte und alles, was ich in Zukunft noch bauen würde, mich nicht befriedigen konnte, weil diese Leistungen nicht von bleibender Dauer waren. Sicher, es kann durchaus sein, daß eines unserer Bauwerke zweihundert Jahre lang steht, trotzdem sind doch ein paar Jahrhunderte nichts weiter als ein paar winzige Sandkörnchen im Stundenglas der *Zeit*. Konstruktionen aus Stein, Stahl und Glas haben nicht ewig Bestand, sie sind nicht, wie wir einmal glaubten, Zeugnisse der genialen Schöpfungskraft des Menschen. Im Gegenteil: sie sind Mahnmale dafür, daß selbst unsere gewaltigsten Monumente zerbrechlich sind, daß unsere großartigsten Bauwerke durch Erdbeben, Kriege oder Flutwellen von einer Minute auf die andere zerstört werden können, oder auch ganz langsam, indem nämlich Sonne, Wind und Regen sie im Laufe Tausender von Jahren zerfressen. Worin besteht also der Sinn des Ganzen?«

»Der Sinn besteht darin, daß wir durch den Bau dieser Gebäude und vor allem, indem wir immer bessere und schönere Gebäude entwerfen, den Lebensstandard unserer Mitmenschen steigern«, belehrte ich ihn verärgert, »und daß wir andere durch unser Beispiel ermutigen, ihrerseits höhere Ziele anzustreben. Und so sorgen wir schließlich alle miteinander für eine bessere Zukunft der gesamten Menschheit.«

»Ja schon, aber wozu diese Anstrengungen?« fuhr er fort. »Wenn es kein Jenseits gibt, wenn die Existenz eines jeden Lebewesens mit dem Tod endet, dann gleicht doch das *kollektive* Schicksal haargenau dem eines jeden einzelnen: Tod, Leere, Dunkelheit, das absolute Nichts. Und nichts kann aus dem Nichts werden. Du kannst doch keinen edleren, höheren Daseinszweck für die gesamte Menschheit fordern, wenn du nicht auch jeder einzelnen Seele ein höheres Ziel zugestehst.« Er hob seine Hand, um meinem Widerspruch Einhalt zu gebieten. »Ich weiß, ich weiß. Dir liegen Gegenargumente auf der Zunge. Sie sind mir bekannt, denn ich habe sie ja in unseren zahllosen Debatten über dieses Thema selbst vertreten. Aber ich habe meine Meinung inzwischen geändert, Pete. Ich glaube, das Leben *hat* noch einen anderen Sinn, als daß wir nur leben, um zu leben. Wenn ich anders denken würde, ließe ich ab sofort die Arbeit Arbeit sein, würde mich für den Rest meines Lebens nur noch amüsieren und die wertvollen, mir noch verbleibenden Tage meines Lebens auskosten. Aber dem ist nicht so, denn heute glaube ich, daß es etwas gibt, das sich Seele nennt und das über den Tod hinaus existiert. Ich kann jetzt weiterhin bei Fallon & Sheen arbeiten, weil ich dies als mein Schicksal ansehe und meine Arbeit aus diesem Grund sinnvoll ist. Ich hoffe, du kannst meinen Standpunkt akzeptieren. Keine Angst, ich werde niemals versuchen, dich zu bekehren. Ich werde das

Thema Religion nie wieder in deiner Gegenwart ansprechen, denn ich respektiere dein Recht, *nicht* zu glauben. Ich bin mir sicher, daß wir weiterhin genausogut zusammenarbeiten können wie bisher.«

Aber das war ein Irrtum.

Ich hielt den religiösen Glauben für ein abscheuliches Symptom geistigen Verfalls und fühlte mich fortan in Hals Gegenwart unbehaglich. Ihm gegenüber tat ich so, als stünden wir uns so nahe wie eh und je, als, hätte sich zwischen uns nichts geändert. Doch insgeheim hatte ich das Gefühl, daß er nicht mehr derselbe war.

Abgesehen davon begann Hals wieder angenommener Glaube seinen Architekturstil zu infizieren. Seine Konstruktionen wiesen auf einmal gewölbte Decken und Bogenfenster auf, und seine neuen Bauwerke lenkten den Blick und die Sinne himmelwärts. Einige unserer Auftraggeber begrüßten diesen Stilwandel, und Kritiker angesehener Fachzeitschriften äußerten sich positiv darüber. Aber ich konnte ihn nicht ertragen, da ich wußte, daß er sich von unserem ›Markenzeichen‹, einer Architektur, in deren Zentrum der Mensch stand, wegbewegte. Vierzehn Monate nach seiner Rückkehr in den Schoß der römisch-katholischen Kirche verkaufte ich meine Geschäftsanteile an ihn und machte ein eigenes Büro auf.

»Hal, selbst als du dich noch als Atheist bezeichnet hast, war es dir offensichtlich nicht klar, daß wir uns vor dem Nichts, das uns am Ende des Lebens erwartet, weder zu fürchten, noch dagegen aufzubegehren brauchen«, sagte ich zu ihm, als ich ihn zum letztenmal sah. »Es gibt nur zwei Möglichkeiten: Entweder man nimmt dies als eine bedauerliche Tatsache des Lebens hin, oder als eine, die man gutheißt.«

Ich persönlich hielt es für positiv und befreiend, mir keine Gedanken über ein Leben nach dem Tod machen zu müssen. Als Ungläubiger konnte ich mich voll darauf konzentrieren, auf *dieser* Welt, der einzigen Welt, die es gab, meinen gerechten Lohn zu erlangen.

An jenem Abend, als ich Bennys Glauben an den Weihnachtsmann zerstörte, an jenem Abend, als Ellen mir sagte, sie wolle mir einen Tritt in den Hintern geben, während wir in unserem mondbeschienenen Schlafzimmer nebeneinander in unserem riesigen Himmelbett lagen, sagte sie noch: »Pete, du hast mir alles über deine Kindheit erzählt, außerdem habe ich deine Eltern kennengelernt und kann es sehr gut nachvollziehen, wie es gewesen sein muß, in solch einer verrückten Atmosphäre aufzuwachsen. Ich verstehe sehr gut, daß du als Gegenreaktion auf ihren religiösen Fanatismus Atheist geworden bist. Aber manchmal gehst du einfach zu weit. Du gibst dich nicht damit zufrieden, *selbst* ein Atheist zu sein, sondern du willst deine Weltanschauung mit aller Gewalt allen anderen aufzwingen, so daß du dich im Grunde genommen nicht anders verhältst als deine Eltern ... mit dem einzigen Unterschied, daß du die anderen statt zu Gott zur Gottlosigkeit bekehren willst.«

Ich richtete mich im Bett auf und blickte zu ihrer unter der Decke verhüllten Gestalt herunter. Ich konnte ihr Gesicht nicht sehen, weil sie mir den Rücken zuwandte.

»Das ist doch alles blanker Unsinn, Ellen!«

»Nein, das ist die Wahrheit!«

»Ich verhalte mich keineswegs so wie meine Eltern. Ich *prügle* Benny doch den Atheismus nicht ein, so wie sie versuchten, Gott in mich hineinzuprügeln!«

»Was du ihm heute angetan hast, war ebenso schlimm wie wenn du ihn geschlagen hättest!«

»Ellen, alle Kinder erfahren doch einmal, daß es keinen Weihnachtsmann gibt, viele sogar in einem viel früheren Alter als Benny!«

Sie drehte sich zu mir um, und ich konnte nun in dem Dämmerlicht undeutlich den Ausdruck von Ärger auf ihrem Gesicht erkennen, doch leider nicht den Ausdruck von Liebe, den ich trotz allem auf ihrem Gesicht vermutete. »Natürlich erfahren sie alle einmal die Wahrheit über den Weihnachtsmann, aber ihnen wird diese Fantasie nicht von ihren eigenen Vätern zerstört, verdammt noch mal!« fuhr sie zornig fort.

»Ich habe sie nicht zerstört, sondern ich habe das Thema ganz sachlich mit ihm diskutiert!«

»Er ist doch kein Student in einer Diskussionsrunde«, sagte sie. »Du kannst doch mit einem sieben Jahre alten Jungen keine Diskussionen führen. In dem Alter denken und handeln die Kinder noch völlig emotional. Pete, nachdem du Benny heute so abgefertigt hattest, kam er ins Haus gelaufen, rannte hoch in sein Zimmer, und als ich eine Stunde später hinaufging, um nach ihm zu sehen, weinte er immer noch.«

»Ja, ist ja schon gut«, sagte ich. »Ich komm mir ja schon vor wie ein Schuft.«

»Das solltest du auch!«

»Ich gebe zu, daß ich das Thema taktvoller hätte angehen können, daß ich behutsamer hätte vorgehen können.«

Wortlos drehte sie sich wieder auf die andere Seite.

»Aber grundsätzlich habe ich nichts Falsches getan«, sagte ich. »Es war ein großer Fehler zu glauben, wir könnten Weihnachten wie ein völlig weltliches Fest feiern. Unschuldige Fantasien können sich zu solchen entwickeln, die keineswegs mehr unschuldig sind.«

»Ach, halt doch endlich deinen Mund«, brauste sie wieder auf. »Halt deinen Mund und schlaf, bevor ich noch vergesse, daß ich dich liebe.«

Der Fernfahrer, von dessen Lastwagen Ellen überfahren wurde, wollte mehr Geld verdienen, um sich ein Boot kaufen zu können. Er war Fischer, der leidenschaftlich gerne mit der Schleppangel fischte, und um sich das dazugehörige Boot leisten zu können, mußte er sich zusätzliche Arbeit suchen. Er hatte Amphetamine geschluckt, um nicht einzuschlafen. Der Lastwagen war ein Peterbilt, das größte Modell, das gebaut wird. Ellen fuhr ihren blauen BMW. Die Fahrzeuge stießen frontal zusammen, und obwohl sie offensichtlich versuchte auszuweichen, hatte sie keine Chance.

Benny erlitt einen schweren Schock. Ich ließ meine Arbeit liegen und blieb den ganzen Juli über mit ihm zu Hause. Er brauchte viel liebevolle Zuwendung und Zuspruch und mußte behutsam soweit gebracht werden, daß er diesen schweren Schlag verkraften konnte. Auch mir ging es sehr schlecht, denn Ellen war noch mehr für mich gewesen als meine Frau und meine Geliebte: meine strengste Kritikerin, meine größte Anhängerin, mein bester Kamerad und meine einzige Vertraute. Nachts, allein in unserem Schlafzimmer, legte ich mein Gesicht auf das Kopfkissen, auf dem sie geschlafen hatte, sog den Geruch von ihr ein, der noch darauf haftete, und weinte; erst nach mehreren Wochen brachte ich es über mich, den Bezug zu wechseln. Benny gegenüber gelang es mir fast immer, die Fassung zu bewahren und ihm ein Beispiel von Stärke zu geben, das er so dringend brauchte.

Es gab keine Beerdigung. Ellen wurde eingeäschert und ihre Asche ins Meer gestreut.

Einen Monat später, am ersten Sonntag im August, als wir uns, traurig und widerwillig, allmählich mit der unabänderlichen Tatsache abzufinden begannen, luden wir vierzig oder fünfzig Freunde und Verwandte zu uns ein und hielten für Ellen eine stille Gedenkfeier ab, eine rein weltliche Feier, ohne den geringsten religiösen Anflug. Wir standen zusammen auf der Terrasse neben dem Gartenteich, und einige Freunde begannen amüsante Anekdoten über Ellen zu erzählen und betonten, welch großen Einfluß sie auf ihr Leben gehabt habe.

Ich war darauf bedacht, daß Benny während der ganzen Feier nicht von meiner Seite wich, denn ich wollte, daß er hörte, wie viele andere Menschen seine Mutter ebenfalls geliebt hatten, und daß sie nicht nur für uns beide, sondern für viele andere Menschen ebenfalls sehr wichtig gewesen war. Er war damals erst acht Jahre alt, aber diese Gedenkfeier schien ihm genau die Art Trost zu geben, die ich mir davon erhofft hatte. Zwar weinte er, während er den Erzählungen der anderen über seine Mutter lauschte, aber seinem kummervollen Gesicht und seinen Augen war nach einer Weile deutlich anzusehen, wie sein Stolz auf seine Mutter wuchs, welch großes Vergnügen es ihm bereitete, ihre Freunde erzählen zu hören, was für Streiche sie ihnen gespielt hatte und wie fasziniert er davon war, für ihn völlig neue Wesenszüge seiner Mutter kennenzulernen. Mit der Zeit gelang es ihm, dank dieser neu geweckten Gefühle besser mit seinem Kummer über den Verlust der Mutter fertig zu werden.

Am Morgen nach der Gedenkfeier stand ich erst spät auf. Benny war nicht in seinem Zimmer und ich fand ihn schließlich unter einem der Kirschbäume hinter dem Haus sitzend. Er hatte seine Knie hochgezogen, die Arme um seine Beine verschränkt und blickte gedankenverloren hinüber auf die gegenüberliegende Seite des breiten Tals, in dem wir wohnten. Doch sein Blick schien auf etwas gerichtet zu sein, das in noch viel weiterer Ferne lag.

Ich ließ mich neben ihm nieder. »Na, wie geht's?«

»Ganz gut«, antwortete er.

Eine Weile saßen wir schweigend nebeneinander. Über unseren Köpfen raschelten die Blätter leise im Wind. Die strahlend weißen Blüten des Frühlings waren natürlich längst verblüht, und halbreife Früchte schmückten jetzt die Zweige. Es war ein heißer Tag, doch der Baum spendete einen wohltuenden, erfrischenden Schatten.

Nach einer Weile murmelte er: »Papi?«

»Hmmmm?«

»Wenn es dir nichts ausmacht …«

»Was soll mir etwas ausmachen?«

»Ich weiß, daß du denkst, daß …«

»Was denke ich?«

»Daß es keinen Himmel und keine Engel und nichts dergleichen gibt.«

»Das denke ich nicht nur, Benny, sondern das ist tatsächlich so.«

»Ja, aber trotzdem – wenn es dir nichts ausmacht, dann möchte ich mir vorstellen, daß Mami im Himmel ist, wie ein richtiger Engel, mit Flügeln und all dem.«

Natürlich war er einen Monat nach ihrem Tod immer noch in einer sehr schlechten Gemütsverfassung, und mir war klar, daß er noch viele Monate, wenn nicht gar Jahre brauchen würde, um diesen Schicksalsschlag zu verkraften. Deshalb hielt ich mich zurück und kam nicht gleich wieder mit einem meiner üblichen Argumente über die Torheit des religiösen Glaubens. Ich schwieg einen Augenblick lang und sagte dann: »Laß mich ein paar Minuten darüber nachdenken, ja?«

Wir saßen aneinandergelehnt da und ließen unsere Blicke über das Tal schweifen, ohne daß einer von uns beiden die vor uns liegende Landschaft tatsächlich wahrnahm. Ich sah Ellen vor mir, wie sie am vierten Juli des vergangenen Sommers ausgesehen hatte, mit weißen Shorts und einer gelben Bluse, wie sie mit Benny und mir Frisbee gespielt hatte, ausgelassen und fröhlich lachend. Ich weiß nicht, was Benny vor Augen hatte; ich nehme an, in seinem Kopf schwirrten bunte Bilder vom Himmel, von Engeln mit Heiligenschein und goldenen Wendeltreppen, die sich zu einem goldenen Thron hochwanden, herum.

»Ich glaube einfach nicht, daß sie nicht mehr lebt«, sagte er nach einer Weile. »Sie war viel zu lieb. Sie muß einfach noch da sein … irgendwo.«

»Das stimmt ja auch, Benny. Sie *ist* ja auch irgendwo. Deine Mutter lebt in dir selbst weiter. Du trägst zum Beispiel ihre Gene in dir. Darunter kannst du dir zwar noch nichts vorstellen, aber du trägst sie: ihr Haar, ihre Augen … Und gerade weil sie so ein guter Mensch war und sie auch dir die richtigen Werte beigebracht hat, wirst du ein ebenso guter Mensch werden wie sie. Und eines Tages wirst du selbst Kinder haben, und dann wird deine Mutter auch in ihnen weiterleben und wiederum in *deren* Kindern. Ja, und außerdem lebt deine Mutter in unserer Erinnerung weiter und natürlich in der Erinnerung ihrer Freunde. Indem sie zu vielen Menschen so gut war, hat ihre Güte auf diese Menschen eingewirkt. Sie werden immer wieder an sie denken, und Mutters Einfluß ist es zu verdanken, daß diese Leute selbst gütiger zu anderen Menschen sind. Und so setzt sich diese Güte weiter und weiter fort.«

Er hörte mir mit ernstem Gesicht zu, wenn ich auch vermutete, daß die Begriffe von Unsterblichkeit durch Vererbung und indirekte Unsterblichkeit durch moralische Verbundenheit mit anderen Menschen über seine Vorstellungskraft hinausgingen. Ich überlegte, wie ich mich anders ausdrücken könnte, damit auch ein Kind es verstehen würde.

Aber dann sagte er eigensinnig: »Nein, Papi, das ist mir zu wenig. Ist ja schön, wenn viele Leute immer an sie denken werden. Aber das ist mir nicht genug. *Sie* muß irgendwo sein. Nicht nur die Erinnerung an sie. *Sie* muß weiterleben ... wenn es dir also nichts ausmacht, werde ich mir von jetzt an vorstellen, daß sie im Himmel ist.«

»Es macht mir aber sehr wohl etwas aus, Benny.« Ich legte meinen Arm um ihn. »Das einzig Richtige, was man tun kann, mein Sohn, ist, einer unbequemen Wahrheit ins Gesicht zu sehen –«

Er schüttelte den Kopf. »Glaub mir, Papi, sie ist noch am Leben. Sie ist nicht einfach gestorben. Sie ist jetzt irgendwo anders. Ich weiß, daß es so ist. Und sie ist glücklich dort, wo sie jetzt ist.«

»Benny –«

Er stand auf, blickte zu den Bäumen hinauf und sagte: »Wie lange brauchen die Kirschen noch, bis sie reif sind?«

»Benny, lenk nicht vom Thema ab. Wir –«

»Fährst du mit mir zum Essen in die Stadt, zu Frau Fosters Restaurant – Hamburger, Pommes frites und Cola? Und zum Nachtisch ein Kirscheis?«

»Benny, hör doch –«

»Ach bitte, laß uns dorthin fahren.«

»Ja gut. Aber –«

»Ich hole schon mal das Auto!« rief er und lief, während er noch über seinen eigenen Witz lachte, zur Garage.

Im Laufe des folgenden Jahres empfand ich Bennys Weigerung, den Tod seiner Mutter zu akzeptieren, erst als frustrierend, dann als lästig und schließlich als völlig untragbar. Er sprach fast jede Nacht vor dem Einschlafen zu ihr, und er schien davon überzeugt zu sein, daß sie ihn hörte. Oftmals, nachdem ich ihn ins Bett gebracht hatte, ihm einen Gutenachtkuß gab und dann sein Zimmer verließ, kroch er noch einmal aus dem Bett, kniete sich davor nieder und betete, daß seine Mutter dort, wo sie jetzt wohnte, glücklich und in Sicherheit sein möge.

Zweimal bekam ich dies rein zufällig mit. Danach blieb ich manchmal im Flur stehen, nachdem ich sein Zimmer verlassen hatte, um heimlich zu lauschen. Sobald er annahm, ich sei die Treppe heruntergegangen, betete er demütig zu Gott, wenn er auch von Gott so gut wie nichts wissen konnte, höchstens das, was er ohne meine Erlaubnis im Fernsehen gesehen hatte oder von anderen Quellen aufgeschnappt hatte, die meiner Überwachung entgangen waren.

Ich beschloß abzuwarten, bis sich diese Marotte von selbst wieder legte, denn sobald er bemerken würde, daß Gott ihm niemals antwortete, müßte sich doch dieser kindliche Glaube wieder verlieren. Wenn er nach einiger Zeit immer noch vergeblich auf ein wunderbares Zeichen warten würde, das ihm einen Beweis für das Weiterleben seiner Mutter erbrachte, müßte Benny doch allmählich verstehen, daß all das, was ich ihm über den religiösen Glauben erzählt hatte, wahr war, und schließlich würde er leise ins Reich der Vernunft zurückkehren, in dem ich für ihn einen Platz eingerichtet hatte und den ich geduldig für ihn freihielt. Ich verriet ihm nicht, daß ich von seinen heimlichen Gebeten wußte, wollte nichts unnötig provozieren, denn mir war klar, daß er als Reaktion auf eine zu strenge elterliche Autorität seinem irrationalen Traum von einem ewigen Leben möglicherweise um so länger nachhängen würde.

Als jedoch nach vier Monaten immer noch keine Besserung in Sicht war und seine abendlichen Gespräche mit seiner toten Mutter und mit Gott andauerten, konnte ich auch nur geflüsterte Gebete in meinem Haus nicht mehr ertragen. Denn auch wenn ich sie nur selten hörte, so *wußte* ich doch, daß sie aufgesagt wurden. Und dieses Wissen machte mich ebenso verrückt, wie wenn ich jedes Wort vernommen hätte. Also stellte ich ihn zur Rede. Ich versuchte, vernünftig und ausführlich mit ihm darüber zu sprechen. Ich schimpfte ihn aus, bat ihn inständig, damit aufzuhören alles vergebens. Dann versuchte ich es mit der klassischen Zuckerbrot-und-Peitsche-Methode: Ich bestrafte ihn für jegliches Anzeichen religiöser Gefühle, und ich belohnte ihn für die kleinste antireligiöse Äußerung, selbst wenn er sie nur unbewußt machte oder wenn es nur meine *Auslegung* war, nach der er etwas gegen die Religion gesagt hatte. Er bekam nur wenige Belohnungen, dafür um so mehr Bestrafungen. Nicht daß ich ihn geschlagen hätte oder körperliche Gewalt anderer Art angewandt hätte, das wenigstens muß ich mir zugute halten. Ich versuchte nicht, Gott aus ihm herauszuprügeln, so wie meine Eltern versucht hatten, Ihn in mich *hinein*zuprügeln.

Als alles nichts half, ging ich mit Benny zu Dr. Gerton, einem Psychiater. »Er verkraftet es nicht, daß seine Mutter gestorben ist«, informierte ich ihn. »Er verhält sich so ... merkwürdig, und ich mache mir große Sorgen um ihn.«

Nach drei Sitzungen innerhalb von vierzehn Tagen rief Dr. Gerton mich an und teilte mir mit, daß Benny keine weitere Behandlung bräuchte. »Er wird schon damit fertig, Herr Fallon. Sie brauchen sich keine Sorgen mehr um ihn zu machen.«

»Aber Sie irren sich«, beharrte ich. »Er muß weiterhin behandelt werden, denn er benimmt sich immer noch so ... merkwürdig.«

»Das sagten Sie mir bereits, Herr Fallon. Sie haben mir allerdings nie deutlich gemacht, was es denn nun eigentlich ist, das sie an seinem Benehmen so merkwürdig finden. Was *tut* er denn, das sie so beunruhigt?«

»Er betet«, antwortete ich. »Er bittet Gott darum, seine Mutter zu beschützen. Und er spricht zu seiner Mutter, als ob er davon überzeugt wäre, daß sie ihn hören könne, spricht mit ihr *jede* Nacht.«

»Herr Fallon, wenn das wirklich alles ist, was Ihnen Sorge bereitet, dann können Sie diese Sorge getrost vergessen. Daß er mit seiner Mutter spricht und für sie betet, ist vollkommen normal und –«

»Aber doch nicht jede Nacht!« wiederholte ich erregt.

»Selbst wenn er es zehnmal täglich täte, wäre nichts dagegen einzuwenden. Glauben Sie mir, das ist völlig normal. Daß er mit Gott über seine Mutter spricht und mit seiner

Mutter im Himmel, ist doch eine ganz natürliche Reaktion, die ihm dabei hilft, allmählich mit der Tatsache fertig zu werden, daß sie nicht mehr bei ihm auf der Erde ist. Daran ist absolut nichts Abnormales.«

Ich muß gestehen, daß ich in diesem Augenblick die Fassung verlor und ihn anbrüllte: »Aber in *diesem* Haus ist das überhaupt nicht normal, Dr. Gerton. Wir sind Atheisten, verstehen Sie?«

Er blieb einen Augenblick stumm, dann seufzte er: »Herr Fallon, Sie dürfen nicht vergessen, daß Ihr Sohn mehr als nur Ihr Sohn ist – er ist ein Mensch, dem sie seine eigenen Rechte zugestehen müssen. Zwar noch ein *kleiner* Mensch, aber nichtsdestoweniger ein Mensch. Sie haben kein Recht, ihn als ihr Eigentum zu betrachten oder als einen ungeformten Geist, den sie nach Belieben formen dürfen –«

»Ich habe den größten Respekt vor dem Individuum, Dr. Gerton. Einen viel größeren Respekt als ihn diese albernen Sänger von Kirchenliedern haben, die ihren imaginären Schöpfer im Himmel mehr achten als ihre Mitmenschen.«

Diesmal schwieg er länger als zuvor. Schließlich sagte er: »Gut, ich verstehe. Aber dann müßten Sie doch einsehen, daß ein Sohn seinem Vater nicht zwangsläufig in jeder Hinsicht zu ähneln braucht. Es ist doch ganz selbstverständlich, daß er eigene Vorstellungen und Wünsche hat. Und gerade die Einstellung zum religiösen Glauben ist ein Gebiet, auf dem Ihre Meinungen im Laufe der Zeit höchstwahrscheinlich eher noch weiter auseinander- als zusammengehen werden. Das ist vielleicht nicht *nur* eine psychologische Reaktion, um über den Tod seiner Mutter hinwegzukommen, sondern möglicherweise ein erstes Anzeichen für einen christlichen Glauben, den er sein Leben lang behalten wird. Mit dieser Möglichkeit müssen sie ganz einfach rechnen!«

»Niemals werde ich so etwas zulassen!« entgegnete ich erzürnt.

Sein drittes Schweigen dauerte am längsten. Dann sagte er: »Herr Fallon, es ist wirklich nicht notwendig, daß Benny noch einmal in meine Praxis kommt. Ich kann nichts weiter für ihn tun, und er bedarf meines Rates auch nicht mehr.

Doch vielleicht sollten Sie selbst eine Beratung in Erwägung ziehen.«

Ohne ein weiteres Wort knallte ich den Hörer auf.

In den folgenden sechs Monaten wuchsen meine Frustration und mein Ärger, weil Benny seine Himmelfantasien nicht aufgab. Wenn er vielleicht auch mittlerweile nicht mehr jeden Abend mit seiner Mutter sprach und manchmal sogar vergessen mochte, seine Gebete aufzusagen, so hielt er doch stur an seinem Glauben fest. Jedesmal wenn ich über den Atheismus sprach, eine spöttische Bemerkung über Gott machte oder erneut versuchte, ihn von meiner Weltsicht zu überzeugen, gab er mir stets die gleiche Antwort: »Nein, Papi, du irrst dich« oder »nein, Papi, das ist nicht richtig«, und lief dann entweder weg oder versuchte, vom Thema abzulenken. Was mich noch mehr in Rage brachte war, wenn er sagte »Nein, Papi, du irrst dich«, mich dann mit seinen Ärmchen umschlang, sich fest an mich drückte und mir dann verriet, wie lieb er mich habe – denn immer dann befiel ihn eine offensichtliche Traurigkeit, in der ein Stück Mitleid mit mir mitschwang, so als ob er Angst um mich hätte und glaubte, daß *ich* Hilfe und Trost bräuchte. Das war es, was mich am meisten in Wut versetzte. Schließlich war er doch erst neun Jahre alt und kein greiser Guru! Zur Strafe dafür, daß er sich hartnäckig weigerte, meinen Wünschen Folge zu leisten, entzog ich ihm für mehrere Tage, manchmal auch für mehrere Wochen die Erlaubnis, fernzusehen, verweigerte ich ihm nach dem Mittagessen einen Nachtisch und verbot ihm einmal sogar einen ganzen Monat lang, mit seinen Freunden zu spielen. Aber es half alles nichts.

Der religiöse Glaube, die Krankheit, die mir meine Eltern total entfremdet hatte, die Krankheit, die meine Kindheit zu einem Alptraum gemacht hatte, jene Krankheit, die mir völlig überraschend meinen besten Freund, Hal Sheen, entrissen hatte, dieser *religiöse Glaube* hatte sich nun schon wieder in meinem Haus eingenistet. Sie hatte meinen Sohn vergiftet, die einzige Person, die mir in meinem Leben noch wichtig war. Es war keineswegs eine bestimmte Religionsrichtung,

510

die von Benny Besitz ergriffen hatte. Er hatte ja nie Religionsunterricht bekommen, und folglich waren seine Vorstellungen von Gott und dem Himmel von keiner Konfession beeinflußt. Man konnte sie im Höchstfall ›christlich‹ nennen, aber auch diese Bezeichnung traf nur sehr bedingt zu. Es war ein religiöser Glaube ohne Glaubensstruktur, ohne jedes Dogma, ohne jede Doktrin. Es war ein rein gefühlsmäßiger, kindlicher Glaube; man könnte deshalb behaupten, daß es überhaupt kein richtiger religiöser Glaube war und daß es deshalb völlig unnötig war, daß ich mir darüber Gedanken machte. Aber ich wußte, daß Dr. Gertons Feststellung stimmte: daß dieser kindliche Glaube das Samenkorn sein könnte, aus dem einmal eine wahre religiöse Überzeugung heranreifen würde. Mein Haus war von einem religiösen Virus befallen, und ich war bestürzt und verzweifelt, wenn nicht gar halb wahnsinnig, weil es mir nicht gelang, ihn zu bekämpfen.

Dies war für mich der Inbegriff des Schreckens. Es war nicht die panische – kurz und gnädige – Angst wie vor einem Bombenangriff oder bei einem Flugzeugabsturz, sondern eine Art chronischer Schrecken, der tagelang, monatelang anhielt.

Ich war davon überzeugt, daß mir das Schlimmste widerfahren war, was je einem Menschen widerfahren kann und daß dies die schwärzeste Zeit meines Lebens war.

Doch dann wurde Benny von Knochenkrebs befallen.

An einem stürmischen Tag Ende Februar, fast zwei Jahre nach dem Tod seiner Mutter, waren Benny und ich in dem Park beim Fluß, um dort seinen Drachen steigen zu lassen. Als Benny mit der Spule über die Wiese rannte und mehr Schnur ausrollte, fiel er plötzlich hin. Nicht nur einmal. Nicht zweimal. Mehrere Male hintereinander. Als ich wissen wollte, was ihm fehle, sagte er mir, daß er Schmerzen in seinem rechten Bein habe: »Wahrscheinlich hab ich's mir verrenkt, als die Jungs und ich gestern auf den Bäumen rumgeklettert sind.«

Er schonte sein Bein ein paar Tage lang, und als ich

schließlich vorschlug, wir sollten lieber zu einem Arzt gehen, meinte er, es ginge ihm schon wieder besser.

Eine Woche später war er im Krankenhaus und wurde eingehend untersucht. Nach zwei weiteren Tagen wurde die Diagnose bestätigt: Knochenkrebs. Die Krankheit war schon in einem zu weit fortgeschrittenen Stadium, um noch operiert werden zu können. Die Ärzte begannen sofort mit einer Radium- und Chemotherapie.

Benny fielen sämtliche Haare aus. Er verlor mehr und mehr an Gewicht. Sein Gesicht wurde immer blasser, und ich hatte jeden Morgen aufs neue Angst davor, ihn anzusehen, denn in meinem Kopf spukte die verrückte Vorstellung herum, daß er, wenn er weiterhin blasser würde, langsam völlig durchsichtig werden müßte, und wenn er dann schließlich durchsichtig wie Glas wäre, vor meinen Augen zersplitterte.

Nach fünfwöchiger Behandlung besserte sich plötzlich sein Gesundheitszustand, und er konnte zumindest vorübergehend nach Hause kommen. Die Radium- und Chemotherapie wurde ambulant fortgesetzt.

Heute glaube ich, daß die Besserung weder auf das Radium, die zytotoxischen Wirkstoffe noch die Medikamente zurückzuführen war, sondern allein auf seinen Willen noch ein letztes Mal die blühenden Kirschbäume zu sehen. Seine eigene Willenskraft war für die Besserung seines Zustandes verantwortlich, der Sieg des Geistes über den Körper.

Bis auf einen Tag, an dem es nieselte, saß er täglich unter den blütenbeladenen Zweigen in einem Sessel und genoß den Einzug des Frühlings in unser Tal, erfreute sich an den possierlichen Eichhörnchen aus den anliegenden Wäldern die auf unserem Rasen herumtollten. Jeden Tag trug ich einen großen, bequem aufgepolsterten Sessel und einen Schemel für seine Füße aus dem Haus, denn Benny war so zart und zerbrechlich geworden, daß er auf den hölzernen Gartenstühlen nicht mehr sitzen konnte, ohne sich daran zu verletzen.

Wir versuchten, Karten oder Halma zu spielen, doch meistens war er zu müde, um sich lange auf ein Spiel konzentrieren zu können, und so saßen wir oft einfach nur da und entspannten uns. Wir sprachen über die vergangenen Jahre, wie viele schöne Erlebnisse er in seinem kurzen zehnjährigen Leben gehabt habe, und über seine Mutter. Es kam auch häufig vor, daß keiner von uns redete. Es war nie ein betretenes Schweigen, höchstens zuweilen ein wenig melancholisch, doch nie betreten.

Wir sprachen weder von Gott, noch von Schutzengeln oder vom Himmel. Ich weiß, daß er damals immer noch daran glaubte, daß seine Mutter in einer anderen Inkarnation und an einem schöneren Ort weiterlebte; aber er redete nicht mehr davon und äußerte sich auch nicht darüber, ob er selbst hoffte, nach seinem Tod in den Himmel zu kommen. Ich glaube, er vermied dieses Thema aus Rücksicht auf mich und weil er in den letzten Tagen, die uns noch verblieben, Reibereien zwischen uns vermeiden wollte.

Ich werde ihm immer dankbar dafür sein, daß er mich nicht herausforderte, denn ich fürchte, daß ich sogar in seinen letzten Lebenstagen versucht hätte, ihm eine rationale Denkweise aufzuzwingen und mich damit noch mehr zum Narren gemacht hätte als gewöhnlich.

Schon nach neun Tagen erlitt er einen Rückschlag und mußte wieder ins Krankenhaus. Ich ließ ihn in ein Zweibettzimmer verlegen, damit ich bei ihm schlafen konnte, er in dem einen, ich in dem anderen Bett.

Die Krebszellen waren bis in seine Leber vorgedrungen, und ihm wurde dort ein Tumor herausoperiert. Danach ging es ihm ein paar Tage lang besser, er lebte kurzzeitig richtig auf, doch dann ging es wieder bergab.

Im Lymphgefäßsystem, in der Milz, überall wurden Krebszellen festgestellt. Sein Zustand verbesserte und verschlechterte sich abwechselnd. Jede erneute Besserung war jedoch weniger ermutigend als die vorangegangene, und bei jeder Verschlechterung ging es steiler bergab.

Ich war vermögend, intelligent und in meinem Beruf erfolgreich. Aber es gab nichts, womit ich das Leben meines Sohnes hätte retten können. Nie zuvor hatte ich mich so klein und machtlos gefühlt.

Das einzige, was ich tun konnte, war, mich Benny gegenüber stark zu zeigen. In seiner Gegenwart bemühte ich mich, fröhlich zu sein und unterdrückte meine Tränen. Doch nachts, während ich wie ein Embryo zusammengerollt, hilflos wie ein Kind, im Bett lag, weinte ich heimlich, während er auf der anderen Seite des Zimmers in einem unruhigen, durch Medikamente herbeigeführten Schlaf lag. Tagsüber, während er abwechselnd einer Behandlung, Untersuchungen oder Operationen unterzogen wurde, saß ich am Fenster und starrte mit leerem Blick hinaus.

Wie von einem magischen Zauberspruch ausgelöst wurde die Welt von Tag zu Tag grauer und grauer. Alles erschien mir farblos, wie wenn ich einen alten Schwarzweißfilm betrachtete. Die Schatten wurden dunkler und schärfer. Selbst die Luft schien grau zu sein, so als ob sie von einem giftigen Nebel verschmutzt wäre, den man nicht sehen, sondern nur spüren konnte. Selbst die Stimmen klangen grau und verschwommen. Ein paarmal schaltete ich den Fernseher oder das Radio ein, und die Musik schien ohne Melodie zu sein. In meinem Inneren sah es genauso grau aus wie in der äußeren Welt, die mich umgab, und der unsichtbare, aber intensiv spürbare Nebel, der die äußere Welt verpestete, hatte mich völlig durchdrungen.

Doch selbst in diesem Zustand völliger Verzweiflung kam ich nicht vom Pfad der Vernunft ab, flehte ich Gott nicht um Hilfe an, verfluchte ich Gott nicht dafür, daß er ein unschuldiges Kind leiden ließ. Es kam mir nicht in den Sinn, den Rat eines Geistlichen oder die Hilfe eines Gesundbeters zu suchen.

Ich blieb eisern.

Niemand hätte mir einen Vorwurf machen können, wenn ich in dieser Lage wankelmütig geworden wäre und im Aberglauben Trost gesucht hätte. Innerhalb von etwas mehr als zwei Jahren war die Freundschaft mit meinem einzigen guten Freund in die Brüche gegangen, hatte ich meine Frau durch einen Verkehrsunfall verloren und hatte ich miterleben müssen, wie mein Sohn an Krebs starb. Gelegentlich hört oder liest man von Menschen, die von einer solchen

Häufung von Schicksalsschlägen heimgesucht werden, und seltsamerweise erzählen diese dann, daß sie gerade durch ihre Leiden den Weg zu Gott und durch ihren Glauben Frieden gefunden hätten. Traurigkeit und Mitleid befallen uns, wenn wir von Menschen hören, die vom Schicksal so hart getroffen wurden, und wir haben Verständnis für ihre religiöse Gefühlsduselei. Rasch verdrängen wir solche Berichte wieder, denn sie erinnern uns daran, daß uns selbst ein ähnlicher Schicksalsschlag treffen könnte, und dieser Gedanke flößt uns eine unerträgliche Furcht ein. Ich aber mußte diesen Gedanken nicht nur ertragen, bei mir wurde er *Wirklichkeit.* Aber dennoch ließ ich mich nicht von meinen Prinzipien abbringen.

Ich sah der absoluten Leere ins Gesicht und akzeptierte sie.

Nachdem er einen tapferen, schmerzhaften und entgegen alle Erwartung langen Kampf gegen die bösartige Krankheit geführt hatte, die ihn bei lebendigem Leibe zerfraß, starb Benny schließlich in einer Nacht im August. Zwei Tage zuvor war er in die Intensivstation verlegt worden, und man ließ mich nur alle zwei Stunden für jeweils fünfzehn Minuten bei ihm sitzen. In jener letzten Nacht durfte ich jedoch mehrere Stunden lang bei ihm bleiben, weil sie wußten, daß er nicht mehr lange zu leben hatte.

An seinem linken Arm war ein Tropf angelegt. Ein Sauerstoffschlauch war in seiner Nase angebracht. Er war an ein EKG-Gerät angeschlossen, und seine Herztätigkeit konnte in grünen Kurven von einem Monitor neben dem Bett abgelesen werden; bei jedem Herzschlag ertönte ein kurzer Piepton. Oft waren Kurven und Signaltöne mehrere Minuten lang unregelmäßig.

Ich hielt seine Hand. Ich strich das feuchte Haar aus seiner Stirn. Ich zog die Decke hoch bis an sein Kinn, wenn er von Schüttelfrost befallen wurde, und zog sie wieder herunter, sobald er einen Fieberausbruch hatte.

Benny kam immer nur für kurze Zeit zu Bewußtsein. Doch selbst wenn er seine Augen öffnete, erkannte oder verstand er mich nicht immer.

»Papi?«

»Ja, Benny?«

»Bist du's, Papi?«

»Ja, ich bin es.«

»Wo bin ich?«

»Im Bett. Hab keine Angst. Ich bin ja bei dir, Benny.«

»Ist das Essen fertig?«

»Nein, noch nicht.«

»Ich möchte gerne Hamburger und Pommes frites.«

»Ja, das bekommst du auch.«

»Wo sind meine Schuhe?«

»Du brauchst heute abend keine Schuhe mehr anzuziehen, Benny.«

»Gehen wir denn nicht spazieren?«

»Nein, heute abend nicht.«

»Ach so.«

Dann seufzte er und wurde wieder bewußtlos.

Draußen regnete es. Regentropfen klatschten an die Fenster der Intensivstation und liefen an den Scheiben herunter. Der Sturm ließ die Welt noch grauer erscheinen.

Kurz vor Mitternacht erwachte Benny und war bei völlig klarem Bewußtsein. Er wußte genau, wo er war, wer er war und was mit ihm geschah. Er drehte seinen Kopf zu mir und lächelte mich an. Er versuchte, seinen Arm zu heben, aber er konnte nicht einmal seine Hand heben, so schwach war er.

Ich stand auf, stellte mich neben ihn ans Bett und hielt seine Hand. »Diese vielen Schläuche«, sagte ich, »ich glaube fast, sie wollen ein paar deiner Körperteile durch Roboterkram ersetzen.«

»Ich werd schon wieder gesund«, sagte er mit einer schwachen, zittrigen Stimme, aber mit seltsamer, ergreifender Zuversicht.

»Möchtest du einen Eiswürfel lutschen?«

»Nein, ich möchte …«

»Was möchtest du, Benny, du bekommst alles, was du magst.«

»Ich habe Angst, Papi …«

Meine Kehle schnürte sich zu, und ich befürchtete, gleich

die Fassung zu verlieren, die ich während der langen Wochen seiner Krankheit so krampfhaft zu bewahren versucht hatte. Ich schluckte und sagte: »Hab keine Angst, Benny, ich bin ja bei dir. Hab –«

»Nein«, unterbrach er mich, »ich habe keine Angst ... um mich. Ich habe Angst ... um dich.«

Ich hatte den Eindruck, er finge wieder an zu fantasieren und wußte nicht, was ich antworten sollte.

Aber seine folgenden Worte machten mir klar, daß er keineswegs fantasierte: »Ich möchte, daß wir alle ... wieder zusammen sind ... genauso wie damals, als Mami noch lebte ... daß wir einmal alle wieder zusammen sind. Aber ich habe Angst, daß du ... uns nicht ... finden wirst.«

Was folgte, ist zu qualvoll, um es noch einmal ins Gedächtnis zurückzurufen. Ich war tatsächlich so besessen davon, an meiner atheistischen Überzeugung festzuhalten, daß ich es nicht über mich brachte, meinem Sohn eine harmlose Lüge zu erzählen, die ihm in den letzten Minuten seines Lebens Trost gegeben hätte. Warum versprach ich ihm nicht einfach, daß ich versuchen würde zu glauben und daß ich ihn im Himmel suchen würde, damit er beruhigt einschlafen konnte? Ellen hatte recht, als sie mich einer Besessenheit bezichtigte. Das einzige, was ich tat, war Bennys Hand fester in die meine zu nehmen, meine Tränen zurückzuhalten und ihn beruhigend anzulächeln.

»Wenn du nicht daran glaubst, daß du uns finden kannst ... dann wirst du uns wahrscheinlich auch nicht finden«, murmelte er nach einer Weile.

»Ist schon gut, Benny«, sagte ich besänftigend. Ich küßte ihn auf die Stirn und auf seine linke Wange, legte mein Gesicht einen Augenblick lang an seins, umarmte ihn, so gut es eben ging, und versuchte, die Verweigerung des Glaubensversprechens durch Liebkosungen auszugleichen.

»Papi ... du bräuchtest ... ja nur nach uns zu suchen.«

»Du wirst schon wieder gesund werden, Benny.«

»... nur nach uns zu *suchen* ...«

»Ich hab dich lieb, Benny, ich hab dich sehr, sehr lieb.«

»... uns nicht suchst ... uns nicht finden ...«

»Benny, Benny …«

Das graue Licht der Intensivstation fiel auf die grauen Laken und auf das graue Gesicht meines Sohnes.

Der graue Regen lief an dem grauen Fenster hinab.

Er starb in meinen Armen.

Mit einem Schlag kam wieder Farbe in die Welt. Viel zu viele Farben und so grell, daß sie mich schmerzten. Das helle Braun von Bennys starren, blicklosen Augen war das reinste, leuchtendste und schönste Braun, das ich je gesehen habe. Die Wände der Intensivstation waren hellblau gestrichen, und mir kam es vor, als seien sie nicht aus Kalk, sondern aus Wasser, und als würde ich in einem stürmischen Meer versinken. Das Giftgrün des EKG-Monitors flimmerte vor meinen Augen. Die blauen Wände schossen wie Flutwellen auf mich zu. Ich hörte die Schritte herbeieilender Krankenschwestern und des Assistenzarztes, die den Ausfall der Telemetriedaten ihres kleinen Patienten bemerkt haben mußten; aber noch ehe sie ins Zimmer kamen, wurde ich von einer blauen Woge überrollt und von einem tiefblauen Strudel in die Tiefe gerissen.

Ich gab meine Firma auf. Ich brach die Verhandlungen über neue Projekte ab. Bereits angenommene Aufträge übergab ich umgehend an andere Konstruktionsbüros, die auf meiner Linie lagen und mit denen meine Kunden einverstanden waren. Ich entließ meine Angestellten, zahlte ihnen eine großzügige Abfindungssumme aus und half ihnen teilweise bei der Suche nach einer neuen Stelle.

Mein Vermögen wandelte ich in langfristige Wertpapiere um, in Geldanlagen, um die man sich nicht weiter zu kümmern brauchte. Ich war in großer Versuchung, mein Haus zu verkaufen, doch nach gründlicher Überlegung ließ ich es einfach leerstehen und beauftragte einen Hausverwalter, während meiner Abwesenheit ab und zu nach dem Rechten zu sehen.

Einige Jahre später als Hal Sheen war ich damals zu dem gleichen Schluß gekommen, daß nämlich von Menschenhand konstruierte Bauwerke nicht der Mühe wert waren, die es bedurfte, sie zu errichten. Auch die großartigsten Gebäude aus Stein und Stahl waren nur jämmerliche Nichtigkeiten und waren für den Lauf der Welt ohne Bedeutung. Verglichen mit dem riesigen, kalten Universum, in dem Billionen von Sternen ihr Licht auf Millionen und Abermillionen von Planeten ausstrahlten, waren selbst die Pyramiden so fragil wie Origami-Kunstwerke. Im düsteren Licht von Tod und Unvorhersehbarkeit erschienen selbst die gewaltigsten Anstrengungen und die genialsten Leistungen töricht.

Und auch die Verbindungen zu Familie und Freunden hatten nicht mehr Bestand als die zerbrechlichen, von Menschenhand erbauten, steinernen Monumente. Ich hatte Benny einmal erklärt, daß wir in der Erinnerung weiterlebten, in der genetischen Struktur, in der Güte, die unsere eigenen guten Taten bei anderen geweckt hatte. Aber all diese Dinge erschienen mir jetzt ebensowenig greifbar wie die Rauchfahnen in einem frischen Wind.

Im Gegensatz zu Hal Sheen suchte ich jedoch keinen Trost im religiösen Glauben. Keine noch so schweren Schicksalsschläge konnten mich von meiner Besessenheit abbringen.

Ich hatte bis dahin geglaubt, daß religiöser Wahn das Entsetzlichste sei, das es gab. Doch jetzt entdeckte ich, daß es noch etwas viel Schrecklicheres gab: das Entsetzen, das ein Atheist empfindet, der nicht in der Lage ist, an Gott zu glauben, und der plötzlich auch nicht mehr an den Sinn menschlichen Kampfes und Mutes glauben kann. Folglich kann er in nichts mehr einen Sinn sehen, weder in der Schönheit, noch im Vergnügen, noch in der geringsten gütigen Tat.

Ich verbrachte den Herbst auf den Bermudas. Ich kaufte mir eine schnittige Cheoy Lee, eine 21-m-Yacht, und lernte sie zu bedienen. Allein umfuhr ich eine karibische Insel nach der anderen. Zuweilen schipperte ich tagelang nur mit Viertelkraft übers Meer, im Einklang mit dem gemächlichen Rhythmus des karibischen Lebens.

Doch manchmal verspürte ich plötzlich einen verzweifelten Drang, vorwärts zu kommen, keine Zeit mehr zu vergeuden, und dann preschte ich los, daß der Motor aufheulte, und donnerte wie ein Besessener über die Wellen, als ob ich zu einer bestimmten Zeit einen bestimmten Ort erreichen müßte.

Als ich die Karibik satt hatte, reiste ich nach Brasilien, doch schon nach ein paar Tagen fand ich auch Rio langweilig. Ich entwickelte mich zu einem Weltenbummler, der von einem Fünf-Sterne-Hotel ins nächste wechselte und von einer Weltstadt in die nächste: Hongkong, Singapur, Istanbul, Paris, Athen, Kairo, New York, Las Vegas, Acapulco, Tokio, San Francisco. Ich war auf der Suche nach etwas, das meinem Leben Sinn verleihen könnte, aber ich ahnte von Anfang an, daß ich das Gesuchte nicht finden würde.

Einige Tage lang glaubte ich, ich könnte mein Leben dem Glücksspiel verschreiben. In der zufälligen Verteilung der Spielkarten, in der Drehung der Roulettscheibe, vermeinte ich die fremde, ungebändigte Gestalt des Schicksals zu erblicken. Indem ich mich selbst in diesem tiefen Fluß der Zufälligkeit treiben ließ, bildete ich mir ein, in Einklang mit der Sinnlosigkeit und dem Chaos des Weltalls zu sein und folglich im Frieden mit mir selbst. In weniger als einer Woche gewann und verspielte ich ein Vermögen, und als ich schließlich den Spieltischen den Rücken kehrte, hatte ich hunderttausend Dollar verloren. Das war zwar nur ein kleiner Teil meines Vermögens, aber in diesen wenigen Tagen erkannte ich, daß es nichts half, sich dem Prinzip des Zufalls zu überlassen. Der Zufall stellte keine Ausflucht aus dem Bewußtsein der Endlichkeit des Lebens und aller vom Menschen geschaffenen Dinge dar.

Im Frühjahr kehrte ich nach Hause zurück. Ich hatte nur noch einen Wunsch: zu sterben. Ob ich daran dachte, Selbstmord zu begehen, weiß ich nicht. Vielleicht bildete ich mir ein, da ich jeden Lebenswillen verloren hatte, bräuchte ich mich einfach nur an einen vertrauten Ort hinzulegen, und der Tod würde schon von selbst über mich kommen, ohne daß ich Hand an mich legen müßte. Ich hatte zwar keine Vorstellung davon, wie der Tod zu erlangen war, ich wußte nur, daß er mein Ziel war.

Das Haus in Buck's County war voller schmerzhafter Erinnerungen an Ellen und Benny. Als ich vom Küchenfenster aus einen Blick auf die Kirschbäume hinter dem Haus warf, die in Tausenden von leuchtend weißen Blüten erstrahlten, krampfte sich mein Brustkorb zusammen, als würde er von einem Schraubstock zerquetscht.

Benny hatte die Bäume so geliebt, wenn sie in voller Blüte standen, und der Anblick ihrer Blüten rief die Erinnerung an ihn so intensiv wach, daß es mir tief ins Herz schnitt. Der Schmerz schnürte mir die Luft ab. Ich lehnte mich ein paar Sekunden an den Küchentisch, rang nach Atem und wurde von einem Weinkrampf geschüttelt.

Nach einer Weile ging ich hinaus in den Garten und blickte zu den wundervoll geschmückten Zweigen hinauf. Benny war nun schon seit fast neun Monaten tot, doch die Bäume, die er so geliebt hatte, blühten aufs neue. Die erneute Baumblüte schien mir ein Zeichen dafür zu sein, daß zumindest ein Teil von Benny immer noch am Leben sein mußte. Ich dachte angestrengt über diese verrückte Idee nach ... als die Bäume urplötzlich sämtliche Blüten abwarfen. Nicht nur ein paar Blüten. Nicht nur ein paar hundert. Nein, innerhalb einer Minute waren von beiden Bäumen sämtliche Blüten abgefallen. Zu Tode erschrocken drehte ich mich um meine eigene Achse, und die weißen Blüten wirbelten um mich herum wie dicke Schneeflocken in einem Schneesturm. Derartiges hatte ich noch nie zuvor gesehen. Kirschblüten fallen doch nicht einfach gleichzeitig zu Tausenden an einem windstillen Tag von den Zweigen!

Als dieses merkwürdige Phänomen vorüber war, zupfte ich ein paar Blüten von meinen Schultern und aus meinem Haar und untersuchte sie sorgfältig. Sie waren weder verwelkt, noch vertrocknet, und es sah auch nicht so aus, als wäre der Baum von einer Krankheit befallen.

Ich schaute hinauf zu den Ästen.

Nicht eine Blüte war an den Bäumen hängengeblieben.

Mein Herz hämmerte wild.

Eine sanfte Westwindbrise wirbelte die Blütenblätter um meine Füße herum.

»Nein!« schrie ich entsetzt, ohne zu wissen, was ich eigentlich damit meinte.

Ich drehte mich abrupt um und rannte zurück ins Haus. Dabei fielen die noch verbliebenen Kirschblüten aus meinem Haar und meiner Kleidung.

Doch als ich in meiner Bibliothek eine Flasche Jack Daniels aus dem Barfach nahm, merkte ich, daß ich noch immer einige Blüten in meiner zusammengepreßten Hand hielt. Ich ließ sie auf den Fußboden fallen und rieb die Handfläche an meinen Hosen ab, als hätte ich etwas Schmutziges angefaßt.

Ich nahm die Whiskyflasche mit ins Schlafzimmer und betrank mich dort sinnlos, um nicht mehr über den Grund nachdenken zu müssen, warum ich mich eigentlich betrank. Ich redete mir ein, es habe nichts mit den Kirschbäumen zu tun, sondern daß ich nur trank, um den Kummer über all das, was ich in den letzten Jahren erlitten hatte, zu betäuben.

Meine Besessenheit war hart wie Stahl.

Ich schlief elf Stunden ohne Unterbrechung und erwachte schließlich mit einem fürchterlichen Kater. Nachdem ich zwei Aspirintabletten geschluckt hatte, stellte ich mich unter die Dusche und ließ eine Viertelstunde lang heißes Wasser über mich laufen, brauste mich dann eine Minute lang mit kaltem Wasser ab und massierte mich kräftig mit meinem Handtuch. Ich schluckte zwei weitere Aspirintabletten und ging in die Küche, um mir Kaffee zu kochen.

Aus dem Fenster über dem Spültisch blickte ich hinüber zu den Kirschbäumen: Sie standen in voller Blüte!

Halluzinationen, dachte ich aufatmend. Der wilde Blütensturm vom Vortag war nichts weiter gewesen als eine Halluzination.

Ich lief hinaus, um die Bäume aus der Nähe zu betrachten. Auf dem feuchten Gras unter den Ästen lagen nur ein paar vereinzelte weiße Blütenblätter, nicht mehr, als eine leichte Frühlingsbrise vom Baum geschüttelt hätte.

Erleichtert, doch sonderbarerweise auch etwas enttäuscht, ging ich zurück in die Küche. Der Kaffee war inzwischen durchgelaufen. Während ich mir eine Tasse voll einschenkte, fielen mir die Blüten ein, die ich in der Bibliothek auf den Boden geworfen hatte.

Doch erst nachdem ich zwei Tassen starken Kaffee getrunken hatte, fand ich den Mut, in die Bibliothek zu gehen. Die Blüten lagen noch da: ein Häufchen zerdrückter Blütenblätter, die über Nacht gelb geworden waren und braune Spitzen bekommen hatten. Ich hob sie auf und umschloß sie mit meiner Hand.

Nur ruhig Blut, sagte ich mit zitteriger Stimme zu mir selbst. Deswegen brauchst du noch lange nicht an Jesus Christus oder Gott Vater oder an irgendeinen körperlosen Heiligen Geist zu glauben.

Religion ist eine Krankheit.

Nein, nein, du brauchst ja nicht an diese albernen Rituale, an Dogmen und Doktrinen zu glauben. Du brauchst nicht einmal an Gott zu glauben, selbst wenn du an ein Leben nach dem Tod glaubst.

Das ist doch völlig irrational.

Nein, warte, denk noch mal darüber nach: Wäre es nicht möglich, daß ein Leben nach dem Tod etwas ganz Normales ist? Kein göttliches Geschenk, sondern einfach eine ganz natürliche Tatsache? Die Raupe lebt ja auch ein Leben und verwandelt sich danach in ihrem zweiten Leben in einen Schmetterling. Könnte es, verdammt noch mal, demnach nicht möglich sein, daß unser Körper sich im Raupenstadium befindet und daß unsere Seele in eine andere Existenzart entflieht, sobald unser Körper ausgedient hat? Die Metamorphose des Menschen könnte doch eine ebensolche Transformation sein wie die der Raupe, nur auf einer höheren Ordnung.

Furchtsam, aber gleichzeitig auch hoffnungsfroh, ging ich langsam durch das Haus, verließ es durch den Hintereingang und stieg die kleine Anhöhe zu den Kirschbäumen hinauf. Ich stand unter ihren blütenbeladenen Zweigen und öffnete meine Hand, in der die Blüten lagen, die ich am Vortag eingesammelt hatte.

»Benny?« fragte ich zögernd.

Und wieder fielen auf einen Schlag alle Blüten von beiden Bäumen. Tausende von Blütenblättern schwebten langsam auf das Gras hinunter und verfingen sich in meinem Haar und in meiner Kleidung.

Nach Luft ringend drehte ich mich um. »Benny? Benny?« stieß ich hervor.

Innerhalb einer Minute war der Boden mit einer weißen Blütenschneedecke übersät, und auch diesmal blieb nicht eine einzige Blüte an den Bäumen hängen.

Ich brach in ein lautes Lachen aus. Es war ein krampfhaftes, hysterisches Lachen, das in ein irres Gegacker überging. Ich hatte die Kontrolle über mich verloren.

Ohne zu wissen, warum ich laut sprach, sagte ich: »Ich habe Angst. Oh, verdammt, ich habe Angst.«

Plötzlich schwebten die am Boden liegenden Blütenblätter wieder in die Höhe. Nicht nur einige Blüten, sondern sämtliche tausend. Sie stiegen wieder auf zu den Zweigen, von denen sie kurz zuvor herabgefallen waren. Es war wie ein rückwärts ablaufender Schneesturm. Die zarten Blütenblätter streiften an meinem Gesicht vorbei.

Wieder fing ich laut und unkontrolliert an zu lachen. Doch diesmal war es kein irres Lachen, und meine Furcht ließ rasch nach.

Eine Minute später standen die Kirschbaumzweige wieder in voller Blüte, und alles war still.

Nicht, daß ich etwa geglaubt hätte, Benny säße auf einem der Äste! Mir war klar, daß dieses Phänomen mit einem heidnischem Glauben ebensowenig zu tun hatte wie mit einem traditionellen christlichen Glauben. Aber trotzdem mußte er *irgendwo* sein. Er war nicht wirklich tot. Er war irgendwo dort draußen, und wenn meine Zeit kommen würde, dorthin zu gehen, wo Benny und Ellen hingegangen waren, würde ich sie mit Sicherheit finden, vorausgesetzt, ich glaubte fest daran.

Der Knall, den meine zerplatzende Obsession verursachte, muß bis nach China zu hören gewesen sein.

Ein Zitat von H. G. Wells ging mir durch den Kopf. Ich hatte seine Werke schon immer sehr bewundert, doch nichts von dem, was er je geschrieben hatte, war mir je so wahr vorgekommen wie der Ausspruch, an den ich mich erinnerte, während ich unter den Kirschbäumen stand: »Die Vergangenheit ist nur das Vorspiel zu dem, was noch geschehen wird; und alles was heute besteht und bisher geschehen ist, ist erst die Dämmerung des Morgens.« Er bezog sich selbstverständlich auf die Geschichte und auf die lange Zukunft, die der Menschheit noch bevorstand, doch diese Worte schienen mir sowohl auf den Tod als auch auf die rätselhafte Wiedergeburt zuzutreffen, die auf ihn folgte. Ein Mensch mag hundert Jahre alt werden, dennoch ist ein langes Leben nichts weiter als eine Morgendämmerung.

»Benny!« rief ich. »Ach, Benny!«

Aber die Blüten fielen nicht wieder herab, und auch in den darauffolgenden Jahren erhielt ich keine weiteren derartigen Zeichen. Ich brauchte sie auch nicht mehr.

Von diesem Tag an wußte ich, daß der Tod nicht das endgültige Ende bedeutete und daß ich in einer anderen Welt wieder mit Ellen und Benny zusammenkommen würde.

Und was ist mit Gott? Existiert er nun oder nicht? Ich weiß es bis heute nicht. Wenn ich nun auch seit zehn Jahren an eine Art Leben nach dem Tod glaube, so bin ich dennoch kein Kirchgänger geworden. Sollte ich aber bei meinem Tod zufällig in jene andere Bewußtseinsebene gelangen, wo *Er* auf mich wartet, so werde ich nicht völlig überrascht sein und ich werde *Ihm* genauso glücklich und dankbar in die Arme fallen wie Ellen und Benny.

Aus dem Amerikanischen von Karina Of

Anmerkungen für den Leser

1

Als ich acht Jahre alt war, schrieb ich Kurzgeschichten auf Notizblockpapier, malte bunte Einbände, heftete jede Geschichte an der linken Seite ordentlich zusammen, klebte Isolierband über die Heftklammern, damit es hübscher aussah, und ging mit diesen »Büchern« bei Verwandten und Nachbarn hausieren. Ich verkaufte jedes meiner Werke für fünf Cent, und das war zweifellos ein Preisschlager – jedenfalls hätte kaum jemand meine Preise unterbieten können, wenn es in der Nachbarschaft andere Schriftsteller im Grundschulalter gegeben hätte, die ihre Phantasien geradezu zwanghaft zu Papier bringen mußten. Die anderen Kinder hatten jedoch viel normalere und gesündere Interessen, die zudem der Charakterbildung förderlich waren: Sie spielten Baseball, Football und Basketball, rissen Fliegen die Flügel aus, terrorisierten und verprügelten kleinere Kinder oder führten gewagte Experimente durch, wie man aus Waschpulver und Spiritus Sprengstoff herstellen konnte. Ich verkaufte meine Geschichten mit solch unerbittlichem Enthusiasmus, daß ich eine kolossale Landplage gewesen sein muß – sozusagen ein Hare-Krishna-Jünger in Miniformat.

Für meine bescheidenen Einnahmen hatte ich keine besondere Verwendung. Ich träumte nicht von grenzenlosem Reichtum. Und ich hatte nicht mehr als zwei Dollar verdient, als die verständnislosen Verwandten und Nachbarn in einer geheimen und konspirativen Versammlung übereinkamen, den Vertrieb handgeschriebener Geschichten durch achtjährige Jungen zu unterbinden. Natürlich war das eine illegale Handelsbeschränkung, möglicherweise sogar ein ernsthafter Verstoß gegen die Menschenrechte. Sollte sich jemand im Justizministerium der USA dafür interessieren – ich glaube, daß einige der damaligen Verschwörer noch am Leben sind und zu einer Gefängnisstrafe verurteilt werden könnten.

Obwohl ich nicht die Absicht hatte, mein sauer verdientes Geld in den Erwerb eines Spielplatzes zu investieren, um dann Wucherpreise für den Eintritt zu verlangen, und obwohl ich es auch nicht versaufen wollte, wußte ich instinktiv, daß ich für meine Geschichten etwas verlangen mußte, damit die Leute sie ernst nahmen. (Hätte Henry Ford seine Autos *verschenkt*, hätten die Leute sie mit Erde gefüllt und als überdimensionale Blumenkästen mißbraucht. Bis heute gäbe es keine Highways, keine Drive-in-Burger-Ketten, keine Hollywoodfilme mit wilden Verfolgungsjagden und keine ästhetisch ansprechenden Hunde mit Wackelköpfen, mit denen viele Autofahrer den Platz zwischen Rücksitz und Heckfenster schmücken.)

Doch nachdem das örtliche Literaturverbraucherkartell einen Achtjährigen zu boykottieren versuchte, produzierte ich weiterhin meine Geschichten und verteilte sie gratis.

Später, als Erwachsener (soweit ich überhaupt erwachsen geworden bin), begann ich Geschichten zu schreiben, die von New Yorker Verlegern veröffentlicht wurden. Sie verwendeten weder Heftklammern noch Isolierband, und es gab von jeder Geschichte mehr als nur ein einziges Exemplar. Ich erhielt auch mehr als fünf Cent Honorar – obwohl es anfangs nicht viel höher war. Jahrelang wollte ich nicht so recht glauben, daß man als Schriftsteller leben kann, ohne eine zweite Einnahmequelle zu haben. Weil ich wußte, daß Schriftsteller interessante Nebenbeschäftigungen brauchen, die in den biographischen Angaben etwas hermachen, überlegte ich, ob ich Bomben legen oder Flugzeuge entführen und dann Lösegeld fordern sollte. Glücklicherweise bewahrte mich die Sparsamkeit meiner wunderbaren Frau, ihr Talent zum Geldverdienen und ihr gesunder Menschenverstand davor, entweder als Gefängnisinsasse zu enden oder von einer Bombe zerfetzt zu werden.

Als meine Bücher schließlich auf die Bestsellerlisten kamen, hatte ich Fünf-Cent-Münzen in Hülle und Fülle, und eines Tages unterschrieb ich einen Vertrag für vier Bücher, der genauso lukrativ wie die erfolgreichste Flugzeugentführung der Geschichte war. Und obwohl es harte Arbeit war, diese vier Bücher zu schreiben, mußte ich wenigstens keine Panzerweste tragen, keine schweren Munitionsgurte herumschleppen und nicht mit Leuten namens Mad Dog zusammenarbeiten.

Als bekannt wurde, welches Glück mir widerfahren war, sagten manche Leute – darunter sogar einige Schriftsteller – zu mir: »Wow, wenn du diesen Vertrag erfüllt hast, brauchst du nie wieder etwas zu schreiben!« Ich wollte alle vier Romane vor meinem zweiundvierzigsten Geburtstag abliefern. Was sollte ich danach tun? Endlich in Bars verkehren, wo Wettbewerbe im Zwerge-Werfen stattfinden? Bekanntlich neigen Menschen wie ich zu abartigen Vergnügungen dieser Art, wenn wir nicht ausreichend beschäftigt sind.

Der springende Punkt war aber, daß ich fast mein ganzes Leben lang geschrieben hatte. Nichts hatte mich davon abhalten können, keine noch so schlechte Bezahlung; sogar Zeiten, in denen ich nicht einmal fünf Cent verdiente, hatten mich nicht abschrecken können. Warum sollte ich also ausgerechnet in dem Moment aufhören, wo ich Leser hatte, die meine Werke liebten? Es ist nicht das Geld, das mich zum Schreiben motiviert, es ist vielmehr der Schaffensprozeß, das Geschichtenerzählen, das Ersinnen von Charakteren, die leben und atmen, die Freude am Spiel und am Kampf mit Wörtern, aus denen eine Art Musik entsteht – so gut ich eben dazu in der Lage bin.

Die Schriftstellerei kann zermürbend und nervenaufreibend sein, beispielsweise, wenn ich eine Seite zum sechsundzwanzigsten Mal umarbeite (manchmal komme ich mit weniger als sechsundzwanzig Entwürfen aus, manchmal brauche ich noch mehr, das hängt von meiner jeweiligen Geistesverfassung ab). Wenn ich mich endlos mit Syntax und Wortwahl herumgeschlagen habe, bin ich nach zehn Stunden am Computer manchmal so weit, daß ich mir wünsche, in einem Supermarkt Waren einzuräumen oder in einer dunstigen Kantine Geschirr zu spülen – Jobs, die ich vorübergehend ausgeübt habe, wenn auch nie sehr lange. In besonders schlimmen Momenten würde ich sogar das Ausnehmen von Heilbutt auf einem stinkenden alaskischen Fischkutter dem Schreiben vorziehen. Ja, ich wäre dann sogar bereit – Gott steh mir bei! –, Außerirdischen bei den Untersuchungen zu helfen, die sie allem Anschein nach so gern an unglücklichen entführten Amerikanern durchführen.

Aber Sie müssen eines verstehen: Die Schriftstellerei ist in intellektueller und emotionaler Hinsicht auch sehr befriedigend – und sie macht viel *Spaß*. Wenn einem Schriftsteller seine Arbeit keinen Spaß macht, werden seine Geschichten auch dem Leser keine Freude bereiten. Niemand wird sie kaufen, und seine Karriere wird bald zu Ende sein.

Das ist für mich das Geheimnis einer erfolgreichen und fruchtbaren Schriftstellerkarriere: Hab Spaß an deiner Arbeit, amüsiere dich dabei, lache und weine über deine eigenen Geschichten, zittere vor Angst mit deinen Gestalten. Wenn du das kannst, wirst du höchstwahrscheinlich auch eine große Leserschaft haben; doch selbst wenn das nicht der Fall sein sollte, wirst du ein glückliches Leben führen. Ich messe Erfolg nicht an den Verkaufszahlen, sondern an der Freude, die meine Arbeit und das vollendete Werk mir bereiten.

O ja, hin und wie mißt irgendein geistesgestörtes Individuum in aller Öffentlichkeit meinen Erfolg tatsächlich an dem, was ich verdiene – und regt sich maßlos darüber auf. Die Tatsache, daß Leute meine Geschichten mögen, ist für diesen Verrückten ein unerträglicher persönlicher Affront, und er (oder auch sie) publiziert in regelmäßigen Abständen lange, stilistisch grauenvolle Artikel des Inhalts, daß die Welt zugrunde geht, nur weil ich lebe und viel Geld verdiene. (Ich meine nicht die echten Kritiker; die sind eine andere Spezies, und neunzig Prozent von ihnen mögen meine Arbeit; die restlichen zehn Prozent beurteilen meine Geschichten zwar negativ, behaupten aber nicht, daß ich einen mörderischen Körpergeruch verströme oder aber insgeheim ein Massenmörder bin.) Obwohl die Forschungsergebnisse brillanter Mediziner in den Zeitungen bestenfalls auf Seite 23 kurz erwähnt werden, und obwohl Millionen mutiger und humaner Taten völlig unerwähnt bleiben, lassen sich die Schwätzer weitschweifig darüber aus, daß ich der literarische Antichrist bin.

Natürlich bin nicht nur ich davon betroffen. *Jeder* erfolgreiche Schriftsteller wird von diesen komischen Käuzen gelegentlich mit Schmutz beworfen. Meine Familie und ich, wir sind sehr nachsichtig und menschenliebend, und deshalb bezeichnen wir solche Leute nur als »verbitterte Unzufriedene« oder als »humorlosen Abschaum«. (In aufgeklärteren Jahrhunderten als dem unseren wurde erkannt, daß sie von Dämonen besessen sind, und entsprechend wurde mit ihnen verfahren.)

Ich stehe auf dem Standpunkt, daß das Schreiben aus reiner *Liebe* am Schreiben sogar gegen ungerechtfertigte Angriffe satanischer Kräfte Schutz bietet. Was diese Schmierfinken nie verstehen werden, ist folgendes: Selbst wenn ihr sehnlichster Wunsch in Erfüllung ginge und ich auf der ganzen weiten Welt keinen Verleger mehr fände, würde ich weiterhin schreiben, meine Büchlein notfalls selbst heften und mit Isolierband verzieren – und sie dann diesen Miesmachern überreichen, nur um sie zu ärgern. Man kann mir einfach nicht entrinnen. Es ist wirklich zum Fürchten!

2

Die meisten Literaturagenten raten jungen Autoren, keine Kurzgeschichten zu schreiben. Es gilt als töricht, unproduktiv und selbstzerstörerisch, seine Zeit mit Kurzgeschichten zu vergeuden; man wird als hoffnungsloser Amateur eingestuft und verdächtigt, das degenerierte Produkt einer Ehe zwischen Vetter und Kusine ersten Grades zu sein.

Dieses Vorurteil hängt mit der Tatsache zusammen, daß es kaum einen Markt für Kurzgeschichten gibt. Die meisten Zeitschriften drucken keine ab, und pro Jahr erscheint nur eine Handvoll Anthologien. Wenn Edgar Allan Poe heutzutage leben würde, würde sein Agent ihm seine brillanten Kurzgeschichten und Novellen ständig um die Ohren hauen und brüllen: »Romane, du Vollidiot! Kannst du denn nicht hören? Was ist los mit dir – bist du vielleicht heroinsüchtig? Schreib endlich für den Markt! Schluß mit diesem mittellangen Mist wie *Der Untergang des Hauses Usher!*«

Entsprechend schlecht werden Kurzgeschichten bezahlt, sogar wenn es einem gelingt, sie irgendwo unterzubringen. Im allgemeinen bringt eine Kurzgeschichte nur ein paar hundert Dollar ein. Wenn der Autor es schafft, sie dem *Playboy* zu verkaufen, bekommt er eventuell sogar ein paar *tausend* Dollar – und dann redet er sich ein, daß zumindest *einer* von den Millionen Fans dieses Magazins seine Geschichte auch wirklich lesen wird. Dabei braucht man manchmal zwei oder drei Wochen – oder zwei Monate! –, um eine Kurzgeschichte zu Papier zu bringen. Folglich wird jeder Autor, der sich auf Kurzgeschichten konzentriert – sogar wenn er gelegentlich etwas im *Playboy* unterbringt –, gezwungen sein, sehr viel Reis mit Bohnen zu essen, oder sogar etwas noch Preiswerteres, vielleicht Heu. Das Manuskript von *Das verräterische Herz* würde der Literaturagent dem armen verwirrten Edgar Allan Poe natürlich ebenfalls um die Ohren schlagen. »Romane! Romane, Romane, du Trottel!« bekäme er zu hören. »Mit Romanen läßt sich Geld machen, Eddie! Hör zu, nimm dir diese komische *Maske des Roten Todes* noch einmal vor, kürz den Titel – *Roter Tod* hört sich viel besser an –, bläh diese Geschichte auf mindestens hunderttausend Wörter auf, und dann *hast* du etwas! Vielleicht können wir sogar die Filmrechte verkaufen! Aber dazu müßtest du eine Rolle für Jim Carrey einbauen. Und könnte dieser Typ, dieser Rote Tod, nicht ein bißchen weniger ernst sein? Könntest du ihn nicht etwas dümmlich gestalten?«

Trotz des Risikos, von unseren Agenten verprügelt und von klügeren Schriftstellern, die ihre Zeit nicht mit Kurzgeschichten vergeuden, als Narren, Träumer und Amateure beschimpft zu werden, schaffen es manche von uns, gelegentlich eine Kurzgeschichte oder einen Kurzroman einzuschieben. Das liegt einfach daran, daß uns manchmal

Ideen kommen, die sich einfach nicht auf hundertfünfzigtausend Wörter auswalzen lassen, die uns aber andererseits nicht loslassen, die uns verfolgen und niedergeschrieben zu werden *verlangen*. Und dann holen wir eben unsere Notizblöcke, Heftklammern und Isolierbänder hervor ...

Dieses Buch enthält dreizehn Geschichten, die kürzer – als meine üblichen Romane sind. Vielen von Ihnen wäre ein neuer – Roman wahrscheinlich lieber gewesen, und gegen Ende des – Jahres wird es einen geben (denken Sie daran, man kann mir einfach nicht entrinnen!), aber in der Zwischenzeit werden Sie hoffentlich auch an dieser Sammlung von Kurzgeschichten Ihre Freude haben. Manche Leser hatten sogar darum gebeten. Mir haben diese Geschichten jedenfalls genauso viel Spaß gemacht wie ein Roman, und falls meine zuvor erwähnte Theorie stimmt, müßte Ihnen das Lesen eigentlich auch Spaß machen. Ich hoffe es sehr. Schließlich verdanke ich Ihnen meine Karriere, und wenn Sie schon Ihr Geld auf den Ladentisch legen, haben Sie ein Anrecht auf etwas Spaß. Hoffentlich wird niemand den Wunsch verspüren, mir dieses Buch um die Ohren zu hauen. Es wiegt bestimmt ein paar Pfund, und wenn ich zu oft damit geschlagen werde, schreibe ich in Zukunft vielleicht noch seltsamere Geschichten als bisher.

3

Die Titelgeschichte *Strange Highways – Highway ins Dunkel –* wird hier erstmals veröffentlicht; sie ist eigentlich ein Roman, wenn man die Definition zugrunde legt, daß alles, was aus mindestens fünfzigtausend Wörtern besteht, ein Roman ist. Ich wage mich nur selten auf das Gebiet des Übernatürlichen vor. Meine Romane mit übernatürlichen Elementen sind schnell aufgezählt: *Wenn die Dunkelheit kommt, The Funhouse, Die Maske, Das Versteck* und vielleicht noch *Todesdämmerung*. Obwohl ich solche Geschichten gern *lese*, liegt es mir nicht sehr, über Vampire, Werwölfe, Spukhäuser oder über Haustiere zu schreiben, die sterben und dann aus dem Jenseits zurückkehren, besessen von dem Wunsch, sich dafür zu rächen, daß sie jahrelang aus einem Napf auf dem Boden essen mußten, anstatt mit der ganzen Familie am Tisch zu sitzen. Die Idee zu *Strange Highways* ließ mich jedoch einfach nicht los, und ich muß gestehen, daß es unheimlich viel Spaß macht, solche übernatürlichen Geschichten zu schreiben, weil ihnen irgendeine besondere Kraft innewohnt.

Ich werde keine Anmerkungen zu jeder Geschichte in *Strange Highways* schreiben. Wenn Sie sich mit Literaturanalyse langweilen wollen, können Sie jederzeit einen Collegekurs belegen. Zu einigen Geschichten muß ich aber doch einige Worte sagen:

Kittens – Kätzchen – war die erste Kurzgeschichte, die ich jemals verkauft habe. Im College geschrieben, gewann sie einen Preis beim jährlichen Schreibwettbewerb für Collegestudenten, der von *Atlantic Monthly* gesponsert wurde, und brachte mir anschließend fünfzig Dollar ein, als eine Zeitschrift namens *Readers & Writers* sie kaufte. Kurze Zeit später machte *Readers & Writers* Pleite. Im Laufe der Jahre gingen auch andere Verlage, die Bücher von mir veröffentlicht hatten, pleite: Atheneum, Dial Press, Bobbs-Merrill, J. P. Lippincott, Lancer und Paperback Library. Ich machte Warner Books auf diese bestürzende Tatsache aufmerksam, aber mutig, wie diese Leute nun einmal sind, nahmen sie *Strange Highways* dennoch begeistert an.

Bruno, eine Science Fiction-Parodie auf Privatdetektivgeschichten, soll einfach zum Lachen reizen. Ich habe den ursprünglichen Text überarbeitet und modernisiert und mich dabei köstlich amüsiert. Wie Sie wissen, gibt es in all meinen Romanen seit *Brandzeichen* komische Elemente. Da dieses komische Element in den meisten Geschichten dieses Buches jedoch fehlt, wollte ich diesen Mangel durch ein wenig ausgesprochenen Blödsinn ausgleichen, und dafür schien mir *Bruno* hervorragend geeignet.

Twilight of the Dawn – Dämmerung des Morgens – ist meine persönliche Lieblingsgeschichte; obwohl sie ursprünglich in einer relativ obskuren Anthologie erschien, löste sie besonders viele Leserzuschriften aus. Ich glaube, diese Geschichte gefällt den Menschen, weil es um Glaube und Hoffnung geht – aber ohne jede Sentimentalität. Der Erzähler ist sehr lange ein kalter Fisch, und wenn er gegen Ende der Geschichte durch eine persönliche Tragödie endlich menschlicher wird und widerwillig zugibt, daß das Leben doch einen Sinn haben könnte, so wirkt das besonders überzeugend. Jedenfalls hatte ich selbst beim Schreiben diesen Eindruck.

Trapped – *Gehetzt* – erschien ursprünglich in einer Anthologie mit dem Titel *Stalkers*, mit einer Einleitung, die manchen Lesern besonders gefallen hat. Deshalb will ich sie auch Ihnen jetzt nicht vorenthalten. Ich hatte damals folgendes geschrieben:

Eine große amerikanische Zeitschrift, deren Namen ich nicht preisgeben möchte, fragte meinen Agenten, ob ich bereit wäre, eine zweiteilige Novelle über genetische Experimente zu schreiben, spannend, aber nicht allzu blutig, mit einigen Elementen aus *Watchers* (meinem Roman zu diesem Thema). Die Leute wollten mich sehr gut bezahlen, und außerdem würde die Veröffentlichung in zwei aufeinanderfolgenden Nummern viele Millionen Leser erreichen und für beachtliche Publicity sorgen. Die Idee zu *Trapped* war mir schon vor langer Zeit gekommen, sogar vor *Watchers*, doch nachdem ich den Roman geschrieben hatte, glaubte ich, wegen der Ähnlichkeiten auf die Novelle verzichten zu müssen. Und nun waren gerade diese Ähnlichkeiten erwünscht.

Nun ja, Schicksal! Offenbar war es mir bestimmt, diese Geschichte zu schreiben. Es würde eine hübsche Abwechslung zwischen zwei Romanen sein. Nichts leichter als das ...

Jeder Schriftsteller ist im tiefsten Innern ein Optimist. Sogar wenn er Zynismus und Verzweiflung verkauft, selbst wenn er der Welt und der Kälte seiner eigenen Seele aufrichtig überdrüssig ist, wird ein Schriftsteller immer überzeugt sein, daß er mit Erscheinen seines nächsten Romans endlich das Ende des Regenbogens findet. »Das Leben ist sinnlos«, wird er sagen, und es wird ihm ernst damit sein – doch im nächsten Augenblick wird er sich bei Träumen ertappen, daß er demnächst von Kritikern ins Pantheon amerikani-

534

scher Schriftsteller aufgenommen wird und zugleich die Bestsellerliste der *New York Times* anführt.

Besagte Zeitschrift stellte gewisse Bedingungen: Die Novelle mußte eine Länge von zwei- bis dreiundzwanzigtausend Wörtern haben und aus zwei etwa gleich langen Teilen bestehen. Kein Problem. Ich machte mich an die Arbeit und erfüllte alle Bedingungen, ohne mich besonders anstrengen oder die Geschichte verstümmeln zu müssen.

Die Herausgeber liebten meine Geschichte. Sie konnten es kaum erwarten, sie zu veröffentlichen. Sie tätschelten mir vor Begeisterung die Wangen, so wie eine Großmutter es bei ihrem Enkel tut, der ein gutes Zeugnis bekommen hat und sich im Gegensatz zu anderen Achtjährigen nicht für satanischen Rock'n'Roll oder Menschenopfer interessiert.

Nach einigen Wochen meldeten sie sich wieder und sagten: »Hören Sie zu, die Geschichte gefällt uns so gut, daß wir sie nicht in zwei Folgen aufteilen wollen, weil die grandiose Wirkung darunter leiden könnte. Sie muß in *einer* Nummer erscheinen. Aber so viel Platz haben wir nicht, und deshalb werden Sie sie kürzen müssen.« Kürzen? Wie stark kürzen? »Um die Hälfte.«

Nachdem ich ursprünglich beauftragt worden war, einen Zweiteiler von bestimmter Länge zu schreiben, hätte man mir eigentlich nicht verübeln können, wenn ich wütend geworden wäre und den Vorschlag eigensinnig zurückgewiesen hätte. Statt dessen schlug ich mit dem Kopf gegen die Schreibtischplatte, so fest ich konnte ... vielleicht eine halbe Stunde lang. Oder vierzig Minuten. Na ja, es könnten auch fünfundvierzig gewesen sein, aber länger bestimmt nicht. Dann rief ich, leicht benommen und mit Eichenholzsplittern in der Stirn, meinen Agenten an und schlug eine Alternative vor. Wenn ich noch etwa eine Woche Arbeit investierte, könnte ich die Geschichte mit großer Mühe auf achtzehn- bis neunzehntausend Wörter kürzen, aber das war das Äußerste, denn an die Substanz wollte ich nicht rühren.

Die Herausgeber überdachten meinen Vorschlag und entschieden, daß sie die Geschichte in dieser neuen Länge unterbringen könnten, wenn sie beim Abdruck eine etwas kleinere Schrift als sonst verwendeten. Ich setzte mich wieder an meinen Computer. Eine Woche später war die Arbeit vollbracht – aber ich hatte noch viel mehr Holzsplitter im Kopf, und meine Schreibtischplatte sah grauenvoll aus.

Als ich die neue Version gerade abschicken wollte, entschieden die Herausgeber, daß achtzehn- bis neunzehntausend Wörter immer noch zuviel seien, daß die kleinere Schrift viel zu problematisch wäre, daß *weitere* vier- bis fünftausend Wörter gestrichen werden müßten. »Aber machen Sie sich keine Sorgen«, wurde mir versichert. »Wir nehmen die nötigen Kürzungen selbst vor.«

Fünfzehn Minuten später brach mein Schreibtisch zusammen, weil ich mit dem Kopf zu heftig darauf herumgetrommelt hatte (und ich muß meine Stirn bis heute einmal wöchentlich mit einer Zitronenölpolitur einreiben, weil das Verhältnis Holz zu Fleisch so ungünstig ist, daß meine obere Gesichtshälfte jetzt nach dem Gesetz als Möbelstück einzustufen ist.)

Offenbar fummeln große Zeitschriften häufig an der Prosa von Autoren herum, und vielen Schriftstellern macht das nichts aus. Mir schon. Ich bin nicht bereit, die Kontrolle über meine Werke aufzugeben. Deshalb verlangte ich das Manuskript zurück, sagte den Leuten, sie sollten ihr Geld behalten, und legte *Trapped* in eine Schublade, wobei ich mir sagte, daß die wochenlange Arbeit nicht ganz umsonst gewesen war, denn immerhin hatte ich ja eine wertvolle Lektion gelernt: Schreibe nie etwas auf Bestellung einer großen Zeitschrift, es sei denn, du kannst das Lieblingskind des Verlegers entführen und bis zum Erscheinen deiner Geschichte als Geisel behalten.

Kurze Zeit später rief ein ausgezeichneter Verfasser spannender Unterhaltungsliteratur, Ed Gorman, bei mir an und erzählte, daß er eine Anthologie mit Geschichten über Jäger und Gejagte herausgeben wolle. Sofort fiel mir *Trapped* ein.

Schicksal ...

Vielleicht ist es ja doch sinnvoll, ein ewiger Optimist zu sein.

Jedenfalls wissen Sie jetzt, wie *Trapped* geschrieben wurde, warum diese Geschichte Elemente enthält, die den Lesern von *Watchers* bekannt vorkommen werden, und warum meine Stirn – falls Sie mich eines Tages sehen sollten – einen so schönen Eichenholzglanz hat.

Aus dem Amerikanischen von Alexandra v. Reinhardt

Quellenverzeichnis

HIGHWAY INS DUNKEL / *Strange Highways*
Copyright (C) 1995 by Dean R. Koontz.
Copyright (C) 1997 der deutschen Übersetzung by Wilhelm
Heyne Verlag GmbH & Co. KG, München. Aus dem Ameri-
kanischen von Alexandra v. Reinhardt.

DER SCHWARZE KÜRBIS / *The Black Pumpkin*
Copyright (C) 1986 by Nkui, Inc. Erstveröffentlichung in
Twilight Zone Magazine. Mit Genehmigung von Nkui, Inc.
Copyright (C) 1993 der deutschen Übersetzung by Wilhelm
Heyne Verlag GmbH & Co. KG, München. Aus dem Ameri-
kanischen von Alexandra v. Reinhardt.

MISS ATTILA DIE HUNNIN / *Miss Attila the Hun*
Copyright (C) 1987 by Nkui, Inc. Erstveröffentlichung in
Night Visions 4. Mit Genehmigung von Nkui, Inc. Copyright
(C) 1997 der deutschen Übersetzung by Wilhelm Heyne Ver-
lag GmbH & Co. KG, München. Aus dem Amerikanischen
von Alexandra v. Reinhardt.

UNTEN IN DER DUNKELHEIT / *Down in the Darkness*
Copyright (C) 1986 by Nkui, Inc. Erstveröffentlichung in *The
Horror Show*. Mit Genehmigung von Nkui, Inc. Copyright (C)
1991 der deutschen Übersetzung by Wilhelm Heyne Verlag
GmbH & Co. KG, München. Aus dem Amerikanischen von
Joachim Körber.

OLLIES HÄNDE / *Ollie's Hands*
Copyright (C) 1972 by Dean R. Koontz. Erstveröffentlichung in
Infinity Four. Copyright (C) der überarbeiteten Fassung 1995
by Dean R. Koontz. Copyright (C) 1997 der deutschen Übersetz-
ung by Wilhelm Heyne Verlag GmbH & Co. KG, München.
Aus dem Amerikanischen von Alexandra v. Reinhardt.

DER HANDTASCHENRÄUBER / *Snatcher*
Copyright (C) 1986 by Nkui, Inc. Erstveröffentlichung in *Night Cry*.. Mit Genehmigung von Nkui, Inc. Copyright (C)1997 der deutschen Übersetzung by Wilhelm Heyne Verlag GmbH & Co. KG, München. Aus dem Amerikanischen von Alexandra v. Reinhardt.

GEHETZT / *Trapped*
Copyright (C) 1989 by Nkui, Inc. Erstveröffentlichung in *Stalkers*. Mit Genehmigung von Nkui, Inc. Copyright (C) 1993 der deutschen Übersetzung by Wilhelm Goldmann Verlag GmbH, München. Aus: Robert Vito, Hrsg., *Das große Horror-Lesebuch II*. Aus dem Amerikanischen von Robert Vito und Klaus Fröba.

BRUNO / *Bruno*
Copyright (C) 1971 by Dean R. Koontz. Erstveröffentlichung in *The Magazine of Fantasy and Science Fiction*. Copyright (C) 1995 der überarbeiteten Fassung by Dean R. Koontz. Copyright (C) 1997 der deutschen Übersetzung by Wilhelm Heyne Verlag GmbH & Co. KG, München. Aus dem Amerikanischen von Alexandra v. Reinhardt.

WIR DREI / *We Three*
Copyright (C) 1974 by Dean R. Koontz. Erstveröffentlichung in *Final Stage*. Copyright (C) 1995 der überarbeiteten Fassung by Dean R. Koontz. Copyright (C) 1997 der deutschen Übersetzung by Wilhelm Heyne Verlag GmbH & Co. KG, München. Aus dem Amerikanischen von Alexandra v. Reinhardt.

DICKSCHÄDEL / *Hardshell*
Copyright (C) 1987 by Nkui, Inc. Erstveröffentlichung in *Night Visions 4*. Mit Genehmigung by Nkui, Inc. Copyright (C) 1997 der deutschen Übersetzung by Wilhelm Heyne Verlag GmbH & Co. KG, München. Aus dem Amerikanischen von Alexandra v. Reinhardt.

KÄTZCHEN/*Kittens*
Copyright (C) 1966 by Dean R. Koontz. Erstveröffentlichung
in *The Reflector*. Copyright (C) 1995 der überarbeiteten Fassung by Dean R. Koontz. Copyright (C) 1997 der deutschen
Übersetzung by Wilhelm Heyne Verlag GmbH & Co. KG,
München. Aus dem Amerikanischen von Alexandra v. Reinhardt.

DIE STURMNACHT/*The Night of the Storm*
Copyright (C) 1974 by Dean R. Koontz. Erstveröffentlichung
in *Continuum 1*. Copyright (C) 1995 der überarbeiteten Fassung by Dean R. Koontz. Copyright (C) 1997 der deutschen
Übersetzung by Wilhelm Heyne Verlag GmbH & Co. KG,
München. Aus dem Amerikanischen von Alexandra v. Reinhardt.

DÄMMERUNG DES MORGENS/*Twilight of the Dawn*
Copyright (C) 1987 by Nkui, Inc. Erstveröffentlichung in
Night Visions 4. Mit Genehmigung von Nkui, Inc. Copyright
(C) 1992 der deutschen Übersetzung by Wilhelm Heyne Verlag GmbH & Co. KG, München. Aus dem Amerikanischen
von Karina Of.

Dean Koontz

»Er bringt die Leser dazu, die ganze Nacht lang weiterzulesen... das Zimmer hell erleuchtet und sämtliche Türen verriegelt.«

Eine Auswahl:

Die Augen der Dunkelheit
01/7707

Schattenfeuer
01/7810

Schwarzer Mond
01/7903

Tür ins Dunkel
01/7992

Todesdämmerung
01/8041

Brandzeichen
01/8063

In der Kälte der Nacht
01/8251

Schutzengel
01/8340

Mitternacht
01/8444

Ort des Grauens
01/8627

Vision
01/8736

Zwielicht
01/8853

Die Kälte des Feuers
01/9080

Die Spuren
01/9353

Nachtstimmen
01/9354

Das Versteck
01/9422

Schlüssel der Dunkelheit
01/9554

Die zweite Haut
01/9680

Highway ins Dunkel
Stories
01/10039

Heyne-Taschenbücher

Stephen King

»Stephen King kultiviert den Schrecken... ein pures, blankes, ein atemloses Entsetzen.«

Eine Auswahl:

Brennen muß Salem
01/6478

Im Morgengrauen
01/6553

Der Gesang der Toten
01/6705

Die Augen des Drachen
01/6824

Der Fornit
01/6888

Dead Zone - das Attentat
01/6953

Friedhof der Kuscheltiere
01/7627

Das Monstrum - Tommyknockers
01/7995

Stark »The Dark Half«
01/8269

Christine
01/8325

Frühling, Sommer, Herbst und Tod
Vier Kurzromane
01/8403

In einer kleinen Stadt »Needful Things«
01/8653

Dolores
01/9047

Alpträume
Nightmares and Dreamscapes
01/9369

Das Spiel
01/9518

Abgrund
Nightmares and Dreamscapes
01/9572

»es«
01/9903

Das Bild – Rose Madder
01/10020

Im Hardcover:
Desperation
43/44

Heyne-Taschenbücher

Dan Simmons

Der Meister des Phantastischen.

»Dan Simmons schreibt brillant.«
Dean Koontz

Styx
01/9779

Sommer der Nacht
01/9798

Kinder der Nacht
01/9935

Kraft des Bösen
01/10074

01/9935

Heyne-Taschenbücher

Peter Straub

*Geheimnisvolles
Grauen beherrscht
seine spektakulären
Horror-Romane.
Ein Großmeister des
Unheimlichen!*

Schattenland
01/6713

Koko
01/8223

Mystery
01/8603

Haus ohne Türen
01/9099

Der Schlund
01/9441

Geisterstunde
01/9603

Der Hauch des Drachen
01/9751

Das geheimnisvolle Mädchen
01/9877

Die fremde Frau
01/10077

01/9751

Heyne-Taschenbücher